中國語言文字研究輯刊

五　編

許 錟 輝 主編

第23冊

何萱《韻史》音韻研究（第四冊）

韓　禕 著

花木蘭文化出版社

國家圖書館出版品預行編目資料

何萱《韻史》音韻研究（第四冊）／韓禕 著 — 初版 — 新北市：
花木蘭文化出版社，2013〔民102〕
目 8+276 面；21×29.7 公分
（中國語言文字研究輯刊 五編；第23冊）
ISBN：978-986-322-529-4（精裝）
1. 古音 1. 聲韻學
802.08 102017939

ISBN-978-986-322-529-4
9 789863 225294

中國語言文字研究輯刊
五 編 第二三冊 ISBN：978-986-322-529-4

何萱《韻史》音韻研究（第四冊）

作 者 韓 禕
主 編 許錟輝
總 編 輯 杜潔祥
出 版 花木蘭文化出版社
發 行 所 花木蘭文化出版社
發 行 人 高小娟
聯絡地址 235 新北市中和區中安街七二號十三樓
電話：02-2923-1455／傳眞：02-2923-1452
網 址 http://www.huamulan.tw 信箱 sut81518@gmil.com
印 刷 普羅文化出版廣告事業
初 版 2013 年 9 月
定 價 五編 25 冊（精裝）新台幣 58,000 元

何萱《韻史》音韻研究（第四冊）

韓禕　著

目次

下　篇

第三冊

第四冊

第五冊

表目次

第七部正編

韻字編號	部序	組數	字數	韻字及何氏反切			韻字何氏音				何萱注釋	備注	韻字中古音		上字中古音		下字中古音	
				韻字	上字	下字	聲	調	呼	韻部			聲調呼韻攝等	反切	聲呼等	反切	聲調呼韻攝等	反切
8599	7正	1	1	**金**	几	音	見	陰平	齊	廿三金			見平開侵深重三	居吟	見開重3	居履	影平開侵深重三	於金
8600	7正		2	捦	几	音	見	陰平	齊	廿三金			見平開侵深重三	居吟	見開重3	居履	影平開侵深重三	於金
8601	7正		3	紟 g*	几	音	見	陰平	齊	廿三金	平去兩讀		見平開侵深重三	居吟	見開重3	居履	影平開侵深重三	於金
8602	7正		4	今	几	音	見	陰平	齊	廿三金			見平開侵深重三	居吟	見開重3	居履	影平開侵深重三	於金
8603	7正	2	5	**欽**	舊	金	起	陰平	齊	廿三金			溪平開侵深重三	去金	群開3	巨救	見平開侵深重三	居吟
8604	7正		6	衾	舊	金	起	陰平	齊	廿三金			溪平開侵深重三	去金	群開3	巨救	見平開侵深重三	居吟
8605	7正		7	龕	舊	金	起	陰平	齊	廿三金	龕俗有龕		溪平開覃咸一	口含	群開3	巨救	見平開侵深重三	居吟
8606	7正	3	8	**音**	漾	金	影	陰平	齊	廿三金			影平開侵深重三	於金	以開3	餘亮	見平開侵深重三	居吟
8607	7正		9	喑	漾	金	影	陰平	齊	廿三金			影平開侵深重三	於金	以開3	餘亮	見平開侵深重三	居吟
8610	7正		10	瘖	漾	金	影	陰平	齊	廿三金			影平開侵深重三	於金	以開3	餘亮	見平開侵深重三	居吟
8611	7正		11	懕	漾	金	影	陰平	齊	廿三金			影平開鹽咸重四	一鹽	以開3	餘亮	見平開侵深重三	居吟
8612	7正		12	霒	漾	金	影	陰平	齊	廿三金			影平開侵深重三	於金	以開3	餘亮	見平開侵深重三	居吟
8613	7正		13	陰	漾	金	影	陰平	齊	廿三金			影平開侵深重三	於金	以開3	餘亮	見平開侵深重三	居吟
8614	7正	4	14	**歆**	向	音	曉	陰平	齊	廿三金			曉平開侵深重三	許金	曉開3	許亮	影平開侵深重三	於金
8615	7正		15	廞	向	音	曉	陰平	齊	廿三金			曉平開侵深重三	許金	曉開3	許亮	影平開侵深重三	於金
8616	7正	5	16	**斟**	掌	音	照	陰平	齊	廿三金			章平開侵深三	職深	章開3	諸兩	影平開侵深重三	於金
8617	7正		17	兂	掌	音	照	陰平	齊	廿三金			莊平開侵深三	側吟	章開3	諸兩	影平開侵深重三	於金
8618	7正		18	簪	掌	音	照	陰平	齊	廿三金			莊平開侵深三	側吟	章開3	諸兩	影平開侵深重三	於金
8619	7正		19	玪	掌	音	照	陰平	齊	廿三金			見平開咸咸二	古咸	章開3	諸兩	影平開侵深重三	於金
8620	7正		20	櫼	掌	音	照	陰平	齊	廿三金			生平開咸咸二	所咸	章開3	諸兩	影平開侵深重三	於金
8621	7正		21	鈷	掌	音	照	陰平	齊	廿三金			群平開鹽咸重三	巨淹	章開3	諸兩	影平開侵深重三	於金
8623	7正		22	鍼	掌	音	照	陰平	齊	廿三金			章平開侵深三	職深	章開3	諸兩	影平開侵深重三	於金
8624	7正		23	箴	掌	音	照	陰平	齊	廿三金			章平開侵深三	職深	章開3	諸兩	影平開侵深重三	於金
8625	7正		24	葴	掌	音	照	陰平	齊	廿三金			章平開侵深三	職深	章開3	諸兩	影平開侵深重三	於金
8626	7正		25	鱵**	掌	音	照	陰平	齊	廿三金			章平開侵深三	止深	章開3	諸兩	影平開侵深重三	於金

韻字編號	部序	組數	字數	韻字及何氏反切			韻字何氏音				何萱注釋	備注	韻字中古音		上字中古音		下字中古音	
				韻字	上字	下字	聲	調	呼	韻部			聲調呼韻攝等	反切	聲呼等	反切	聲調呼韻攝等	反切
8627	7 正	6	26	綝	齒	金	助	陰平	齊	廿三金			徹平開侵深三	丑林	昌開 3	昌里	見平開侵深重三	居吟
8628	7 正		27	棽	齒	金	助	陰平	齊	廿三金			徹平開侵深三	丑林	昌開 3	昌里	見平開侵深重三	居吟
8630	7 正		28	郴	齒	金	助	陰平	齊	廿三金			徹平開侵深三	丑林	昌開 3	昌里	見平開侵深重三	居吟
8631	7 正		29	彤	齒	金	助	陰平	齊	廿三金	七部九部兩讀義分		徹平開侵深三	丑林	昌開 3	昌里	見平開侵深重三	居吟
8634	7 正		30	覘	齒	金	助	陰平	齊	廿三金			徹平開侵深三	丑林	昌開 3	昌里	見平開侵深重三	居吟
8636	7 正		31	闖	齒	金	助	陰平	齊	廿三金			徹去開侵深三	丑禁	昌開 3	昌里	見平開侵深重三	居吟
8638	7 正		32	**槮**	齒	金	助	陰平	齊	廿三金			初平開侵深三	楚簪	昌開 3	昌里	見平開侵深重三	居吟
8639	7 正	7	33	**森**	始	金	審	陰平	齊	廿三金			生平開侵深三	所今	書開 3	詩止	見平開侵深重三	居吟
8640	7 正		34	罙	始	金	審	陰平	齊	廿三金			生平開侵深三	所今	書開 3	詩止	見平開侵深重三	居吟
8641	7 正		35	湥*	始	金	審	陰平	齊	廿三金			書平開侵深三	式針	書開 3	詩止	見平開侵深重三	居吟
8643	7 正		36	蔘	始	金	審	陰平	齊	廿三金			生平開侵深三	所今	書開 3	詩止	見平開侵深重三	居吟
8644	7 正		37	曑	始	金	審	陰平	齊	廿三金	兩見義異		生平開侵深三	所今	書開 3	詩止	見平開侵深重三	居吟
8648	7 正		38	㨆g*	始	金	審	陰平	齊	廿三金	平上兩讀		生平開侵深三	疏簪	書開 3	詩止	見平開侵深重三	居吟
8649	7 正	8	39	**祲**	紫	音	井	陰平	齊	廿三金			精平開侵深三	子心	精開 3	將此	影平開侵深重三	於金
8651	7 正		40	駸	紫	音	井	陰平	齊	廿三金			清平開侵深三	七林	精開 3	將此	影平開侵深重三	於金
8653	7 正		41	綅	紫	音	井	陰平	齊	廿三金			清平開侵深三	七林	精開 3	將此	影平開侵深重三	於金
8654	7 正		42	埐	紫	音	井	陰平	齊	廿三金			精平開侵深三	子心	精開 3	將此	影平開侵深重三	於金
8655	7 正		43	梣	紫	音	井	陰平	齊	廿三金			崇平開侵深三	鋤針	精開 3	將此	影平開侵深重三	於金
8656	7 正		44	兓	紫	音	井	陰平	齊	廿三金			精平開侵深三	子心	精開 3	將此	影平開侵深重三	於金
8658	7 正		45	鐕	紫	音	井	陰平	齊	廿三金			精平開覃咸一	祖含	精開 3	將此	影平開侵深重三	於金
8659	7 正	9	46	**侵**	此	音	淨	陰平	齊	廿三金			清平開侵深三	七林	清開 3	雌氏	影平開侵深重三	於金
8660	7 正		47	蔓	此	音	淨	陰平	齊	廿三金	說文。萱按艸部蔓葠二字疑後人羼入，非說文本有也。……蔓當是苫之俗體耳，學者詳之	即何氏認為說文本無其字。據另一見下的何注，此處取侵廣韻音。不作時音分析	清平開侵深三	七林	清開 3	雌氏	影平開侵深重三	於金

韻字編號	部序	組數	字數	韻字及何氏反切			韻字何氏音				何萱注釋	備　注	韻字中古音		上字中古音		下字中古音	
				韻字	上字	下字	聲	調	呼	韻部			聲調呼韻攝等	反切	聲呼等	反切	聲調呼韻攝等	反切
8661	7正	10	48	**心**	小	金	信	陰平	齊	廿三金			心平開侵深三	息林	心開3	私兆	見平開侵深重三	居吟
8662	7正	11	49	**風**	缶	金	匪	陰平	齊	廿三金			非平合東通三	方戎	非開3	方久	見平開侵深重三	居吟
8663	7正		50	楓	缶	金	匪	陰平	齊	廿三金			非平合東通三	方戎	非開3	方久	見平開侵深重三	居吟
8664	7正	12	51	珡	舊	林	起	陽平	齊	廿三金			群平開侵深重三	巨金	群開3	巨救	來平開侵深三	力尋
8665	7正		52	**琴**	舊	林	起	陽平	齊	廿三金			群平開侵深重三	巨金	群開3	巨救	來平開侵深三	力尋
8666	7正		53	靲	舊	林	起	陽平	齊	廿三金			群平開侵深重三	巨金	群開3	巨救	來平開侵深三	力尋
8667	7正		54	聆	舊	林	起	陽平	齊	廿三金			群平開侵深重三	巨金	群開3	巨救	來平開侵深三	力尋
8668	7正		55	芩	舊	林	起	陽平	齊	廿三金			群平開侵深重三	巨金	群開3	巨救	來平開侵深三	力尋
8669	7正		56	菳	舊	林	起	陽平	齊	廿三金			溪平開侵深重三	去金	群開3	巨救	來平開侵深三	力尋
8670	7正		57	捦	舊	林	起	陽平	齊	廿三金			群平開侵深重三	巨金	群開3	巨救	來平開侵深三	力尋
8671	7正		58	鈙	舊	林	起	陽平	齊	廿三金			群去開侵深重三	巨禁	群開3	巨救	來平開侵深三	力尋
8672	7正		59	庈	舊	林	起	陽平	齊	廿三金			群平開侵深重三	巨金	群開3	巨救	來平開侵深三	力尋
8673	7正		60	禽	舊	林	起	陽平	齊	廿三金			群平開侵深重三	巨金	群開3	巨救	來平開侵深三	力尋
8674	7正	13	61	㸒	漾	林	影	陽平	齊	廿三金			以平開侵深三	餘針	以開3	餘亮	來平開侵深三	力尋
8675	7正		62	**淫**	漾	林	影	陽平	齊	廿三金			以平開侵深三	餘針	以開3	餘亮	來平開侵深三	力尋
8676	7正		63	婬	漾	林	影	陽平	齊	廿三金			以平開侵深三	餘針	以開3	餘亮	來平開侵深三	力尋
8679	7正		64	驔 g*	漾	林	影	陽平	齊	廿三金		據漾及中注，此處取覃音	定平開覃咸一	徒南	以開3	餘亮	來平開侵深三	力尋
8680	7正		65	鱏	漾	林	影	陽平	齊	廿三金			以平開侵深三	餘針	以開3	餘亮	來平開侵深三	力尋
8682	7正		66	蟫	漾	林	影	陽平	齊	廿三金			以平開侵深三	餘針	以開3	餘亮	來平開侵深三	力尋
8684	7正		67	醰	漾	林	影	陽平	齊	廿三金			以平開侵深三	餘針	以開3	餘亮	來平開侵深三	力尋
8686	7正		68	乑g*	漾	林	影	陽平	齊	廿三金	美俗有乑		以平開侵深三	㕜針	以開3	餘亮	來平開侵深三	力尋
8688	7正	14	69	**林**	利	琴	賚	陽平	齊	廿三金			來平開侵深三	力尋	來開3	力至	群平開侵深重三	巨金
8689	7正		70	痳	利	琴	賚	陽平	齊	廿三金			來平開侵深三	力尋	來開3	力至	群平開侵深重三	巨金
8690	7正		71	霖	利	琴	賚	陽平	齊	廿三金			來平開侵深三	力尋	來開3	力至	群平開侵深重三	巨金
8691	7正		72	淋	利	琴	賚	陽平	齊	廿三金			來平開侵深三	力尋	來開3	力至	群平開侵深重三	巨金
8692	7正		73	琳	利	琴	賚	陽平	齊	廿三金			來平開侵深三	力尋	來開3	力至	群平開侵深重三	巨金

韻字編號	部序	組數	字數	韻字及何氏反切			韻字何氏音				何萱注釋	備　注	韻字中古音		上字中古音		下字中古音	
				韻字	上字	下字	聲	調	呼	韻部			聲調呼韻攝等	反切	聲呼等	反切	聲調呼韻攝等	反切
8593	7正		74	臨	利	琴	賚	陽平	齊	廿三金			來平開侵深三	力尋	來開3	力至	群平開侵深重三	巨金
8595	7正		75	瀶	利	琴	賚	陽平	齊	廿三金			來平開侵深三	力尋	來開3	力至	群平開侵深重三	巨金
8696	7正	15	76	㕁	齒	琴	助	陽平	齊	廿三金			崇平開侵深三	鋤針	昌開3	昌里	群平開侵深重三	巨金
8697	7正		77	岑	齒	琴	助	陽平	齊	廿三金			崇平開侵深三	鋤針	昌開3	昌里	群平開侵深重三	巨金
8698	7正		78	涔	齒	琴	助	陽平	齊	廿三金			崇平開侵深三	鋤針	昌開3	昌里	群平開侵深重三	巨金
8699	7正		79	湛	齒	琴	助	陽平	齊	廿三金			澄平開侵深三	直深	昌開3	昌里	群平開侵深重三	巨金
8702	7正	16	80	壬	攘	林	耳	陽平	齊	廿三金			日平開侵深三	如林	日開3	人漾	來平開侵深三	力尋
8703	7正		81	任	攘	林	耳	陽平	齊	廿三金			日平開侵深三	如林	日開3	人漾	來平開侵深三	力尋
8704	7正		82	紝	攘	林	耳	陽平	齊	廿三金			日平開侵深三	如林	日開3	人漾	來平開侵深三	力尋
8705	7正	17	83	諶	始	林	審	陽平	齊	廿三金			禪平開侵深三	氏任	書開3	詩止	來平開侵深三	力尋
8706	7正		84	煁	始	林	審	陽平	齊	廿三金			禪平開侵深三	氏任	書開3	詩止	來平開侵深三	力尋
8709	7正	18	85	鬵	此	林	淨	陽平	齊	廿三金		表入此林，韻目、正文歸入始林切，疑應為此林切	從平開侵深三	昨淫	清開3	雌氏	來平開侵深三	力尋
8710	7正		86	蠶	此	林	淨	陽平	齊	廿三金		表入此林，韻目、正文歸入始林切，疑應為此林切	從平開覃咸一	昨含	清開3	雌氏	來平開侵深三	力尋
8711	7正		87	鐕	此	林	淨	陽平	齊	廿三金		表入此林，韻目、正文歸入始林切，疑應為此林切	精平開侵深三	鋤針	清開3	雌氏	來平開侵深三	力尋
8713	7正		88	鈐	此	林	淨	陽平	齊	廿三金		表入此林，韻目、正文歸入始林切，疑應為此林切	從平開侵深三	昨淫	清開3	雌氏	來平開侵深三	力尋
8716	7正	19	89	吟	仰	林	我	陽平	齊	廿三金			疑平開侵深重三	魚金	疑開3	魚兩	來平開侵深三	力尋

韻字編號	部序	組數	字數	韻字及何氏反切			韻字何氏音				何萱注釋	備　注	韻字中古音		上字中古音		下字中古音	
				韻字	上字	下字	聲	調	呼	韻部			聲調呼韻攝等	反切	聲呼等	反切	聲調呼韻攝等	反切
8718	7 正		90	崟	仰	林	我	陽平	齊	廿三金			疑平開侵深重三	魚金	疑開 3	魚兩	來平開侵深三	力尋
8720	7 正		91	釿 g*	仰	林	我	陽平	齊	廿三金			疑平開真臻重三	魚巾	疑開 3	魚兩	來平開侵深三	力尋
8721	7 正		92	乑	仰	林	我	陽平	齊	廿三金			疑平開侵深重三	魚金	疑開 3	魚兩	來平開侵深三	力尋
8722	7 正		93	⿱雨乑	仰	林	我	陽平	齊	廿三金			疑平開侵深重三	魚金	疑開 3	魚兩	來平開侵深三	力尋
8723	7 正	20	94	⿰彡尋	小	林	信	陽平	齊	廿三金			邪平開侵深三	徐林	心開 3	私兆	來平開侵深三	力尋
8724	7 正		95	⿰礻尋	小	林	信	陽平	齊	廿三金	平上兩讀		邪平開侵深三	徐林	心開 3	私兆	來平開侵深三	力尋
8726	7 正		96	**潯**	小	林	信	陽平	齊	廿三金			邪平開侵深三	徐林	心開 3	私兆	來平開侵深三	力尋
8727	7 正		97	鄩	小	林	信	陽平	齊	廿三金			邪平開侵深三	徐林	心開 3	私兆	來平開侵深三	力尋
8728	7 正	21	98	**凡**	缶	林	匪	陽平	齊	廿三金			奉平合凡咸三	符咸	非開 3	方久	來平開侵深三	力尋
8729	7 正		99	芃	缶	林	匪	陽平	齊	廿三金			並平合東通一	薄紅	非開 3	方久	來平開侵深三	力尋
8730	7 正	22	100	**兼**	几	謙	見	陰平	齊二	廿四兼			見平開添咸四	古甜	見開重 3	居履	溪平開添咸四	苦兼
8732	7 正		101	縑	几	謙	見	陰平	齊二	廿四兼			見平開添咸四	古甜	見開重 3	居履	溪平開添咸四	苦兼
8733	7 正		102	鰜	几	謙	見	陰平	齊二	廿四兼			見平開添咸四	古甜	見開重 3	居履	溪平開添咸四	苦兼
8734	7 正		103	蒹	几	謙	見	陰平	齊二	廿四兼			見平開添咸四	古甜	見開重 3	居履	溪平開添咸四	苦兼
8735	7 正	23	104	**謙**	舊	兼	起	陰平	齊二	廿四兼			溪平開添咸四	苦兼	群開 3	巨救	見平開添咸四	古甜
8736	7 正	24	105	**猒**	漾	謙	影	陰平	齊二	廿四兼			影平開鹽咸重四	一鹽	以開 3	餘亮	溪平開添咸四	苦兼
8738	7 正		106	⿸厂妟	漾	謙	影	陰平	齊二	廿四兼			影平開鹽咸重四	一鹽	以開 3	餘亮	溪平開添咸四	苦兼
8742	7 正	25	107	**妗**	向	謙	曉	陰平	齊二	廿四兼			曉平開添咸四	許兼	曉開 3	許亮	溪平開添咸四	苦兼
8744	7 正		108	欦	向	謙	曉	陰平	齊二	廿四兼			曉平開添咸四	許兼	曉開 3	許亮	溪平開添咸四	苦兼
8746	7 正	26	109	**⿰耳占**	邸	謙	短	陰平	齊二	廿四兼			端平開添咸四	丁兼	端開 4	都禮	溪平開添咸四	苦兼
8747	7 正	27	110	黇	眺	兼	透	陰平	齊二	廿四兼			透平開添咸四	他兼	透開 4	他弔	見平開添咸四	古甜
8748	7 正		111	**沾**	眺	兼	透	陰平	齊二	廿四兼			透平開添咸四	他兼	透開 4	他弔	見平開添咸四	古甜
8751	7 正	28	112	**占**	掌	謙	照	陰平	齊二	廿四兼			章平開鹽咸三	職廉	章開 3	諸兩	溪平開添咸四	苦兼
8752	7 正		113	霑	掌	謙	照	陰平	齊二	廿四兼			知平開鹽咸三	張廉	章開 3	諸兩	溪平開添咸四	苦兼
8753	7 正		114	蛅	掌	謙	照	陰平	齊二	廿四兼			日平開鹽咸三	汝鹽	章開 3	諸兩	溪平開添咸四	苦兼
8754	7 正	29	115	**覘**	齒	兼	助	陰平	齊二	廿四兼			徹平開鹽咸三	丑廉	昌開 3	昌里	見平開添咸四	古甜
8756	7 正		116	⿱沾女	齒	兼	助	陰平	齊二	廿四兼			徹平開鹽咸三	丑廉	昌開 3	昌里	見平開添咸四	古甜

韻字編號	部序	組數	字數	韻字及何氏反切			韻字何氏音				何萱注釋	備注	韻字中古音		上字中古音		下字中古音	
				韻字	上字	下字	聲	調	呼	韻部			聲調呼韻攝等	反切	聲呼等	反切	聲調呼韻攝等	反切
8759	7正		117	痹*	齒	兼	助	陰平	齊二	廿四兼			昌去開鹽咸三	昌艷	昌開3	昌里	見平開添咸四	古甜
8760	7正	30	118	痁	始	兼	審	陰平	齊二	廿四兼			書平開鹽咸三	失廉	書開3	詩止	見平開添咸四	古甜
8762	7正		119	苫	始	兼	審	陰平	齊二	廿四兼			書平開鹽咸三	失廉	書開3	詩止	見平開添咸四	古甜
8764	7正		120	蕿*	始	兼	審	陰平	齊二	廿四兼			生平開侵深三	疏簪	書開3	詩止	見平開添咸四	古甜
8766	7正	31	121	㦰	紫	兼	井	陰平	齊二	廿四兼			精平開鹽咸三	子廉	精開3	將此	見平開添咸四	古甜
8767	7正		122	殲	紫	兼	井	陰平	齊二	廿四兼			精平開鹽咸三	子廉	精開3	將此	見平開添咸四	古甜
8768	7正		123	鑯	紫	兼	井	陰平	齊二	廿四兼			精平開鹽咸三	子廉	精開3	將此	見平開添咸四	古甜
8769	7正		124	懺	紫	兼	井	陰平	齊二	廿四兼			精平開鹽咸三	子廉	精開3	將此	見平開添咸四	古甜
8771	7正		125	瀸	紫	兼	井	陰平	齊二	廿四兼			精平開鹽咸三	子廉	精開3	將此	見平開添咸四	古甜
8774	7正		126	覂*	紫	兼	井	陰平	齊二	廿四兼			心平開鹽咸三	思廉	精開3	將此	見平開添咸四	古甜
8775	7正		127	霰	紫	兼	井	陰平	齊二	廿四兼	萱按音與覂同		精平開鹽咸三	子廉	精開3	將此	見平開添咸四	古甜
8777	7正	32	128	僉	此	兼	淨	陰平	齊二	廿四兼			清平開鹽咸三	七廉	清開3	雌氏	見平開添咸四	古甜
8778	7正		129	籤	此	兼	淨	陰平	齊二	廿四兼			清平開鹽咸三	七廉	清開3	雌氏	見平開添咸四	古甜
8779	7正	33	130	韱	小	謙	信	陰平	齊二	廿四兼			心平開鹽咸三	息廉	心開3	私兆	溪平開添咸四	苦兼
8780	7正		131	孅	小	謙	信	陰平	齊二	廿四兼			心平開鹽咸三	息廉	心開3	私兆	溪平開添咸四	苦兼
8781	7正		132	纖	小	謙	信	陰平	齊二	廿四兼			心平開鹽咸三	息廉	心開3	私兆	溪平開添咸四	苦兼
8782	7正		133	嬐	小	謙	信	陰平	齊二	廿四兼			疑上開鹽咸重三	魚檢	心開3	私兆	溪平開添咸四	苦兼
8783	7正		134	憸	小	謙	信	陰平	齊二	廿四兼			心平開鹽咸三	息廉	心開3	私兆	溪平開添咸四	苦兼
8787	7正		135	銛	小	謙	信	陰平	齊二	廿四兼			心平開鹽咸三	息廉	心開3	私兆	溪平開添咸四	苦兼
8790	7正		136	枮	小	謙	信	陰平	齊二	廿四兼			心平開鹽咸三	息廉	心開3	私兆	溪平開添咸四	苦兼
8791	7正	34	137	砭	丙	謙	謗	陰平	齊二	廿四兼	平去兩讀		幫平開鹽咸重三	府廉	幫開3	兵永	溪平開添咸四	苦兼
8793	7正	35	138	黚	舊	廉	起	陽平	齊二	廿四兼			群平開鹽咸重三	巨淹	群開3	巨救	來平開鹽咸三	力鹽
8794	7正		139	鈐	舊	廉	起	陽平	齊二	廿四兼			群平開鹽咸重三	巨淹	群開3	巨救	來平開鹽咸三	力鹽
8795	7正		140	雂	舊	廉	起	陽平	齊二	廿四兼			群平開鹽咸重三	巨淹	群開3	巨救	來平開鹽咸三	力鹽
8797	7正	36	141	阽	漾	廉	影	陽平	齊二	廿四兼			以平開鹽咸三	余廉	以開3	餘亮	來平開鹽咸三	力鹽
8798	7正	37	142	嫌	向	廉	曉	陽平	齊二	廿四兼			匣平開添咸四	戶兼	曉開3	許亮	來平開鹽咸三	力鹽
8799	7正		143	慊	向	廉	曉	陽平	齊二	廿四兼			溪上開添咸四	苦簟	曉開3	許亮	來平開鹽咸三	力鹽

韻字編號	部序	組數	字數	韻字及何氏反切			韻字何氏音				何萱注釋	備　注	韻字中古音		上字中古音		下字中古音	
				韻字	上字	下字	聲	調	呼	韻部			聲調呼韻攝等	反切	聲呼等	反切	聲調呼韻攝等	反切
8800	7正		144	稴	向	廉	曉	陽平	齊二	廿四兼			匣平開添咸四	戶兼	曉開3	許亮	來平開鹽咸三	力鹽
8802	7正	38	145	**恬**	眺	廉	透	陽平	齊二	廿四兼	恬俗有恬		定平開添咸四	徒兼	透開4	他弔	來平開鹽咸三	力鹽
8803	7正		146	甜	眺	廉	透	陽平	齊二	廿四兼	甛或作甜		定平開添咸四	徒兼	透開4	他弔	來平開鹽咸三	力鹽
8804	7正	39	147	**拈**	紐	嫌	乃	陽平	齊二	廿四兼			泥平開添咸四	奴兼	娘開3	女久	來平開鹽咸三	力鹽
8805	7正		148	黏	紐	嫌	乃	陽平	齊二	廿四兼			娘平開鹽咸三	女廉	娘開3	女久	來平開鹽咸三	力鹽
8806	7正		149	鮎	紐	嫌	乃	陽平	齊二	廿四兼			娘平開鹽咸三	女廉	娘開3	女久	來平開鹽咸三	力鹽
8808	7正		150	鮎	紐	嫌	乃	陽平	齊二	廿四兼			泥平開添咸四	奴兼	娘開3	女久	來平開鹽咸三	力鹽
8809	7正	40	151	**廉**	利	嫌	賚	陽平	齊二	廿四兼			來平開鹽咸三	力鹽	來開3	力至	匣平開添咸四	戶兼
8810	7正		152	薕	利	嫌	賚	陽平	齊二	廿四兼			來平開鹽咸三	力鹽	來開3	力至	匣平開添咸四	戶兼
8811	7正		153	簾	利	嫌	賚	陽平	齊二	廿四兼			來平開鹽咸三	力鹽	來開3	力至	匣平開添咸四	戶兼
8812	7正		154	幨	利	嫌	賚	陽平	齊二	廿四兼			來平開鹽咸三	力鹽	來開3	力至	匣平開添咸四	戶兼
8813	7正		155	鐮	利	嫌	賚	陽平	齊二	廿四兼			來上開鹽咸三	良冉	來開3	力至	匣平開添咸四	戶兼
8814	7正		156	鬑	利	嫌	賚	陽平	齊二	廿四兼			來平開鹽咸三	力鹽	來開3	力至	匣平開添咸四	戶兼
8815	7正		157	覝	利	嫌	賚	陽平	齊二	廿四兼			來上開鹽咸三	良冉	來開3	力至	匣平開添咸四	戶兼
8816	7正		158	溓	利	嫌	賚	陽平	齊二	廿四兼			來平開添咸四	勒兼	來開3	力至	匣平開添咸四	戶兼
8818	7正		159	熑	利	嫌	賚	陽平	齊二	廿四兼			來平開添咸四	勒兼	來開3	力至	匣平開添咸四	戶兼
8820	7正		160	磏*	利	嫌	賚	陽平	齊二	廿四兼			來平開添咸四	勒兼	來開3	力至	匣平開添咸四	戶兼
8821	7正		161	鎌	利	嫌	賚	陽平	齊二	廿四兼			來平開鹽咸三	力鹽	來開3	力至	匣平開添咸四	戶兼
8822	7正		162	蠊*	利	嫌	賚	陽平	齊二	廿四兼	螊或作蠊		來平開鹽咸三	離鹽	來開3	力至	匣平開添咸四	戶兼
8825	7正		163	籢	利	嫌	賚	陽平	齊二	廿四兼			來平開鹽咸三	力鹽	來開3	力至	匣平開添咸四	戶兼
8827	7正	41	164	**顩***	攘	廉	耳	陽平	齊二	廿四兼			日平開鹽咸三	如占	日開3	人漾	來平開鹽咸三	力鹽
8831	7正		165	訮*	攘	廉	耳	陽平	齊二	廿四兼			日平開鹽咸三	如占	日開3	人漾	來平開鹽咸三	力鹽
8832	7正		166	枏	攘	廉	耳	陽平	齊二	廿四兼			日平開鹽咸三	汝鹽	日開3	人漾	來平開鹽咸三	力鹽
8835	7正		167	蚺	攘	廉	耳	陽平	齊二	廿四兼			日平開鹽咸三	汝鹽	日開3	人漾	來平開鹽咸三	力鹽
8837	7正		168	髯g*	攘	廉	耳	陽平	齊二	廿四兼			日平開鹽咸三	如占	日開3	人漾	來平開鹽咸三	力鹽
8838	7正	42	169	箈	此	廉	淨	陽平	齊二	廿四兼			從平開鹽咸三	昨鹽	清開3	雌氏	來平開鹽咸三	力鹽
8840	7正		170	灊	此	廉	淨	陽平	齊二	廿四兼			從平開鹽咸三	昨鹽	清開3	雌氏	來平開鹽咸三	力鹽

韻字編號	部序	組數	字數	韻字及何氏反切			韻字何氏音				何萱注釋	備注	韻字中古音		上字中古音		下字中古音	
				韻字	上字	下字	聲	調	呼	韻部			聲調呼韻攝等	反切	聲呼等	反切	聲調呼韻攝等	反切
8843	7正		171	潛	此	廉	淨	陽平	齊二	廿四兼			從平開鹽咸三	昨鹽	清開3	雌氏	來平開鹽咸三	力鹽
8845	7正	43	172	鰜	仰	廉	我	陽平	齊二	廿四兼			疑平開鹽咸重三	語廉	疑開3	魚兩	來平開鹽咸三	力鹽
8847	7正	44	173	燅	小	廉	信	陽平	齊二	廿四兼			邪平開鹽咸三	徐鹽	心開3	私兆	來平開鹽咸三	力鹽
8848	7正		174	燂	小	廉	信	陽平	齊二	廿四兼			從平開鹽咸三	昨鹽	心開3	私兆	來平開鹽咸三	力鹽
8850	7正	45	175	緘	几	彡	見	陰平	齊三	廿五緘			見平開咸咸二	古咸	見開重3	居履	生平開銜咸二	所銜
8851	7正		176	椷	几	彡	見	陰平	齊三	廿五緘			匣平開咸咸二	胡讒	見開重3	居履	生平開銜咸二	所銜
8854	7正		177	鹹g*	几	彡	見	陰平	齊三	廿五緘	平入兩讀		見平開咸咸二	居咸	見開重3	居履	生平開銜咸二	所銜
8856	7正		178	鰔	几	彡	見	陰平	齊三	廿五緘			見平開咸咸二	古咸	見開重3	居履	生平開銜咸二	所銜
8857	7正		179	㺂*	几	彡	見	陰平	齊三	廿五緘			見平開咸咸二	居咸	見開重3	居履	生平開銜咸二	所銜
8862	7正	46	180	彡	始	緘	審	陰平	齊三	廿五緘			生平開銜咸二	所銜	書開3	詩止	見平開咸咸二	古咸
8863	7正		181	縿	始	緘	審	陰平	齊三	廿五緘			生平開銜咸二	所銜	書開3	詩止	見平開咸咸二	古咸
8864	7正		182	攕	始	緘	審	陰平	齊三	廿五緘			生平開咸咸二	所咸	書開3	詩止	見平開咸咸二	古咸
8865	7正	47	183	芝	缶	緘	匪	陰平	齊三	廿五緘		正文作芝，誤	敷平合凡咸三	匹凡	非開3	方久	見平開咸咸二	古咸
8867	7正	48	184	猎	漾	咸	影	陽平	齊三	廿五緘			影平開咸咸二	乙咸	以開3	餘亮	匣平開咸咸二	胡讒
8869	7正	49	185	咸	向	喦	曉	陽平	齊三	廿五緘			匣平開咸咸二	胡讒	曉開3	許亮	疑平開咸咸二	五咸
8870	7正		186	諴	向	喦	曉	陽平	齊三	廿五緘			匣平開咸咸二	胡讒	曉開3	許亮	疑平開咸咸二	五咸
8871	7正		187	鹹	向	喦	曉	陽平	齊三	廿五緘			匣平開咸咸二	胡讒	曉開3	許亮	疑平開咸咸二	五咸
8872	7正		188	麙	向	喦	曉	陽平	齊三	廿五緘			疑平開咸咸二	五咸	曉開3	許亮	疑平開咸咸二	五咸
8873	7正		189	銜	向	喦	曉	陽平	齊三	廿五緘			匣平開銜咸二	戶監	曉開3	許亮	疑平開咸咸二	五咸
8874	7正	50	190	顩	仰	咸	我	陽平	齊三	廿五緘			疑平開咸咸二	五咸	疑開3	魚兩	匣平開咸咸二	胡讒
8878	7正		191	喦	仰	咸	我	陽平	齊三	廿五緘	與入聲喦別		疑平開咸咸二	五咸	疑開3	魚兩	匣平開咸咸二	胡讒
8879	7正		192	碞	仰	咸	我	陽平	齊三	廿五緘			疑平開咸咸二	五咸	疑開3	魚兩	匣平開咸咸二	胡讒
8881	7正	51	193	颿g*	缶	咸	匪	陽平	齊三	廿五緘		集韻另有去聲一讀廣韻有並平開嚴三，符芝切；又有並去合凡三，扶泛切	奉平合凡咸三	符咸	非開3	方久	匣平開咸咸二	胡讒

韻字編號	部序	組數	字數	韻字及何氏反切			韻字何氏音				何萱注釋	備注	韻字中古音		上字中古音		下字中古音	
				韻字	上字	下字	聲	調	呼	韻部			聲調呼韻攝等	反切	聲呼等	反切	聲調呼韻攝等	反切
8883	7正	52	194	**弇**	改	三	見	陰平	開	廿六弇	平上兩讀		見平開覃咸一	古南	見開1	古亥	心平開談咸一	蘇甘
8885	7正	53	195	堪	口	三	起	陰平	開	廿六弇			溪平開覃咸一	口含	溪開1	苦后	心平開談咸一	蘇甘
8886	7正		196	**戡**	口	三	起	陰平	開	廿六弇	平上兩讀		溪平開覃咸一	口含	溪開1	苦后	心平開談咸一	蘇甘
8888	7正		197	戓	口	三	起	陰平	開	廿六弇			溪平開覃咸一	口含	溪開1	苦后	心平開談咸一	蘇甘
8889	7正	54	198	**諳**	挨	三	影	陰平	開	廿六弇			影平開覃咸一	烏含	影開1	於改	心平開談咸一	蘇甘
8890	7正		199	韽	挨	三	影	陰平	開	廿六弇			影平開覃咸一	烏含	影開1	於改	心平開談咸一	蘇甘
8892	7正		200	韽*	挨	三	影	陰平	開	廿六弇			影平開覃咸一	烏含	影開1	於改	心平開談咸一	蘇甘
8893	7正		201	盦	挨	三	影	陰平	開	廿六弇			影平開覃咸一	烏含	影開1	於改	心平開談咸一	蘇甘
8897	7正	55	202	**覘**	帶	三	短	陰平	開	廿六弇			端平開覃咸一	丁含	端開1	當蓋	心平開談咸一	蘇甘
8898	7正		203	媅	帶	三	短	陰平	開	廿六弇			端平開覃咸一	丁含	端開1	當蓋	心平開談咸一	蘇甘
8899	7正	56	204	**探**	代	三	透	陰平	開	廿六弇			透平開覃咸一	他含	定開1	徒耐	心平開談咸一	蘇甘
8900	7正		205	抩*	代	三	透	陰平	開	廿六弇			透平開談咸一	他甘	定開1	徒耐	心平開談咸一	蘇甘
8902	7正		206	聃	代	三	透	陰平	開	廿六弇			透平開談咸一	他酣	定開1	徒耐	心平開談咸一	蘇甘
8903	7正		207	欿 g*	代	三	透	陰平	開	廿六弇			透平開覃咸一	他含	定開1	徒耐	心平開談咸一	蘇甘
8904	7正		208	貪	代	三	透	陰平	開	廿六弇			透平開覃咸一	他含	定開1	徒耐	心平開談咸一	蘇甘
8905	7正	57	209	曑 g*	采	三	淨	陰平	開	廿六弇	重見義異		清平開覃咸一	倉含	清開1	倉宰	心平開談咸一	蘇甘
8906	7正		210	謲	采	三	淨	陰平	開	廿六弇			清去開覃咸一	七紺	清開1	倉宰	心平開談咸一	蘇甘
8907	7正		211	傪	采	三	淨	陰平	開	廿六弇			清平開覃咸一	倉含	清開1	倉宰	心平開談咸一	蘇甘
8909	7正		212	**驂**	采	三	淨	陰平	開	廿六弇			清平開覃咸一	倉含	清開1	倉宰	心平開談咸一	蘇甘
8910	7正	58	213	三	燥	驂	信	陰平	開	廿六弇			心平開談咸一	蘇甘	心開1	蘇老	清平開覃咸一	倉含
8911	7正		214	慘	燥	驂	信	陰平	開	廿六弇			心平開覃咸一	蘇含	心開1	蘇老	清平開覃咸一	倉含
8914	7正	59	215	**含**	海	覃	曉	陽平	開	廿六弇			匣平開覃咸一	胡男	曉開1	呼改	定平開覃咸一	徒含
8915	7正		216	琀	海	覃	曉	陽平	開	廿六弇			溪去開嚴咸三	丘釅	曉開1	呼改	定平開覃咸一	徒含
8916	7正		217	頷	海	覃	曉	陽平	開	廿六弇			匣平開覃咸一	胡男	曉開1	呼改	定平開覃咸一	徒含
8918	7正	60	218	**覃**	代	廞	透	陽平	開	廿六弇	覃隸作覃		定平開覃咸一	徒含	定開1	徒耐	溪平開咸咸二	苦咸
8921	7正		219	醰 g*	代	廞	透	陽平	開	廿六弇	平去兩讀		定平開覃咸一	徒南	定開1	徒耐	溪平開咸咸二	苦咸
8922	7正		220	鄿	代	廞	透	陽平	開	廿六弇			定平開覃咸一	徒含	定開1	徒耐	溪平開咸咸二	苦咸

韻字編號	部序	組數	字數	韻字及何氏反切			韻字何氏音				何萱注釋	備注	韻字中古音		上字中古音		下字中古音	
				韻字	上字	下字	聲	調	呼	韻部			聲調呼韻攝等	反切	聲呼等	反切	聲調呼韻攝等	反切
8923	7 正		221	鐔	代	廞	透	陽平	開	廿六弇			定平開覃咸一	徒含	定開 1	徒耐	溪平開咸咸二	苦咸
8926	7 正		222	潭	代	廞	透	陽平	開	廿六弇			定平開覃咸一	徒含	定開 1	徒耐	溪平開咸咸二	苦咸
8928	7 正		223	蕁	代	廞	透	陽平	開	廿六弇	薚或蕁		定平開覃咸一	徒含	定開 1	徒耐	溪平開咸咸二	苦咸
8929	7 正		224	薚*	代	廞	透	陽平	開	廿六弇			邪平開侵深三	徐心	定開 1	徒耐	溪平開咸咸二	苦咸
8931	7 正		225	彤 g*	代	廞	透	陽平	開	廿六弇	七部九部兩讀		端平開寒山一	多寒	定開 1	徒耐	溪平開咸咸二	苦咸
8932	7 正	61	226	**男**	囊	覃	乃	陽平	開	廿六弇			泥平開覃咸一	那含	泥開 1	奴朗	定平開覃咸一	徒含
8933	7 正		227	南	囊	覃	乃	陽平	開	廿六弇			泥平開覃咸一	那含	泥開 1	奴朗	定平開覃咸一	徒含
8934	7 正	62	228	**惏**	老	覃	賚	陽平	開	廿六弇			來平開覃咸一	盧含	來開 1	盧晧	定平開覃咸一	徒含
8935	7 正		229	**婪**	老	覃	賚	陽平	開	廿六弇			來平開覃咸一	盧含	來開 1	盧晧	定平開覃咸一	徒含
8936	7 正		230	廞 g*	老	覃	賚	陽平	開	廿六弇			來平開談咸一	盧柑	來開 1	盧晧	定平開覃咸一	徒含
8938	7 正		231	葻	老	覃	賚	陽平	開	廿六弇			來平開覃咸一	盧含	來開 1	盧晧	定平開覃咸一	徒含
8939	7 正	63	232	**錦**	几	品	見	上	齊	廿一錦			見上開侵深重三	居飲	見開重 3	居履	滂上開侵深重三	丕飲
8940	7 正	64	233	**噞**	舊	錦	起	上	齊	廿一錦			群上開侵深重三	渠飲	群開 3	巨救	見上開侵深重三	居飲
8942	7 正		234	㬎*	舊	錦	起	上	齊	廿一錦	又十四部兩見，凡三讀，義各異	與 14 部㬎異讀。14 部只有一見。玉篇呼殄切	群上開侵深重三	渠飲	群開 3	巨救	見上開侵深重三	居飲
8943	7 正	65	235	**歙**	漾	錦	影	上	齊	廿一錦			影上開侵深重三	於錦	以開 3	餘亮	見上開侵深重三	居飲
8944	7 正	66	236	亩	利	錦	賚	上	齊	廿一錦			來上開侵深三	力稔	來開 3	力至	見上開侵深重三	居飲
8945	7 正		237	**澟***	利	錦	賚	上	齊	廿一錦			來上開侵深三	力錦	來開 3	力至	見上開侵深重三	居飲
8946	7 正		238	畓	利	錦	賚	上	齊	廿一錦			來上開侵深三	力稔	來開 3	力至	見上開侵深重三	居飲
8947	7 正		239	鄙	利	錦	賚	上	齊	廿一錦		廣韻音或有誤	以平開侵深三	餘針	來開 3	力至	見上開侵深重三	居飲
8948	7 正		240	菻	利	錦	賚	上	齊	廿一錦			來上開侵深三	力稔	來開 3	力至	見上開侵深重三	居飲
8949	7 正	67	241	**戡**	掌	錦	照	上	齊	廿一錦	平上兩讀注在彼		知上開侵深三	張甚	章開 3	諸兩	見上開侵深重三	居飲
8951	7 正	68	242	**瀋**	齒	錦	助	上	齊	廿一錦			昌上開侵深三	昌枕	昌開 3	昌里	見上開侵深重三	居飲
8952	7 正	69	243	**衽**	攘	錦	耳	上	齊	廿一錦			日去開侵深三	汝鴆	日開 3	人漾	見上開侵深重三	居飲
8953	7 正		244	飪	攘	錦	耳	上	齊	廿一錦			日上開侵深三	如甚	日開 3	人漾	見上開侵深重三	居飲
8954	7 正		245	恁	攘	錦	耳	上	齊	廿一錦			日上開侵深三	如甚	日開 3	人漾	見上開侵深重三	居飲

韻字編號	部序	組數	字數	韻字及何氏反切			韻字何氏音				何萱注釋	備　注	韻字中古音		上字中古音		下字中古音	
				韻字	上字	下字	聲	調	呼	韻部			聲調呼韻攝等	反切	聲呼等	反切	聲調呼韻攝等	反切
8955	7 正		246	栠	攘	錦	耳	上	齊	廿一錦			日上開侵深三	如甚	日開 3	人漾	見上開侵深重三	居飲
8956	7 正		247	荏	攘	錦	耳	上	齊	廿一錦			日上開侵深三	如甚	日開 3	人漾	見上開侵深重三	居飲
8957	7 正		248	稔	攘	錦	耳	上	齊	廿一錦			日上開侵深三	如甚	日開 3	人漾	見上開侵深重三	居飲
8958	7 正		249	羊	攘	錦	耳	上	齊	廿一錦			日上開侵深三	如甚	日開 3	人漾	見上開侵深重三	居飲
8959	7 正	70	250	審	始	錦	審	上	齊	廿一錦			書上開侵深三	式荏	書開 3	詩止	見上開侵深重三	居飲
8960	7 正		251	甚	始	錦	審	上	齊	廿一錦			禪上開侵深三	常枕	書開 3	詩止	見上開侵深重三	居飲
8962	7 正		252	葚	始	錦	審	上	齊	廿一錦			船上開侵深三	食荏	書開 3	詩止	見上開侵深重三	居飲
8964	7 正		253	瞫	始	錦	審	上	齊	廿一錦			書上開侵深三	式荏	書開 3	詩止	見上開侵深重三	居飲
8966	7 正		254	嬸	始	錦	審	上	齊	廿一錦			書上開侵深三	式荏	書開 3	詩止	見上開侵深重三	居飲
8967	7 正		255	**諗**	始	錦	審	上	齊	廿一錦			書上開侵深三	式荏	書開 3	詩止	見上開侵深重三	居飲
8968	7 正		256	淰	始	錦	審	上	齊	廿一錦	兩讀		書上開侵深三	式荏	書開 3	詩止	見上開侵深重三	居飲
8972	7 正	71	257	**醬**	紫	錦	井	上	齊	廿一錦			精上開侵深三	子朕	精開 3	將此	見上開侵深重三	居飲
8973	7 正	72	258	寑	此	錦	淨	上	齊	廿一錦			清上開侵深三	七稔	清開 3	雌氏	見上開侵深重三	居飲
8974	7 正		259	癵*	此	錦	淨	上	齊	廿一錦		正文缺	清上開侵深三	七稔	清開 3	雌氏	見上開侵深重三	居飲
8975	7 正		260	**槮***	此	錦	淨	上	齊	廿一錦			清上開侵深三	七稔	清開 3	雌氏	見上開侵深重三	居飲
8976	7 正		261	蘉*	此	錦	淨	上	齊	廿一錦	萱按說文又出蘉字，音侵訓覆也，必淺人所羼入者耳。㝲即蘉之省，許不得分蘉蘉為二字二音也明矣		清上開侵深三	七稔	清開 3	雌氏	見上開侵深重三	居飲
8977	7 正		262	蕈	此	錦	淨	上	齊	廿一錦			從上開侵深三	慈荏	清開 3	雌氏	見上開侵深重三	居飲
8978	7 正	73	263	**趛**	仰	錦	我	上	齊	廿一錦			疑上開侵深重三	牛錦	疑開 3	魚兩	見上開侵深重三	居飲
8979	7 正	74	264	**禀**	丙	品	謗	上	齊	廿一錦			幫上開侵深重三	筆錦	幫開 3	兵永	滂上開侵深重三	丕飲
8980	7 正	75	265	**品**	避	錦	並	上	齊	廿一錦			滂上開侵深重三	丕飲	並開重 4	毗義	見上開侵深重三	居飲
8981	7 正	76	266	**檢**	几	冄	見	上	齊二	廿二檢			見上開鹽咸重三	居奄	見開重 3	居履	日上開鹽咸三	而琰
8982	7 正	77	267	儉	舊	檢	起	上	齊二	廿二檢			群上開鹽咸重三	巨險	群開 3	巨救	見上開鹽咸重三	居奄

韻字編號	部序	組數	字數	韻字及何氏反切			韻字何氏音				何萱注釋	備注	韻字中古音		上字中古音		下字中古音	
				韻字	上字	下字	聲	調	呼	韻部			聲調呼韻攝等	反切	聲呼等	反切	聲調呼韻攝等	反切
8985	7正		268	**歉**	舊	檢	起	上	齊二	廿二檢			溪上開添咸四	苦簟	群開3	巨救	見上開鹽咸重三	居奄
8986	7正		269	鼸	舊	檢	起	上	齊二	廿二檢			匣上開添咸四	胡忝	群開3	巨救	見上開鹽咸重三	居奄
8987	7正	78	270	弇	漾	檢	影	上	齊二	廿二檢			影上開鹽咸重四	於琰	以開3	餘亮	見上開鹽咸重三	居奄
8988	7正		271	奄	漾	檢	影	上	齊二	廿二檢	平上兩讀注在彼		影上開鹽咸重三	衣儉	以開3	餘亮	見上開鹽咸重三	居奄
8990	7正		272	媕	漾	檢	影	上	齊二	廿二檢			影上開鹽咸重三	衣儉	以開3	餘亮	見上開鹽咸重三	居奄
8992	7正		273	揜	漾	檢	影	上	齊二	廿二檢			影上開鹽咸重三	衣儉	以開3	餘亮	見上開鹽咸重三	居奄
8993	7正		274	**渰**	漾	檢	影	上	齊二	廿二檢			影上開鹽咸重三	衣儉	以開3	餘亮	見上開鹽咸重三	居奄
8994	7正		275	厭	漾	檢	影	上	齊二	廿二檢	上入兩讀義分		影上開鹽咸重四	於琰	以開3	餘亮	見上開鹽咸重三	居奄
8997	7正		276	黶	漾	檢	影	上	齊二	廿二檢			影上開鹽咸重四	於琰	以開3	餘亮	見上開鹽咸重三	居奄
8998	7正		277	檿	漾	檢	影	上	齊二	廿二檢			影上開鹽咸重四	於琰	以開3	餘亮	見上開鹽咸重三	居奄
8999	7正	79	278	**險**	向	冄	曉	上	齊二	廿二檢			曉上開鹽咸重三	虛檢	曉開3	許亮	日上開鹽咸三	而琰
9000	7正		279	獫	向	冄	曉	上	齊二	廿二檢			曉上開鹽咸重三	虛檢	曉開3	許亮	日上開鹽咸三	而琰
9004	7正	80	280	**點**	邸	冄	短	上	齊二	廿二檢			端上開添咸四	多忝	端開4	都禮	日上開鹽咸三	而琰
9005	7正	81	281	**斂**	利	冄	賚	上	齊二	廿二檢			來上開鹽咸三	良冉	來開3	力至	日上開鹽咸三	而琰
9006	7正		282	撿	利	冄	賚	上	齊二	廿二檢			來上開鹽咸三	良冉	來開3	力至	日上開鹽咸三	而琰
9007	7正		283	蘞	利	冄	賚	上	齊二	廿二檢			來上開鹽咸三	良冉	來開3	力至	日上開鹽咸三	而琰
9009	7正	82	284	**冄**	攘	檢	耳	上	齊二	廿二檢			日上開鹽咸三	而琰	日開3	人漾	見上開鹽咸重三	居奄
9012	7正		285	姌*	攘	檢	耳	上	齊二	廿二檢			日上開鹽咸三	而琰	日開3	人漾	見上開鹽咸重三	居奄
9013	7正		286	䎃	攘	檢	耳	上	齊二	廿二檢			日上開鹽咸三	而琰	日開3	人漾	見上開鹽咸重三	居奄
9014	7正	83	287	**閃**	始	冄	審	上	齊二	廿二檢			書上開鹽咸三	失冉	書開3	詩止	日上開鹽咸三	而琰
9015	7正		288	淰 g*	始	冄	審	上	齊二	廿二檢	重見注在前		書上開鹽咸三	失冉	書開3	詩止	日上開鹽咸三	而琰
9019	7正		289	夾	始	冄	審	上	齊二	廿二檢			書入開昔梗三	施隻	書開3	詩止	日上開鹽咸三	而琰
9020	7正		290	陝	始	冄	審	上	齊二	廿二檢			書上開鹽咸三	失冉	書開3	詩止	日上開鹽咸三	而琰
9021	7正		291	睒	始	冄	審	上	齊二	廿二檢			書上開鹽咸三	失冉	書開3	詩止	日上開鹽咸三	而琰
9022	7正	84	292	**顩**	仰	檢	我	上	齊二	廿二檢			疑上開鹽咸重三	魚檢	疑開3	魚兩	見上開鹽咸重三	居奄
9024	7正		293	醶	仰	檢	我	上	齊二	廿二檢			初上開銜咸二	初檻	疑開3	魚兩	見上開鹽咸重三	居奄
9025	7正		294	隒	仰	檢	我	上	齊二	廿二檢			疑上開鹽咸重三	魚檢	疑開3	魚兩	見上開鹽咸重三	居奄

韻字編號	部序	組數	字數	韻字及何氏反切			韻字何氏音				何萱注釋	備注	韻字中古音		上字中古音		下字中古音	
				韻字	上字	下字	聲	調	呼	韻部			聲調呼韻攝等	反切	聲呼等	反切	聲調呼韻攝等	反切
9026	7 正	85	295	貶	丙	冄	謗	上	齊二	廿二檢			幫上開鹽咸重三	方斂	幫開 3	兵永	日上開鹽咸三	而琰
9027	7 正		296	㝺	丙	冄	謗	上	齊二	廿二檢			幫上開鹽咸重三	方斂	幫開 3	兵永	日上開鹽咸三	而琰
9028	7 正	86	297	減	几	摻	見	上	齊三	廿三減			見上開咸咸二	古斬	見開重 3	居履	生上開咸咸二	所斬
9030	7 正	87	298	槏	舊	減	起	上	齊三	廿三減			溪上開咸咸二	苦減	群開 3	巨救	見上開咸咸二	古斬
9031	7 正	88	299	黯	漾	減	影	上	齊三	廿三減			影上開咸咸二	乙減	以開 3	餘亮	見上開咸咸二	古斬
9033	7 正	89	300	獑	向	減	曉	上	齊三	廿三減			匣上開咸咸二	下斬	曉開 3	許亮	見上開咸咸二	古斬
9035	7 正	90	301	醶	齒	減	助	上	齊三	廿三減			初上開咸咸二	初減	昌開 3	昌里	見上開咸咸二	古斬
9037	7 正	91	302	摻	始	減	審	上	齊三	廿三減			生上開咸咸二	所斬	書開 3	詩止	見上開咸咸二	古斬
9039	7 正		303	獑	始	減	審	上	齊三	廿三減	平上兩讀注在彼		生上開咸咸二	所斬	書開 3	詩止	見上開咸咸二	古斬
9042	7 正	92	304	帆	缶	減	匪	上	齊三	廿三減			奉上合凡咸三	防錽	非開 3	方久	見上開咸咸二	古斬
9043	7 正	93	305	感	改	禫	見	上	開	廿四感			見上開覃咸一	古禫	見開 1	古亥	定上開覃咸一	徒感
9044	7 正	94	306	歁	口	禫	起	上	開	廿四感			溪上開覃咸一	苦感	溪開 1	苦后	定上開覃咸一	徒感
9045	7 正	95	307	罯	挨	禫	影	上	開	廿四感			影上開覃咸一	烏感	影開 1	於改	定上開覃咸一	徒感
9047	7 正		308	灟	挨	禫	影	上	開	廿四感			影上開覃咸一	烏感	影開 1	於改	定上開覃咸一	徒感
9049	7 正		309	黭	挨	禫	影	上	開	廿四感			影上開覃咸一	烏感	影開 1	於改	定上開覃咸一	徒感
9050	7 正	96	310	撼*	海	禫	曉	上	開	廿四感			匣上開覃咸一	戶感	曉開 1	呼改	定上開覃咸一	徒感
9051	7 正		311	顑	海	禫	曉	上	開	廿四感			溪上開覃咸一	苦感	曉開 1	呼改	定上開覃咸一	徒感
9052	7 正		312	頜	海	禫	曉	上	開	廿四感			匣上開覃咸一	胡感	曉開 1	呼改	定上開覃咸一	徒感
9054	7 正	97	313	禫	代	感	透	上	開	廿四感		下字原作減，誤。據副編改	定上開覃咸一	徒感	定開 1	徒耐	見上開覃咸一	古禫
9055	7 正		314	糫	代	感	透	上	開	廿四感		下字原作減，誤。據副編改	定上開覃咸一	徒感	定開 1	徒耐	見上開覃咸一	古禫
9057	7 正		315	嘾	代	感	透	上	開	廿四感		下字原作減，誤。據副編改	定上開覃咸一	徒感	定開 1	徒耐	見上開覃咸一	古禫
9058	7 正		316	噡	代	感	透	上	開	廿四感		下字原作減，誤	透上開覃咸一	他感	定開 1	徒耐	見上開覃咸一	古禫
9059	7 正		317	襑	代	感	透	上	開	廿四感	平上兩讀注在彼	下字原作減，誤。據副編改	透上開覃咸一	他感	定開 1	徒耐	見上開覃咸一	古禫

韻字編號	部序	組數	字數	韻字及何氏反切			韻字何氏音				何萱注釋	備注	韻字中古音		上字中古音		下字中古音	
				韻字	上字	下字	聲	調	呼	韻部			聲調呼韻攝等	反切	聲呼等	反切	聲調呼韻攝等	反切
9062	7正		318	醓	代	感	透	上	開	廿四感		下字原作減，誤。據副編改	透上開覃咸一	他感	定開1	徒耐	見上開覃咸一	古禫
9063	7正	98	319	湳	曩	禫	乃	上	開	廿四感			泥上開覃咸一	奴感	泥開1	奴朗	定上開覃咸一	徒感
9064	7正	99	320	顲	老	禫	賚	上	開	廿四感			來上開覃咸一	盧感	來開1	盧晧	定上開覃咸一	徒感
9066	7正	100	321	朁g*	采	禫	淨	上	開	廿四感			清上開覃咸一	七感	清開1	倉宰	定上開覃咸一	徒感
9067	7正		322	憯	采	禫	淨	上	開	廿四感			清上開覃咸一	七感	清開1	倉宰	定上開覃咸一	徒感
9068	7正		323	慘	采	禫	淨	上	開	廿四感			清上開覃咸一	七感	清開1	倉宰	定上開覃咸一	徒感
9069	7正		324	嫪	采	禫	淨	上	開	廿四感			清上開覃咸一	七感	清開1	倉宰	定上開覃咸一	徒感
9072	7正		325	黲	采	禫	淨	上	開	廿四感			清上開覃咸一	七感	清開1	倉宰	定上開覃咸一	徒感
9075	7正	101	326	顉	傲	禫	我	上	開	廿四感			疑上開覃咸一	五感	疑開1	五到	定上開覃咸一	徒感
9076	7正		327	嬸	傲	禫	我	上	開	廿四感			疑上開覃咸一	五感	疑開1	五到	定上開覃咸一	徒感
9077	7正	102	328	糂	燥	禫	信	上	開	廿四感			心上開覃咸一	桑感	心開1	蘇老	定上開覃咸一	徒感
9078	7正		329	糝	燥	禫	信	上	開	廿四感			心上開覃咸一	桑感	心開1	蘇老	定上開覃咸一	徒感
9079	7正	103	330	禁	几	蔭	見	去	齊	廿二禁			見去開侵深重三	居蔭	見開重3	居履	影去開侵深重三	於禁
9080	7正	104	331	噤	舊	蔭	起	去	齊	廿二禁			群去開侵深重三	巨禁	群開3	巨救	影去開侵深重三	於禁
9081	7正		332	矜	舊	蔭	起	去	齊	廿二禁			群去開侵深重三	巨禁	群開3	巨救	影去開侵深重三	於禁
9082	7正		333	紟	舊	蔭	起	去	齊	廿二禁			群去開侵深重三	巨禁	群開3	巨救	影去開侵深重三	於禁
9083	7正	105	334	蔭	漾	禁	影	去	齊	廿二禁			影去開侵深重三	於禁	以開3	餘亮	見去開侵深重三	居蔭
9084	7正		335	窨	漾	禁	影	去	齊	廿二禁			影去開侵深重三	於禁	以開3	餘亮	見去開侵深重三	居蔭
9085	7正	106	336	賃	紐	蔭	乃	去	齊	廿二禁			娘去開侵深三	乃禁	娘開3	女久	影去開侵深重三	於禁
9086	7正	107	337	譖	掌	蔭	照	去	齊	廿二禁		韻目歸入紐蔭切，表中作照母字頭。此處反切據副編加	莊去開侵深三	莊蔭	章開3	諸兩	影去開侵深重三	於禁
9087	7正	108	338	讖	齒	蔭	助	去	齊	廿二禁			初去開侵深三	楚譖	昌開3	昌里	影去開侵深重三	於禁
9088	7正	109	339	妊	攘	禁	耳	去	齊	廿二禁			日去開侵深三	汝鴆	日開3	人漾	見去開侵深重三	居蔭
9089	7正	110	340	滲	始	蔭	審	去	齊	廿二禁			生去開侵深三	所禁	書開3	詩止	影去開侵深重三	於禁

韻字編號	部序	組數	字數	韻字及何氏反切			韻字何氏音				何萱注釋	備　注	韻字中古音		上字中古音		下字中古音	
				韻字	上字	下字	聲	調	呼	韻部			聲調呼韻攝等	反切	聲呼等	反切	聲調呼韻攝等	反切
9091	7 正		341	罧	始	蔭	審	去	齊	廿二禁			生去開侵深三	所禁	書開 3	詩止	影去開侵深重三	於禁
9092	7 正	111	342	**濅**	紫	蔭	井	去	齊	廿二禁			精去開侵深三	子鴆	精開 3	將此	影去開侵深重三	於禁
9093	7 正	112	343	**沁**	此	蔭	淨	去	齊	廿二禁		韻目原歸入齒蔭切，據副編改	清去開侵深三	七鴆	清開 3	雌氏	影去開侵深重三	於禁
9094	7 正	113	344	**鳳**	缶	蔭	匪	去	齊	廿二禁	鳳古文朋鵬朋鵬又見六部平聲	6 部有朋和鵬兩個字分別與鳳異讀	奉去合東通三	馮貢	非開 3	方久	影去開侵深重三	於禁
9095	7 正		345	諷	缶	蔭	匪	去	齊	廿二禁			非去合東通三	方鳳	非開 3	方久	影去開侵深重三	於禁
9096	7 正	114	346	砉	邸	念	短	去	齊二	廿三砉			端去開添咸四	都念	端開 4	都禮	泥去開添咸四	奴店
9098	7 正		347	鉆	邸	念	短	去	齊二	廿三砉			端上開添咸四	多忝	端開 4	都禮	泥去開添咸四	奴店
9099	7 正		348	刮	邸	念	短	去	齊二	廿三砉			端上開添咸四	多忝	端開 4	都禮	泥去開添咸四	奴店
9100	7 正		349	**坫**	邸	念	短	去	齊二	廿三砉			端去開添咸四	都念	端開 4	都禮	泥去開添咸四	奴店
9101	7 正		350	唸	邸	念	短	去	齊二	廿三砉			端去開添咸四	都念	端開 4	都禮	泥去開添咸四	奴店
9103	7 正		351	霦	邸	念	短	去	齊二	廿三砉			端去開添咸四	都念	端開 4	都禮	泥去開添咸四	奴店
9104	7 正		352	穎	邸	念	短	去	齊二	廿三砉			端去開添咸四	都念	端開 4	都禮	泥去開添咸四	奴店
9106	7 正		353	墊	邸	念	短	去	齊二	廿三砉			端去開添咸四	都念	端開 4	都禮	泥去開添咸四	奴店
9107	7 正	115	354	**簟**	眺	念	透	去	齊二	廿三砉			定上開添咸四	徒玷	透開 4	他弔	泥去開添咸四	奴店
9108	7 正		355	丙	眺	念	透	去	齊二	廿三砉			透去開添咸四	他念	透開 4	他弔	泥去開添咸四	奴店
9110	7 正		356	桥	眺	念	透	去	齊二	廿三砉	栖俗有桥		透去開添咸四	他念	透開 4	他弔	泥去開添咸四	奴店
9111	7 正	116	357	**念**	紐	坫	乃	去	齊二	廿三砉			泥去開添咸四	奴店	娘開 3	女久	端去開添咸四	都念
9112	7 正	117	358	**姑**	始	坫	審	去	齊二	廿三砉			書去開鹽咸三	舒贍	書開 3	詩止	端去開添咸四	都念
9113	7 正	118	359	**僭**	紫	念	井	去	齊二	廿三砉			精去開添咸四	子念	精開 3	將此	泥去開添咸四	奴店
9114	7 正	119	360	譣 g*	仰	念	我	去	齊二	廿三砉			疑去開鹽咸重三	魚窆	疑開 3	魚兩	泥去開添咸四	奴店
9116	7 正		361	**驗**	仰	念	我	去	齊二	廿三砉			疑去開鹽咸重三	魚窆	疑開 3	魚兩	泥去開添咸四	奴店
9117	7 正		362	鹼 g*	仰	念	我	去	齊二	廿三砉			疑去開鹽咸重三	魚窆	疑開 3	魚兩	泥去開添咸四	奴店
9119	7 正	120	363	**窆**	丙	念	謗	去	齊二	廿三砉			幫去開鹽咸重三	方驗	幫開 3	兵永	泥去開添咸四	奴店
9121	7 正		364	砭	丙	念	謗	去	齊二	廿三砉	平去兩讀注在彼		幫去開鹽咸重三	方驗	幫開 3	兵永	泥去開添咸四	奴店
9123	7 正	121	365	**嗛**	向	泛	曉	去	齊三	廿四嗛			溪上開添咸四	苦簟	曉開 3	許亮	敷去合凡咸三	孚梵

韻字編號	部序	組數	字數	韻字及何氏反切			韻字何氏音				何萱注釋	備注	韻字中古音		上字中古音		下字中古音	
				韻字	上字	下字	聲	調	呼	韻部			聲調呼韻攝等	反切	聲呼等	反切	聲調呼韻攝等	反切
9124	7正	122	366	汎	缶	嗛	匪	去	齊三	廿四嗛			敷去合凡咸三	孚梵	非開3	方久	溪上開添咸四	苦簟
9125	7正		367	泛	缶	嗛	匪	去	齊三	廿四嗛			敷去合凡咸三	孚梵	非開3	方久	溪上開添咸四	苦簟
9126	7正		368	覂	缶	嗛	匪	去	齊三	廿四嗛			非上合鍾通三	方勇	非開3	方久	溪上開添咸四	苦簟
9127	7正	123	369	淦	改	禫	見	去	開	廿五淦			見平開覃咸一	古南	見開1	古亥	定上開覃咸一	徒感
9128	7正	124	370	暗	挨	撢	影	去	開	廿五淦			影去開覃咸一	烏紺	影開1	於改	透去開覃咸一	他紺
9129	7正		371	闇	挨	撢	影	去	開	廿五淦			影去開覃咸一	烏紺	影開1	於改	透去開覃咸一	他紺
9130	7正	125	372	琀	海	撢	曉	去	開	廿五淦			匣去開覃咸一	胡紺	曉開1	呼改	透去開覃咸一	他紺
9131	7正	126	373	撢	代	闇	透	去	開	廿五淦			透去開覃咸一	他紺	定開1	徒耐	影去開覃咸一	烏紺
9132	7正		374	醰	代	闇	透	去	開	廿五淦	平去兩讀注在彼		定去開覃咸一	徒紺	定開1	徒耐	影去開覃咸一	烏紺
9135	7正	127	375	急	几	立	見	入	齊	廿五急			見入開緝深重三	居立	見開重3	居履	來入開緝深三	力入
9136	7正		376	彶	几	立	見	入	齊	廿五急			見入開緝深重三	居立	見開重3	居履	來入開緝深三	力入
9137	7正		377	伋	几	立	見	入	齊	廿五急			見入開緝深重三	居立	見開重3	居履	來入開緝深三	力入
9138	7正		378	汲	几	立	見	入	齊	廿五急			見入開緝深重三	居立	見開重3	居履	來入開緝深三	力入
9139	7正		379	芨	几	立	見	入	齊	廿五急			見入開緝深重三	居立	見開重3	居履	來入開緝深三	力入
9140	7正		380	級	几	立	見	入	齊	廿五急			見入開緝深重三	居立	見開重3	居履	來入開緝深三	力入
9141	7正		381	給	几	立	見	入	齊	廿五急			見入開緝深重三	居立	見開重3	居履	來入開緝深三	力入
9142	7正	128	382	及	舊	立	起	入	齊	廿五急			群入開緝深重三	其立	群開3	巨救	來入開緝深三	力入
9143	7正		383	泣	舊	立	起	入	齊	廿五急			溪入開緝深重三	去及	群開3	巨救	來入開緝深三	力入
9144	7正		384	湆	舊	立	起	入	齊	廿五急			溪入開緝深重三	去及	群開3	巨救	來入開緝深三	力入
9145	7正	129	385	邑	漾	及	影	入	齊	廿五急			影入開緝深重三	於汲	以開3	餘亮	群入開緝深重三	其立
9146	7正		386	悒	漾	及	影	入	齊	廿五急			影入開緝深重三	於汲	以開3	餘亮	群入開緝深重三	其立
9147	7正		387	挹	漾	及	影	入	齊	廿五急			影入開緝深重四	伊入	以開3	餘亮	群入開緝深重三	其立
9148	7正		388	浥	漾	及	影	入	齊	廿五急			影入開緝深重三	於汲	以開3	餘亮	群入開緝深重三	其立
9151	7正		389	揖	漾	及	影	入	齊	廿五急			影入開緝深重四	伊入	以開3	餘亮	群入開緝深重三	其立
9152	7正		390	昱	漾	及	影	入	齊	廿五急	……翌與昱同立聲，故相段借，本皆在緝韻，音轉又皆入屋韻		以入合屋通三	余六	以開3	餘亮	群入開緝深重三	其立

韻字編號	部序	組數	字數	韻字及何氏反切			韻字何氏音				何萱注釋	備注	韻字中古音		上字中古音		下字中古音	
				韻字	上字	下字	聲	調	呼	韻部			聲調呼韻攝等	反切	聲呼等	反切	聲調呼韻攝等	反切
9153	7正		391	喅	漾	及	影	入	齊	廿五忢			以入合屋通三	余六	以開3	餘亮	群入開緝深重三	其立
9154	7正		392	煜	漾	及	影	入	齊	廿五忢			以入合屋通三	余六	以開3	餘亮	群入開緝深重三	其立
9155	7正		393	翊	漾	及	影	入	齊	廿五忢	兩見		以入開職曾三	與職	以開3	餘亮	群入開緝深重三	其立
9156	7正		394	熠	漾	及	影	入	齊	廿五忢			以入開緝深三	羊入	以開3	餘亮	群入開緝深重三	其立
9158	7正		395	驔	漾	及	影	入	齊	廿五忢	騽或。平入兩讀。萱按覃之古音如淫，其入聲則如熠。古音又如尋，其入聲則如習。故驔騽必一字	玉篇徒典切。據何氏注，此處取騽廣韻音	云入開緝深三	為立	以開3	餘亮	群入開緝深重三	其立
9159	7正	130	396	翕	向	立	曉	入	齊	廿五忢			曉入開緝深重三	許及	曉開3	許亮	來入開緝深三	力入
9160	7正		397	潝	向	立	曉	入	齊	廿五忢			曉入開緝深重三	許及	曉開3	許亮	來入開緝深三	力入
9161	7正		398	郤	向	立	曉	入	齊	廿五忢			曉入開緝深重三	許及	曉開3	許亮	來入開緝深三	力入
9162	7正		399	歙	向	立	曉	入	齊	廿五忢			曉入開緝深重三	許及	曉開3	許亮	來入開緝深三	力入
9163	7正		400	**吸**	向	立	曉	入	齊	廿五忢			曉入開緝深重三	許及	曉開3	許亮	來入開緝深三	力入
9164	7正	131	401	**𦧲**	紐	立	乃	入	齊	廿五忢			以入開緝深三	羊入	娘開3	女久	來入開緝深三	力入
9166	7正	132	402	立	利	及	賚	入	齊	廿五忢			來入開緝深三	力入	來開3	力至	群入開緝深重三	其立
9167	7正		403	**粒**	利	及	賚	入	齊	廿五忢			來入開緝深三	力入	來開3	力至	群入開緝深重三	其立
9168	7正		404	笠	利	及	賚	入	齊	廿五忢			來入開緝深三	力入	來開3	力至	群入開緝深重三	其立
9169	7正		405	鴗	利	及	賚	入	齊	廿五忢			來入開緝深三	力入	來開3	力至	群入開緝深重三	其立
9170	7正	133	406	咠	掌	立	照	入	齊	廿五忢			莊入開緝深三	阻立	章開3	諸兩	來入開緝深三	力入
9171	7正		407	戢	掌	立	照	入	齊	廿五忢			莊入開緝深三	阻立	章開3	諸兩	來入開緝深三	力入
9172	7正		408	濈	掌	立	照	入	齊	廿五忢			莊入開緝深三	阻立	章開3	諸兩	來入開緝深三	力入
9173	7正		409	**汁**	掌	立	照	入	齊	廿五忢			章入開緝深三	之入	章開3	諸兩	來入開緝深三	力入
9174	7正		410	執	掌	立	照	入	齊	廿五忢	隸作執		章入開緝深三	之入	章開3	諸兩	來入開緝深三	力入
9175	7正		411	慹	掌	立	照	入	齊	廿五忢			章入開緝深三	之入	章開3	諸兩	來入開緝深三	力入

韻字編號	部序	組數	字數	韻字及何氏反切			韻字何氏音				何萱注釋	備注	韻字中古音		上字中古音		下字中古音	
				韻字	上字	下字	聲	調	呼	韻部			聲調呼韻攝等	反切	聲呼等	反切	聲調呼韻攝等	反切
9179	7正		412	縶	掌	立	照	入	齊	廿五忍	馽，或縶		知入開緝深三	陟立	章開3	諸兩	來入開緝深三	力入
9180	7正	134	413	蟄	齒	立	助	入	齊	廿五忍			澄入開緝深三	直立	昌開3	昌里	來入開緝深三	力入
9181	7正		414	眨	齒	立	助	入	齊	廿五忍			澄入開緝深三	直立	昌開3	昌里	來入開緝深三	力入
9182	7正		415	堪	齒	立	助	入	齊	廿五忍			澄入開緝深三	直立	昌開3	昌里	來入開緝深三	力入
9184	7正		416	湁	齒	立	助	入	齊	廿五忍			徹入開緝深重三	丑入	昌開3	昌里	來入開緝深三	力入
9185	7正	135	417	入	攘	及	耳	入	齊	廿五忍			日入開緝深三	人執	日開3	人漾	群入開緝深重三	其立
9186	7正		418	廿	攘	及	耳	入	齊	廿五忍			日入開緝深三	人執	日開3	人漾	群入開緝深重三	其立
9187	7正	136	419	十	始	立	審	入	齊	廿五忍			禪入開緝深三	是執	書開3	詩止	來入開緝深三	力入
9188	7正		420	什	始	立	審	入	齊	廿五忍			禪入開緝深三	是執	書開3	詩止	來入開緝深三	力入
9189	7正		421	拾	始	立	審	入	齊	廿五忍			禪入開緝深三	是執	書開3	詩止	來入開緝深三	力入
9190	7正		422	澀	始	立	審	入	齊	廿五忍			生入開緝深三	色立	書開3	詩止	來入開緝深三	力入
9191	7正		423	溼	始	立	審	入	齊	廿五忍			書入開緝深三	失入	書開3	詩止	來入開緝深三	力入
9192	7正	137	424	湒	紫	立	井	入	齊	廿五忍			精入開緝深三	子入	精開3	將此	來入開緝深三	力入
9193	7正		425	噍	紫	立	井	入	齊	廿五忍			精入開緝深三	子入	精開3	將此	來入開緝深三	力入
9194	7正		426	緁	紫	立	井	入	齊	廿五忍			精入開緝深三	子入	精開3	將此	來入開緝深三	力入
9196	7正		427	斟	紫	立	井	入	齊	廿五忍			昌入開緝深三	昌汁	精開3	將此	來入開緝深三	力入
9197	7正		428	蕺	紫	立	井	入	齊	廿五忍			精入開緝深三	子入	精開3	將此	來入開緝深三	力入
9198	7正	138	429	亼	此	立	淨	入	齊	廿五忍			從入開緝深三	秦入	清開3	雌氏	來入開緝深三	力入
9199	7正		430	雧*	此	立	淨	入	齊	廿五忍			從入開緝深三	籍入	清開3	雌氏	來入開緝深三	力入
9200	7正		431	鏶	此	立	淨	入	齊	廿五忍			從入開緝深三	秦入	清開3	雌氏	來入開緝深三	力入
9202	7正		432	咠	此	立	淨	入	齊	廿五忍			清入開緝深三	七入	清開3	雌氏	來入開緝深三	力入
9203	7正		433	咠	此	立	淨	入	齊	廿五忍			從入開緝深三	秦入	清開3	雌氏	來入開緝深三	力入
9204	7正		434	緝	此	立	淨	入	齊	廿五忍			清入開緝深三	七入	清開3	雌氏	來入開緝深三	力入
9205	7正		435	輯	此	立	淨	入	齊	廿五忍			從入開緝深三	秦入	清開3	雌氏	來入開緝深三	力入
9206	7正		436	葺	此	立	淨	入	齊	廿五忍			清入開緝深三	七入	清開3	雌氏	來入開緝深三	力入
9208	7正		437	謵	此	立	淨	入	齊	廿五忍			昌入開葉咸三	叱涉	清開3	雌氏	來入開緝深三	力入
9209	7正	139	438	習	小	及	信	入	齊	廿五忍			邪入開緝深三	似入	心開3	私兆	群入開緝深重三	其立

韻字編號	部序	組數	字數	韻字及何氏反切			韻字何氏音				何萱注釋	備注	韻字中古音		上字中古音		下字中古音	
				韻字	上字	下字	聲	調	呼	韻部			聲調呼韻攝等	反切	聲呼等	反切	聲調呼韻攝等	反切
9210	7正		439	槢	小	及	信	入	齊	廿五忍			邪入開緝深三	似入	心開3	私兆	群入開緝深重三	其立
9211	7正		440	鰼	小	及	信	入	齊	廿五忍			邪入開緝深三	似入	心開3	私兆	群入開緝深重三	其立
9212	7正		441	襲	小	及	信	入	齊	廿五忍			邪入開緝深三	似入	心開3	私兆	群入開緝深重三	其立
9213	7正		442	卅*	小	及	信	入	齊	廿五忍	或作卅		心入開盍咸一	悉盍	心開3	私兆	群入開緝深重三	其立
9214	7正		443	隰	小	及	信	入	齊	廿五忍			邪入開緝深三	似入	心開3	私兆	群入開緝深重三	其立
9217	7正	140	444	皀	丙	立	謗	入	齊	廿五忍	七部入十部平兩讀		幫入開緝深重三	彼及	幫開3	兵永	來入開緝深三	力入
9221	7正	141	445	鴔*	避	立	並	入	齊	廿五忍			並入開緝深重三	匐急	並開重4	毗義	來入開緝深三	力入
9223	7正	142	446	跲	几	帖	見	入	齊二	廿六跆			見入開業咸三	居怯	見開重3	居履	透入開帖咸四	他協
9226	7正	143	447	极	舊	帖	起	入	齊二	廿六跆			群入開葉咸重三	其輒	群開3	巨救	透入開帖咸四	他協
9227	7正	144	448	裛	漾	攝	影	入	齊二	廿六跆			影入開葉咸重三	於輒	以開3	餘亮	書入開葉咸三	書涉
9230	7正		449	擪	漾	攝	影	入	齊二	廿六跆		表字攊(廣集無)	影入開葉咸重四	於葉	以開3	餘亮	書入開葉咸三	書涉
9231	7正		450	厭	漾	攝	影	入	齊二	廿六跆	上入兩讀義分		影入開葉咸重四	於葉	以開3	餘亮	書入開葉咸三	書涉
9234	7正	145	451	脅	向	帖	曉	入	齊二	廿六跆			曉入開業咸三	虛業	曉開3	許亮	透入開帖咸四	他協
9235	7正		452	歙	向	帖	曉	入	齊二	廿六跆			曉入開業咸三	虛業	曉開3	許亮	透入開帖咸四	他協
9236	7正		453	拹	向	帖	曉	入	齊二	廿六跆			曉入開業咸三	虛業	曉開3	許亮	透入開帖咸四	他協
9237	7正		454	勰*	向	帖	曉	入	齊二	廿六跆			匣入開帖咸四	檄頰	曉開3	許亮	透入開帖咸四	他協
9238	7正		455	愶*	向	帖	曉	入	齊二	廿六跆			匣入開帖咸四	檄頰	曉開3	許亮	透入開帖咸四	他協
9240	7正		456	協	向	帖	曉	入	齊二	廿六跆			匣入開帖咸四	胡頰	曉開3	許亮	透入開帖咸四	他協
9241	7正	146	457	聑	邸	帖	短	入	齊二	廿六跆			端入開帖咸四	丁愜	端開4	都禮	透入開帖咸四	他協
9242	7正	147	458	帖	眺	攝	透	入	齊二	廿六跆			透入開帖咸四	他協	透開4	他弔	書入開葉咸三	書涉
9243	7正		459	鮎	眺	攝	透	入	齊二	廿六跆			端入開帖咸四	丁愜	透開4	他弔	書入開葉咸三	書涉
9244	7正		460	褺	眺	攝	透	入	齊二	廿六跆			定入開帖咸四	徒協	透開4	他弔	書入開葉咸三	書涉
9245	7正		461	㲲	眺	攝	透	入	齊二	廿六跆			定入開帖咸四	徒協	透開4	他弔	書入開葉咸三	書涉
9246	7正		462	聾	眺	攝	透	入	齊二	廿六跆			清入開緝深三	七入	透開4	他弔	書入開葉咸三	書涉
9247	7正	148	463	聶	紐	帖	乃	入	齊二	廿六跆			娘入開葉咸三	尼輒	娘開3	女久	透入開帖咸四	他協
9248	7正		464	躡	紐	帖	乃	入	齊二	廿六跆			娘入開葉咸三	尼輒	娘開3	女久	透入開帖咸四	他協

韻字編號	部序	組數	字數	韻字及何氏反切			韻字何氏音				何萱注釋	備　注	韻字中古音		上字中古音		下字中古音	
				韻字	上字	下字	聲	調	呼	韻部			聲調呼韻攝等	反切	聲呼等	反切	聲調呼韻攝等	反切
9249	7正		465	嵒	紐	帖	乃	入	齊二	廿六踖			日入開葉咸三	而涉	娘開3	女久	透入開帖咸四	他協
9250	7正		466	卒	紐	帖	乃	入	齊二	廿六踖	俗有卒幸		娘入開葉咸三	尼輒	娘開3	女久	透入開帖咸四	他協
9251	7正		467	敜	紐	帖	乃	入	齊二	廿六踖			泥入開帖咸四	奴協	娘開3	女久	透入開帖咸四	他協
9252	7正	149	468	**摺**	掌	帖	照	入	齊二	廿六踖			章入開葉咸三	之涉	章開3	諸兩	透入開帖咸四	他協
9254	7正		469	慴	掌	帖	照	入	齊二	廿六踖			章入開葉咸三	之涉	章開3	諸兩	透入開帖咸四	他協
9256	7正		470	讋	掌	帖	照	入	齊二	廿六踖			章入開葉咸三	之涉	章開3	諸兩	透入開帖咸四	他協
9257	7正		471	謺	掌	帖	照	入	齊二	廿六踖			章入開葉咸三	之涉	章開3	諸兩	透入開帖咸四	他協
9258	7正		472	讘	掌	帖	照	入	齊二	廿六踖			日入開葉咸三	而涉	章開3	諸兩	透入開帖咸四	他協
9259	7正		473	懾	掌	帖	照	入	齊二	廿六踖			章入開葉咸三	之涉	章開3	諸兩	透入開帖咸四	他協
9260	7正		474	聶	掌	帖	照	入	齊二	廿六踖			昌入開葉咸三	叱涉	章開3	諸兩	透入開帖咸四	他協
9262	7正	150	475	**姑**	齒	帖	助	入	齊二	廿六踖			昌入開葉咸三	叱涉	昌開3	昌里	透入開帖咸四	他協
9263	7正		476	僱*	齒	帖	助	入	齊二	廿六踖			昌入開葉咸三	尺涉	昌開3	昌里	透入開帖咸四	他協
9265	7正	151	477	**攝**	始	帖	審	入	齊二	廿六踖			書入開葉咸三	書涉	書開3	詩止	透入開帖咸四	他協
9266	7正	152	478	**楫**	紫	帖	井	入	齊二	廿六踖			精入開葉咸三	即葉	精開3	將此	透入開帖咸四	他協
9267	7正		479	挾 g*	紫	帖	井	入	齊二	廿六踖	兩讀義分		精入開帖咸四	即協	精開3	將此	透入開帖咸四	他協
9271	7正	153	480	**燮**	小	帖	信	入	齊二	廿六踖			心入開帖咸四	蘇協	心開3	私兆	透入開帖咸四	他協
9272	7正		481	爕	小	帖	信	入	齊二	廿六踖			心入開帖咸四	蘇協	心開3	私兆	透入開帖咸四	他協
9273	7正		482	瓔	小	帖	信	入	齊二	廿六踖			心入開帖咸四	蘇協	心開3	私兆	透入開帖咸四	他協
9274	7正	154	483	**袷**	几	壓	見	入	齊三	廿七袷			見入開洽咸二	古洽	見開重3	居履	影入開狎咸二	烏甲
9276	7正		484	帢	几	壓	見	入	齊三	廿七袷			見入開洽咸二	古洽	見開重3	居履	影入開狎咸二	烏甲
9278	7正		485	鞈	几	壓	見	入	齊三	廿七袷			見入開洽咸二	古洽	見開重3	居履	影入開狎咸二	烏甲
9280	7正	155	486	**賊**	舊	壓	起	入	齊三	廿七袷			溪入開洽咸二	苦洽	群開3	巨救	影入開狎咸二	烏甲
9281	7正		487	鹹	舊	壓	起	入	齊三	廿七袷	平入兩讀		溪入開洽咸二	苦洽	群開3	巨救	影入開狎咸二	烏甲
9285	7正	156	488	**壓**	漾	洽	影	入	齊三	廿七袷			影入開狎咸二	烏甲	以開3	餘亮	匣入開洽咸二	侯夾
9286	7正	157	489	**洽**	向	壓	曉	入	齊三	廿七袷			匣入開洽咸二	侯夾	曉開3	許亮	影入開狎咸二	烏甲
9287	7正		490	袷	向	壓	曉	入	齊三	廿七袷			匣入開洽咸二	侯夾	曉開3	許亮	影入開狎咸二	烏甲
9288	7正		491	梒g*	向	壓	曉	入	齊三	廿七袷			匣入開洽咸二	轄夾	曉開3	許亮	影入開狎咸二	烏甲

韻字編號	部序	組數	字數	韻字及何氏反切			韻字何氏音				何萱注釋	備注	韻字中古音		上字中古音		下字中古音	
				韻字	上字	下字	聲	調	呼	韻部			聲調呼韻攝等	反切	聲呼等	反切	聲調呼韻攝等	反切
9291	7正		492	挾	向	壓	曉	入	齊三	廿七祫	重見義分		匣入開帖咸四	胡頰	曉開3	許亮	影入開狎咸二	烏甲
9295	7正	158	493	図	紐	壓	乃	入	齊三	廿七祫			娘入開洽咸二	女洽	娘開3	女久	影入開狎咸二	烏甲
9297	7正	159	494	扱	齒	壓	助	入	齊三	廿七祫			初入開洽咸二	楚洽	昌開3	昌里	影入開狎咸二	烏甲
9298	7正	160	495	翜	始	壓	審	入	齊三	廿七祫			生入開狎咸二	所甲	書開3	詩止	影入開狎咸二	烏甲
9300	7正	161	496	乏	缶	壓	匪	入	齊三	廿七祫	𤴓，隸作乏		奉入合乏咸三	房法	非開3	方久	影入開狎咸二	烏甲
9303	7正		497	姂	缶	壓	匪	入	齊三	廿七祫			奉入合乏咸三	房法	非開3	方久	影入開狎咸二	烏甲
9304	7正	162	498	合	改	荅	見	入	開	廿八合	兩讀義分		見入開合咸一	古沓	見開1	古亥	端入開合咸一	都合
9306	7正		499	敆	改	荅	見	入	開	廿八合			見入開合咸一	古沓	見開1	古亥	端入開合咸一	都合
9307	7正		500	佮	改	荅	見	入	開	廿八合			見入開合咸一	古沓	見開1	古亥	端入開合咸一	都合
9308	7正		501	頜	改	荅	見	入	開	廿八合			見入開合咸一	古沓	見開1	古亥	端入開合咸一	都合
9309	7正		502	閤	改	荅	見	入	開	廿八合			見入開合咸一	古沓	見開1	古亥	端入開合咸一	都合
9310	7正		503	鴿	改	荅	見	入	開	廿八合			見入開合咸一	古沓	見開1	古亥	端入開合咸一	都合
9311	7正		504	盒*	改	荅	見	入	開	廿八合			見入開合咸一	葛合	見開1	古亥	端入開合咸一	都合
9312	7正		505	帢	改	荅	見	入	開	廿八合			見入開合咸一	古沓	見開1	古亥	端入開合咸一	都合
9313	7正	163	506	姶	挨	荅	影	入	開	廿八合		表中位於起母，應為影母	影入開合咸一	烏合	影開1	於改	端入開合咸一	都合
9314	7正		507	鞥	挨	荅	影	入	開	廿八合		表中位於起母，應為影母	影入開合咸一	烏合	影開1	於改	端入開合咸一	都合
9315	7正	164	508	合	海	荅	曉	入	開	廿八合	兩讀義分		匣入開合咸一	侯閤	曉開1	呼改	端入開合咸一	都合
9317	7正		509	詥	海	荅	曉	入	開	廿八合			匣入開合咸一	侯閤	曉開1	呼改	端入開合咸一	都合
9318	7正		510	欱	海	荅	曉	入	開	廿八合			曉入開合咸一	呼合	曉開1	呼改	端入開合咸一	都合
9319	7正		511	迨	海	荅	曉	入	開	廿八合			匣入開合咸一	侯閤	曉開1	呼改	端入開合咸一	都合
9321	7正		512	匌	海	荅	曉	入	開	廿八合			溪入開合咸一	口荅	曉開1	呼改	端入開合咸一	都合
9322	7正		513	郃	海	荅	曉	入	開	廿八合			匣入開合咸一	侯閤	曉開1	呼改	端入開合咸一	都合
9324	7正		514	疺	海	荅	曉	入	開	廿八合			曉入開合咸一	呼合	曉開1	呼改	端入開合咸一	都合
9326	7正	165	515	荅	帶	帀	短	入	開	廿八合			端入開合咸一	都合	端開1	當蓋	精入開合咸一	子答

韻字編號	部序	組數	字數	韻字及何氏反切			韻字何氏音				何萱注釋	備注	韻字中古音		上字中古音		下字中古音	
				韻字	上字	下字	聲	調	呼	韻部			聲調呼韻攝等	反切	聲呼等	反切	聲調呼韻攝等	反切
9329	7 正	166	516	踏*	代	荅	透	入	開	廿八合			定入開合咸一	達合	定開 1	徒耐	端入開合咸一	都合
9330	7 正		517	榙	代	荅	透	入	開	廿八合			匣入開合咸一	侯閤	定開 1	徒耐	端入開合咸一	都合
9332	7 正		518	誻	代	荅	透	入	開	廿八合			透入開合咸一	他合	定開 1	徒耐	端入開合咸一	都合
9333	7 正		519	譶	代	荅	透	入	開	廿八合			定入開合咸一	徒合	定開 1	徒耐	端入開合咸一	都合
9334	7 正		520	龖	代	荅	透	入	開	廿八合			定入開合咸一	徒合	定開 1	徒耐	端入開合咸一	都合
9335	7 正		521	鉆	代	荅	透	入	開	廿八合			定入開盍咸一	徒盍	定開 1	徒耐	端入開合咸一	都合
9336	7 正		522	漯	代	荅	透	入	開	廿八合	濕俗有漯		透入開合咸一	他合	定開 1	徒耐	端入開合咸一	都合
9337	7 正	167	523	拉	老	荅	賚	入	開	廿八合			來入開合咸一	盧合	來開 1	盧晧	端入開合咸一	都合
9338	7 正		524	柆*	老	荅	賚	入	開	廿八合			來入開合咸一	落合	來開 1	盧晧	端入開合咸一	都合
9339	7 正		525	卮	老	荅	賚	入	開	廿八合			來入開合咸一	盧合	來開 1	盧晧	端入開合咸一	都合
9340	7 正		526	翊	老	荅	賚	入	開	廿八合	兩讀詳在前注。翋䎉飛也，此義翋讀老荅切為合翋䎉異部而疊韻	此處取䎉集韻音	定入開合咸一	達合	來開 1	盧晧	端入開合咸一	都合
9341	7 正	168	527	帀	宰	荅	井	入	開	廿八合			精入開合咸一	子答	精開 1	作亥	端入開合咸一	都合
9344	7 正		528	嚽g*	宰	荅	井	入	開	廿八合			精入開合咸一	作荅	精開 1	作亥	端入開合咸一	都合
9345	7 正	169	529	雥	采	荅	淨	入	開	廿八合			從入開合咸一	徂合	清開 1	倉宰	端入開合咸一	都合
9346	7 正		530	襍	采	荅	淨	入	開	廿八合			從入開合咸一	徂合	清開 1	倉宰	端入開合咸一	都合
9347	7 正	170	531	颯	燥	荅	信	入	開	廿八合			心入開合咸一	蘇合	心開 1	蘇老	端入開合咸一	都合
9348	7 正		532	馺	燥	荅	信	入	開	廿八合			心入開合咸一	蘇合	心開 1	蘇老	端入開合咸一	都合
9350	7 正		533	趿	燥	荅	信	入	開	廿八合			心入開合咸一	蘇合	心開 1	蘇老	端入開合咸一	都合
9351	7 正		534	鞁	燥	荅	信	入	開	廿八合			心入開合咸一	蘇合	心開 1	蘇老	端入開合咸一	都合
9353	7 正		535	馺	燥	荅	信	入	開	廿八合			心入開合咸一	蘇合	心開 1	蘇老	端入開合咸一	都合
9354	7 正		536	鈒	燥	荅	信	入	開	廿八合			心入開合咸一	蘇合	心開 1	蘇老	端入開合咸一	都合

第七部副編

韻字編號	部序	組數	字數	韻字及何氏反切			韻字何氏音				何萱注釋	備　注	韻字中古音		上字中古音		下字中古音	
				韻字	上字	下字	聲	調	呼	韻部			聲調呼韻攝等	反切	聲呼等	反切	聲調呼韻攝等	反切
9355	7副	1	1	惍**	几	音	見	陰平	齊	廿三金			見平開侵深重三	居吟	見開重3	居履	影平開侵深重三	於金
9356	7副		2	黅	几	音	見	陰平	齊	廿三金			見平開侵深重三	居吟	見開重3	居履	影平開侵深重三	於金
9357	7副		3	齡*	几	音	見	陰平	齊	廿三金			群平開侵深重三	渠金	見開重3	居履	影平開侵深重三	於金
9359	7副		4	䘳*	几	音	見	陰平	齊	廿三金			見去開侵深重三	居廕	見開重3	居履	影平開侵深重三	於金
9360	7副	2	5	嶔	舊	金	起	陰平	齊	廿三金			溪平開侵深重三	去金	群開3	巨救	見平開侵深重三	居吟
9361	7副		6	瘖*	舊	金	起	陰平	齊	廿三金			溪入開合咸一	渴合	群開3	巨救	見平開侵深重三	居吟
9362	7副	3	7	磬	漾	金	影	陰平	齊	廿三金			影平開侵深重四	挹淫	以開3	餘亮	見平開侵深重三	居吟
9363	7副		8	醅	漾	金	影	陰平	齊	廿三金			影平開侵深重三	於金	以開3	餘亮	見平開侵深重三	居吟
9364	7副		9	踣	漾	金	影	陰平	齊	廿三金			影平開侵深重三	於金	以開3	餘亮	見平開侵深重三	居吟
9365	7副		10	㾁**	漾	金	影	陰平	齊	廿三金			影平開侵深重三	於今	以開3	餘亮	見平開侵深重三	居吟
9366	7副		11	陪	漾	金	影	陰平	齊	廿三金	平上兩讀		影平開侵深重三	於金	以開3	餘亮	見平開侵深重三	居吟
9368	7副	4	12	嫯	向	音	曉	陰平	齊	廿三金			曉平開侵深重三	許金	曉開3	許亮	影平開侵深重三	於金
9371	7副		13	噈*	向	音	曉	陰平	齊	廿三金			曉平開覃咸一	呼含	曉開3	許亮	影平開侵深重三	於金
9375	7副		14	鑫**	向	音	曉	陰平	齊	廿三金		玉篇：呼龍切又許金切	曉平開侵深重三	許金	曉開3	許亮	影平開侵深重三	於金
9376	7副		15	㕲**	向	音	曉	陰平	齊	廿三金			曉平開侵深重三	呼今	曉開3	許亮	影平開侵深重三	於金
9377	7副	5	16	砧	掌	音	照	陰平	齊	廿三金			知平開侵深三	知林	章開3	諸兩	影平開侵深重三	於金
9378	7副		17	椹	掌	音	照	陰平	齊	廿三金			知平開侵深三	知林	章開3	諸兩	影平開侵深重三	於金
9379	7副		18	鱵	掌	音	照	陰平	齊	廿三金			章平開侵深三	職深	章開3	諸兩	影平開侵深重三	於金
9380	7副	6	19	諃*	齒	金	助	陰平	齊	廿三金			徹平開侵深三	癡林	昌開3	昌里	見平開侵深重三	居吟
9381	7副		20	琛	齒	金	助	陰平	齊	廿三金			徹平開侵深三	丑林	昌開3	昌里	見平開侵深重三	居吟
9382	7副		21	穇	齒	金	助	陰平	齊	廿三金			初平開侵深三	楚簪	昌開3	昌里	見平開侵深重三	居吟
9384	7副	7	22	鬵	紫	音	井	陰平	齊	廿三金			精平開侵深三	子心	精開3	將此	影平開侵深重三	於金
9385	7副		23	礸*	紫	音	井	陰平	齊	廿三金			精平開侵深三	咨林	精開3	將此	影平開侵深重三	於金
9387	7副		24	雥	紫	音	井	陰平	齊	廿三金			精平開侵深三	子心	精開3	將此	影平開侵深重三	於金

韻字編號	部序	組數	字數	韻字及何氏反切			韻字何氏音				何萱注釋	備注	韻字中古音		上字中古音		下字中古音	
				韻字	上字	下字	聲	調	呼	韻部			聲調呼韻攝等	反切	聲呼等	反切	聲調呼韻攝等	反切
9388	7副		25	祲	紫	音	井	陰平	齊	廿三金			精平開侵深三	子心	精開3	將此	影平開侵深重三	於金
9390	7副	8	26	晸*	此	音	淨	陰平	齊	廿三金			清平開侵深三	千尋	清開3	雌氏	影平開侵深重三	於金
9391	7副		27	䞍	此	音	淨	陰平	齊	廿三金			清平開侵深三	七林	清開3	雌氏	影平開侵深重三	於金
9392	7副		28	鮼**	此	音	淨	陰平	齊	廿三金			清平開侵深三	七尋	清開3	雌氏	影平開侵深重三	於金
9393	7副	9	29	鈊*	小	金	信	陰平	齊	廿三金			清去開侵深三	七鴆	心開3	私兆	見平開侵深重三	居吟
9394	7副		30	軐	小	金	信	陰平	齊	廿三金			心平開侵深三	息林	心開3	私兆	見平開侵深重三	居吟
9395	7副		31	杺	小	金	信	陰平	齊	廿三金			心平開侵深三	息林	心開3	私兆	見平開侵深重三	居吟
9397	7副	10	32	葻	缶	金	匪	陰平	齊	廿三金			非平合東通三	方戎	非開3	方久	見平開侵深重三	居吟
9398	7副		33	瘋*	缶	金	匪	陰平	齊	廿三金			非平合東通三	方馮	非開3	方久	見平開侵深重三	居吟
9399	7副		34	偑	缶	金	匪	陰平	齊	廿三金			非平合東通三	方戎	非開3	方久	見平開侵深重三	居吟
9400	7副		35	颹*	缶	金	匪	陰平	齊	廿三金			非平合東通三	方馮	非開3	方久	見平開侵深重三	居吟
9401	7副		36	猦	缶	金	匪	陰平	齊	廿三金			非平合東通三	方戎	非開3	方久	見平開侵深重三	居吟
9402	7副		37	颿	缶	金	匪	陰平	齊	廿三金			非平合東通三	方戎	非開3	方久	見平開侵深重三	居吟
9403	7副	11	38	痔**	舊	林	起	陽平	齊	廿三金			群平開侵深重三	渠吟	群開3	巨救	來平開侵深三	力尋
9404	7副		39	邻	舊	林	起	陽平	齊	廿三金			群平開侵深重三	巨金	群開3	巨救	來平開侵深三	力尋
9405	7副		40	黔*	舊	林	起	陽平	齊	廿三金			群平開侵深重三	渠金	群開3	巨救	來平開侵深三	力尋
9406	7副		41	檎	舊	林	起	陽平	齊	廿三金			群平開侵深重三	巨金	群開3	巨救	來平開侵深三	力尋
9407	7副		42	穳	舊	林	起	陽平	齊	廿三金			群平開侵深重三	巨金	群開3	巨救	來平開侵深三	力尋
9409	7副		43	琴	舊	林	起	陽平	齊	廿三金			群平開侵深重三	巨金	群開3	巨救	來平開侵深三	力尋
9411	7副		44	澿	舊	林	起	陽平	齊	廿三金			群平開侵深重三	巨金	群開3	巨救	來平開侵深三	力尋
9412	7副	12	45	痓*	漾	林	影	陽平	齊	廿三金			以平開侵深三	夷針	以開3	餘亮	來平開侵深三	力尋
9413	7副		46	絟	漾	林	影	陽平	齊	廿三金			心平開侵深三	息林	以開3	餘亮	來平開侵深三	力尋
9414	7副		47	笙	漾	林	影	陽平	齊	廿三金	篬或作笙		以平開侵深三	餘針	以開3	餘亮	來平開侵深三	力尋
9415	7副		48	鶄	漾	林	影	陽平	齊	廿三金			以平開侵深三	餘針	以開3	餘亮	來平開侵深三	力尋
9417	7副	13	49	誑	紐	琴	乃	陽平	齊	廿三金			娘平開侵深三	女心	娘開3	女久	群平開侵深重三	巨金
9419	7副		50	鵟	紐	琴	乃	陽平	齊	廿三金			娘平開侵深三	女心	娘開3	女久	群平開侵深重三	巨金
9421	7副	14	51	碄*	利	琴	賚	陽平	齊	廿三金			來平開侵深三	犂針	來開3	力至	群平開侵深重三	巨金

韻字編號	部序	組數	字數	韻字及何氏反切			韻字何氏音				何萱注釋	備注	韻字中古音		上字中古音		下字中古音	
				韻字	上字	下字	聲	調	呼	韻部			聲調呼韻攝等	反切	聲呼等	反切	聲調呼韻攝等	反切
9422	7副		52	箖*	利	琴	賚	陽平	齊	廿三金			來平開侵深三	犂針	來開3	力至	群平開侵深重三	巨金
9423	7副		53	箖	利	琴	賚	陽平	齊	廿三金			來平開侵深三	力尋	來開3	力至	群平開侵深重三	巨金
9424	7副		54	臨*	利	琴	賚	陽平	齊	廿三金			來平開侵深三	犂針	來開3	力至	群平開侵深重三	巨金
9425	7副	15	55	鬵	齒	琴	助	陽平	齊	廿三金			崇平開侵深三	鋤針	昌開3	昌里	群平開侵深重三	巨金
9426	7副		56	岑	齒	琴	助	陽平	齊	廿三金			崇平開侵深三	鋤針	昌開3	昌里	群平開侵深重三	巨金
9427	7副		57	跈*	齒	琴	助	陽平	齊	廿三金			崇平開侵深三	鋤簪	昌開3	昌里	群平開侵深重三	巨金
9428	7副	16	58	庄**	攘	林	耳	陽平	齊	廿三金		玉篇：音任	日平開侵深三	如林	日開3	人漾	來平開侵深三	力尋
9429	7副	17	59	痮	始	林	審	陽平	齊	廿三金			禪平開侵深三	氏任	書開3	詩止	來平開侵深三	力尋
9430	7副		60	瘵**	始	林	審	陽平	齊	廿三金			禪平開侵深重三	市金	書開3	詩止	來平開侵深三	力尋
9431	7副	18	61	朁	此	林	淨	陽平	齊	廿三金			從平開侵深三	昨淫	清開3	雌氏	來平開侵深三	力尋
9432	7副		62	穇	此	林	淨	陽平	齊	廿三金			崇平開侵深重三	鋤針	清開3	雌氏	來平開侵深三	力尋
9434	7副		63	埁*	此	林	淨	陽平	齊	廿三金			從平開侵深三	才淫	清開3	雌氏	來平開侵深三	力尋
9435	7副	19	64	崟*	仰	林	我	陽平	齊	廿三金			疑平開侵深重三	魚音	疑開3	魚兩	來平開侵深三	力尋
9436	7副		65	菳	仰	林	我	陽平	齊	廿三金			疑平開侵深重三	魚金	疑開3	魚兩	來平開侵深三	力尋
9437	7副	20	66	鐔	小	林	信	陽平	齊	廿三金			邪平開侵深三	徐林	心開3	私兆	來平開侵深三	力尋
9438	7副		67	婦*	小	林	信	陽平	齊	廿三金			邪平開侵深三	徐心	心開3	私兆	來平開侵深三	力尋
9439	7副		68	簙*	小	林	信	陽平	齊	廿三金			邪平開侵深三	徐心	心開3	私兆	來平開侵深三	力尋
9440	7副		69	橝	小	林	信	陽平	齊	廿三金			邪平開侵深三	徐林	心開3	私兆	來平開侵深三	力尋
9441	7副		70	燖*	小	林	信	陽平	齊	廿三金			邪平開侵深三	徐心	心開3	私兆	來平開侵深三	力尋
9442	7副		71	鄩	小	林	信	陽平	齊	廿三金			邪平開侵深三	徐林	心開3	私兆	來平開侵深三	力尋
9443	7副		72	膶	小	林	信	陽平	齊	廿三金			邪平開侵深三	徐林	心開3	私兆	來平開侵深三	力尋
9444	7副		73	颯	小	林	信	陽平	齊	廿三金			邪平開侵深三	徐林	心開3	私兆	來平開侵深三	力尋
9445	7副		74	枔	小	林	信	陽平	齊	廿三金			邪平開侵深三	徐林	心開3	私兆	來平開侵深三	力尋
9446	7副	21	75	渢*	缶	林	匪	陽平	齊	廿三金			奉平合東通三	符風	非開3	方久	來平開侵深三	力尋
9447	7副		76	渢*	缶	林	匪	陽平	齊	廿三金			奉平合東通三	符風	非開3	方久	來平開侵深三	力尋
9450	7副		77	蝹**	缶	林	匪	陽平	齊	廿三金			奉平合東通三	房中	非開3	方久	來平開侵深三	力尋
9452	7副		78	肍*	缶	林	匪	陽平	齊	廿三金			奉平合東通三	符風	非開3	方久	來平開侵深三	力尋

韻字編號	部序	組數	字數	韻字及何氏反切			韻字何氏音				何萱注釋	備注	韻字中古音		上字中古音		下字中古音	
				韻字	上字	下字	聲	調	呼	韻部			聲調呼韻攝等	反切	聲呼等	反切	聲調呼韻攝等	反切
9453	7副	22	79	槏	几	謙	見	陰平	齊二	廿四兼			見平開添咸四	古甜	見開重3	居履	溪平開添咸四	苦兼
9454	7副		80	鶼	几	謙	見	陰平	齊二	廿四兼			見平開添咸四	古甜	見開重3	居履	溪平開添咸四	苦兼
9455	7副	23	81	慊	舊	兼	起	陰平	齊二	廿四兼			溪平開鹽咸重三	丘廉	群開3	巨救	見平開添咸四	古甜
9457	7副		82	戡*	舊	兼	起	陰平	齊二	廿四兼			溪平開添咸四	苦兼	群開3	巨救	見平開添咸四	古甜
9458	7副		83	鎒	舊	兼	起	陰平	齊二	廿四兼	鎊或作鎒		溪平開鹽咸重三	丘廉	群開3	巨救	見平開添咸四	古甜
9459	7副	24	84	馦	向	兼	曉	陰平	齊二	廿四兼			曉平開添咸四	許兼	曉開3	許亮	見平開添咸四	古甜
9460	7副		85	瘡	向	兼	曉	陰平	齊二	廿四兼			曉平開嚴咸三	虛嚴	曉開3	許亮	見平開添咸四	古甜
9461	7副		86	驗	向	兼	曉	陰平	齊二	廿四兼			曉平開嚴咸三	虛嚴	曉開3	許亮	見平開添咸四	古甜
9463	7副		87	爁*	向	兼	曉	陰平	齊二	廿四兼			曉平開嚴咸三	虛嚴	曉開3	許亮	見平開添咸四	古甜
9464	7副	25	88	敁	邸	謙	短	陰平	齊二	廿四兼			端平開添咸四	丁兼	端開4	都禮	溪平開添咸四	苦兼
9465	7副		89	髻	邸	謙	短	陰平	齊二	廿四兼			端平開添咸四	丁兼	端開4	都禮	溪平開添咸四	苦兼
9466	7副		90	詀	邸	謙	短	陰平	齊二	廿四兼			端平開添咸四	丁兼	端開4	都禮	溪平開添咸四	苦兼
9468	7副		91	佔	邸	謙	短	陰平	齊二	廿四兼			端平開添咸四	丁兼	端開4	都禮	溪平開添咸四	苦兼
9469	7副		92	祜*	邸	謙	短	陰平	齊二	廿四兼			端平開添咸四	丁兼	端開4	都禮	溪平開添咸四	苦兼
9473	7副	26	93	酟*	眺	兼	透	陰平	齊二	廿四兼			透平開添咸四	他兼	透開4	他弔	見平開添咸四	古甜
9474	7副	27	94	沾*	齒	兼	助	陰平	齊二	廿四兼			昌平開鹽咸三	處占	昌開3	昌里	見平開添咸四	古甜
9475	7副		95	姑*	齒	兼	助	陰平	齊二	廿四兼			昌平開鹽咸三	處占	昌開3	昌里	見平開添咸四	古甜
9476	7副		96	閰*	齒	兼	助	陰平	齊二	廿四兼			徹平開鹽咸三	癡廉	昌開3	昌里	見平開添咸四	古甜
9477	7副	28	97	熸	紫	謙	井	陰平	齊二	廿四兼		正編下字作兼	精平開鹽咸三	子廉	精開3	將此	溪平開添咸四	苦兼
9478	7副		98	嚵	紫	謙	井	陰平	齊二	廿四兼		正編下字作兼	精平開鹽咸三	子廉	精開3	將此	溪平開添咸四	苦兼
9481	7副		99	瀸	紫	謙	井	陰平	齊二	廿四兼		正編下字作兼	精平開鹽咸三	子廉	精開3	將此	溪平開添咸四	苦兼
9482	7副	29	100	籤	此	兼	淨	陰平	齊二	廿四兼			清平開鹽咸三	七廉	清開3	雌氏	見平開添咸四	古甜
9483	7副		101	纖	此	兼	淨	陰平	齊二	廿四兼			清平開鹽咸三	七廉	清開3	雌氏	見平開添咸四	古甜
9485	7副	30	102	暹	小	謙	信	陰平	齊二	廿四兼			心平開鹽咸三	息廉	心開3	私兆	溪平開添咸四	苦兼
9486	7副		103	鬈	小	謙	信	陰平	齊二	廿四兼			心平開鹽咸三	息廉	心開3	私兆	溪平開添咸四	苦兼
9487	7副		104	獵*	小	謙	信	陰平	齊二	廿四兼			心平開鹽咸三	思廉	心開3	私兆	溪平開添咸四	苦兼
9488	7副	31	105	拎*	舊	廉	起	陽平	齊二	廿四兼			群平開鹽咸重三	其淹	群開3	巨救	來平開鹽咸三	力鹽

韻字編號	部序	組數	字數	韻字及何氏反切			韻字何氏音				何萱注釋	備注	韻字中古音		上字中古音		下字中古音	
				韻字	上字	下字	聲	調	呼	韻部			聲調呼韻攝等	反切	聲呼等	反切	聲調呼韻攝等	反切
9491	7副		106	怜*	舊	廉	起	陽平	齊二	廿四兼			群平開鹽咸重三	其淹	群開 3	巨救	來平開鹽咸三	力鹽
9493	7副		107	伶*	舊	廉	起	陽平	齊二	廿四兼			群平開鹽咸重三	其淹	群開 3	巨救	來平開鹽咸三	力鹽
9496	7副		108	黔	舊	廉	起	陽平	齊二	廿四兼			群平開鹽咸重三	巨淹	群開 3	巨救	來平開鹽咸三	力鹽
9497	7副	32	109	貼*	眺	廉	透	陽平	齊二	廿四兼			定平開添咸四	徒兼	透開 4	他弔	來平開鹽咸三	力鹽
9498	7副		110	湉	眺	廉	透	陽平	齊二	廿四兼			定平開添咸四	徒兼	透開 4	他弔	來平開鹽咸三	力鹽
9499	7副		111	菾	眺	廉	透	陽平	齊二	廿四兼			定平開添咸四	徒兼	透開 4	他弔	來平開鹽咸三	力鹽
9500	7副		112	恭	眺	廉	透	陽平	齊二	廿四兼			定平開添咸四	徒兼	透開 4	他弔	來平開鹽咸三	力鹽
9501	7副		113	烕**	眺	廉	透	陽平	齊二	廿四兼	鉗也，玉篇	玉篇徒廉切	定平開鹽咸三	徒廉	透開 4	他弔	來平開鹽咸三	力鹽
9502	7副	33	114	秥*	紐	嫌	乃	陽平	齊二	廿四兼			娘平開鹽咸三	尼占	娘開 3	女久	匣平開添咸四	戶兼
9503	7副	34	115	㾾	利	嫌	賚	陽平	齊二	廿四兼			曉平開添咸四	許兼	來開 3	力至	匣平開添咸四	戶兼
9504	7副		116	臁*	利	嫌	賚	陽平	齊二	廿四兼			來平開鹽咸三	離鹽	來開 3	力至	匣平開添咸四	戶兼
9505	7副		117	嬚	利	嫌	賚	陽平	齊二	廿四兼			來上開鹽咸三	良冉	來開 3	力至	匣平開添咸四	戶兼
9506	7副		118	譧	利	嫌	賚	陽平	齊二	廿四兼			澄去開咸咸二	佇陷	來開 3	力至	匣平開添咸四	戶兼
9507	7副		119	縑*	利	嫌	賚	陽平	齊二	廿四兼			來平開鹽咸三	離鹽	來開 3	力至	匣平開添咸四	戶兼
9508	7副		120	劆*	利	嫌	賚	陽平	齊二	廿四兼			來平開鹽咸三	離鹽	來開 3	力至	匣平開添咸四	戶兼
9509	7副		121	螊	利	嫌	賚	陽平	齊二	廿四兼			來平開鹽咸三	力鹽	來開 3	力至	匣平開添咸四	戶兼
9510	7副		122	轈	利	嫌	賚	陽平	齊二	廿四兼			來平開鹽咸三	力鹽	來開 3	力至	匣平開添咸四	戶兼
9511	7副		123	櫏	利	嫌	賚	陽平	齊二	廿四兼			來平開鹽咸三	力鹽	來開 3	力至	匣平開添咸四	戶兼
9513	7副	35	124	**䶣**	齒	廉	助	陽平	齊二	廿四兼	俗有䶣𪘲		澄平開鹽咸三	直廉	昌開 3	昌里	來平開鹽咸三	力鹽
9514	7副	36	125	呥*	攘	廉	耳	陽平	齊二	廿四兼			日上開鹽咸三	而琰	日開 3	人漾	來平開鹽咸三	力鹽
9515	7副		126	袡*	攘	廉	耳	陽平	齊二	廿四兼			透平開青梗四	湯丁	日開 3	人漾	來平開鹽咸三	力鹽
9516	7副		127	舑	攘	廉	耳	陽平	齊二	廿四兼			泥平開歌果一	諾何	日開 3	人漾	來平開鹽咸三	力鹽
9517	7副		128	袡	攘	廉	耳	陽平	齊二	廿四兼			日平開鹽咸三	汝鹽	日開 3	人漾	來平開鹽咸三	力鹽
9518	7副	37	129	**棎**	始	廉	審	陽平	齊二	廿四兼	或作棎		禪平開鹽咸三	視占	書開 3	詩止	來平開鹽咸三	力鹽
9520	7副	38	130	礹*	仰	廉	我	陽平	齊二	廿四兼			疑平開鹽咸三	牛廉	疑開 3	魚兩	來平開鹽咸三	力鹽
9521	7副		131	䁙 g*	仰	廉	我	陽平	齊二	廿四兼			疑平開鹽咸重三	牛廉	疑開 3	魚兩	來平開鹽咸三	力鹽
9522	7副	39	132	鬵	小	廉	信	陽平	齊二	廿四兼			邪平開鹽咸三	徐鹽	心開 3	私兆	來平開鹽咸三	力鹽
9523	7副		133	䰼	小	廉	信	陽平	齊二	廿四兼			邪平開鹽咸三	徐鹽	心開 3	私兆	來平開鹽咸三	力鹽
9524	7副		134	橬	小	廉	信	陽平	齊二	廿四兼			邪平開鹽咸三	徐鹽	心開 3	私兆	來平開鹽咸三	力鹽

韻字編號	部序	組數	字數	韻字及何氏反切			韻字何氏音				何萱注釋	備注	韻字中古音		上字中古音		下字中古音	
				韻字	上字	下字	聲	調	呼	韻部			聲調呼韻攝等	反切	聲呼等	反切	聲調呼韻攝等	反切
9525	7副		135	蘞	小	廉	信	陽平	齊二	廿四兼			邪平開鹽咸三	徐鹽	心開3	私兆	來平開鹽咸三	力鹽
9526	7副	40	136	鰔	舊	緘	起	陰平	齊三	廿五緘		表中此位無字	溪平開咸咸二	苦咸	群開3	巨救	見平開咸咸二	古咸
9527	7副		137	輱	舊	緘	起	陰平	齊三	廿五緘			匣平開咸咸二	胡讒	群開3	巨救	見平開咸咸二	古咸
9528	7副		138	欦	舊	緘	起	陰平	齊三	廿五緘			敷平合凡咸三	匹凡	群開3	巨救	見平開咸咸二	古咸
9530	7副	41	139	酳	向	緘	曉	陰平	齊三	廿五緘			曉平開咸咸二	許咸	曉開3	許亮	見平開咸咸二	古咸
9531	7副	42	140	**鮎**	掌	緘	照	陰平	齊三	廿五緘			知平開咸咸二	竹咸	章開3	諸兩	見平開咸咸二	古咸
9532	7副		141	閚**	掌	緘	照	陰平	齊三	廿五緘			莊平開銜咸二	側銜	章開3	諸兩	見平開咸咸二	古咸
9533	7副	43	142	衫	始	緘	審	陰平	齊三	廿五緘			生平開銜咸二	所銜	書開3	詩止	見平開咸咸二	古咸
9534	7副		143	杉	始	緘	審	陰平	齊三	廿五緘			生平開咸咸二	所咸	書開3	詩止	見平開咸咸二	古咸
9535	7副		144	彡	始	緘	審	陰平	齊三	廿五緘			生平開咸咸二	所咸	書開3	詩止	見平開咸咸二	古咸
9536	7副		145	嗲*	始	緘	審	陰平	齊三	廿五緘			生平開咸咸二	師咸	書開3	詩止	見平開咸咸二	古咸
9539	7副		146	鞪	始	緘	審	陰平	齊三	廿五緘			生平開咸咸二	所咸	書開3	詩止	見平開咸咸二	古咸
9541	7副		147	轗	始	緘	審	陰平	齊三	廿五緘			生平開咸咸二	所咸	書開3	詩止	見平開咸咸二	古咸
9542	7副	44	148	諚*	缶	緘	匪	陰平	齊三	廿五緘			非平合凡咸三	甫凡	非開3	方久	見平開咸咸二	古咸
9543	7副		149	菩	缶	緘	匪	陰平	齊三	廿五緘			敷平合虞遇三	芳無	非開3	方久	見平開咸咸二	古咸
9545	7副	45	150	烕**	向	喦	曉	陽平	齊三	廿五緘		疑為讀的諧聲偏旁，咸。此處取咸廣韻音	匣平開咸咸二	胡讒	曉開3	許亮	疑平開咸咸二	五咸
9546	7副		151	騻	向	喦	曉	陽平	齊三	廿五緘			匣平開咸咸二	胡讒	曉開3	許亮	疑平開咸咸二	五咸
9547	7副		152	鰜**	向	喦	曉	陽平	齊三	廿五緘			匣平開咸咸二	戶巖	曉開3	許亮	疑平開咸咸二	五咸
9548	7副		153	蘅*	向	喦	曉	陽平	齊三	廿五緘			匣平開銜咸二	乎監	曉開3	許亮	疑平開咸咸二	五咸
9550	7副		154	瓻	向	喦	曉	陽平	齊三	廿五緘			匣平開銜咸二	戶監	曉開3	許亮	疑平開咸咸二	五咸
9552	7副	46	155	**喃**	紐	咸	乃	陽平	齊三	廿五緘			娘平開咸咸二	女咸	娘開3	女久	匣平開咸咸二	胡讒
9553	7副	47	156	**讒**	齒	咸	助	陽平	齊三	廿五緘			崇平開咸咸二	士咸	昌開3	昌里	匣平開咸咸二	胡讒
9554	7副		157	鼓	齒	咸	助	陽平	齊三	廿五緘			崇平開咸咸二	士咸	昌開3	昌里	匣平開咸咸二	胡讒
9555	7副	48	158	諵	仰	咸	我	陽平	齊三	廿五緘			疑平開咸咸二	五咸	疑開3	魚兩	匣平開咸咸二	胡讒
9556	7副		159	嵰	仰	咸	我	陽平	齊三	廿五緘			匣上開覃咸一	胡感	疑開3	魚兩	匣平開咸咸二	胡讒
9557	7副	49	160	**踫***	避	咸	並	陽平	齊三	廿五緘			並平開銜咸二	皮咸	並開重4	毗義	匣平開咸咸二	胡讒

韻字編號	部序	組數	字數	韻字及何氏反切			韻字何氏音				何萱注釋	備　注	韻字中古音		上字中古音		下字中古音	
				韻字	上字	下字	聲	調	呼	韻部			聲調呼韻攝等	反切	聲呼等	反切	聲調呼韻攝等	反切
9558	7 副		161	湴	避	咸	並	陽平	齊三	廿五緘			並去開銜咸二	蒲鑑	並開重 4	毗義	匣平開咸咸二	胡讒
9559	7 副	50	162	仉g*	缶	咸	匪	陽平	齊三	廿五緘		廣韻有並平開嚴三，符芝切；又有滂去合凡三，孚梵切	奉平合凡咸三	符咸	非開 3	方久	匣平開咸咸二	胡讒
9561	7 副		163	邜*	缶	咸	匪	陽平	齊三	廿五緘			奉平合凡咸三	符咸	非開 3	方久	匣平開咸咸二	胡讒
9562	7 副		164	帆 g*	缶	咸	匪	陽平	齊三	廿五緘		廣韻有奉去合凡三，扶泛切和並平嚴三，符芝切	奉平合凡咸三	符咸	非開 3	方久	匣平開咸咸二	胡讒
9563	7 副		165	颿	缶	咸	匪	陽平	齊三	廿五緘			並平合東通一	薄紅	非開 3	方久	匣平開咸咸二	胡讒
9566	7 副		166	枂*	缶	咸	匪	陽平	齊三	廿五緘			非平合凡咸三	甫凡	非開 3	方久	匣平開咸咸二	胡讒
9567	7 副		167	杋 g*	缶	咸	匪	陽平	齊三	廿五緘		廣韻只有並嚴三，符芝切一讀	奉平合凡咸三	符咸	非開 3	方久	匣平開咸咸二	胡讒
9568	7 副		168	珳*	缶	咸	匪	陽平	齊三	廿五緘			微平合凡咸三	亡凡	非開 3	方久	匣平開咸咸二	胡讒
9569	7 副	51	169	颬*	改	三	見	陰平	開	廿六弇			見平開覃咸一	姑南	見開 1	古亥	心平開談咸一	蘇甘
9570	7 副	52	170	頷	口	三	起	陰平	開	廿六弇			溪平開覃咸一	口含	溪開 1	苦后	心平開談咸一	蘇甘
9572	7 副		171	嵁	口	三	起	陰平	開	廿六弇	平上兩讀義分		溪平開覃咸一	口含	溪開 1	苦后	心平開談咸一	蘇甘
9575	7 副		172	㶀**	口	三	起	陰平	開	廿六弇			澄平開蒸曾三	直陵	溪開 1	苦后	心平開談咸一	蘇甘
9576	7 副		173	坅	口	三	起	陰平	開	廿六弇			溪平開覃咸一	口含	溪開 1	苦后	心平開談咸一	蘇甘
9577	7 副	53	174	剦*	挨	三	影	陰平	開	廿六弇	刑也，玉篇	玉篇作於嚴切	影平開嚴咸三	於嚴	影開 1	於改	心平開談咸一	蘇甘
9578	7 副		175	腤	挨	三	影	陰平	開	廿六弇			影平開覃咸一	烏含	影開 1	於改	心平開談咸一	蘇甘
9579	7 副		176	媕*	挨	三	影	陰平	開	廿六弇			影平開覃咸一	烏含	影開 1	於改	心平開談咸一	蘇甘
9580	7 副	54	177	欱	海	三	曉	陰平	開	廿六弇			曉平開覃咸一	火含	曉開 1	呼改	心平開談咸一	蘇甘
9581	7 副		178	酓	海	三	曉	陰平	開	廿六弇			曉平開覃咸一	火含	曉開 1	呼改	心平開談咸一	蘇甘
9582	7 副		179	谽	海	三	曉	陰平	開	廿六弇			曉平開覃咸一	火含	曉開 1	呼改	心平開談咸一	蘇甘
9583	7 副		180	**蛤**	海	三	曉	陰平	開	廿六弇			曉平開覃咸一	火含	曉開 1	呼改	心平開談咸一	蘇甘
9584	7 副		181	谽	海	三	曉	陰平	開	廿六弇			曉平開覃咸一	火含	曉開 1	呼改	心平開談咸一	蘇甘
9585	7 副	55	182	頕	帶	三	短	陰平	開	廿六弇			端平開談咸一	都甘	端開 1	當蓋	心平開談咸一	蘇甘

韻字編號	部序	組數	字數	韻字及何氏反切			韻字何氏音				何萱注釋	備注	韻字中古音		上字中古音		下字中古音	
				韻字	上字	下字	聲	調	呼	韻部			聲調呼韻攝等	反切	聲呼等	反切	聲調呼韻攝等	反切
9586	7副	56	183	郚*	代	三	透	陰平	開	廿六弇			透平開談咸一	他甘	定開1	徒耐	心平開談咸一	蘇甘
9590	7副		184	坍*	代	三	透	陰平	開	廿六弇			透平開談咸一	他甘	定開1	徒耐	心平開談咸一	蘇甘
9591	7副		185	沺*	代	三	透	陰平	開	廿六弇			透平開談咸一	他甘	定開1	徒耐	心平開談咸一	蘇甘
9592	7副		186	萠*	代	三	透	陰平	開	廿六弇			透平開談咸一	他甘	定開1	徒耐	心平開談咸一	蘇甘
9593	7副		187	湌*	代	三	透	陰平	開	廿六弇			透平開覃咸一	他含	定開1	徒耐	心平開談咸一	蘇甘
9595	7副	57	188	糌	宰	三	井	陰平	開	廿六弇			精平開覃咸一	作含	精開1	作亥	心平開談咸一	蘇甘
9598	7副		189	臢g*	宰	三	井	陰平	開	廿六弇			精平開覃咸一	祖含	精開1	作亥	心平開談咸一	蘇甘
9601	7副		190	鐕	宰	三	井	陰平	開	廿六弇			精平開覃咸一	作含	精開1	作亥	心平開談咸一	蘇甘
9602	7副		191	篸	宰	三	井	陰平	開	廿六弇			精平開覃咸一	作含	精開1	作亥	心平開談咸一	蘇甘
9603	7副	58	192	趁	采	三	淨	陰平	開	廿六弇			清平開覃咸一	倉含	清開1	倉宰	心平開談咸一	蘇甘
9605	7副		193	逡	采	三	淨	陰平	開	廿六弇			清入開合咸一	七合	清開1	倉宰	心平開談咸一	蘇甘
9606	7副	59	194	鬖	燥	驂	信	陰平	開	廿六弇			心平開談咸一	蘇甘	心開1	蘇老	清平開覃咸一	倉含
9607	7副		195	毶	燥	驂	信	陰平	開	廿六弇			心平開覃咸一	蘇含	心開1	蘇老	清平開覃咸一	倉含
9608	7副		196	彡	燥	驂	信	陰平	開	廿六弇			心平開談咸一	蘇甘	心開1	蘇老	清平開覃咸一	倉含
9609	7副	60	197	渷*	抱	三	並	陰平	開	廿六弇			非平合凡咸三	甫凡	並開1	薄浩	心平開談咸一	蘇甘
9610	7副	61	198	晗*	海	覃	曉	陽平	開	廿六弇			匣平開覃咸一	胡南	曉開1	呼改	定平開覃咸一	徒含
9611	7副		199	鋡	海	覃	曉	陽平	開	廿六弇			匣平開覃咸一	胡男	曉開1	呼改	定平開覃咸一	徒含
9612	7副		200	梒	海	覃	曉	陽平	開	廿六弇			匣平開覃咸一	胡男	曉開1	呼改	定平開覃咸一	徒含
9613	7副		201	炶	海	覃	曉	陽平	開	廿六弇			匣平開談咸一	胡甘	曉開1	呼改	定平開覃咸一	徒含
9614	7副		202	㕎	海	覃	曉	陽平	開	廿六弇			匣平開覃咸一	胡男	曉開1	呼改	定平開覃咸一	徒含
9615	7副	62	203	戡	代	匳	透	陽平	開	廿六弇			定平開覃咸一	徒含	定開1	徒耐	來平開鹽咸三	力鹽
9618	7副		204	壜	代	匳	透	陽平	開	廿六弇			定平開覃咸一	徒含	定開1	徒耐	來平開鹽咸三	力鹽
9619	7副		205	撢	代	匳	透	陽平	開	廿六弇			定平開覃咸一	徒含	定開1	徒耐	來平開鹽咸三	力鹽
9620	7副		206	瞫	代	匳	透	陽平	開	廿六弇			定平開覃咸一	徒含	定開1	徒耐	來平開鹽咸三	力鹽
9621	7副		207	蕈	代	匳	透	陽平	開	廿六弇			定平開覃咸一	徒含	定開1	徒耐	來平開鹽咸三	力鹽
9622	7副		208	醰	代	匳	透	陽平	開	廿六弇			定平開覃咸一	徒含	定開1	徒耐	來平開鹽咸三	力鹽
9623	7副		209	潭	代	匳	透	陽平	開	廿六弇			定平開覃咸一	徒含	定開1	徒耐	來平開鹽咸三	力鹽

韻字編號	部序	組數	字數	韻字及何氏反切			韻字何氏音				何萱注釋	備注	韻字中古音		上字中古音		下字中古音	
				韻字	上字	下字	聲	調	呼	韻部			聲調呼韻攝等	反切	聲呼等	反切	聲調呼韻攝等	反切
9624	7副		210	曇	代	匧	透	陽平	開	廿六弇			定平開覃咸一	徒含	定開1	徒耐	來平開鹽咸三	力鹽
9625	7副		211	壜	代	匧	透	陽平	開	廿六弇			定平開覃咸一	徒含	定開1	徒耐	來平開鹽咸三	力鹽
9626	7副	63	212	萳*	曩	覃	乃	陽平	開	廿六弇			泥平開覃咸一	那含	泥開1	奴朗	定平開覃咸一	徒含
9627	7副		213	楠	曩	覃	乃	陽平	開	廿六弇			泥平開覃咸一	那含	泥開1	奴朗	定平開覃咸一	徒含
9628	7副		214	湳**	曩	覃	乃	陽平	開	廿六弇			泥平開覃咸一	奴含	泥開1	奴朗	定平開覃咸一	徒含
9629	7副		215	畘**	曩	覃	乃	陽平	開	廿六弇	畘		泥平開談咸一	奴甘	泥開1	奴朗	定平開覃咸一	徒含
9630	7副	64	216	嵐	老	覃	賚	陽平	開	廿六弇			來平開覃咸一	盧含	來開1	盧晧	定平開覃咸一	徒含
9631	7副		217	躐*	老	覃	賚	陽平	開	廿六弇			來平開覃咸一	盧含	來開1	盧晧	定平開覃咸一	徒含
9632	7副		218	啉	老	覃	賚	陽平	開	廿六弇			來平開覃咸一	盧含	來開1	盧晧	定平開覃咸一	徒含
9633	7副	65	219	**蹔**	采	覃	淨	陽平	開	廿六弇			從平開覃咸一	昨含	清開1	倉宰	定平開覃咸一	徒含
9635	7副		220	鄑	采	覃	淨	陽平	開	廿六弇			從平開覃咸一	昨含	清開1	倉宰	定平開覃咸一	徒含
9637	7副		221	嫸*	采	覃	淨	陽平	開	廿六弇			從平開談咸一	財甘	清開1	倉宰	定平開覃咸一	徒含
9640	7副	66	222	**儑 g***	傲	覃	我	陽平	開	廿六弇			疑平開覃咸一	五含	疑開1	五到	定平開覃咸一	徒含
9641	7副		223	碞	傲	覃	我	陽平	開	廿六弇			疑平開覃咸一	五含	疑開1	五到	定平開覃咸一	徒含
9642	7副	67	224	顂	舊	錦	起	上	齊	廿一錦			群上開侵深重三	渠飲	群開3	巨救	見上開侵深重三	居飲
9644	7副		225	憷	舊	錦	起	上	齊	廿一錦			見平開侵深重三	居吟	群開3	巨救	見上開侵深重三	居飲
9645	7副		226	澿	舊	錦	起	上	齊	廿一錦			群上開侵深重三	渠飲	群開3	巨救	見上開侵深重三	居飲
9646	7副		227	磼*	舊	錦	起	上	齊	廿一錦			見上開侵深重三	居飲	群開3	巨救	見上開侵深重三	居飲
9647	7副		228	棽*	舊	錦	起	上	齊	廿一錦			群上開侵深重三	渠飲	群開3	巨救	見上開侵深重三	居飲
9648	7副		229	昑*	舊	錦	起	上	齊	廿一錦			溪上開侵深重三	丘甚	群開3	巨救	見上開侵深重三	居飲
9649	7副		230	坅	舊	錦	起	上	齊	廿一錦			溪上開侵深重三	丘甚	群開3	巨救	見上開侵深重三	居飲
9651	7副		231	頋g*	舊	錦	起	上	齊	廿一錦			溪上開侵深重三	丘甚	群開3	巨救	見上開侵深重三	居飲
9652	7副	68	232	拰	紐	錦	乃	上	齊	廿一錦		表中此位無字	娘上開侵深三	尼凜	娘開3	女久	見上開侵深重三	居飲
9653	7副	69	233	顩	掌	錦	照	上	齊	廿一錦			章上開侵深三	章荏	章開3	諸兩	見上開侵深重三	居飲
9654	7副		234	礷*	掌	錦	照	上	齊	廿一錦			知上開侵深三	陟甚	章開3	諸兩	見上開侵深重三	居飲
9655	7副	70	235	踸	齒	錦	助	上	齊	廿一錦			徹上開侵深三	丑甚	昌開3	昌里	見上開侵深重三	居飲
9656	7副		236	鍖	齒	錦	助	上	齊	廿一錦			徹上開侵深三	丑甚	昌開3	昌里	見上開侵深重三	居飲

韻字編號	部序	組數	字數	韻字及何氏反切			韻字何氏音				何萱注釋	備注	韻字中古音		上字中古音		下字中古音	
				韻字	上字	下字	聲	調	呼	韻部			聲調呼韻攝等	反切	聲呼等	反切	聲調呼韻攝等	反切
9657	7副		237	踸	齒	錦	助	上	齊	廿一錦			徹上開侵深三	丑甚	昌開3	昌里	見上開侵深重三	居飲
9658	7副		238	墋	齒	錦	助	上	齊	廿一錦			初上開侵深三	初朕	昌開3	昌里	見上開侵深重三	居飲
9659	7副	71	239	鉦	攘	錦	耳	上	齊	廿一錦			日上開侵深三	如甚	日開3	人漾	見上開侵深重三	居飲
9661	7副		240	錤	攘	錦	耳	上	齊	廿一錦		玉篇作丑甚切	徹上開侵深三	丑甚	日開3	人漾	見上開侵深重三	居飲
9662	7副		241	荏	攘	錦	耳	上	齊	廿一錦			日上開侵深三	如甚	日開3	人漾	見上開侵深重三	居飲
9663	7副		242	棯	攘	錦	耳	上	齊	廿一錦			日上開侵深三	如甚	日開3	人漾	見上開侵深重三	居飲
9664	7副	72	243	橣	始	錦	審	上	齊	廿一錦			書上開侵深三	式荏	書開3	詩止	見上開侵深重三	居飲
9665	7副		244	瘮	始	錦	審	上	齊	廿一錦			生上開侵深三	疎錦	書開3	詩止	見上開侵深重三	居飲
9666	7副		245	瘁	始	錦	審	上	齊	廿一錦			生上開侵深三	疎錦	書開3	詩止	見上開侵深重三	居飲
9668	7副	73	246	醬	紫	錦	井	上	齊	廿一錦		正文增	精上開侵深三	子朕	精開3	將此	見上開侵深重三	居飲
9669	7副	74	247	寑	此	錦	淨	上	齊	廿一錦		表中歸入信母，疑誤	清上開侵深三	七稔	清開3	雌氏	見上開侵深重三	居飲
9671	7副		248	顙*	此	錦	淨	上	齊	廿一錦		表中歸入信母，疑誤	崇上開侵深三	士瘁	清開3	雌氏	見上開侵深重三	居飲
9672	7副	75	249	顩	仰	錦	我	上	齊	廿一錦			溪上開侵深重四	欽錦	疑開3	魚兩	見上開侵深重三	居飲
9673	7副		250	僸	仰	錦	我	上	齊	廿一錦			疑上開侵深重三	牛錦	疑開3	魚兩	見上開侵深重三	居飲
9676	7副		251	廞*	仰	錦	我	上	齊	廿一錦			疑上開侵深重三	牛錦	疑開3	魚兩	見上開侵深重三	居飲
9677	7副	76	252	伈	小	錦	信	上	齊	廿一錦		表中字頭作寑，誤。應為伈	心上開侵深三	斯甚	心開3	私兆	見上開侵深重三	居飲
9678	7副		253	覃*	小	錦	信	上	齊	廿一錦		表中字頭作寑，誤。應為伈	書上開侵深三	式荏	心開3	私兆	見上開侵深重三	居飲
9679	7副	77	254	驗*	几	冄	見	上	齊二	廿二檢			見上開鹽咸重三	居奄	見開重3	居履	日上開鹽咸三	而琰
9680	7副		255	瞼	几	冄	見	上	齊二	廿二檢			見上開鹽咸重三	居奄	見開重3	居履	日上開鹽咸三	而琰
9681	7副		256	臉	几	冄	見	上	齊二	廿二檢			來上開咸咸二	力減	見開重3	居履	日上開鹽咸三	而琰
9683	7副		257	鐮*	几	冄	見	上	齊二	廿二檢			見上開添咸四	兼忝	見開重3	居履	日上開鹽咸三	而琰
9684	7副	78	258	膁	舊	檢	起	上	齊二	廿二檢			溪上開添咸四	苦簟	群開3	巨救	見上開鹽咸重三	居奄
9685	7副		259	脥	舊	檢	起	上	齊二	廿二檢			溪上開鹽咸重四	謙琰	群開3	巨救	見上開鹽咸重三	居奄

韻字編號	部序	組數	字數	韻字及何氏反切			韻字何氏音				何萱注釋	備　注	韻字中古音		上字中古音		下字中古音	
				韻字	上字	下字	聲	調	呼	韻部			聲調呼韻攝等	反切	聲呼等	反切	聲調呼韻攝等	反切
9686	7副		260	頨	舊	檢	起	上	齊二	廿二檢	頨俗有頨，～頗不平也，廣韻	玉篇作丘檢切	溪上開鹽咸重三	丘檢	群開3	巨救	見上開鹽咸重三	居奄
9687	7副	79	261	黶	漾	檢	影	上	齊二	廿二檢			影上開鹽咸重四	於琰	以開3	餘亮	見上開鹽咸重三	居奄
9688	7副		262	黶**	漾	檢	影	上	齊二	廿二檢			影上開鹽咸重四	於琰	以開3	餘亮	見上開鹽咸重三	居奄
9689	7副		263	厴	漾	檢	影	上	齊二	廿二檢			影上開鹽咸重四	於琰	以開3	餘亮	見上開鹽咸重三	居奄
9691	7副		264	旃	漾	檢	影	上	齊二	廿二檢			影上開鹽咸三	衣儉	以開3	餘亮	見上開鹽咸重三	居奄
9692	7副		265	旛**	漾	檢	影	上	齊二	廿二檢	掩光，廣韻	玉篇：於業於儼切	影上開嚴咸三	於儼	以開3	餘亮	見上開鹽咸重三	居奄
9693	7副	80	266	娎	向	檢	曉	上	齊二	廿二檢		正編下字作冄	曉上開鹽咸重三	虛檢	曉開3	許亮	見上開鹽咸重三	居奄
9695	7副		267	驗	向	檢	曉	上	齊二	廿二檢		正編下字作冄	曉上開鹽咸重三	虛檢	曉開3	許亮	見上開鹽咸重三	居奄
9697	7副		268	獫	向	檢	曉	上	齊二	廿二檢		正編下字作冄	來上開鹽咸三	良冉	曉開3	許亮	見上開鹽咸重三	居奄
9698	7副	81	269	**悿**	眺	冄	透	上	齊二	廿二檢			透上開添咸四	他玷	透開4	他弔	日上開鹽咸三	而琰
9700	7副		270	灛	眺	冄	透	上	齊二	廿二檢			定上開添咸四	徒玷	透開4	他弔	日上開鹽咸三	而琰
9701	7副		271	誹	眺	冄	透	上	齊二	廿二檢			定上開添咸四	徒玷	透開4	他弔	日上開鹽咸三	而琰
9702	7副		272	栝	眺	冄	透	上	齊二	廿二檢			透上開添咸四	他玷	透開4	他弔	日上開鹽咸三	而琰
9704	7副	82	273	栝	紐	檢	乃	上	齊二	廿二檢			泥上開添咸四	乃玷	娘開3	女久	見上開鹽咸重三	居奄
9705	7副	83	274	斂	利	冄	賚	上	齊二	廿二檢			來上開鹽咸三	良冉	來開3	力至	日上開鹽咸三	而琰
9706	7副		275	瀲	利	冄	賚	上	齊二	廿二檢			來上開鹽咸三	良冉	來開3	力至	日上開鹽咸三	而琰
9708	7副		276	斂**	利	冄	賚	上	齊二	廿二檢			來去開鹽咸三	力焰	來開3	力至	日上開鹽咸三	而琰
9709	7副		277	瓤	利	冄	賚	上	齊二	廿二檢			來上開添咸四	力忝	來開3	力至	日上開鹽咸三	而琰
9710	7副		278	薟	利	冄	賚	上	齊二	廿二檢			來上開鹽咸三	良冉	來開3	力至	日上開鹽咸三	而琰
9711	7副		279	蘞	利	冄	賚	上	齊二	廿二檢			來上開鹽咸三	良冉	來開3	力至	日上開鹽咸三	而琰
9712	7副	84	280	**颭**	掌	冄	照	上	齊二	廿二檢			章上開鹽咸三	占琰	章開3	諸兩	日上開鹽咸三	而琰
9713	7副	85	281	鉮*	攘	檢	耳	上	齊二	廿二檢			日上開鹽咸三	而琰	日開3	人漾	見上開鹽咸重三	居奄
9714	7副		282	翢	攘	檢	耳	上	齊二	廿二檢		翢翢	日上開鹽咸三	而琰	日開3	人漾	見上開鹽咸重三	居奄
9715	7副		283	筭	攘	檢	耳	上	齊二	廿二檢			日上開鹽咸三	而琰	日開3	人漾	見上開鹽咸重三	居奄
9716	7副		284	苒	攘	檢	耳	上	齊二	廿二檢		荐苒	日上開鹽咸三	而琰	日開3	人漾	見上開鹽咸重三	居奄

韻字編號	部序	組數	字數	韻字及何氏反切			韻字何氏音				何萱注釋	備注	韻字中古音		上字中古音		下字中古音	
				韻字	上字	下字	聲	調	呼	韻部			聲調呼韻攝等	反切	聲呼等	反切	聲調呼韻攝等	反切
9717	7副	86	285	潣	始	冄	審	上	齊二	廿二檢			書上開鹽咸三	失冉	書開3	詩止	日上開鹽咸三	而琰
9718	7副		286	潝*	始	冄	審	上	齊二	廿二檢			書上開鹽咸三	失冉	書開3	詩止	日上開鹽咸三	而琰
9719	7副		287	貟	始	冄	審	上	齊二	廿二檢			書上開鹽咸三	失冉	書開3	詩止	日上開鹽咸三	而琰
9720	7副	87	288	嶮	仰	檢	我	上	齊二	廿二檢			疑上開鹽咸重三	魚檢	疑開3	魚兩	見上開鹽咸重三	居奄
9722	7副		289	噞	仰	檢	我	上	齊二	廿二檢			疑上開鹽咸重三	魚檢	疑開3	魚兩	見上開鹽咸重三	居奄
9724	7副		290	鰜	仰	檢	我	上	齊二	廿二檢			疑上開鹽咸重三	魚檢	疑開3	魚兩	見上開鹽咸重三	居奄
9725	7副	88	291	鬑	几	摻	見	上	齊三	廿三減			見上開咸咸二	古斬	見開重3	居履	生上開咸咸二	所斬
9726	7副		292	籛	几	摻	見	上	齊三	廿三減			見上開咸咸二	古斬	見開重3	居履	生上開咸咸二	所斬
9727	7副	89	293	喊	向	減	曉	上	齊三	廿三減			曉上開咸咸二	呼豏	曉開3	許亮	見上開咸咸二	古斬
9730	7副		294	嫛	向	減	曉	上	齊三	廿三減			匣上開咸咸二	下斬	曉開3	許亮	見上開咸咸二	古斬
9731	7副		295	麙	向	減	曉	上	齊三	廿三減			匣上開咸咸二	下斬	曉開3	許亮	見上開咸咸二	古斬
9732	7副		296	豏	向	減	曉	上	齊三	廿三減			匣上開咸咸二	下斬	曉開3	許亮	見上開咸咸二	古斬
9733	7副	90	297	**囡**	紐	減	乃	上	齊三	廿三減			娘上開咸咸二	女減	娘開3	女久	見上開咸咸二	古斬
9734	7副	91	298	**鮎**	掌	摻	照	上	齊三	廿三減			知去開咸咸二	陟陷	章開3	諸兩	生上開咸咸二	所斬
9736	7副	92	299	昆	齒	減	助	上	齊三	廿三減		玉篇作丑減切	徹上開咸咸二	丑減	昌開3	昌里	見上開咸咸二	古斬
9737	7副		300	偡	齒	減	助	上	齊三	廿三減			澄上開咸咸二	徒減	昌開3	昌里	見上開咸咸二	古斬
9738	7副		301	噆*	齒	減	助	上	齊三	廿三減			定上開覃咸一	徒感	昌開3	昌里	見上開咸咸二	古斬
9739	7副	93	302	醶	始	減	審	上	齊三	廿三減			生上開咸咸二	所斬	書開3	詩止	見上開咸咸二	古斬
9741	7副	94	303	**㔍g***	丙	減	謗	上	齊三	廿三減		解釋基本相同	幫上合凡咸三	補范	幫開3	兵永	見上開咸咸二	古斬
9742	7副	95	304	**鋄**	美	減	命	上	齊三	廿三減		反切疑有誤	微上合凡咸三	亡范	明開重3	無鄙	見上開咸咸二	古斬
9743	7副	96	305	釩	缶	減	匪	上	齊三	廿三減			敷上合凡咸三	峯犯	非開3	方久	見上開咸咸二	古斬
9744	7副	97	306	礷	改	禫	見	上	開	廿四感			見上開覃咸一	古禫	見開1	古亥	定上開覃咸一	徒感
9745	7副		307	鱤	改	禫	見	上	開	廿四感			見上開覃咸一	古禫	見開1	古亥	定上開覃咸一	徒感
9746	7副	98	308	轗	口	禫	起	上	開	廿四感			溪上開覃咸一	苦感	溪開1	苦后	定上開覃咸一	徒感
9748	7副	99	309	揞	挨	禫	影	上	開	廿四感			影上開覃咸一	烏感	影開1	於改	定上開覃咸一	徒感
9749	7副		310	醅*	挨	禫	影	上	開	廿四感			影上開覃咸一	鄔感	影開1	於改	定上開覃咸一	徒感
9751	7副		311	隌	挨	禫	影	上	開	廿四感	平上兩讀注在彼		影上開覃咸一	烏感	影開1	於改	定上開覃咸一	徒感

韻字編號	部序	組數	字數	韻字及何氏反切			韻字何氏音				何萱注釋	備注	韻字中古音		上字中古音		下字中古音	
				韻字	上字	下字	聲	調	呼	韻部			聲調呼韻攝等	反切	聲呼等	反切	聲調呼韻攝等	反切
9753	7副	100	312	萫	海	禫	曉	上	開	廿四感			匣上開覃咸一	胡感	曉開1	呼改	定上開覃咸一	徒感
9754	7副		313	肣	海	禫	曉	上	開	廿四感			匣上開覃咸一	胡感	曉開1	呼改	定上開覃咸一	徒感
9755	7副	101	314	黕	帶	禫	短	上	開	廿四感			端上開覃咸一	都感	端開1	當蓋	定上開覃咸一	徒感
9756	7副	102	315	䨏*	代	感	透	上	開	廿四感		正編下字作減，誤	定上開覃咸一	徒感	定開1	徒耐	見上開覃咸一	古禫
9758	7副	103	316	揇	曩	禫	乃	上	開	廿四感			泥上開覃咸一	奴感	泥開1	奴朗	定上開覃咸一	徒感
9759	7副		317	腩	曩	禫	乃	上	開	廿四感			泥上開覃咸一	奴感	泥開1	奴朗	定上開覃咸一	徒感
9760	7副		318	篃	曩	禫	乃	上	開	廿四感			泥上開覃咸一	奴感	泥開1	奴朗	定上開覃咸一	徒感
9761	7副		319	萳	曩	禫	乃	上	開	廿四感			泥上開覃咸一	奴感	泥開1	奴朗	定上開覃咸一	徒感
9762	7副	104	320	壈	老	禫	賚	上	開	廿四感			來上開覃咸一	盧感	來開1	盧晧	定上開覃咸一	徒感
9763	7副		321	轗*	老	禫	賚	上	開	廿四感			來上開覃咸一	盧感	來開1	盧晧	定上開覃咸一	徒感
9764	7副		322	燣	老	禫	賚	上	開	廿四感			來上開覃咸一	盧感	來開1	盧晧	定上開覃咸一	徒感
9766	7副		323	婪*	老	禫	賚	上	開	廿四感			來上開覃咸一	盧感	來開1	盧晧	定上開覃咸一	徒感
9767	7副		324	舚	老	禫	賚	上	開	廿四感			來上開覃咸一	盧感	來開1	盧晧	定上開覃咸一	徒感
9769	7副		325	掭*	老	禫	賚	上	開	廿四感			來上開覃咸一	盧感	來開1	盧晧	定上開覃咸一	徒感
9770	7副		326	漤	老	禫	賚	上	開	廿四感			來上開覃咸一	盧感	來開1	盧晧	定上開覃咸一	徒感
9771	7副		327	醂	老	禫	賚	上	開	廿四感			來上開覃咸一	盧感	來開1	盧晧	定上開覃咸一	徒感
9772	7副		328	涁	老	禫	賚	上	開	廿四感			來上開覃咸一	盧感	來開1	盧晧	定上開覃咸一	徒感
9773	7副	105	329	雺	稍	禫	審	上	開	廿四感		表中此位無字	生平開咸咸二	所咸	生開2	所教	定上開覃咸一	徒感
9774	7副	106	330	昝	宰	禫	井	上	開	廿四感			精上開覃咸一	子感	精開1	作亥	定上開覃咸一	徒感
9775	7副		331	撍	宰	禫	井	上	開	廿四感			精上開覃咸一	子感	精開1	作亥	定上開覃咸一	徒感
9777	7副	107	332	歜	采	禫	淨	上	開	廿四感			從上開覃咸一	徂感	清開1	倉宰	定上開覃咸一	徒感
9778	7副		333	噆	采	禫	淨	上	開	廿四感			從上開覃咸一	徂感	清開1	倉宰	定上開覃咸一	徒感
9780	7副		334	顉	采	禫	淨	上	開	廿四感			清上開覃咸一	七感	清開1	倉宰	定上開覃咸一	徒感
9781	7副		335	醦*	采	禫	淨	上	開	廿四感			清上開覃咸一	七感	清開1	倉宰	定上開覃咸一	徒感
9784	7副	108	336	嵁	傲	禫	我	上	開	廿四感	平上兩讀義分		疑上開覃咸一	五感	疑開1	五到	定上開覃咸一	徒感
9785	7副	109	337	傪	燥	禫	信	上	開	廿四感		韻目作傪	心上開覃咸一	桑感	心開1	蘇老	定上開覃咸一	徒感

韻字編號	部序	組數	字數	韻字及何氏反切			韻字何氏音				何萱注釋	備　注	韻字中古音		上字中古音		下字中古音	
				韻字	上字	下字	聲	調	呼	韻部			聲調呼韻攝等	反切	聲呼等	反切	聲調呼韻攝等	反切
9787	7副		338	鏒*	燥	禫	信	上	開	廿四感			清去開覃咸一	七紺	心開1	蘇老	定上開覃咸一	徒感
9788	7副		339	揉	燥	禫	信	上	開	廿四感			心上開覃咸一	桑感	心開1	蘇老	定上開覃咸一	徒感
9789	7副	110	340	黅	几	蔭	見	去	齊	廿二禁			群去開侵深重三	巨禁	見開重3	居履	影去開侵深重三	於禁
9790	7副		341	襟	几	蔭	見	去	齊	廿二禁			見去開侵深重三	居蔭	見開重3	居履	影去開侵深重三	於禁
9791	7副	111	342	舿	舊	蔭	起	去	齊	廿二禁			群去開侵深重三	巨禁	群開3	巨救	影去開侵深重三	於禁
9792	7副	112	343	瘖*	漾	禁	影	去	齊	廿二禁			影去開侵深重三	於禁	以開3	餘亮	見去開侵深重三	居蔭
9793	7副		344	韾	漾	禁	影	去	齊	廿二禁			云去開侵深三	於禁	以開3	餘亮	見去開侵深重三	居蔭
9794	7副		345	訡*	漾	禁	影	去	齊	廿二禁			云去開侵深三	於禁	以開3	餘亮	見去開侵深重三	居蔭
9795	7副	113	346	**諴***	向	禁	曉	去	齊	廿二禁			曉去開侵深重三	火禁	曉開3	許亮	見去開侵深重三	居蔭
9797	7副	114	347	**棯***	利	禁	賚	去	齊	廿二禁			來去開侵深三	力鴆	來開3	力至	見去開侵深重三	居蔭
9798	7副	115	348	揕	掌	蔭	照	去	齊	廿二禁			知去開侵深三	知鴆	章開3	諸兩	影去開侵深重三	於禁
9799	7副	116	349	覴**	齒	禁	助	去	齊	廿二禁		正編下字作蔭	徹去開侵深重三	丑蔭	昌開3	昌里	見去開侵深重三	居蔭
9800	7副		350	隮**	齒	禁	助	去	齊	廿二禁			崇去開侵深重三	士禁	昌開3	昌里	見去開侵深重三	居蔭
9801	7副	117	351	侺	始	蔭	審	去	齊	廿二禁			禪去開侵深三	時鴆	書開3	詩止	影去開侵深重三	於禁
9802	7副		352	深	始	蔭	審	去	齊	廿二禁			書去開侵深三	式禁	書開3	詩止	影去開侵深重三	於禁
9803	7副		353	罧*	始	蔭	審	去	齊	廿二禁			生去開侵深三	所禁	書開3	詩止	影去開侵深重三	於禁
9804	7副	118	354	祲*	紫	蔭	井	去	齊	廿二禁			精去開侵深三	子鴆	精開3	將此	影去開侵深重三	於禁
9805	7副		355	撍*	紫	蔭	井	去	齊	廿二禁			精去開侵深三	子鴆	精開3	將此	影去開侵深重三	於禁
9806	7副	119	356	怗**	此	禁	淨	去	齊	廿二禁		正編下字作蔭	清去開侵深三	七鴆	清開3	雌氏	見去開侵深重三	居蔭
9807	7副		357	霠**	此	禁	淨	去	齊	廿二禁		正編下字作蔭	清去開侵深三	七鴆	清開3	雌氏	見去開侵深重三	居蔭
9808	7副		358	沁	此	禁	淨	去	齊	廿二禁		正編下字作蔭	清去開侵深三	七鴆	清開3	雌氏	見去開侵深重三	居蔭
9809	7副		359	吣	此	禁	淨	去	齊	廿二禁		正編下字作蔭	清去開侵深三	七鴆	清開3	雌氏	見去開侵深重三	居蔭
9810	7副		360	剁*	此	禁	淨	去	齊	廿二禁		正編下字作蔭	清去開侵深三	七鴆	清開3	雌氏	見去開侵深重三	居蔭
9811	7副		361	簩	此	禁	淨	去	齊	廿二禁		正編下字作蔭	清去開侵深三	七鴆	清開3	雌氏	見去開侵深重三	居蔭
9812	7副	120	362	**砳****	丙	蔭	謗	去	齊	廿二禁			幫去開蒸曾三	彼孕	幫開3	兵永	影去開侵深重三	於禁
9813	7副	121	363	**湆****	避	蔭	並	去	齊	廿二禁			滂去開蒸曾三	匹孕	並開重4	毗義	影去開侵深重三	於禁
9814	7副	122	364	颯**	缶	禁	匪	去	齊	廿二禁		正編下字作蔭	非去合東通三	非鳳	非開3	方久	見去開侵深重三	居蔭

韻字編號	部序	組數	字數	韻字及何氏反切			韻字何氏音				何萱注釋	備注	韻字中古音		上字中古音		下字中古音	
				韻字	上字	下字	聲	調	呼	韻部			聲調呼韻攝等	反切	聲呼等	反切	聲調呼韻攝等	反切
9815	7副	123	365	**趝**	几	念	見	去	齊二	廿三耆			見去開添咸四	紀念	見開重3	居履	泥去開添咸四	奴店
9816	7副		366	鰜*	几	念	見	去	齊二	廿三耆			見去開添咸四	吉念	見開重3	居履	泥去開添咸四	奴店
9817	7副		367	薊	几	念	見	去	齊二	廿三耆			見去開嚴咸三	居欠	見開重3	居履	泥去開添咸四	奴店
9818	7副	124	368	**傔**	舊	念	起	去	齊二	廿三耆			溪去開添咸四	苦念	群開3	巨救	泥去開添咸四	奴店
9819	7副		369	簾*	舊	念	起	去	齊二	廿三耆			溪去開添咸四	詰念	群開3	巨救	泥去開添咸四	奴店
9821	7副	125	370	鍁*	向	念	曉	去	齊二	廿三耆			曉上開鹽咸重三	虛檢	曉開3	許亮	泥去開添咸四	奴店
9822	7副	126	371	貼g*	邸	念	短	去	齊二	廿三耆			端去開添咸四	都念	端開4	都禮	泥去開添咸四	奴店
9824	7副		372	欿*	邸	念	短	去	齊二	廿三耆			端去開添咸四	都念	端開4	都禮	泥去開添咸四	奴店
9825	7副	127	373	磹	眺	念	透	去	齊二	廿三耆			定去開添咸四	徒念	透開4	他弔	泥去開添咸四	奴店
9826	7副		374	菧	眺	念	透	去	齊二	廿三耆			定去開添咸四	徒念	透開4	他弔	泥去開添咸四	奴店
9827	7副	128	375	意**	紐	坫	乃	去	齊二	廿三耆			泥去開添咸四	奴店	娘開3	女久	端去開添咸四	都念
9828	7副		376	給	紐	坫	乃	去	齊二	廿三耆			泥去開添咸四	奴店	娘開3	女久	端去開添咸四	都念
9829	7副		377	簽*	紐	坫	乃	去	齊二	廿三耆			泥去開添咸四	奴店	娘開3	女久	端去開添咸四	都念
9832	7副	129	378	瞼	利	坫	賚	去	齊二	廿三耆		表中此位無字	來去開鹽咸三	力驗	來開3	力至	端去開添咸四	都念
9833	7副		379	殮	利	坫	賚	去	齊二	廿三耆		表中此位無字	來去開鹽咸三	力驗	來開3	力至	端去開添咸四	都念
9836	7副		380	澰*	利	坫	賚	去	齊二	廿三耆		表中此位無字	來去開嚴咸三	力驗	來開3	力至	端去開添咸四	都念
9838	7副	130	381	撊*	始	坫	審	去	齊二	廿三耆			書去開鹽咸三	舒贍	書開3	詩止	端去開添咸四	都念
9839	7副	131	382	孅	紫	念	井	去	齊二	廿三耆			精去開鹽咸三	子豔	精開3	將此	泥去開添咸四	奴店
9841	7副	132	383	廞**	仰	念	我	去	齊二	廿三耆			疑去開嚴咸三	魚欠	疑開3	魚兩	泥去開添咸四	奴店
9842	7副	133	384	穢	小	坫	信	去	齊二	廿三耆			心去開添咸四	先念	心開3	私兆	端去開添咸四	都念
9843	7副		385	**礆**	小	坫	信	去	齊二	廿三耆			心去開添咸四	先念	心開3	私兆	端去開添咸四	都念
9844	7副	134	386	**鮨****	漾	泛	影	去	齊三	廿四嗛			影去開咸咸二	於陷	以開3	餘亮	敷去合凡咸三	孚梵
9845	7副	135	387	**鮎***	掌	泛	照	去	齊三	廿四嗛			知去開咸咸二	陟陷	章開3	諸兩	敷去合凡咸三	孚梵
9846	7副		388	站	掌	泛	照	去	齊三	廿四嗛			知去開咸咸二	陟陷	章開3	諸兩	敷去合凡咸三	孚梵
9847	7副		389	霑*	掌	泛	照	去	齊三	廿四嗛			精平開鹽咸三	將廉	章開3	諸兩	敷去合凡咸三	孚梵
9848	7副	136	390	**儳**	齒	泛	助	去	齊三	廿四嗛			初去開銜咸二	楚鑒	昌開3	昌里	敷去合凡咸三	孚梵
9849	7副		391	賺	齒	泛	助	去	齊三	廿四嗛			澄去開咸咸二	佇陷	昌開3	昌里	敷去合凡咸三	孚梵

韻字編號	部序	組數	字數	韻字及何氏反切			韻字何氏音				何萱注釋	備注	韻字中古音		上字中古音		下字中古音	
				韻字	上字	下字	聲	調	呼	韻部			聲調呼韻攝等	反切	聲呼等	反切	聲調呼韻攝等	反切
9850	7副	137	392	彡	始	泛	審	去	齊三	廿四嗛			生去開銜咸二	所鑑	書開3	詩止	敷去合凡咸三	孚梵
9851	7副		393	釤	始	泛	審	去	齊三	廿四嗛			生去開銜咸二	所鑑	書開3	詩止	敷去合凡咸三	孚梵
9852	7副	138	394	闆**	避	泛	並	去	齊三	廿四嗛			滂上開山山二	匹限	並開重4	毗義	敷去合凡咸三	孚梵
9853	7副	139	395	梵	缶	嗛	匪	去	齊三	廿四嗛			奉去合凡咸三	扶泛	非開3	方久	溪上開添咸四	苦簟
9854	7副		396	颿*	缶	嗛	匪	去	齊三	廿四嗛	颮或作颿		奉去合凡咸三	扶泛	非開3	方久	溪上開添咸四	苦簟
9855	7副		397	屹*	缶	嗛	匪	去	齊三	廿四嗛			敷去合凡咸三	孚梵	非開3	方久	溪上開添咸四	苦簟
9858	7副	140	398	歲*	改	撢	見	去	開	廿五淦		正文下字作禫	見去開覃咸一	古暗	見開1	古亥	透去開覃咸一	他紺
9860	7副	141	399	墄*	口	撢	起	去	開	廿五淦			溪上開覃咸一	苦感	溪開1	苦后	透去開覃咸一	他紺
9862	7副		400	齷	口	撢	起	去	開	廿五淦			溪去開覃咸一	苦紺	溪開1	苦后	透去開覃咸一	他紺
9863	7副		401	勘	口	撢	起	去	開	廿五淦			溪去開覃咸一	苦紺	溪開1	苦后	透去開覃咸一	他紺
9864	7副		402	磡	口	撢	起	去	開	廿五淦			溪去開覃咸一	苦紺	溪開1	苦后	透去開覃咸一	他紺
9865	7副	142	403	憾	海	撢	曉	去	開	廿五淦			匣去開覃咸一	胡紺	曉開1	呼改	透去開覃咸一	他紺
9866	7副		404	鰔	海	撢	曉	去	開	廿五淦			曉去開覃咸一	呼紺	曉開1	呼改	透去開覃咸一	他紺
9867	7副		405	浛	海	撢	曉	去	開	廿五淦			匣去開覃咸一	胡紺	曉開1	呼改	透去開覃咸一	他紺
9869	7副	143	406	贉	代	闇	透	去	開	廿五淦			透去開覃咸一	他紺	定開1	徒耐	影去開覃咸一	烏紺
9870	7副		407	憛	代	闇	透	去	開	廿五淦			透去開覃咸一	他紺	定開1	徒耐	影去開覃咸一	烏紺
9871	7副		408	潭	代	闇	透	去	開	廿五淦			透去開覃咸一	他紺	定開1	徒耐	影去開覃咸一	烏紺
9872	7副		409	霮*	代	闇	透	去	開	廿五淦			定去開覃咸一	徒紺	定開1	徒耐	影去開覃咸一	烏紺
9873	7副		410	僋	代	闇	透	去	開	廿五淦			透去開覃咸一	他紺	定開1	徒耐	影去開覃咸一	烏紺
9874	7副	144	411	婻*	曩	撢	乃	去	開	廿五淦		下字原作擹，誤	泥去開覃咸一	奴紺	泥開1	奴朗	透去開覃咸一	他紺
9875	7副		412	灊*	曩	撢	乃	去	開	廿五淦		下字原作擹，誤	娘去開咸咸二	尼賺	泥開1	奴朗	透去開覃咸一	他紺
9876	7副		413	妠*	曩	撢	乃	去	開	廿五淦		下字原作擹，誤	泥去開覃咸一	奴紺	泥開1	奴朗	透去開覃咸一	他紺
9878	7副		414	腤*	曩	撢	乃	去	開	廿五淦		下字原作擹，誤	泥去開覃咸一	奴紺	泥開1	奴朗	透去開覃咸一	他紺
9879	7副		415	揞*	曩	撢	乃	去	開	廿五淦		下字原作擹，誤	泥去開覃咸一	奴紺	泥開1	奴朗	透去開覃咸一	他紺
9880	7副	145	416	濫	老	闇	賚	去	開	廿五淦			來去開覃咸一	郎紺	來開1	盧晧	影去開覃咸一	烏紺
9881	7副	146	417	嚵	采	撢	淨	去	開	廿五淦			清去開覃咸一	七紺	清開1	倉宰	透去開覃咸一	他紺
9882	7副	147	418	糂	燥	撢	信	去	開	廿五淦			心去開覃咸一	蘇紺	心開1	蘇老	透去開覃咸一	他紺

韻字編號	部序	組數	字數	韻字及何氏反切			韻字何氏音				何萱注釋	備　注	韻字中古音		上字中古音		下字中古音	
				韻字	上字	下字	聲	調	呼	韻部			聲調呼韻攝等	反切	聲呼等	反切	聲調呼韻攝等	反切
9884	7副		419	倸	燥	撢	信	去	開	廿五淦		玉篇先紺切	心去開覃咸一	蘇紺	心開1	蘇老	透去開覃咸一	他紺
9885	7副	148	420	鵖**	几	立	見	入	齊	廿五急			見入開緝深三	居立	見開重3	居履	來入開緝深三	力入
9886	7副	149	421	扱	舊	立	起	入	齊	廿五急			群入開緝深重三	其立	群開3	巨救	來入開緝深三	力入
9887	7副		422	笈	舊	立	起	入	齊	廿五急			群入開緝深重三	其立	群開3	巨救	來入開緝深三	力入
9891	7副		423	鵖	舊	立	起	入	齊	廿五急			群入開緝深重三	其立	群開3	巨救	來入開緝深三	力入
9892	7副		424	噏	舊	立	起	入	齊	廿五急			溪入開緝深重三	去及	群開3	巨救	來入開緝深三	力入
9893	7副		425	𦢋*	舊	立	起	入	齊	廿五急			溪入開緝深重三	乞及	群開3	巨救	來入開緝深三	力入
9894	7副		426	菦	舊	立	起	入	齊	廿五急			群入開緝深重三	其立	群開3	巨救	來入開緝深三	力入
9895	7副	150	427	俋	漾	及	影	入	齊	廿五急			澄入開緝深三	直立	以開3	餘亮	群入開緝深重三	其立
9896	7副		428	姶*	漾	及	影	入	齊	廿五急			影入開緝深重三	乙及	以開3	餘亮	群入開緝深重三	其立
9898	7副		429	飽	漾	及	影	入	齊	廿五急			影入開緝深重三	於汲	以開3	餘亮	群入開緝深重三	其立
9899	7副		430	鮑	漾	及	影	入	齊	廿五急			影入開業咸三	於業	以開3	餘亮	群入開緝深重三	其立
9900	7副		431	邑	漾	及	影	入	齊	廿五急			影入開緝深重三	於汲	以開3	餘亮	群入開緝深重三	其立
9901	7副		432	菴	漾	及	影	入	齊	廿五急			影入開緝深重三	於汲	以開3	餘亮	群入開緝深重三	其立
9902	7副		433	箍*	漾	及	影	入	齊	廿五急			影入開緝深重四	一入	以開3	餘亮	群入開緝深重三	其立
9903	7副	151	434	僪*	向	立	曉	入	齊	廿五急			曉入開緝深重三	迄及	曉開3	許亮	來入開緝深三	力入
9904	7副		435	嬆	向	立	曉	入	齊	廿五急			曉入開緝深重三	許及	曉開3	許亮	來入開緝深三	力入
9905	7副		436	闟	向	立	曉	入	齊	廿五急			曉入開緝深重三	許及	曉開3	許亮	來入開緝深三	力入
9906	7副		437	譝	向	立	曉	入	齊	廿五急			曉入開緝深重三	許及	曉開3	許亮	來入開緝深三	力入
9907	7副		438	憌*	向	立	曉	入	齊	廿五急			曉入開緝深重三	迄及	曉開3	許亮	來入開緝深三	力入
9908	7副		439	熻	向	立	曉	入	齊	廿五急			曉入開緝深重三	許及	曉開3	許亮	來入開緝深三	力入
9909	7副		440	鵗	向	立	曉	入	齊	廿五急			曉入開緝深重三	許及	曉開3	許亮	來入開緝深三	力入
9910	7副	152	441	釞**	邸	及	短	入	齊	廿五急			端入開緝深三	得立	端開4	都禮	群入開緝深重三	其立
9911	7副	153	442	孴*	紐	立	乃	入	齊	廿五急			娘入開緝深三	昵立	娘開3	女久	來入開緝深三	力入
9912	7副		443	湁	紐	立	乃	入	齊	廿五急			娘入開緝深三	尼立	娘開3	女久	來入開緝深三	力入
9913	7副		444	泦	紐	立	乃	入	齊	廿五急			娘入開緝深三	尼立	娘開3	女久	來入開緝深三	力入
9914	7副		445	抐 g*	紐	立	乃	入	齊	廿五急			娘入開緝深三	昵立	娘開3	女久	來入開緝深三	力入

韻字編號	部序	組數	字數	韻字及何氏反切			韻字何氏音				何萱注釋	備注	韻字中古音		上字中古音		下字中古音	
				韻字	上字	下字	聲	調	呼	韻部			聲調呼韻攝等	反切	聲呼等	反切	聲調呼韻攝等	反切
9916	7副		446	菞	紐	立	乃	入	齊	廿五忞		玉篇作尼立切	娘入開緝深三	尼立	娘開3	女久	來入開緝深三	力入
9917	7副	154	447	䶘	利	及	賚	入	齊	廿五忞			來入開緝深三	力入	來開3	力至	群入開緝深重三	其立
9918	7副		448	雴	利	及	賚	入	齊	廿五忞			徹入開緝深重三	丑入	來開3	力至	群入開緝深重三	其立
9919	7副		449	鉝*	利	及	賚	入	齊	廿五忞			來入開緝深三	力入	來開3	力至	群入開緝深重三	其立
9920	7副		450	砬	利	及	賚	入	齊	廿五忞			來入開緝深三	力入	來開3	力至	群入開緝深重三	其立
9921	7副		451	岦	利	及	賚	入	齊	廿五忞			來入開緝深三	力入	來開3	力至	群入開緝深重三	其立
9922	7副		452	苙	利	及	賚	入	齊	廿五忞			來入開緝深三	力入	來開3	力至	群入開緝深重三	其立
9924	7副		453	鴗*	利	及	賚	入	齊	廿五忞			來入開緝深三	力入	來開3	力至	群入開緝深重三	其立
9926	7副	155	454	噈	掌	立	照	入	齊	廿五忞			莊入開緝深三	阻立	章開3	諸兩	來入開緝深三	力入
9927	7副		455	䁒	掌	立	照	入	齊	廿五忞			莊入開緝深三	阻立	章開3	諸兩	來入開緝深三	力入
9928	7副		456	霵	掌	立	照	入	齊	廿五忞			莊入開緝深三	阻立	章開3	諸兩	來入開緝深三	力入
9929	7副		457	蕺	掌	立	照	入	齊	廿五忞			莊入開緝深三	阻立	章開3	諸兩	來入開緝深三	力入
9930	7副		458	紂**	掌	立	照	入	齊	廿五忞			以入合術臻三	之聿	章開3	諸兩	來入開緝深三	力入
9931	7副		459	囸	掌	立	照	入	齊	廿五忞			知入開麥梗二	陟革	章開3	諸兩	來入開緝深三	力入
9932	7副		460	讘**	掌	立	照	入	齊	廿五忞			知入開緝深三	丁立	章開3	諸兩	來入開緝深三	力入
9933	7副		461	嚁**	掌	立	照	入	齊	廿五忞			知入開緝深三	知立	章開3	諸兩	來入開緝深三	力入
9934	7副		462	瓡	掌	立	照	入	齊	廿五忞			章入開緝深三	之入	章開3	諸兩	來入開緝深三	力入
9935	7副	156	463	嶍	齒	立	助	入	齊	廿五忞			澄入開緝深三	直立	昌開3	昌里	來入開緝深三	力入
9936	7副	157	464	謵*	始	立	審	入	齊	廿五忞			生入開緝深三	色入	書開3	詩止	來入開緝深三	力入
9939	7副		465	濕*	始	立	審	入	齊	廿五忞			禪入開緝深三	寔入	書開3	詩止	來入開緝深三	力入
9940	7副		466	雭	始	立	審	入	齊	廿五忞			生入開緝深三	色立	書開3	詩止	來入開緝深三	力入
9941	7副		467	翜**	始	立	審	入	齊	廿五忞		玉篇：音澀	生入開緝深三	色立	書開3	詩止	來入開緝深三	力入
9942	7副		468	隰	始	立	審	入	齊	廿五忞			書入開緝深三	失入	書開3	詩止	來入開緝深三	力入
9943	7副	158	469	㠎	紫	立	井	入	齊	廿五忞			精入開緝深三	子入	精開3	將此	來入開緝深三	力入
9944	7副		470	䐩*	紫	立	井	入	齊	廿五忞			精入開緝深三	即入	精開3	將此	來入開緝深三	力入
9946	7副		471	輯*	紫	立	井	入	齊	廿五忞			精入開緝深三	即入	精開3	將此	來入開緝深三	力入
9947	7副		472	稍	紫	立	井	入	齊	廿五忞			精入開緝深三	子入	精開3	將此	來入開緝深三	力入

韻字編號	部序	組數	字數	韻字及何氏反切			韻字何氏音				何萱注釋	備　注	韻字中古音		上字中古音		下字中古音	
				韻字	上字	下字	聲	調	呼	韻部			聲調呼韻攝等	反切	聲呼等	反切	聲調呼韻攝等	反切
9948	7副		473	雧	紫	立	井	入	齊	廿五忍			精入開緝深三	子入	精開3	將此	來入開緝深三	力入
9949	7副	159	474	諿	此	立	淨	入	齊	廿五忍			清入開緝深三	七入	清開3	雌氏	來入開緝深三	力入
9950	7副		475	咠*	此	立	淨	入	齊	廿五忍			清入開緝深三	七入	清開3	雌氏	來入開緝深三	力入
9951	7副		476	簹	此	立	淨	入	齊	廿五忍			從入開緝深三	秦入	清開3	雌氏	來入開緝深三	力入
9953	7副		477	蕺	此	立	淨	入	齊	廿五忍			從入開緝深三	秦入	清開3	雌氏	來入開緝深三	力入
9954	7副	160	478	岌	仰	及	我	入	齊	廿五忍			疑入開緝深重三	魚及	疑開3	魚兩	群入開緝深重三	其立
9955	7副		479	殜	仰	及	我	入	齊	廿五忍			疑入開緝深重三	魚及	疑開3	魚兩	群入開緝深重三	其立
9956	7副		480	舜*	仰	及	我	入	齊	廿五忍			疑入開緝深重三	逆及	疑開3	魚兩	群入開緝深重三	其立
9957	7副		481	槷	仰	及	我	入	齊	廿五忍			徹入開緝深重三	丑入	疑開3	魚兩	群入開緝深重三	其立
9959	7副	161	482	褶	小	及	信	入	齊	廿五忍			邪入開緝深三	似入	心開3	私兆	群入開緝深重三	其立
9961	7副		483	噜	小	及	信	入	齊	廿五忍			心入開緝深三	先立	心開3	私兆	群入開緝深重三	其立
9962	7副		484	瘤*	小	及	信	入	齊	廿五忍			心入開緝深三	息入	心開3	私兆	群入開緝深重三	其立
9964	7副		485	霫	小	及	信	入	齊	廿五忍			心入開緝深三	先立	心開3	私兆	群入開緝深重三	其立
9965	7副		486	飁	小	及	信	入	齊	廿五忍			邪入開緝深三	似入	心開3	私兆	群入開緝深重三	其立
9966	7副		487	鷍	小	及	信	入	齊	廿五忍			邪入開緝深三	似入	心開3	私兆	群入開緝深重三	其立
9967	7副		488	謵	小	及	信	入	齊	廿五忍			邪入開緝深三	似入	心開3	私兆	群入開緝深重三	其立
9968	7副		489	簪	小	及	信	入	齊	廿五忍			邪入開緝深三	似入	心開3	私兆	群入開緝深重三	其立
9969	7副		490	趿**	小	及	信	入	齊	廿五忍			心入開緝深三	私立	心開3	私兆	群入開緝深重三	其立
9971	7副		491	鏊	小	及	信	入	齊	廿五忍			章入開緝深三	之入	心開3	私兆	群入開緝深重三	其立
9972	7副		492	卌	小	及	信	入	齊	廿五忍	卌或作卌		心入開緝深三	先立	心開3	私兆	群入開緝深重三	其立
9973	7副	162	493	衱	几	帖	見	入	齊二	廿六聆			見入開業咸三	居怯	見開重3	居履	透入開帖咸四	他協
9974	7副	163	494	吸	舊	帖	起	入	齊二	廿六聆			群入開業咸三	巨業	群開3	巨救	透入開帖咸四	他協
9975	7副		495	敜	舊	帖	起	入	齊二	廿六聆			溪入開業咸三	去劫	群開3	巨救	透入開帖咸四	他協
9977	7副	164	496	靨	漾	攝	影	入	齊二	廿六聆			影入開葉咸重四	于葉	以開3	餘亮	書入開葉咸三	書涉
9978	7副		497	檿*	漾	攝	影	入	齊二	廿六聆			影上開鹽咸重四	於琰	以開3	餘亮	書入開葉咸三	書涉
9979	7副		498	厴*	漾	攝	影	入	齊二	廿六聆			影入開葉咸重四	益涉	以開3	餘亮	書入開葉咸三	書涉
9980	7副	165	499	愶	向	帖	曉	入	齊二	廿六聆			曉入開業咸三	虛業	曉開3	許亮	透入開帖咸四	他協

韻字編號	部序	組數	字數	韻字及何氏反切			韻字何氏音				何萱注釋	備　注	韻字中古音		上字中古音		下字中古音	
				韻字	上字	下字	聲	調	呼	韻部			聲調呼韻攝等	反切	聲呼等	反切	聲調呼韻攝等	反切
9981	7副		500	嚕	向	帖	曉	入	齊二	廿六跲			曉入開業咸三	虛業	曉開3	許亮	透入開帖咸四	他協
9982	7副		501	熁	向	帖	曉	入	齊二	廿六跲			曉入開業咸三	虛業	曉開3	許亮	透入開帖咸四	他協
9983	7副		502	潽	向	帖	曉	入	齊二	廿六跲			曉入開業咸三	虛業	曉開3	許亮	透入開帖咸四	他協
9984	7副		503	熁*	向	帖	曉	入	齊二	廿六跲			曉入開業咸三	迄業	曉開3	許亮	透入開帖咸四	他協
9985	7副		504	嗋**	向	帖	曉	入	齊二	廿六跲		玉篇：音協	匣入開帖咸四	胡頰	曉開3	許亮	透入開帖咸四	他協
9986	7副		505	愶	向	帖	曉	入	齊二	廿六跲			匣入開帖咸四	胡頰	曉開3	許亮	透入開帖咸四	他協
9987	7副		506	劦	向	帖	曉	入	齊二	廿六跲			匣入開帖咸四	胡頰	曉開3	許亮	透入開帖咸四	他協
9988	7副		507	殆	向	帖	曉	入	齊二	廿六跲			曉入開業咸三	虛業	曉開3	許亮	透入開帖咸四	他協
9989	7副	166	508	笘	邸	帖	短	入	齊二	廿六跲			端入開帖咸四	丁愜	端開4	都禮	透入開帖咸四	他協
9990	7副		509	跕	邸	帖	短	入	齊二	廿六跲			端入開帖咸四	丁愜	端開4	都禮	透入開帖咸四	他協
9992	7副	167	510	呫	眺	攝	透	入	齊二	廿六跲			透入開帖咸四	他協	透開4	他弔	書入開葉咸三	書涉
9993	7副		511	惵	眺	攝	透	入	齊二	廿六跲			定入開帖咸四	徒協	透開4	他弔	書入開葉咸三	書涉
9994	7副		512	聑*	眺	攝	透	入	齊二	廿六跲			透入開帖咸四	託協	透開4	他弔	書入開葉咸三	書涉
9995	7副	168	513	熶	紐	帖	乃	入	齊二	廿六跲			娘入開葉咸三	尼輒	娘開3	女久	透入開帖咸四	他協
9996	7副		514	矙	紐	帖	乃	入	齊二	廿六跲			書入開葉咸三	書涉	娘開3	女久	透入開帖咸四	他協
9997	7副		515	敜	紐	帖	乃	入	齊二	廿六跲			娘入開葉咸三	尼輒	娘開3	女久	透入開帖咸四	他協
9998	7副		516	鑷	紐	帖	乃	入	齊二	廿六跲			娘入開葉咸三	尼輒	娘開3	女久	透入開帖咸四	他協
10002	7副		517	袩*	紐	帖	乃	入	齊二	廿六跲			泥入開帖咸四	諾葉	娘開3	女久	透入開帖咸四	他協
10003	7副		518	諗	紐	帖	乃	入	齊二	廿六跲			泥入開帖咸四	奴協	娘開3	女久	透入開帖咸四	他協
10004	7副		519	痣*	紐	帖	乃	入	齊二	廿六跲			泥入開帖咸四	諾葉	娘開3	女久	透入開帖咸四	他協
10005	7副		520	埝	紐	帖	乃	入	齊二	廿六跲			泥入開帖咸四	奴協	娘開3	女久	透入開帖咸四	他協
10007	7副		521	鞊	紐	帖	乃	入	齊二	廿六跲			泥入開帖咸四	奴協	娘開3	女久	透入開帖咸四	他協
10008	7副		522	錜	紐	帖	乃	入	齊二	廿六跲			泥入開帖咸四	奴協	娘開3	女久	透入開帖咸四	他協
10009	7副		523	鯰*	紐	帖	乃	入	齊二	廿六跲			泥入開帖咸四	諾葉	娘開3	女久	透入開帖咸四	他協
10010	7副		524	苶	紐	帖	乃	入	齊二	廿六跲			泥入開帖咸四	奴協	娘開3	女久	透入開帖咸四	他協
10012	7副	169	525	聶*	掌	帖	照	入	齊二	廿六跲			章入開葉咸三	質涉	章開3	諸兩	透入開帖咸四	他協
10013	7副		526	襵	掌	帖	照	入	齊二	廿六跲			章入開葉咸三	之涉	章開3	諸兩	透入開帖咸四	他協
10015	7副		527	獵	掌	帖	照	入	齊二	廿六跲			章入開葉咸三	之涉	章開3	諸兩	透入開帖咸四	他協

韻字編號	部序	組數	字數	韻字及何氏反切			韻字何氏音				何萱注釋	備注	韻字中古音		上字中古音		下字中古音	
				韻字	上字	下字	聲	調	呼	韻部			聲調呼韻攝等	反切	聲呼等	反切	聲調呼韻攝等	反切
10016	7副	170	528	迠**	齒	帖	助	入	齊二	廿六跲			透入開葉咸三	吐涉	昌開3	昌里	透入開帖咸四	他協
10017	7副	171	529	遷**	攘	攝	耳	入	齊二	廿六跲			日入開葉咸三	而涉	日開3	人漾	書入開葉咸三	書涉
10018	7副		530	讘	攘	攝	耳	入	齊二	廿六跲			日入開葉咸三	而涉	日開3	人漾	書入開葉咸三	書涉
10019	7副		531	顳	攘	攝	耳	入	齊二	廿六跲			日入開葉咸三	而涉	日開3	人漾	書入開葉咸三	書涉
10020	7副	172	532	灄	始	帖	審	入	齊二	廿六跲			書入開葉咸三	書涉	書開3	詩止	透入開帖咸四	他協
10021	7副	173	533	穕	此	帖	淨	入	齊二	廿六跲			清入開葉咸三	七接	清開3	雌氏	透入開帖咸四	他協
10022	7副		534	檝	此	帖	淨	入	齊二	廿六跲	擑或作檝		清入開葉咸三	七接	清開3	雌氏	透入開帖咸四	他協
10023	7副	174	535	疉*	小	帖	信	入	齊二	廿六跲			心入開帖咸四	悉協	心開3	私兆	透入開帖咸四	他協
10024	7副		536	躞	小	帖	信	入	齊二	廿六跲			心入開帖咸四	蘇協	心開3	私兆	透入開帖咸四	他協
10025	7副	175	537	眨	几	壓	見	入	齊三	廿七袷			見入開洽咸二	古洽	見開重3	居履	影入開狎咸二	烏甲
10026	7副		538	鉿	几	壓	見	入	齊三	廿七袷			見入開洽咸二	古洽	見開重3	居履	影入開狎咸二	烏甲
10027	7副	176	539	恰	舊	壓	起	入	齊三	廿七袷			溪入開洽咸二	苦洽	群開3	巨救	影入開狎咸二	烏甲
10028	7副		540	帢	舊	壓	起	入	齊三	廿七袷			溪入開洽咸二	苦洽	群開3	巨救	影入開狎咸二	烏甲
10029	7副		541	刣	舊	壓	起	入	齊三	廿七袷			溪入開洽咸二	苦洽	群開3	巨救	影入開狎咸二	烏甲
10030	7副	177	542	凹	漾	洽	影	入	齊三	廿七袷			影入開洽咸二	烏洽	以開3	餘亮	匣入開洽咸二	侯夾
10031	7副	178	543	峆	向	壓	曉	入	齊三	廿七袷			曉入開洽咸二	呼洽	曉開3	許亮	影入開狎咸二	烏甲
10032	7副		544	趇	向	壓	曉	入	齊三	廿七袷			匣入開洽咸二	侯夾	曉開3	許亮	影入開狎咸二	烏甲
10033	7副		545	烚	向	壓	曉	入	齊三	廿七袷			匣入開洽咸二	侯夾	曉開3	許亮	影入開狎咸二	烏甲
10034	7副		546	珨	向	壓	曉	入	齊三	廿七袷			匣入開洽咸二	侯夾	曉開3	許亮	影入開狎咸二	烏甲
10035	7副	179	547	孀	紐	壓	乃	入	齊三	廿七袷			娘入開洽咸二	女洽	娘開3	女久	影入開狎咸二	烏甲
10037	7副		548	囯*	紐	壓	乃	入	齊三	廿七袷			娘入開洽咸二	昵洽	娘開3	女久	影入開狎咸二	烏甲
10038	7副	180	549	眨	掌	洽	照	入	齊三	廿七袷			莊入開洽咸二	側洽	章開3	諸兩	匣入開洽咸二	侯夾
10039	7副		550	吒*	掌	洽	照	入	齊三	廿七袷			莊入開洽咸二	側洽	章開3	諸兩	匣入開洽咸二	侯夾
10041	7副		551	湝*	掌	洽	照	入	齊三	廿七袷			知入開洽咸二	竹洽	章開3	諸兩	匣入開洽咸二	侯夾
10042	7副		552	剳	掌	洽	照	入	齊三	廿七袷			知入開洽咸二	竹洽	章開3	諸兩	匣入開洽咸二	侯夾
10044	7副		553	蚵	掌	洽	照	入	齊三	廿七袷			知入開洽咸二	竹洽	章開3	諸兩	匣入開洽咸二	侯夾
10045	7副	181	554	㬔**	齒	壓	助	入	齊三	廿七袷			初入開洽咸二	楚洽	昌開3	昌里	影入開狎咸二	烏甲
10046	7副		555	䕅	齒	壓	助	入	齊三	廿七袷			徹入開洽咸二	丑図	昌開3	昌里	影入開狎咸二	烏甲

韻字編號	部序	組數	字數	韻字及何氏反切			韻字何氏音				何萱注釋	備注	韻字中古音		上字中古音		下字中古音	
				韻字	上字	下字	聲	調	呼	韻部			聲調呼韻攝等	反切	聲呼等	反切	聲調呼韻攝等	反切
10047	7 副		556	䢔**	齒	壓	助	入	齊三	廿七祫	行書，玉篇	原作䢔，玉篇當行書講的字形為䢔，古洽切。韻史書有䢔字，在此甲切小韻中，此處字頭當為䢔，說明何氏自己也弄不清楚該放在哪里。取玉篇音	見入開洽咸二	古洽	昌開 3	昌里	影入開狎咸二	烏甲
10049	7 副	182	557	哈	始	壓	審	入	齊三	廿七祫			疑入開合咸一	五合	書開 3	詩止	影入開狎咸二	烏甲
10051	7 副	183	558	疺*	缶	壓	匪	入	齊三	廿七祫			奉入合乏咸三	扶法	非開 3	方久	影入開狎咸二	烏甲
10052	7 副	184	559	鉿	改	荅	見	入	開	廿八合			見入開合咸一	古還	見開 1	古亥	端入開合咸一	都合
10053	7 副		560	毺	改	荅	見	入	開	廿八合			見入開合咸一	古還	見開 1	古亥	端入開合咸一	都合
10054	7 副		561	鮯	改	荅	見	入	開	廿八合			見入開合咸一	古還	見開 1	古亥	端入開合咸一	都合
10055	7 副	185	562	匼**	口	荅	起	入	開	廿八合			溪入開合咸一	口合	溪開 1	苦后	端入開合咸一	都合
10056	7 副		563	厒	口	荅	起	入	開	廿八合			溪入開合咸一	口荅	溪開 1	苦后	端入開合咸一	都合
10057	7 副		564	峇*	口	荅	起	入	開	廿八合			溪入開合咸一	渴合	溪開 1	苦后	端入開合咸一	都合
10058	7 副		565	䆟	口	荅	起	入	開	廿八合			溪入開合咸一	口荅	溪開 1	苦后	端入開合咸一	都合
10059	7 副	186	566	䗘**	挨	荅	影	入	開	廿八合		表中此位正編也有字	影入開合咸一	烏合	影開 1	於改	端入開合咸一	都合
10060	7 副	187	567	粭	海	荅	曉	入	開	廿八合			匣入開合咸一	侯閤	曉開 1	呼改	端入開合咸一	都合
10061	7 副		568	齡	海	荅	曉	入	開	廿八合			匣入開合咸一	侯閤	曉開 1	呼改	端入開合咸一	都合
10062	7 副		569	痞	海	荅	曉	入	開	廿八合			曉入開合咸一	呼合	曉開 1	呼改	端入開合咸一	都合
10063	7 副		570	盒	海	荅	曉	入	開	廿八合			匣入開合咸一	侯閤	曉開 1	呼改	端入開合咸一	都合
10065	7 副		571	圅	海	荅	曉	入	開	廿八合			匣入開合咸一	侯閤	曉開 1	呼改	端入開合咸一	都合
10066	7 副		572	菡	海	荅	曉	入	開	廿八合			匣入開合咸一	侯閤	曉開 1	呼改	端入開合咸一	都合
10067	7 副	188	573	嗒	帶	帀	短	入	開	廿八合			端入開合咸一	都合	端開 1	當蓋	精入開合咸一	子答
10069	7 副		574	媘	帶	帀	短	入	開	廿八合			端入開合咸一	都合	端開 1	當蓋	精入開合咸一	子答
10070	7 副		575	匒*	帶	帀	短	入	開	廿八合			端入開合咸一	德合	端開 1	當蓋	精入開合咸一	子答
10071	7 副		576	搭	帶	帀	短	入	開	廿八合			透入開盍咸一	吐盍	端開 1	當蓋	精入開合咸一	子答
10072	7 副		577	䶀**	帶	帀	短	入	開	廿八合		玉篇：音荅	端入開合咸一	都合	端開 1	當蓋	精入開合咸一	子答
10073	7 副		578	褡	帶	帀	短	入	開	廿八合			端入開合咸一	都合	端開 1	當蓋	精入開合咸一	子答
10075	7 副		579	㝟	帶	帀	短	入	開	廿八合			端入開合咸一	都合	端開 1	當蓋	精入開合咸一	子答

韻字編號	部序	組數	字數	韻字及何氏反切			韻字何氏音				何萱注釋	備　注	韻字中古音		上字中古音		下字中古音	
				韻字	上字	下字	聲	調	呼	韻部			聲調呼韻攝等	反切	聲呼等	反切	聲調呼韻攝等	反切
10076	7副	189	580	塔	代	荅	透	入	開	廿八合			透入開盍咸一	吐盍	定開1	徒耐	端入開合咸一	都合
10077	7副		581	狧*	代	荅	透	入	開	廿八合			透入開盍咸一	託盍	定開1	徒耐	端入開合咸一	都合
10078	7副		582	佮*	代	荅	透	入	開	廿八合			匣去合泰蟹一	黃外	定開1	徒耐	端入開合咸一	都合
10079	7副		583	蹹	代	荅	透	入	開	廿八合			定入開合咸一	徒合	定開1	徒耐	端入開合咸一	都合
10080	7副		584	龖**	代	荅	透	入	開	廿八合		玉篇：音沓	定入開合咸一	徒合	定開1	徒耐	端入開合咸一	都合
10081	7副	190	585	軜	曩	荅	乃	入	開	廿八合	～耎也，玉篇	玉篇無	泥入開合咸一	奴答	泥開1	奴朗	端入開合咸一	都合
10082	7副		586	笝	曩	荅	乃	入	開	廿八合			泥入開盍咸一	奴盍	泥開1	奴朗	端入開合咸一	都合
10083	7副	191	587	歚	老	荅	賚	入	開	廿八合			來入開合咸一	盧合	來開1	盧晧	端入開合咸一	都合
10084	7副		588	磖	老	荅	賚	入	開	廿八合			來入開合咸一	盧合	來開1	盧晧	端入開合咸一	都合
10085	7副		589	翋	老	荅	賚	入	開	廿八合			來入開合咸一	盧合	來開1	盧晧	端入開合咸一	都合
10086	7副		590	搚	老	荅	賚	入	開	廿八合			來入開合咸一	盧合	來開1	盧晧	端入開合咸一	都合
10087	7副		591	菈	老	荅	賚	入	開	廿八合			來入開合咸一	盧合	來開1	盧晧	端入開合咸一	都合
10088	7副	192	592	噈	宰	荅	井	入	開	廿八合			精入開合咸一	子答	精開1	作亥	端入開合咸一	都合
10089	7副		593	咂	宰	荅	井	入	開	廿八合			精入開合咸一	子答	精開1	作亥	端入開合咸一	都合
10090	7副		594	趀	宰	荅	井	入	開	廿八合			精入開合咸一	子答	精開1	作亥	端入開合咸一	都合
10091	7副		595	沞	宰	荅	井	入	開	廿八合			精入開合咸一	子答	精開1	作亥	端入開合咸一	都合
10092	7副		596	魳	宰	荅	井	入	開	廿八合			精入開合咸一	子答	精開1	作亥	端入開合咸一	都合
10093	7副		597	葺	宰	荅	井	入	開	廿八合	草名，玉篇	玉篇作似入切	邪入開緝深三	似入	精開1	作亥	端入開合咸一	都合
10094	7副	193	598	䢧	采	荅	淨	入	開	廿八合			從入開合咸一	徂合	清開1	倉宰	端入開合咸一	都合
10095	7副		599	囃	采	荅	淨	入	開	廿八合			清入開盍咸一	倉雜	清開1	倉宰	端入開合咸一	都合
10096	7副		600	灘*	采	荅	淨	入	開	廿八合			從入開合咸一	昨合	清開1	倉宰	端入開合咸一	都合
10098	7副		601	雜*	采	荅	淨	入	開	廿八合			從入開合咸一	昨合	清開1	倉宰	端入開合咸一	都合
10099	7副		602	礸	采	荅	淨	入	開	廿八合			清入開盍咸一	倉雜	清開1	倉宰	端入開合咸一	都合
10100	7副		603	磼	采	荅	淨	入	開	廿八合			從入開合咸一	徂合	清開1	倉宰	端入開合咸一	都合
10101	7副	194	604	噿	傲	荅	我	入	開	廿八合			疑入開合咸一	五合	疑開1	五到	端入開合咸一	都合
10102	7副		605	礘	傲	荅	我	入	開	廿八合			疑入開合咸一	五合	疑開1	五到	端入開合咸一	都合
10103	7副		606	砐	傲	荅	我	入	開	廿八合			疑入開合咸一	五合	疑開1	五到	端入開合咸一	都合
10104	7副		607	鈒	傲	荅	我	入	開	廿八合			疑入開合咸一	五合	疑開1	五到	端入開合咸一	都合
10105	7副	195	608	趿	燥	荅	信	入	開	廿八合			心入開合咸一	蘇合	心開1	蘇老	端入開合咸一	都合
10106	7副		609	毢	燥	荅	信	入	開	廿八合			心入開合咸一	蘇合	心開1	蘇老	端入開合咸一	都合
10107	7副		610	拉**	燥	荅	信	入	開	廿八合			心入開合咸一	蘇合	心開1	蘇老	端入開合咸一	都合

第八部正編

韻字編號	部序	組數	字數	韻字及何氏反切			韻字何氏音				何萱注釋	備注	韻字中古音		上字中古音		下字中古音	
				韻字	上字	下字	聲	調	呼	韻部			聲調呼韻攝等	反切	聲呼等	反切	聲調呼韻攝等	反切
10108	8 正	1	1	甘	艮	耽	見	陰平	開	廿七甘			見平開談咸一	古三	見開 1	古恨	端平開覃咸一	丁含
10109	8 正		2	暦*	艮	耽	見	陰平	開	廿七甘			匣平開談咸一	胡甘	見開 1	古恨	端平開覃咸一	丁含
10110	8 正		3	泔	艮	耽	見	陰平	開	廿七甘			見平開談咸一	古三	見開 1	古恨	端平開覃咸一	丁含
10111	8 正		4	苷	艮	耽	見	陰平	開	廿七甘			見平開談咸一	古三	見開 1	古恨	端平開覃咸一	丁含
10112	8 正	2	5	酖	到	甘	短	陰平	開	廿七甘			端平開覃咸一	丁含	端開 1	都導	見平開談咸一	古三
10113	8 正		6	眈	到	甘	短	陰平	開	廿七甘			端平開覃咸一	丁含	端開 1	都導	見平開談咸一	古三
10116	8 正		7	耽	到	甘	短	陰平	開	廿七甘			端平開覃咸一	丁含	端開 1	都導	見平開談咸一	古三
10117	8 正		8	聸	到	甘	短	陰平	開	廿七甘			端平開談咸一	都甘	端開 1	都導	見平開談咸一	古三
10118	8 正		9	儋	到	甘	短	陰平	開	廿七甘			端平開談咸一	都甘	端開 1	都導	見平開談咸一	古三
10119	8 正	3	10	緂	代	耽	透	陰平	開	廿七甘			透平開談咸一	他酣	定開 1	徒耐	端平開覃咸一	丁含
10121	8 正	4	11	圅	海	藍	曉	陽平	開	廿七甘			匣平開覃咸一	胡男	曉開 1	呼改	來平開談咸一	魯甘
10122	8 正		12	顄	海	藍	曉	陽平	開	廿七甘			匣平開覃咸一	胡男	曉開 1	呼改	來平開談咸一	魯甘
10123	8 正		13	涵	海	藍	曉	陽平	開	廿七甘			匣平開覃咸一	胡男	曉開 1	呼改	來平開談咸一	魯甘
10124	8 正		14	涵	海	藍	曉	陽平	開	廿七甘			匣平開覃咸一	胡男	曉開 1	呼改	來平開談咸一	魯甘
10125	8 正		15	霻	海	藍	曉	陽平	開	廿七甘			匣平開覃咸一	胡男	曉開 1	呼改	來平開談咸一	魯甘
10126	8 正		16	酣	海	藍	曉	陽平	開	廿七甘			匣平開談咸一	胡甘	曉開 1	呼改	來平開談咸一	魯甘
10127	8 正		17	邯 g*	海	藍	曉	陽平	開	廿七甘			匣平開談咸一	胡甘	曉開 1	呼改	來平開談咸一	魯甘
10128	8 正	5	18	談	代	藍	透	陽平	開	廿七甘			定平開談咸一	徒甘	定開 1	徒耐	來平開談咸一	魯甘
10129	8 正		19	惔	代	藍	透	陽平	開	廿七甘			定平開談咸一	徒甘	定開 1	徒耐	來平開談咸一	魯甘
10132	8 正		20	倓	代	藍	透	陽平	開	廿七甘			定平開談咸一	徒甘	定開 1	徒耐	來平開談咸一	魯甘
10135	8 正		21	錟	代	藍	透	陽平	開	廿七甘			定平開談咸一	徒甘	定開 1	徒耐	來平開談咸一	魯甘
10136	8 正		22	郯	代	藍	透	陽平	開	廿七甘			定平開談咸一	徒甘	定開 1	徒耐	來平開談咸一	魯甘
10137	8 正	6	23	鬛	朗	談	賚	陽平	開	廿七甘			來平開談咸一	魯甘	來開 1	盧黨	定平開談咸一	徒甘
10138	8 正		24	襤	朗	談	賚	陽平	開	廿七甘			來平開談咸一	魯甘	來開 1	盧黨	定平開談咸一	徒甘
10139	8 正		25	艦*	朗	談	賚	陽平	開	廿七甘			來平開談咸一	盧甘	來開 1	盧黨	定平開談咸一	徒甘

韻字編號	部序	組數	字數	韻字及何氏反切			韻字何氏音				何萱注釋	備注	韻字中古音		上字中古音		下字中古音	
				韻字	上字	下字	聲	調	呼	韻部			聲調呼韻攝等	反切	聲呼等	反切	聲調呼韻攝等	反切
10140	8正		26	籃	朗	談	賚	陽平	開	廿七甘			來平開談咸一	魯甘	來開1	盧黨	定平開談咸一	徒甘
10141	8正		27	**藍**	朗	談	賚	陽平	開	廿七甘			來平開談咸二	魯甘	來開1	盧黨	定平開談咸一	徒甘
10142	8正		28	灆	朗	談	賚	陽平	開	廿七甘			來平開談咸一	魯甘	來開1	盧黨	定平開談咸一	徒甘
10144	8正	7	29	**慙**	采	談	淨	陽平	開	廿七甘			從平開談咸一	昨甘	清開1	倉宰	定平開談咸一	徒甘
10145	8正		30	蹔	采	談	淨	陽平	開	廿七甘	平上兩讀		從平開談咸一	昨甘	清開1	倉宰	定平開談咸一	徒甘
10147	8正	8	31	監	几	芟	見	陰平	齊	廿八臨	平去兩讀		見平開銜咸二	古銜	見開重3	居履	生平開銜咸二	所銜
10149	8正		32	**鑑**	几	芟	見	陰平	齊	廿八臨			見平開銜咸二	古銜	見開重3	居履	生平開銜咸二	所銜
10150	8正	9	33	**芟**	始	臨	審	陰平	齊	廿八臨			生平開銜咸二	所銜	書開3	詩止	見平開銜咸二	古銜
10151	8正		34	梢 g*	始	臨	審	陰平	齊	廿八臨		放入這個小韻中并不合適。放入七部反而好一些	生平開咸咸二	師咸	書開3	詩止	見平開銜咸二	古銜
10152	8正	10	35	毚	齒	巖	助	陽平	齊	廿八臨			崇平開銜咸二	鋤銜	昌開3	昌里	疑平開銜咸二	五銜
10153	8正		36	嚵	齒	巖	助	陽平	齊	廿八臨			崇平開銜咸二	鋤銜	昌開3	昌里	疑平開銜咸二	五銜
10157	8正		37	**讒**	齒	巖	助	陽平	齊	廿八臨			崇平開銜咸二	鋤銜	昌開3	昌里	疑平開銜咸二	五銜
10159	8正		38	儳	齒	巖	助	陽平	齊	廿八臨			崇平開咸咸二	士咸	昌開3	昌里	疑平開銜咸二	五銜
10162	8正		39	劖	齒	巖	助	陽平	齊	廿八臨			崇平開銜咸二	鋤銜	昌開3	昌里	疑平開銜咸二	五銜
10163	8正		40	鑱	齒	巖	助	陽平	齊	廿八臨			崇平開銜咸二	鋤銜	昌開3	昌里	疑平開銜咸二	五銜
10165	8正		41	纔	齒	巖	助	陽平	齊	廿八臨			生平開銜咸二	所銜	昌開3	昌里	疑平開銜咸二	五銜
10168	8正		42	鄛	齒	巖	助	陽平	齊	廿八臨			崇平開咸咸二	士咸	昌開3	昌里	疑平開銜咸二	五銜
10169	8正		43	蹔*	齒	巖	助	陽平	齊	廿八臨			崇平開銜咸二	鋤銜	昌開3	昌里	疑平開銜咸二	五銜
10170	8正	11	44	礹	仰	毚	我	陽平	齊	廿八臨			疑平開銜咸二	五銜	疑開3	魚兩	崇平開銜咸二	鋤銜
10172	8正		45	**巖**	仰	毚	我	陽平	齊	廿八臨			疑平開銜咸二	五銜	疑開3	魚兩	崇平開銜咸二	鋤銜
10173	8正		46	嚴*	仰	毚	我	陽平	齊	廿八臨			疑平開銜咸二	魚銜	疑開3	魚兩	崇平開銜咸二	鋤銜
10174	8正	12	47	**淹**	漾	瞻	影	陰平	齊二	廿九淹			影平開鹽咸重三	央炎	以開3	餘亮	章平開鹽咸三	職廉
10175	8正		48	閹	漾	瞻	影	陰平	齊二	廿九淹			影平開鹽咸重三	央炎	以開3	餘亮	章平開鹽咸三	職廉
10176	8正	13	49	**歁**	向	瞻	曉	陰平	齊二	廿九淹			曉平開添咸四	許兼	曉開3	許亮	章平開鹽咸三	職廉
10177	8正	14	50	詹	掌	淹	照	陰平	齊二	廿九淹			章平開鹽咸三	職廉	章開3	諸兩	影平開鹽咸重三	央炎

韻字編號	部序	組數	字數	韻字及何氏反切			韻字何氏音				何萱注釋	備注	韻字中古音		上字中古音		下字中古音	
				韻字	上字	下字	聲	調	呼	韻部			聲調呼韻攝等	反切	聲呼等	反切	聲調呼韻攝等	反切
10178	8正		51	瞻	掌	淹	照	陰平	齊二	廿九淹			章平開鹽咸三	職廉	章開3	諸兩	影平開鹽咸重三	央炎
10179	8正	15	52	**襜**	齒	瞻	助	陰平	齊二	廿九淹			昌平開鹽咸三	處占	昌開3	昌里	章平開鹽咸三	職廉
10180	8正		53	剡	齒	瞻	助	陰平	齊二	廿九淹			定平開談咸一	徒甘	昌開3	昌里	章平開鹽咸三	職廉
10181	8正	16	54	**漸**	紫	淹	井	陰平	齊二	廿九淹	平上兩讀義別		精平開鹽咸三	子廉	精開3	將此	影平開鹽咸重三	央炎
10183	8正	17	55	黚	舊	鹽	起	陽平	齊二	廿九淹			群平開鹽咸重三	巨淹	群開3	巨救	以平開鹽咸三	余廉
10185	8正		56	鉗	舊	鹽	起	陽平	齊二	廿九淹	鉗俗有昏。昏又見副編去聲異義	與昏異讀	群平開鹽咸重三	巨淹	群開3	巨救	以平開鹽咸三	余廉
10186	8正		57	**拑**	舊	鹽	起	陽平	齊二	廿九淹			群平開鹽咸重三	巨淹	群開3	巨救	以平開鹽咸三	余廉
10187	8正		58	箝	舊	鹽	起	陽平	齊二	廿九淹			群平開鹽咸重三	巨淹	群開3	巨救	以平開鹽咸三	余廉
10188	8正	18	59	**檐**	漾	拑	影	陽平	齊二	廿九淹			以平開鹽咸三	余廉	以開3	餘亮	群平開鹽咸重三	巨淹
10189	8正		60	閻	漾	拑	影	陽平	齊二	廿九淹			以平開鹽咸三	余廉	以開3	餘亮	群平開鹽咸重三	巨淹
10190	8正		61	閻	漾	拑	影	陽平	齊二	廿九淹			以平開鹽咸三	余廉	以開3	餘亮	群平開鹽咸重三	巨淹
10191	8正		62	潤	漾	拑	影	陽平	齊二	廿九淹			以平開鹽咸三	余廉	以開3	餘亮	群平開鹽咸重三	巨淹
10192	8正		63	炎	漾	拑	影	陽平	齊二	廿九淹			云平開鹽咸三	于廉	以開3	餘亮	群平開鹽咸重三	巨淹
10193	8正		64	熊	漾	拑	影	陽平	齊二	廿九淹	八部九部兩讀。萱按炎省聲則當在古音八部，今羽弓切	此處為古音，按諧聲偏旁取音。取炎廣韻音	云平開鹽咸三	于廉	以開3	餘亮	群平開鹽咸重三	巨淹
10196	8正		65	鹽	漾	拑	影	陽平	齊二	廿九淹			以平開鹽咸三	余廉	以開3	餘亮	群平開鹽咸重三	巨淹
10197	8正	19	66	**螹**	此	鹽	淨	陽平	齊二	廿九淹			從平開鹽咸三	昨鹽	清開3	雌氏	以平開鹽咸三	余廉
10199	8正	20	67	**嚴**	仰	拑	我	陽平	齊二	廿九淹			疑平開嚴咸三	語驗	疑開3	魚兩	群平開鹽咸重三	巨淹
10200	8正		68	巖	仰	拑	我	陽平	齊二	廿九淹			疑平開嚴咸三	語驗	疑開3	魚兩	群平開鹽咸重三	巨淹
10201	8正	21	69	**冘**	漾	忱	影	陽平	齊三	三十冘			以平開侵深三	余針	以開3	餘亮	禪平開侵深三	氏任
10203	8正	22	70	鈂	齒	忱	助	陽平	齊三	三十冘			澄平開侵深三	直深	昌開3	昌里	禪平開侵深三	氏任
10204	8正		71	芜	齒	忱	助	陽平	齊三	三十冘			澄平開侵深三	直深	昌開3	昌里	禪平開侵深三	氏任
10206	8正		72	**沈**	齒	忱	助	陽平	齊三	三十冘	平上兩讀義異		澄平開侵深三	直深	昌開3	昌里	禪平開侵深三	氏任
10209	8正		73	霃	齒	忱	助	陽平	齊三	三十冘			澄平開侵深三	直深	昌開3	昌里	禪平開侵深三	氏任

韻字編號	部序	組數	字數	韻字及何氏反切			韻字何氏音				何萱注釋	備注	韻字中古音		上字中古音		下字中古音	
				韻字	上字	下字	聲	調	呼	韻部			聲調呼韻攝等	反切	聲呼等	反切	聲調呼韻攝等	反切
10210	8正	23	74	訦	始	鈂	審	陽平	齊三	三十冘			禪平開侵深三	氏任	書開3	詩止	澄平開侵深三	直深
10211	8正		75	忱	始	鈂	審	陽平	齊三	三十冘			禪平開侵深三	氏任	書開3	詩止	澄平開侵深三	直深
10212	8正	24	76	厰	仰	忱	我	陽平	齊三	三十冘			疑平開侵深重三	魚金	疑開3	魚兩	禪平開侵深三	氏任
10213	8正	25	77	豃	艮	膽	見	上	開	廿五敢			見上開談咸一	古覽	見開1	古恨	端上開談咸一	都敢
10214	8正		78	[illegible]	艮	膽	見	上	開	廿五敢			見上開覃咸一	古禫	見開1	古恨	端上開談咸一	都敢
10215	8正		79	[illegible]	艮	膽	見	上	開	廿五敢			見上開覃咸一	古禫	見開1	古恨	端上開談咸一	都敢
10217	8正		80	[illegible]	艮	膽	見	上	開	廿五敢			見上開覃咸一	古禫	見開1	古恨	端上開談咸一	都敢
10220	8正	26	81	坎	口	膽	起	上	開	廿五敢			溪上開覃咸一	苦感	溪開1	苦后	端上開談咸一	都敢
10221	8正		82	惂	口	膽	起	上	開	廿五敢			溪上開覃咸一	苦感	溪開1	苦后	端上開談咸一	都敢
10222	8正		83	凵	口	膽	起	上	開	廿五敢			溪上合凡咸三	丘犯	溪開1	苦后	端上開談咸一	都敢
10223	8正		84	竷	口	膽	起	上	開	廿五敢			溪上開覃咸一	苦感	溪開1	苦后	端上開談咸一	都敢
10225	8正	27	85	晻	挨	膽	影	上	開	廿五敢			影上開覃咸一	烏感	影開1	於改	端上開談咸一	都敢
10226	8正	28	86	马	海	膽	曉	上	開	廿五敢			匣上開覃咸一	胡感	曉開1	呼改	端上開談咸一	都敢
10229	8正		87	菡*	海	膽	曉	上	開	廿五敢			匣上開覃咸一	戶感	曉開1	呼改	端上開談咸一	都敢
10230	8正		88	淊	海	膽	曉	上	開	廿五敢			匣上開覃咸一	胡感	曉開1	呼改	端上開談咸一	都敢
10231	8正		89	蜭	海	膽	曉	上	開	廿五敢			匣上開覃咸一	胡感	曉開1	呼改	端上開談咸一	都敢
10233	8正	29	90	膽	到	覽	短	上	開	廿五敢			端上開談咸一	都敢	端開1	都導	來上開談咸一	盧敢
10234	8正		91	黵	到	覽	短	上	開	廿五敢			端上開談咸一	都敢	端開1	都導	來上開談咸一	盧敢
10235	8正		92	黕	到	覽	短	上	開	廿五敢			端上開談咸一	都敢	端開1	都導	來上開談咸一	盧敢
10236	8正		93	紞	到	覽	短	上	開	廿五敢			端上開談咸一	都敢	端開1	都導	來上開談咸一	盧敢
10237	8正	30	94	憺	代	膽	透	上	開	廿五敢			定上開談咸一	徒敢	定開1	徒耐	端上開談咸一	都敢
10239	8正		95	澹	代	膽	透	上	開	廿五敢			定上開談咸一	徒敢	定開1	徒耐	端上開談咸一	都敢
10241	8正		96	淡	代	膽	透	上	開	廿五敢			定上開談咸一	徒敢	定開1	徒耐	端上開談咸一	都敢
10243	8正		97	啖	代	膽	透	上	開	廿五敢			定上開談咸一	徒敢	定開1	徒耐	端上開談咸一	都敢
10244	8正		98	緂	代	膽	透	上	開	廿五敢			透上開談咸一	吐敢	定開1	徒耐	端上開談咸一	都敢
10245	8正		99	菼	代	膽	透	上	開	廿五敢			透上開談咸一	吐敢	定開1	徒耐	端上開談咸一	都敢
10246	8正		100	菼	代	膽	透	上	開	廿五敢			透上開談咸一	吐敢	定開1	徒耐	端上開談咸一	都敢

韻字編號	部序	組數	字數	韻字及何氏反切			韻字何氏音				何萱注釋	備注	韻字中古音		上字中古音		下字中古音	
				韻字	上字	下字	聲	調	呼	韻部			聲調呼韻攝等	反切	聲呼等	反切	聲調呼韻攝等	反切
10247	8正		101	薗	代	膽	透	上	開	廿五敢			定上開覃咸一	徒感	定開1	徒耐	端上開談咸一	都敢
10248	8正		102	窞	代	膽	透	上	開	廿五敢			定上開覃咸一	徒感	定開1	徒耐	端上開談咸一	都敢
10249	8正		103	肬	代	膽	透	上	開	廿五敢			透上開覃咸一	他感	定開1	徒耐	端上開談咸一	都敢
10251	8正	31	104	覽	朗	膽	賚	上	開	廿五敢			來上開談咸一	盧敢	來開1	盧黨	端上開談咸一	都敢
10252	8正		105	擥	朗	膽	賚	上	開	廿五敢			來上開談咸一	盧敢	來開1	盧黨	端上開談咸一	都敢
10253	8正	32	106	寁	宰	膽	井	上	開	廿五敢			精上開覃咸一	子感	精開1	作亥	端上開談咸一	都敢
10255	8正	33	107	槧	采	膽	淨	上	開	廿五敢	平上兩讀注在彼		生上開銜咸二	山檻	清開1	倉宰	端上開談咸一	都敢
10257	8正	34	108	黶	漾	範	影	上	齊	廿六黶			影上開銜咸二	於檻	以開3	餘亮	奉上合凡咸三	防錽
10258	8正		109	黤	漾	範	影	上	齊	廿六黶			影上開銜咸二	於檻	以開3	餘亮	奉上合凡咸三	防錽
10260	8正	35	110	檻	向	範	曉	上	齊	廿六黶			匣上開銜咸二	胡黤	曉開3	許亮	奉上合凡咸三	防錽
10261	8正		111	獵	向	範	曉	上	齊	廿六黶			曉上開銜咸二	荒檻	曉開3	許亮	奉上合凡咸三	防錽
10264	8正	36	112	斬	掌	範	照	上	齊	廿六黶			莊上開咸咸二	側減	章開3	諸兩	奉上合凡咸三	防錽
10266	8正	37	113	叐	美	檻	命	上	齊	廿六黶			微上合凡咸三	亡范	明開重3	無鄙	匣上開銜咸二	胡黤
10267	8正	38	114	犯	缶	檻	匪	上	齊	廿六黶			奉上合凡咸三	防錽	非開3	方久	匣上開銜咸二	胡黤
10268	8正		115	範	缶	檻	匪	上	齊	廿六黶			奉上合凡咸三	防錽	非開3	方久	匣上開銜咸二	胡黤
10269	8正		116	笵	缶	檻	匪	上	齊	廿六黶			奉上合凡咸三	防錽	非開3	方久	匣上開銜咸二	胡黤
10270	8正		117	范	缶	檻	匪	上	齊	廿六黶			奉上合凡咸三	防錽	非開3	方久	匣上開銜咸二	胡黤
10271	8正	39	118	炗	舊	掩	起	上	齊二	廿七炗			群上開鹽咸重三	巨險	群開3	巨救	影上開鹽咸重三	衣儉
10272	8正	40	119	燚	漾	諂	影	上	齊二	廿七炗			以去開鹽咸三	以贍	以開3	餘亮	徹上開鹽咸三	丑琰
10274	8正		120	餤	漾	諂	影	上	齊二	廿七炗			以上開鹽咸三	以冉	以開3	餘亮	徹上開鹽咸三	丑琰
10275	8正		121	琰	漾	諂	影	上	齊二	廿七炗			以上開鹽咸三	以冉	以開3	餘亮	徹上開鹽咸三	丑琰
10276	8正		122	剡	漾	諂	影	上	齊二	廿七炗			以上開鹽咸三	以冉	以開3	餘亮	徹上開鹽咸三	丑琰
10277	8正		123	奄	漾	諂	影	上	齊二	廿七炗			影上開鹽咸重三	衣儉	以開3	餘亮	徹上開鹽咸三	丑琰
10278	8正		124	掩	漾	諂	影	上	齊二	廿七炗			影上開鹽咸重三	衣儉	以開3	餘亮	徹上開鹽咸三	丑琰
10279	8正		125	裺	漾	諂	影	上	齊二	廿七炗			影上開鹽咸重三	衣儉	以開3	餘亮	徹上開鹽咸三	丑琰
10280	8正		126	郁	漾	諂	影	上	齊二	廿七炗			影上開鹽咸重三	衣儉	以開3	餘亮	徹上開鹽咸三	丑琰
10281	8正	41	127	讇	齒	掩	助	上	齊二	廿七炗			徹上開鹽咸三	丑琰	昌開3	昌里	影上開鹽咸重三	衣儉

韻字編號	部序	組數	字數	韻字及何氏反切			韻字何氏音				何萱注釋	備注	韻字中古音		上字中古音		下字中古音	
				韻字	上字	下字	聲	調	呼	韻部			聲調呼韻攝等	反切	聲呼等	反切	聲調呼韻攝等	反切
10282	8 正		128	**諂**	齒	掩	助	上	齊二	廿七芡			徹上開鹽咸三	丑琰	昌開 3	昌里	影上開鹽咸重三	衣儉
10283	8 正	42	129	**染**	攘	諂	耳	上	齊二	廿七芡			日上開鹽咸三	而琰	日開 3	人漾	徹上開鹽咸三	丑琰
10284	8 正		130	橤	攘	諂	耳	上	齊二	廿七芡			日上開鹽咸三	而琰	日開 3	人漾	徹上開鹽咸三	丑琰
10285	8 正		131	媣	攘	諂	耳	上	齊二	廿七芡			見平開談咸一	古三	日開 3	人漾	徹上開鹽咸三	丑琰
10286	8 正	43	132	睒	始	掩	審	上	齊二	廿七芡			書上開鹽咸三	失冉	書開 3	詩止	影上開鹽咸重三	衣儉
10287	8 正		133	**覢**	始	掩	審	上	齊二	廿七芡			書上開鹽咸三	失冉	書開 3	詩止	影上開鹽咸重三	衣儉
10288	8 正	44	134	**壍**	此	掩	淨	上	齊二	廿七芡	塹或書作壍		從上開鹽咸三	慈染	清開 3	雌氏	影上開鹽咸重三	衣儉
10290	8 正		135	漸	此	掩	淨	上	齊二	廿七芡	平上兩讀義別		從上開鹽咸三	慈染	清開 3	雌氏	影上開鹽咸重三	衣儉
10292	8 正		136	蔪	此	掩	淨	上	齊二	廿七芡			從上開鹽咸三	慈染	清開 3	雌氏	影上開鹽咸重三	衣儉
10293	8 正		137	槧	此	掩	淨	上	齊二	廿七芡			從上開鹽咸三	慈染	清開 3	雌氏	影上開鹽咸重三	衣儉
10296	8 正		138	灊	此	掩	淨	上	齊二	廿七芡			從上開鹽咸三	慈染	清開 3	雌氏	影上開鹽咸重三	衣儉
10297	8 正	45	139	**儼**	仰	掩	我	上	齊二	廿七芡			疑上開嚴咸三	魚埯	疑開 3	魚兩	影上開鹽咸重三	衣儉
10299	8 正		140	广	仰	掩	我	上	齊二	廿七芡			疑上開鹽咸重三	魚檢	疑開 3	魚兩	影上開鹽咸重三	衣儉
10300	8 正	46	141	**枕**	掌	沈	照	上	齊三	廿八枕			章上開侵深三	章荏	章開 3	諸兩	書上開侵深三	式荏
10302	8 正		142	煩	掌	沈	照	上	齊三	廿八枕			章上開侵深三	章荏	章開 3	諸兩	書上開侵深三	式荏
10304	8 正		143	鈂	掌	沈	照	上	齊三	廿八枕			知上開侵深三	張甚	章開 3	諸兩	書上開侵深三	式荏
10305	8 正	47	144	**沈**	始	枕	審	上	齊三	廿八枕	平上兩讀義異		書上開侵深三	式荏	書開 3	詩止	章上開侵深三	章荏
10308	8 正	48	145	**紺**	艮	濫	見	去	開	廿六紺			見去開覃咸一	古暗	見開 1	古恨	來去開談咸一	盧瞰
10309	8 正		146	贛	艮	濫	見	去	開	廿六紺			見去開覃咸一	古暗	見開 1	古恨	來去開談咸一	盧瞰
10310	8 正	49	147	**闞**	口	濫	起	去	開	廿六紺			溪去開談咸一	苦濫	溪開 1	苦后	來去開談咸一	盧瞰
10313	8 正		148	峆	口	濫	起	去	開	廿六紺			溪去開覃咸一	苦紺	溪開 1	苦后	來去開談咸一	盧瞰
10314	8 正	50	149	**譀**	海	濫	曉	去	開	廿六紺			匣去開談咸一	下瞰	曉開 1	呼改	來去開談咸一	盧瞰
10316	8 正		150	㺖	海	濫	曉	去	開	廿六紺			曉去開談咸一	呼濫	曉開 1	呼改	來去開談咸一	盧瞰
10318	8 正	51	151	**啗**	代	濫	透	去	開	廿六紺			定去開談咸一	徒濫	定開 1	徒耐	來去開談咸一	盧瞰
10320	8 正		152	棪	代	濫	透	去	開	廿六紺			以上開鹽咸三	以冉	定開 1	徒耐	來去開談咸一	盧瞰
10321	8 正	52	153	**濫**	朗	紺	賚	去	開	廿六紺			來去開談咸一	盧瞰	來開 1	盧黨	見去開覃咸一	古暗
10323	8 正		154	艦	朗	紺	賚	去	開	廿六紺			來去開談咸一	盧瞰	來開 1	盧黨	見去開覃咸一	古暗

韻字編號	部序	組數	字數	韻字及何氏反切			韻字何氏音				何萱注釋	備注	韻字中古音		上字中古音		下字中古音	
				韻字	上字	下字	聲	調	呼	韻部			聲調呼韻攝等	反切	聲呼等	反切	聲調呼韻攝等	反切
10324	8正		155	醧	朗	紺	賚	去	開	廿六紺			來去開談咸一	盧瞰	來開1	盧黨	見去開覃咸一	古暗
10325	8正	53	156	**暫**	采	紺	淨	去	開	廿六紺			從去開談咸一	藏濫	清開1	倉宰	見去開覃咸一	古暗
10326	8正	54	157	監	几	陷	見	去	齊	廿七監	平去兩讀注在彼		見去開銜咸二	格懺	見開重3	居履	匣去開咸咸二	戶韽
10328	8正		158	**鑑**	几	陷	見	去	齊	廿七監			見去開銜咸二	格懺	見開重3	居履	匣去開咸咸二	戶韽
10330	8正	55	159	臽	向	鑑	曉	去	齊	廿七監			匣去開咸咸二	戶韽	曉開3	許亮	見去開銜咸二	格懺
10332	8正		160	**陷**	向	鑑	曉	去	齊	廿七監			匣去開咸咸二	戶韽	曉開3	許亮	見去開銜咸二	格懺
10333	8正		161	腤	向	鑑	曉	去	齊	廿七監			匣去開咸咸二	戶韽	曉開3	許亮	見去開銜咸二	格懺
10337	8正		162	餁*	向	鑑	曉	去	齊	廿七監		餅中肉或从肉从食从監	匣去開咸咸二	乎韽	曉開3	許亮	見去開銜咸二	格懺
10338	8正		163	鮎	向	鑑	曉	去	齊	廿七監			匣去開咸咸二	戶韽	曉開3	許亮	見去開銜咸二	格懺
10340	8正	56	164	**氾**	缶	鑑	匪	去	齊	廿七監			敷去合凡咸三	孚梵	非開3	方久	見去開銜咸二	格懺
10342	8正	57	165	**劍**	几	欠	見	去	齊二	廿八劍	劒籀劍		見去開嚴咸三	居欠	見開重3	居履	溪去開嚴咸三	去劒
10343	8正	58	166	**欠**	舊	劍	起	去	齊二	廿八劍			溪去開嚴咸三	去劒	群開3	巨救	見去開嚴咸三	居欠
10344	8正	59	167	**豔**	漾	劍	影	去	齊二	廿八劍			以去開鹽咸三	以贍	以開3	餘亮	見去開嚴咸三	居欠
10345	8正		168	殗	漾	劍	影	去	齊二	廿八劍			影去開嚴咸三	於劒	以開3	餘亮	見去開嚴咸三	居欠
10346	8正		169	俺	漾	劍	影	去	齊二	廿八劍	去入兩讀		影去開嚴咸三	於劒	以開3	餘亮	見去開嚴咸三	居欠
10348	8正		170	爓	漾	劍	影	去	齊二	廿八劍			以去開鹽咸三	以贍	以開3	餘亮	見去開嚴咸三	居欠
10350	8正	60	171	**談**	眺	劍	透	去	齊二	廿八劍	菼俗有菼談		透去開談咸一	吐濫	透開4	他弔	見去開嚴咸三	居欠
10354	8正	61	172	**塹**	此	劍	淨	去	齊二	廿八劍			清去開鹽咸三	七豔	清開3	雌氏	見去開嚴咸三	居欠
10355	8正	62	173	**鴆**	齒	歁	助	去	齊三	廿九鴆			澄去開侵深三	直禁	昌開3	昌里	從平開侵深三	昨淫
10356	8正	63	174	**郃**	艮	沓	見	入	開	廿九郃	郃		見入開盍咸一	古盍	見開1	古恨	定入開合咸一	徒合
10357	8正	64	175	榼	口	沓	起	入	開	廿九郃		榼	溪入開盍咸一	苦盍	溪開1	苦后	定入開合咸一	徒合
10359	8正	65	176	鞥	挨	沓	影	入	開	廿九郃			影入開合咸一	烏合	影開1	於改	定入開合咸一	徒合
10361	8正	66	177	**盍**	海	沓	曉	入	開	廿九郃		盍只集韻有一讀	匣入開盍咸一	胡臘	曉開1	呼改	定入開合咸一	徒合
10362	8正		178	嗑	海	沓	曉	入	開	廿九郃		嗑	匣入開合咸一	胡臘	曉開1	呼改	定入開合咸一	徒合
10363	8正		179	謚	海	沓	曉	入	開	廿九郃		正文增	見入開盍咸一	古盍	曉開1	呼改	定入開合咸一	徒合
10365	8正		180	闔	海	沓	曉	入	開	廿九郃	闔		匣入開合咸一	胡臘	曉開1	呼改	定入開合咸一	徒合

韻字編號	部序	組數	字數	韻字及何氏反切			韻字何氏音				何萱注釋	備　注	韻字中古音		上字中古音		下字中古音	
				韻字	上字	下字	聲	調	呼	韻部			聲調呼韻攝等	反切	聲呼等	反切	聲調呼韻攝等	反切
10366	8 正	67	181	**沓**	代	臘	透	入	開	廿九部			定入開合咸一	徒合	定開 1	徒耐	來入開盍咸一	盧盍
10367	8 正		182	誻	代	臘	透	入	開	廿九部			定入開合咸一	徒合	定開 1	徒耐	來入開盍咸一	盧盍
10368	8 正		183	𦧺*	代	臘	透	入	開	廿九部			透入開合咸一	託合	定開 1	徒耐	來入開盍咸一	盧盍
10369	8 正		184	㛥	代	臘	透	入	開	廿九部			透入開合咸一	他合	定開 1	徒耐	來入開盍咸一	盧盍
10370	8 正		185	𢫬	代	臘	透	入	開	廿九部			定入開合咸一	徒合	定開 1	徒耐	來入開盍咸一	盧盍
10371	8 正		186	涾	代	臘	透	入	開	廿九部			定入開合咸一	徒合	定開 1	徒耐	來入開盍咸一	盧盍
10372	8 正		187	䂿	代	臘	透	入	開	廿九部			定入開合咸一	徒合	定開 1	徒耐	來入開盍咸一	盧盍
10373	8 正		188	錔	代	臘	透	入	開	廿九部			透入開合咸一	他合	定開 1	徒耐	來入開盍咸一	盧盍
10374	8 正		189	眔	代	臘	透	入	開	廿九部			定入開合咸一	徒合	定開 1	徒耐	來入開盍咸一	盧盍
10375	8 正		190	遝	代	臘	透	入	開	廿九部			定入開合咸一	徒合	定開 1	徒耐	來入開盍咸一	盧盍
10376	8 正		191	䜚	代	臘	透	入	開	廿九部			定入開合咸一	徒合	定開 1	徒耐	來入開盍咸一	盧盍
10377	8 正		192	㯓	代	臘	透	入	開	廿九部			定入開合咸一	徒合	定開 1	徒耐	來入開盍咸一	盧盍
10378	8 正		193	𦐇	代	臘	透	入	開	廿九部			透入開盍咸一	吐盍	定開 1	徒耐	來入開盍咸一	盧盍
10379	8 正		194	蹋	代	臘	透	入	開	廿九部			定入開盍咸一	徒盍	定開 1	徒耐	來入開盍咸一	盧盍
10380	8 正		195	闒	代	臘	透	入	開	廿九部			定入開盍咸一	徒盍	定開 1	徒耐	來入開盍咸一	盧盍
10381	8 正		196	𧮩	代	臘	透	入	開	廿九部			定入開盍咸一	徒盍	定開 1	徒耐	來入開盍咸一	盧盍
10382	8 正		197	鰨	代	臘	透	入	開	廿九部			透入開盍咸一	吐盍	定開 1	徒耐	來入開盍咸一	盧盍
10383	8 正		198	狧	代	臘	透	入	開	廿九部			透入開盍咸一	吐盍	定開 1	徒耐	來入開盍咸一	盧盍
10384	8 正	68	199	**軜**	奈	沓	乃	入	開	廿九部			泥入開合咸一	奴答	泥開 1	奴帶	定入開合咸一	徒合
10385	8 正		200	魶*	奈	沓	乃	入	開	廿九部			泥入開合咸一	諾荅	泥開 1	奴帶	定入開合咸一	徒合
10386	8 正	69	201	**臘**	朗	沓	賚	入	開	廿九部			來入開盍咸一	盧盍	來開 1	盧黨	定入開合咸一	徒合
10387	8 正	70	202	**甲**	几	狎	見	入	齊	三十甲			見入開狎咸二	古狎	見開重 3	居履	匣入開狎咸二	胡甲
10388	8 正		203	夾	几	狎	見	入	齊	三十甲			見入開洽咸二	古洽	見開重 3	居履	匣入開狎咸二	胡甲
10389	8 正		204	郟	几	狎	見	入	齊	三十甲			見入開洽咸二	古洽	見開重 3	居履	匣入開狎咸二	胡甲
10390	8 正		205	䩡	几	狎	見	入	齊	三十甲			見入開洽咸二	古洽	見開重 3	居履	匣入開狎咸二	胡甲
10391	8 正	71	206	**𥥛**	漾	甲	影	入	齊	三十甲			影入開狎咸二	烏甲	以開 3	餘亮	見入開狎咸二	古狎
10392	8 正		207	閘	漾	甲	影	入	齊	三十甲			影入開狎咸二	烏甲	以開 3	餘亮	見入開狎咸二	古狎
10394	8 正	72	208	呷	向	甲	曉	入	齊	三十甲			曉入開狎咸二	呼甲	曉開 3	許亮	見入開狎咸二	古狎
10395	8 正		209	**狎**	向	甲	曉	入	齊	三十甲			匣入開狎咸二	胡甲	曉開 3	許亮	見入開狎咸二	古狎

韻字編號	部序	組數	字數	韻字及何氏反切			韻字何氏音				何萱注釋	備　注	韻字中古音		上字中古音		下字中古音	
				韻字	上字	下字	聲	調	呼	韻部			聲調呼韻攝等	反切	聲呼等	反切	聲調呼韻攝等	反切
10396	8 正		210	柙	向	甲	曉	入	齊	三十甲			匣入開狎咸二	胡甲	曉開 3	許亮	見入開狎咸二	古狎
10397	8 正		211	匣	向	甲	曉	入	齊	三十甲			匣入開狎咸二	胡甲	曉開 3	許亮	見入開狎咸二	古狎
10398	8 正		212	陜	向	甲	曉	入	齊	三十甲			匣入開洽咸二	侯夾	曉開 3	許亮	見入開狎咸二	古狎
10399	8 正		213	厥	向	甲	曉	入	齊	三十甲			見入開狎咸二	古狎	曉開 3	許亮	見入開狎咸二	古狎
10400	8 正	73	214	臿	齒	甲	助	入	齊	三十甲			初入開洽咸二	楚洽	昌開 3	昌里	見入開狎咸二	古狎
10401	8 正		215	鍤	齒	甲	助	入	齊	三十甲			初入開洽咸二	楚洽	昌開 3	昌里	見入開狎咸二	古狎
10402	8 正		216	**插**	齒	甲	助	入	齊	三十甲			初入開洽咸二	楚洽	昌開 3	昌里	見入開狎咸二	古狎
10405	8 正		217	屇	齒	甲	助	入	齊	三十甲			生入開狎咸二	所甲	昌開 3	昌里	見入開狎咸二	古狎
10406	8 正		218	鯜	齒	甲	助	入	齊	三十甲	崨或作鯜		初入開洽咸二	楚洽	昌開 3	昌里	見入開狎咸二	古狎
10407	8 正	74	219	萐	始	甲	審	入	齊	三十甲			生入開洽咸二	山洽	書開 3	詩止	見入開狎咸二	古狎
10409	8 正		220	**箑**	始	甲	審	入	齊	三十甲			生入開洽咸二	山洽	書開 3	詩止	見入開狎咸二	古狎
10411	8 正		221	翣	始	甲	審	入	齊	三十甲			生入開狎咸二	所甲	書開 3	詩止	見入開狎咸二	古狎
10412	8 正		222	歃	始	甲	審	入	齊	三十甲			生入開洽咸二	山洽	書開 3	詩止	見入開狎咸二	古狎
10414	8 正	75	223	**霅**	想	甲	信	入	齊	三十甲			心入開合咸一	蘇合	心開 3	息兩	見入開狎咸二	古狎
10416	8 正	76	224	灋	缶	狎	匪	入	齊	三十甲			非入合乏咸三	方乏	非開 3	方久	匣入開狎咸二	胡甲
10417	8 正		225	**法**	缶	狎	匪	入	齊	三十甲			非入合乏咸三	方乏	非開 3	方久	匣入開狎咸二	胡甲
10418	8 正	77	226	**頰**	几	捷	見	入	齊二	三一頰			見入開帖咸四	古協	見開重 3	居履	從入開葉咸三	疾葉
10419	8 正		227	唊	几	捷	見	入	齊二	三一頰			見入開帖咸四	古協	見開重 3	居履	從入開葉咸三	疾葉
10420	8 正		228	鋏	几	捷	見	入	齊二	三一頰			見入開帖咸四	古協	見開重 3	居履	從入開葉咸三	疾葉
10421	8 正		229	梜	几	捷	見	入	齊二	三一頰			見入開帖咸四	古協	見開重 3	居履	從入開葉咸三	疾葉
10422	8 正		230	莢	几	捷	見	入	齊二	三一頰			見入開帖咸四	古協	見開重 3	居履	從入開葉咸三	疾葉
10423	8 正		231	蛺	几	捷	見	入	齊二	三一頰			見入開帖咸四	古協	見開重 3	居履	從入開葉咸三	疾葉
10424	8 正		232	鉣	几	捷	見	入	齊二	三一頰			見入開葉咸三	居怯	見開重 3	居履	從入開葉咸三	疾葉
10425	8 正		233	刦	几	捷	見	入	齊二	三一頰			見入開葉咸三	居怯	見開重 3	居履	從入開葉咸三	疾葉
10426	8 正	78	234	狜	舊	葉	起	入	齊二	三一頰	怯。杜林說狜從心。五部八部兩讀	玉篇作去業切	溪入開業咸三	去劫	群開 3	巨救	以入開葉咸三	與涉
10427	8 正		235	**怯**	舊	葉	起	入	齊二	三一頰		狜的或體。狜說是有兩讀，但廣集玉只查到一讀	溪入開業咸三	去劫	群開 3	巨救	以入開葉咸三	與涉

韻字編號	部序	組數	字數	韻字及何氏反切			韻字何氏音				何萱注釋	備　注	韻字中古音		上字中古音		下字中古音	
				韻字	上字	下字	聲	調	呼	韻部			聲調呼韻攝等	反切	聲呼等	反切	聲調呼韻攝等	反切
10428	8 正		236	匧	舊	葉	起	入	齊二	三一頰			溪入開帖咸四	苦協	群開 3	巨救	以入開葉咸三	與涉
10429	8 正		237	疲	舊	葉	起	入	齊二	三一頰			溪入開帖咸四	苦協	群開 3	巨救	以入開葉咸三	與涉
10430	8 正		238	愿	舊	葉	起	入	齊二	三一頰			溪入開帖咸四	苦協	群開 3	巨救	以入開葉咸三	與涉
10431	8 正		239	悏	舊	葉	起	入	齊二	三一頰			溪入開帖咸四	苦協	群開 3	巨救	以入開葉咸三	與涉
10432	8 正		240	瘱	舊	葉	起	入	齊二	三一頰		查韻史，疑為㾜	影去開齊蟹四	於計	群開 3	巨救	以入開葉咸三	與涉
10433	8 正	79	241	枼	漾	捷	影	入	齊二	三一頰			以入開葉咸三	與涉	以開 3	餘亮	從入開葉咸三	疾葉
10434	8 正		242	**葉**	漾	捷	影	入	齊二	三一頰			以入開葉咸三	與涉	以開 3	餘亮	從入開葉咸三	疾葉
10435	8 正		243	箂	漾	捷	影	入	齊二	三一頰			以入開葉咸三	與涉	以開 3	餘亮	從入開葉咸三	疾葉
10437	8 正		244	鍱	漾	捷	影	入	齊二	三一頰			以入開葉咸三	與涉	以開 3	餘亮	從入開葉咸三	疾葉
10438	8 正		245	偞	漾	捷	影	入	齊二	三一頰			以入開葉咸三	與涉	以開 3	餘亮	從入開葉咸三	疾葉
10439	8 正		246	曅	漾	捷	影	入	齊二	三一頰	曅或作曄		云入開葉咸三	筠輒	以開 3	餘亮	從入開葉咸三	疾葉
10440	8 正		247	爗	漾	捷	影	入	齊二	三一頰	爗或作燁		云入開葉咸三	筠輒	以開 3	餘亮	從入開葉咸三	疾葉
10441	8 正		248	曄	漾	捷	影	入	齊二	三一頰			云入開葉咸三	筠輒	以開 3	餘亮	從入開葉咸三	疾葉
10445	8 正		249	俺 g*	漾	捷	影	入	齊二	三一頰	去入兩讀注在彼		影入開業咸三	又業	以開 3	餘亮	從入開葉咸三	疾葉
10446	8 正		250	腌	漾	捷	影	入	齊二	三一頰			影入開葉咸三	於葉	以開 3	餘亮	從入開葉咸三	疾葉
10449	8 正		251	罨	漾	捷	影	入	齊二	三一頰			影入開葉咸三	於葉	以開 3	餘亮	從入開葉咸三	疾葉
10452	8 正	80	252	**俠**	向	捷	曉	入	齊二	三一頰			匣入開帖咸四	胡頰	曉開 3	許亮	從入開葉咸三	疾葉
10453	8 正		253	娺	向	捷	曉	入	齊二	三一頰			曉入開帖咸四	呼牒	曉開 3	許亮	從入開葉咸三	疾葉
10455	8 正		254	緂	向	捷	曉	入	齊二	三一頰			匣入開帖咸四	胡頰	曉開 3	許亮	從入開葉咸三	疾葉
10457	8 正		255	茵g*	向	捷	曉	入	齊二	三一頰	又十五部去聲	玉篇作丈例切，草補䞡，或為綴	影去開祭蟹重三	於例	曉開 3	許亮	從入開葉咸三	疾葉
10459	8 正	81	256	**揤**	邸	捷	短	入	齊二	三一頰			端入開帖咸四	丁愜	端開 4	都禮	從入開葉咸三	疾葉
10460	8 正	82	257	疊	眺	葉	透	入	齊二	三一頰			定入開帖咸四	徒協	透開 4	他弔	以入開葉咸三	與涉
10461	8 正		258	褋	眺	葉	透	入	齊二	三一頰			定入開帖咸四	徒協	透開 4	他弔	以入開葉咸三	與涉
10463	8 正		259	韘	眺	葉	透	入	齊二	三一頰			書入開葉咸三	書涉	透開 4	他弔	以入開葉咸三	與涉
10464	8 正		260	屟	眺	葉	透	入	齊二	三一頰			心入開帖咸四	蘇協	透開 4	他弔	以入開葉咸三	與涉
10465	8 正		261	諜	眺	葉	透	入	齊二	三一頰			定入開帖咸四	徒協	透開 4	他弔	以入開葉咸三	與涉
10466	8 正		262	**牒**	眺	葉	透	入	齊二	三一頰			定入開帖咸四	徒協	透開 4	他弔	以入開葉咸三	與涉
10467	8 正		263	堞	眺	葉	透	入	齊二	三一頰			定入開帖咸四	徒協	透開 4	他弔	以入開葉咸三	與涉
10468	8 正		264	蜨	眺	葉	透	入	齊二	三一頰			心入開帖咸四	蘇協	透開 4	他弔	以入開葉咸三	與涉

韻字編號	部序	組數	字數	韻字及何氏反切			韻字何氏音				何萱注釋	備注	韻字中古音		上字中古音		下字中古音	
				韻字	上字	下字	聲	調	呼	韻部			聲調呼韻攝等	反切	聲呼等	反切	聲調呼韻攝等	反切
10470	8 正	83	265	**𨑨**	紐	葉	乃	入	齊二	三一頰			娘入開葉咸三	尼輒	娘開 3	女久	以入開葉咸三	與涉
10471	8 正		266	䮍	紐	葉	乃	入	齊二	三一頰			娘入開葉咸三	尼輒	娘開 3	女久	以入開葉咸三	與涉
10472	8 正	84	267	巤	亮	葉	賚	入	齊二	三一頰			來入開葉咸三	良涉	來開 3	力讓	以入開葉咸三	與涉
10473	8 正		268	鬣	亮	葉	賚	入	齊二	三一頰			來入開葉咸三	良涉	來開 3	力讓	以入開葉咸三	與涉
10474	8 正		269	儠	亮	葉	賚	入	齊二	三一頰			來入開葉咸三	良涉	來開 3	力讓	以入開葉咸三	與涉
10475	8 正		270	擸	亮	葉	賚	入	齊二	三一頰			來入開葉咸三	良涉	來開 3	力讓	以入開葉咸三	與涉
10476	8 正		271	邋	亮	葉	賚	入	齊二	三一頰		釋義不合	來入開葉咸三	良涉	來開 3	力讓	以入開葉咸三	與涉
10478	8 正		272	**獵**	亮	葉	賚	入	齊二	三一頰			來入開葉咸三	良涉	來開 3	力讓	以入開葉咸三	與涉
10479	8 正	85	273	**耴****	掌	捷	照	入	齊二	三一頰			章入開葉咸三	諸涉	章開 3	諸兩	從入開葉咸三	疾葉
10480	8 正		274	㡇	掌	捷	照	入	齊二	三一頰			知入開葉咸三	陟葉	章開 3	諸兩	從入開葉咸三	疾葉
10481	8 正		275	鈳*	掌	捷	照	入	齊二	三一頰			知入開葉咸三	陟涉	章開 3	諸兩	從入開葉咸三	疾葉
10484	8 正		276	輒	掌	捷	照	入	齊二	三一頰			知入開葉咸三	陟葉	章開 3	諸兩	從入開葉咸三	疾葉
10485	8 正	86	277	婚	齒	葉	助	入	齊二	三一頰			初入開洽咸二	楚洽	昌開 3	昌里	以入開葉咸三	與涉
10486	8 正		278	**牒**	齒	葉	助	入	齊二	三一頰			澄入開葉咸三	直涉	昌開 3	昌里	以入開葉咸三	與涉
10487	8 正	87	279	**耴**	攘	葉	耳	入	齊二	三一頰			日入開葉咸三	而涉	日開 3	人漾	以入開葉咸三	與涉
10489	8 正	88	280	**涉**	始	捷	審	入	齊二	三一頰			禪入開葉咸三	時涉	書開 3	詩止	從入開葉咸三	疾葉
10490	8 正	89	281	倢	紫	葉	井	入	齊二	三一頰			從入開葉咸三	疾葉	精開 3	將此	以入開葉咸三	與涉
10491	8 正		282	婕	紫	葉	井	入	齊二	三一頰			精入開葉咸三	即葉	精開 3	將此	以入開葉咸三	與涉
10492	8 正		283	睞	紫	葉	井	入	齊二	三一頰			精入開葉咸三	即葉	精開 3	將此	以入開葉咸三	與涉
10493	8 正		284	**接**	紫	葉	井	入	齊二	三一頰			精入開葉咸三	即葉	精開 3	將此	以入開葉咸三	與涉
10494	8 正		285	棲	紫	葉	井	入	齊二	三一頰			精入開葉咸三	即葉	精開 3	將此	以入開葉咸三	與涉
10495	8 正		286	菨	紫	葉	井	入	齊二	三一頰			精入開葉咸三	即葉	精開 3	將此	以入開葉咸三	與涉
10496	8 正	90	287	疌	此	葉	淨	入	齊二	三一頰			從入開葉咸三	疾葉	清開 3	雌氏	以入開葉咸三	與涉
10497	8 正		288	**捷**	此	葉	淨	入	齊二	三一頰			從入開葉咸三	疾葉	清開 3	雌氏	以入開葉咸三	與涉
10498	8 正		289	緁	此	葉	淨	入	齊二	三一頰			清入開葉咸三	七接	清開 3	雌氏	以入開葉咸三	與涉
10499	8 正		290	妾	此	葉	淨	入	齊二	三一頰			清入開葉咸三	七接	清開 3	雌氏	以入開葉咸三	與涉
10500	8 正		291	淁	此	葉	淨	入	齊二	三一頰			清入開葉咸三	七接	清開 3	雌氏	以入開葉咸三	與涉
10501	8 正		292	鯜	此	葉	淨	入	齊二	三一頰			清入開葉咸三	七接	清開 3	雌氏	以入開葉咸三	與涉
10503	8 正	91	293	業	仰	捷	我	入	齊二	三一頰			疑入開葉咸三	魚怯	疑開 3	魚兩	從入開葉咸三	疾葉
10504	8 正		294	**鄴**	仰	捷	我	入	齊二	三一頰			疑入開葉咸三	魚怯	疑開 3	魚兩	從入開葉咸三	疾葉
10505	8 正	92	295	**緁**	此	褔	淨	入	齊三	三二緁			清入開緝深三	七入	清開 3	雌氏	初入開緝深三	初戢

第八部副編

韻字編號	部序	組數	字數	韻字及何氏反切			韻字何氏音				何萱注釋	備注	韻字中古音		上字中古音		下字中古音	
				韻字	上字	下字	聲	調	呼	韻部			聲調呼韻攝等	反切	聲呼等	反切	聲調呼韻攝等	反切
10507	8副	1	1	疳*	艮	耽	見	陰平	開	廿七甘			見平開談咸一	沽三	見開1	古恨	端平開覃咸一	丁含
10508	8副		2	雸*	艮	耽	見	陰平	開	廿七甘			疑平開談咸一	五甘	見開1	古恨	端平開覃咸一	丁含
10509	8副		3	笸	艮	耽	見	陰平	開	廿七甘			見平開談咸一	古三	見開1	古恨	端平開覃咸一	丁含
10511	8副		4	柑	艮	耽	見	陰平	開	廿七甘			見平開談咸一	古三	見開1	古恨	端平開覃咸一	丁含
10512	8副		5	岵*	艮	耽	見	陰平	開	廿七甘			見平開談咸一	沽三	見開1	古恨	端平開覃咸一	丁含
10513	8副	2	6	**坩**	口	甘	起	陰平	開	廿七甘			溪平開談咸一	苦甘	溪開1	苦后	見平開談咸一	古三
10514	8副	3	7	馣	挨	耽	影	陰平	開	廿七甘			影平開覃咸一	烏含	影開1	於改	端平開覃咸一	丁含
10516	8副		8	**庵**	挨	耽	影	陰平	開	廿七甘			影平開覃咸一	烏含	影開1	於改	端平開覃咸一	丁含
10518	8副		9	菴	挨	耽	影	陰平	開	廿七甘			影平開覃咸一	烏含	影開1	於改	端平開覃咸一	丁含
10520	8副		10	醃	挨	耽	影	陰平	開	廿七甘			影平開覃咸一	烏含	影開1	於改	端平開覃咸一	丁含
10521	8副	4	11	麠	海	甘	曉	陰平	開	廿七甘			曉平開覃咸一	火含	曉開1	呼改	見平開談咸一	古三
10522	8副		12	**蚶**	海	甘	曉	陰平	開	廿七甘			曉平開談咸一	呼談	曉開1	呼改	見平開談咸一	古三
10524	8副	5	13	眈	到	甘	短	陰平	開	廿七甘			端平開覃咸一	丁含	端開1	都導	見平開談咸一	古三
10528	8副		14	甔	到	甘	短	陰平	開	廿七甘			端平開談咸一	都甘	端開1	都導	見平開談咸一	古三
10530	8副	6	15	滚	代	耽	透	陰平	開	廿七甘			透平開談咸一	他酣	定開1	徒耐	端平開覃咸一	丁含
10532	8副		16	菼	代	耽	透	陰平	開	廿七甘			透平開談咸一	他酣	定開1	徒耐	端平開覃咸一	丁含
10533	8副	7	17	鋡	海	藍	曉	陽平	開	廿七甘			匣平開覃咸一	胡男	曉開1	呼改	來平開談咸一	魯甘
10534	8副		18	䈄	海	藍	曉	陽平	開	廿七甘			匣平開覃咸一	胡男	曉開1	呼改	來平開談咸一	魯甘
10535	8副		19	蜬	海	藍	曉	陽平	開	廿七甘			匣平開覃咸一	胡男	曉開1	呼改	來平開談咸一	魯甘
10537	8副		20	蚶	海	藍	曉	陽平	開	廿七甘			匣平開談咸一	胡甘	曉開1	呼改	來平開談咸一	魯甘
10539	8副		21	甜*	海	藍	曉	陽平	開	廿七甘			匣平開談咸一	胡甘	曉開1	呼改	來平開談咸一	魯甘
10540	8副		22	咁*	海	藍	曉	陽平	開	廿七甘			匣平開銜咸二	乎監	曉開1	呼改	來平開談咸一	魯甘
10541	8副		23	詌*	海	藍	曉	陽平	開	廿七甘			見去開覃咸一	古暗	曉開1	呼改	來平開談咸一	魯甘
10542	8副		24	泔	海	藍	曉	陽平	開	廿七甘			匣平開談咸一	胡甘	曉開1	呼改	來平開談咸一	魯甘
10543	8副	8	25	錟	代	藍	透	陽平	開	廿七甘			定平開談咸一	徒甘	定開1	徒耐	來平開談咸一	魯甘

韻字編號	部序	組數	字數	韻字及何氏反切			韻字何氏音				何萱注釋	備　注	韻字中古音		上字中古音		下字中古音	
				韻字	上字	下字	聲	調	呼	韻部			聲調呼韻攝等	反切	聲呼等	反切	聲調呼韻攝等	反切
10544	8副		26	痰	代	藍	透	陽平	開	廿七甘			定平開談咸一	徒甘	定開1	徒耐	來平開談咸一	魯甘
10545	8副		27	緂**	代	藍	透	陽平	開	廿七甘		玉篇：音談	定平開談咸一	徒甘	定開1	徒耐	來平開談咸一	魯甘
10546	8副		28	航**	代	藍	透	陽平	開	廿七甘		玉篇：音覃	定平開覃咸一	徒含	定開1	徒耐	來平開談咸一	魯甘
10547	8副		29	庑**	代	藍	透	陽平	開	廿七甘		玉篇：音覃	定平開覃咸一	徒含	定開1	徒耐	來平開談咸一	魯甘
10548	8副	9	30	藍	朗	談	賚	陽平	開	廿七甘			來平開談咸一	魯甘	來開1	盧黨	定平開談咸一	徒甘
10549	8副		31	儖	朗	談	賚	陽平	開	廿七甘			來平開談咸一	魯甘	來開1	盧黨	定平開談咸一	徒甘
10550	8副		32	瑿*	朗	談	賚	陽平	開	廿七甘			來平開談咸一	盧甘	來開1	盧黨	定平開談咸一	徒甘
10551	8副		33	甌**	朗	談	賚	陽平	開	廿七甘			來平開談咸一	來甘	來開1	盧黨	定平開談咸一	徒甘
10552	8副		34	籃	朗	談	賚	陽平	開	廿七甘			來平開談咸一	魯甘	來開1	盧黨	定平開談咸一	徒甘
10555	8副		35	鸕	朗	談	賚	陽平	開	廿七甘			來平開談咸一	魯甘	來開1	盧黨	定平開談咸一	徒甘
10556	8副	10	36	欿**	茝	談	助	陽平	開	廿七甘			徹平開覃咸一	恥南	昌開1	昌紿	定平開談咸一	徒甘
10557	8副	11	37	暫	采	談	淨	陽平	開	廿七甘			精平開談咸一	作三	清開1	倉宰	定平開談咸一	徒甘
10559	8副		38	鏨	采	談	淨	陽平	開	廿七甘			從平開談咸一	昨甘	清開1	倉宰	定平開談咸一	徒甘
10563	8副		39	鏨	采	談	淨	陽平	開	廿七甘			從平開談咸一	昨甘	清開1	倉宰	定平開談咸一	徒甘
10564	8副	12	40	玵*	傲	藍	我	陽平	開	廿七甘			疑平開談咸一	五甘	疑開1	五到	來平開談咸一	魯甘
10565	8副	13	41	姏	美	藍	命	陽平	開	廿七甘			明平開談咸一	武酣	明開重3	無鄙	來平開談咸一	魯甘
10566	8副	14	42	鹽*	几	芟	見	陰平	齊	廿八監			見平開銜咸二	居銜	見開重3	居履	生平開銜咸二	所銜
10567	8副		43	艦**	几	芟	見	陰平	齊	廿八監		玉篇：音監	見平開銜咸二	古銜	見開重3	居履	生平開銜咸二	所銜
10568	8副	15	44	嵌	舊	芟	起	陰平	齊	廿八監			溪平開銜咸二	口銜	群開3	巨救	生平開銜咸二	所銜
10570	8副		45	鈹**	舊	芟	起	陰平	齊	廿八監			溪平開咸咸二	口咸	群開3	巨救	生平開銜咸二	所銜
10572	8副	16	46	瞰**	向	芟	曉	陰平	齊	廿八監		廣集無，玉篇反切下字有兩讀，此取平聲一讀	曉平開銜咸二	火監	曉開3	許亮	生平開銜咸二	所銜
10573	8副	17	47	鶘**	向	毚	曉	陽平	齊	廿八監		玉篇：音咸。原在鴿字後，誤	匣平開咸咸二	胡讒	曉開3	許亮	崇平開銜咸二	鋤銜
10575	8副	18	48	鴿	掌	芟	照	陰平	齊	廿八監			知平開咸咸二	竹咸	章開3	諸兩	生平開銜咸二	所銜
10576	8副	19	49	饞	齒	巖	助	陽平	齊	廿八監			崇平開咸咸二	士咸	昌開3	昌里	疑平開銜咸二	五銜
10577	8副		50	儳*	齒	巖	助	陽平	齊	廿八監			崇平開咸咸二	鋤咸	昌開3	昌里	疑平開銜咸二	五銜

韻字編號	部序	組數	字數	韻字及何氏反切			韻字何氏音				何萱注釋	備 注	韻字中古音		上字中古音		下字中古音	
				韻字	上字	下字	聲	調	呼	韻部			聲調呼韻攝等	反切	聲呼等	反切	聲調呼韻攝等	反切
10578	8副		51	歁*	齒	巖	助	陽平	齊	廿八鑑			崇平開咸咸二	鋤咸	昌開3	昌里	疑平開銜咸二	五銜
10579	8副		52	曉**	齒	巖	助	陽平	齊	廿八鑑			崇平開咸咸二	助咸	昌開3	昌里	疑平開銜咸二	五銜
10580	8副		53	饞	齒	巖	助	陽平	齊	廿八鑑			崇平開咸咸二	士咸	昌開3	昌里	疑平開銜咸二	五銜
10582	8副		54	獑	齒	巖	助	陽平	齊	廿八鑑			崇平開咸咸二	士咸	昌開3	昌里	疑平開銜咸二	五銜
10583	8副		55	攙	齒	巖	助	陽平	齊	廿八鑑			崇平開咸咸二	士咸	昌開3	昌里	疑平開銜咸二	五銜
10585	8副		56	欃	齒	巖	助	陽平	齊	廿八鑑			崇平開咸咸二	士咸	昌開3	昌里	疑平開銜咸二	五銜
10587	8副		57	艬	齒	巖	助	陽平	齊	廿八鑑			崇平開銜咸二	鋤銜	昌開3	昌里	疑平開銜咸二	五銜
10589	8副		58	屭**	齒	巖	助	陽平	齊	廿八鑑			清平開耕梗二	七萌	昌開3	昌里	疑平開銜咸二	五銜
10590	8副		59	巉*	齒	巖	助	陽平	齊	廿八鑑			崇平開銜咸二	鋤銜	昌開3	昌里	疑平開銜咸二	五銜
10592	8副		60	巉	齒	巖	助	陽平	齊	廿八鑑		正文增	崇平開銜咸二	鋤銜	昌開3	昌里	疑平開銜咸二	五銜
10594	8副	20	61	舤g*	缶	毚	匪	陽平	齊	廿八鑑		廣韻作並平嚴三，符芝切	奉平合凡咸三	符咸	非開3	方久	崇平開銜咸二	鋤銜
10595	8副		62	温	缶	毚	匪	陽平	齊	廿八鑑			敷去合凡咸三	孚梵	非開3	方久	崇平開銜咸二	鋤銜
10596	8副	21	63	崦	漾	瞻	影	陰平	齊二	廿九淹			影平開鹽咸重三	央炎	以開3	餘亮	章平開鹽咸三	職廉
10597	8副		64	醃	漾	瞻	影	陰平	齊二	廿九淹			影平開鹽咸重三	央炎	以開3	餘亮	章平開鹽咸三	職廉
10599	8副	22	65	杴	向	瞻	曉	陰平	齊二	廿九淹			曉平開嚴咸三	虛嚴	曉開3	許亮	章平開鹽咸三	職廉
10600	8副	23	66	舚	眺	瞻	透	陰平	齊二	廿九淹			透平開添咸四	他兼	透開4	他弔	章平開鹽咸三	職廉
10602	8副		67	譫	眺	瞻	透	陰平	齊二	廿九淹			定入開盍咸一	徒盍	透開4	他弔	章平開鹽咸三	職廉
10604	8副		68	鸕g*	眺	瞻	透	陰平	齊二	廿九淹			章平開鹽咸三	之廉	透開4	他弔	章平開鹽咸三	職廉
10605	8副	24	69	燄	齒	瞻	助	陰平	齊二	廿九淹			昌平開鹽咸三	處占	昌開3	昌里	章平開鹽咸三	職廉
10606	8副		70	韂	齒	瞻	助	陰平	齊二	廿九淹			昌平開鹽咸三	處占	昌開3	昌里	章平開鹽咸三	職廉
10607	8副		71	蹭g*	齒	瞻	助	陰平	齊二	廿九淹			昌平開鹽咸三	處占	昌開3	昌里	章平開鹽咸三	職廉
10608	8副	25	72	鉗**	舊	鹽	起	陽平	齊二	廿九淹			群平開鹽咸三	巨炎	群開3	巨救	以平開鹽咸三	余廉
10609	8副	26	73	瘤	漾	拑	影	陽平	齊二	廿九淹			以平開鹽咸三	余廉	以開3	餘亮	群平開鹽咸重三	巨淹
10610	8副		74	瀶	漾	拑	影	陽平	齊二	廿九淹			以平開鹽咸三	余廉	以開3	餘亮	群平開鹽咸重三	巨淹
10611	8副		75	櫩	漾	拑	影	陽平	齊二	廿九淹			以平開鹽咸三	余廉	以開3	餘亮	群平開鹽咸重三	巨淹
10612	8副		76	剣*	漾	拑	影	陽平	齊二	廿九淹	荆也，玉篇	玉篇作於嚴切	影平開嚴咸三	於嚴	以開3	餘亮	群平開鹽咸重三	巨淹

韻字編號	部序	組數	字數	韻字及何氏反切			韻字何氏音				何萱注釋	備　注	韻字中古音		上字中古音		下字中古音	
				韻字	上字	下字	聲	調	呼	韻部			聲調呼韻攝等	反切	聲呼等	反切	聲調呼韻攝等	反切
10513	8副		77	鵊	漾	拑	影	陽平	齊二	廿九淹			以平開鹽咸三	余廉	以開3	餘亮	群平開鹽咸重三	巨淹
10514	8副	27	78	帘	亮	拑	賚	陽平	齊二	廿九淹			來平開鹽咸三	力鹽	來開3	力讓	群平開鹽咸重三	巨淹
10515	8副	28	79	詷	齒	拑	助	陽平	齊二	廿九淹			澄平開鹽咸三	直廉	昌開3	昌里	群平開鹽咸重三	巨淹
10516	8副	29	80	灩*	仰	拑	我	陽平	齊二	廿九淹			疑平開嚴咸三	魚枚	疑開3	魚兩	群平開鹽咸重三	巨淹
10519	8副	30	81	砭	缶	鹽	匪	陽平	齊二	廿九淹		表中此位無字。此處的聲母疑有誤	幫平開鹽咸重三	府廉	非開3	方久	以平開鹽咸三	余廉
10520	8副	31	82	究*	漾	忱	影	陽平	齊三	三十冘			以平開侵深三	夷針	以開3	餘亮	禪平開侵深三	氏任
10521	8副	32	83	炶	齒	忱	助	陽平	齊三	三十冘			端上開覃咸一	都感	昌開3	昌里	禪平開侵深三	氏任
10522	8副		84	犾	齒	忱	助	陽平	齊三	三十冘			澄平開侵深三	直深	昌開3	昌里	禪平開侵深三	氏任
10523	8副		85	沈	齒	忱	助	陽平	齊三	三十冘			澄平開侵深三	直深	昌開3	昌里	禪平開侵深三	氏任
10524	8副	33	86	澉	艮	膽	見	上	開	廿五叙			見上開談咸一	古覽	見開1	古恨	端上開談咸一	都敢
10525	8副		87	橄	艮	膽	見	上	開	廿五叙			見上開談咸一	古覽	見開1	古恨	端上開談咸一	都敢
10526	8副		88	鱤	艮	膽	見	上	開	廿五叙			見上開覃咸一	古禫	見開1	古恨	端上開談咸一	都敢
10527	8副	34	89	輡	口	膽	起	上	開	廿五叙			溪上開覃咸一	苦感	溪開1	苦后	端上開談咸一	都敢
10529	8副		90	抋*	口	膽	起	上	開	廿五叙			溪上開覃咸一	苦感	溪開1	苦后	端上開談咸一	都敢
10533	8副		91	欦*	口	膽	起	上	開	廿五叙			曉平開嚴咸三	虛嚴	溪開1	苦后	端上開談咸一	都敢
10534	8副		92	扣	口	膽	起	上	開	廿五叙			溪上合凡咸三	丘犯	溪開1	苦后	端上開談咸一	都敢
10535	8副	35	93	晻g*	挨	膽	影	上	開	廿五叙			影上開鹽咸重三	衣檢	影開1	於改	端上開談咸一	都敢
10536	8副		94	唵	挨	膽	影	上	開	廿五叙			影上開覃咸一	烏感	影開1	於改	端上開談咸一	都敢
10537	8副		95	罨*	挨	膽	影	上	開	廿五叙			影上開鹽咸重三	衣檢	影開1	於改	端上開談咸一	都敢
10540	8副		96	埯	挨	膽	影	上	開	廿五叙			影上開談咸一	烏敢	影開1	於改	端上開談咸一	都敢
10541	8副		97	穽**	挨	膽	影	上	開	廿五叙		玉篇：烏敢切於檢切	影上開談咸一	烏敢	影開1	於改	端上開談咸一	都敢
10542	8副	36	98	裍*	海	膽	曉	上	開	廿五叙			匣上開覃咸一	戶感	曉開1	呼改	端上開談咸一	都敢
10543	8副		99	圅	海	膽	曉	上	開	廿五叙			匣上開覃咸一	胡感	曉開1	呼改	端上開談咸一	都敢
10545	8副		100	欿	海	膽	曉	上	開	廿五叙			匣上開覃咸一	胡感	曉開1	呼改	端上開談咸一	都敢

韻字編號	部序	組數	字數	韻字及何氏反切			韻字何氏音				何萱注釋	備注	韻字中古音		上字中古音		下字中古音	
				韻字	上字	下字	聲	調	呼	韻部			聲調呼韻攝等	反切	聲呼等	反切	聲調呼韻攝等	反切
10646	8 副	37	101	祮	到	覽	短	上	開	廿五㕭			端上開覃咸一	都感	端開 1	都導	來上開談咸一	盧敢
10647	8 副		102	鴠	到	覽	短	上	開	廿五㕭			端上開談咸一	都敢	端開 1	都導	來上開談咸一	盧敢
10648	8 副		103	礴	到	覽	短	上	開	廿五㕭			端上開覃咸一	都感	端開 1	都導	來上開談咸一	盧敢
10650	8 副		104	䔲*	到	覽	短	上	開	廿五㕭			端上開談咸一	覩敢	端開 1	都導	來上開談咸一	盧敢
10651	8 副		105	丼 g*	到	覽	短	上	開	廿五㕭			端上開覃咸一	都感	端開 1	都導	來上開談咸一	盧敢
10652	8 副	38	106	髧	代	膽	透	上	開	廿五㕭			定上開覃咸一	徒感	定開 1	徒耐	端上開談咸一	都敢
10653	8 副		107	毯	代	膽	透	上	開	廿五㕭			透上開談咸一	吐敢	定開 1	徒耐	端上開談咸一	都敢
10654	8 副		108	菼	代	膽	透	上	開	廿五㕭			透上開談咸一	吐敢	定開 1	徒耐	端上開談咸一	都敢
10655	8 副		109	毶*	代	膽	透	上	開	廿五㕭			定上開談咸一	杜覽	定開 1	徒耐	端上開談咸一	都敢
10656	8 副		110	㯿	代	膽	透	上	開	廿五㕭			定上開覃咸一	徒感	定開 1	徒耐	端上開談咸一	都敢
10657	8 副	39	111	醦**	朗	膽	賚	上	開	廿五㕭		玉篇：音覽	來上開談咸一	盧敢	來開 1	盧黨	端上開談咸一	都敢
10658	8 副		112	欖	朗	膽	賚	上	開	廿五㕭			來上開談咸一	盧敢	來開 1	盧黨	端上開談咸一	都敢
10659	8 副	40	113	**覽**	酌	膽	照	上	開	廿五㕭			莊上開咸咸二	側減	章開 3	之若	端上開談咸一	都敢
10660	8 副	41	114	㿌*	莫	膽	命	上	開	廿五㕭			明上開談咸一	母敢	明開 1	慕各	端上開談咸一	都敢
10661	8 副		115	**媣**	莫	膽	命	上	開	廿五㕭			明上開談咸一	謨敢	明開 1	慕各	端上開談咸一	都敢
10662	8 副	42	116	**撖**	舊	範	起	上	齊	廿六斆			溪上開咸咸二	苦減	群開 3	巨救	奉上合凡咸三	防錽
10665	8 副		117	僋**	舊	範	起	上	齊	廿六斆	載器也，玉篇	玉篇作渠往切，此處取此音	群上合陽宕三	渠往	群開 3	巨救	奉上合凡咸三	防錽
10666	8 副	43	118	㺂	向	範	曉	上	齊	廿六斆			曉上開銜咸二	荒檻	曉開 3	許亮	奉上合凡咸三	防錽
10667	8 副		119	㘓	向	範	曉	上	齊	廿六斆			曉上開談咸一	呼覽	曉開 3	許亮	奉上合凡咸三	防錽
10671	8 副		120	艦*	向	範	曉	上	齊	廿六斆			匣上開銜咸二	戶黤	曉開 3	許亮	奉上合凡咸三	防錽
10672	8 副		121	壏	向	範	曉	上	齊	廿六斆			匣上開銜咸二	胡黤	曉開 3	許亮	奉上合凡咸三	防錽
10673	8 副		122	艦	向	範	曉	上	齊	廿六斆			匣上開銜咸二	胡黤	曉開 3	許亮	奉上合凡咸三	防錽
10674	8 副		123	轞	向	範	曉	上	齊	廿六斆			匣上開銜咸二	胡黤	曉開 3	許亮	奉上合凡咸三	防錽
10675	8 副		124	獵	向	範	曉	上	齊	廿六斆			匣上開銜咸二	胡黤	曉開 3	許亮	奉上合凡咸三	防錽
10677	8 副	44	125	**瀺**	齒	檻	助	上	齊	廿六斆			崇上開咸咸二	士減	昌開 3	昌里	匣上開銜咸二	胡黤
10678	8 副		126	瀺*	齒	檻	助	上	齊	廿六斆			崇上開咸咸二	士減	昌開 3	昌里	匣上開銜咸二	胡黤

韻字編號	部序	組數	字數	韻字及何氏反切			韻字何氏音				何萱注釋	備注	韻字中古音		上字中古音		下字中古音	
				韻字	上字	下字	聲	調	呼	韻部			聲調呼韻攝等	反切	聲呼等	反切	聲調呼韻攝等	反切
10679	8副		127	僴	齒	檻	助	上	齊	廿六黬			徹上開咸咸二	丑減	昌開3	昌里	匣上開銜咸二	胡黤
10680	8副		128	躙**	齒	檻	助	上	齊	廿六黬			徹上合凡咸三	丑犯	昌開3	昌里	匣上開銜咸二	胡黤
10681	8副		129	昛	齒	檻	助	上	齊	廿六黬			徹上開咸咸二	丑減	昌開3	昌里	匣上開銜咸二	胡黤
10682	8副	45	130	腇	缶	檻	匪	上	齊	廿六黬			非上合凡咸三	府犯	非開3	方久	匣上開銜咸二	胡黤
10683	8副	46	131	笂	舊	掩	起	上	齊二	廿七芡			溪上開嚴咸三	丘广	群開3	巨救	影上開鹽咸重三	衣儉
10684	8副	47	132	晻**	漾	諂	影	上	齊二	廿七芡			影上開鹽咸重三	於檢	以開3	餘亮	徹上開鹽咸三	丑琰
10685	8副		133	腌	漾	諂	影	上	齊二	廿七芡			影上開鹽咸重三	衣儉	以開3	餘亮	徹上開鹽咸三	丑琰
10686	8副		134	榷	漾	諂	影	上	齊二	廿七芡			影上開鹽咸重三	衣儉	以開3	餘亮	徹上開鹽咸三	丑琰
10687	8副		135	霍	漾	諂	影	上	齊二	廿七芡			影上開鹽咸重三	衣儉	以開3	餘亮	徹上開鹽咸三	丑琰
10688	8副		136	旞*	漾	諂	影	上	齊二	廿七芡			影上開鹽咸重三	衣儉	以開3	餘亮	徹上開鹽咸三	丑琰
10689	8副		137	旛**	漾	諂	影	上	齊二	廿七芡	掩光也，玉篇	玉篇：於業於儼切	影上開嚴咸三	於儼	以開3	餘亮	徹上開鹽咸三	丑琰
10691	8副		138	跾	漾	諂	影	上	齊二	廿七芡			以上開鹽咸三	以冉	以開3	餘亮	徹上開鹽咸三	丑琰
10692	8副		139	粇	漾	諂	影	上	齊二	廿七芡			以上開鹽咸三	以冉	以開3	餘亮	徹上開鹽咸三	丑琰
10693	8副		140	扊	漾	諂	影	上	齊二	廿七芡			以上開鹽咸三	以冉	以開3	餘亮	徹上開鹽咸三	丑琰
10694	8副		141	繝	漾	諂	影	上	齊二	廿七芡			以上開鹽咸三	以冉	以開3	餘亮	徹上開鹽咸三	丑琰
10695	8副		142	夵	漾	諂	影	上	齊二	廿七芡			以上開鹽咸三	以冉	以開3	餘亮	徹上開鹽咸三	丑琰
10696	8副	48	143	黵*	始	掩	審	上	齊二	廿七芡			禪上開鹽咸三	時染	書開3	詩止	影上開鹽咸重三	衣儉
10697	8副	49	144	[illegible]	紫	掩	井	上	齊二	廿七芡			精上開鹽咸三	子冉	精開3	將此	影上開鹽咸重三	衣儉
10698	8副	50	145	曮	仰	掩	我	上	齊二	廿七芡			疑上開嚴咸三	魚埯	疑開3	魚兩	影上開鹽咸重三	衣儉
10700	8副		146	孍*	仰	掩	我	上	齊二	廿七芡			疑上開嚴咸三	魚檢	疑開3	魚兩	影上開鹽咸重三	衣儉
10701	8副		147	奾*	仰	掩	我	上	齊二	廿七芡			疑上開嚴咸三	魚檢	疑開3	魚兩	影上開鹽咸重三	衣儉
10702	8副		148	俨	仰	掩	我	上	齊二	廿七芡			疑上開嚴咸三	魚埯	疑開3	魚兩	影上開鹽咸重三	衣儉
10703	8副		149	圹*	仰	掩	我	上	齊二	廿七芡		此字廣集均按壙注的音，誤。實際上正體為壧。此處取壧集韻音	疑平開銜咸二	魚銜	疑開3	魚兩	影上開鹽咸重三	衣儉

韻字編號	部序	組數	字數	韻字及何氏反切			韻字何氏音				何萱注釋	備　注	韻字中古音		上字中古音		下字中古音	
				韻字	上字	下字	聲	調	呼	韻部			聲調呼韻攝等	反切	聲呼等	反切	聲調呼韻攝等	反切
10704	8副		150	�	仰	掩	我	上	齊二	廿七芡			疑上開嚴咸三	魚埯	疑開3	魚兩	影上開鹽咸重三	衣儉
10705	8副		151	厸	仰	掩	我	上	齊二	廿七芡		反切疑有誤	明上開添咸四	明忝	疑開3	魚兩	影上開鹽咸重三	衣儉
10706	8副	51	152	犳*	掌	沈	照	上	齊三	廿八枕			知上開侵深三	陟甚	章開3	諸兩	書上開侵深三	式荏
10707	8副	52	153	魫	始	枕	審	上	齊三	廿八枕			書上開侵深三	式荏	書開3	詩止	章上開侵深三	章荏
10708	8副		154	邥	始	枕	審	上	齊三	廿八枕			書上開侵深三	式荏	書開3	詩止	章上開侵深三	章荏
10710	8副	53	155	鵮	艮	濫	見	去	開	廿六紺			見去開咸咸二	公陷	見開1	古恨	來去開談咸一	盧瞰
10711	8副		156	髻*	艮	濫	見	去	開	廿六紺	又見正編平聲異義	與鉗異讀	見去開覃咸一	古暗	見開1	古恨	來去開談咸一	盧瞰
10713	8副		157	鹼	艮	濫	見	去	開	廿六紺			見去開談咸一	古蹔	見開1	古恨	來去開談咸一	盧瞰
10715	8副		158	灨	艮	濫	見	去	開	廿六紺			見去開覃咸一	古暗	見開1	古恨	來去開談咸一	盧瞰
10717	8副	54	159	瞰	口	濫	起	去	開	廿六紺			溪去開談咸一	苦濫	溪開1	苦后	來去開談咸一	盧瞰
10718	8副		160	噉	口	濫	起	去	開	廿六紺			溪去開談咸一	苦濫	溪開1	苦后	來去開談咸一	盧瞰
10719	8副	55	161	睸	海	濫	曉	去	開	廿六紺			曉去開談咸一	呼濫	曉開1	呼改	來去開談咸一	盧瞰
10721	8副		162	颫**	海	濫	曉	去	開	廿六紺			匣去開覃咸一	戶紺	曉開1	呼改	來去開談咸一	盧瞰
10722	8副	56	163	酖	到	紺	短	去	開	廿六紺			端去開覃咸一	丁紺	端開1	都導	見去開覃咸一	古暗
10723	8副		164	馸	到	紺	短	去	開	廿六紺			端去開覃咸一	丁紺	端開1	都導	見去開覃咸一	古暗
10724	8副		165	鴩	到	紺	短	去	開	廿六紺			端去開覃咸一	丁紺	端開1	都導	見去開覃咸一	古暗
10725	8副		166	縌*	到	紺	短	去	開	廿六紺			端去開覃咸一	丁紺	端開1	都導	見去開覃咸一	古暗
10726	8副	57	167	鑑	代	紺	透	去	開	廿六紺		正編下字作濫	透去開談咸一	吐濫	定開1	徒耐	見去開覃咸一	古暗
10727	8副		168	脥	代	紺	透	去	開	廿六紺		正編下字作濫	定去開談咸一	徒濫	定開1	徒耐	見去開覃咸一	古暗
10728	8副	58	169	妠	奈	紺	乃	去	開	廿六紺	去入兩讀		泥去開覃咸一	奴紺	泥開1	奴帶	見去開覃咸一	古暗
10731	8副	59	170	懢	朗	紺	賚	去	開	廿六紺			來去開談咸一	盧瞰	來開1	盧黨	見去開覃咸一	古暗
10733	8副		171	爁	朗	紺	賚	去	開	廿六紺			來去開談咸一	盧瞰	來開1	盧黨	見去開覃咸一	古暗
10736	8副		172	纜	朗	紺	賚	去	開	廿六紺			來去開談咸一	盧瞰	來開1	盧黨	見去開覃咸一	古暗
10738	8副		173	灠*	朗	紺	賚	去	開	廿六紺			來去開談咸一	盧瞰	來開1	盧黨	見去開覃咸一	古暗
10740	8副	60	174	戇	酌	紺	照	去	開	廿六紺		集韻有曉母覃韻音	知去開江江二	陟降	章開3	之若	見去開覃咸一	古暗

韻字編號	部序	組數	字數	韻字及何氏反切			韻字何氏音				何萱注釋	備　注	韻字中古音		上字中古音		下字中古音	
				韻字	上字	下字	聲	調	呼	韻部			聲調呼韻攝等	反切	聲呼等	反切	聲調呼韻攝等	反切
10744	8 副	61	175	㔋	几	陷	見	去	齊	廿七監			見去開銜咸二	格懺	見開重 3	居履	匣去開咸咸二	戶韽
10745	8 副	62	176	㑣	向	鑑	曉	去	齊	廿七監			曉去開銜咸二	許鑑	曉開 3	許亮	見去開銜咸二	格懺
10746	8 副		177	瞰**	向	鑑	曉	去	齊	廿七監		廣集無，玉篇反切下字有兩讀，此取去聲一讀	曉去開銜咸二	火監	曉開 3	許亮	見去開銜咸二	格懺
10747	8 副		178	𧢂	向	鑑	曉	去	齊	廿七監			匣去開銜咸二	胡忏	曉開 3	許亮	見去開銜咸二	格懺
10748	8 副		179	譼*	向	鑑	曉	去	齊	廿七監			匣上開銜咸二	戶黤	曉開 3	許亮	見去開銜咸二	格懺
10751	8 副		180	䁳*	向	鑑	曉	去	齊	廿七監			匣上開銜咸二	戶黤	曉開 3	許亮	見去開銜咸二	格懺
10753	8 副		181	瓶	向	鑑	曉	去	齊	廿七監			匣上開咸咸二	下斬	曉開 3	許亮	見去開銜咸二	格懺
10755	8 副	63	182	覽	掌	鑑	照	去	齊	廿七監			精去開咸咸二	子鑑	章開 3	諸兩	見去開銜咸二	格懺
10756	8 副		183	蘸	掌	鑑	照	去	齊	廿七監			莊去開咸咸二	莊陷	章開 3	諸兩	見去開銜咸二	格懺
10757	8 副	64	184	鬖*	齒	鑑	助	去	齊	廿七監			崇去開銜咸二	仕懺	昌開 3	昌里	見去開銜咸二	格懺
10758	8 副		185	韇	齒	鑑	助	去	齊	廿七監			崇去開咸咸二	仕陷	昌開 3	昌里	見去開銜咸二	格懺
10759	8 副		186	甑	齒	鑑	助	去	齊	廿七監			初去開銜咸二	楚鑒	昌開 3	昌里	見去開銜咸二	格懺
10760	8 副		187	隵	齒	鑑	助	去	齊	廿七監			崇去開咸咸二	仕陷	昌開 3	昌里	見去開銜咸二	格懺
10761	8 副		188	鰴**	齒	鑑	助	去	齊	廿七監			初去開咸咸二	初陷	昌開 3	昌里	見去開銜咸二	格懺
10762	8 副	65	189	㓧*	始	鑑	審	去	齊	廿七監		表中此位無字	生去開銜咸二	所鑑	書開 3	詩止	見去開銜咸二	格懺
10763	8 副	66	190	惓	漾	劍	影	去	齊二	廿八劍			影平開鹽咸重四	一鹽	以開 3	餘亮	見去開嚴咸三	居欠
10764	8 副		191	俺**	漾	劍	影	去	齊二	廿八劍			影去開嚴咸三	於劍	以開 3	餘亮	見去開嚴咸三	居欠
10765	8 副		192	𤺊	漾	劍	影	去	齊二	廿八劍			影去開嚴咸三	於劍	以開 3	餘亮	見去開嚴咸三	居欠
10766	8 副		193	灩	漾	劍	影	去	齊二	廿八劍			以去開鹽咸三	以贍	以開 3	餘亮	見去開嚴咸三	居欠
10767	8 副		194	掞	漾	劍	影	去	齊二	廿八劍			以去開鹽咸三	以贍	以開 3	餘亮	見去開嚴咸三	居欠
10768	8 副		195	瞻*	漾	劍	影	去	齊二	廿八劍		表中韻字作曉母字頭。應為影母	以去開鹽咸三	以贍	以開 3	餘亮	見去開嚴咸三	居欠
10769	8 副	67	196	墖	齒	欠	助	去	齊二	廿八劍			昌去開鹽咸三	昌豔	昌開 3	昌里	溪去開嚴咸三	去劒
10770	8 副		197	蹌	齒	欠	助	去	齊二	廿八劍			昌去開鹽咸三	昌豔	昌開 3	昌里	溪去開嚴咸三	去劒
10771	8 副		198	韂	齒	欠	助	去	齊二	廿八劍			昌去開鹽咸三	昌豔	昌開 3	昌里	溪去開嚴咸三	去劒

韻字編號	部序	組數	字數	韻字及何氏反切			韻字何氏音				何萱注釋	備注	韻字中古音		上字中古音		下字中古音	
				韻字	上字	下字	聲	調	呼	韻部			聲調呼韻攝等	反切	聲呼等	反切	聲調呼韻攝等	反切
10772	8副	68	199	掞	始	劍	審	去	齊二	廿八劍			書去開鹽咸三	舒贍	書開3	詩止	見去開嚴咸三	居欠
10773	8副		200	贍	始	劍	審	去	齊二	廿八劍			禪去開鹽咸三	時豔	書開3	詩止	見去開嚴咸三	居欠
10774	8副	69	201	塹	此	劍	淨	去	齊二	廿八劍			清去開鹽咸三	七豔	清開3	雌氏	見去開嚴咸三	居欠
10776	8副	70	202	齴*	仰	欠	我	去	齊二	廿八劍	齒差也或從嚴	韻目無此字頭	疑去開鹽咸重三	魚窆	疑開3	魚兩	溪去開嚴咸三	去劍
10778	8副	71	203	荽	務	劍	未	去	齊二	廿八劍		正文務劍切是對的。韻目作仰欠切，誤。反切疑有誤	明去開嚴咸三	亡劍	微合3	亡遇	見去開嚴咸三	居欠
10779	8副	72	204	炊**	舊	鼣	起	去	齊三	廿九鴆		玉篇：去斤切又口孕切	溪去開蒸曾三	口孕	群開3	巨救	从平開侵深三	昨淫
10780	8副	73	205	鼣	掌	鴆	照	去	齊三	廿九鴆			從平開侵深三	昨淫	章開3	諸兩	澄去開侵深三	直禁
10781	8副	74	206	瓲	齒	鴆	助	去	齊三	廿九鴆		正編下字作鼣	澄去開侵深三	直禁	昌開3	昌里	澄去開侵深三	直禁
10782	8副	75	207	頟	艮	沓	見	入	開	廿九䣜			見入開盍咸一	古盍	見開1	古恨	定入開合咸一	徒合
10783	8副		208	蛬	艮	沓	見	入	開	廿九䣜		原作杳	見入開盍咸一	古盍	見開1	古恨	定入開合咸一	徒合
10784	8副	76	209	瞌*	口	沓	起	入	開	廿九䣜			溪入開盍咸一	克盍	溪開1	苦后	定入開合咸一	徒合
10785	8副		210	褡	口	沓	起	入	開	廿九䣜			溪入開盍咸一	苦盍	溪開1	苦后	定入開合咸一	徒合
10786	8副		211	溘	口	沓	起	入	開	廿九䣜		溘溘	溪入開合咸一	口荅	溪開1	苦后	定入開合咸一	徒合
10787	8副		212	𨌥	口	沓	起	入	開	廿九䣜			溪入開盍咸一	苦盍	溪開1	苦后	定入開合咸一	徒合
10788	8副		213	峇*	口	沓	起	入	開	廿九䣜	山窟也，玉篇	玉篇口合切	溪入開合咸一	渴合	溪開1	苦后	定入開合咸一	徒合
10789	8副	77	214	趫*	挨	沓	影	入	開	廿九䣜			影入開合咸一	遏合	影開1	於改	定入開合咸一	徒合
10790	8副		215	盦	挨	沓	影	入	開	廿九䣜			影入開盍咸一	安盍	影開1	於改	定入開合咸一	徒合
10791	8副		216	匼	挨	沓	影	入	開	廿九䣜			溪入開盍咸一	苦盍	影開1	於改	定入開合咸一	徒合
10792	8副		217	匌	挨	沓	影	入	開	廿九䣜			影入開合咸一	烏合	影開1	於改	定入開合咸一	徒合
10793	8副		218	揞	挨	沓	影	入	開	廿九䣜			影入開合咸一	烏合	影開1	於改	定入開合咸一	徒合
10794	8副		219	鰪	挨	沓	影	入	開	廿九䣜			影入開盍咸一	安盍	影開1	於改	定入開合咸一	徒合
10795	8副	78	220	歒	海	沓	曉	入	開	廿九䣜	歒歒		曉入開盍咸一	呼盍	曉開1	呼改	定入開合咸一	徒合
10796	8副		221	熆	海	沓	曉	入	開	廿九䣜			匣入開盍咸一	胡臘	曉開1	呼改	定入開合咸一	徒合
10797	8副		222	篕	海	沓	曉	入	開	廿九䣜			匣入開盍咸一	胡臘	曉開1	呼改	定入開合咸一	徒合

韻字編號	部序	組數	字數	韻字及何氏反切			韻字何氏音				何萱注釋	備　注	韻字中古音		上字中古音		下字中古音	
				韻字	上字	下字	聲	調	呼	韻部			聲調呼韻攝等	反切	聲呼等	反切	聲調呼韻攝等	反切
10799	8副	79	223	搨	到	臘	短	入	開	廿九部			端入開盍咸一	都榼	端開1	都導	來入開盍咸一	盧盍
10800	8副		224	嚃*	到	臘	短	入	開	廿九部			端入開盍咸一	德盍	端開1	都導	來入開盍咸一	盧盍
10801	8副		225	鰨	到	臘	短	入	開	廿九部			端入開盍咸一	都榼	端開1	都導	來入開盍咸一	盧盍
10802	8副		226	禢**	到	臘	短	入	開	廿九部			端入開盍咸一	丁塔	端開1	都導	來入開盍咸一	盧盍
10803	8副		227	鞨	到	臘	短	入	開	廿九部			端入開盍咸一	都榼	端開1	都導	來入開盍咸一	盧盍
10805	8副		228	鍋**	到	臘	短	入	開	廿九部			端入開盍咸一	都盍	端開1	都導	來入開盍咸一	盧盍
10806	8副		229	剔	到	臘	短	入	開	廿九部			端入開盍咸一	都榼	端開1	都導	來入開盍咸一	盧盍
10807	8副		230	耷	到	臘	短	入	開	廿九部			端入開盍咸一	都榼	端開1	都導	來入開盍咸一	盧盍
10808	8副		231	皶	到	臘	短	入	開	廿九部			端入開盍咸一	都榼	端開1	都導	來入開盍咸一	盧盍
10809	8副		232	笚	到	臘	短	入	開	廿九部			端入開盍咸一	都榼	端開1	都導	來入開盍咸一	盧盍
10814	8副		233	砤	到	臘	短	入	開	廿九部		正文增	端入開盍咸一	都榼	端開1	都導	來入開盍咸一	盧盍
10815	8副	80	234	傝	代	臘	透	入	開	廿九部			透入開盍咸一	吐盍	定開1	徒耐	來入開盍咸一	盧盍
10816	8副		235	遢	代	臘	透	入	開	廿九部			透入開盍咸一	吐盍	定開1	徒耐	來入開盍咸一	盧盍
10817	8副		236	溻*	代	臘	透	入	開	廿九部			透入開盍咸一	託盍	定開1	徒耐	來入開盍咸一	盧盍
10818	8副		237	鰨*	代	臘	透	入	開	廿九部			透入開盍咸一	託盍	定開1	徒耐	來入開盍咸一	盧盍
10819	8副		238	簜	代	臘	透	入	開	廿九部			定入開盍咸一	徒盍	定開1	徒耐	來入開盍咸一	盧盍
10820	8副		239	蕩	代	臘	透	入	開	廿九部			透入開盍咸一	吐盍	定開1	徒耐	來入開盍咸一	盧盍
10821	8副		240	榻	代	臘	透	入	開	廿九部			透入開盍咸一	吐盍	定開1	徒耐	來入開盍咸一	盧盍
10822	8副		241	毾	代	臘	透	入	開	廿九部			透入開盍咸一	吐盍	定開1	徒耐	來入開盍咸一	盧盍
10823	8副		242	騔	代	臘	透	入	開	廿九部			透入開盍咸一	吐盍	定開1	徒耐	來入開盍咸一	盧盍
10825	8副		243	塌*	代	臘	透	入	開	廿九部			定入開盍咸一	敵盍	定開1	徒耐	來入開盍咸一	盧盍
10826	8副		244	爉	代	臘	透	入	開	廿九部			定入開盍咸一	徒盍	定開1	徒耐	來入開盍咸一	盧盍
10827	8副		245	諜*	代	臘	透	入	開	廿九部			定入開合咸一	達合	定開1	徒耐	來入開盍咸一	盧盍
10828	8副		246	蓮**	代	臘	透	入	開	廿九部			定入開合咸一	度合	定開1	徒耐	來入開盍咸一	盧盍
10830	8副		247	鎑*	代	臘	透	入	開	廿九部	鎝或作鎑。		透入開盍咸一	托盍	定開1	徒耐	來入開盍咸一	卢盍
10832	8副		248	遝**	代	臘	透	入	開	廿九部			定入開合咸一	徒合	定開1	徒耐	來入開盍咸一	盧盍
10833	8副		249	偣	代	臘	透	入	開	廿九部			定入開合咸一	徒合	定開1	徒耐	來入開盍咸一	盧盍

韻字編號	部序	組數	字數	韻字及何氏反切			韻字何氏音				何萱注釋	備　注	韻字中古音		上字中古音		下字中古音	
				韻字	上字	下字	聲	調	呼	韻部			聲調呼韻攝等	反切	聲呼等	反切	聲調呼韻攝等	反切
10834	8副		250	𩎑	代	臘	透	入	開	廿九部			透入開合咸一	他合	定開1	徒耐	來入開盍咸一	盧盍
10835	8副		251	䵬	代	臘	透	入	開	廿九部			透入開合咸一	他合	定開1	徒耐	來入開盍咸一	盧盍
10836	8副		252	𢃳	代	臘	透	入	開	廿九部			透入開合咸一	他合	定開1	徒耐	來入開盍咸一	盧盍
10837	8副		253	鞜	代	臘	透	入	開	廿九部			透入開合咸一	他合	定開1	徒耐	來入開盍咸一	盧盍
10838	8副		254	𦋺	代	臘	透	入	開	廿九部			透入開合咸一	他合	定開1	徒耐	來入開盍咸一	盧盍
10839	8副		255	譶**	代	臘	透	入	開	廿九部		玉篇：音鍣	透入開合咸一	他合	定開1	徒耐	來入開盍咸一	盧盍
10840	8副		256	𨍼	代	臘	透	入	開	廿九部			透入開合咸一	他合	定開1	徒耐	來入開盍咸一	盧盍
10841	8副		257	𣘍	代	臘	透	入	開	廿九部			定入開合咸一	徒合	定開1	徒耐	來入開盍咸一	盧盍
10842	8副		258	𥲷	代	臘	透	入	開	廿九部			透入開合咸一	他合	定開1	徒耐	來入開盍咸一	盧盍
10843	8副		259	𦶀	代	臘	透	入	開	廿九部			透入開合咸一	他合	定開1	徒耐	來入開盍咸一	盧盍
10845	8副		260	𩢍	代	臘	透	入	開	廿九部			定入開合咸一	徒合	定開1	徒耐	來入開盍咸一	盧盍
10846	8副		261	𪈁	代	臘	透	入	開	廿九部			透入開合咸一	他合	定開1	徒耐	來入開盍咸一	盧盍
10847	8副		262	𧍞	代	臘	透	入	開	廿九部			定入開合咸一	徒合	定開1	徒耐	來入開盍咸一	盧盍
10848	8副		263	鰈	代	臘	透	入	開	廿九部			透入開盍咸一	吐盍	定開1	徒耐	來入開盍咸一	盧盍
10849	8副	81	264	𩚵	奈	沓	乃	入	開	廿九部			泥入開盍咸一	奴盍	泥開1	奴帶	定入開合咸一	徒合
10850	8副		265	妠	奈	沓	乃	入	開	廿九部	平入兩讀。	正文作去入兩讀注在彼	泥入開合咸一	奴答	泥開1	奴帶	定入開合咸一	徒合
10854	8副		266	眲*	奈	沓	乃	入	開	廿九部	視也，玉篇	玉篇作尼六切	娘入合屋通三	女六	泥開1	奴帶	定入開合咸一	徒合
10855	8副		267	靹	奈	沓	乃	入	開	廿九部			泥入開合咸一	奴答	泥開1	奴帶	定入開合咸一	徒合
10856	8副		268	衲	奈	沓	乃	入	開	廿九部			泥入開合咸一	奴答	泥開1	奴帶	定入開合咸一	徒合
10857	8副		269	𢸁	奈	沓	乃	入	開	廿九部			泥入開合咸一	奴答	泥開1	奴帶	定入開合咸一	徒合
10858	8副		270	蒳	奈	沓	乃	入	開	廿九部			泥入開合咸一	奴答	泥開1	奴帶	定入開合咸一	徒合
10859	8副	82	271	鱲	朗	沓	賚	入	開	廿九部			來入開盍咸一	盧盍	來開1	盧黨	定入開合咸一	徒合
10860	8副		272	𪏉	朗	沓	賚	入	開	廿九部			來入開盍咸一	盧盍	來開1	盧黨	定入開合咸一	徒合
10861	8副		273	𦆽*	朗	沓	賚	入	開	廿九部			來入開盍咸一	力盍	來開1	盧黨	定入開合咸一	徒合
10862	8副		274	礷g*	朗	沓	賚	入	開	廿九部			來入開盍咸一	力盍	來開1	盧黨	定入開合咸一	徒合
10863	8副		275	鑞	朗	沓	賚	入	開	廿九部			來入開盍咸一	盧盍	來開1	盧黨	定入開合咸一	徒合

韻字編號	部序	組數	字數	韻字及何氏反切			韻字何氏音				何萱注釋	備　注	韻字中古音		上字中古音		下字中古音	
				韻字	上字	下字	聲	調	呼	韻部			聲調呼韻攝等	反切	聲呼等	反切	聲調呼韻攝等	反切
10864	8副		276	蠟	朗	沓	賚	入	開	廿九部			來入開盍咸一	盧盍	來開1	盧黨	定入開合咸一	徒合
10865	8副		277	獵	朗	沓	賚	入	開	廿九部			來入開盍咸一	盧盍	來開1	盧黨	定入開合咸一	徒合
10866	8副		278	鑞*	朗	沓	賚	入	開	廿九部			來入開盍咸一	力盍	來開1	盧黨	定入開合咸一	徒合
10868	8副	83	279	[illegible]**	茝	臘	助	入	開	廿九部			澄入開盍咸一	直闒	昌開1	昌紿	來入開盍咸一	卢盍
10869	8副		280	[illegible]**	茝	臘	助	入	開	廿九部			崇入開狎咸二	士甲	昌開1	昌紿	來入開盍咸一	盧盍
10870	8副	84	281	**鈉**	弱	臘	耳	入	開	廿九部			日去合祭蟹三	而銳	日開3	而灼	來入開盍咸一	盧盍
10871	8副	85	282	**[illegible]g***	采	沓	淨	入	開	廿九部			從入開盍咸一	疾盍	清開1	倉宰	定入開合咸一	徒合
10872	8副		283	揷g*	采	沓	淨	入	開	廿九部			從入開盍咸一	疾盍	清開1	倉宰	定入開合咸一	徒合
10874	8副		284	[illegible]*	采	沓	淨	入	開	廿九部			從入開盍咸一	疾盍	清開1	倉宰	定入開合咸一	徒合
10875	8副		285	[illegible]*	采	沓	淨	入	開	廿九部			從入開盍咸一	疾盍	清開1	倉宰	定入開合咸一	徒合
10876	8副	86	286	**蹼**	傲	沓	我	入	開	廿九部			疑入開盍咸一	五盍	疑開1	五到	定入開合咸一	徒合
10877	8副		287	礏	傲	沓	我	入	開	廿九部			疑入開合咸一	五合	疑開1	五到	定入開合咸一	徒合
10879	8副	87	288	偛	燥	沓	信	入	開	廿九部			心入開盍咸一	私盍	心開1	蘇老	定入開合咸一	徒合
10881	8副		289	喢	燥	沓	信	入	開	廿九部			心入開盍咸一	私盍	心開1	蘇老	定入開合咸一	徒合
10882	8副		290	[illegible]*	燥	沓	信	入	開	廿九部			心入開盍咸一	悉盍	心開1	蘇老	定入開合咸一	徒合
10883	8副		291	[illegible]	燥	沓	信	入	開	廿九部			心入開盍咸一	私盍	心開1	蘇老	定入開合咸一	徒合
10885	8副		292	[illegible]*	燥	沓	信	入	開	廿九部			心入開盍咸一	悉盍	心開1	蘇老	定入開合咸一	徒合
10886	8副		293	[illegible]*	燥	沓	信	入	開	廿九部			心入開盍咸一	悉盍	心開1	蘇老	定入開合咸一	徒合
10887	8副		294	[illegible]*	燥	沓	信	入	開	廿九部			心入開盍咸一	悉盍	心開1	蘇老	定入開合咸一	徒合
10889	8副	88	295	胛	几	狎	見	入	齊	三十甲			見入開狎咸二	古狎	見開重3	居履	匣入開狎咸二	胡甲
10890	8副		296	跚*	几	狎	見	入	齊	三十甲			見入開狎咸二	古狎	見開重3	居履	匣入開狎咸二	胡甲
10891	8副		297	迚	几	狎	見	入	齊	三十甲			見入開狎咸二	古狎	見開重3	居履	匣入開狎咸二	胡甲
10892	8副		298	厞**	几	狎	見	入	齊	三十甲			見入開洽咸二	古洽	見開重3	居履	匣入開狎咸二	胡甲
10893	8副		299	砰	几	狎	見	入	齊	三十甲			見入開狎咸二	古狎	見開重3	居履	匣入開狎咸二	胡甲
10894	8副		300	玾	几	狎	見	入	齊	三十甲			見入開狎咸二	古狎	見開重3	居履	匣入開狎咸二	胡甲
10895	8副		301	鉀	几	狎	見	入	齊	三十甲			見入開狎咸二	古狎	見開重3	居履	匣入開狎咸二	胡甲
10896	8副		302	瘕	几	狎	見	入	齊	三十甲			見入開洽咸二	古洽	見開重3	居履	匣入開狎咸二	胡甲

韻字編號	部序	組數	字數	韻字及何氏反切			韻字何氏音				何萱注釋	備　注	韻字中古音		上字中古音		下字中古音	
				韻字	上字	下字	聲	調	呼	韻部			聲調呼韻攝等	反切	聲呼等	反切	聲調呼韻攝等	反切
10897	8副		303	鵊	几	狎	見	入	齊	三十甲			見入開洽咸二	古洽	見開重3	居履	匣入開狎咸二	胡甲
10898	8副		304	鵟	几	狎	見	入	齊	三十甲			見入開盍咸一	居盍	見開重3	居履	匣入開狎咸二	胡甲
10899	8副	89	305	掐	舊	甲	起	入	齊	三十甲			溪入開洽咸二	苦洽	群開3	巨救	見入開狎咸二	古狎
10900	8副		306	帢	舊	甲	起	入	齊	三十甲			溪入開洽咸二	苦洽	群開3	巨救	見入開狎咸二	古狎
10901	8副		307	殎**	舊	甲	起	入	齊	三十甲			溪入開狎咸二	苦甲	群開3	巨救	見入開狎咸二	古狎
10902	8副	90	308	押	漾	甲	影	入	齊	三十甲			影入開狎咸二	烏甲	以開3	餘亮	見入開狎咸二	古狎
10904	8副		309	庘	漾	甲	影	入	齊	三十甲			影入開狎咸二	烏甲	以開3	餘亮	見入開狎咸二	古狎
10905	8副		310	鴨	漾	甲	影	入	齊	三十甲			影入開狎咸二	烏甲	以開3	餘亮	見入開狎咸二	古狎
10906	8副		311	踠	漾	甲	影	入	齊	三十甲			影入開洽咸二	烏洽	以開3	餘亮	見入開狎咸二	古狎
10908	8副		312	圔	漾	甲	影	入	齊	三十甲			影入開洽咸二	烏洽	以開3	餘亮	見入開狎咸二	古狎
10909	8副	91	313	柙	向	甲	曉	入	齊	三十甲			匣入開狎咸二	胡甲	曉開3	許亮	見入開狎咸二	古狎
10910	8副		314	謌	向	甲	曉	入	齊	三十甲			曉入開狎咸二	呼甲	曉開3	許亮	見入開狎咸二	古狎
10911	8副		315	欱	向	甲	曉	入	齊	三十甲			曉入開狎咸二	呼甲	曉開3	許亮	見入開狎咸二	古狎
10912	8副		316	䩡	向	甲	曉	入	齊	三十甲			匣入開洽咸二	侯夾	曉開3	許亮	見入開狎咸二	古狎
10913	8副		317	裥*	向	甲	曉	入	齊	三十甲			匣入開狎咸二	轄甲	曉開3	許亮	見入開狎咸二	古狎
10916	8副		318	炠	向	甲	曉	入	齊	三十甲			曉入開狎咸二	呼甲	曉開3	許亮	見入開狎咸二	古狎
10918	8副		319	翈	向	甲	曉	入	齊	三十甲			匣入開狎咸二	胡甲	曉開3	許亮	見入開狎咸二	古狎
10920	8副		320	魻*	向	甲	曉	入	齊	三十甲			曉入開狎咸二	迄甲	曉開3	許亮	見入開狎咸二	古狎
10921	8副		321	筪	向	甲	曉	入	齊	三十甲			匣入開狎咸二	胡甲	曉開3	許亮	見入開狎咸二	古狎
10922	8副		322	蠚	向	甲	曉	入	齊	三十甲			匣入開洽咸二	侯夾	曉開3	許亮	見入開狎咸二	古狎
10923	8副		323	欶	向	甲	曉	入	齊	三十甲			曉入開洽咸二	呼洽	曉開3	許亮	見入開狎咸二	古狎
10925	8副		324	鰊*	向	甲	曉	入	齊	三十甲			曉入開洽咸二	迄洽	曉開3	許亮	見入開狎咸二	古狎
10926	8副		325	浹	向	甲	曉	入	齊	三十甲			匣入開狎咸二	胡甲	曉開3	許亮	見入開狎咸二	古狎
10929	8副		326	硤	向	甲	曉	入	齊	三十甲			匣入開洽咸二	侯夾	曉開3	許亮	見入開狎咸二	古狎
10930	8副		327	敆	向	甲	曉	入	齊	三十甲			曉入開洽咸二	呼洽	曉開3	許亮	見入開狎咸二	古狎
10931	8副	92	328	崀	紐	狎	乃	入	齊	三十甲			娘入合乏咸三	女法	娘開3	女久	匣入開狎咸二	胡甲
10932	8副		329	湸	紐	狎	乃	入	齊	三十甲			娘入合乏咸三	女法	娘開3	女久	匣入開狎咸二	胡甲

韻字編號	部序	組數	字數	韻字及何氏反切			韻字何氏音				何萱注釋	備注	韻字中古音		上字中古音		下字中古音	
				韻字	上字	下字	聲	調	呼	韻部			聲調呼韻攝等	反切	聲呼等	反切	聲調呼韻攝等	反切
10933	8副		330	**㧜**	紐	狎	乃	入	齊	三十甲			娘入合乏咸三	女法	娘開3	女久	匣入開狎咸二	胡甲
10934	8副	93	331	𨡁	掌	狎	照	入	齊	三十甲			莊入開洽咸二	側洽	章開3	諸兩	匣入開狎咸二	胡甲
10935	8副		332	偛	掌	狎	照	入	齊	三十甲			莊入開洽咸二	側洽	章開3	諸兩	匣入開狎咸二	胡甲
10936	8副		333	**𧩪**	掌	狎	照	入	齊	三十甲			莊入開洽咸二	側洽	章開3	諸兩	匣入開狎咸二	胡甲
10937	8副	94	334	唼	齒	甲	助	入	齊	三十甲			生入開洽咸二	山洽	昌開3	昌里	見入開狎咸二	古狎
10938	8副		335	牐*	齒	甲	助	入	齊	三十甲			初入開洽咸二	測洽	昌開3	昌里	見入開狎咸二	古狎
10939	8副		336	剒	齒	甲	助	入	齊	三十甲	切聲，玉篇	玉篇作初洽切	初入開洽咸二	測洽	昌開3	昌里	見入開狎咸二	古狎
10940	8副		337	霅*	齒	甲	助	入	齊	三十甲		雨聲。玉篇作士甲切	莊入開洽咸二	側洽	昌開3	昌里	見入開狎咸二	古狎
10942	8副		338	貓*	齒	甲	助	入	齊	三十甲			徹入合乏咸三	昵法	昌開3	昌里	見入開狎咸二	古狎
10943	8副		339	喋	齒	甲	助	入	齊	三十甲			澄入開狎咸二	丈甲	昌開3	昌里	見入開狎咸二	古狎
10946	8副		340	騬*	齒	甲	助	入	齊	三十甲			船入開洽咸二	實洽	昌開3	昌里	見入開狎咸二	古狎
10947	8副		341	鞢	齒	甲	助	入	齊	三十甲			澄入開狎咸二	丈甲	昌開3	昌里	見入開狎咸二	古狎
10949	8副		342	渫	齒	甲	助	入	齊	三十甲			澄入開狎咸二	丈甲	昌開3	昌里	見入開狎咸二	古狎
10951	8副		343	擖	齒	甲	助	入	齊	三十甲			澄入開狎咸二	丈甲	昌開3	昌里	見入開狎咸二	古狎
10954	8副		344	霅	齒	甲	助	入	齊	三十甲			澄入開狎咸二	丈甲	昌開3	昌里	見入開狎咸二	古狎
10955	8副		345	徆*	齒	甲	助	入	齊	三十甲			初入開洽咸二	測洽	昌開3	昌里	見入開狎咸二	古狎
10957	8副		346	趚	齒	甲	助	入	齊	三十甲			生入開狎咸二	所甲	昌開3	昌里	見入開狎咸二	古狎
10958	8副		347	颯	齒	甲	助	入	齊	三十甲			生入開狎咸二	所甲	昌開3	昌里	見入開狎咸二	古狎
10959	8副		348	啑	齒	甲	助	入	齊	三十甲			生入開狎咸二	所甲	昌開3	昌里	見入開狎咸二	古狎
10960	8副		349	獲	齒	甲	助	入	齊	三十甲			生入開狎咸二	所甲	昌開3	昌里	見入開狎咸二	古狎
10961	8副		350	翜	齒	甲	助	入	齊	三十甲			生入開洽咸二	山洽	昌開3	昌里	見入開狎咸二	古狎
10962	8副		351	帹	齒	甲	助	入	齊	三十甲			生入開狎咸二	所甲	昌開3	昌里	見入開狎咸二	古狎
10963	8副		352	澀*	齒	甲	助	入	齊	三十甲			生入開洽咸二	色洽	昌開3	昌里	見入開狎咸二	古狎
10964	8副	95	353	𧾺	此	甲	淨	入	齊	三十甲			崇入開洽咸二	士洽	清開3	雌氏	見入開狎咸二	古狎
10965	8副		354	騙	此	甲	淨	入	齊	三十甲			崇入開洽咸二	士洽	清開3	雌氏	見入開狎咸二	古狎
10966	8副		355	**牐**	此	甲	淨	入	齊	三十甲			崇入開洽咸二	士洽	清開3	雌氏	見入開狎咸二	古狎
10967	8副		356	煠	此	甲	淨	入	齊	三十甲			崇入開洽咸二	士洽	清開3	雌氏	見入開狎咸二	古狎
10971	8副		357	𨓮*	此	甲	淨	入	齊	三十甲		此處沒有任何解釋	船入開洽咸二	實洽	清開3	雌氏	見入開狎咸二	古狎

韻字編號	部序	組數	字數	韻字及何氏反切			韻字何氏音				何萱注釋	備注	韻字中古音		上字中古音		下字中古音	
				韻字	上字	下字	聲	調	呼	韻部			聲調呼韻攝等	反切	聲呼等	反切	聲調呼韻攝等	反切
10973	8副	96	358	鴩	缶	狎	匪	入	齊	三十甲			匣入合乏咸三	乎法	非開3	方久	匣入開狎咸二	胡甲
10975	8副	97	359	詃*	几	捷	見	入	齊二	三一頰			見入開帖咸四	吉協	見開重3	居履	從入開葉咸三	疾葉
10976	8副		360	庡	几	捷	見	入	齊二	三一頰			匣入開洽咸二	侯夾	見開重3	居履	從入開葉咸三	疾葉
10977	8副		361	�	几	捷	見	入	齊二	三一頰			見入開帖咸四	古協	見開重3	居履	從入開葉咸三	疾葉
10978	8副		362	砝	几	捷	見	入	齊二	三一頰			見入開業咸三	居怯	見開重3	居履	從入開葉咸三	疾葉
10979	8副		363	敁	几	捷	見	入	齊二	三一頰			見入開業咸三	居怯	見開重3	居履	從入開葉咸三	疾葉
10980	8副		364	紶	几	捷	見	入	齊二	三一頰			見入開業咸三	居怯	見開重3	居履	從入開葉咸三	疾葉
10983	8副		365	蜐	几	捷	見	入	齊二	三一頰			見入開業咸三	居怯	見開重3	居履	從入開葉咸三	疾葉
10984	8副	98	366	抾	舊	葉	起	入	齊二	三一頰			溪入開業咸三	去劫	群開3	巨救	以入開葉咸三	與涉
10987	8副		367	呿	舊	葉	起	入	齊二	三一頰			溪入開業咸三	去劫	群開3	巨救	以入開葉咸三	與涉
10989	8副		368	阹	舊	葉	起	入	齊二	三一頰			溪入開業咸三	去劫	群開3	巨救	以入開葉咸三	與涉
10990	8副		369	痃	舊	葉	起	入	齊二	三一頰			溪入開業咸三	去劫	群開3	巨救	以入開葉咸三	與涉
10991	8副		370	疾	舊	葉	起	入	齊二	三一頰			溪入開業咸三	去劫	群開3	巨救	以入開葉咸三	與涉
10992	8副	99	371	殜	漾	捷	影	入	齊二	三一頰			以入開葉咸三	與涉	以開3	餘亮	從入開葉咸三	疾葉
10995	8副		372	諜	漾	捷	影	入	齊二	三一頰			以入開業咸三	余業	以開3	餘亮	從入開葉咸三	疾葉
10996	8副		373	楪	漾	捷	影	入	齊二	三一頰			以入開葉咸三	與涉	以開3	餘亮	從入開葉咸三	疾葉
10997	8副		374	瞸	曉	捷	影	入	齊二	三一頰		韻目與曄互換，作漾捷切	曉入開帖咸四	呼牒	曉開3	許亮	從入開葉咸三	疾葉
10999	8副		375	帢	漾	捷	影	入	齊二	三一頰			影入開業咸三	於業	以開3	餘亮	從入開葉咸三	疾葉
11000	8副		376	罨*	漾	捷	影	入	齊二	三一頰			影去開豔咸重三	於贍	以開3	餘亮	從入開葉咸三	疾葉
11001	8副		377	鞥	漾	捷	影	入	齊二	三一頰			影入開業咸三	於業	以開3	餘亮	從入開葉咸三	疾葉
11003	8副		378	鐘	漾	捷	影	入	齊二	三一頰			影入開業咸三	於業	以開3	餘亮	從入開葉咸三	疾葉
11004	8副		379	稖	漾	捷	影	入	齊二	三一頰			影入開業咸三	於業	以開3	餘亮	從入開葉咸三	疾葉
11005	8副		380	餣	漾	捷	影	入	齊二	三一頰			影入開業咸三	於業	以開3	餘亮	從入開葉咸三	疾葉
11006	8副		381	敆	漾	捷	影	入	齊二	三一頰			影入開業咸三	於業	以開3	餘亮	從入開葉咸三	疾葉
11008	8副		382	殗	漾	捷	影	入	齊二	三一頰			影入開業咸三	於業	以開3	餘亮	從入開葉咸三	疾葉
11009	8副		383	晻	漾	捷	影	入	齊二	三一頰			影入開業咸三	於業	以開3	餘亮	從入開葉咸三	疾葉
11010	8副		384	曄	漾	捷	影	入	齊二	三一頰			云入開葉咸三	筠輒	以開3	餘亮	從入開葉咸三	疾葉

韻字編號	部序	組數	字數	韻字及何氏反切			韻字何氏音				何萱注釋	備 注	韻字中古音		上字中古音		下字中古音	
				韻字	上字	下字	聲	調	呼	韻部			聲調呼韻攝等	反切	聲呼等	反切	聲調呼韻攝等	反切
11012	8副		385	曄*	漾	捷	影	入	齊二	三一頰		韻目與喋互換，作向捷切。集有向一讀	以入開葉咸三	虛涉	以開3	餘亮	從入開葉咸三	疾葉
11013	8副	100	386	渫	向	捷	曉	入	齊二	三一頰			崇入開洽咸二	士洽	曉開3	許亮	從入開葉咸三	疾葉
11014	8副	101	387	呫	邸	捷	短	入	齊二	三一頰			端入開帖咸四	丁愜	端開4	都禮	從入開葉咸三	疾葉
11015	8副		388	佔	邸	捷	短	入	齊二	三一頰			端入開帖咸四	丁愜	端開4	都禮	從入開葉咸三	疾葉
11016	8副		389	迠	邸	捷	短	入	齊二	三一頰			端入開帖咸四	丁愜	端開4	都禮	從入開葉咸三	疾葉
11017	8副	102	390	擸	眺	葉	透	入	齊二	三一頰			定入開帖咸四	徒協	透開4	他弔	以入開葉咸三	與涉
11018	8副		391	躐	眺	葉	透	入	齊二	三一頰			定入開帖咸四	徒協	透開4	他弔	以入開葉咸三	與涉
11019	8副		392	轞	眺	葉	透	入	齊二	三一頰			定入開帖咸四	徒協	透開4	他弔	以入開葉咸三	與涉
11020	8副		393	劃*	眺	葉	透	入	齊二	三一頰			定入開帖咸四	達協	透開4	他弔	以入開葉咸三	與涉
11021	8副		394	氎	眺	葉	透	入	齊二	三一頰			定入開帖咸四	徒協	透開4	他弔	以入開葉咸三	與涉
11022	8副		395	鸜	眺	葉	透	入	齊二	三一頰			定入開帖咸四	徒協	透開4	他弔	以入開葉咸三	與涉
11023	8副		396	惵	眺	葉	透	入	齊二	三一頰			定入開帖咸四	徒協	透開4	他弔	以入開葉咸三	與涉
11024	8副		397	碟	眺	葉	透	入	齊二	三一頰			透入開帖咸四	他協	透開4	他弔	以入開葉咸三	與涉
11025	8副		398	牒	眺	葉	透	入	齊二	三一頰			定入開帖咸四	徒協	透開4	他弔	以入開葉咸三	與涉
11027	8副		399	黮	眺	葉	透	入	齊二	三一頰			定入開帖咸四	徒協	透開4	他弔	以入開葉咸三	與涉
11029	8副	103	400	纀	紐	葉	乃	入	齊二	三一頰			娘入開葉咸三	尼輒	娘開3	女久	以入開葉咸三	與涉
11030	8副		401	埘	紐	葉	乃	入	齊二	三一頰			泥入開帖咸四	奴協	娘開3	女久	以入開葉咸三	與涉
11031	8副		402	踂	紐	葉	乃	入	齊二	三一頰			娘入開葉咸三	尼輒	娘開3	女久	以入開葉咸三	與涉
11032	8副		403	鯞	紐	葉	乃	入	齊二	三一頰			娘入開葉咸三	尼輒	娘開3	女久	以入開葉咸三	與涉
11033	8副		404	箝	紐	葉	乃	入	齊二	三一頰			娘入開葉咸三	尼輒	娘開3	女久	以入開葉咸三	與涉
11037	8副		405	苶	紐	葉	乃	入	齊二	三一頰			泥入開帖咸四	奴協	娘開3	女久	以入開葉咸三	與涉
11038	8副	104	406	曬	亮	葉	賚	入	齊二	三一頰			來入開葉咸三	良涉	來開3	力讓	以入開葉咸三	與涉
11039	8副		407	曬	亮	葉	賚	入	齊二	三一頰			來入開葉咸三	良涉	來開3	力讓	以入開葉咸三	與涉
11040	8副		408	囒	亮	葉	賚	入	齊二	三一頰			來入開葉咸三	良涉	來開3	力讓	以入開葉咸三	與涉
11041	8副		409	劆	亮	葉	賚	入	齊二	三一頰			來入開葉咸三	良涉	來開3	力讓	以入開葉咸三	與涉
11042	8副		410	礸	亮	葉	賚	入	齊二	三一頰			來入開葉咸三	良涉	來開3	力讓	以入開葉咸三	與涉
11043	8副		411	鑞	亮	葉	賚	入	齊二	三一頰			來入開葉咸三	良涉	來開3	力讓	以入開葉咸三	與涉

韻字編號	部序	組數	字數	韻字及何氏反切			韻字何氏音				何萱注釋	備　注	韻字中古音		上字中古音		下字中古音	
				韻字	上字	下字	聲	調	呼	韻部			聲調呼韻攝等	反切	聲呼等	反切	聲調呼韻攝等	反切
11044	8副		412	櫼	亮	葉	賚	入	齊二	三一頰			來入開葉咸三	良涉	來開3	力讓	以入開葉咸三	與涉
11046	8副		413	籤	亮	葉	賚	入	齊二	三一頰			來入開葉咸三	良涉	來開3	力讓	以入開葉咸三	與涉
11047	8副		414	韀	亮	葉	賚	入	齊二	三一頰			來入開葉咸三	良涉	來開3	力讓	以入開葉咸三	與涉
11049	8副		415	驖*	亮	葉	賚	入	齊二	三一頰			來入開葉咸三	力涉	來開3	力讓	以入開葉咸三	與涉
11050	8副		416	𤜆	亮	葉	賚	入	齊二	三一頰			來入開葉咸三	良涉	來開3	力讓	以入開葉咸三	與涉
11051	8副		417	鱵	亮	葉	賚	入	齊二	三一頰			來入開葉咸三	良涉	來開3	力讓	以入開葉咸三	與涉
11052	8副		418	唊	亮	葉	賚	入	齊二	三一頰			來入開葉咸三	良涉	來開3	力讓	以入開葉咸三	與涉
11053	8副	105	419	鮿	掌	捷	照	入	齊二	三一頰			知入開葉咸三	陟葉	章開3	諸兩	從入開葉咸三	疾葉
11054	8副		420	䓎	掌	捷	照	入	齊二	三一頰			知入開葉咸三	陟葉	章開3	諸兩	從入開葉咸三	疾葉
11055	8副		421	㮆	掌	捷	照	入	齊二	三一頰			知入開葉咸三	陟葉	章開3	諸兩	從入開葉咸三	疾葉
11056	8副	106	422	䐑	齒	葉	助	入	齊二	三一頰			昌入開葉咸三	叱涉	昌開3	昌里	以入開葉咸三	與涉
11057	8副		423	㥃	齒	葉	助	入	齊二	三一頰			昌入開葉咸三	叱涉	昌開3	昌里	以入開葉咸三	與涉
11059	8副		424	㴧	齒	葉	助	入	齊二	三一頰			昌入開葉咸三	叱涉	昌開3	昌里	以入開葉咸三	與涉
11060	8副		425	䨮	齒	葉	助	入	齊二	三一頰			徹入開葉咸三	丑輒	昌開3	昌里	以入開葉咸三	與涉
11061	8副		426	䚏	齒	葉	助	入	齊二	三一頰	角也，玉篇	玉篇做丑列切	徹去開祭蟹三	丑例	昌開3	昌里	以入開葉咸三	與涉
11064	8副		427	剸*	齒	葉	助	入	齊二	三一頰			澄入開葉咸三	直涉	昌開3	昌里	以入開葉咸三	與涉
11065	8副		428	𠞊	齒	葉	助	入	齊二	三一頰	切聲，玉篇	刪。正文增（可能是衍字）解釋完全相同。玉篇作初洽切，故刪	初入開洽咸二	測洽	昌開3	昌里	以入開葉咸三	與涉
11066	8副		429	𤎼**	齒	葉	助	入	齊二	三一頰			徹入開葉咸三	丑涉	昌開3	昌里	以入開葉咸三	與涉
11067	8副		430	䉤	齒	葉	助	入	齊二	三一頰			徹入開葉咸三	丑輒	昌開3	昌里	以入開葉咸三	與涉
11068	8副	107	431	歃	始	捷	審	入	齊二	三一頰			生入開葉咸三	山輒	書開3	詩止	從入開葉咸三	疾葉
11069	8副		432	䁒**	始	捷	審	入	齊二	三一頰	～～目皃，玉篇	玉篇：式冉式涉切	書入開葉咸三	式涉	書開3	詩止	從入開葉咸三	疾葉
11070	8副		433	鈔	始	捷	審	入	齊二	三一頰			禪入開葉咸三	時涉	書開3	詩止	從入開葉咸三	疾葉
11071	8副	108	434	淁	紫	葉	井	入	齊二	三一頰			精入開葉咸三	即葉	精開3	將此	以入開葉咸三	與涉
11072	8副		435	霎	紫	葉	井	入	齊二	三一頰			生入開葉咸三	山輒	精開3	將此	以入開葉咸三	與涉
11074	8副		436	緁*	紫	葉	井	入	齊二	三一頰			精入開葉咸三	即涉	精開3	將此	以入開葉咸三	與涉

韻字編號	部序	組數	字數	韻字及何氏反切			韻字何氏音				何萱注釋	備　注	韻字中古音		上字中古音		下字中古音	
				韻字	上字	下字	聲	調	呼	韻部			聲調呼韻攝等	反切	聲呼等	反切	聲調呼韻攝等	反切
11075	8副		437	㼪	紫	葉	井	入	齊二	三一頰			精入開帖咸四	子協	精開3	將此	以入開葉咸三	與涉
11076	8副	109	438	𧨻	此	葉	淨	入	齊二	三一頰			從入開葉咸三	疾葉	清開3	雌氏	以入開葉咸三	與涉
11077	8副		439	䐑*	此	葉	淨	入	齊二	三一頰			精入開葉咸三	即涉	清開3	雌氏	以入開葉咸三	與涉
11078	8副		440	𨔝**	此	葉	淨	入	齊二	三一頰			從入開葉咸三	疾接	清開3	雌氏	以入開葉咸三	與涉
11079	8副		441	崨	此	葉	淨	入	齊二	三一頰			從入開葉咸三	疾葉	清開3	雌氏	以入開葉咸三	與涉
11080	8副		442	踥	此	葉	淨	入	齊二	三一頰			清入開葉咸三	七接	清開3	雌氏	以入開葉咸三	與涉
11081	8副		443	㓼	此	葉	淨	入	齊二	三一頰			清入開葉咸三	七接	清開3	雌氏	以入開葉咸三	與涉
11083	8副	110	444	亃	仰	捷	我	入	齊二	三一頰			疑入開業咸三	魚怯	疑開3	魚兩	從入開葉咸三	疾葉
11084	8副		445	㦡	仰	捷	我	入	齊二	三一頰			疑入開業咸三	魚怯	疑開3	魚兩	從入開葉咸三	疾葉
11085	8副		446	𡃉	仰	捷	我	入	齊二	三一頰			疑入開業咸三	魚怯	疑開3	魚兩	從入開葉咸三	疾葉
11086	8副		447	䜲	仰	捷	我	入	齊二	三一頰			疑入開業咸三	魚怯	疑開3	魚兩	從入開葉咸三	疾葉
11087	8副		448	𨻰	仰	捷	我	入	齊二	三一頰			疑入開業咸三	魚怯	疑開3	魚兩	從入開葉咸三	疾葉
11088	8副		449	𥨑	仰	捷	我	入	齊二	三一頰			疑入開業咸三	魚怯	疑開3	魚兩	從入開葉咸三	疾葉
11089	8副		450	澲	仰	捷	我	入	齊二	三一頰			疑入開業咸三	魚怯	疑開3	魚兩	從入開葉咸三	疾葉
11090	8副		451	驜	仰	捷	我	入	齊二	三一頰			疑入開業咸三	魚怯	疑開3	魚兩	從入開葉咸三	疾葉
11091	8副		452	鸈	仰	捷	我	入	齊二	三一頰			疑入開業咸三	魚怯	疑開3	魚兩	從入開葉咸三	疾葉
11092	8副		453	𩸞	仰	捷	我	入	齊二	三一頰			疑入開業咸三	魚怯	疑開3	魚兩	從入開葉咸三	疾葉
11093	8副		454	𩻛	仰	捷	我	入	齊二	三一頰			疑入開業咸三	魚怯	疑開3	魚兩	從入開葉咸三	疾葉
11094	8副	111	455	徢	想	捷	信	入	齊二	三一頰			心入開帖咸四	蘇協	心開3	息兩	從入開葉咸三	疾葉
11095	8副		456	**𦪈**	想	捷	信	入	齊二	三一頰			心入開帖咸四	蘇協	心開3	息兩	從入開葉咸三	疾葉
11096	8副		457	婕	想	捷	信	入	齊二	三一頰			心入開帖咸四	蘇協	心開3	息兩	從入開葉咸三	疾葉
11097	8副		458	脻	想	捷	信	入	齊二	三一頰			心入開帖咸四	蘇協	心開3	息兩	從入開葉咸三	疾葉
11098	8副		459	𦾏	想	捷	信	入	齊二	三一頰			心入開帖咸四	蘇協	心開3	息兩	從入開葉咸三	疾葉
11099	8副	112	460	**肷****	向	褄	曉	入	齊三	三二褄			從入開葉咸三	慈葉	曉開3	許亮	清入開緝深三	七入
11100	8副	113	461	**菻**	紐	褄	乃	入	齊三	三二褄			娘入開緝深三	尼立	娘開3	女久	清入開緝深三	七入
11102	8副	114	462	**䙇**	齒	褄	助	入	齊三	三二褄			初入開緝深三	初戢	昌開3	昌里	清入開緝深三	七入
11103	8副		463	𥟍	齒	褄	助	入	齊三	三二褄			初入開緝深三	側入	昌開3	昌里	清入開緝深三	七入

第九部正編

韻字編號	部序	組數	字數	韻字及何氏反切			韻字何氏音				何萱注釋	備注	韻字中古音		上字中古音		下字中古音	
				韻字	上字	下字	聲	調	呼	韻部			聲調呼韻攝等	反切	聲呼等	反切	聲調呼韻攝等	反切
11104	9正	1	1	**江**	艮	湰	見	陰平	開	三一江			見平開江江二	古雙	見開1	古恨	溪平開江江二	苦江
11105	9正		2	扛	艮	湰	見	陰平	開	三一江			見平開江江二	古雙	見開1	古恨	溪平開江江二	苦江
11106	9正		3	杠	艮	湰	見	陰平	開	三一江			見平開江江二	古雙	見開1	古恨	溪平開江江二	苦江
11107	9正		4	釭	艮	湰	見	陰平	開	三一江			見平開江江二	古雙	見開1	古恨	溪平開江江二	苦江
11108	9正		5	玒	艮	湰	見	陰平	開	三一江			匣平開江江二	下江	見開1	古恨	溪平開江江二	苦江
11110	9正		6	舡*	艮	湰	見	陰平	開	三一江			見平開江江二	古雙	見開1	古恨	溪平開江江二	苦江
11111	9正	2	7	**湰**	侃	江	起	陰平	開	三一江			溪平開江江二	苦江	溪開1	空旱	見平開江江二	古雙
11113	9正		8	椌	侃	江	起	陰平	開	三一江			溪平開江江二	苦江	溪開1	空旱	見平開江江二	古雙
11115	9正	3	9	**邦**	保	湰	謗	陰平	開	三一江			幫平開江江二	博江	幫開1	博抱	溪平開江江二	苦江
11116	9正	4	10	夅	漢	尨	曉	陽平	開	三一江			匣平開江江二	下江	曉開1	呼旰	明平開江江二	莫江
11117	9正	5	11	**洚**	漢	尨	曉	陽平	開	三一江			匣平開江江二	下江	曉開1	呼旰	明平開江江二	莫江
11121	9正		12	栙	漢	尨	曉	陽平	開	三一江			匣平開江江二	下江	曉開1	呼旰	明平開江江二	莫江
11122	9正		13	缸	漢	尨	曉	陽平	開	三一江			匣平開江江二	下江	曉開1	呼旰	明平開江江二	莫江
11123	9正	6	14	**龐**	倍	尨	並	陽平	開	三一江			並平開江江二	薄江	並開1	薄亥	明平開江江二	莫江
11124	9正	7	15	**尨**	莫	夅	命	陽平	開	三一江			明平開江江二	莫江	明開1	慕各	匣平開江江二	下江
11125	9正		16	駹	莫	夅	命	陽平	開	三一江			明平開江江二	莫江	明開1	慕各	匣平開江江二	下江
11126	9正		17	牻	莫	夅	命	陽平	開	三一江			明平開江江二	莫江	明開1	慕各	匣平開江江二	下江
11127	9正		18	哤	莫	夅	命	陽平	開	三一江			明平開江江二	莫江	明開1	慕各	匣平開江江二	下江
11128	9正		19	庬	莫	夅	命	陽平	開	三一江			明平開江江二	莫江	明開1	慕各	匣平開江江二	下江
11129	9正		20	浝	莫	夅	命	陽平	開	三一江			明平開江江二	莫江	明開1	慕各	匣平開江江二	下江
11130	9正		21	瀧g*	莫	夅	命	陽平	開	三一江	平去兩讀		明平開江江二	莫江	明開1	慕各	匣平開江江二	下江
11135	9正	8	22	**公**	古	翁	見	陰平	合	三二公			見平合東通一	古紅	見合1	公戶	影平合東通一	烏紅
11136	9正		23	工	古	翁	見	陰平	合	三二公			見平合東通一	古紅	見合1	公戶	影平合東通一	烏紅
11137	9正		24	功	古	翁	見	陰平	合	三二公			見平合東通一	古紅	見合1	公戶	影平合東通一	烏紅
11138	9正		25	攻	古	翁	見	陰平	合	三二公			見平合東通一	古紅	見合1	公戶	影平合東通一	烏紅
11140	9正	9	26	**空**	苦	工	起	陰平	合	三二公			溪平合東通一	苦紅	溪合1	康杜	見平合東通一	古紅

韻字編號	部序	組數	字數	韻字及何氏反切			韻字何氏音				何萱注釋	備　注	韻字中古音		上字中古音		下字中古音	
				韻字	上字	下字	聲	調	呼	韻部			聲調呼韻攝等	反切	聲呼等	反切	聲調呼韻攝等	反切
11142	9 正	10	27	**翁**	腕	工	影	陰平	合	三二公			影平合東通一	烏紅	影合 1	烏貫	見平合東通一	古紅
11143	9 正		28	篛	腕	工	影	陰平	合	三二公	平上兩讀		影平合東通一	烏紅	影合 1	烏貫	見平合東通一	古紅
11145	9 正		29	鰯	腕	工	影	陰平	合	三二公			影平合東通一	烏紅	影合 1	烏貫	見平合東通一	古紅
11146	9 正		30	螉	腕	工	影	陰平	合	三二公			影平合東通一	烏紅	影合 1	烏貫	見平合東通一	古紅
11147	9 正	11	31	**烘**	戶	翁	曉	陰平	合	三二公			匣平合東通一	戶公	匣合 1	侯古	影平合東通一	烏紅
11148	9 正	12	32	**東**	睹	工	短	陰平	合	三二公			端平合東通一	德紅	端合 1	當古	見平合東通一	古紅
11149	9 正		33	涷	睹	工	短	陰平	合	三二公			端平合東通一	德紅	端合 1	當古	見平合東通一	古紅
11151	9 正		34	冬	睹	工	短	陰平	合	三二公			端平合冬通一	都宗	端合 1	當古	見平合東通一	古紅
11152	9 正		35	苳	睹	工	短	陰平	合	三二公			端平合冬通一	都宗	端合 1	當古	見平合東通一	古紅
11153	9 正	13	36	**通**	杜	工	透	陰平	合	三二公			透平合東通一	他紅	定合 1	徒古	見平合東通一	古紅
11154	9 正		37	俑	杜	工	透	陰平	合	三二公	平上兩讀異義		透平合東通一	他红	定合 1	徒古	見平合東通一	古紅
11156	9 正		38	恫	杜	工	透	陰平	合	三二公			透平合東通一	他紅	定合 1	徒古	見平合東通一	古紅
11157	9 正		39	侗	杜	工	透	陰平	合	三二公			透平合冬通一	他紅	定合 1	徒古	見平合東通一	古紅
11158	9 正	14	40	**雙**	社	工	審	陰平	合	三二公			生平開江江二	所江	禪開 3	常者	見平合東通一	古紅
11159	9 正	15	41	**宗**	祖	工	井	陰平	合	三二公			精平合冬通一	作冬	精合 1	則古	見平合東通一	古紅
11160	9 正		42	嵏	祖	工	井	陰平	合	三二公			精平合東通一	子紅	精合 1	則古	見平合東通一	古紅
11162	9 正		43	豵	祖	工	井	陰平	合	三二公			精平合東通一	子紅	精合 1	則古	見平合東通一	古紅
11163	9 正		44	艐	祖	工	井	陰平	合	三二公			精平合東通一	子紅	精合 1	則古	見平合東通一	古紅
11165	9 正		45	嵕*	祖	工	井	陰平	合	三二公			精平合東通一	祖叢	精合 1	則古	見平合東通一	古紅
11166	9 正		46	堫	祖	工	井	陰平	合	三二公			精平合東通一	子紅	精合 1	則古	見平合東通一	古紅
11168	9 正		47	稯	祖	工	井	陰平	合	三二公			精平合東通一	子紅	精合 1	則古	見平合東通一	古紅
11169	9 正		48	椶	祖	工	井	陰平	合	三二公			精平合東通一	子紅	精合 1	則古	見平合東通一	古紅
11170	9 正		49	葼	祖	工	井	陰平	合	三二公			精平合東通一	子紅	精合 1	則古	見平合東通一	古紅
11171	9 正		50	豵	祖	工	井	陰平	合	三二公			精平合東通一	子紅	精合 1	則古	見平合東通一	古紅
11173	9 正		51	蝬	祖	工	井	陰平	合	三二公			精平合東通一	子紅	精合 1	則古	見平合東通一	古紅
11175	9 正	16	52	怱	寸	工	淨	陰平	合	三二公	悤或作怱悤		清平合東通一	麤叢	清合 1	倉困	見平合東通一	古紅
11176	9 正		53	**聰**	寸	工	淨	陰平	合	三二公			清平合東通一	倉紅	清合 1	倉困	見平合東通一	古紅

韻字編號	部序	組數	字數	韻字及何氏反切			韻字何氏音				何萱注釋	備注	韻字中古音		上字中古音		下字中古音	
				韻字	上字	下字	聲	調	呼	韻部			聲調呼韻攝等	反切	聲呼等	反切	聲調呼韻攝等	反切
11177	9正		54	璁	寸	工	淨	陰平	合	三二公			清平合東通一	倉紅	清合1	倉困	見平合東通一	古紅
11178	9正		55	鏓	寸	工	淨	陰平	合	三二公			清平合東通一	倉紅	清合1	倉困	見平合東通一	古紅
11179	9正		56	囪	寸	工	淨	陰平	合	三二公			清平合東通一	倉紅	清合1	倉困	見平合東通一	古紅
11181	9正		57	驄	寸	工	淨	陰平	合	三二公			清平合東通一	倉紅	清合1	倉困	見平合東通一	古紅
11182	9正		58	蔥	寸	工	淨	陰平	合	三二公			清平合東通一	倉紅	清合1	倉困	見平合東通一	古紅
11183	9正		59	繱g*	寸	工	淨	陰平	合	三二公		繱繱	清平合東通一	麤叢	清合1	倉困	見平合東通一	古紅
11184	9正	17	60	洪	戶	同	曉	陽平	合	三二公			匣平合東通一	戶公	匣合1	侯古	定平合東通一	徒紅
11185	9正		61	烘	戶	同	曉	陽平	合	三二公	平上兩讀		匣平合東通一	戶公	匣合1	侯古	定平合東通一	徒紅
11187	9正		62	訌	戶	同	曉	陽平	合	三二公			匣平合東通一	戶公	匣合1	侯古	定平合東通一	徒紅
11188	9正		63	**紅**	戶	同	曉	陽平	合	三二公			匣平合東通一	戶公	匣合1	侯古	定平合東通一	徒紅
11189	9正		64	粠	戶	同	曉	陽平	合	三二公			匣平合東通一	戶公	匣合1	侯古	定平合東通一	徒紅
11190	9正		65	玒	戶	同	曉	陽平	合	三二公			見平合東通一	古紅	匣合1	侯古	定平合東通一	徒紅
11192	9正		66	仜	戶	同	曉	陽平	合	三二公			匣平合東通一	戶公	匣合1	侯古	定平合東通一	徒紅
11193	9正		67	堆	戶	同	曉	陽平	合	三二公			匣平合東通一	戶公	匣合1	侯古	定平合東通一	徒紅
11194	9正		68	鴻	戶	同	曉	陽平	合	三二公			匣平合東通一	戶公	匣合1	侯古	定平合東通一	徒紅
11195	9正		69	虹	戶	同	曉	陽平	合	三二公			匣平合東通一	戶公	匣合1	侯古	定平合東通一	徒紅
11197	9正	18	70	**同**	杜	農	透	陽平	合	三二公			定平合東通一	徒紅	定合1	徒古	泥平合冬通一	奴冬
11198	9正		71	詷 g*	杜	農	透	陽平	合	三二公	平去兩讀		定平合東通一	徒東	定合1	徒古	泥平合冬通一	奴冬
11201	9正		72	銅	杜	農	透	陽平	合	三二公			定平合東通一	徒紅	定合1	徒古	泥平合冬通一	奴冬
11202	9正		73	桐	杜	農	透	陽平	合	三二公			定平合東通一	徒紅	定合1	徒古	泥平合冬通一	奴冬
11203	9正		74	童	杜	農	透	陽平	合	三二公			定平合東通一	徒紅	定合1	徒古	泥平合冬通一	奴冬
11204	9正		75	僮	杜	農	透	陽平	合	三二公			定平合東通一	徒紅	定合1	徒古	泥平合冬通一	奴冬
11205	9正		76	潼	杜	農	透	陽平	合	三二公			定平合東通一	徒紅	定合1	徒古	泥平合冬通一	奴冬
11207	9正		77	痋	杜	農	透	陽平	合	三二公			定平合冬通一	徒冬	定合1	徒古	泥平合冬通一	奴冬
11208	9正		78	鉵	杜	農	透	陽平	合	三二公			定平合冬通一	徒冬	定合1	徒古	泥平合冬通一	奴冬
11209	9正		79	秱	杜	農	透	陽平	合	三二公			定平合冬通一	徒冬	定合1	徒古	泥平合冬通一	奴冬
11210	9正		80	䳋	杜	農	透	陽平	合	三二公			定平合冬通一	徒冬	定合1	徒古	泥平合冬通一	奴冬

韻字編號	部序	組數	字數	韻字及何氏反切			韻字何氏音				何萱注釋	備注	韻字中古音		上字中古音		下字中古音	
				韻字	上字	下字	聲	調	呼	韻部			聲調呼韻攝等	反切	聲呼等	反切	聲調呼韻攝等	反切
11212	9 正		81	箭	杜	農	透	陽平	合	三二公			定平合東通一	徒紅	定合 1	徒古	泥平合冬通一	奴冬
11213	9 正		82	彤	杜	農	透	陽平	合	三二公	七部九部兩讀注在彼		定平合冬通一	徒冬	定合 1	徒古	泥平合冬通一	奴冬
11215	9 正	19	83	**農**	煗	同	乃	陽平	合	三二公			泥平合冬通一	奴冬	泥合 1	乃管	定平合東通一	徒紅
11216	9 正		84	盥	煗	同	乃	陽平	合	三二公			泥平合冬通一	奴冬	泥合 1	乃管	定平合東通一	徒紅
11217	9 正	20	85	**嚨**	磊	同	賚	陽平	合	三二公			來平合東通一	盧紅	來合 1	落猥	定平合東通一	徒紅
11218	9 正		86	聾	磊	同	賚	陽平	合	三二公			來平合東通一	盧紅	來合 1	落猥	定平合東通一	徒紅
11219	9 正		87	櫳	磊	同	賚	陽平	合	三二公			來平合東通一	盧紅	來合 1	落猥	定平合東通一	徒紅
11221	9 正		88	瓏	磊	同	賚	陽平	合	三二公			來平合東通一	盧紅	來合 1	落猥	定平合東通一	徒紅
11222	9 正		89	礱	磊	同	賚	陽平	合	三二公			來平合東通一	盧紅	來合 1	落猥	定平合東通一	徒紅
11224	9 正		90	襲	磊	同	賚	陽平	合	三二公			來平合東通一	盧紅	來合 1	落猥	定平合東通一	徒紅
11225	9 正		91	櫳	磊	同	賚	陽平	合	三二公			來平合東通一	盧紅	來合 1	落猥	定平合東通一	徒紅
11226	9 正		92	籠	磊	同	賚	陽平	合	三二公			來平合東通一	盧紅	來合 1	落猥	定平合東通一	徒紅
11229	9 正		93	蘢	磊	同	賚	陽平	合	三二公			來平合東通一	盧紅	來合 1	落猥	定平合東通一	徒紅
11231	9 正		94	蠪	磊	同	賚	陽平	合	三二公			來平合東通一	盧紅	來合 1	落猥	定平合東通一	徒紅
11232	9 正	21	95	賨	寸	同	淨	陽平	合	三二公			從平合冬通一	藏宗	清合 1	倉困	定平合東通一	徒紅
11233	9 正		96	悰	寸	同	淨	陽平	合	三二公			從平合冬通一	藏宗	清合 1	倉困	定平合東通一	徒紅
11234	9 正		97	**琮**	寸	同	淨	陽平	合	三二公			從平合冬通一	藏宗	清合 1	倉困	定平合東通一	徒紅
11235	9 正		98	淙	寸	同	淨	陽平	合	三二公			從平合冬通一	藏宗	清合 1	倉困	定平合東通一	徒紅
11236	9 正		99	潨	寸	同	淨	陽平	合	三二公			從平合冬通一	藏宗	清合 1	倉困	定平合東通一	徒紅
11237	9 正	22	100	**蓬**	佩	同	並	陽平	合	三二公			並平合東通一	薄紅	並合 1	蒲昧	定平合東通一	徒紅
11238	9 正	23	101	**冡**	慢	同	命	陽平	合	三二公			明平合東通一	莫紅	明開 2	謨晏	定平合東通一	徒紅
11239	9 正		102	蒙	慢	同	命	陽平	合	三二公			明平合東通一	莫紅	明開 2	謨晏	定平合東通一	徒紅
11240	9 正		103	幏	慢	同	命	陽平	合	三二公			明平合東通一	莫紅	明開 2	謨晏	定平合東通一	徒紅
11242	9 正		104	醭	慢	同	命	陽平	合	三二公			明平合東通一	莫紅	明開 2	謨晏	定平合東通一	徒紅
11243	9 正		105	騄*	慢	同	命	陽平	合	三二公			明平合東通一	謨蓬	明開 2	謨晏	定平合東通一	徒紅
11244	9 正		106	艨*	慢	同	命	陽平	合	三二公			明平合東通一	謨蓬	明開 2	謨晏	定平合東通一	徒紅

韻字編號	部序	組數	字數	韻字及何氏反切			韻字何氏音				何萱注釋	備　注	韻字中古音		上字中古音		下字中古音	
				韻字	上字	下字	聲	調	呼	韻部			聲調呼韻攝等	反切	聲呼等	反切	聲調呼韻攝等	反切
11246	9正		107	饛	慢	同	命	陽平	合	三二公			明平合東通一	莫紅	明開2	謨晏	定平合東通一	徒紅
11247	9正		108	矇	慢	同	命	陽平	合	三二公			明平合東通一	莫紅	明開2	謨晏	定平合東通一	徒紅
11248	9正		109	濛	慢	同	命	陽平	合	三二公			明平合東通一	莫紅	明開2	謨晏	定平合東通一	徒紅
11249	9正		110	霿	慢	同	命	陽平	合	三二公	平去兩讀		明平合東通一	莫红	明開2	謨晏	定平合東通一	徒紅
11251	9正	24	111	**恭**	几	邕	見	陰平	齊	三三恭			見平合鍾通三	九容	見開重3	居履	影平合鍾通三	於容
11252	9正		112	供	几	邕	見	陰平	齊	三三恭			見平合鍾通三	九容	見開重3	居履	影平合鍾通三	於容
11254	9正		113	龔	几	邕	見	陰平	齊	三三恭			見平合鍾通三	九容	見開重3	居履	影平合鍾通三	於容
11255	9正		114	龏	几	邕	見	陰平	齊	三三恭			見平合鍾通三	九容	見開重3	居履	影平合鍾通三	於容
11260	9正	25	115	**銎**	舊	邕	起	陰平	齊	三三恭			溪平合鍾通三	曲恭	群開3	巨救	影平合鍾通三	於容
11261	9正	26	116	**邕**	漾	胸	影	陰平	齊	三三恭			影平合鍾通三	於容	以開3	餘亮	曉平合鍾通三	許容
11262	9正		117	雝	漾	胸	影	陰平	齊	三三恭	平去兩讀異義		影平合鍾通三	於容	以開3	餘亮	曉平合鍾通三	許容
11263	9正		118	灉	漾	胸	影	陰平	齊	三三恭			影平合鍾通三	於容	以開3	餘亮	曉平合鍾通三	許容
11265	9正		119	廱	漾	胸	影	陰平	齊	三三恭			影平合鍾通三	於容	以開3	餘亮	曉平合鍾通三	許容
11266	9正		120	癰	漾	胸	影	陰平	齊	三三恭			影平合鍾通三	於容	以開3	餘亮	曉平合鍾通三	許容
11267	9正		121	饔*	漾	胸	影	陰平	齊	三三恭			影平合鍾通三	於容	以開3	餘亮	曉平合鍾通三	許容
11268	9正	27	122	**凶**	向	邕	曉	陰平	齊	三三恭			曉平合鍾通三	許容	曉開3	許亮	影平合鍾通三	於容
11269	9正		123	匈	向	邕	曉	陰平	齊	三三恭			曉平合鍾通三	許容	曉開3	許亮	影平合鍾通三	於容
11270	9正		124	訩	向	邕	曉	陰平	齊	三三恭			曉上合鍾通三	許拱	曉開3	許亮	影平合鍾通三	於容
11271	9正	28	125	**鐘**	掌	邕	照	陰平	齊	三三恭			章平合鍾通三	職容	章開3	諸兩	影平合鍾通三	於容
11272	9正		126	鍾	掌	邕	照	陰平	齊	三三恭			章平合鍾通三	職容	章開3	諸兩	影平合鍾通三	於容
11273	9正		127	伀	掌	邕	照	陰平	齊	三三恭			章平合鍾通三	職容	章開3	諸兩	影平合鍾通三	於容
11274	9正		128	憽*	掌	邕	照	陰平	齊	三三恭			章平合鍾通三	諸容	章開3	諸兩	影平合鍾通三	於容
11279	9正	29	129	囪	齒	邕	助	陰平	齊	三三恭			初平開江江二	楚江	昌開3	昌里	影平合鍾通三	於容
11281	9正		130	傭	齒	邕	助	陰平	齊	三三恭	兩讀注在後		徹平合鍾通三	丑凶	昌開3	昌里	影平合鍾通三	於容
11283	9正		131	惷	齒	邕	助	陰平	齊	三三恭			徹平開江江二	丑江	昌開3	昌里	影平合鍾通三	於容
11285	9正		132	覩	齒	邕	助	陰平	齊	三三恭	覺或書作覩		徹平開江江二	丑江	昌開3	昌里	影平合鍾通三	於容
11287	9正		133	覺*	齒	邕	助	陰平	齊	三三恭			澄去開江江二	文降	昌開3	昌里	影平合鍾通三	於容

韻字編號	部序	組數	字數	韻字及何氏反切			韻字何氏音				何萱注釋	備注	韻字中古音		上字中古音		下字中古音	
				韻字	上字	下字	聲	調	呼	韻部			聲調呼韻攝等	反切	聲呼等	反切	聲調呼韻攝等	反切
11288	9正		134	憧	齒	邕	助	陰平	齊	三三恭			昌平合鍾通三	尺容	昌開3	昌里	影平合鍾通三	於容
11289	9正		135	衝	齒	邕	助	陰平	齊	三三恭			昌平合鍾通三	尺容	昌開3	昌里	影平合鍾通三	於容
11290	9正		136	罿	齒	邕	助	陰平	齊	三三恭			昌平合鍾通三	尺容	昌開3	昌里	影平合鍾通三	於容
11292	9正		137	罿	齒	邕	助	陰平	齊	三三恭			昌平合鍾通三	尺容	昌開3	昌里	影平合鍾通三	於容
11294	9正	30	138	舂	始	邕	審	陰平	齊	三三恭			書平合鍾通三	書容	書開3	詩止	影平合鍾通三	於容
11295	9正	31	139	鏦*	紫	邕	井	陰平	齊	三三恭			從平合鍾通三	將容	精開3	將此	影平合鍾通三	於容
11296	9正		140	縱*	紫	邕	井	陰平	齊	三三恭			從平合鍾通三	將容	精開3	將此	影平合鍾通三	於容
11298	9正		141	瘲	紫	邕	井	陰平	齊	三三恭			精去合鍾通三	子用	精開3	將此	影平合鍾通三	於容
11299	9正	32	142	鏦	此	胷	淨	陰平	齊	三三恭		不做異讀處理	清平合鍾通三	七恭	清開3	雌氏	曉平合鍾通三	許容
11302	9正		143	樅	此	胷	淨	陰平	齊	三三恭			清平合鍾通三	七恭	清開3	雌氏	曉平合鍾通三	許容
11303	9正	33	144	蜙	想	邕	信	陰平	齊	三三恭			心平合鍾通三	息恭	心開3	息兩	影平合鍾通三	於容
11304	9正	34	145	封	缶	邕	匪	陰平	齊	三三恭	古文。十部亦有此字，音黃	與㞷異讀	非平合鍾通三	府容	非開3	方久	影平合鍾通三	於容
11306	9正		146	葑	缶	邕	匪	陰平	齊	三三恭	平去兩讀義異		非平合鍾通三	府容	非開3	方久	影平合鍾通三	於容
11308	9正		147	丰	缶	邕	匪	陰平	齊	三三恭			敷平合鍾通三	敷容	非開3	方久	影平合鍾通三	於容
11309	9正		148	夆	缶	邕	匪	陰平	齊	三三恭			奉平合鍾通三	符容	非開3	方久	影平合鍾通三	於容
11311	9正		149	捀	缶	邕	匪	陰平	齊	三三恭			奉平合鍾通三	符容	非開3	方久	影平合鍾通三	於容
11313	9正		150	夆	缶	邕	匪	陰平	齊	三三恭			敷平合鍾通三	敷容	非開3	方久	影平合鍾通三	於容
11314	9正		151	鏠*	缶	邕	匪	陰平	齊	三三恭			敷平合鍾通三	敷容	非開3	方久	影平合鍾通三	於容
11315	9正		152	䵬	缶	邕	匪	陰平	齊	三三恭			敷平合鍾通三	敷容	非開3	方久	影平合鍾通三	於容
11316	9正		153	蠭	缶	邕	匪	陰平	齊	三三恭			敷平合鍾通三	敷容	非開3	方久	影平合鍾通三	於容
11317	9正	35	154	邛	舊	容	起	陽平	齊	三三恭			群平合鍾通三	渠容	群開3	巨救	以平合鍾通三	餘封
11318	9正		155	桏	舊	容	起	陽平	齊	三三恭			群平合鍾通三	渠容	群開3	巨救	以平合鍾通三	餘封
11319	9正	36	156	容	漾	从	影	陽平	齊	三三恭			以平合鍾通三	餘封	以開3	餘亮	從平合鍾通三	疾容
11320	9正		157	頌	漾	从	影	陽平	齊	三三恭	平去兩讀義異		以平合鍾通三	餘封	以開3	餘亮	從平合鍾通三	疾容
11322	9正		158	傛	漾	从	影	陽平	齊	三三恭	平上兩讀義分		以平合鍾通三	餘封	以開3	餘亮	從平合鍾通三	疾容
11324	9正		159	溶	漾	从	影	陽平	齊	三三恭	平上兩讀		以平合鍾通三	餘封	以開3	餘亮	從平合鍾通三	疾容

韻字編號	部序	組數	字數	韻字及何氏反切			韻字何氏音				何萱注釋	備注	韻字中古音		上字中古音		下字中古音	
				韻字	上字	下字	聲	調	呼	韻部			聲調呼韻攝等	反切	聲呼等	反切	聲調呼韻攝等	反切
11326	9正		160	鎔	漾	从	影	陽平	齊	三三恭			以平合鍾通三	餘封	以開3	餘亮	從平合鍾通三	疾容
11327	9正		161	瓴	漾	从	影	陽平	齊	三三恭			以平合鍾通三	餘封	以開3	餘亮	從平合鍾通三	疾容
11329	9正		162	鎔*	漾	从	影	陽平	齊	三三恭			以平合鍾通三	餘封	以開3	餘亮	從平合鍾通三	疾容
11331	9正		163	亯	漾	从	影	陽平	齊	三三恭			以平合鍾通三	餘封	以開3	餘亮	從平合鍾通三	疾容
11332	9正		164	庸	漾	从	影	陽平	齊	三三恭			以平合鍾通三	餘封	以開3	餘亮	從平合鍾通三	疾容
11333	9正		165	傭	漾	从	影	陽平	齊	三三恭	重見		以平合鍾通三	餘封	以開3	餘亮	從平合鍾通三	疾容
11335	9正		166	鏞	漾	从	影	陽平	齊	三三恭			以平合鍾通三	餘封	以開3	餘亮	從平合鍾通三	疾容
11336	9正		167	墉	漾	从	影	陽平	齊	三三恭	墉古文𩫖，𩫖又見五部入聲	與𩫖異讀	以平合鍾通三	餘封	以開3	餘亮	從平合鍾通三	疾容
11337	9正		168	鄘	漾	从	影	陽平	齊	三三恭			以平合鍾通三	餘封	以開3	餘亮	從平合鍾通三	疾容
11338	9正		169	鏞	漾	从	影	陽平	齊	三三恭			以平合鍾通三	餘封	以開3	餘亮	從平合鍾通三	疾容
11339	9正		170	鱅	漾	从	影	陽平	齊	三三恭			以平合鍾通三	餘封	以開3	餘亮	從平合鍾通三	疾容
11340	9正	37	171	**濃**	紐	从	乃	陽平	齊	三三恭			娘平合鍾通三	女容	娘開3	女久	從平合鍾通三	疾容
11341	9正		172	醲	紐	从	乃	陽平	齊	三三恭			娘平合鍾通三	女容	娘開3	女久	從平合鍾通三	疾容
11343	9正		173	襛	紐	从	乃	陽平	齊	三三恭	兩讀		娘平合鍾通三	女容	娘開3	女久	從平合鍾通三	疾容
11344	9正		174	獶	紐	从	乃	陽平	齊	三三恭			泥平合冬通一	奴冬	娘開3	女久	從平合鍾通三	疾容
11347	9正	38	175	**龍**	亮	容	賚	陽平	齊	三三恭			來平合鍾通三	力鐘	來開3	力讓	以平合鍾通三	餘封
11348	9正		176	瓏	亮	容	賚	陽平	齊	三三恭			來平合東通一	盧紅	來開3	力讓	以平合鍾通三	餘封
11349	9正		177	瀧	亮	容	賚	陽平	齊	三三恭			來平合東通一	盧紅	來開3	力讓	以平合鍾通三	餘封
11350	9正	39	178	重	齒	容	助	陽平	齊	三三恭	平去兩讀義分		澄平合鍾通三	直容	昌開3	昌里	以平合鍾通三	餘封
11353	9正		179	**緟**	齒	容	助	陽平	齊	三三恭			澄平合鍾通三	直容	昌開3	昌里	以平合鍾通三	餘封
11354	9正		180	種	齒	容	助	陽平	齊	三三恭			澄平合東通三	直弓	昌開3	昌里	以平合鍾通三	餘封
11357	9正		181	橦 g*	齒	容	助	陽平	齊	三三恭			昌平合鍾通三	昌容	昌開3	昌里	以平合鍾通三	餘封
11360	9正		182	撞	齒	容	助	陽平	齊	三三恭			澄平開江江二	宅江	昌開3	昌里	以平合鍾通三	餘封
11361	9正	40	183	**髶**	忍	容	耳	陽平	齊	三三恭			日去開脂止三	而至	日開3	而軫	以平合鍾通三	餘封
11362	9正		184	酛	忍	容	耳	陽平	齊	三三恭	酛俗有醋。一部去九部平兩見。酛可而容切	此處取而容切	日平合鍾通三	而容	日開3	而軫	以平合鍾通三	餘封

韻字編號	部序	組數	字數	韻字及何氏反切			韻字何氏音				何萱注釋	備注	韻字中古音		上字中古音		下字中古音	
				韻字	上字	下字	聲	調	呼	韻部			聲調呼韻攝等	反切	聲呼等	反切	聲調呼韻攝等	反切
11364	9正		185	茸	忍	容	耳	陽平	齊	三三恭	平上兩讀		日平合鍾通三	而容	日開3	而軫	以平合鍾通三	餘封
11367	9正		186	襛	忍	容	耳	陽平	齊	三三恭	重見注在前		日平合鍾通三	而容	日開3	而軫	以平合鍾通三	餘封
11370	9正	41	187	鏞	始	容	審	陽平	齊	三三恭			禪平合鍾通三	蜀庸	書開3	詩止	以平合鍾通三	餘封
11371	9正	42	188	从	此	容	淨	陽平	齊	三三恭			從平合鍾通三	疾容	清開3	雌氏	以平合鍾通三	餘封
11374	9正		189	從	此	容	淨	陽平	齊	三三恭	平去兩讀義分		清平合鍾通三	七恭	清開3	雌氏	以平合鍾通三	餘封
11376	9正	43	190	顒	仰	从	我	陽平	齊	三三恭	四部九部兩讀注在彼		疑平合鍾通三	魚容	疑開3	魚兩	從平合鍾通三	疾容
11377	9正		191	喁	仰	从	我	陽平	齊	三三恭	四部九部兩讀注在彼		疑平合鍾通三	魚容	疑開3	魚兩	從平合鍾通三	疾容
11381	9正		192	鰅	仰	从	我	陽平	齊	三三恭	四部九部兩讀注在彼		疑平合鍾通三	魚容	疑開3	魚兩	從平合鍾通三	疾容
11383	9正	44	193	松	想	從	信	陽平	齊	三三恭			邪平合鍾通三	祥容	心開3	息兩	從平合鍾通三	疾容
11384	9正	45	194	逢	缶	从	匪	陽平	齊	三三恭		上字原作缶	奉平合鍾通三	符容	非開3	方久	從平合鍾通三	疾容
11385	9正		195	縫	缶	从	匪	陽平	齊	三三恭			奉平合鍾通三	符容	非開3	方久	從平合鍾通三	疾容
11387	9正	46	196	躳	眷	充	見	陰平	撮	三四躳			見平合東通三	居戎	見合重3	居倦	昌平合東通三	昌終
11388	9正		197	宮	眷	充	見	陰平	撮	三四躳			見平合東通三	居戎	見合重3	居倦	昌平合東通三	昌終
11389	9正	47	198	營	去	娀	起	陰平	撮	三四躳			溪平合東通三	去宮	溪合3	丘倨	心平合東通三	息弓
11391	9正	48	199	谼*	訓	娀	曉	陰平	撮	三四躳			曉平合東通三	火宮	曉合3	許運	心平合東通三	息弓
11393	9正	49	200	中	準	娀	照	陰平	撮	三四躳	平去兩讀義分		知平合東通三	陟弓	章合3	之尹	心平合東通三	息弓
11395	9正		201	忠	準	娀	照	陰平	撮	三四躳			知平合東通三	陟弓	章合3	之尹	心平合東通三	息弓
11396	9正		202	苙	準	娀	照	陰平	撮	三四躳			知平合東通三	陟弓	章合3	之尹	心平合東通三	息弓
11398	9正		203	眾	準	娀	照	陰平	撮	三四躳	平去兩讀		章平合東通三	職戎	章合3	之尹	心平合東通三	息弓
11401	9正		204	終	準	娀	照	陰平	撮	三四躳			章平合東通三	職戎	章合3	之尹	心平合東通三	息弓
11402	9正		205	泈	準	娀	照	陰平	撮	三四躳	泈或作泈		章平合東通三	職戎	章合3	之尹	心平合東通三	息弓
11403	9正		206	鼨	準	娀	照	陰平	撮	三四躳			章平合東通三	職戎	章合3	之尹	心平合東通三	息弓
11404	9正		207	螽	準	娀	照	陰平	撮	三四躳			章平合東通三	職戎	章合3	之尹	心平合東通三	息弓
11405	9正	50	208	充	處	娀	助	陰平	撮	三四躳			昌平合東通三	昌終	昌合3	昌與	心平合東通三	息弓
11406	9正		209	忡	處	娀	助	陰平	撮	三四躳			徹平合東通三	敕中	昌合3	昌與	心平合東通三	息弓

韻字編號	部序	組數	字數	韻字及何氏反切			韻字何氏音				何萱注釋	備注	韻字中古音		上字中古音		下字中古音	
				韻字	上字	下字	聲	調	呼	韻部			聲調呼韻攝等	反切	聲呼等	反切	聲調呼韻攝等	反切
11407	9正	51	210	娀	選	充	信	陰平	撮	三四韶			心平合東通三	息弓	心合3	蘇管	昌平合東通三	昌終
11408	9正	52	211	豐	粉	充	匪	陰平	撮	三四韶			敷平合東通三	敷空	非合3	方吻	昌平合東通三	昌終
11409	9正		212	豊	粉	充	匪	陰平	撮	三四韶			敷平合東通三	敷空	非合3	方吻	昌平合東通三	昌終
11410	9正		213	灃	粉	充	匪	陰平	撮	三四韶	酆或作灃		敷平合東通三	敷空	非合3	方吻	昌平合東通三	昌終
11411	9正		214	豔	粉	充	匪	陰平	撮	三四韶		字頭作豔，但釋義就作豔了。應為后者	敷平合東通三	敷空	非合3	方吻	昌平合東通三	昌終
11412	9正	53	215	竆	去	戎	起	陽平	撮	三四韶		韻目歸入粉充切，誤。應為起母字。據副編改為去戎切	群平合東通三	渠弓	溪合3	丘倨	日平合東通三	如融
11413	9正		216	窮	去	戎	起	陽平	撮	三四韶		韻目歸入粉充切，誤。應為起母字。據副編改為去戎切	群平合東通三	渠弓	溪合3	丘倨	日平合東通三	如融
11414	9正		217	藭	去	戎	起	陽平	撮	三四韶	藭或作藭	韻目歸入粉充切，誤。應為起母字。據副編改為去戎切	群平合東通三	渠弓	溪合3	丘倨	日平合東通三	如融
11416	9正	54	218	融	羽	戎	影	陽平	撮	三四韶		韻目歸入粉充切，誤。應為影母字。據副編改為羽戎切	以平合東通三	以戎	云合3	王矩	日平合東通三	如融
11418	9正		219	彤g*	羽	戎	影	陽平	撮	三四韶	七部九部兩讀義	韻目歸入粉充切，誤。應為影母字。據副編改為羽戎切	以平合東通三	余中	云合3	王矩	日平合東通三	如融
11419	9正		220	熊	羽	戎	影	陽平	撮	三四韶	八部九部兩讀注在彼	韻目歸入粉充切，誤。應為影母字。據副編改為羽戎切	云平合東通三	羽弓	云合3	王矩	日平合東通三	如融

韻字編號	部序	組數	字數	韻字及何氏反切			韻字何氏音				何萱注釋	備注	韻字中古音		上字中古音		下字中古音	
				韻字	上字	下字	聲	調	呼	韻部			聲調呼韻攝等	反切	聲呼等	反切	聲調呼韻攝等	反切
11422	9正	55	221	**隆**	呂	崇	賚	陽平	撮	三四駋	隆隸作隆		來平合東通三	力中	來合3	力舉	崇平合東通三	鋤弓
11423	9正		222	癃	呂	崇	賚	陽平	撮	三四駋			來平合東通三	力中	來合3	力舉	崇平合東通三	鋤弓
11424	9正		223	蠪	呂	崇	賚	陽平	撮	三四駋			來平合東通三	力中	來合3	力舉	崇平合東通三	鋤弓
11425	9正	56	224	**崇**	處	戎	助	陽平	撮	三四駋			崇平合東通三	鋤弓	昌合3	昌與	日平合東通三	如融
11426	9正		225	沖	處	戎	助	陽平	撮	三四駋			澄平合東通三	直弓	昌合3	昌與	日平合東通三	如融
11427	9正		226	盅	處	戎	助	陽平	撮	三四駋			徹平合東通三	敕中	昌合3	昌與	日平合東通三	如融
11428	9正		227	蟲	處	戎	助	陽平	撮	三四駋			澄平合東通三	直弓	昌合3	昌與	日平合東通三	如融
11429	9正	57	228	戎	汝	崇	耳	陽平	撮	三四駋			日平合東通三	如融	日合3	人渚	崇平合東通三	鋤弓
11430	9正		229	**戎**	汝	崇	耳	陽平	撮	三四駋			日平合東通三	如融	日合3	人渚	崇平合東通三	鋤弓
11431	9正	58	230	**孔**	侃	澒	起	上	開	廿九孔	四部九部兩讀……疑孔古音在三部，故吼犼扎以為聲	吼扎均被何氏收入四部	溪上合東通一	康董	溪開1	空旱	匣上合東通一	胡孔
11432	9正	59	231	項	漢	孔	曉	上	開	廿九孔			匣上開江江二	胡講	曉開1	呼旰	溪上合東通一	康董
11433	9正		232	**澒**	漢	孔	曉	上	開	廿九孔			匣上合東通一	胡孔	曉開1	呼旰	溪上合東通一	康董
11434	9正	60	233	紺g*	保	澒	謗	上	開	廿九孔			幫上合東通一	補孔	幫開1	博抱	匣上合東通一	胡孔
11436	9正		234	玤	保	澒	謗	上	開	廿九孔			並上開江江二	步項	幫開1	博抱	匣上合東通一	胡孔
11437	9正		235	**琫**	保	澒	謗	上	開	廿九孔			幫上合東通一	邊孔	幫開1	博抱	匣上合東通一	胡孔
11438	9正		236	搼	保	澒	謗	上	開	廿九孔			幫上合東通一	邊孔	幫開1	博抱	匣上合東通一	胡孔
11440	9正	61	237	**蚌**	倍	澒	並	上	開	廿九孔			並上開江江二	步項	並開1	薄亥	匣上合東通一	胡孔
11441	9正		238	棓	倍	澒	並	上	開	廿九孔	四部九部兩讀		並上開江江二	步項	並開1	薄亥	匣上合東通一	胡孔
11444	9正	62	239	**滃**	腕	桶	影	上	合	三十滃			影上合東通一	烏孔	影合1	烏貫	透上合東通一	他孔
11445	9正		240	蓊	腕	桶	影	上	合	三十滃	平上兩讀注在彼		影上合東通一	烏孔	影合1	烏貫	透上合東通一	他孔
11447	9正	63	241	**董**	睹	滃	短	上	合	三十滃		韻目下字作翁，誤	端上合東通一	多動	端合1	當古	影上合東通一	烏孔
11448	9正	64	242	動	杜	滃	透	上	合	三十滃		韻目下字作翁，誤	定上合東通一	徒揔	定合1	徒古	影上合東通一	烏孔

韻字編號	部序	組數	字數	韻字及何氏反切			韻字何氏音				何萱注釋	備注	韻字中古音		上字中古音		下字中古音	
				韻字	上字	下字	聲	調	呼	韻部			聲調呼韻攝等	反切	聲呼等	反切	聲調呼韻攝等	反切
11449	9 正		243	疃*	杜	滃	透	上	合	三十滃	九部十四部兩見注在彼	韻目下字作翁，誤；大詞典說同墥 2，墥 2 的讀音與十四部的同，墥 1 的讀音正與九部相合，此處用墥 1，出自集韻	端上合東通一	都動	定合 1	徒古	影上合東通一	烏孔
11450	9 正		244	統	杜	滃	透	上	合	三十滃	上去兩讀注在彼	玉篇他綜切，又音桶。韻目下字作翁，誤	透去合冬通一	他綜	定合 1	徒古	影上合東通一	烏孔
11451	9 正		245	敢*	杜	滃	透	上	合	三十滃		韻目下字作翁，誤	定上合東通一	杜孔	定合 1	徒古	影上合東通一	烏孔
11453	9 正		246	挏	杜	滃	透	上	合	三十滃		韻目下字作翁，誤	定上合東通一	徒揔	定合 1	徒古	影上合東通一	烏孔
11455	9 正		247	**桶**	杜	滃	透	上	合	三十滃		韻目下字作翁，誤	定上合東通一	徒揔	定合 1	徒古	影上合東通一	烏孔
11457	9 正	65	248	**總**	祖	滃	井	上	合	三十滃			精上合東通一	作孔	精合 1	則古	影上合東通一	烏孔
11458	9 正		249	熜	祖	滃	井	上	合	三十滃			精上合東通一	作孔	精合 1	則古	影上合東通一	烏孔
11459	9 正	66	250	**蠓**	慢	桶	命	上	合	三十滃			明上合東通一	莫孔	明開 2	謨晏	透上合東通一	他孔
11462	9 正	67	251	収	几	勇	見	上	齊	三一収	収或作廾。三部九部兩讀……古文拲。……求之古文在三部	玉篇居竦切。三部沒有収這個字形。拲廣集玉均無，大字典拲謁作拲，拲是古拜字，而拜韻史收在 15 部拲下，不是三部。此處不做異讀處理	見上合鍾通三	居悚	見開重 3	居履	以上合鍾通三	余隴
11463	9 正		252	**拱**	几	勇	見	上	齊	三一収			見上合鍾通三	居悚	見開重 3	居履	以上合鍾通三	余隴
11464	9 正		253	拲	几	勇	見	上	齊	三一収			見上合鍾通三	居悚	見開重 3	居履	以上合鍾通三	余隴

韻字編號	部序	組數	字數	韻字及何氏反切			韻字何氏音				何萱注釋	備注	韻字中古音		上字中古音		下字中古音	
				韻字	上字	下字	聲	調	呼	韻部			聲調呼韻攝等	反切	聲呼等	反切	聲調呼韻攝等	反切
11466	9 正		254	鞏	几	勇	見	上	齊	三一収			見入合燭通三	居玉	見開重 3	居履	以上合鍾通三	余隴
11467	9 正		255	拱	几	勇	見	上	齊	三一収	平上兩讀注在彼		見上合鍾通三	居悚	見開重 3	居履	以上合鍾通三	余隴
11469	9 正		256	巩	几	勇	見	上	齊	三一収			見上合鍾通三	居悚	見開重 3	居履	以上合鍾通三	余隴
11470	9 正		257	鞏	几	勇	見	上	齊	三一収			見上合鍾通三	居悚	見開重 3	居履	以上合鍾通三	余隴
11472	9 正		258	砻	几	勇	見	上	齊	三一収			見上合鍾通三	居悚	見開重 3	居履	以上合鍾通三	余隴
11474	9 正	68	259	**恐**	舊	勇	起	上	齊	三一収			溪上合鍾通三	丘隴	群開 3	巨救	以上合鍾通三	余隴
11475	9 正	69	260	甬	漾	寵	影	上	齊	三一収			以上合鍾通三	余隴	以開 3	餘亮	徹上合鍾通三	丑隴
11476	9 正		261	勈	漾	寵	影	上	齊	三一収			以上合鍾通三	余隴	以開 3	餘亮	徹上合鍾通三	丑隴
11477	9 正		262	踊	漾	寵	影	上	齊	三一収			以上合鍾通三	余隴	以開 3	餘亮	徹上合鍾通三	丑隴
11478	9 正		263	踊	漾	寵	影	上	齊	三一収			以上合鍾通三	余隴	以開 3	餘亮	徹上合鍾通三	丑隴
11479	9 正		264	俑	漾	寵	影	上	齊	三一収	平上兩讀義異		以上合鍾通三	余隴	以開 3	餘亮	徹上合鍾通三	丑隴
11481	9 正		265	**涌**	漾	寵	影	上	齊	三一収			以上合鍾通三	余隴	以開 3	餘亮	徹上合鍾通三	丑隴
11482	9 正		266	蛹	漾	寵	影	上	齊	三一収			以上合鍾通三	余隴	以開 3	餘亮	徹上合鍾通三	丑隴
11483	9 正		267	擁*	漾	寵	影	上	齊	三一収			影上合鍾通三	委勇	以開 3	餘亮	徹上合鍾通三	丑隴
11485	9 正		268	搈 g*	漾	寵	影	上	齊	三一収			以上合鍾通三	尹竦	以開 3	餘亮	徹上合鍾通三	丑隴
11486	9 正		269	傛	漾	寵	影	上	齊	三一収	平上兩讀義分		以上合鍾通三	余隴	以開 3	餘亮	徹上合鍾通三	丑隴
11489	9 正		270	溶	漾	寵	影	上	齊	三一収	平上兩讀注在彼		以上合鍾通三	余隴	以開 3	餘亮	徹上合鍾通三	丑隴
11490	9 正	70	271	**洶**	向	寵	曉	上	齊	三一収			曉上合鍾通三	許拱	曉開 3	許亮	徹上合鍾通三	丑隴
11492	9 正		272	兇	向	寵	曉	上	齊	三一収			曉上合鍾通三	許拱	曉開 3	許亮	徹上合鍾通三	丑隴
11495	9 正	71	273	**隴**	亮	寵	賚	上	齊	三一収			來上合鍾通三	力踵	來開 3	力讓	徹上合鍾通三	丑隴
11496	9 正		274	壠	亮	寵	賚	上	齊	三一収			來上合鍾通三	力踵	來開 3	力讓	徹上合鍾通三	丑隴
11497	9 正	72	275	冢	掌	勇	照	上	齊	三一収			知上合鍾通三	知隴	章開 3	諸兩	以上合鍾通三	余隴
11498	9 正		276	嚑	掌	勇	照	上	齊	三一収			章上合鍾通三	之隴	章開 3	諸兩	以上合鍾通三	余隴

韻字編號	部序	組數	字數	韻字及何氏反切			韻字何氏音				何萱注釋	備注	韻字中古音		上字中古音		下字中古音	
				韻字	上字	下字	聲	調	呼	韻部			聲調呼韻攝等	反切	聲呼等	反切	聲調呼韻攝等	反切
11499	9 正		277	踵	掌	勇	照	上	齊	三一坝			章上合鍾通三	之隴	章開 3	諸兩	以上合鍾通三	余隴
11500	9 正		278	偅	掌	勇	照	上	齊	三一坝			章上合鍾通三	之隴	章開 3	諸兩	以上合鍾通三	余隴
11501	9 正		279	**腫**	掌	勇	照	上	齊	三一坝			章上合鍾通三	之隴	章開 3	諸兩	以上合鍾通三	余隴
11505	9 正		280	穜 g*	掌	勇	照	上	齊	三一坝	上去兩讀義異		章上合鍾通三	主勇	章開 3	諸兩	以上合鍾通三	余隴
11506	9 正	73	281	**寵**	齒	勇	助	上	齊	三一坝			徹上合鍾通三	丑隴	昌開 3	昌里	以上合鍾通三	余隴
11507	9 正		282	襱	齒	勇	助	上	齊	三一坝			澄上合鍾通三	直隴	昌開 3	昌里	以上合鍾通三	余隴
11510	9 正		283	憧	齒	勇	助	上	齊	三一坝			澄上合鍾通三	直隴	昌開 3	昌里	以上合鍾通三	余隴
11511	9 正		284	鮦	齒	勇	助	上	齊	三一坝	三部九部兩讀義異	缺 3 部，增	澄上合鍾通三	直隴	昌開 3	昌里	以上合鍾通三	余隴
11513	9 正	74	285	宂	忍	勇	耳	上	齊	三一坝			日上合鍾通三	而隴	日開 3	而軫	以上合鍾通三	余隴
11514	9 正		286	甋	忍	勇	耳	上	齊	三一坝			日上合鍾通三	而隴	日開 3	而軫	以上合鍾通三	余隴
11518	9 正		287	茸 g*	忍	勇	耳	上	齊	三一坝	平上兩讀注在彼		日上合鍾通三	乳勇	日開 3	而軫	以上合鍾通三	余隴
11519	9 正		288	搑	忍	勇	耳	上	齊	三一坝			日上合鍾通三	而隴	日開 3	而軫	以上合鍾通三	余隴
11521	9 正		289	軵	忍	勇	耳	上	齊	三一坝	四部九部兩讀		日上合鍾通三	而隴	日開 3	而軫	以上合鍾通三	余隴
11523	9 正		290	鞯	忍	勇	耳	上	齊	三一坝		廣韻注：又而隴切	日上合鍾通三	而隴	日開 3	而軫	以上合鍾通三	余隴
11524	9 正	75	291	**尰**	始	勇	審	上	齊	三一坝			禪上合鍾通三	時冗	書開 3	詩止	以上合鍾通三	余隴
11525	9 正	76	292	**竦**	想	勇	信	上	齊	三一坝		表中此位正編無字副編有字	心上合鍾通三	息拱	心開 3	息兩	以上合鍾通三	余隴
11526	9 正		293	愯	想	勇	信	上	齊	三一坝			心上合鍾通三	息拱	心開 3	息兩	以上合鍾通三	余隴
11527	9 正		294	慫	想	勇	信	上	齊	三一坝			心上合鍾通三	息拱	心開 3	息兩	以上合鍾通三	余隴
11528	9 正		295	聳	想	勇	信	上	齊	三一坝	傱隸作聳		心上合鍾通三	息拱	心開 3	息兩	以上合鍾通三	余隴
11529	9 正	77	296	**奉**	缶	勇	匪	上	齊	三一坝			奉上合鍾通三	扶隴	非開 3	方久	以上合鍾通三	余隴
11532	9 正	78	297	**絳**	艮	巷	見	去	開	三十絳		下字原作巷	見去開江江二	古巷	見開 1	古恨	匣去開江江二	胡絳
11533	9 正		298	降	艮	巷	見	去	開	三十絳		下字原作巷	見去開江江二	古巷	見開 1	古恨	匣去開江江二	胡絳

韻字編號	部序	組數	字數	韻字及何氏反切			韻字何氏音				何萱注釋	備注	韻字中古音		上字中古音		下字中古音	
				韻字	上字	下字	聲	調	呼	韻部			聲調呼韻攝等	反切	聲呼等	反切	聲調呼韻攝等	反切
11535	9正	79	299	鄉*	海	絳	曉	去	開	三十絳	巷或鄉街		匣去開江江二	胡降	曉開1	呼改	見去開江江二	古巷
11536	9正		300	邔*	海	絳	曉	去	開	三十絳	䢼隸作邔		匣去開江江二	胡降	曉開1	呼改	見去開江江二	古巷
11537	9正	80	301	濛g*	莫	絳	命	去	開	三十絳	平去兩讀		明去合東通一	蒙弄	明開1	慕各	見去開江江二	古巷
11542	9正	81	302	貢	古	棟	見	去	合	三一貢			見去合東通一	古送	見合1	公戶	端去合東通一	多貢
11543	9正		303	筝	古	棟	見	去	合	三一貢			見去合東通一	古送	見合1	公戶	端去合東通一	多貢
11544	9正	82	304	控	苦	貢	起	去	合	三一貢			溪去合東通一	苦貢	溪合1	康杜	見去合東通一	古送
11545	9正	83	305	瓮	腕	貢	影	去	合	三一貢			影去合東通一	烏貢	影合1	烏貫	見去合東通一	古送
11546	9正		306	罋	腕	貢	影	去	合	三一貢			影去合東通一	烏貢	影合1	烏貫	見去合東通一	古送
11547	9正	84	307	閧	戶	貢	曉	去	合	三一貢			匣去合東通一	胡貢	匣合1	侯古	見去合東通一	古送
11549	9正	85	308	棟	睹	貢	短	去	合	三一貢			端去合東通一	多貢	端合1	當古	見去合東通一	古送
11550	9正		309	蝀	睹	貢	短	去	合	三一貢			端上合東通一	多動	端合1	當古	見去合東通一	古送
11552	9正		310	凍	睹	貢	短	去	合	三一貢			端去合東通一	多貢	端合1	當古	見去合東通一	古送
11553	9正		311	湩	睹	貢	短	去	合	三一貢			端去合東通一	多貢	端合1	當古	見去合東通一	古送
11555	9正	86	312	痛	杜	貢	透	去	合	三一貢			透去合東通一	他貢	定合1	徒古	見去合東通一	古送
11556	9正		313	統	杜	貢	透	去	合	三一貢	上去兩讀		透去合冬通一	他綜	定合1	徒古	見去合東通一	古送
11557	9正		314	詷	杜	貢	透	去	合	三一貢	平去兩讀注在彼		定去合東通一	徒弄	定合1	徒古	見去合東通一	古送
11560	9正		315	眮	杜	貢	透	去	合	三一貢			定去合東通一	徒弄	定合1	徒古	見去合東通一	古送
11562	9正		316	衕	杜	貢	透	去	合	三一貢			定去合東通一	徒弄	定合1	徒古	見去合東通一	古送
11563	9正		317	迵	杜	貢	透	去	合	三一貢			定去合東通一	徒弄	定合1	徒古	見去合東通一	古送
11564	9正		318	洞	杜	貢	透	去	合	三一貢			定去合東通一	徒弄	定合1	徒古	見去合東通一	古送
11566	9正		319	駧	杜	貢	透	去	合	三一貢			定去合東通一	徒弄	定合1	徒古	見去合東通一	古送
11567	9正		320	筒	杜	貢	透	去	合	三一貢			定去合東通一	徒弄	定合1	徒古	見去合東通一	古送
11568	9正	87	321	癑	煗	貢	乃	去	合	三一貢			泥去合東通一	奴凍	泥合1	乃管	見去合東通一	古送
11569	9正	88	322	弄	磊	貢	賚	去	合	三一貢			來去合東通一	盧貢	來合1	落猥	見去合東通一	古送

韻字編號	部序	組數	字數	韻字及何氏反切			韻字何氏音				何萱注釋	備注	韻字中古音		上字中古音		下字中古音	
				韻字	上字	下字	聲	調	呼	韻部			聲調呼韻攝等	反切	聲呼等	反切	聲調呼韻攝等	反切
11570	9 正		323	梇	磊	貢	賚	去	合	三一貢			來去合東通一	盧貢	來合 1	落猥	見去合東通一	古送
11571	9 正	89	324	**綜**	祖	貢	井	去	合	三一貢			精去合冬通一	子宋	精合 1	則古	見去合東通一	古送
11572	9 正	90	325	送	選	貢	信	去	合	三一貢	六部九部兩讀		心去合東通一	蘇弄	心合 3	蘇管	見去合東通一	古送
11573	9 正		326	**宋**	選	貢	信	去	合	三一貢			心去合冬通一	蘇統	心合 3	蘇管	見去合東通一	古送
11574	9 正	91	327	**霿**	慢	棟	命	去	合	三一貢	平去兩讀注在彼		明去合東通一	莫弄	明開 2	謨晏	端去合東通一	多貢
11576	9 正	92	328	**共**	舊	用	起	去	齊	三二共			群去合鍾通三	渠用	群開 3	巨救	以去合鍾通三	余頌
11577	9 正	93	329	**用**	漾	誦	影	去	齊	三二共			以去合鍾通三	余頌	以開 3	餘亮	邪去合鍾通三	似用
11578	9 正		330	雝	漾	誦	影	去	齊	三二共	平去兩讀義異	雍州，地名。何氏認為本無雍，用邕更好。此處取雍廣韻音	影去合鍾通三	於用	以開 3	餘亮	邪去合鍾通三	似用
11579	9 正	94	331	**穜 g***	掌	用	照	去	齊	三二共	上去兩讀義異		章去合鍾通三	朱用	章開 3	諸兩	以去合鍾通三	余頌
11583	9 正	95	332	**重**	齒	誦	助	去	齊	三二共	平去兩讀義分		澄去合鍾通三	柱用	昌開 3	昌里	邪去合鍾通三	似用
11586	9 正	96	333	**鞾**	忍	誦	耳	去	齊	三二共			日去合鍾通三	而用	日開 3	而軫	邪去合鍾通三	似用
11587	9 正	97	334	**縱**	紫	用	井	去	齊	三二共			精去合鍾通三	子用	精開 3	將此	以去合鍾通三	余頌
11588	9 正	98	335	**從**	此	用	淨	去	齊	三二共	平去兩讀義分		從去合鍾通三	疾用	清開 3	雌氏	以去合鍾通三	余頌
11589	9 正	99	336	**誦**	想	用	信	去	齊	三二共			邪去合鍾通三	似用	心開 3	息兩	以去合鍾通三	余頌
11590	9 正		337	訟	想	用	信	去	齊	三二共			邪去合鍾通三	似用	心開 3	息兩	以去合鍾通三	余頌
11591	9 正		338	頌	想	用	信	去	齊	三二共	平去兩讀義異		邪去合鍾通三	似用	心開 3	息兩	以去合鍾通三	余頌
11593	9 正	100	339	**葑**	缶	用	匪	去	齊	三二共	平去兩讀義異		非去合鍾通三	方用	非開 3	方久	以去合鍾通三	余頌
11595	9 正	101	340	**眾**	準	仲	照	去	撮	三三眾	平去兩讀注在彼		章去合東通三	之仲	章合 3	之尹	澄去合東通三	直眾
11597	9 正		341	中	準	仲	照	去	撮	三三眾	平去兩讀義分		知去合東通三	陟仲	章合 3	之尹	澄去合東通三	直眾
11599	9 正	102	342	**仲**	處	眾	助	去	撮	三三眾			澄去合東通三	直眾	昌合 3	昌與	章去合東通三	之仲
11600	9 正		343	蟲	處	眾	助	去	撮	三三眾	平去兩讀義分		澄去合東通三	直眾	昌合 3	昌與	章去合東通三	之仲

第九部副編

韻字編號	部序	組數	字數	韻字及何氏反切			韻字何氏音				何萱注釋	備　注	韻字中古音		上字中古音		下字中古音	
				韻字	上字	下字	聲	調	呼	韻部			聲調呼韻攝等	反切	聲呼等	反切	聲調呼韻攝等	反切
11603	9副	1	1	矼	艮	涳	見	陰平	開	三一江			見平開江江二	古雙	見開1	古恨	溪平開江江二	苦江
11604	9副		2	肛	艮	涳	見	陰平	開	三一江			見平開江江二	古雙	見開1	古恨	溪平開江江二	苦江
11606	9副		3	衦**	艮	涳	見	陰平	開	三一江		玉篇：音江	見平開江江二	古雙	見開1	古恨	溪平開江江二	苦江
11607	9副		4	幁**	艮	涳	見	陰平	開	三一江			見平合東通一	古紅	見開1	古恨	溪平開江江二	苦江
11608	9副		5	谾	艮	涳	見	陰平	開	三一江			見平開江江二	古雙	見開1	古恨	溪平開江江二	苦江
11609	9副		6	豇	艮	涳	見	陰平	開	三一江			見平開江江二	古雙	見開1	古恨	溪平開江江二	苦江
11610	9副		7	茳	艮	涳	見	陰平	開	三一江			見平開江江二	古雙	見開1	古恨	溪平開江江二	苦江
11611	9副		8	笁*	艮	涳	見	陰平	開	三一江			見平開江江二	古雙	見開1	古恨	溪平開江江二	苦江
11612	9副	2	9	悾	侃	江	起	陰平	開	三一江			溪平開江江二	苦江	溪開1	空旱	見平開江江二	古雙
11615	9副		10	腔	侃	江	起	陰平	開	三一江			溪平開江江二	苦江	溪開1	空旱	見平開江江二	古雙
11616	9副		11	痙	侃	江	起	陰平	開	三一江			溪平開江江二	苦江	溪開1	空旱	見平開江江二	古雙
11617	9副		12	髒	侃	江	起	陰平	開	三一江			溪平開江江二	苦江	溪開1	空旱	見平開江江二	古雙
11618	9副		13	崆	侃	江	起	陰平	開	三一江			溪平開江江二	苦江	溪開1	空旱	見平開江江二	古雙
11619	9副		14	騿*	侃	江	起	陰平	開	三一江			溪平開江江二	枯江	溪開1	空旱	見平開江江二	古雙
11620	9副	3	15	**獾***	挨	江	影	陰平	開	三一江			影平開江江二	於江	影開1	於改	見平開江江二	古雙
11621	9副		16	貛	挨	江	影	陰平	開	三一江			影平合鍾通三	於容	影開1	於改	見平開江江二	古雙
11622	9副	4	17	**舡**	漢	江	曉	陰平	開	三一江			曉平開江江二	許江	曉開1	呼旰	見平開江江二	古雙
11623	9副	5	18	埲	保	涳	謗	陰平	開	三一江	挷或作埲		幫平開江江二	博江	幫開1	博抱	溪平開江江二	苦江
11624	9副		19	梆	保	涳	謗	陰平	開	三一江			幫平開江江二	博江	幫開1	博抱	溪平開江江二	苦江
11625	9副		20	鞤	保	涳	謗	陰平	開	三一江			幫平開唐宕一	博旁	幫開1	博抱	溪平開江江二	苦江
11626	9副	6	21	胖	倍	涳	並	陰平	開	三一江			滂去開江江二	匹絳	並開1	薄亥	溪平開江江二	苦江
11628	9副		22	**胮**	倍	涳	並	陰平	開	三一江			並平開江江二	薄江	並開1	薄亥	溪平開江江二	苦江
11629	9副		23	黯	倍	涳	並	陰平	開	三一江			滂平開江江二	匹江	並開1	薄亥	溪平開江江二	苦江
11630	9副	7	24	跭	莫	龙	命	陰平	開	三一江		表中此位無字	匣平開江江二	下江	明開1	慕各	明平開江江二	莫江
11631	9副		25	跭	莫	龙	命	陰平	開	三一江		表中此位無字	匣平開江江二	下江	明開1	慕各	明平開江江二	莫江

韻字編號	部序	組數	字數	韻字及何氏反切			韻字何氏音				何萱注釋	備　注	韻字中古音		上字中古音		下字中古音	
				韻字	上字	下字	聲	調	呼	韻部			聲調呼韻攝等	反切	聲呼等	反切	聲調呼韻攝等	反切
11632	9副		26	猤*	莫	龙	命	陰平	開	三一江		表中此位無字	匣平開江江二	胡江	明開1	慕各	明平開江江二	莫江
11633	9副	8	27	峺	傲	龙	我	陽平	開	三一江			疑平開江江二	五江	疑開1	五到	明平開江江二	莫江
11636	9副	9	28	詳	倍	龙	並	陽平	開	三一江			並平開江江二	薄江	並開1	薄亥	明平開江江二	莫江
11638	9副		29	舽	倍	龙	並	陽平	開	三一江			並平開江江二	薄江	並開1	薄亥	明平開江江二	莫江
11639	9副		30	逢	倍	龙	並	陽平	開	三一江			並平開江江二	薄江	並開1	薄亥	明平開江江二	莫江
11640	9副		31	韸**	倍	龙	並	陽平	開	三一江			並平合東通一	步紅	並開1	薄亥	明平開江江二	莫江
11641	9副	10	32	髦	莫	夅	命	陽平	開	三一江			明平開江江二	莫江	明開1	慕各	匣平開江江二	下江
11642	9副		33	眬	莫	夅	命	陽平	開	三一江			明平開江江二	莫江	明開1	慕各	匣平開江江二	下江
11644	9副		34	痝	莫	夅	命	陽平	開	三一江			明平開江江二	莫江	明開1	慕各	匣平開江江二	下江
11645	9副		35	娏	莫	夅	命	陽平	開	三一江			明平開江江二	莫江	明開1	慕各	匣平開江江二	下江
11646	9副		36	峔	莫	夅	命	陽平	開	三一江			明平開江江二	莫江	明開1	慕各	匣平開江江二	下江
11647	9副		37	狵	莫	夅	命	陽平	開	三一江			明平開江江二	莫江	明開1	慕各	匣平開江江二	下江
11648	9副		38	蘢*	莫	夅	命	陽平	開	三一江			明平開江江二	莫江	明開1	慕各	匣平開江江二	下江
11649	9副		39	韼	莫	夅	命	陽平	開	三一江		玉篇作符容切。此處可能是何氏依逢取音。不做時音分析。逢也有江韻音。廣韻逢有鍾江二音，此處取江音	並平開江江二	薄江	明開1	慕各	匣平開江江二	下江
11650	9副	11	40	珍*	古	翁	見	陰平	合	三二公			見平合東通一	沽紅	見合1	公戶	影平合東通一	烏紅
11651	9副		41	忊*	古	翁	見	陰平	合	三二公			見平合東通一	沽紅	見合1	公戶	影平合東通一	烏紅
11652	9副		42	耵**	古	翁	見	陰平	合	三二公			見平合東通一	古紅	見合1	公戶	影平合東通一	烏紅
11653	9副		43	疘	古	翁	見	陰平	合	三二公			見平合東通一	古紅	見合1	公戶	影平合東通一	烏紅
11654	9副		44	玒	古	翁	見	陰平	合	三二公			見平合東通一	古紅	見合1	公戶	影平合東通一	烏紅
11655	9副		45	魟	古	翁	見	陰平	合	三二公			見平合東通一	古紅	見合1	公戶	影平合東通一	烏紅
11658	9副		46	慣	古	翁	見	陰平	合	三二公			見平合東通一	古红	見合1	公戶	影平合東通一	烏紅

韻字編號	部序	組數	字數	韻字及何氏反切			韻字何氏音				何萱注釋	備注	韻字中古音		上字中古音		下字中古音	
				韻字	上字	下字	聲	調	呼	韻部			聲調呼韻攝等	反切	聲呼等	反切	聲調呼韻攝等	反切
11659	9副		47	碽	古	翁	見	陰平	合	三二公			見平合東通一	古紅	見合1	公戶	影平合東通一	烏紅
11660	9副		48	篢	古	翁	見	陰平	合	三二公			見平合東通一	古紅	見合1	公戶	影平合東通一	烏紅
11661	9副	12	49	倥	苦	工	起	陰平	合	三二公			溪平合東通一	苦紅	溪合1	康杜	見平合東通一	古紅
11663	9副		50	崆	苦	工	起	陰平	合	三二公	椌或作崆		溪平合東通一	苦紅	溪合1	康杜	見平合東通一	古紅
11664	9副		51	硿	苦	工	起	陰平	合	三二公			溪平合東通一	苦紅	溪合1	康杜	見平合東通一	古紅
11665	9副		52	埪	苦	工	起	陰平	合	三二公			溪平合東通一	苦紅	溪合1	康杜	見平合東通一	古紅
11666	9副		53	箜	苦	工	起	陰平	合	三二公			溪平合東通一	苦紅	溪合1	康杜	見平合東通一	古紅
11667	9副		54	莁	苦	工	起	陰平	合	三二公			溪平合東通一	苦紅	溪合1	康杜	見平合東通一	古紅
11668	9副		55	椌	苦	工	起	陰平	合	三二公			溪平合東通一	苦紅	溪合1	康杜	見平合東通一	古紅
11669	9副		56	蛭	苦	工	起	陰平	合	三二公			溪平合東通一	苦紅	溪合1	康杜	見平合東通一	古紅
11670	9副		57	鵼	苦	工	起	陰平	合	三二公			溪平合東通一	苦紅	溪合1	康杜	見平合東通一	古紅
11671	9副	13	58	褣*	腕	工	影	陰平	合	三二公			影平合東通一	烏公	影合1	烏貫	見平合東通一	古紅
11672	9副		59	鞥	腕	工	影	陰平	合	三二公			影平合東通一	烏紅	影合1	烏貫	見平合東通一	古紅
11673	9副		60	螉	腕	工	影	陰平	合	三二公			影平合東通一	烏紅	影合1	烏貫	見平合東通一	古紅
11674	9副		61	嗡*	腕	工	影	陰平	合	三二公			影平合東通一	烏公	影合1	烏貫	見平合東通一	古紅
11677	9副		62	獡*	腕	工	影	陰平	合	三二公			影平合東通一	烏公	影合1	烏貫	見平合東通一	古紅
11678	9副		63	鶲**	腕	工	影	陰平	合	三二公			影平合東通一	烏紅	影合1	烏貫	見平合東通一	古紅
11679	9副	14	64	聩*	戶	翁	曉	陰平	合	三二公			曉平合東通一	呼公	匣合1	侯古	影平合東通一	烏紅
11680	9副		65	訧	戶	翁	曉	陰平	合	三二公			曉平合東通一	呼東	匣合1	侯古	影平合東通一	烏紅
11681	9副		66	颴	戶	翁	曉	陰平	合	三二公			曉平合東通一	呼東	匣合1	侯古	影平合東通一	烏紅
11682	9副		67	顛*	戶	翁	曉	陰平	合	三二公			曉平合東通一	呼公	匣合1	侯古	影平合東通一	烏紅
11683	9副		68	烽**	戶	翁	曉	陰平	合	三二公			匣平合東通一	戶東	匣合1	侯古	影平合東通一	烏紅
11684	9副		69	焢*	戶	翁	曉	陰平	合	三二公			曉平合東通一	呼公	匣合1	侯古	影平合東通一	烏紅
11685	9副		70	灴*	戶	翁	曉	陰平	合	三二公			匣平合東通一	胡公	匣合1	侯古	影平合東通一	烏紅
11687	9副		71	叿	戶	翁	曉	陰平	合	三二公			曉平合東通一	呼東	匣合1	侯古	影平合東通一	烏紅
11688	9副	15	72	憓*	睹	工	短	陰平	合	三二公			端平合東通一	都籠	端合1	當古	見平合東通一	古紅
11690	9副		73	倲	睹	工	短	陰平	合	三二公			端平合東通一	德紅	端合1	當古	見平合東通一	古紅

韻字編號	部序	組數	字數	韻字及何氏反切			韻字何氏音				何萱注釋	備注	韻字中古音		上字中古音		下字中古音	
				韻字	上字	下字	聲	調	呼	韻部			聲調呼韻攝等	反切	聲呼等	反切	聲調呼韻攝等	反切
11691	9副		74	娕*	睹	工	短	陰平	合	三二公			端平合東通一	都籠	端合1	當古	見平合東通一	古紅
11693	9副		75	䳵	睹	工	短	陰平	合	三二公			端平合東通一	德紅	端合1	當古	見平合東通一	古紅
11694	9副		76	蝀*	睹	工	短	陰平	合	三二公			端平合東通一	都籠	端合1	當古	見平合東通一	古紅
11695	9副		77	餗	睹	工	短	陰平	合	三二公			端平合東通一	德紅	端合1	當古	見平合東通一	古紅
11696	9副		78	埬	睹	工	短	陰平	合	三二公			端平合東通一	德紅	端合1	當古	見平合東通一	古紅
11697	9副		79	崠*	睹	工	短	陰平	合	三二公			端平合東通一	都籠	端合1	當古	見平合東通一	古紅
11698	9副		80	騝*	睹	工	短	陰平	合	三二公			端平合東通一	都籠	端合1	當古	見平合東通一	古紅
11699	9副		81	鶇	睹	工	短	陰平	合	三二公			端平合東通一	德紅	端合1	當古	見平合東通一	古紅
11700	9副		82	鰊	睹	工	短	陰平	合	三二公			端平合東通一	德紅	端合1	當古	見平合東通一	古紅
11701	9副		83	蝩	睹	工	短	陰平	合	三二公			端平合東通一	德紅	端合1	當古	見平合東通一	古紅
11702	9副		84	莿	睹	工	短	陰平	合	三二公			端平合東通一	德紅	端合1	當古	見平合東通一	古紅
11703	9副		85	雺	睹	工	短	陰平	合	三二公			端平合冬通一	都宗	端合1	當古	見平合東通一	古紅
11704	9副		86	笗	睹	工	短	陰平	合	三二公			端平合冬通一	都宗	端合1	當古	見平合東通一	古紅
11705	9副		87	炵	睹	工	短	陰平	合	三二公			端平合冬通一	都宗	端合1	當古	見平合東通一	古紅
11706	9副		88	鴤	睹	工	短	陰平	合	三二公			端平合冬通一	都宗	端合1	當古	見平合東通一	古紅
11707	9副		89	恟	睹	工	短	陰平	合	三二公			端平合東通一	德紅	端合1	當古	見平合東通一	古紅
11708	9副	16	90	蛔	杜	工	透	陰平	合	三二公			透平合東通一	他紅	定合1	徒古	見平合東通一	古紅
11709	9副		91	嗵*	杜	工	透	陰平	合	三二公			透平合東通一	他東	定合1	徒古	見平合東通一	古紅
11710	9副		92	熥*	杜	工	透	陰平	合	三二公			透平合東通一	他東	定合1	徒古	見平合東通一	古紅
11711	9副		93	湩*	杜	工	透	陰平	合	三二公			透平合東通一	他東	定合1	徒古	見平合東通一	古紅
11712	9副		94	樋*	杜	工	透	陰平	合	三二公			透平合東通一	他東	定合1	徒古	見平合東通一	古紅
11713	9副		95	蓪	杜	工	透	陰平	合	三二公			透平合東通一	他紅	定合1	徒古	見平合東通一	古紅
11714	9副		96	佟	杜	工	透	陰平	合	三二公			定平合冬通一	徒冬	定合1	徒古	見平合東通一	古紅
11715	9副		97	胴*	杜	工	透	陰平	合	三二公			定平合冬通一	徒冬	定合1	徒古	見平合東通一	古紅
11716	9副		98	炵	杜	工	透	陰平	合	三二公			透平合冬通一	他冬	定合1	徒古	見平合東通一	古紅
11717	9副	17	99	椿	壯	翁	照	陰平	合	三二公			知平開江江二	都江	莊開3	側亮	影平合東通一	烏紅
11718	9副		100	湷	壯	翁	照	陰平	合	三二公			知平開江江二	都江	莊開3	側亮	影平合東通一	烏紅

韻字編號	部序	組數	字數	韻字及何氏反切			韻字何氏音				何萱注釋	備注	韻字中古音		上字中古音		下字中古音	
				韻字	上字	下字	聲	調	呼	韻部			聲調呼韻攝等	反切	聲呼等	反切	聲調呼韻攝等	反切
11719	9副	18	101	䨥	社	工	審	陰平	合	三二公			生平開江江二	所江	禪開3	常者	見平合東通一	古紅
11720	9副		102	𨎥	社	工	審	陰平	合	三二公			生平開江江二	所江	禪開3	常者	見平合東通一	古紅
11721	9副		103	艭	社	工	審	陰平	合	三二公			生平開江江二	所江	禪開3	常者	見平合東通一	古紅
11722	9副		104	欆*	社	工	審	陰平	合	三二公			生平開江江二	疎江	禪開3	常者	見平合東通一	古紅
11723	9副		105	雙	社	工	審	陰平	合	三二公			生平開江江二	所江	禪開3	常者	見平合東通一	古紅
11724	9副		106	艭*	社	工	審	陰平	合	三二公			生平開江江二	疎江	禪開3	常者	見平合東通一	古紅
11725	9副		107	䨥*	社	工	審	陰平	合	三二公			生平開江江二	疎江	禪開3	常者	見平合東通一	古紅
11726	9副		108	䨥*	社	工	審	陰平	合	三二公			生平開江江二	疎江	禪開3	常者	見平合東通一	古紅
11727	9副		109	䨥**	社	工	審	陰平	合	三二公			生平開江江二	色江	禪開3	常者	見平合東通一	古紅
11728	9副	19	110	誴	祖	工	井	陰平	合	三二公			從平合冬通一	藏宗	精合1	則古	見平合東通一	古紅
11729	9副		111	倧	祖	工	井	陰平	合	三二公			精平合冬通一	作冬	精合1	則古	見平合東通一	古紅
11730	9副		112	椶	祖	工	井	陰平	合	三二公			精平合東通一	子紅	精合1	則古	見平合東通一	古紅
11731	9副		113	鬃	祖	工	井	陰平	合	三二公			從平合冬通一	藏宗	精合1	則古	見平合東通一	古紅
11733	9副		114	鬉	祖	工	井	陰平	合	三二公			精平合東通一	子紅	精合1	則古	見平合東通一	古紅
11735	9副		115	鬉	祖	工	井	陰平	合	三二公			精平合東通一	子紅	精合1	則古	見平合東通一	古紅
11736	9副		116	惾*	祖	工	井	陰平	合	三二公			精平合東通一	祖叢	精合1	則古	見平合東通一	古紅
11738	9副		117	捘*	祖	工	井	陰平	合	三二公			精平合東通一	祖叢	精合1	則古	見平合東通一	古紅
11739	9副		118	傻	祖	工	井	陰平	合	三二公			精平合東通一	子紅	精合1	則古	見平合東通一	古紅
11740	9副		119	趡**	祖	工	井	陰平	合	三二公			精平合灰蟹一	且雷	精合1	則古	見平合東通一	古紅
11741	9副		120	篓*	祖	工	井	陰平	合	三二公			精平合東通一	祖叢	精合1	則古	見平合東通一	古紅
11742	9副		121	磈	祖	工	井	陰平	合	三二公			精平合東通一	子紅	精合1	則古	見平合東通一	古紅
11743	9副		122	陖*	祖	工	井	陰平	合	三二公			精平合東通一	祖叢	精合1	則古	見平合東通一	古紅
11744	9副		123	騣	祖	工	井	陰平	合	三二公			精平合東通一	子紅	精合1	則古	見平合東通一	古紅
11745	9副		124	猣	祖	工	井	陰平	合	三二公			精平合東通一	子紅	精合1	則古	見平合東通一	古紅
11747	9副		125	鯼	祖	工	井	陰平	合	三二公			精平合東通一	子紅	精合1	則古	見平合東通一	古紅
11749	9副		126	蝬	祖	工	井	陰平	合	三二公			精平合東通一	子紅	精合1	則古	見平合東通一	古紅
11750	9副	20	127	踨*	寸	工	淨	陰平	合	三二公			清平合東通一	麤叢	清合1	倉困	見平合東通一	古紅

韻字編號	部序	組數	字數	韻字及何氏反切			韻字何氏音				何萱注釋	備　注	韻字中古音		上字中古音		下字中古音	
				韻字	上字	下字	聲	調	呼	韻部			聲調呼韻攝等	反切	聲呼等	反切	聲調呼韻攝等	反切
11751	9 副		128	幒**	寸	工	淨	陰平	合	三二公			清平合東通一	七公	清合 1	倉困	見平合東通一	古紅
11752	9 副		129	醲*	寸	工	淨	陰平	合	三二公			清平合東通一	麤叢	清合 1	倉困	見平合東通一	古紅
11753	9 副		130	樬	寸	工	淨	陰平	合	三二公			清平合東通一	倉紅	清合 1	倉困	見平合東通一	古紅
11754	9 副		131	轗	寸	工	淨	陰平	合	三二公			清平合東通一	倉紅	清合 1	倉困	見平合東通一	古紅
11755	9 副		132	㯢*	寸	工	淨	陰平	合	三二公			清平合東通一	麤叢	清合 1	倉困	見平合東通一	古紅
11756	9 副		133	螅	寸	工	淨	陰平	合	三二公			清平合東通一	倉紅	清合 1	倉困	見平合東通一	古紅
11757	9 副		134	㗰*	寸	工	淨	陰平	合	三二公			清平合東通一	麤叢	清合 1	倉困	見平合東通一	古紅
11758	9 副	21	135	**憽**	巽	翁	信	陰平	合	三二公		憽憽	心平合東通一	蘇公	心合 1	蘇困	影平合東通一	烏紅
11759	9 副		136	潨*	巽	翁	信	陰平	合	三二公			心平合東通一	蘇叢	心合 1	蘇困	影平合東通一	烏紅
11760	9 副	22	137	衖	戶	同	曉	陽平	合	三二公			匣平合東通一	戶公	匣合 1	侯古	定平合東通一	徒紅
11761	9 副		138	㓋	戶	同	曉	陽平	合	三二公			匣平合東通一	戶公	匣合 1	侯古	定平合東通一	徒紅
11762	9 副		139	鉷	戶	同	曉	陽平	合	三二公			匣平合東通一	戶公	匣合 1	侯古	定平合東通一	徒紅
11763	9 副		140	舼 g*	戶	同	曉	陽平	合	三二公			匣平合東通一	胡公	匣合 1	侯古	定平合東通一	徒紅
11764	9 副		141	篊*	戶	同	曉	陽平	合	三二公			匣平合東通一	胡公	匣合 1	侯古	定平合東通一	徒紅
11765	9 副		142	翃	戶	同	曉	陽平	合	三二公			匣平合東通一	戶公	匣合 1	侯古	定平合東通一	徒紅
11766	9 副		143	谹	戶	同	曉	陽平	合	三二公			匣平合東通一	戶公	匣合 1	侯古	定平合東通一	徒紅
11767	9 副		144	虹	戶	同	曉	陽平	合	三二公			來平合東通一	盧紅	匣合 1	侯古	定平合東通一	徒紅
11768	9 副		145	葒	戶	同	曉	陽平	合	三二公			匣平合東通一	戶公	匣合 1	侯古	定平合東通一	徒紅
11769	9 副		146	渱	戶	同	曉	陽平	合	三二公			匣平合東通一	戶公	匣合 1	侯古	定平合東通一	徒紅
11770	9 副		147	陚	戶	同	曉	陽平	合	三二公			匣平合東通一	戶公	匣合 1	侯古	定平合東通一	徒紅
11772	9 副		148	硔	戶	同	曉	陽平	合	三二公			匣平合東通一	戶公	匣合 1	侯古	定平合東通一	徒紅
11773	9 副	23	149	哃	杜	農	透	陽平	合	三二公			定平合東通一	徒紅	定合 1	徒古	泥平合冬通一	奴冬
11774	9 副		150	眮	杜	農	透	陽平	合	三二公			定平合東通一	徒紅	定合 1	徒古	泥平合冬通一	奴冬
11775	9 副		151	烔	杜	農	透	陽平	合	三二公			定平合東通一	徒紅	定合 1	徒古	泥平合冬通一	奴冬
11776	9 副		152	秱*	杜	農	透	陽平	合	三二公			定平合東通一	徒東	定合 1	徒古	泥平合冬通一	奴冬
11777	9 副		153	粡*	杜	農	透	陽平	合	三二公			定平合東通一	徒東	定合 1	徒古	泥平合冬通一	奴冬
11778	9 副		154	弜	杜	農	透	陽平	合	三二公			定平合東通一	徒紅	定合 1	徒古	泥平合冬通一	奴冬

韻字編號	部序	組數	字數	韻字及何氏反切			韻字何氏音				何萱注釋	備注	韻字中古音		上字中古音		下字中古音	
				韻字	上字	下字	聲	調	呼	韻部			聲調呼韻攝等	反切	聲呼等	反切	聲調呼韻攝等	反切
11779	9副		155	舸	杜	農	透	陽平	合	三二公			定平合東通一	徒紅	定合1	徒古	泥平合冬通一	奴冬
11780	9副		156	峒	杜	農	透	陽平	合	三二公			定平合東通一	徒紅	定合1	徒古	泥平合冬通一	奴冬
11781	9副		157	郈	杜	農	透	陽平	合	三二公			定平合東通一	徒紅	定合1	徒古	泥平合冬通一	奴冬
11782	9副		158	狪	杜	農	透	陽平	合	三二公			定平合東通一	徒紅	定合1	徒古	泥平合冬通一	奴冬
11783	9副		159	蛔**	杜	農	透	陽平	合	三二公		玉篇：音同	定平合東通一	徒紅	定合1	徒古	泥平合冬通一	奴冬
11784	9副		160	瞳	杜	農	透	陽平	合	三二公			定平合東通一	徒紅	定合1	徒古	泥平合冬通一	奴冬
11785	9副		161	曈	杜	農	透	陽平	合	三二公			定平合東通一	徒紅	定合1	徒古	泥平合冬通一	奴冬
11786	9副		162	膧*	杜	農	透	陽平	合	三二公			定平合東通一	徒東	定合1	徒古	泥平合冬通一	奴冬
11789	9副		163	艟**	杜	農	透	陽平	合	三二公			定平合東通一	徒聾	定合1	徒古	泥平合冬通一	奴冬
11790	9副		164	徸*	杜	農	透	陽平	合	三二公			章平合鍾通三	諸容	定合1	徒古	泥平合冬通一	奴冬
11791	9副		165	鞺	杜	農	透	陽平	合	三二公			定平合東通一	徒紅	定合1	徒古	泥平合冬通一	奴冬
11792	9副		166	氃*	杜	農	透	陽平	合	三二公			定平合東通一	徒東	定合1	徒古	泥平合冬通一	奴冬
11793	9副		167	幢*	杜	農	透	陽平	合	三二公			定平合東通一	徒東	定合1	徒古	泥平合冬通一	奴冬
11794	9副		168	鄞	杜	農	透	陽平	合	三二公			定平合東通一	徒紅	定合1	徒古	泥平合冬通一	奴冬
11795	9副		169	憧	杜	農	透	陽平	合	三二公			定平合東通一	徒紅	定合1	徒古	泥平合冬通一	奴冬
11796	9副		170	獞	杜	農	透	陽平	合	三二公			定平合東通一	徒紅	定合1	徒古	泥平合冬通一	奴冬
11797	9副		171	鷆	杜	農	透	陽平	合	三二公			定平合東通一	徒紅	定合1	徒古	泥平合冬通一	奴冬
11798	9副		172	甋	杜	農	透	陽平	合	三二公			定平合東通一	徒红	定合1	徒古	泥平合冬通一	奴冬
11799	9副		173	甌	杜	農	透	陽平	合	三二公			定平合東通一	徒紅	定合1	徒古	泥平合冬通一	奴冬
11800	9副		174	醟	杜	農	透	陽平	合	三二公			定平合東通一	徒紅	定合1	徒古	泥平合冬通一	奴冬
11801	9副		175	酵*	杜	農	透	陽平	合	三二公			定平合冬通一	徒冬	定合1	徒古	泥平合冬通一	奴冬
11802	9副		176	峂	杜	農	透	陽平	合	三二公			定平合冬通一	徒冬	定合1	徒古	泥平合冬通一	奴冬
11803	9副		177	鉖*	杜	農	透	陽平	合	三二公			定平合冬通一	徒冬	定合1	徒古	泥平合冬通一	奴冬
11804	9副		178	疼*	杜	農	透	陽平	合	三二公			定平合冬通一	徒冬	定合1	徒古	泥平合冬通一	奴冬
11805	9副		179	佟	杜	農	透	陽平	合	三二公			定平合冬通一	徒冬	定合1	徒古	泥平合冬通一	奴冬
11806	9副		180	秱	杜	農	透	陽平	合	三二公			定平合冬通一	徒冬	定合1	徒古	泥平合冬通一	奴冬
11807	9副		181	螐	杜	農	透	陽平	合	三二公			定平合冬通一	徒冬	定合1	徒古	泥平合冬通一	奴冬

韻字編號	部序	組數	字數	韻字及何氏反切			韻字何氏音				何萱注釋	備　注	韻字中古音		上字中古音		下字中古音	
				韻字	上字	下字	聲	調	呼	韻部			聲調呼韻攝等	反切	聲呼等	反切	聲調呼韻攝等	反切
11808	9 副		182	浵	杜	農	透	陽平	合	三二公			定平合冬通一	徒冬	定合 1	徒古	泥平合冬通一	奴冬
11809	9 副		183	郺	杜	農	透	陽平	合	三二公			定平合冬通一	徒冬	定合 1	徒古	泥平合冬通一	奴冬
11810	9 副	24	184	禯**	怒	農	乃	陽平	合	三二公		玉篇原為足龍切，誤	娘平合鍾通三	尼龍	泥合 1	乃故	泥平合冬通一	奴冬
11811	9 副		185	憹	怒	農	乃	陽平	合	三二公			泥平合冬通一	奴冬	泥合 1	乃故	泥平合冬通一	奴冬
11812	9 副		186	儂	怒	農	乃	陽平	合	三二公			泥平合冬通一	奴冬	泥合 1	乃故	泥平合冬通一	奴冬
11813	9 副		187	䁸	怒	農	乃	陽平	合	三二公			娘平開江江二	女江	泥合 1	乃故	泥平合冬通一	奴冬
11814	9 副		188	𦗕	怒	農	乃	陽平	合	三二公			娘平開江江二	女江	泥合 1	乃故	泥平合冬通一	奴冬
11815	9 副		189	齈	怒	農	乃	陽平	合	三二公			泥去合東通一	奴凍	泥合 1	乃故	泥平合冬通一	奴冬
11816	9 副		190	噥	怒	農	乃	陽平	合	三二公			泥平合冬通一	奴冬	泥合 1	乃故	泥平合冬通一	奴冬
11818	9 副		191	𩟊	怒	農	乃	陽平	合	三二公			泥平合冬通一	奴冬	泥合 1	乃故	泥平合冬通一	奴冬
11820	9 副		192	䴾	怒	農	乃	陽平	合	三二公			娘平開江江二	女江	泥合 1	乃故	泥平合冬通一	奴冬
11821	9 副		193	蕽*	怒	農	乃	陽平	合	三二公			泥平合冬通一	奴冬	泥合 1	乃故	泥平合冬通一	奴冬
11822	9 副	25	194	曨	磊	同	賚	陽平	合	三二公			來平合東通一	盧紅	來合 1	落猥	定平合東通一	徒紅
11823	9 副		195	朧	磊	同	賚	陽平	合	三二公			來平合東通一	盧紅	來合 1	落猥	定平合東通一	徒紅
11824	9 副		196	靇*	磊	同	賚	陽平	合	三二公			來平合東通一	盧東	來合 1	落猥	定平合東通一	徒紅
11825	9 副		197	𧮬	磊	同	賚	陽平	合	三二公			來平合東通一	盧紅	來合 1	落猥	定平合東通一	徒紅
11826	9 副		198	𤮐	磊	同	賚	陽平	合	三二公			來平合東通一	盧紅	來合 1	落猥	定平合東通一	徒紅
11827	9 副		199	𥶄*	磊	同	賚	陽平	合	三二公			來平合東通一	盧東	來合 1	落猥	定平合東通一	徒紅
11828	9 副		200	鑨*	磊	同	賚	陽平	合	三二公			來平合東通一	盧東	來合 1	落猥	定平合東通一	徒紅
11829	9 副		201	𩟗	磊	同	賚	陽平	合	三二公			來平合東通一	盧紅	來合 1	落猥	定平合東通一	徒紅
11830	9 副		202	𥢷	磊	同	賚	陽平	合	三二公			來平合東通一	盧紅	來合 1	落猥	定平合東通一	徒紅
11831	9 副		203	𨏉	磊	同	賚	陽平	合	三二公			來平合東通一	盧紅	來合 1	落猥	定平合東通一	徒紅
11833	9 副		204	驡	磊	同	賚	陽平	合	三二公			來平開江江二	呂江	來合 1	落猥	定平合東通一	徒紅
11834	9 副		205	爖**	磊	同	賚	陽平	合	三二公			來平合東通一	魯紅	來合 1	落猥	定平合東通一	徒紅
11835	9 副	26	206	𧢄*	狀	同	助	陽平	合	三二公			澄平開江江二	傳江	崇開 3	鋤亮	定平合東通一	徒紅
11837	9 副		207	𩩥	狀	同	助	陽平	合	三二公			澄平開江江二	宅江	崇開 3	鋤亮	定平合東通一	徒紅

韻字編號	部序	組數	字數	韻字及何氏反切			韻字何氏音				何萱注釋	備注	韻字中古音		上字中古音		下字中古音	
				韻字	上字	下字	聲	調	呼	韻部			聲調呼韻攝等	反切	聲呼等	反切	聲調呼韻攝等	反切
11838	9副		208	艟*	狀	同	助	陽平	合	三二公			澄平開江江二	傳江	崇開3	鋤亮	定平合東通一	徒紅
11839	9副		209	幢	狀	同	助	陽平	合	三二公			澄平開江江二	宅江	崇開3	鋤亮	定平合東通一	徒紅
11840	9副		210	穜*	狀	同	助	陽平	合	三二公			澄平開江江二	傳江	崇開3	鋤亮	定平合東通一	徒紅
11841	9副		211	礶*	狀	同	助	陽平	合	三二公			澄平開江江二	傳江	崇開3	鋤亮	定平合東通一	徒紅
11842	9副	27	212	倧**	寸	同	淨	陽平	合	三二公			從平合東通一	祚紅	清合1	倉困	定平合東通一	徒紅
11843	9副		213	琮	寸	同	淨	陽平	合	三二公			從平合冬通一	藏宗	清合1	倉困	定平合東通一	徒紅
11844	9副		214	鍐**	寸	同	淨	陽平	合	三二公		玉篇菹聾切	莊平合東通一	菹聾	清合1	倉困	定平合東通一	徒紅
11845	9副		215	饗	寸	同	淨	陽平	合	三二公			崇平開江江二	士江	清合1	倉困	定平合東通一	徒紅
11847	9副		216	賨	寸	同	淨	陽平	合	三二公			從平合冬通一	藏宗	清合1	倉困	定平合東通一	徒紅
11848	9副	28	217	鬔	佩	同	並	陽平	合	三二公			並平合東通一	薄紅	並合1	蒲昧	定平合東通一	徒紅
11849	9副		218	樥*	佩	同	並	陽平	合	三二公			並平合東通一	蒲蒙	並合1	蒲昧	定平合東通一	徒紅
11850	9副		219	艂*	佩	同	並	陽平	合	三二公			並平合東通一	蒲蒙	並合1	蒲昧	定平合東通一	徒紅
11851	9副		220	篷	佩	同	並	陽平	合	三二公			並平合東通一	薄紅	並合1	蒲昧	定平合東通一	徒紅
11852	9副		221	韸*	佩	同	並	陽平	合	三二公		韻目作輆	並平合東通一	蒲蒙	並合1	蒲昧	定平合東通一	徒紅
11853	9副		222	熢*	佩	同	並	陽平	合	三二公			並平合東通一	蒲蒙	並合1	蒲昧	定平合東通一	徒紅
11855	9副		223	塳*	佩	同	並	陽平	合	三二公			並平合東通一	蒲蒙	並合1	蒲昧	定平合東通一	徒紅
11856	9副		224	韼*	佩	同	並	陽平	合	三二公			並平合東通一	蒲蒙	並合1	蒲昧	定平合東通一	徒紅
11857	9副	29	225	曚	慢	同	命	陽平	合	三二公			明上合東通一	莫孔	明開2	謨晏	定平合東通一	徒紅
11858	9副		226	朦	慢	同	命	陽平	合	三二公			明平合東通一	莫紅	明開2	謨晏	定平合東通一	徒紅
11859	9副		227	朦**	慢	同	命	陽平	合	三二公			明上合東通一	莫孔	明開2	謨晏	定平合東通一	徒紅
11860	9副		228	艨	慢	同	命	陽平	合	三二公			明平合東通一	莫紅	明開2	謨晏	定平合東通一	徒紅
11862	9副		229	濛**	慢	同	命	陽平	合	三二公			明平合東通一	莫紅	明開2	謨晏	定平合東通一	徒紅
11863	9副		230	譲*	慢	同	命	陽平	合	三二公			明平合東通一	謨蓬	明開2	謨晏	定平合東通一	徒紅
11864	9副		231	擦*	慢	同	命	陽平	合	三二公			明平合東通一	謨蓬	明開2	謨晏	定平合東通一	徒紅
11865	9副		232	檬	慢	同	命	陽平	合	三二公			明平合東通一	莫紅	明開2	謨晏	定平合東通一	徒紅
11866	9副		233	嵕*	慢	同	命	陽平	合	三二公			明平合東通一	莫紅	明開2	謨晏	定平合東通一	徒紅
11867	9副		234	氋*	慢	同	命	陽平	合	三二公			明平合東通一	莫紅	明開2	謨晏	定平合東通一	徒紅

韻字編號	部序	組數	字數	韻字及何氏反切			韻字何氏音				何萱注釋	備　注	韻字中古音		上字中古音		下字中古音	
				韻字	上字	下字	聲	調	呼	韻部			聲調呼韻攝等	反切	聲呼等	反切	聲調呼韻攝等	反切
11868	9副		235	鬕	慢	同	命	陽平	合	三二公			明平合東通一	莫紅	明開2	謨晏	定平合東通一	徒紅
11869	9副	30	236	髸	几	邕	見	陰平	齊	三三恭			見平合鍾通三	九容	見開重3	居履	影平合鍾通三	於容
11870	9副		237	䀧	几	邕	見	陰平	齊	三三恭			見平合鍾通三	九容	見開重3	居履	影平合鍾通三	於容
11871	9副		238	䢼	几	邕	見	陰平	齊	三三恭			見平合鍾通三	九容	見開重3	居履	影平合鍾通三	於容
11872	9副		239	𪀁	几	邕	見	陰平	齊	三三恭			見平合鍾通三	九容	見開重3	居履	影平合鍾通三	於容
11873	9副	31	240	跫	舊	邕	起	陰平	齊	三三恭			溪平開江江二	苦江	群開3	巨救	影平合鍾通三	於容
11875	9副		241	𥲞	舊	邕	起	陰平	齊	三三恭			群平合鍾通三	渠容	群開3	巨救	影平合鍾通三	於容
11877	9副	32	242	嗈	漾	胷	影	陰平	齊	三三恭			影平合鍾通三	於容	以開3	餘亮	曉平合鍾通三	許容
11878	9副		243	壅	漾	胷	影	陰平	齊	三三恭			影平合鍾通三	於容	以開3	餘亮	曉平合鍾通三	許容
11879	9副		244	饔*	漾	胷	影	陰平	齊	三三恭			影平合鍾通三	於容	以開3	餘亮	曉平合鍾通三	許容
11880	9副	33	245	恟	向	邕	曉	陰平	齊	三三恭			曉平合鍾通三	許容	曉開3	許亮	影平合鍾通三	於容
11881	9副	34	246	忪	掌	胷	照	陰平	齊	三三恭			章平合鍾通三	職容	章開3	諸兩	曉平合鍾通三	許容
11882	9副		247	𠯒	掌	胷	照	陰平	齊	三三恭			章平合鍾通三	職容	章開3	諸兩	曉平合鍾通三	許容
11883	9副		248	𨳡	掌	胷	照	陰平	齊	三三恭			章平合鍾通三	職容	章開3	諸兩	曉平合鍾通三	許容
11884	9副		249	炂	掌	胷	照	陰平	齊	三三恭			章平合鍾通三	職容	章開3	諸兩	曉平合鍾通三	許容
11885	9副		250	鈆	掌	胷	照	陰平	齊	三三恭			章平合鍾通三	職容	章開3	諸兩	曉平合鍾通三	許容
11886	9副		251	𦬅	掌	胷	照	陰平	齊	三三恭			章平合鍾通三	職容	章開3	諸兩	曉平合鍾通三	許容
11887	9副		252	䆗	掌	胷	照	陰平	齊	三三恭			章平合鍾通三	職容	章開3	諸兩	曉平合鍾通三	許容
11888	9副		253	籦	掌	胷	照	陰平	齊	三三恭			章平合鍾通三	職容	章開3	諸兩	曉平合鍾通三	許容
11889	9副		254	𡓷**	掌	胷	照	陰平	齊	三三恭			精平合鍾通三	咨容	章開3	諸兩	曉平合鍾通三	許容
11891	9副	35	255	摐	齒	邕	助	陰平	齊	三三恭			初平開江江二	楚江	昌開3	昌里	影平合鍾通三	於容
11892	9副		256	𧜟	齒	邕	助	陰平	齊	三三恭			徹平開江江二	醜江	昌開3	昌里	影平合鍾通三	於容
11893	9副		257	𥛗	齒	邕	助	陰平	齊	三三恭			徹平開江江二	醜江	昌開3	昌里	影平合鍾通三	於容
11894	9副		258	䅵	齒	邕	助	陰平	齊	三三恭			徹平開江江二	醜江	昌開3	昌里	影平合鍾通三	於容
11895	9副		259	𠞊	齒	邕	助	陰平	齊	三三恭			昌平合鍾通三	尺容	昌開3	昌里	影平合鍾通三	於容
11896	9副		260	穜*	齒	邕	助	陰平	齊	三三恭			昌平合鍾通三	昌容	昌開3	昌里	影平合鍾通三	於容
11897	9副		261	艟	齒	邕	助	陰平	齊	三三恭			昌平合鍾通三	尺容	昌開3	昌里	影平合鍾通三	於容

韻字編號	部序	組數	字數	韻字及何氏反切			韻字何氏音				何萱注釋	備　注	韻字中古音		上字中古音		下字中古音	
				韻字	上字	下字	聲	調	呼	韻部			聲調呼韻攝等	反切	聲呼等	反切	聲調呼韻攝等	反切
11899	9副		262	蹱	齒	邕	助	陰平	齊	三三恭			徹平合鍾通三	丑凶	昌開3	昌里	影平合鍾通三	於容
11901	9副		263	瑏	齒	邕	助	陰平	齊	三三恭			徹平合鍾通三	丑凶	昌開3	昌里	影平合鍾通三	於容
11902	9副		264	窗*	齒	邕	助	陰平	齊	三三恭			昌平合鍾通三	昌容	昌開3	昌里	影平合鍾通三	於容
11904	9副		265	蚩	齒	邕	助	陰平	齊	三三恭			徹平合鍾通三	丑凶	昌開3	昌里	影平合鍾通三	於容
11906	9副		266	鱅	齒	邕	助	陰平	齊	三三恭			徹平合鍾通三	丑凶	昌開3	昌里	影平合鍾通三	於容
11907	9副	36	267	踳	始	邕	審	陰平	齊	三三恭			書平合鍾通三	書容	書開3	詩止	影平合鍾通三	於容
11908	9副		268	騞*	始	邕	審	陰平	齊	三三恭			書平合鍾通三	書容	書開3	詩止	影平合鍾通三	於容
11909	9副		269	鰆	始	邕	審	陰平	齊	三三恭			書平合鍾通三	書容	書開3	詩止	影平合鍾通三	於容
11910	9副		270	蝽	始	邕	審	陰平	齊	三三恭			書平合鍾通三	書容	書開3	詩止	影平合鍾通三	於容
11911	9副		271	倯	始	邕	審	陰平	齊	三三恭			心平合鍾通三	息恭	書開3	詩止	影平合鍾通三	於容
11913	9副	37	272	瞛*	紫	邕	井	陰平	齊	三三恭			從平合鍾通三	將容	精開3	將此	影平合鍾通三	於容
11914	9副		273	磫	紫	邕	井	陰平	齊	三三恭			精平合鍾通三	即容	精開3	將此	影平合鍾通三	於容
11915	9副		274	篵	紫	邕	井	陰平	齊	三三恭			精平合鍾通三	即容	精開3	將此	影平合鍾通三	於容
11916	9副		275	豵	紫	邕	井	陰平	齊	三三恭			精平合鍾通三	即容	精開3	將此	影平合鍾通三	於容
11917	9副		276	蹤*	紫	邕	井	陰平	齊	三三恭			清平合鍾通三	七恭	精開3	將此	影平合鍾通三	於容
11918	9副	38	277	訟	此	凶	淨	陰平	齊	三三恭			清平合鍾通三	七恭	清開3	雌氏	曉平合鍾通三	許容
11919	9副		278	赹	此	凶	淨	陰平	齊	三三恭			清平合鍾通三	七恭	清開3	雌氏	曉平合鍾通三	許容
11921	9副		279	瑽	此	凶	淨	陰平	齊	三三恭			清平合鍾通三	七恭	清開3	雌氏	曉平合鍾通三	許容
11922	9副		280	樅	此	凶	淨	陰平	齊	三三恭			清平合鍾通三	七恭	清開3	雌氏	曉平合鍾通三	許容
11923	9副		281	縱	此	凶	淨	陰平	齊	三三恭			清平合鍾通三	七恭	清開3	雌氏	曉平合鍾通三	許容
11924	9副		282	蹤	此	凶	淨	陰平	齊	三三恭			清平合鍾通三	七恭	清開3	雌氏	曉平合鍾通三	許容
11925	9副		283	旹**	此	凶	淨	陰平	齊	三三恭			清平合鍾通三	倉龍	清開3	雌氏	曉平合鍾通三	許容
11926	9副	39	284	鬆	想	邕	信	陰平	齊	三三恭			心平合鍾通三	息恭	心開3	息兩	影平合鍾通三	於容
11930	9副		285	凇	想	邕	信	陰平	齊	三三恭			心平合鍾通三	息恭	心開3	息兩	影平合鍾通三	於容
11931	9副		286	淞	想	邕	信	陰平	齊	三三恭			心平合鍾通三	息恭	心開3	息兩	影平合鍾通三	於容
11932	9副	40	287	封	缶	邕	匪	陰平	齊	三三恭			非平合鍾通三	府容	非開3	方久	影平合鍾通三	於容
11933	9副		288	葑*	缶	邕	匪	陰平	齊	三三恭			非平合鍾通三	方容	非開3	方久	影平合鍾通三	於容

韻字編號	部序	組數	字數	韻字及何氏反切			韻字何氏音				何萱注釋	備　注	韻字中古音		上字中古音		下字中古音	
				韻字	上字	下字	聲	調	呼	韻部			聲調呼韻攝等	反切	聲呼等	反切	聲調呼韻攝等	反切
11934	9副		289	犎	缶	邕	匪	陰平	齊	三三恭			非平合鍾通三	府容	非開3	方久	影平合鍾通三	於容
11935	9副		290	倖	缶	邕	匪	陰平	齊	三三恭			敷平合鍾通三	敷容	非開3	方久	影平合鍾通三	於容
11936	9副		291	鞛*	缶	邕	匪	陰平	齊	三三恭			敷平合鍾通三	敷容	非開3	方久	影平合鍾通三	於容
11937	9副		292	峯	缶	邕	匪	陰平	齊	三三恭			敷平合鍾通三	敷容	非開3	方久	影平合鍾通三	於容
11938	9副		293	莑	缶	邕	匪	陰平	齊	三三恭			敷平合鍾通三	敷容	非開3	方久	影平合鍾通三	於容
11939	9副		294	桻	缶	邕	匪	陰平	齊	三三恭			敷平合鍾通三	敷容	非開3	方久	影平合鍾通三	於容
11941	9副	41	295	髳**	舊	容	起	陽平	齊	三三恭			群平合鍾通三	渠匈	群開3	巨救	以平合鍾通三	餘封
11942	9副		296	蛩	舊	容	起	陽平	齊	三三恭			群平合鍾通三	渠容	群開3	巨救	以平合鍾通三	餘封
11943	9副		297	䲨	舊	容	起	陽平	齊	三三恭			群平合鍾通三	渠容	群開3	巨救	以平合鍾通三	餘封
11944	9副		298	梁*	舊	容	起	陽平	齊	三三恭			群平合鍾通三	渠容	群開3	巨救	以平合鍾通三	餘封
11945	9副		299	梁	舊	容	起	陽平	齊	三三恭			群平合鍾通三	渠容	群開3	巨救	以平合鍾通三	餘封
11947	9副		300	傑	舊	容	起	陽平	齊	三三恭			群平合鍾通三	渠容	群開3	巨救	以平合鍾通三	餘封
11948	9副		301	玏	舊	容	起	陽平	齊	三三恭		玏玏	群平合鍾通三	渠容	群開3	巨救	以平合鍾通三	餘封
11949	9副		302	笻	舊	容	起	陽平	齊	三三恭		笻笻	群平合鍾通三	渠容	群開3	巨救	以平合鍾通三	餘封
11950	9副		303	艂	舊	容	起	陽平	齊	三三恭			群平合鍾通三	渠容	群開3	巨救	以平合鍾通三	餘封
11951	9副		304	蛬	舊	容	起	陽平	齊	三三恭	平上兩讀		群平合鍾通三	渠容	群開3	巨救	以平合鍾通三	餘封
11953	9副	42	305	軬	漾	从	影	陽平	齊	三三恭			以平合鍾通三	餘封	以開3	餘亮	從平合鍾通三	疾容
11954	9副		306	鬠*	漾	从	影	陽平	齊	三三恭			以平合鍾通三	餘封	以開3	餘亮	從平合鍾通三	疾容
11955	9副		307	瑢	漾	从	影	陽平	齊	三三恭			以平合鍾通三	餘封	以開3	餘亮	從平合鍾通三	疾容
11956	9副		308	褣	漾	从	影	陽平	齊	三三恭			以平合鍾通三	餘封	以開3	餘亮	從平合鍾通三	疾容
11957	9副		309	榕*	漾	从	影	陽平	齊	三三恭			以平合鍾通三	餘封	以開3	餘亮	從平合鍾通三	疾容
11958	9副		310	蓉	漾	从	影	陽平	齊	三三恭			以平合鍾通三	餘封	以開3	餘亮	從平合鍾通三	疾容
11959	9副		311	簬	漾	从	影	陽平	齊	三三恭			以平合鍾通三	餘封	以開3	餘亮	從平合鍾通三	疾容
11960	9副		312	嵱	漾	从	影	陽平	齊	三三恭			以平合鍾通三	餘封	以開3	餘亮	從平合鍾通三	疾容
11961	9副		313	鶔	漾	从	影	陽平	齊	三三恭			以平合鍾通三	餘封	以開3	餘亮	從平合鍾通三	疾容
11962	9副		314	彭	漾	从	影	陽平	齊	三三恭			以平合鍾通三	餘封	以開3	餘亮	從平合鍾通三	疾容
11963	9副		315	戫	漾	从	影	陽平	齊	三三恭			以平合鍾通三	餘封	以開3	餘亮	從平合鍾通三	疾容

韻字編號	部序	組數	字數	韻字及何氏反切			韻字何氏音				何萱注釋	備注	韻字中古音		上字中古音		下字中古音	
				韻字	上字	下字	聲	調	呼	韻部			聲調呼韻攝等	反切	聲呼等	反切	聲調呼韻攝等	反切
11964	9副		316	槦	漾	从	影	陽平	齊	三三恭			以平合鍾通三	餘封	以開3	餘亮	從平合鍾通三	疾容
11965	9副		317	嵱	漾	从	影	陽平	齊	三三恭			以平合鍾通三	餘封	以開3	餘亮	從平合鍾通三	疾容
11966	9副		318	滽	漾	从	影	陽平	齊	三三恭			以平合鍾通三	餘封	以開3	餘亮	從平合鍾通三	疾容
11967	9副		319	螪	漾	从	影	陽平	齊	三三恭			以平合鍾通三	餘封	以開3	餘亮	從平合鍾通三	疾容
11968	9副	43	320	鬞	紐	容	乃	陽平	齊	三三恭		正編下字作从	娘平開江江二	女江	娘開3	女久	以平合鍾通三	餘封
11969	9副		321	齈	紐	容	乃	陽平	齊	三三恭		正編下字作从	娘平合鍾通三	女容	娘開3	女久	以平合鍾通三	餘封
11970	9副		322	穠	紐	容	乃	陽平	齊	三三恭		正編下字作从	娘平合鍾通三	女容	娘開3	女久	以平合鍾通三	餘封
11972	9副		323	檂	紐	容	乃	陽平	齊	三三恭		正編下字作从	娘平合鍾通三	女容	娘開3	女久	以平合鍾通三	餘封
11973	9副	44	324	蹖	亮	容	賚	陽平	齊	三三恭			來平合鍾通三	力鍾	來開3	力讓	以平合鍾通三	餘封
11975	9副		325	襱	亮	容	賚	陽平	齊	三三恭			來平合鍾通三	力鍾	來開3	力讓	以平合鍾通三	餘封
11976	9副		326	巃	亮	容	賚	陽平	齊	三三恭			來平合東通一	盧红	來開3	力讓	以平合鍾通三	餘封
11978	9副		327	龔	亮	容	賚	陽平	齊	三三恭			來平合鍾通三	力鍾	來開3	力讓	以平合鍾通三	餘封
11980	9副		328	鸗	亮	容	賚	陽平	齊	三三恭			來平合鍾通三	力鍾	來開3	力讓	以平合鍾通三	餘封
11981	9副		329	瀧*	亮	容	賚	陽平	齊	三三恭			來平合東通一	盧東	來開3	力讓	以平合鍾通三	餘封
11982	9副	45	330	躰**	齒	容	助	陽平	齊	三三恭			徹平合鍾通三	敕龍	昌開3	昌里	以平合鍾通三	餘封
11983	9副		331	陲*	齒	容	助	陽平	齊	三三恭			澄平合鍾通三	傳容	昌開3	昌里	以平合鍾通三	餘封
11984	9副		332	鶶	齒	容	助	陽平	齊	三三恭			澄平合鍾通三	直容	昌開3	昌里	以平合鍾通三	餘封
11985	9副		333	蝩	齒	容	助	陽平	齊	三三恭			澄平合鍾通三	直容	昌開3	昌里	以平合鍾通三	餘封
11986	9副	46	334	穁	忍	容	耳	陽平	齊	三三恭			日平合鍾通三	而容	日開3	而軫	以平合鍾通三	餘封
11987	9副		335	穁	忍	容	耳	陽平	齊	三三恭			日平合鍾通三	而容	日開3	而軫	以平合鍾通三	餘封
11989	9副		336	榵	忍	容	耳	陽平	齊	三三恭			日平合鍾通三	而容	日開3	而軫	以平合鍾通三	餘封
11990	9副		337	蝚*	忍	容	耳	陽平	齊	三三恭			日平合鍾通三	如容	日開3	而軫	以平合鍾通三	餘封
11991	9副	47	338	慵	始	容	審	陽平	齊	三三恭			禪平合鍾通三	蜀庸	書開3	詩止	以平合鍾通三	餘封
11992	9副		339	鏞*	始	容	審	陽平	齊	三三恭			禪平合鍾通三	常容	書開3	詩止	以平合鍾通三	餘封
11993	9副		340	鞝	始	容	審	陽平	齊	三三恭			禪平合鍾通三	蜀庸	書開3	詩止	以平合鍾通三	餘封
11994	9副		341	膺*	始	容	審	陽平	齊	三三恭			禪平合鍾通三	常容	書開3	詩止	以平合鍾通三	餘封

韻字編號	部序	組數	字數	韻字及何氏反切			韻字何氏音				何萱注釋	備注	韻字中古音		上字中古音		下字中古音	
				韻字	上字	下字	聲	調	呼	韻部			聲調呼韻攝等	反切	聲呼等	反切	聲調呼韻攝等	反切
11995	9副	48	342	鏦*	此	容	淨	陽平	齊	三三恭			從平合鍾通三	牆容	清開3	雌氏	以平合鍾通三	餘封
11996	9副	49	343	黷**	仰	从	我	陽平	齊	三三恭	黑穴也，玉篇	玉篇作五凶切。此處取玉篇音	疑平合鍾通三	五凶	疑開3	魚兩	從平合鍾通三	疾容
11997	9副	50	344	縫	缶	从	匪	陽平	齊	三三恭			奉平合鍾通三	符容	非開3	方久	從平合鍾通三	疾容
11998	9副		345	韸	缶	从	匪	陽平	齊	三三恭			奉平合鍾通三	符容	非開3	方久	從平合鍾通三	疾容
11999	9副		346	䆰	缶	从	匪	陽平	齊	三三恭			奉平合鍾通三	符容	非開3	方久	從平合鍾通三	疾容
12000	9副		347	漨	缶	从	匪	陽平	齊	三三恭			奉平合鍾通三	符容	非開3	方久	從平合鍾通三	疾容
12001	9副	51	348	鞠	眷	充	見	陰平	撮	三四躳			見平合東通三	居戎	見合重3	居倦	昌平合東通三	昌終
12003	9副		349	衳*	眷	充	見	陰平	撮	三四躳			見平合東通三	居雄	見合重3	居倦	昌平合東通三	昌終
12004	9副		350	杚*	眷	充	見	陰平	撮	三四躳			見平合東通三	居雄	見合重3	居倦	昌平合東通三	昌終
12005	9副		351	涫	眷	充	見	陰平	撮	三四躳			見平合東通三	居戎	見合重3	居倦	昌平合東通三	昌終
12006	9副	52	352	焅*	去	娀	起	陰平	撮	三四躳			溪平合東通三	丘弓	溪合3	丘倨	心平合東通三	息弓
12007	9副	53	353	悺	羽	充	影	陰平	撮	三四躳			溪平合東通三	去宮	云合3	王矩	昌平合東通三	昌終
12008	9副	54	354	颫	訓	娀	曉	陰平	撮	三四躳			匣平合冬通一	戶冬	曉合3	許運	心平合東通三	息弓
12010	9副	55	355	殁	準	娀	照	陰平	撮	三四躳			章平合東通三	職戎	章合3	之尹	心平合東通三	息弓
12011	9副		356	柊	準	娀	照	陰平	撮	三四躳			章平合東通三	職戎	章合3	之尹	心平合東通三	息弓
12012	9副		357	蔠	準	娀	照	陰平	撮	三四躳			章平合東通三	職戎	章合3	之尹	心平合東通三	息弓
12013	9副		358	篸	準	娀	照	陰平	撮	三四躳			章平合東通三	職戎	章合3	之尹	心平合東通三	息弓
12014	9副		359	鼨	準	娀	照	陰平	撮	三四躳			章平合東通三	職戎	章合3	之尹	心平合東通三	息弓
12015	9副		360	貗	準	娀	照	陰平	撮	三四躳			章平合東通三	職戎	章合3	之尹	心平合東通三	息弓
12016	9副	56	361	忼	處	娀	助	陰平	撮	三四躳			昌平合東通三	昌終	昌合3	昌與	心平合東通三	息弓
12017	9副		362	𥙒	處	娀	助	陰平	撮	三四躳			昌平合東通三	昌終	昌合3	昌與	心平合東通三	息弓
12018	9副		363	琉	處	娀	助	陰平	撮	三四躳			昌平合東通三	昌終	昌合3	昌與	心平合東通三	息弓
12019	9副		364	𧇬	處	娀	助	陰平	撮	三四躳			昌平合東通三	昌終	昌合3	昌與	心平合東通三	息弓
12021	9副		365	茺	處	娀	助	陰平	撮	三四躳			昌平合東通三	昌終	昌合3	昌與	心平合東通三	息弓
12022	9副		366	流	處	娀	助	陰平	撮	三四躳			昌平合東通三	昌終	昌合3	昌與	心平合東通三	息弓
12024	9副		367	沖	處	娀	助	陰平	撮	三四躳			徹平合東通三	敕中	昌合3	昌與	心平合東通三	息弓

韻字編號	部序	組數	字數	韻字及何氏反切			韻字何氏音				何萱注釋	備　注	韻字中古音		上字中古音		下字中古音	
				韻字	上字	下字	聲	調	呼	韻部			聲調呼韻攝等	反切	聲呼等	反切	聲調呼韻攝等	反切
12025	9副		368	狆	處	娀	助	陰平	撮	三四韶			澄平合東通三	直弓	昌合3	昌與	心平合東通三	息弓
12026	9副		369	⿱穴中*	處	娀	助	陰平	撮	三四韶			徹平合東通三	敕中	昌合3	昌與	心平合東通三	息弓
12028	9副		370	⿱竹中*	處	娀	助	陰平	撮	三四韶			徹平合東通三	敕中	昌合3	昌與	心平合東通三	息弓
12029	9副		371	⿰禾悤	處	娀	助	陰平	撮	三四韶			初平開江江二	楚江	昌合3	昌與	心平合東通三	息弓
12030	9副	57	372	菘	選	充	信	陰平	撮	三四韶			心平合東通三	息弓	心合3	蘇管	昌平合東通三	昌終
12031	9副		373	⿰石松	選	充	信	陰平	撮	三四韶			心平合東通三	息弓	心合3	蘇管	昌平合東通三	昌終
12032	9副		374	⿰彳戎	選	充	信	陰平	撮	三四韶			心平合東通三	息弓	心合3	蘇管	昌平合東通三	昌終
12033	9副		375	⿰酉戎*	選	充	信	陰平	撮	三四韶			心平合東通三	思融	心合3	蘇管	昌平合東通三	昌終
12034	9副		376	⿰鬼戎	選	充	信	陰平	撮	三四韶			心平合東通三	息弓	心合3	蘇管	昌平合東通三	昌終
12038	9副	58	377	⿰身穹*	去	戎	起	陽平	撮	三四韶			群平合東通三	渠弓	溪合3	丘倨	日平合東通三	如融
12039	9副		378	竆**	去	戎	起	陽平	撮	三四韶			群平合東通三	巨弓	溪合3	丘倨	日平合東通三	如融
12040	9副		379	⿰犭窮*	去	戎	起	陽平	撮	三四韶			群平合東通三	渠弓	溪合3	丘倨	日平合東通三	如融
12041	9副	59	380	瀜	羽	戎	影	陽平	撮	三四韶			以平合東通三	以戎	云合3	王矩	日平合東通三	如融
12042	9副		381	⿰火彤*	羽	戎	影	陽平	撮	三四韶			以平合東通三	余中	云合3	王矩	日平合東通三	如融
12043	9副	60	382	霳	呂	崇	賚	陽平	撮	三四韶			來平合東通三	力中	來合3	力舉	崇平合東通三	鋤弓
12044	9副		383	窿	呂	崇	賚	陽平	撮	三四韶			來平合東通三	力中	來合3	力舉	崇平合東通三	鋤弓
12045	9副		384	⿱艹隆*	呂	崇	賚	陽平	撮	三四韶			來平合東通三	良中	來合3	力舉	崇平合東通三	鋤弓
12046	9副		385	⿱竹隆*	呂	崇	賚	陽平	撮	三四韶			來平合東通三	良中	來合3	力舉	崇平合東通三	鋤弓
12047	9副		386	浲*	呂	崇	賚	陽平	撮	三四韶			來平合東通三	良中	來合3	力舉	崇平合東通三	鋤弓
12048	9副		387	⿱夆土	呂	崇	賚	陽平	撮	三四韶			來平合東通三	力中	來合3	力舉	崇平合東通三	鋤弓
12049	9副		388	⿱隆鼓	呂	崇	賚	陽平	撮	三四韶			來平合冬通一	力冬	來合3	力舉	崇平合東通三	鋤弓
12050	9副	61	389	⿰食崇	處	戎	助	陽平	撮	三四韶			崇平合東通三	鋤弓	昌合3	昌與	日平合東通三	如融
12051	9副		390	漴	處	戎	助	陽平	撮	三四韶			崇去開江江二	士絳	昌合3	昌與	日平合東通三	如融
12052	9副		391	种	處	戎	助	陽平	撮	三四韶			澄平合東通三	直弓	昌合3	昌與	日平合東通三	如融
12053	9副		392	⿱崇虫*	處	戎	助	陽平	撮	三四韶			澄平合東通三	持中	昌合3	昌與	日平合東通三	如融
12055	9副	62	393	絨	汝	崇	耳	陽平	撮	三四韶			日平合東通三	如融	日合3	人渚	崇平合東通三	鋤弓
12057	9副		394	⿰石戎*	汝	崇	耳	陽平	撮	三四韶			日平合東通三	而融	日合3	人渚	崇平合東通三	鋤弓

韻字編號	部序	組數	字數	韻字及何氏反切			韻字何氏音				何萱注釋	備注	韻字中古音		上字中古音		下字中古音	
				韻字	上字	下字	聲	調	呼	韻部			聲調呼韻攝等	反切	聲呼等	反切	聲調呼韻攝等	反切
12058	9副		395	栣	汝	崇	耳	陽平	撮	三四船			日平合東通三	如融	日合3	人渚	崇平合東通三	鋤弓
12059	9副		396	筬	汝	崇	耳	陽平	撮	三四船			日平合東通三	如融	日合3	人渚	崇平合東通三	鋤弓
12060	9副		397	茙	汝	崇	耳	陽平	撮	三四船			日平合東通三	如融	日合3	人渚	崇平合東通三	鋤弓
12061	9副		398	駥	汝	崇	耳	陽平	撮	三四船			日平合東通三	如融	日合3	人渚	崇平合東通三	鋤弓
12062	9副		399	狨	汝	崇	耳	陽平	撮	三四船			日平合東通三	如融	日合3	人渚	崇平合東通三	鋤弓
12063	9副		400	僟	汝	崇	耳	陽平	撮	三四船			日平合東通三	如融	日合3	人渚	崇平合東通三	鋤弓
12064	9副		401	狨*	汝	崇	耳	陽平	撮	三四船			日平開尤流三	而由	日合3	人渚	崇平合東通三	鋤弓
12065	9副	63	402	**港**	艮	澒	見	上	開	廿九孔			見上開江江二	古項	見開1	古恨	匣上合東通一	胡孔
12067	9副		403	輁**	艮	澒	見	上	開	廿九孔			見上合東通一	古孔	見開1	古恨	匣上合東通一	胡孔
12068	9副	64	404	**慃**	挨	孔	影	上	開	廿九孔			影上開江江二	烏項	影開1	於改	溪上合東通一	康董
12069	9副		405	鞥*	挨	孔	影	上	開	廿九孔			影上開江江二	鄔項	影開1	於改	溪上合東通一	康董
12070	9副		406	勜	挨	孔	影	上	開	廿九孔			影上合東通一	烏孔	影開1	於改	溪上合東通一	康董
12071	9副	65	407	傋*	漢	孔	曉	上	開	廿九孔			曉上開江江二	虎項	曉開1	呼旰	溪上合東通一	康董
12073	9副		408	頙*	漢	孔	曉	上	開	廿九孔			曉上開江江二	虎項	曉開1	呼旰	溪上合東通一	康董
12074	9副		409	頏*	漢	孔	曉	上	開	廿九孔			曉上開江江二	虎項	曉開1	呼旰	溪上合東通一	康董
12075	9副		410	蕻*	漢	孔	曉	上	開	廿九孔			匣上開江江二	戶講	曉開1	呼旰	溪上合東通一	康董
12076	9副		411	顈*	漢	孔	曉	上	開	廿九孔			匣上合東通一	戶孔	曉開1	呼旰	溪上合東通一	康董
12077	9副		412	䀧*	漢	孔	曉	上	開	廿九孔			匣上合東通一	戶孔	曉開1	呼旰	溪上合東通一	康董
12078	9副		413	哄	漢	孔	曉	上	開	廿九孔			匣上合東通一	胡孔	曉開1	呼旰	溪上合東通一	康董
12079	9副		414	銾*	漢	孔	曉	上	開	廿九孔			匣上合東通一	戶孔	曉開1	呼旰	溪上合東通一	康董
12080	9副		415	烘*	漢	孔	曉	上	開	廿九孔			匣上合東通一	戶孔	曉開1	呼旰	溪上合東通一	康董
12081	9副		416	颫*	漢	孔	曉	上	開	廿九孔			匣上合東通一	戶孔	曉開1	呼旰	溪上合東通一	康董
12082	9副		417	蛬	漢	孔	曉	上	開	廿九孔			匣上合東通一	胡孔	曉開1	呼旰	溪上合東通一	康董
12083	9副		418	澒*	漢	孔	曉	上	開	廿九孔			曉上合東通一	虎孔	曉開1	呼旰	溪上合東通一	康董
12084	9副		419	嗊	漢	孔	曉	上	開	廿九孔			曉上合東通一	呼孔	曉開1	呼旰	溪上合東通一	康董
12085	9副		420	哄*	漢	孔	曉	上	開	廿九孔			曉上合東通一	虎孔	曉開1	呼旰	溪上合東通一	康董
12086	9副		421	腆*	漢	孔	曉	上	開	廿九孔			曉上合東通一	虎孔	曉開1	呼旰	溪上合東通一	康董

韻字編號	部序	組數	字數	韻字及何氏反切			韻字何氏音				何萱注釋	備注	韻字中古音		上字中古音		下字中古音	
				韻字	上字	下字	聲	調	呼	韻部			聲調呼韻攝等	反切	聲呼等	反切	聲調呼韻攝等	反切
12087	9副		422	哄*	漢	孔	曉	上	開	廿九孔			曉上合東通一	虎孔	曉開1	呼旰	溪上合東通一	康董
12088	9副		423	澒*	漢	孔	曉	上	開	廿九孔			曉上合東通一	虎孔	曉開1	呼旰	溪上合東通一	康董
12089	9副		424	澋*	漢	孔	曉	上	開	廿九孔			曉上合東通一	虎孔	曉開1	呼旰	溪上合東通一	康董
12091	9副	66	425	琫*	保	澒	謗	上	開	廿九孔			幫上合東通一	補孔	幫開1	博抱	匣上合東通一	胡孔
12093	9副		426	菶*	保	澒	謗	上	開	廿九孔			幫上合東通一	補孔	幫開1	博抱	匣上合東通一	胡孔
12094	9副	67	427	棒	倍	澒	並	上	開	廿九孔			並上開江江二	步項	並開1	薄亥	匣上合東通一	胡孔
12095	9副		428	蚌*	倍	澒	並	上	開	廿九孔			並上開江江二	部項	並開1	薄亥	匣上合東通一	胡孔
12096	9副	68	429	𠟻	莫	孔	命	上	開	廿九孔			明上開江江二	武項	明開1	慕各	溪上合東通一	康董
12098	9副		430	膿	莫	孔	命	上	開	廿九孔			明上合冬通一	莫湩	明開1	慕各	溪上合東通一	康董
12100	9副		431	硥*	莫	孔	命	上	開	廿九孔			明上開江江二	母項	明開1	慕各	溪上合東通一	康董
12101	9副		432	鸏	莫	孔	命	上	開	廿九孔			明上合冬通一	莫湩	明開1	慕各	溪上合東通一	康董
12103	9副	69	433	暡	腕	桶	影	上	合	三十滃			影上合東通一	烏孔	影合1	烏貫	透上合東通一	他孔
12105	9副		434	聬*	腕	桶	影	上	合	三十滃			影上合東通一	鄔孔	影合1	烏貫	透上合東通一	他孔
12106	9副		435	螉	腕	桶	影	上	合	三十滃			影上合東通一	烏孔	影合1	烏貫	透上合東通一	他孔
12107	9副		436	翰*	腕	桶	影	上	合	三十滃			影上合東通一	鄔孔	影合1	烏貫	透上合東通一	他孔
12108	9副		437	煡	腕	桶	影	上	合	三十滃			影上合東通一	烏孔	影合1	烏貫	透上合東通一	他孔
12109	9副		438	塕	腕	桶	影	上	合	三十滃			影上合東通一	烏孔	影合1	烏貫	透上合東通一	他孔
12110	9副		439	霐*	腕	桶	影	上	合	三十滃			影上合東通一	鄔孔	影合1	烏貫	透上合東通一	他孔
12111	9副		440	嵡*	腕	桶	影	上	合	三十滃			影上合東通一	烏孔	影合1	烏貫	透上合東通一	他孔
12113	9副		441	蓊	腕	桶	影	上	合	三十滃			影上合東通一	烏孔	影合1	烏貫	透上合東通一	他孔
12115	9副		442	䨴	腕	桶	影	上	合	三十滃			影上合東通一	烏孔	影合1	烏貫	透上合東通一	他孔
12117	9副	70	443	揀*	睹	滃	短	上	合	三十滃		正編下字作翁	端上合東通一	都動	端合1	當古	影上合東通一	烏孔
12118	9副		444	哃*	睹	滃	短	上	合	三十滃		正編下字作翁	端上合東通一	都動	端合1	當古	影上合東通一	烏孔
12119	9副		445	𪎶	睹	滃	短	上	合	三十滃		正編下字作翁	端上合東通一	多動	端合1	當古	影上合東通一	烏孔
12121	9副		446	硐*	睹	滃	短	上	合	三十滃		正編下字作翁	端上合東通一	都動	端合1	當古	影上合東通一	烏孔
12122	9副		447	湩*	睹	滃	短	上	合	三十滃		正編下字作翁	端上合東通一	都動	端合1	當古	影上合東通一	烏孔
12123	9副		448	䑵*	睹	滃	短	上	合	三十滃		正編下字作翁	端上合東通一	都動	端合1	當古	影上合東通一	烏孔

韻字編號	部序	組數	字數	韻字及何氏反切			韻字何氏音				何萱注釋	備注	韻字中古音		上字中古音		下字中古音	
				韻字	上字	下字	聲	調	呼	韻部			聲調呼韻攝等	反切	聲呼等	反切	聲調呼韻攝等	反切
12124	9副		449	懂*	睹	滃	短	上	合	三十滃		正編下字作翁	端上合東通一	都動	端合1	當古	影上合東通一	烏孔
12125	9副		450	蕫	睹	滃	短	上	合	三十滃		正編下字作翁	端上合東通一	多動	端合1	當古	影上合東通一	烏孔
12126	9副		451	箽*	睹	滃	短	上	合	三十滃		正編下字作翁	端上合東通一	都動	端合1	當古	影上合東通一	烏孔
12127	9副	71	452	侗*	杜	滃	透	上	合	三十滃		正編下字作翁	透上合東通一	吐孔	定合1	徒古	影上合東通一	烏孔
12128	9副		453	胴	杜	滃	透	上	合	三十滃		正編下字作翁	定去合東通一	徒弄	定合1	徒古	影上合東通一	烏孔
12129	9副		454	𨉖*	杜	滃	透	上	合	三十滃		正編下字作翁	透上合東通一	吐孔	定合1	徒古	影上合東通一	烏孔
12130	9副		455	𧙕g*	杜	滃	透	上	合	三十滃		正編下字作翁	透上合東通一	吐孔	定合1	徒古	影上合東通一	烏孔
12131	9副		456	𦓝*	杜	滃	透	上	合	三十滃		正編下字作翁	定上合東通一	杜孔	定合1	徒古	影上合東通一	烏孔
12132	9副		457	𪌆*	杜	滃	透	上	合	三十滃		正編下字作翁	透上合東通一	吐孔	定合1	徒古	影上合東通一	烏孔
12133	9副		458	酮	杜	滃	透	上	合	三十滃		正編下字作翁	定上合東通一	徒揔	定合1	徒古	影上合東通一	烏孔
12135	9副		459	硐	杜	滃	透	上	合	三十滃		正編下字作翁	定上合東通一	徒揔	定合1	徒古	影上合東通一	烏孔
12137	9副		460	垌**	杜	滃	透	上	合	三十滃		正編下字作翁	透上合東通一	他孔	定合1	徒古	影上合東通一	烏孔
12138	9副		461	𥦗	杜	滃	透	上	合	三十滃		正編下字作翁	定平合東通一	徒紅	定合1	徒古	影上合東通一	烏孔
12139	9副		462	捅	杜	滃	透	上	合	三十滃		正編下字作翁	透上合東通一	他孔	定合1	徒古	影上合東通一	烏孔
12140	9副		463	𠻘	杜	滃	透	上	合	三十滃		正編下字作翁	定去合東通一	徒弄	定合1	徒古	影上合東通一	烏孔
12143	9副	72	464	**𤢨**	煗	桶	乃	上	合	三十滃			泥上合東通一	奴動	泥合1	乃管	透上合東通一	他孔
12145	9副		465	䵜**	煗	桶	乃	上	合	三十滃			泥上合東通一	乃董	泥合1	乃管	透上合東通一	他孔
12146	9副	73	466	徿*	磊	滃	賚	上	合	三十滃			來上合東通一	魯孔	來合1	落猥	影上合東通一	烏孔
12147	9副		467	儱	磊	滃	賚	上	合	三十滃			來上合東通一	力董	來合1	落猥	影上合東通一	烏孔
12148	9副		468	𨊛*	磊	滃	賚	上	合	三十滃			來上合東通一	魯孔	來合1	落猥	影上合東通一	烏孔
12149	9副		469	**攏**	磊	滃	賚	上	合	三十滃			來上合東通一	力董	來合1	落猥	影上合東通一	烏孔
12150	9副		470	𢤱*	磊	滃	賚	上	合	三十滃			來平合東通一	盧東	來合1	落猥	影上合東通一	烏孔
12151	9副		471	巃	磊	滃	賚	上	合	三十滃			來上合東通一	力董	來合1	落猥	影上合東通一	烏孔
12153	9副		472	竉	磊	滃	賚	上	合	三十滃			來上合東通一	力董	來合1	落猥	影上合東通一	烏孔
12154	9副	74	473	**傯***	狀	桶	助	上	合	三十滃			初上開江江二	初講	崇開3	鋤亮	透上合東通一	他孔
12156	9副	75	474	鬆*	祖	滃	井	上	合	三十滃			精上合東通一	祖動	精合1	則古	影上合東通一	烏孔
12157	9副		475	䅦*	祖	滃	井	上	合	三十滃	䅦或作稯		精上合東通一	祖動	精合1	則古	影上合東通一	烏孔

韻字編號	部序	組數	字數	韻字及何氏反切			韻字何氏音				何萱注釋	備注	韻字中古音		上字中古音		下字中古音	
				韻字	上字	下字	聲	調	呼	韻部			聲調呼韻攝等	反切	聲呼等	反切	聲調呼韻攝等	反切
12158	9副		476	輚	祖	滃	井	上	合	三十滃			精上合東通一	作孔	精合1	則古	影上合東通一	烏孔
12159	9副		477	瞍	祖	滃	井	上	合	三十滃			精上合東通一	作孔	精合1	則古	影上合東通一	烏孔
12161	9副		478	厜	祖	滃	井	上	合	三十滃			精上合東通一	作孔	精合1	則古	影上合東通一	烏孔
12162	9副		479	縱	祖	滃	井	上	合	三十滃			精上合東通一	作孔	精合1	則古	影上合東通一	烏孔
12165	9副	76	480	闧**	巽	桶	信	上	合	三十滃			心上合東通一	先揔	心合1	蘇困	透上合東通一	他孔
12166	9副		481	敵	巽	桶	信	上	合	三十滃			心上合東通一	先孔	心合1	蘇困	透上合東通一	他孔
12167	9副		482	挻*	巽	桶	信	上	合	三十滃			心上合東通一	損動	心合1	蘇困	透上合東通一	他孔
12168	9副	77	483	韸*	佩	桶	並	上	合	三十滃		表中此位無字	並上合東通一	蒲蠓	並合1	蒲昧	透上合東通一	他孔
12169	9副		484	韼*	佩	桶	並	上	合	三十滃			並上合東通一	蒲蠓	並合1	蒲昧	透上合東通一	他孔
12170	9副		485	埲	佩	桶	並	上	合	三十滃			並上合東通一	蒲蠓	並合1	蒲昧	透上合東通一	他孔
12171	9副		486	琫*	佩	桶	並	上	合	三十滃			並上合東通一	蒲蠓	並合1	蒲昧	透上合東通一	他孔
12173	9副		487	蜯*	佩	桶	並	上	合	三十滃			並上合東通一	蒲蠓	並合1	蒲昧	透上合東通一	他孔
12175	9副	78	488	顭*	慢	桶	命	上	合	三十滃			明上合東通一	母揔	明開2	謨晏	透上合東通一	他孔
12177	9副		489	濛*	慢	桶	命	上	合	三十滃			明上合東通一	母揔	明開2	謨晏	透上合東通一	他孔
12178	9副		490	幪	慢	桶	命	上	合	三十滃			明上合東通一	莫孔	明開2	謨晏	透上合東通一	他孔
12179	9副	79	491	珙	几	勇	見	上	齊	三一収			見上合鍾通三	居悚	見開重3	居履	以上合鍾通三	余隴
12181	9副		492	栱	几	勇	見	上	齊	三一収			見上合鍾通三	居悚	見開重3	居履	以上合鍾通三	余隴
12182	9副		493	鮮	几	勇	見	上	齊	三一収			見上合鍾通三	居悚	見開重3	居履	以上合鍾通三	余隴
12183	9副		494	蛬	几	勇	見	上	齊	三一収	平上兩讀注在彼		見上合鍾通三	居悚	見開重3	居履	以上合鍾通三	余隴
12185	9副		495	醵*	几	勇	見	上	齊	三一収			見上合鍾通三	古勇	見開重3	居履	以上合鍾通三	余隴
12186	9副		496	鞏	几	勇	見	上	齊	三一収			見上合鍾通三	居悚	見開重3	居履	以上合鍾通三	余隴
12187	9副		497	巩	几	勇	見	上	齊	三一収			見上合鍾通三	居悚	見開重3	居履	以上合鍾通三	余隴
12189	9副	80	498	洪 g*	舊	勇	起	上	齊	三一収		疑何氏以共為音共字廣韻音為群鍾	見去開江宕二	古巷	群開3	巨救	以上合鍾通三	余隴
12191	9副		499	惹	舊	勇	起	上	齊	三一収			溪上合鍾通三	丘隴	群開3	巨救	以上合鍾通三	余隴
12193	9副	81	500	慂	漾	寵	影	上	齊	三一収			以上合鍾通三	余隴	以開3	餘亮	徹上合鍾通三	丑隴

韻字編號	部序	組數	字數	韻字及何氏反切			韻字何氏音				何萱注釋	備　注	韻字中古音		上字中古音		下字中古音	
				韻字	上字	下字	聲	調	呼	韻部			聲調呼韻攝等	反切	聲呼等	反切	聲調呼韻攝等	反切
12194	9 副		501	慂	漾	寵	影	上	齊	三一収			以上合鍾通三	余隴	以開 3	餘亮	徹上合鍾通三	丑隴
12195	9 副		502	𨳝**	漾	寵	影	上	齊	三一収			以上合鍾通三	余腫	以開 3	餘亮	徹上合鍾通三	丑隴
12196	9 副		503	𧗱	漾	寵	影	上	齊	三一収			以上合鍾通三	余隴	以開 3	餘亮	徹上合鍾通三	丑隴
12197	9 副		504	埇	漾	寵	影	上	齊	三一収			以上合鍾通三	余隴	以開 3	餘亮	徹上合鍾通三	丑隴
12198	9 副		505	𧺼**	漾	寵	影	上	齊	三一収			以上合鍾通三	與恐	以開 3	餘亮	徹上合鍾通三	丑隴
12199	9 副		506	嵱*	漾	寵	影	上	齊	三一収			以上合鍾通三	尹竦	以開 3	餘亮	徹上合鍾通三	丑隴
12201	9 副		507	塎	漾	寵	影	上	齊	三一収			以上合鍾通三	余隴	以開 3	餘亮	徹上合鍾通三	丑隴
12202	9 副		508	靇*	漾	寵	影	上	齊	三一収			影上合鍾通三	委勇	以開 3	餘亮	徹上合鍾通三	丑隴
12203	9 副		509	廱 g*	漾	寵	影	上	齊	三一収			影上合鍾通三	委勇	以開 3	餘亮	徹上合鍾通三	丑隴
12204	9 副		510	㷓*	漾	寵	影	上	齊	三一収			影上合鍾通三	委勇	以開 3	餘亮	徹上合鍾通三	丑隴
12206	9 副	82	511	**繷***	紐	勇	乃	上	齊	三一収		博雅紛～不善也	娘上合鍾通三	乃湩	娘開 3	女久	以上合鍾通三	余隴
12208	9 副	83	512	㙊*	掌	勇	照	上	齊	三一収			知上合鍾通三	展勇	章開 3	諸兩	以上合鍾通三	余隴
12209	9 副		513	煄**	掌	勇	照	上	齊	三一収			章上合鍾通三	之隴	章開 3	諸兩	以上合鍾通三	余隴
12210	9 副	84	514	𢄙*	齒	勇	助	上	齊	三一収			澄上合鍾通三	柱勇	昌開 3	昌里	以上合鍾通三	余隴
12211	9 副	85	515	傇*	忍	勇	耳	上	齊	三一収			日上合鍾通三	乳勇	日開 3	而軫	以上合鍾通三	余隴
12212	9 副		516	䢇*	忍	勇	耳	上	齊	三一収			日上合鍾通三	乳勇	日開 3	而軫	以上合鍾通三	余隴
12213	9 副		517	迒*	忍	勇	耳	上	齊	三一収			日上合鍾通三	乳勇	日開 3	而軫	以上合鍾通三	余隴
12214	9 副		518	坈*	忍	勇	耳	上	齊	三一収			日上合鍾通三	乳勇	日開 3	而軫	以上合鍾通三	余隴
12215	9 副		519	沉*	忍	勇	耳	上	齊	三一収			日上合鍾通三	乳勇	日開 3	而軫	以上合鍾通三	余隴
12216	9 副		520	㼽*	忍	勇	耳	上	齊	三一収			日上合鍾通三	乳勇	日開 3	而軫	以上合鍾通三	余隴
12217	9 副		521	蚖*	忍	勇	耳	上	齊	三一収			日上合鍾通三	乳勇	日開 3	而軫	以上合鍾通三	余隴
12218	9 副		522	𦢊	忍	勇	耳	上	齊	三一収			日上合鍾通三	而隴	日開 3	而軫	以上合鍾通三	余隴
12219	9 副	86	523	𢡖	始	勇	審	上	齊	三一収			禪上合鍾通三	時冗	書開 3	詩止	以上合鍾通三	余隴
12220	9 副	87	524	㩁*	此	勇	淨	上	齊	三一収		表中此位無字	清上合鍾通三	取勇	清開 3	雌氏	以上合鍾通三	余隴
12221	9 副	88	525	褷	想	勇	信	上	齊	三一収			心上合鍾通三	息拱	心開 3	息兩	以上合鍾通三	余隴
12223	9 副		526	傱	想	勇	信	上	齊	三一収			心上合鍾通三	息拱	心開 3	息兩	以上合鍾通三	余隴
12225	9 副		527	蓯	想	勇	信	上	齊	三一収			精上合東通一	作孔	心開 3	息兩	以上合鍾通三	余隴

韻字編號	部序	組數	字數	韻字及何氏反切			韻字何氏音				何萱注釋	備注	韻字中古音		上字中古音		下字中古音	
				韻字	上字	下字	聲	調	呼	韻部			聲調呼韻攝等	反切	聲呼等	反切	聲調呼韻攝等	反切
12226	9副		528	攏	想	勇	信	上	齊	三一収			心上合鍾通三	息拱	心開3	息兩	以上合鍾通三	余隴
12227	9副		529	駷	想	勇	信	上	齊	三一収			心上合鍾通三	息拱	心開3	息兩	以上合鍾通三	余隴
12229	9副	89	530	鞛**	缶	勇	匪	上	齊	三一収			非上合鍾通三	方奉	非開3	方久	以上合鍾通三	余隴
12230	9副		531	溹*	缶	勇	匪	上	齊	三一収			敷上合鍾通三	撫勇	非開3	方久	以上合鍾通三	余隴
12231	9副		532	殜*	缶	勇	匪	上	齊	三一収			敷上合鍾通三	撫勇	非開3	方久	以上合鍾通三	余隴
12232	9副		533	鞤**	缶	勇	匪	上	齊	三一収			非上合鍾通三	方奉	非開3	方久	以上合鍾通三	余隴
12241	9副	90	534	悻*	艮	巷	見	去	開	三十絳		巷	見去開江江二	古巷	見開1	古恨	匣去開江江二	胡絳
12242	9副		535	袶*	艮	巷	見	去	開	三十絳		巷	見去開江江二	古巷	見開1	古恨	匣去開江江二	胡絳
12243	9副		536	稡*	艮	巷	見	去	開	三十絳		巷	見去開江江二	古巷	見開1	古恨	匣去開江江二	胡絳
12244	9副	91	537	巷*	海	絳	曉	去	開	三十絳			曉去開江江二	赫巷	曉開1	呼改	見去開江江二	古巷
12245	9副		538	鬉*	海	絳	曉	去	開	三十絳			曉入合屋通一	呼木	曉開1	呼改	見去開江江二	古巷
12246	9副	92	539	酐*	倍	絳	並	去	開	三十絳			滂去開江江二	匹降	並開1	薄亥	見去開江江二	古巷
12247	9副		540	咔*	倍	絳	並	去	開	三十絳			滂去開江江二	匹降	並開1	薄亥	見去開江江二	古巷
12248	9副		541	炐*	倍	絳	並	去	開	三十絳			滂去開江江二	匹降	並開1	薄亥	見去開江江二	古巷
12250	9副	93	542	恾*	莫	絳	命	去	開	三十絳			明去開江江二	尨巷	明開1	慕各	見去開江江二	古巷
12251	9副	94	543	玒	古	棟	見	去	合	三一貢			見去合東通一	古送	見合1	公戶	端去合東通一	多貢
12252	9副		544	愩 g*	古	棟	見	去	合	三一貢			見去合東通一	古紅	見合1	公戶	端去合東通一	多貢
12253	9副		545	䲨*	古	棟	見	去	合	三一貢			見去合東通一	古送	見合1	公戶	端去合東通一	多貢
12254	9副		546	貢*	古	棟	見	去	合	三一貢			見去合東通一	古送	見合1	公戶	端去合東通一	多貢
12255	9副	95	547	絟*	苦	貢	起	去	合	三一貢			溪去合東通一	苦貢	溪合1	康杜	見去合東通一	古送
12256	9副		548	鞚	苦	貢	起	去	合	三一貢			溪去合東通一	苦貢	溪合1	康杜	見去合東通一	古送
12257	9副		549	腔	苦	貢	起	去	合	三一貢			溪去合東通一	苦貢	溪合1	康杜	見去合東通一	古送
12258	9副	96	550	齆	腕	貢	影	去	合	三一貢			影去合東通一	烏貢	影合1	烏貫	見去合東通一	古送
12259	9副		551	齆*	腕	貢	影	去	合	三一貢			影去合東通一	烏貢	影合1	烏貫	見去合東通一	古送
12260	9副	97	552	瞑*	戶	貢	曉	去	合	三一貢			曉去合東通一	呼貢	匣合1	侯古	見去合東通一	古送
12261	9副		553	幁*	戶	貢	曉	去	合	三一貢			曉去合東通一	呼貢	匣合1	侯古	見去合東通一	古送
12262	9副		554	寊*	戶	貢	曉	去	合	三一貢			匣去合東通一	胡貢	匣合1	侯古	見去合東通一	古送

韻字編號	部序	組數	字數	韻字及何氏反切			韻字何氏音				何萱注釋	備　注	韻字中古音		上字中古音		下字中古音	
				韻字	上字	下字	聲	調	呼	韻部			聲調呼韻攝等	反切	聲呼等	反切	聲調呼韻攝等	反切
12263	9副		555	篊*	戶	貢	曉	去	合	三一貢			曉去合東通一	呼貢	匣合1	侯古	見去合東通一	古送
12264	9副		556	蕻	戶	貢	曉	去	合	三一貢			匣去合東通一	胡貢	匣合1	侯古	見去合東通一	古送
12265	9副	98	557	覙*	睹	貢	短	去	合	三一貢			端去合東通一	多貢	端合1	當古	見去合東通一	古送
12266	9副		558	腖**	睹	貢	短	去	合	三一貢			端去合東通一	都弄	端合1	當古	見去合東通一	古送
12267	9副		559	哢**	睹	貢	短	去	合	三一貢	多言也，玉篇	玉篇作丁動切。此處取此音。動在玉篇作徒孔切，還是上聲。動在何氏的歸部里也作上聲，那是他有意存古。從此看來，動在何氏的讀音里已經是去聲了	端上合東通一	丁動	端合1	當古	見去合東通一	古送
12268	9副		560	倲	睹	貢	短	去	合	三一貢			端平合東通一	德紅	端合1	當古	見去合東通一	古送
12270	9副		561	甋	睹	貢	短	去	合	三一貢			端去合東通一	多貢	端合1	當古	見去合東通一	古送
12271	9副		562	崠	睹	貢	短	去	合	三一貢			端平合東通一	德紅	端合1	當古	見去合東通一	古送
12272	9副		563	辣	睹	貢	短	去	合	三一貢			端去合東通一	多貢	端合1	當古	見去合東通一	古送
12273	9副	99	564	洞	杜	貢	透	去	合	三一貢			定去合東通一	徒弄	定合1	徒古	見去合東通一	古送
12274	9副		565	絧	杜	貢	透	去	合	三一貢			定去合東通一	徒弄	定合1	徒古	見去合東通一	古送
12276	9副		566	衕	杜	貢	透	去	合	三一貢			定去合東通一	徒弄	定合1	徒古	見去合東通一	古送
12277	9副		567	筩*	杜	貢	透	去	合	三一貢			透去合東通一	他貢	定合1	徒古	見去合東通一	古送
12278	9副		568	蹱*	杜	貢	透	去	合	三一貢	頷或作蹱頷		定去合東通一	徒弄	定合1	徒古	見去合東通一	古送
12279	9副		569	湩	杜	貢	透	去	合	三一貢		玉篇：徒孔切又徒弄切	定去合東通一	徒弄	定合1	徒古	見去合東通一	古送
12280	9副		570	翢	杜	貢	透	去	合	三一貢		玉篇：音童又達貢切	定去合東通一	達貢	定合1	徒古	見去合東通一	古送
12281	9副		571	幢*	杜	貢	透	去	合	三一貢			澄去開江江二	文降	定合1	徒古	見去合東通一	古送
12282	9副		572	慟	杜	貢	透	去	合	三一貢			定去合東通一	徒弄	定合1	徒古	見去合東通一	古送
12283	9副	100	573	濃*	煗	貢	乃	去	合	三一貢			泥去合東通一	奴凍	泥合1	乃管	見去合東通一	古送

韻字編號	部序	組數	字數	韻字及何氏反切			韻字何氏音				何萱注釋	備　注	韻字中古音		上字中古音		下字中古音	
				韻字	上字	下字	聲	調	呼	韻部			聲調呼韻攝等	反切	聲呼等	反切	聲調呼韻攝等	反切
12284	9 副	101	574	㤬	磊	貢	賚	去	合	三一貢			來去合東通一	盧貢	來合 1	落猥	見去合東通一	古送
12285	9 副		575	裞*	磊	貢	賚	去	合	三一貢			來去合東通一	盧貢	來合 1	落猥	見去合東通一	古送
12286	9 副		576	庲	磊	貢	賚	去	合	三一貢			來去合東通一	盧貢	來合 1	落猥	見去合東通一	古送
12287	9 副		577	窙*	磊	貢	賚	去	合	三一貢			來去合東通一	盧貢	來合 1	落猥	見去合東通一	古送
12288	9 副		578	郝*	磊	貢	賚	去	合	三一貢			來去合東通一	盧貢	來合 1	落猥	見去合東通一	古送
12289	9 副		579	涄	磊	貢	賚	去	合	三一貢			來去合東通一	盧貢	來合 1	落猥	見去合東通一	古送
12290	9 副		580	哢	磊	貢	賚	去	合	三一貢			來去合東通一	盧貢	來合 1	落猥	見去合東通一	古送
12291	9 副		581	斄*	磊	貢	賚	去	合	三一貢			來去開齊蟹四	郎計	來合 1	落猥	見去合東通一	古送
12292	9 副	102	582	㓻*	祖	貢	井	去	合	三一貢	或作㔖		精去合東通一	作弄	精合 1	則古	見去合東通一	古送
12293	9 副		583	偬	祖	貢	井	去	合	三一貢			精去合東通一	作弄	精合 1	則古	見去合東通一	古送
12295	9 副		584	鞻*	祖	貢	井	去	合	三一貢			精去合東通一	作弄	精合 1	則古	見去合東通一	古送
12296	9 副		585	糉	祖	貢	井	去	合	三一貢			精去合東通一	作弄	精合 1	則古	見去合東通一	古送
12297	9 副		586	錝	祖	貢	井	去	合	三一貢			精去合冬通一	子宋	精合 1	則古	見去合東通一	古送
12298	9 副		587	碂*	祖	貢	井	去	合	三一貢			精去合冬通一	子宋	精合 1	則古	見去合東通一	古送
12299	9 副		588	猔	祖	貢	井	去	合	三一貢			精去合冬通一	子宋	精合 1	則古	見去合東通一	古送
12300	9 副		589	㹐*	祖	貢	井	去	合	三一貢			精平合東通一	祖叢	精合 1	則古	見去合東通一	古送
12301	9 副	103	590	憁	寸	貢	淨	去	合	三一貢			清去合東通一	千弄	清合 1	倉困	見去合東通一	古送
12302	9 副		591	**謥**	寸	貢	淨	去	合	三一貢			清去合東通一	千弄	清合 1	倉困	見去合東通一	古送
12304	9 副		592	篵*	寸	貢	淨	去	合	三一貢			清去合東通一	千弄	清合 1	倉困	見去合東通一	古送
12305	9 副	104	593	凇	巽	貢	信	去	合	三一貢			心去合東通一	蘇弄	心合 1	蘇困	見去合東通一	古送
12308	9 副		594	倧	巽	貢	信	去	合	三一貢		這里取宋廣韻音，存古	心去合冬通一	蘇統	心合 1	蘇困	見去合東通一	古送
12309	9 副		595	菘*	巽	貢	信	去	合	三一貢			心去合冬通一	蘇綜	心合 1	蘇困	見去合東通一	古送
12311	9 副	105	596	䲓*	慢	棟	命	去	合	三一貢			明去合東通一	蒙弄	明開 2	謨晏	端去合東通一	多貢
12313	9 副		597	霿*	慢	棟	命	去	合	三一貢			明去合東通一	蒙弄	明開 2	謨晏	端去合東通一	多貢
12316	9 副		598	懞*	慢	棟	命	去	合	三一貢			明去合東通一	蒙弄	明開 2	謨晏	端去合東通一	多貢
12317	9 副	106	599	甬*	漾	誦	影	去	齊	三二共			以去合鍾通三	余頌	以開 3	餘亮	邪去合鍾通三	似用
12318	9 副		600	苚*	漾	誦	影	去	齊	三二共			以去合鍾通三	余頌	以開 3	餘亮	邪去合鍾通三	似用
12320	9 副		601	灉*	漾	誦	影	去	齊	三二共			影去合鍾通三	於用	以開 3	餘亮	邪去合鍾通三	似用

韻字編號	部序	組數	字數	韻字及何氏反切			韻字何氏音				何萱注釋	備注	韻字中古音		上字中古音		下字中古音	
				韻字	上字	下字	聲	調	呼	韻部			聲調呼韻攝等	反切	聲呼等	反切	聲調呼韻攝等	反切
12322	9副		602	禮*	漾	誦	影	去	齊	三二共			影去合鍾通三	於用	以開3	餘亮	邪去合鍾通三	似用
12323	9副		603	軈*	漾	誦	影	去	齊	三二共			影平合鍾通三	於容	以開3	餘亮	邪去合鍾通三	似用
12324	9副	107	604	贚	亮	用	賚	去	齊	三二共			來去合鍾通三	良用	來開3	力讓	以去合鍾通三	余頌
12325	9副		605	寵*	亮	用	賚	去	齊	三二共			來去合鍾通三	良用	來開3	力讓	以去合鍾通三	余頌
12326	9副	108	606	諥	掌	用	照	去	齊	三二共			知去合鍾通三	竹用	章開3	諸兩	以去合鍾通三	余頌
12327	9副		607	堹	掌	用	照	去	齊	三二共			知去合鍾通三	竹用	章開3	諸兩	以去合鍾通三	余頌
12328	9副	109	608	瓺	齒	誦	助	去	齊	三二共	瓺或作甀		章去合鍾通三	之用	昌開3	昌里	邪去合鍾通三	似用
12329	9副		609	鍾	齒	誦	助	去	齊	三二共			澄去合鍾通三	柱用	昌開3	昌里	邪去合鍾通三	似用
12330	9副		610	尰*	齒	誦	助	去	齊	三二共			昌去合鍾通三	昌用	昌開3	昌里	邪去合鍾通三	似用
12332	9副		611	揰*	齒	誦	助	去	齊	三二共			昌去合鍾通三	昌用	昌開3	昌里	邪去合鍾通三	似用
12333	9副		612	楂*	齒	誦	助	去	齊	三二共			昌去合鍾通三	昌用	昌開3	昌里	邪去合鍾通三	似用
12334	9副	110	613	祇*	忍	誦	耳	去	齊	三二共			日去合鍾通三	戎用	日開3	而軫	邪去合鍾通三	似用
12335	9副		614	鴧*	忍	誦	耳	去	齊	三二共			日去合鍾通三	戎用	日開3	而軫	邪去合鍾通三	似用
12336	9副		615	鱅	忍	誦	耳	去	齊	三二共			日去合鍾通三	而用	日開3	而軫	邪去合鍾通三	似用
12337	9副	111	616	俸	缶	用	匪	去	齊	三二共			奉去合鍾通三	扶用	非開3	方久	以去合鍾通三	余頌
12338	9副		617	韸	缶	用	匪	去	齊	三二共			奉去合鍾通三	扶用	非開3	方久	以去合鍾通三	余頌
12339	9副		618	髼*	缶	用	匪	去	齊	三二共			奉去合鍾通三	房用	非開3	方久	以去合鍾通三	余頌
12340	9副		619	湗*	缶	用	匪	去	齊	三二共			敷去合鍾通三	芳用	非開3	方久	以去合鍾通三	余頌
12341	9副	112	620	啌*	訓	仲	曉	去	撮	三三眾			匣去合東通一	胡貢	曉合3	許運	澄去合東通三	直衆
12342	9副	113	621	礲	呂	仲	賚	去	撮	三三眾			來平合冬通一	力冬	來合3	力舉	澄去合東通三	直衆
12343	9副	114	622	神*	處	衆	助	去	撮	三三眾			澄去合東通三	直眾	昌合3	昌與	章去合東通三	之仲
12344	9副		623	神**	處	衆	助	去	撮	三三眾			澄上合鍾通三	直勇	昌合3	昌與	章去合東通三	之仲
12345	9副		624	茽*	處	衆	助	去	撮	三三眾			澄去合東通三	直眾	昌合3	昌與	章去合東通三	之仲
12346	9副		625	蚛	處	衆	助	去	撮	三三眾			崇去合東通三	直眾	昌合3	昌與	章去合東通三	之仲
12347	9副		626	蝕g*	處	衆	助	去	撮	三三眾			澄去合東通三	直眾	昌合3	昌與	章去合東通三	之仲
12348	9副		627	剶	處	衆	助	去	撮	三三眾			崇去合東通三	仕仲	昌合3	昌與	章去合東通三	之仲
12350	9副		628	銃	處	衆	助	去	撮	三三眾			昌去合東通三	充仲	昌合3	昌與	章去合東通三	之仲
12351	9副		629	梳*	處	衆	助	去	撮	三三眾			昌去合東通三	充仲	昌合3	昌與	章去合東通三	之仲
12352	9副		630	筅*	處	衆	助	去	撮	三三眾		字頭原作莌，據注釋應為筅	昌去合東通三	充仲	昌合3	昌與	章去合東通三	之仲
12353	9副	115	631	賵	甫	仲	匪	去	撮	三三眾	三部九部兩讀		敷去合東通三	撫鳳	非合3	方矩	澄去合東通三	直衆

第十部正編

韻字編號	部序	組數	字數	韻字及何氏反切			韻字何氏音				何萱注釋	備注	韻字中古音		上字中古音		下字中古音	
				韻字	上字	下字	聲	調	呼	韻部			聲調呼韻攝等	反切	聲呼等	反切	聲調呼韻攝等	反切
12354	10 正		1	岡	改	倉	見	陰平	開	三五岡			見平開唐宕一	古郎	見開 1	古亥	清平開唐宕一	七岡
12355	10 正		2	剛	改	倉	見	陰平	開	三五岡			見平開唐宕一	古郎	見開 1	古亥	清平開唐宕一	七岡
12356	10 正		3	綱	改	倉	見	陰平	開	三五岡			見平開唐宕一	古郎	見開 1	古亥	清平開唐宕一	七岡
12357	10 正		4	棡	改	倉	見	陰平	開	三五岡			見平開唐宕一	古郎	見開 1	古亥	清平開唐宕一	七岡
12358	10 正		5	羹	改	倉	見	陰平	開	三五岡			見平開庚梗二	古行	見開 1	古亥	清平開唐宕一	七岡
12359	10 正		6	庚	改	倉	見	陰平	開	三五岡			見平開庚梗二	古行	見開 1	古亥	清平開唐宕一	七岡
12360	10 正		7	更	改	倉	見	陰平	開	三五岡	平去兩讀。㪅隸作更	㪅集韻只有去聲一讀	見平開庚梗二	古行	見開 1	古亥	清平開唐宕一	七岡
12363	10 正		8	緪	改	倉	見	陰平	開	三五岡	平上兩讀，俗有䌹	玉篇古杏切。此處可能讀成諧成偏旁更了。取更廣韻音	見平開庚梗二	古行	見開 1	古亥	清平開唐宕一	七岡
12364	10 正		9	亢	改	倉	見	陰平	開	三五岡	平聲兩見又去聲義分		見平開唐宕一	古郎	見開 1	古亥	清平開唐宕一	七岡
12370	10 正		10	秔	改	倉	見	陰平	開	三五岡			見平開庚梗二	古行	見開 1	古亥	清平開唐宕一	七岡
12371	10 正		11	魧	改	倉	見	陰平	開	三五岡			見平開唐宕一	古郎	見開 1	古亥	清平開唐宕一	七岡
12372	10 正	2	12	穅	口	岡	起	陰平	開	三五岡			溪平開唐宕一	苦岡	溪開 1	苦后	見平開唐宕一	古郎
12373	10 正		13	康	口	岡	起	陰平	開	三五岡			溪平開唐宕一	苦岡	溪開 1	苦后	見平開唐宕一	古郎
12374	10 正		14	歑	口	岡	起	陰平	開	三五岡			溪平開唐宕一	苦岡	溪開 1	苦后	見平開唐宕一	古郎
12375	10 正		15	漮	口	岡	起	陰平	開	三五岡			溪平開唐宕一	苦岡	溪開 1	苦后	見平開唐宕一	古郎
12376	10 正		16	㲆	口	岡	起	陰平	開	三五岡			溪平開唐宕一	苦岡	溪開 1	苦后	見平開唐宕一	古郎
12378	10 正		17	阬	口	岡	起	陰平	開	三五岡			溪平開庚梗二	客庚	溪開 1	苦后	見平開唐宕一	古郎
12379	10 正	3	18	亨	海	岡	曉	陰平	開	三五岡	平聲兩讀皆引申之義也本義讀上聲。亯隸作亨	亯只集韻有一讀	曉平開庚梗二	許庚	曉開 1	呼改	見平開唐宕一	古郎

韻字編號	部序	組數	字數	韻字及何氏反切			韻字何氏音				何萱注釋	備注	韻字中古音		上字中古音		下字中古音	
				韻字	上字	下字	聲	調	呼	韻部			聲調呼韻攝等	反切	聲呼等	反切	聲調呼韻攝等	反切
12383	10 正	4	19	**當**	帶	倉	短	陰平	開	三五岡			端平開唐宕一	都郎	端開 1	當蓋	清平開唐宕一	七岡
12385	10 正		20	鐺	帶	倉	短	陰平	開	三五岡			端平開唐宕一	都郎	端開 1	當蓋	清平開唐宕一	七岡
12386	10 正		21	簹*	帶	倉	短	陰平	開	三五岡			端平開唐宕一	都郎	端開 1	當蓋	清平開唐宕一	七岡
12387	10 正	5	22	**湯**	坦	岡	透	陰平	開	三五岡	兩讀義分		透平開唐宕一	吐郎	透開 1	他但	見平開唐宕一	古郎
12389	10 正		23	蕩 g*	坦	岡	透	陰平	開	三五岡	又上聲，今音也		透平開唐宕一	他郎	透開 1	他但	見平開唐宕一	古郎
12394	10 正		24	鼞	坦	岡	透	陰平	開	三五岡			透平開唐宕一	吐郎	透開 1	他但	見平開唐宕一	古郎
12395	10 正		25	鏜	坦	岡	透	陰平	開	三五岡			透平開唐宕一	吐郎	透開 1	他但	見平開唐宕一	古郎
12396	10 正	6	26	橕	茝	岡	助	陰平	開	三五岡		韻目歸入坦岡切，表中作助母的字頭，上字改為茝	徹平開庚梗二	丑庚	昌開 1	昌紿	見平開唐宕一	古郎
12397	10 正	7	27	**湯**	稍	岡	審	陰平	開	三五岡	重見		書平開陽宕三	式羊	生開 2	所教	見平開唐宕一	古郎
12400	10 正	8	28	**臧**	宰	倉	井	陰平	開	三五岡	平聲兩見又去聲	就是藏字，與藏字異讀	精平開唐宕一	則郎	精開 1	作亥	清平開唐宕一	七岡
12403	10 正		29	牂	宰	倉	井	陰平	開	三五岡			精平開唐宕一	則郎	精開 1	作亥	清平開唐宕一	七岡
12404	10 正	9	30	**倉**	粲	岡	淨	陰平	開	三五岡			清平開唐宕一	七岡	清開 1	蒼案	見平開唐宕一	古郎
12405	10 正		31	蒼	粲	岡	淨	陰平	開	三五岡			清平開唐宕一	七岡	清開 1	蒼案	見平開唐宕一	古郎
12406	10 正		32	滄	粲	岡	淨	陰平	開	三五岡			清平開唐宕一	七岡	清開 1	蒼案	見平開唐宕一	古郎
12407	10 正		33	匼	粲	岡	淨	陰平	開	三五岡			清平開唐宕一	七岡	清開 1	蒼案	見平開唐宕一	古郎
12408	10 正		34	鶬	粲	岡	淨	陰平	開	三五岡			清平開唐宕一	七岡	清開 1	蒼案	見平開唐宕一	古郎
12409	10 正		35	牄	粲	岡	淨	陰平	開	三五岡	又五部上聲注在彼。萱按牄從角爿聲宜在此此姑兩見焉	表注：又十五部上。正文作：又五部上聲注在彼。表誤。牄集韻有崇覺，仕角切一讀。此處用的牄廣韻音	清平合模遇一	倉胡	清開 1	蒼案	見平開唐宕一	古郎
12410	10 正	10	36	**桑**	散	岡	信	陰平	開	三五岡			心平開唐宕一	息郎	心開 1	蘇旱	見平開唐宕一	古郎
12411	10 正		37	喪	散	岡	信	陰平	開	三五岡	又去聲今音也。器隸作喪	器查集韻只有一讀	心平開唐宕一	息郎	心開 1	蘇旱	見平開唐宕一	古郎

韻字編號	部序	組數	字數	韻字及何氏反切			韻字何氏音				何萱注釋	備注	韻字中古音		上字中古音		下字中古音	
				韻字	上字	下字	聲	調	呼	韻部			聲調呼韻攝等	反切	聲呼等	反切	聲調呼韻攝等	反切
12414	10 正	11	38	**兵***	保	倉	謗	陰平	開	三五岡			幫平開庚梗三	晡明	幫開 1	博抱	清平開唐宕一	七岡
12415	10 正		39	鬃	保	倉	謗	陰平	開	三五岡			幫平開庚梗二	甫盲	幫開 1	博抱	清平開唐宕一	七岡
12416	10 正		40	嗙	保	倉	謗	陰平	開	三五岡			幫平開庚梗二	甫盲	幫開 1	博抱	清平開唐宕一	七岡
12417	10 正		41	榜	保	倉	謗	陰平	開	三五岡			並平開庚梗二	薄庚	幫開 1	博抱	清平開唐宕一	七岡
12421	10 正	12	42	斜g*	倍	岡	並	陰平	開	三五岡			並平開唐宕一	蒲光	並開 1	薄亥	見平開唐宕一	古郎
12422	10 正		43	**滂**	倍	岡	並	陰平	開	三五岡			滂平開唐宕一	普郎	並開 1	薄亥	見平開唐宕一	古郎
12424	10 正		44	**亨**	倍	岡	並	陰平	開	三五岡	平聲兩讀又上聲義分。亭隸作亨	亭只集韻有一讀	滂平開庚梗二	撫庚	並開 1	薄亥	見平開唐宕一	古郎
12427	10 正	13	45	行	海	郎	曉	陽平	開	三五岡	平去兩讀義分	表注：平上兩讀義分，正文作平去兩讀義分。表誤	匣平開唐宕一	胡郎	曉開 1	呼改	來平開唐宕一	魯當
12431	10 正		46	胻	海	郎	曉	陽平	開	三五岡			匣平開唐宕一	胡郎	曉開 1	呼改	來平開唐宕一	魯當
12434	10 正		47	**珩**	海	郎	曉	陽平	開	三五岡			匣平開庚梗二	戶庚	曉開 1	呼改	來平開唐宕一	魯當
12435	10 正		48	洐	海	郎	曉	陽平	開	三五岡			匣平開庚梗二	戶庚	曉開 1	呼改	來平開唐宕一	魯當
12436	10 正		49	衡	海	郎	曉	陽平	開	三五岡			匣平開庚梗二	戶庚	曉開 1	呼改	來平開唐宕一	魯當
12439	10 正		50	亢 g*	海	郎	曉	陽平	開	三五岡	平聲兩讀又去聲		匣平開唐宕一	寒剛	曉開 1	呼改	來平開唐宕一	魯當
12444	10 正		51	迒	海	郎	曉	陽平	開	三五岡			匣平開唐宕一	胡郎	曉開 1	呼改	來平開唐宕一	魯當
12445	10 正		52	笐	海	郎	曉	陽平	開	三五岡	平去兩讀義分		見平開唐宕一	古郎	曉開 1	呼改	來平開唐宕一	魯當
12446	10 正		53	斻*	海	郎	曉	陽平	開	三五岡			匣平開唐宕一	寒剛	曉開 1	呼改	來平開唐宕一	魯當
12447	10 正		54	沆	海	郎	曉	陽平	開	三五岡		原書缺該字，據何氏注補	匣平開唐宕一	胡郎	曉開 1	呼改	來平開唐宕一	魯當
12448	10 正	14	55	**堂**	坦	郎	透	陽平	開	三五岡			定平開唐宕一	徒郎	透開 1	他但	來平開唐宕一	魯當
12450	10 正		56	闛	坦	郎	透	陽平	開	三五岡			透平開唐宕一	吐郎	透開 1	他但	來平開唐宕一	魯當
12451	10 正		57	鄌*	坦	郎	透	陽平	開	三五岡			定平開唐宕一	徒郎	透開 1	他但	來平開唐宕一	魯當
12452	10 正		58	棠	坦	郎	透	陽平	開	三五岡			定平開唐宕一	徒郎	透開 1	他但	來平開唐宕一	魯當
12453	10 正		59	瞠	坦	郎	透	陽平	開	三五岡			澄平開庚梗二	直庚	透開 1	他但	來平開唐宕一	魯當
12458	10 正		60	踼	坦	郎	透	陽平	開	三五岡			透平開唐宕一	吐郎	透開 1	他但	來平開唐宕一	魯當

韻字編號	部序	組數	字數	韻字及何氏反切			韻字何氏音				何萱注釋	備　注	韻字中古音		上字中古音		下字中古音	
				韻字	上字	下字	聲	調	呼	韻部			聲調呼韻攝等	反切	聲呼等	反切	聲調呼韻攝等	反切
12461	10 正		61	鍚*	坦	郎	透	陽平	開	三五岡	兩見注在彼		定平開唐宕一	徒郎	透開 1	他但	來平開唐宕一	魯當
12462	10 正		62	唐	坦	郎	透	陽平	開	三五岡			定平開唐宕一	徒郎	透開 1	他但	來平開唐宕一	魯當
12463	10 正		63	鎕	坦	郎	透	陽平	開	三五岡			定平開唐宕一	徒郎	透開 1	他但	來平開唐宕一	魯當
12464	10 正	15	64	瓕*	奈	唐	乃	陽平	開	三五岡	鬡簹瓕		娘平開庚梗二	尼庚	泥開 1	奴帶	定平開唐宕一	徒郎
12466	10 正		65	**囊**	奈	唐	乃	陽平	開	三五岡			泥平開唐宕一	奴當	泥開 1	奴帶	定平開唐宕一	徒郎
12467	10 正	16	66	**郎**	老	唐	賚	陽平	開	三五岡			來平開唐宕一	魯當	來開 1	盧晧	定平開唐宕一	徒郎
12468	10 正		67	㝗	老	唐	賚	陽平	開	三五岡			來平開唐宕一	魯當	來開 1	盧晧	定平開唐宕一	徒郎
12470	10 正		68	浪	老	唐	賚	陽平	開	三五岡	平去兩讀義分		來平開唐宕一	魯當	來開 1	盧晧	定平開唐宕一	徒郎
12472	10 正		69	琅	老	唐	賚	陽平	開	三五岡			來平開唐宕一	魯當	來開 1	盧晧	定平開唐宕一	徒郎
12473	10 正		70	鋃	老	唐	賚	陽平	開	三五岡			來平開唐宕一	魯當	來開 1	盧晧	定平開唐宕一	徒郎
12474	10 正		71	稂	老	唐	賚	陽平	開	三五岡			來平開唐宕一	魯當	來開 1	盧晧	定平開唐宕一	徒郎
12475	10 正		72	狼	老	唐	賚	陽平	開	三五岡			來平開唐宕一	魯當	來開 1	盧晧	定平開唐宕一	徒郎
12476	10 正		73	蜋	老	唐	賚	陽平	開	三五岡			來平開唐宕一	魯當	來開 1	盧晧	定平開唐宕一	徒郎
12477	10 正		74	桹	老	唐	賚	陽平	開	三五岡			來平開唐宕一	魯當	來開 1	盧晧	定平開唐宕一	徒郎
12478	10 正		75	筤	老	唐	賚	陽平	開	三五岡			來平開唐宕一	魯當	來開 1	盧晧	定平開唐宕一	徒郎
12479	10 正		76	莨	老	唐	賚	陽平	開	三五岡			來平開唐宕一	魯當	來開 1	盧晧	定平開唐宕一	徒郎
12480	10 正		77	蓈	老	唐	賚	陽平	開	三五岡			來平開唐宕一	魯當	來開 1	盧晧	定平開唐宕一	徒郎
12481	10 正	17	78	**棖**	茝	郎	助	陽平	開	三五岡			澄平開庚梗二	直庚	昌開 1	昌紿	來平開唐宕一	魯當
12482	10 正	18	79	**藏**	采	郎	淨	陽平	開	三五岡	平聲兩見又去聲	就是臧字，與臧字異讀	從平開唐宕一	昨郎	清開 1	倉宰	來平開唐宕一	魯當
12484	10 正	19	80	**卬**	我	郎	我	陽平	開	三五岡	平去兩讀		疑平開唐宕一	五剛	疑開 1	五可	來平開唐宕一	魯當
12486	10 正		81	䩕	我	郎	我	陽平	開	三五岡			疑平開唐宕一	五剛	疑開 1	五可	來平開唐宕一	魯當
12487	10 正		82	䭲	我	郎	我	陽平	開	三五岡	平去兩讀		疑平開唐宕一	五剛	疑開 1	五可	來平開唐宕一	魯當
12488	10 正		83	枊	我	郎	我	陽平	開	三五岡	平去兩讀		疑平開唐宕一	五剛	疑開 1	五可	來平開唐宕一	魯當
12490	10 正		84	茚	我	郎	我	陽平	開	三五岡			疑平開唐宕一	五剛	疑開 1	五可	來平開唐宕一	魯當
12492	10 正	20	85	**旁***	倍	郎	並	陽平	開	三五岡			並平開唐宕一	蒲光	並開 1	薄亥	來平開唐宕一	魯當
12493	10 正		86	傍	倍	郎	並	陽平	開	三五岡	平去兩讀		並平開唐宕一	步光	並開 1	薄亥	來平開唐宕一	魯當

韻字編號	部序	組數	字數	韻字及何氏反切			韻字何氏音				何萱注釋	備注	韻字中古音		上字中古音		下字中古音	
				韻字	上字	下字	聲	調	呼	韻部			聲調呼韻攝等	反切	聲呼等	反切	聲調呼韻攝等	反切
12495	10 正		87	搒	倍	郎	並	陽平	開	三五岡	平去兩讀此今義彼古義	實三見	並平開庚梗二	薄庚	並開 1	薄亥	來平開唐宕一	魯當
12497	10 正		88	膀	倍	郎	並	陽平	開	三五岡			並平開唐宕一	步光	並開 1	薄亥	來平開唐宕一	魯當
12498	10 正		89	磅	倍	郎	並	陽平	開	三五岡			並平開唐宕一	步光	並開 1	薄亥	來平開唐宕一	魯當
12499	10 正		90	鄁	倍	郎	並	陽平	開	三五岡			並平開唐宕一	步光	並開 1	薄亥	來平開唐宕一	魯當
12500	10 正		91	騯	倍	郎	並	陽平	開	三五岡	平去兩讀。		並平開唐宕一	步光	並開 1	薄亥	來平開唐宕一	魯當
12504	10 正		92	趽	倍	郎	並	陽平	開	三五岡			並平開唐宕一	步光	並開 1	薄亥	來平開唐宕一	魯當
12507	10 正		93	彭	倍	郎	並	陽平	開	三五岡			並平開庚梗二	薄庚	並開 1	薄亥	來平開唐宕一	魯當
12508	10 正		94	怲*	倍	郎	並	陽平	開	三五岡			幫上開庚梗三	補永	並開 1	薄亥	來平開唐宕一	魯當
12510	10 正	21	95	莔	莫	郎	命	陽平	開	三五岡	莔或作莔		明平開唐宕一	莫郎	明開 1	慕各	來平開唐宕一	魯當
12512	10 正		96	盳*	莫	郎	命	陽平	開	三五岡	㒀或作盳		明平開唐宕一	謨郎	明開 1	慕各	來平開唐宕一	魯當
12514	10 正		97	甿	莫	郎	命	陽平	開	三五岡			明平開耕梗二	莫耕	明開 1	慕各	來平開唐宕一	魯當
12515	10 正		98	氓	莫	郎	命	陽平	開	三五岡			明平開耕梗二	莫耕	明開 1	慕各	來平開唐宕一	魯當
12517	10 正		99	邙	莫	郎	命	陽平	開	三五岡			明平開唐宕一	莫郎	明開 1	慕各	來平開唐宕一	魯當
12518	10 正		100	䖟	莫	郎	命	陽平	開	三五岡			明平開耕梗二	武庚	明開 1	慕各	來平開唐宕一	魯當
12520	10 正		101	芒	莫	郎	命	陽平	開	三五岡			明平開唐宕一	莫郎	明開 1	慕各	來平開唐宕一	魯當
12521	10 正		102	莣	莫	郎	命	陽平	開	三五岡		反切疑有誤	微平合陽宕三	武方	明開 1	慕各	來平開唐宕一	魯當
12522	10 正		103	統	莫	郎	命	陽平	開	三五岡		絖統	曉平合唐宕一	呼光	明開 1	慕各	來平開唐宕一	魯當
12523	10 正		104	幌	莫	郎	命	陽平	開	三五岡		幌幌	曉平合唐宕一	呼光	明開 1	慕各	來平開唐宕一	魯當
12524	10 正		105	鱛	莫	郎	命	陽平	開	三五岡	鰽俗有鱛		明去開登曾一	武亘	明開 1	慕各	來平開唐宕一	魯當
12525	10 正		106	囧	莫	郎	命	陽平	開	三五岡	平上兩讀……古音在十部，……讀若芒也	玉篇俱永切。此處取芒廣韻音	明平開唐宕一	莫郎	明開 1	慕各	來平開唐宕一	魯當
12526	10 正		107	莔	莫	郎	命	陽平	開	三五岡			明平開庚梗二	武庚	明開 1	慕各	來平開唐宕一	魯當
12527	10 正		108	朙*	莫	郎	命	陽平	開	三五岡			明平開庚梗三	眉兵	明開 1	慕各	來平開唐宕一	魯當
12528	10 正		109	盟*	莫	郎	命	陽平	開	三五岡			明平開庚梗三	眉兵	明開 1	慕各	來平開唐宕一	魯當
12530	10 正		110	萌	莫	郎	命	陽平	開	三五岡	萠或作萌		明平開耕梗二	莫耕	明開 1	慕各	來平開唐宕一	魯當

韻字編號	部序	組數	字數	韻字及何氏反切			韻字何氏音				何萱注釋	備　注	韻字中古音		上字中古音		下字中古音	
				韻字	上字	下字	聲	調	呼	韻部			聲調呼韻攝等	反切	聲呼等	反切	聲調呼韻攝等	反切
12531	10 正		111	皿	莫	郎	命	陽平	開	三五岡	平上兩讀注在彼。古猛孟皆讀如芒，皿在下部。今音武永切。	讀如芒，為古音。此處為芒廣韻音	明平開唐宕一	莫郎	明開 1	慕各	來平開唐宕一	魯當
12533	10 正		112	盌	莫	郎	命	陽平	開	三五岡	平上兩讀注在彼		明上開庚梗三	武永	明開 1	慕各	來平開唐宕一	魯當
12535	10 正		113	猛	莫	郎	命	陽平	開	三五岡	平上兩讀注在彼	據皿下注釋，猛字讀如芒，為古音。此處為芒廣韻音	明平開唐宕一	莫郎	明開 1	慕各	來平開唐宕一	魯當
12536	10 正		114	孟	莫	郎	命	陽平	開	三五岡	平去兩讀	據皿下注釋，孟字讀如芒，為古音。此處為芒廣韻音	明平開唐宕一	莫郎	明開 1	慕各	來平開唐宕一	魯當
12540	10 正		115	黽 g*	莫	郎	命	陽平	開	三五岡	平去兩讀		明平開庚梗二	眉耕	明開 1	慕各	來平開唐宕一	魯當
12541	10 正		116	鄳	莫	郎	命	陽平	開	三五岡			明上開耕梗二	武幸	明開 1	慕各	來平開唐宕一	魯當
12542	10 正	22	117	**光**	古	汪	見	陰平	合	三六光	灮隸作光		見平合唐宕一	古黃	見合 1	公戶	影平合唐宕一	烏光
12543	10 正		118	侊	古	汪	見	陰平	合	三六光			見平合唐宕一	古黃	見合 1	公戶	影平合唐宕一	烏光
12545	10 正		119	觵	古	汪	見	陰平	合	三六光			見平合庚梗二	古橫	見合 1	公戶	影平合唐宕一	烏光
12546	10 正		120	駫	古	汪	見	陰平	合	三六光			見平合青梗四	古螢	見合 1	公戶	影平合唐宕一	烏光
12547	10 正		121	洸	古	汪	見	陰平	合	三六光			見平合唐宕一	古黃	見合 1	公戶	影平合唐宕一	烏光
12549	10 正	23	122	**汪**	甕	光	影	陰平	合	三六光			影平合唐宕一	烏光	影合 1	烏貢	見平合唐宕一	古黃
12550	10 正		123	尣	甕	光	影	陰平	合	三六光	尪尣古文		影平合唐宕一	烏光	影合 1	烏貢	見平合唐宕一	古黃
12551	10 正	24	124	巟	戶	光	曉	陰平	合	三六光			曉平合唐宕一	呼光	匣合 1	侯古	見平合唐宕一	古黃
12552	10 正		125	**荒**	戶	光	曉	陰平	合	三六光			曉平合唐宕一	呼光	匣合 1	侯古	見平合唐宕一	古黃
12554	10 正		126	穢*	戶	光	曉	陰平	合	三六光		穢稅	曉平合唐宕一	呼光	匣合 1	侯古	見平合唐宕一	古黃
12555	10 正		127	謊	戶	光	曉	陰平	合	三六光		謊謊	曉平合唐宕一	呼光	匣合 1	侯古	見平合唐宕一	古黃
12558	10 正		128	驉*	戶	光	曉	陰平	合	三六光			曉平合唐宕一	呼光	匣合 1	侯古	見平合唐宕一	古黃
12559	10 正		129	衁	戶	光	曉	陰平	合	三六光			曉平合唐宕一	呼光	匣合 1	侯古	見平合唐宕一	古黃
12560	10 正	25	130	妝	腫	汪	照	陰平	合	三六光			莊平開陽宕三	側羊	章合 3	之隴	影平合唐宕一	烏光

韻字編號	部序	組數	字數	韻字及何氏反切			韻字何氏音				何萱注釋	備注	韻字中古音		上字中古音		下字中古音	
				韻字	上字	下字	聲	調	呼	韻部			聲調呼韻攝等	反切	聲呼等	反切	聲調呼韻攝等	反切
12561	10 正		131	裝	腫	汪	照	陰平	合	三六光			莊平開陽宕三	側羊	章合 3	之隴	影平合唐宕一	烏光
12562	10 正		132	莊	腫	汪	照	陰平	合	三六光			莊平開陽宕三	側羊	章合 3	之隴	影平合唐宕一	烏光
12563	10 正	26	133	創	蠢	汪	助	陰平	合	三六光	刅創或		初平開陽宕三	初良	昌合 3	尺尹	影平合唐宕一	烏光
12564	10 正	27	134	霜	社	光	審	陰平	合	三六光			生平開陽宕三	色莊	禪開 3	常者	見平合唐宕一	古黃
12565	10 正		135	鷞	社	光	審	陰平	合	三六光			生平開陽宕三	色莊	禪開 3	常者	見平合唐宕一	古黃
12566	10 正	28	136	匚	奉	光	匪	陰平	合	三六光			非平合陽宕三	府良	奉合 3	扶隴	見平合唐宕一	古黃
12567	10 正		137	方	奉	光	匪	陰平	合	三六光			非平合陽宕三	府良	奉合 3	扶隴	見平合唐宕一	古黃
12568	10 正		138	妨	奉	光	匪	陰平	合	三六光	平去兩讀		敷平合陽宕三	敷方	奉合 3	扶隴	見平合唐宕一	古黃
12570	10 正		139	鈁	奉	光	匪	陰平	合	三六光			非平合陽宕三	府良	奉合 3	扶隴	見平合唐宕一	古黃
12571	10 正		140	肪	奉	光	匪	陰平	合	三六光			奉平合陽宕三	符方	奉合 3	扶隴	見平合唐宕一	古黃
12573	10 正		141	芳	奉	光	匪	陰平	合	三六光			敷平合陽宕三	敷方	奉合 3	扶隴	見平合唐宕一	古黃
12574	10 正		142	枋	奉	光	匪	陰平	合	三六光			非平合陽宕三	府良	奉合 3	扶隴	見平合唐宕一	古黃
12575	10 正		143	邡	奉	光	匪	陰平	合	三六光			非平合陽宕三	府良	奉合 3	扶隴	見平合唐宕一	古黃
12577	10 正		144	旊	奉	光	匪	陰平	合	三六光			非去合陽宕三	甫妄	奉合 3	扶隴	見平合唐宕一	古黃
12578	10 正	29	145	堇	戶	防	曉	陽平	合	三六光	䍿或堇		匣平合唐宕一	胡光	匣合 1	侯古	奉平合陽宕三	符方
12579	10 正		146	翌	戶	防	曉	陽平	合	三六光			匣平合唐宕一	胡光	匣合 1	侯古	奉平合陽宕三	符方
12580	10 正		147	皇	戶	防	曉	陽平	合	三六光	皇隸作皇		匣平合唐宕一	胡光	匣合 1	侯古	奉平合陽宕三	符方
12581	10 正		148	惶	戶	防	曉	陽平	合	三六光			匣平合唐宕一	胡光	匣合 1	侯古	奉平合陽宕三	符方
12582	10 正		149	喤	戶	防	曉	陽平	合	三六光			匣平合庚梗二	戶盲	匣合 1	侯古	奉平合陽宕三	符方
12583	10 正		150	鍠	戶	防	曉	陽平	合	三六光			匣平合庚梗二	戶盲	匣合 1	侯古	奉平合陽宕三	符方
12584	10 正		151	瑝	戶	防	曉	陽平	合	三六光			匣平合庚梗二	戶盲	匣合 1	侯古	奉平合陽宕三	符方
12585	10 正		152	煌	戶	防	曉	陽平	合	三六光			匣平合唐宕一	胡光	匣合 1	侯古	奉平合陽宕三	符方
12586	10 正		153	湟	戶	防	曉	陽平	合	三六光			匣平合唐宕一	胡光	匣合 1	侯古	奉平合陽宕三	符方
12587	10 正		154	隍	戶	防	曉	陽平	合	三六光			匣平合唐宕一	胡光	匣合 1	侯古	奉平合陽宕三	符方
12588	10 正		155	程	戶	防	曉	陽平	合	三六光			匣平合唐宕一	胡光	匣合 1	侯古	奉平合陽宕三	符方
12589	10 正		156	篁	戶	防	曉	陽平	合	三六光			匣平合唐宕一	胡光	匣合 1	侯古	奉平合陽宕三	符方

韻字編號	部序	組數	字數	韻字及何氏反切			韻字何氏音				何萱注釋	備注	韻字中古音		上字中古音		下字中古音	
				韻字	上字	下字	聲	調	呼	韻部			聲調呼韻攝等	反切	聲呼等	反切	聲調呼韻攝等	反切
12590	10 正		157	蝗	戶	防	曉	陽平	合	三六光			匣平合唐宕一	胡光	匣合 1	侯古	奉平合陽宕三	符方
12593	10 正		158	**黄**	戶	防	曉	陽平	合	三六光			匣平合唐宕一	胡光	匣合 1	侯古	奉平合陽宕三	符方
12594	10 正		159	璜	戶	防	曉	陽平	合	三六光			匣平合唐宕一	胡光	匣合 1	侯古	奉平合陽宕三	符方
12595	10 正		160	横	戶	防	曉	陽平	合	三六光	平去兩讀義分	萱認為讀平即可	匣平合庚梗二	戶盲	匣合 1	侯古	奉平合陽宕三	符方
12597	10 正		161	簧	戶	防	曉	陽平	合	三六光			匣平合唐宕一	胡光	匣合 1	侯古	奉平合陽宕三	符方
12598	10 正		162	蟥	戶	防	曉	陽平	合	三六光			匣平合唐宕一	胡光	匣合 1	侯古	奉平合陽宕三	符方
12599	10 正		163	潢	戶	防	曉	陽平	合	三六光	平去兩讀義異		匣平合唐宕一	胡光	匣合 1	侯古	奉平合陽宕三	符方
12601	10 正		164	瀇	戶	防	曉	陽平	合	三六光			匣平合庚梗二	戶盲	匣合 1	侯古	奉平合陽宕三	符方
12603	10 正	30	165	**牀**	蠢	防	助	陽平	合	三六光			崇平開陽宕三	士莊	昌合 3	尺尹	奉平合陽宕三	符方
12604	10 正	31	166	房	奉	牀	匪	陽平	合	三六光			奉平合陽宕三	符方	奉合 3	扶隴	崇平開陽宕三	士莊
12605	10 正		167	**防**	奉	牀	匪	陽平	合	三六光			奉平合陽宕三	符方	奉合 3	扶隴	崇平開陽宕三	士莊
12607	10 正		168	魴	奉	牀	匪	陽平	合	三六光			奉平合陽宕三	符方	奉合 3	扶隴	崇平開陽宕三	士莊
12608	10 正	32	169	亾	味	防	未	陽平	合	三六光			微平合陽宕三	武方	微合 3	無沸	奉平合陽宕三	符方
12609	10 正		170	**忘**	味	防	未	陽平	合	三六光	平去兩讀		微平合陽宕三	武方	微合 3	無沸	奉平合陽宕三	符方
12611	10 正		171	肓	味	防	未	陽平	合	三六光			曉平合唐宕一	呼光	微合 3	無沸	奉平合陽宕三	符方
12612	10 正		172	宗	味	防	未	陽平	合	三六光			微平合陽宕三	武方	微合 3	無沸	奉平合陽宕三	符方
12614	10 正		173	望	味	防	未	陽平	合	三六光	平去兩讀義分。萱按姑兩收要以去聲為正		微平合陽宕三	武方	微合 3	無沸	奉平合陽宕三	符方
12616	10 正	33	174	**姜**	几	香	見	陰平	齊	三七姜			見平開陽宕三	居良	見開重 3	居履	曉平開陽宕三	許良
12617	10 正		175	京	几	香	見	陰平	齊	三七姜			見平開庚梗三	舉卿	見開重 3	居履	曉平開陽宕三	許良
12618	10 正		176	景	几	香	見	陰平	齊	三七姜	平上兩讀。古音在十部讀如薑。萱按後人幾不知景當讀平矣，今姑兩處並收，學者擇焉	玉篇箕影切。說明景在何氏的語音中只有上聲一讀了。此處取姜廣韻音	見平開陽宕三	居良	見開重 3	居履	曉平開陽宕三	許良

韻字編號	部序	組數	字數	韻字及何氏反切			韻字何氏音				何萱注釋	備注	韻字中古音		上字中古音		下字中古音	
				韻字	上字	下字	聲	調	呼	韻部			聲調呼韻攝等	反切	聲呼等	反切	聲調呼韻攝等	反切
12620	10 正		177	竟	几	香	見	陰平	齊	三七姜	平去兩讀。說文段注……疆，竟也，俗別制境字，非。古音在十部，讀如疆。萱按：依古音竟讀平聲，而於上聲內亦收之，猶景之備兩音也。期於古今音理不相乖盭，願與天下學者共商之	玉篇幾慶切。此處為古音，取疆廣韻音。此處表現出何氏的探索精神。他也有存疑的地方。其實竟讀平聲也很早就出現了	見去開庚梗三	居慶	見開重 3	居履	曉平開陽宕三	許良
12622	10 正		178	畕	几	香	見	陰平	齊	三七姜	十部十二部兩見。說文段注……大徐居良切，小徐玉篇同。以畺之音皮，傳之而已。竊謂……讀如敶列之敶。萱按段說較優矣。但畺從畕，義亦與畕近，則徐音亦未違。故兩部皆收焉。在此者徐音也，在十二部者段音也	玉篇記良切	見平開陽宕三	居良	見開重 3	居履	曉平開陽宕三	許良
12623	10 正		179	畺	几	香	見	陰平	齊	三七姜			見平開陽宕三	居良	見開重 3	居履	曉平開陽宕三	許良
12624	10 正		180	僵	几	香	見	陰平	齊	三七姜			見平開陽宕三	居良	見開重 3	居履	曉平開陽宕三	許良
12625	10 正		181	繮	几	香	見	陰平	齊	三七姜			見平開陽宕三	居良	見開重 3	居履	曉平開陽宕三	許良
12626	10 正		182	麠	几	香	見	陰平	齊	三七姜			見平開庚梗三	舉卿	見開重 3	居履	曉平開陽宕三	許良

韻字編號	部序	組數	字數	韻字及何氏反切			韻字何氏音				何萱注釋	備注	韻字中古音		上字中古音		下字中古音	
				韻字	上字	下字	聲	調	呼	韻部			聲調呼韻攝等	反切	聲呼等	反切	聲調呼韻攝等	反切
12627	10 正		183	韁	几	香	見	陰平	齊	三七姜			見平開陽宕三	居良	見開重 3	居履	曉平開陽宕三	許良
12628	10 正		184	橿	几	香	見	陰平	齊	三七姜			見平開陽宕三	居良	見開重 3	居履	曉平開陽宕三	許良
12629	10 正		185	薑	几	香	見	陰平	齊	三七姜			見平開陽宕三	居良	見開重 3	居履	曉平開陽宕三	許良
12630	10 正	34	186	**羌**	舊	香	起	陰平	齊	三七姜			溪平開陽宕三	去羊	群開 3	巨救	曉平開陽宕三	許良
12631	10 正		187	慶	舊	香	起	陰平	齊	三七姜			溪去開庚梗三	丘敬	群開 3	巨救	曉平開陽宕三	許良
12632	10 正		188	卯 g*	舊	香	起	陰平	齊	三七姜	或作夘，卯，又十五部上聲。又在此者留為學者參較也。卿於卯得義，則卯卿同音亦未失	何氏在此有存古之意。時音中未必有這個讀音	溪平開庚梗三	丘京	群開 3	巨救	曉平開陽宕三	許良
12635	10 正		189	卿	舊	香	起	陰平	齊	三七姜		字頭作鄉，應為卿，廣韻音按卿	溪平開庚梗三	去京	群開 3	巨救	曉平開陽宕三	許良
12636	10 正	35	190	**央**	隱	香	影	陰平	齊	三七姜			影平開陽宕三	於良	影開 3	於謹	曉平開陽宕三	許良
12637	10 正		191	殃	隱	香	影	陰平	齊	三七姜			影平開陽宕三	於良	影開 3	於謹	曉平開陽宕三	許良
12638	10 正		192	鴦	隱	香	影	陰平	齊	三七姜			影平開陽宕三	於良	影開 3	於謹	曉平開陽宕三	許良
12640	10 正		193	泱	隱	香	影	陰平	齊	三七姜	平上兩讀		影平開陽宕三	於良	影開 3	於謹	曉平開陽宕三	許良
12642	10 正		194	秧	隱	香	影	陰平	齊	三七姜			影平開陽宕三	於良	影開 3	於謹	曉平開陽宕三	許良
12645	10 正		195	柍 g*	隱	香	影	陰平	齊	三七姜	平上兩讀		影平開庚梗三	於驚	影開 3	於謹	曉平開陽宕三	許良
12646	10 正		196	英	隱	香	影	陰平	齊	三七姜			影平開庚梗三	於驚	影開 3	於謹	曉平開陽宕三	許良
12647	10 正		197	瑛	隱	香	影	陰平	齊	三七姜			影平開庚梗三	於驚	影開 3	於謹	曉平開陽宕三	許良
12648	10 正	36	198	**香***	險	姜	曉	陰平	齊	三七姜			曉平開陽宕三	虛良	曉開重 3	虛檢	見平開陽宕三	居良
12649	10 正		199	皀	險	姜	曉	陰平	齊	三七姜	又七部入聲		曉平開陽宕三	許良	曉開重 3	虛檢	見平開陽宕三	居良
12653	10 正		200	鄉	險	姜	曉	陰平	齊	三七姜			曉平開陽宕三	許良	曉開重 3	虛檢	見平開陽宕三	居良
12654	10 正	37	201	**章**	軫	香	照	陰平	齊	三七姜			章平開陽宕三	諸良	章開 3	章忍	曉平開陽宕三	許良
12655	10 正		202	彰	軫	香	照	陰平	齊	三七姜			章平開陽宕三	諸良	章開 3	章忍	曉平開陽宕三	許良
12656	10 正		203	璋	軫	香	照	陰平	齊	三七姜			章平開陽宕三	諸良	章開 3	章忍	曉平開陽宕三	許良

韻字編號	部序	組數	字數	韻字及何氏反切			韻字何氏音				何萱注釋	備注	韻字中古音		上字中古音		下字中古音	
				韻字	上字	下字	聲	調	呼	韻部			聲調呼韻攝等	反切	聲呼等	反切	聲調呼韻攝等	反切
12657	10 正		204	漳	軫	香	照	陰平	齊	三七姜			章平開陽宕三	諸良	章開 3	章忍	曉平開陽宕三	許良
12658	10 正		205	鄣	軫	香	照	陰平	齊	三七姜			章平開陽宕三	諸良	章開 3	章忍	曉平開陽宕三	許良
12659	10 正		206	麞	軫	香	照	陰平	齊	三七姜			章平開陽宕三	諸良	章開 3	章忍	曉平開陽宕三	許良
12660	10 正		207	蔁	軫	香	照	陰平	齊	三七姜			章平開陽宕三	諸良	章開 3	章忍	曉平開陽宕三	許良
12661	10 正		208	張	軫	香	照	陰平	齊	三七姜			知平開陽宕三	陟良	章開 3	章忍	曉平開陽宕三	許良
12664	10 正		209	商 g*	軫	香	照	陰平	齊	三七姜	本韻兩讀注在後		章平開陽宕三	諸良	章開 3	章忍	曉平開陽宕三	許良
12665	10 正		210	賫	軫	香	照	陰平	齊	三七姜	本韻兩讀注在後。俗有賫	從何氏的解釋來看，此字既可通章，又可通商。此處取章廣韻音	章平開陽宕三	諸良	章開 3	章忍	曉平開陽宕三	許良
12666	10 正	38	211	**昌**	齒	香	助	陰平	齊	三七姜			昌平開陽宕三	尺良	昌開 3	昌里	曉平開陽宕三	許良
12667	10 正		212	倡	齒	香	助	陰平	齊	三七姜			昌平開陽宕三	尺良	昌開 3	昌里	曉平開陽宕三	許良
12668	10 正		213	閶	齒	香	助	陰平	齊	三七姜			昌平開陽宕三	尺良	昌開 3	昌里	曉平開陽宕三	許良
12669	10 正		214	倀	齒	香	助	陰平	齊	三七姜			徹平開陽宕三	褚羊	昌開 3	昌里	曉平開陽宕三	許良
12671	10 正		215	募	齒	香	助	陰平	齊	三七姜			徹平開陽宕三	褚羊	昌開 3	昌里	曉平開陽宕三	許良
12672	10 正	39	216	**傷**	始	香	審	陰平	齊	三七姜			書平開陽宕三	式羊	書開 3	詩止	曉平開陽宕三	許良
12673	10 正		217	殤	始	香	審	陰平	齊	三七姜			書平開陽宕三	式羊	書開 3	詩止	曉平開陽宕三	許良
12675	10 正		218	慯	始	香	審	陰平	齊	三七姜			書平開陽宕三	式羊	書開 3	詩止	曉平開陽宕三	許良
12677	10 正		219	殤	始	香	審	陰平	齊	三七姜			書平開陽宕三	式羊	書開 3	詩止	曉平開陽宕三	許良
12678	10 正		220	觴	始	香	審	陰平	齊	三七姜			書平開陽宕三	式羊	書開 3	詩止	曉平開陽宕三	許良
12679	10 正		221	商	始	香	審	陰平	齊	三七姜	重見		書平開陽宕三	式羊	書開 3	詩止	曉平開陽宕三	許良
12681	10 正		222	賫	始	香	審	陰平	齊	三七姜	重見	正文及表都沒有注重見。此處取商廣韻音	書平開陽宕三	式羊	書開 3	詩止	曉平開陽宕三	許良
12682	10 正	40	223	**漿**	紫	香	井	陰平	齊	三七姜	隸作漿，俗有饕		精平開陽宕三	即良	精開 3	將此	曉平開陽宕三	許良
12683	10 正		224	牂	紫	香	井	陰平	齊	三七姜			精平開陽宕三	即良	精開 3	將此	曉平開陽宕三	許良
12684	10 正		225	將	紫	香	井	陰平	齊	三七姜	平聲兩讀又去聲，姑從今音也義分		精平開陽宕三	即良	精開 3	將此	曉平開陽宕三	許良

韻字編號	部序	組數	字數	韻字及何氏反切			韻字何氏音				何萱注釋	備　注	韻字中古音		上字中古音		下字中古音	
				韻字	上字	下字	聲	調	呼	韻部			聲調呼韻攝等	反切	聲呼等	反切	聲調呼韻攝等	反切
12689	10 正		226	蔣	紫	香	井	陰平	齊	三七姜			精平開陽宕三	即良	精開 3	將此	曉平開陽宕三	許良
12690	10 正	41	227	將 g*	此	香	淨	陰平	齊	三七姜	平聲兩見又去聲		清平開陽宕三	千羊	清開 3	雌氏	曉平開陽宕三	許良
12695	10 正		228	蹡	此	香	淨	陰平	齊	三七姜			清平開陽宕三	七羊	清開 3	雌氏	曉平開陽宕三	許良
12696	10 正		229	蹌	此	香	淨	陰平	齊	三七姜			清平開陽宕三	七羊	清開 3	雌氏	曉平開陽宕三	許良
12697	10 正		230	瑲	此	香	淨	陰平	齊	三七姜			清平開陽宕三	七羊	清開 3	雌氏	曉平開陽宕三	許良
12698	10 正		231	鎗	此	香	淨	陰平	齊	三七姜			初平開庚梗二	楚庚	清開 3	雌氏	曉平開陽宕三	許良
12699	10 正		232	槍 g*	此	香	淨	陰平	齊	三七姜			清平開陽宕三	千羊	清開 3	雌氏	曉平開陽宕三	許良
12700	10 正		233	牄	此	香	淨	陰平	齊	三七姜			清平開陽宕三	七羊	清開 3	雌氏	曉平開陽宕三	許良
12701	10 正		234	斨	此	香	淨	陰平	齊	三七姜			清平開陽宕三	七羊	清開 3	雌氏	曉平開陽宕三	許良
12702	10 正	42	235	相	小	姜	信	陰平	齊	三七姜	平去兩讀姑從今音分之	韻目歸入此香切，據副編加小姜切	心平開陽宕三	息良	心開 3	私兆	見平開陽宕三	居良
12704	10 正		236	箱	小	姜	信	陰平	齊	三七姜		韻目歸入此香切，據副編加小姜切	心平開陽宕三	息良	心開 3	私兆	見平開陽宕三	居良
12705	10 正		237	湘	小	姜	信	陰平	齊	三七姜		韻目歸入此香切，據副編加小姜切	心平開陽宕三	息良	心開 3	私兆	見平開陽宕三	居良
12706	10 正		238	薵*	小	姜	信	陰平	齊	三七姜		韻目歸入此香切，據副編加小姜切	書平開陽宕三	尸羊	心開 3	私兆	見平開陽宕三	居良
12707	10 正		239	襄*	小	姜	信	陰平	齊	三七姜		韻目歸入此香切，據副編加小姜切	心平開陽宕三	思將	心開 3	私兆	見平開陽宕三	居良
12708	10 正		240	驤	小	姜	信	陰平	齊	三七姜		韻目歸入此香切，據副編加小姜切	心平開陽宕三	息良	心開 3	私兆	見平開陽宕三	居良
12709	10 正	43	241	誩	舊	良	起	陽平	齊	三七姜			群上開陽宕三	其兩	群開 3	巨救	來平開陽宕三	呂張
12712	10 正		242	競	舊	良	起	陽平	齊	三七姜			群去開庚梗三	渠敬	群開 3	巨救	來平開陽宕三	呂張
12713	10 正		243	强	舊	良	起	陽平	齊	三七姜			群平開陽宕三	巨良	群開 3	巨救	來平開陽宕三	呂張
12714	10 正		244	彊	舊	良	起	陽平	齊	三七姜			群平開陽宕三	巨良	群開 3	巨救	來平開陽宕三	呂張
12716	10 正		245	勍	舊	良	起	陽平	齊	三七姜			群平開庚梗三	渠京	群開 3	巨救	來平開陽宕三	呂張
12717	10 正		246	黥	舊	良	起	陽平	齊	三七姜			群平開庚梗三	渠京	群開 3	巨救	來平開陽宕三	呂張
12719	10 正		247	鱷	舊	良	起	陽平	齊	三七姜			群平開陽宕三	巨良	群開 3	巨救	來平開陽宕三	呂張

韻字編號	部序	組數	字數	韻字及何氏反切			韻字何氏音				何萱注釋	備注	韻字中古音		上字中古音		下字中古音	
				韻字	上字	下字	聲	調	呼	韻部			聲調呼韻攝等	反切	聲呼等	反切	聲調呼韻攝等	反切
12720	10 正	44	248	昜	隱	良	影	陽平	齊	三七姜			以平開陽宕三	與章	影開 3	於謹	來平開陽宕三	呂張
12721	10 正		249	陽	隱	良	影	陽平	齊	三七姜			以平開陽宕三	與章	影開 3	於謹	來平開陽宕三	呂張
12722	10 正		250	暘	隱	良	影	陽平	齊	三七姜			以平開陽宕三	與章	影開 3	於謹	來平開陽宕三	呂張
12723	10 正		251	颺	隱	良	影	陽平	齊	三七姜			以平開陽宕三	與章	影開 3	於謹	來平開陽宕三	呂張
12725	10 正		252	揚	隱	良	影	陽平	齊	三七姜			以平開陽宕三	與章	影開 3	於謹	來平開陽宕三	呂張
12727	10 正		253	愓 g*	隱	良	影	陽平	齊	三七姜	平上兩讀注在彼		以平開陽宕三	余章	影開 3	於謹	來平開陽宕三	呂張
12730	10 正		254	瘍	隱	良	影	陽平	齊	三七姜			以平開陽宕三	與章	影開 3	於謹	來平開陽宕三	呂張
12731	10 正		255	禓	隱	良	影	陽平	齊	三七姜			以平開陽宕三	與章	影開 3	於謹	來平開陽宕三	呂張
12733	10 正		256	餳	隱	良	影	陽平	齊	三七姜	重見		邪平開清梗三	徐盈	影開 3	於謹	來平開陽宕三	呂張
12735	10 正		257	**楊**	隱	良	影	陽平	齊	三七姜			以平開陽宕三	與章	影開 3	於謹	來平開陽宕三	呂張
12736	10 正		258	崵	隱	良	影	陽平	齊	三七姜			以平開陽宕三	與章	影開 3	於謹	來平開陽宕三	呂張
12738	10 正		259	鍚*	隱	良	影	陽平	齊	三七姜			以平開陽宕三	余章	影開 3	於謹	來平開陽宕三	呂張
12739	10 正		260	羊	隱	良	影	陽平	齊	三七姜			以平開陽宕三	與章	影開 3	於謹	來平開陽宕三	呂張
12740	10 正		261	詳	隱	良	影	陽平	齊	三七姜	兩見義異		以平開陽宕三	與章	影開 3	於謹	來平開陽宕三	呂張
12742	10 正		262	洋	隱	良	影	陽平	齊	三七姜	兩見		以平開陽宕三	與章	影開 3	於謹	來平開陽宕三	呂張
12744	10 正	45	263	**孃**	裹	良	乃	陽平	齊	三七姜	平上兩讀義異		娘平開陽宕三	女良	泥開 4	奴鳥	來平開陽宕三	呂張
12747	10 正	46	264	**良**	利	陽	賚	陽平	齊	三七姜			來平開陽宕三	呂張	來開 3	力至	以平開陽宕三	與章
12748	10 正		265	量	利	陽	賚	陽平	齊	三七姜	平去兩讀義分		來平開陽宕三	呂張	來開 3	力至	以平開陽宕三	與章
12750	10 正		266	糧	利	陽	賚	陽平	齊	三七姜			來平開陽宕三	呂張	來開 3	力至	以平開陽宕三	與章
12751	10 正		267	粱*	利	陽	賚	陽平	齊	三七姜			來平開陽宕三	呂張	來開 3	力至	以平開陽宕三	與章
12752	10 正		268	梁	利	陽	賚	陽平	齊	三七姜			來平開陽宕三	呂張	來開 3	力至	以平開陽宕三	與章
12753	10 正		269	涼	利	陽	賚	陽平	齊	三七姜	平去兩讀		來平開陽宕三	呂張	來開 3	力至	以平開陽宕三	與章
12755	10 正		270	涼	利	陽	賚	陽平	齊	三七姜			來平開陽宕三	呂張	來開 3	力至	以平開陽宕三	與章
12757	10 正		271	飈	利	陽	賚	陽平	齊	三七姜	飆或作飈		來平開陽宕三	呂張	來開 3	力至	以平開陽宕三	與章
12759	10 正		272	醇	利	陽	賚	陽平	齊	三七姜			來平開陽宕三	呂張	來開 3	力至	以平開陽宕三	與章
12760	10 正		273	輬	利	陽	賚	陽平	齊	三七姜			來平開陽宕三	呂張	來開 3	力至	以平開陽宕三	與章
12761	10 正		274	椋	利	陽	賚	陽平	齊	三七姜			來平開陽宕三	呂張	來開 3	力至	以平開陽宕三	與章

韻字編號	部序	組數	字數	韻字及何氏反切			韻字何氏音				何萱注釋	備　注	韻字中古音		上字中古音		下字中古音	
				韻字	上字	下字	聲	調	呼	韻部			聲調呼韻攝等	反切	聲呼等	反切	聲調呼韻攝等	反切
12762	10 正		275	猄	利	陽	賚	陽平	齊	三七姜			來平開陽宕三	呂張	來開 3	力至	以平開陽宕三	與章
12763	10 正	47	276	長	齒	良	助	陽平	齊	三七姜	平上去三讀		澄平開陽宕三	直良	昌開 3	昌里	來平開陽宕三	呂張
12766	10 正		277	萇	齒	良	助	陽平	齊	三七姜			澄平開陽宕三	直良	昌開 3	昌里	來平開陽宕三	呂張
12767	10 正		278	腸	齒	良	助	陽平	齊	三七姜			澄平開陽宕三	直良	昌開 3	昌里	來平開陽宕三	呂張
12768	10 正		279	場	齒	良	助	陽平	齊	三七姜			澄平開陽宕三	直良	昌開 3	昌里	來平開陽宕三	呂張
12769	10 正		280	償	齒	良	助	陽平	齊	三七姜	平去兩讀		禪平開陽宕三	市羊	昌開 3	昌里	來平開陽宕三	呂張
12771	10 正	48	281	纕	忍	良	耳	陽平	齊	三七姜		韻目歸入齒良切，據副編加忍良切	心平開陽宕三	息良	日開 3	而軫	來平開陽宕三	呂張
12772	10 正		282	鑲	忍	良	耳	陽平	齊	三七姜		韻目歸入齒良切，據副編加忍良切	日平開陽宕三	汝陽	日開 3	而軫	來平開陽宕三	呂張
12775	10 正		283	禳	忍	良	耳	陽平	齊	三七姜		韻目歸入齒良切，據副編加忍良切	日平開陽宕三	汝陽	日開 3	而軫	來平開陽宕三	呂張
12776	10 正	49	284	穰	忍	良	耳	陽平	齊	三七姜		韻目歸入齒良切，表中作耳母字頭，據副編加忍良切	日平開陽宕三	汝陽	日開 3	而軫	來平開陽宕三	呂張
12778	10 正		285	蘘	忍	良	耳	陽平	齊	三七姜		韻目歸入齒良切，據副編加忍良切	日平開陽宕三	汝陽	日開 3	而軫	來平開陽宕三	呂張
12779	10 正		286	鄭	忍	良	耳	陽平	齊	三七姜		韻目歸入齒良切，據副編加忍良切	日平開陽宕三	汝陽	日開 3	而軫	來平開陽宕三	呂張
12783	10 正		287	蠰 g*	忍	良	耳	陽平	齊	三七姜		韻目歸入齒良切，據副編加忍良切	日平開陽宕三	如陽	日開 3	而軫	來平開陽宕三	呂張
12785	10 正	50	288	常	始	良	審	陽平	齊	三七姜			禪平開陽宕三	市羊	書開 3	詩止	來平開陽宕三	呂張
12786	10 正		289	嘗	始	良	審	陽平	齊	三七姜			禪平開陽宕三	市羊	書開 3	詩止	來平開陽宕三	呂張
12789	10 正	51	290	牆	此	陽	淨	陽平	齊	三七姜			從平開陽宕三	在良	清開 3	雌氏	以平開陽宕三	與章
12790	10 正		291	蘠	此	陽	淨	陽平	齊	三七姜			從平開陽宕三	在良	清開 3	雌氏	以平開陽宕三	與章
12791	10 正		292	戕	此	陽	淨	陽平	齊	三七姜			從平開陽宕三	在良	清開 3	雌氏	以平開陽宕三	與章
12792	10 正		293	戕*	此	陽	淨	陽平	齊	三七姜			從平開陽宕三	慈良	清開 3	雌氏	以平開陽宕三	與章
12793	10 正	52	294	迎	彥	良	我	陽平	齊	三七姜			疑平開庚梗三	語京	疑開重 3	魚變	來平開陽宕三	呂張
12795	10 正	53	295	祥	小	陽	信	陽平	齊	三七姜			邪平開陽宕三	似羊	心開 3	私兆	以平開陽宕三	與章
12796	10 正		296	詳	小	陽	信	陽平	齊	三七姜	重見		邪平開陽宕三	似羊	心開 3	私兆	以平開陽宕三	與章

韻字編號	部序	組數	字數	韻字及何氏反切			韻字何氏音				何萱注釋	備　注	韻字中古音		上字中古音		下字中古音	
				韻字	上字	下字	聲	調	呼	韻部			聲調呼韻攝等	反切	聲呼等	反切	聲調呼韻攝等	反切
12798	10 正		297	庠	小	陽	信	陽平	齊	三七姜			邪平開陽宕三	似羊	心開 3	私兆	以平開陽宕三	與章
12799	10 正		298	痒	小	陽	信	陽平	齊	三七姜			邪平開陽宕三	似羊	心開 3	私兆	以平開陽宕三	與章
12801	10 正		299	翔	小	陽	信	陽平	齊	三七姜			邪平開陽宕三	似羊	心開 3	私兆	以平開陽宕三	與章
12802	10 正		300	洋	小	陽	信	陽平	齊	三七姜	重見。萱按洋字舊有兩讀，本義水名，讀庠，引申之義洋洋流也盛大也，諸義則讀羊。愚謂皆似當讀羊，故水名亦載彼處。此重出者留為學者推究也	即何氏認為，古音只一讀，讀羊	邪平開陽宕三	似羊	心開 3	私兆	以平開陽宕三	與章
12803	10 正	54	301	匩	郡	兄	起	陰平	撮	三八匡	兩讀。筐或。隸作匡筐	缺另一讀。韻史檢索只一見。玉篇去王切。因為沒有注明還有什么音，不好判斷	溪平合陽宕三	曲王	群合 3	渠運	曉平合庚梗三	許榮
12804	10 正		302	**匡**	郡	兄	起	陰平	撮	三八匡		匡的隸定。匡說是有兩讀，但韻史只收一讀	溪平合陽宕三	去王	群合 3	渠運	曉平合庚梗三	許榮
12805	10 正		303	恇*	郡	兄	起	陰平	撮	三八匡			溪平合陽宕三	曲王	群合 3	渠運	曉平合庚梗三	許榮
12806	10 正		304	劻*	郡	兄	起	陰平	撮	三八匡			溪平合陽宕三	曲王	群合 3	渠運	曉平合庚梗三	許榮
12807	10 正		305	洭*	郡	兄	起	陰平	撮	三八匡			溪平合陽宕三	曲王	群合 3	渠運	曉平合庚梗三	許榮
12808	10 正	55	306	**兄**	許	匡	曉	陰平	撮	三八匡	平去兩讀。兄俗有貺		曉平合庚梗三	許榮	曉合 3	虛呂	溪平合陽宕三	去王
12809	10 正	56	307	**狂***	郡	王	起	陽平	撮	三八匡			群平合陽宕三	渠王	群合 3	渠運	云平合陽宕三	雨方
12810	10 正		308	軖*	郡	王	起	陽平	撮	三八匡			群平合陽宕三	渠王	群合 3	渠運	云平合陽宕三	雨方
12812	10 正		309	軭	郡	王	起	陽平	撮	三八匡	隸作軭		群平合陽宕三	巨王	群合 3	渠運	云平合陽宕三	雨方

韻字編號	部序	組數	字數	韻字及何氏反切			韻字何氏音				何萱注釋	備注	韻字中古音		上字中古音		下字中古音	
				韻字	上字	下字	聲	調	呼	韻部			聲調呼韻攝等	反切	聲呼等	反切	聲調呼韻攝等	反切
12813	10 正	57	310	王	羽	狂	影	陽平	撮	三八匡	平去兩讀義分		云平合陽宕三	雨方	云合 3	王矩	群平合陽宕三	巨王
12815	10 正	58	311	㞷	許	狂	曉	陽平	撮	三八匡		此体又為九部封之古文，與封異讀。依何注，此處應讀黄。取黄的讀音	匣平合唐宕一	胡光	曉合 3	虛呂	群平合陽宕三	巨王
12816	10 正	59	312	㳆*	改	朗	見	上	開	三二航	航或書作㳆兩見	玉篇下朗切。航廣韻只有匣上開唐一各朗切一讀	見上開唐宕一	舉朗	見開 1	古亥	來上開唐宕一	盧黨
12817	10 正		313	䀭	改	朗	見	上	開	三二航			見上開唐宕一	各朗	見開 1	古亥	來上開唐宕一	盧黨
12818	10 正		314	哽	改	朗	見	上	開	三二航			見上開庚梗二	古杏	見開 1	古亥	來上開唐宕一	盧黨
12819	10 正		315	骾	改	朗	見	上	開	三二航			見上開庚梗二	古杏	見開 1	古亥	來上開唐宕一	盧黨
12820	10 正		316	鯁	改	朗	見	上	開	三二航			見上開庚梗二	古杏	見開 1	古亥	來上開唐宕一	盧黨
12821	10 正		317	**梗**	改	朗	見	上	開	三二航			見上開庚梗二	古杏	見開 1	古亥	來上開唐宕一	盧黨
12822	10 正		318	綆	改	朗	見	上	開	三二航	平上兩讀注在彼		見上開庚梗二	古杏	見開 1	古亥	來上開唐宕一	盧黨
12826	10 正		319	埂	改	朗	見	上	開	三二航			見上開庚梗二	古杏	見開 1	古亥	來上開唐宕一	盧黨
12828	10 正		320	郠	改	朗	見	上	開	三二航			見上開庚梗二	古杏	見開 1	古亥	來上開唐宕一	盧黨
12829	10 正		321	㬲*	改	朗	見	上	開	三二航			見上開庚梗二	古杏	見開 1	古亥	來上開唐宕一	盧黨
12830	10 正	60	322	**忼**	口	朗	起	上	開	三二航	上去兩讀		溪上開唐宕一	苦朗	溪開 1	苦后	來上開唐宕一	盧黨
12833	10 正	61	323	姎	案	朗	影	上	開	三二航		韻目歸入口朗切，據副編加案朗切	影上開唐宕一	烏朗	影開 1	烏旰	來上開唐宕一	盧黨
12835	10 正		324	坱	案	朗	影	上	開	三二航		韻目歸入口朗切，據副編加案朗切	影上開唐宕一	烏朗	影開 1	烏旰	來上開唐宕一	盧黨
12836	10 正		325	**泱**	案	朗	影	上	開	三二航	平上兩讀	韻目歸入口朗切，表中作影母字頭，據副編加案朗切	影上開唐宕一	烏朗	影開 1	烏旰	來上開唐宕一	盧黨
12839	10 正	62	326	**沆**	海	朗	曉	上	開	三二航	萱按，似可為一讀，姑隨俗兩分	缺平聲，據何氏注增海郎小韻中	匣上開唐宕一	胡朗	曉開 1	呼改	來上開唐宕一	盧黨

韻字編號	部序	組數	字數	韻字及何氏反切			韻字何氏音				何萱注釋	備　注	韻字中古音		上字中古音		下字中古音	
				韻字	上字	下字	聲	調	呼	韻部			聲調呼韻攝等	反切	聲呼等	反切	聲調呼韻攝等	反切
12841	10 正		327	漭*	海	朗	曉	上	開	三二蓅	蓅或書作漭兩讀注在前		匣上開唐宕一	戶朗	曉開 1	呼改	來上開唐宕一	盧黨
12842	10 正		328	杏	海	朗	曉	上	開	三二蓅			匣上開庚梗二	何梗	曉開 1	呼改	來上開唐宕一	盧黨
12843	10 正		329	莕	海	朗	曉	上	開	三二蓅			匣上開庚梗二	何梗	曉開 1	呼改	來上開唐宕一	盧黨
12844	10 正	63	330	**黨**	帶	朗	短	上	開	三二蓅		韻目歸入海朗切，表中作短母字頭，據副編加帶朗切	端上開唐宕一	多朗	端開 1	當蓋	來上開唐宕一	盧黨
12845	10 正		331	攩	帶	朗	短	上	開	三二蓅		韻目歸入海朗切，據副編加帶朗切	透上開唐宕一	他朗	端開 1	當蓋	來上開唐宕一	盧黨
12848	10 正		332	讜*	帶	朗	短	上	開	三二蓅		韻目歸入海朗切，據副編加帶朗切	端上開唐宕一	底朗	端開 1	當蓋	來上開唐宕一	盧黨
12849	10 正	64	333	曭	坦	朗	透	上	開	三二蓅			透上開唐宕一	他朗	透開 1	他但	來上開唐宕一	盧黨
12850	10 正		334	潒	坦	朗	透	上	開	三二蓅			定上開唐宕一	徒朗	透開 1	他但	來上開唐宕一	盧黨
12852	10 正		335	像	坦	朗	透	上	開	三二蓅			定上開唐宕一	徒朗	透開 1	他但	來上開唐宕一	盧黨
12853	10 正		336	愓	坦	朗	透	上	開	三二蓅	平上兩讀	原書作平去兩讀，誤	定上開唐宕一	徒朗	透開 1	他但	來上開唐宕一	盧黨
12858	10 正		337	簜	坦	朗	透	上	開	三二蓅			透上開唐宕一	他朗	透開 1	他但	來上開唐宕一	盧黨
12859	10 正		338	瀉	坦	朗	透	上	開	三二蓅			定上開唐宕一	徒朗	透開 1	他但	來上開唐宕一	盧黨
12860	10 正		339	蕩	坦	朗	透	上	開	三二蓅	平上兩讀彼古音此今音		定上開唐宕一	徒朗	透開 1	他但	來上開唐宕一	盧黨
12862	10 正		340	盪	坦	朗	透	上	開	三二蓅			定上開唐宕一	徒朗	透開 1	他但	來上開唐宕一	盧黨
12863	10 正		341	**璗**	坦	朗	透	上	開	三二蓅			定上開唐宕一	徒朗	透開 1	他但	來上開唐宕一	盧黨
12864	10 正		342	帑	坦	朗	透	上	開	三二蓅		據何注和廣韻音加入到坦朗切小韻中	透上開唐宕一	他朗	透開 1	他但	來上開唐宕一	盧黨
12865	10 正	65	343	**曩**	奈	黨	乃	上	開	三二蓅			泥上開唐宕一	奴朗	泥開 1	奴帶	端上開唐宕一	多朗
12866	10 正	66	344	朖	老	黨	賚	上	開	三二蓅			來上開唐宕一	盧黨	來開 1	盧晧	端上開唐宕一	多朗
12867	10 正		345	**朗**	老	黨	賚	上	開	三二蓅			來上開唐宕一	盧黨	來開 1	盧晧	端上開唐宕一	多朗

韻字編號	部序	組數	字數	韻字及何氏反切			韻字何氏音				何萱注釋	備注	韻字中古音		上字中古音		下字中古音	
				韻字	上字	下字	聲	調	呼	韻部			聲調呼韻攝等	反切	聲呼等	反切	聲調呼韻攝等	反切
12868	10 正	67	346	**駔**	贊	朗	井	上	開	三二航	又五部去聲義別		精上開唐宕一	子朗	精開 1	則旰	來上開唐宕一	盧黨
12869	10 正	68	347	**奘**	采	朗	淨	上	開	三二航			從上開唐宕一	徂朗	清開 1	倉宰	來上開唐宕一	盧黨
12871	10 正		348	弉	采	朗	淨	上	開	三二航			從平開陽宕三	在良	清開 1	倉宰	來上開唐宕一	盧黨
12872	10 正	69	349	**顙**	散	朗	信	上	開	三二航			心上開唐宕一	蘇朗	心開 1	蘇旱	來上開唐宕一	盧黨
12873	10 正	70	350	**丙**	保	朗	謗	上	開	三二航			幫上開庚梗三	兵永	幫開 1	博抱	來上開唐宕一	盧黨
12874	10 正		351	炳*	保	朗	謗	上	開	三二航			幫上開庚梗三	兵永	幫開 1	博抱	來上開唐宕一	盧黨
12875	10 正		352	邴	保	朗	謗	上	開	三二航			幫上開庚梗三	兵永	幫開 1	博抱	來上開唐宕一	盧黨
12877	10 正		353	鲄	保	朗	謗	上	開	三二航			並上開耕梗二	蒲幸	幫開 1	博抱	來上開唐宕一	盧黨
12878	10 正	71	354	蝆	莫	朗	命	上	開	三二航			明上開唐宕一	模朗	明開 1	慕各	來上開唐宕一	盧黨
12879	10 正		355	皿	莫	朗	命	上	開	三二航	平上兩讀		明上開庚梗三	武永	明開 1	慕各	來上開唐宕一	盧黨
12880	10 正		356	盌g*	莫	朗	命	上	開	三二航	平上兩讀		明上開庚梗二	母梗	明開 1	慕各	來上開唐宕一	盧黨
12881	10 正		357	**猛**	莫	朗	命	上	開	三二航			明上開庚梗二	莫杏	明開 1	慕各	來上開唐宕一	盧黨
12882	10 正		358	黽	莫	朗	命	上	開	三二航	平上兩讀注在彼		明上開耕梗二	武幸	明開 1	慕各	來上開唐宕一	盧黨
12883	10 正		359	鄳	莫	朗	命	上	開	三二航			明上開庚梗二	莫杏	明開 1	慕各	來上開唐宕一	盧黨
12885	10 正	72	360	**廣**	古	晃	見	上	合	三三廣			見上合唐宕一	古晃	見合 1	公戶	匣上合唐宕一	胡廣
12886	10 正		361	穬	古	晃	見	上	合	三三廣			見上合庚梗二	古猛	見合 1	公戶	匣上合唐宕一	胡廣
12887	10 正		362	磺*	古	晃	見	上	合	三三廣			見上合庚梗二	古猛	見合 1	公戶	匣上合唐宕一	胡廣
12888	10 正		363	獷	古	晃	見	上	合	三三廣	兩見		見上合庚梗二	古猛	見合 1	公戶	匣上合唐宕一	胡廣
12890	10 正	73	364	**晃**	戶	廣	曉	上	合	三三廣			匣上合唐宕一	胡廣	匣合 1	侯古	見上合唐宕一	古晃
12891	10 正		365	櫎	戶	廣	曉	上	合	三三廣			匣上合唐宕一	胡廣	匣合 1	侯古	見上合唐宕一	古晃
12892	10 正	74	366	**爽**	社	廣	審	上	合	三三廣			生上開陽宕三	疎兩	禪開 3	常者	見上合唐宕一	古晃
12893	10 正	75	367	仿	奉	廣	匪	上	合	三三廣			敷上合陽宕三	妃兩	奉合 3	扶隴	見上合唐宕一	古晃
12894	10 正		368	**紡**	奉	廣	匪	上	合	三三廣			敷上合陽宕三	妃兩	奉合 3	扶隴	見上合唐宕一	古晃
12895	10 正		369	瓬	奉	廣	匪	上	合	三三廣			非上合陽宕三	分网	奉合 3	扶隴	見上合唐宕一	古晃
12897	10 正		370	鶭	奉	廣	匪	上	合	三三廣			敷上合陽宕三	妃兩	奉合 3	扶隴	見上合唐宕一	古晃
12898	10 正	76	371	网	味	廣	未	上	合	三三廣		韻目上字作昧	微上合陽宕三	文兩	微合 3	無沸	見上合唐宕一	古晃

韻字編號	部序	組數	字數	韻字及何氏反切			韻字何氏音				何萱注釋	備注	韻字中古音		上字中古音		下字中古音	
				韻字	上字	下字	聲	調	呼	韻部			聲調呼韻攝等	反切	聲呼等	反切	聲調呼韻攝等	反切
12899	10 正		372	蛧	味	廣	未	上	合	三三廣		韻目上字作昧	微上合陽宕三	文兩	微合 3	無沸	見上合唐宕一	古晃
12900	10 正	77	373	繈	几	兩	見	上	齊	三四繈			見上開陽宕三	居兩	見開重 3	居履	來上開陽宕三	良獎
12902	10 正		374	景	几	兩	見	上	齊	三四繈	平上兩讀注在彼		見上開庚梗三	居影	見開重 3	居履	來上開陽宕三	良獎
12904	10 正	78	375	勥	舊	兩	起	上	齊	三四繈			群上開陽宕三	其兩	群開 3	巨救	來上開陽宕三	良獎
12906	10 正		376	弜	舊	兩	起	上	齊	三四繈			群上開陽宕三	其兩	群開 3	巨救	來上開陽宕三	良獎
12908	10 正		377	滰	舊	兩	起	上	齊	三四繈			群上開陽宕三	其兩	群開 3	巨救	來上開陽宕三	良獎
12909	10 正	79	378	養	隱	兩	影	上	齊	三四繈			以上開陽宕三	餘兩	影開 3	於謹	來上開陽宕三	良獎
12911	10 正		379	蛘	隱	兩	影	上	齊	三四繈			以上開陽宕三	餘兩	影開 3	於謹	來上開陽宕三	良獎
12913	10 正		380	撔	隱	兩	影	上	齊	三四繈			影上開庚梗三	於丙	影開 3	於謹	來上開陽宕三	良獎
12915	10 正		381	抰 g*	隱	兩	影	上	齊	三四繈			影上開陽宕三	依兩	影開 3	於謹	來上開陽宕三	良獎
12916	10 正		382	鞅	隱	兩	影	上	齊	三四繈			影上開陽宕三	於兩	影開 3	於謹	來上開陽宕三	良獎
12917	10 正		383	紻	隱	兩	影	上	齊	三四繈			影上開陽宕三	於兩	影開 3	於謹	來上開陽宕三	良獎
12918	10 正		384	柍	隱	兩	影	上	齊	三四繈	平上兩讀注在彼		影上開陽宕三	於兩	影開 3	於謹	來上開陽宕三	良獎
12920	10 正		385	勨	隱	兩	影	上	齊	三四繈			以上開陽宕三	餘兩	影開 3	於謹	來上開陽宕三	良獎
12922	10 正		386	像	隱	兩	影	上	齊	三四繈	本韻兩讀注詳後。俗有㨾。似也，讀若養字之養。說文段注古音如此，故今雲式㨾。㨾即像之俗也，或又用樣為之。今音徐兩切	玉篇似兩切。此處為古音，取養廣韻音	以上開陽宕三	餘兩	影開 3	於謹	來上開陽宕三	良獎
12923	10 正		387	炛**	隱	兩	影	上	齊	三四繈		據何注和玉篇音，加入到隱兩小韻中，不知是否妥當	影上開庚梗三	於景	影開 3	於謹	來上開陽宕三	良獎
12926	10 正	80	388	亨	險	兩	曉	上	齊	三四繈	又平聲兩讀凡三見義分。亭隸作亨，亦作亨	亭只集韻有一讀	曉上開陽宕三	許兩	曉開重 3	虛檢	來上開陽宕三	良獎

韻字編號	部序	組數	字數	韻字及何氏反切			韻字何氏音				何萱注釋	備　注	韻字中古音		上字中古音		下字中古音	
				韻字	上字	下字	聲	調	呼	韻部			聲調呼韻攝等	反切	聲呼等	反切	聲調呼韻攝等	反切
12928	10 正		389	饗	險	兩	曉	上	齊	三四緌			曉上開陽宕三	許兩	曉開重 3	虚檢	來上開陽宕三	良獎
12929	10 正		390	響	險	兩	曉	上	齊	三四緌			曉上開陽宕三	許兩	曉開重 3	虚檢	來上開陽宕三	良獎
12930	10 正		391	曏	險	兩	曉	上	齊	三四緌			曉上開陽宕三	許兩	曉開重 3	虚檢	來上開陽宕三	良獎
12934	10 正		392	蠁	險	兩	曉	上	齊	三四緌			曉上開陽宕三	許兩	曉開重 3	虚檢	來上開陽宕三	良獎
12936	10 正	81	393	从*	利	響	賚	上	齊	三四緌			來上開陽宕三	里養	來開 3	力至	曉上開陽宕三	許兩
12937	10 正		394	**兩**	利	響	賚	上	齊	三四緌			來上開陽宕三	良獎	來開 3	力至	曉上開陽宕三	許兩
12938	10 正		395	兩	利	響	賚	上	齊	三四緌			來上開陽宕三	良獎	來開 3	力至	曉上開陽宕三	許兩
12939	10 正		396	蜽	利	響	賚	上	齊	三四緌			來上開陽宕三	良獎	來開 3	力至	曉上開陽宕三	許兩
12940	10 正		397	脼	利	響	賚	上	齊	三四緌			來上開陽宕三	良獎	來開 3	力至	曉上開陽宕三	許兩
12941	10 正	82	398	**掌**	軫	兩	照	上	齊	三四緌			章上開陽宕三	諸兩	章開 3	章忍	來上開陽宕三	良獎
12942	10 正		399	爪	軫	兩	照	上	齊	三四緌			章上開陽宕三	諸兩	章開 3	章忍	來上開陽宕三	良獎
12943	10 正		400	長	軫	兩	照	上	齊	三四緌	平上去三讀義分		知上開陽宕三	知丈	章開 3	章忍	來上開陽宕三	良獎
12946	10 正	83	401	**丈**	齒	兩	助	上	齊	三四緌		韻目歸入軫兩切，表中作助母字頭，據副編加齒兩切	澄上開陽宕三	直兩	昌開 3	昌里	來上開陽宕三	良獎
12947	10 正		402	杖	齒	兩	助	上	齊	三四緌		韻目歸入軫兩切，據副編加齒兩切	澄上開陽宕三	直兩	昌開 3	昌里	來上開陽宕三	良獎
12948	10 正		403	敞	齒	兩	助	上	齊	三四緌		韻目歸入軫兩切，據副編加齒兩切	昌上開陽宕三	昌兩	昌開 3	昌里	來上開陽宕三	良獎
12949	10 正		404	甀	齒	兩	助	上	齊	三四緌		韻目歸入軫兩切，據副編加齒兩切	初上開陽宕三	初兩	昌開 3	昌里	來上開陽宕三	良獎
12951	10 正	84	405	驤	忍	兩	耳	上	齊	三四緌			日上開陽宕三	如兩	日開 3	而軫	來上開陽宕三	良獎
12954	10 正		406	**孃 g***	忍	兩	耳	上	齊	三四緌	平上兩讀義異		日上開陽宕三	汝兩	日開 3	而軫	來上開陽宕三	良獎
12955	10 正		407	**壤**	忍	兩	耳	上	齊	三四緌			日上開陽宕三	如兩	日開 3	而軫	來上開陽宕三	良獎
12956	10 正		408	纕	忍	兩	耳	上	齊	三四緌			日平開陽宕三	汝陽	日開 3	而軫	來上開陽宕三	良獎
12957	10 正		409	蘘	忍	兩	耳	上	齊	三四緌	上去兩讀		日上開陽宕三	如兩	日開 3	而軫	來上開陽宕三	良獎
12959	10 正	85	410	**賞**	始	兩	審	上	齊	三四緌			書上開陽宕三	書兩	書開 3	詩止	來上開陽宕三	良獎

韻字編號	部序	組數	字數	韻字及何氏反切			韻字何氏音				何萱注釋	備注	韻字中古音		上字中古音		下字中古音	
				韻字	上字	下字	聲	調	呼	韻部			聲調呼韻攝等	反切	聲呼等	反切	聲調呼韻攝等	反切
12960	10 正		411	丄	始	网	審	上	齊	三四緅			禪上開陽宕三	時掌	書開 3	詩止	來上開陽宕三	良獎
12962	10 正		412	饟	始	网	審	上	齊	三四緅			書上開陽宕三	書兩	書開 3	詩止	來上開陽宕三	良獎
12963	10 正	86	413	蔣*	紫	网	井	上	齊	三四緅			精上開陽宕三	子兩	精開 3	將此	來上開陽宕三	良獎
12964	10 正		414	簩	紫	网	井	上	齊	三四緅			精上開陽宕三	即兩	精開 3	將此	來上開陽宕三	良獎
12966	10 正	87	415	**仰**	彥	网	我	上	齊	三四緅			疑上開陽宕三	魚兩	疑開重 3	魚變	來上開陽宕三	良獎
12968	10 正	88	416	**想**	小	网	信	上	齊	三四緅			心上開陽宕三	息兩	心開 3	私兆	來上開陽宕三	良獎
12969	10 正		417	象	小	网	信	上	齊	三四緅			邪上開陽宕三	徐兩	心開 3	私兆	來上開陽宕三	良獎
12970	10 正		418	像	小	网	信	上	齊	三四緅	重見		邪上開陽宕三	徐兩	心開 3	私兆	來上開陽宕三	良獎
12972	10 正		419	襐	小	网	信	上	齊	三四緅			邪上開陽宕三	徐兩	心開 3	私兆	來上開陽宕三	良獎
12973	10 正		420	樣 g*	小	网	信	上	齊	三四緅		廣韻把此字作為样的異體字來注音釋義，誤。取集韻音合	邪上開陽宕三	似兩	心開 3	私兆	來上開陽宕三	良獎
12974	10 正	89	421	**臩**	舉	怳	見	上	撮	三五臩			見上合陽宕三	俱往	見合 3	居許	曉上合陽宕三	許昉
12976	10 正		422	冏	舉	怳	見	上	撮	三五臩	平上兩讀注在彼		見上合庚梗三	俱永	見合 3	居許	曉上合陽宕三	許昉
12977	10 正		423	憬	舉	怳	見	上	撮	三五臩			見上合庚梗三	俱永	見合 3	居許	曉上合陽宕三	許昉
12978	10 正		424	獷	舉	怳	見	上	撮	三五臩	重見注在前		見上合陽宕三	居往	見合 3	居許	曉上合陽宕三	許昉
12980	10 正	90	425	永	羽	怳	影	上	撮	三五臩			云上合庚梗三	于憬	云合 3	王矩	曉上合陽宕三	許昉
12981	10 正		426	**往**	羽	怳	影	上	撮	三五臩	徃隸作往		云上合陽宕三	于兩	云合 3	王矩	曉上合陽宕三	許昉
12982	10 正		427	枉*	羽	怳	影	上	撮	三五臩			影上合陽宕三	嫗往	云合 3	王矩	曉上合陽宕三	許昉
12983	10 正		428	毂	羽	怳	影	上	撮	三五臩			影上合陽宕三	紆往	云合 3	王矩	曉上合陽宕三	許昉
12984	10 正	91	429	**怳**	許	永	曉	上	撮	三五臩			曉上合陽宕三	許昉	曉合 3	虛呂	云上合庚梗三	于憬
12985	10 正	92	430	**更**	改	宕	見	去	開	三四叜	平去兩讀注在彼。叜隸作更	叜集韻只有去聲一讀	見去開庚梗二	古孟	見開 1	古亥	定去開唐宕一	徒浪
12988	10 正	93	431	亢	口	宕	起	去	開	三四叜	此引申之義也。平聲兩讀乃本義		溪去開唐宕一	苦浪	溪開 1	苦后	定去開唐宕一	徒浪
12994	10 正		432	**抗**	口	宕	起	去	開	三四叜			溪去開唐宕一	苦浪	溪開 1	苦后	定去開唐宕一	徒浪
12995	10 正		433	伉	口	宕	起	去	開	三四叜			溪去開唐宕一	苦浪	溪開 1	苦后	定去開唐宕一	徒浪
12998	10 正		434	**忼 g***	口	宕	起	去	開	三四叜	上去兩讀注在彼		溪去開唐宕一	口浪	溪開 1	苦后	定去開唐宕一	徒浪

韻字編號	部序	組數	字數	韻字及何氏反切			韻字何氏音				何萱注釋	備　注	韻字中古音		上字中古音		下字中古音	
				韻字	上字	下字	聲	調	呼	韻部			聲調呼韻攝等	反切	聲呼等	反切	聲調呼韻攝等	反切
13001	10 正		435	炕	口	宕	起	去	開	三四叜			溪去開唐宕一	苦浪	溪開 1	苦后	定去開唐宕一	徒浪
13002	10 正		436	犺	口	宕	起	去	開	三四叜			溪去開唐宕一	苦浪	溪開 1	苦后	定去開唐宕一	徒浪
13003	10 正	94	437	**盎**	案	宕	影	去	開	三四叜			影去開唐宕一	烏浪	影開 1	烏旰	定去開唐宕一	徒浪
13005	10 正		438	醠	案	宕	影	去	開	三四叜			影去開唐宕一	烏浪	影開 1	烏旰	定去開唐宕一	徒浪
13007	10 正	95	439	**笐**	海	宕	曉	去	開	三四叜	平去兩讀義分		匣去開唐宕一	下浪	曉開 1	呼改	定去開唐宕一	徒浪
13012	10 正		440	行	海	宕	曉	去	開	三四叜	平去兩讀義分		匣去開唐宕一	下浪	曉開 1	呼改	定去開唐宕一	徒浪
13013	10 正	96	441	**當**	帶	宕	短	去	開	三四叜			端去開唐宕一	丁浪	端開 1	當蓋	定去開唐宕一	徒浪
13014	10 正	97	442	**宕**	坦	抗	透	去	開	三四叜			定去開唐宕一	徒浪	透開 1	他但	溪去開唐宕一	苦浪
13015	10 正		443	碭	坦	抗	透	去	開	三四叜			定去開唐宕一	徒浪	透開 1	他但	溪去開唐宕一	苦浪
13016	10 正	98	444	**閬**	老	宕	賚	去	開	三四叜			來去開唐宕一	來宕	來開 1	盧晧	定去開唐宕一	徒浪
13017	10 正		445	浪	老	宕	賚	去	開	三四叜	平去兩讀義分		來去開唐宕一	來宕	來開 1	盧晧	定去開唐宕一	徒浪
13019	10 正	99	446	**葬**	贊	宕	井	去	開	三四叜			精去開唐宕一	則浪	精開 1	則旰	定去開唐宕一	徒浪
13020	10 正	100	447	**臧**	采	宕	淨	去	開	三四叜	又平聲兩見義皆異。臧俗有藏	取藏字廣韻音	從去開唐宕一	徂浪	清開 1	倉宰	定去開唐宕一	徒浪
13023	10 正	101	448	**卬**	我	宕	我	去	開	三四叜	平去兩讀注在彼		疑上開陽宕三	魚兩	疑開 1	五可	定去開唐宕一	徒浪
13025	10 正		449	駒	我	宕	我	去	開	三四叜	平去兩讀注在彼		疑去開唐宕一	五浪	疑開 1	五可	定去開唐宕一	徒浪
13028	10 正		450	枊	我	宕	我	去	開	三四叜	平去兩讀注在彼		疑去開唐宕一	五浪	疑開 1	五可	定去開唐宕一	徒浪
13030	10 正	102	451	**喪**	散	宕	信	去	開	三四叜	平去兩讀姑從俗分也古音皆讀平聲。喪隸作喪	查集韻只有一讀	心去開唐宕一	蘇浪	心開 1	蘇旱	定去開唐宕一	徒浪
13031	10 正	103	452	**謗**	保	宕	謗	去	開	三四叜			幫去開唐宕一	補曠	幫開 1	博抱	定去開唐宕一	徒浪
13032	10 正		453	搒	保	宕	謗	去	開	三四叜	平去兩讀義分	實三見	幫去開唐宕一	補曠	幫開 1	博抱	定去開唐宕一	徒浪
13035	10 正		454	柄	保	宕	謗	去	開	三四叜			幫去開庚梗三	陂病	幫開 1	博抱	定去開唐宕一	徒浪
13039	10 正		455	寎	保	宕	謗	去	開	三四叜			幫去開庚梗三	陂病	幫開 1	博抱	定去開唐宕一	徒浪
13040	10 正	104	456	**徬**	抱	宕	並	去	開	三四叜			並去開唐宕一	蒲浪	並開 1	薄浩	定去開唐宕一	徒浪
13041	10 正		457	傍	抱	宕	並	去	開	三四叜	平去兩讀注在彼		並去開唐宕一	蒲浪	並開 1	薄浩	定去開唐宕一	徒浪
13046	10 正		458	髈 g*	抱	宕	並	去	開	三四叜	平上兩讀注在彼		幫上開唐宕一	補朗	並開 1	薄浩	定去開唐宕一	徒浪
13047	10 正		459	髣*	抱	宕	並	去	開	三四叜			非上開陽宕三	甫兩	並開 1	薄浩	定去開唐宕一	徒浪
13048	10 正		460	病	抱	宕	並	去	開	三四叜			並去開庚梗三	皮命	並開 1	薄浩	定去開唐宕一	徒浪

韻字編號	部序	組數	字數	韻字及何氏反切			韻字何氏音				何萱注釋	備注	韻字中古音		上字中古音		下字中古音	
				韻字	上字	下字	聲	調	呼	韻部			聲調呼韻攝等	反切	聲呼等	反切	聲調呼韻攝等	反切
13049	10 正	105	461	**孟**	莫	宕	命	去	開	三四叜	平去兩讀注在彼	集韻有明去唐，莫浪切一讀	明去開庚梗二	莫更	明開 1	慕各	定去開唐宕一	徒浪
13052	10 正	106	462	**桄**	古	曠	見	去	合	三五桄			見去合唐宕一	古旷	見合 1	公戶	溪去合唐宕一	苦謗
13054	10 正		463	潢	古	曠	見	去	合	三五桄	又五部入聲		見入合鐸宕一	古博	見合 1	公戶	溪去合唐宕一	苦謗
13057	10 正	107	464	**曠**	苦	壯	起	去	合	三五桄			溪去合唐宕一	苦謗	溪合 1	康杜	莊去開陽宕三	側亮
13059	10 正		465	廣	苦	壯	起	去	合	三五桄			溪上開唐宕一	苦朗	溪合 1	康杜	莊去開陽宕三	側亮
13060	10 正		466	纊	苦	壯	起	去	合	三五桄			溪去合唐宕一	苦謗	溪合 1	康杜	莊去開陽宕三	側亮
13061	10 正		467	壙	苦	壯	起	去	合	三五桄			溪去合唐宕一	苦謗	溪合 1	康杜	莊去開陽宕三	側亮
13062	10 正	108	468	**橫**	戶	曠	曉	去	合	三五桄	平去兩讀義分		匣去合庚梗二	戶孟	匣合 1	侯古	溪去合唐宕一	苦謗
13064	10 正		469	潢	戶	曠	曉	去	合	三五桄	平去兩讀義分		匣去合唐宕一	乎旷	匣合 1	侯古	溪去合唐宕一	苦謗
13066	10 正	109	470	**壯**	腫	曠	照	去	合	三五桄			莊去開陽宕三	側亮	章合 3	之隴	溪去合唐宕一	苦謗
13067	10 正	110	471	**狀**	篡	曠	助	去	合	三五桄		副編作蠢曠切	崇去開陽宕三	鋤亮	初合 2	初患	溪去合唐宕一	苦謗
13068	10 正		472	刱	篡	曠	助	去	合	三五桄		副編作蠢曠切。若為纂，則為井母	初去開陽宕三	初亮	初合 2	初患	溪去合唐宕一	苦謗
13069	10 正		473	愴	篡	曠	助	去	合	三五桄		副編作蠢曠切。若為纂，則為井母	初去開陽宕三	初亮	初合 2	初患	溪去合唐宕一	苦謗
13070	10 正		474	滄	篡	曠	助	去	合	三五桄		副編作蠢曠切。若為纂，則為井母	初去開陽宕三	初亮	初合 2	初患	溪去合唐宕一	苦謗
13071	10 正	111	475	訪	奉	曠	匪	去	合	三五桄			敷去合陽宕三	敷亮	奉合 3	扶隴	溪去合唐宕一	苦謗
13072	10 正		476	**放**	奉	曠	匪	去	合	三五桄			非去合陽宕三	甫妄	奉合 3	扶隴	溪去合唐宕一	苦謗
13073	10 正		477	妨	奉	曠	匪	去	合	三五桄	平去兩讀注在彼		敷去合陽宕三	敷亮	奉合 3	扶隴	溪去合唐宕一	苦謗
13075	10 正		478	舫	奉	曠	匪	去	合	三五桄			非去合陽宕三	甫妄	奉合 3	扶隴	溪去合唐宕一	苦謗
13077	10 正	112	479	**妄**	味	曠	未	去	合	三五桄		妄妄	微去合陽宕三	巫放	微合 3	無沸	溪去合唐宕一	苦謗
13078	10 正		480	忘	味	曠	未	去	合	三五桄	平去兩讀注在彼。怣忘		微去合陽宕三	巫放	微合 3	無沸	溪去合唐宕一	苦謗
13080	10 正		481	望	味	曠	未	去	合	三五桄	平去兩讀義分		微去合陽宕三	巫放	微合 3	無沸	溪去合唐宕一	苦謗
13082	10 正		482	朢	味	曠	未	去	合	三五桄			微去合陽宕三	巫放	微合 3	無沸	溪去合唐宕一	苦謗
13085	10 正		483	謽*	味	曠	未	去	合	三五桄			微去開陽宕三	無放	微合 3	無沸	溪去合唐宕一	苦謗
13086	10 正	113	484	竟	几	向	見	去	齊	三六竟	平去兩讀注在彼		見去開庚梗三	居慶	見開重 3	居履	曉去開陽宕三	許亮

韻字編號	部序	組數	字數	韻字及何氏反切			韻字何氏音				何萱注釋	備　注	韻字中古音		上字中古音		下字中古音	
				韻字	上字	下字	聲	調	呼	韻部			聲調呼韻攝等	反切	聲呼等	反切	聲調呼韻攝等	反切
13088	10 正		485	**鏡**	几	向	見	去	齊	三六竟			見去開庚梗三	居慶	見開重 3	居履	曉去開陽宕三	許亮
13089	10 正	114	486	倞	舊	向	起	去	齊	三六竟			群去開庚梗三	渠敬	群開 3	巨救	曉去開陽宕三	許亮
13090	10 正		487	**唴**	舊	向	起	去	齊	三六竟			溪去開陽宕三	丘亮	群開 3	巨救	曉去開陽宕三	許亮
13091	10 正	115	488	訣	隱	向	影	去	齊	三六竟			影去開陽宕三	於亮	影開 3	於謹	曉去開陽宕三	許亮
13094	10 正		489	怏	隱	向	影	去	齊	三六竟			影去開陽宕三	於亮	影開 3	於謹	曉去開陽宕三	許亮
13096	10 正		490	恙	隱	向	影	去	齊	三六竟			以去開陽宕三	餘亮	影開 3	於謹	曉去開陽宕三	許亮
13097	10 正		491	羕	隱	向	影	去	齊	三六竟			以去開陽宕三	餘亮	影開 3	於謹	曉去開陽宕三	許亮
13098	10 正		492	**漾**	隱	向	影	去	齊	三六竟			以去開陽宕三	餘亮	影開 3	於謹	曉去開陽宕三	許亮
13099	10 正		493	煬	隱	向	影	去	齊	三六竟			以去開陽宕三	餘亮	影開 3	於謹	曉去開陽宕三	許亮
13100	10 正		494	瑒	隱	向	影	去	齊	三六竟			以去開陽宕三	餘亮	影開 3	於謹	曉去開陽宕三	許亮
13102	10 正	116	495	**向**	險	漾	曉	去	齊	三六竟			曉去開陽宕三	許亮	曉開重 3	虛檢	以去開陽宕三	餘亮
13103	10 正		496	珦	險	漾	曉	去	齊	三六竟			曉去開陽宕三	許亮	曉開重 3	虛檢	以去開陽宕三	餘亮
13105	10 正		497	闢	險	漾	曉	去	齊	三六竟			曉去開陽宕三	許亮	曉開重 3	虛檢	以去開陽宕三	餘亮
13106	10 正	117	498	**釀**	念	向	乃	去	齊	三六竟			娘去開陽宕三	女亮	泥開 4	奴店	曉去開陽宕三	許亮
13107	10 正		499	蘸	念	向	乃	去	齊	三六竟	上去兩讀注在彼		娘去開陽宕三	女亮	泥開 4	奴店	曉去開陽宕三	許亮
13109	10 正	118	500	**亮**	利	向	賚	去	齊	三六竟			來去開陽宕三	力讓	來開 3	力至	曉去開陽宕三	許亮
13110	10 正		501	諒	利	向	賚	去	齊	三六竟			來去開陽宕三	力讓	來開 3	力至	曉去開陽宕三	許亮
13112	10 正		502	涼g*	利	向	賚	去	齊	三六竟	平去兩讀注在彼		來去開陽宕三	力讓	來開 3	力至	曉去開陽宕三	許亮
13113	10 正		503	量	利	向	賚	去	齊	三六竟	平去兩讀義分		來去開陽宕三	力讓	來開 3	力至	曉去開陽宕三	許亮
13115	10 正		504	眼	利	向	賚	去	齊	三六竟			來去開陽宕三	力讓	來開 3	力至	曉去開陽宕三	許亮
13116	10 正		505	緉	利	向	賚	去	齊	三六竟			來去開陽宕三	力讓	來開 3	力至	曉去開陽宕三	許亮
13118	10 正	119	506	**帳**	軫	向	照	去	齊	三六竟			知去開陽宕三	知亮	章開 3	章忍	曉去開陽宕三	許亮
13119	10 正		507	障	軫	向	照	去	齊	三六竟			章去開陽宕三	之亮	章開 3	章忍	曉去開陽宕三	許亮
13121	10 正		508	墇	軫	向	照	去	齊	三六竟			章去開陽宕三	之亮	章開 3	章忍	曉去開陽宕三	許亮
13123	10 正	120	509	鬯	齒	向	助	去	齊	三六竟			徹去開陽宕三	丑亮	昌開 3	昌里	曉去開陽宕三	許亮
13124	10 正		510	長	齒	向	助	去	齊	三六竟	平上去三讀義分		澄去開陽宕三	直亮	昌開 3	昌里	曉去開陽宕三	許亮
13127	10 正		511	悵	齒	向	助	去	齊	三六竟			徹去開陽宕三	丑亮	昌開 3	昌里	曉去開陽宕三	許亮
13128	10 正		512	韔	齒	向	助	去	齊	三六竟			徹去開陽宕三	丑亮	昌開 3	昌里	曉去開陽宕三	許亮

韻字編號	部序	組數	字數	韻字及何氏反切			韻字何氏音				何萱注釋	備注	韻字中古音		上字中古音		下字中古音	
				韻字	上字	下字	聲	調	呼	韻部			聲調呼韻攝等	反切	聲呼等	反切	聲調呼韻攝等	反切
13129	10 正		513	**唱**	齒	向	助	去	齊	三六竟			昌去開陽宕三	尺亮	昌開 3	昌里	曉去開陽宕三	許亮
13130	10 正		514	瑒	齒	向	助	去	齊	三六竟			徹去開陽宕三	丑亮	昌開 3	昌里	曉去開陽宕三	許亮
13132	10 正		515	暘	齒	向	助	去	齊	三六竟			徹去開陽宕三	丑亮	昌開 3	昌里	曉去開陽宕三	許亮
13133	10 正		516	⿰韋昜*	齒	向	助	去	齊	三六竟	⿱艹⿰韋昜俗有⿰韋昜		徹去開陽宕三	丑亮	昌開 3	昌里	曉去開陽宕三	許亮
13134	10 正	121	517	**讓**	忍	漾	耳	去	齊	三六竟			日去開陽宕三	人漾	日開 3	而軫	以去開陽宕三	餘亮
13135	10 正		518	攘	忍	漾	耳	去	齊	三六竟			日去開陽宕三	人漾	日開 3	而軫	以去開陽宕三	餘亮
13138	10 正		519	鑲	忍	漾	耳	去	齊	三六竟			書去開陽宕三	式亮	日開 3	而軫	以去開陽宕三	餘亮
13140	10 正	122	520	**尙**	始	向	審	去	齊	三六竟			禪去開陽宕三	時亮	書開 3	詩止	曉去開陽宕三	許亮
13141	10 正		521	償	始	向	審	去	齊	三六竟	平去兩讀注在彼		禪去開陽宕三	時亮	書開 3	詩止	曉去開陽宕三	許亮
13143	10 正		522	餉	始	向	審	去	齊	三六竟			書去開陽宕三	式亮	書開 3	詩止	曉去開陽宕三	許亮
13144	10 正	123	523	**醬**	紫	向	井	去	齊	三六竟	⿰爿⿱夕酉俗有醬		精去開陽宕三	子亮	精開 3	將此	曉去開陽宕三	許亮
13145	10 正		524	將	紫	向	井	去	齊	三六竟	又平聲兩見義異		精去開陽宕三	子亮	精開 3	將此	曉去開陽宕三	許亮
13150	10 正	124	525	**匠**	此	向	淨	去	齊	三六竟			從去開陽宕三	疾亮	清開 3	雌氏	曉去開陽宕三	許亮
13151	10 正		526	趪	此	向	淨	去	齊	三六竟			從去開陽宕三	疾亮	清開 3	雌氏	曉去開陽宕三	許亮
13152	10 正	125	527	**相**	小	漾	信	去	齊	三六竟	平去兩讀義分注在彼		心去開陽宕三	息亮	心開 3	私兆	以去開陽宕三	餘亮
13154	10 正	126	528	俇	舉	況	見	去	撮	三七僙	僙隸作俇		見去合陽宕三	居況	見合 3	居許	曉去合陽宕三	許訪
13155	10 正		529	僙*	舉	況	見	去	撮	三七僙	僙隸作俇		見上合陽宕三	俱往	見合 3	居許	曉去合陽宕三	許訪
13156	10 正		530	**諻***	舉	況	見	去	撮	三七僙			見去合陽宕三	古況	見合 3	居許	曉去合陽宕三	許訪
13157	10 正		531	獚*	舉	況	見	去	撮	三七僙			見去合陽宕三	古況	見合 3	居許	曉去合陽宕三	許訪
13158	10 正		532	⿰弓匡	舉	況	見	去	撮	三七僙			見去合陽宕三	居況	見合 3	居許	曉去合陽宕三	許訪
13159	10 正	127	533	詠	羽	況	影	去	撮	三七僙			云去合庚梗三	為命	云合 3	王矩	曉去合陽宕三	許訪
13160	10 正		534	泳	羽	況	影	去	撮	三七僙			云去合庚梗三	為命	云合 3	王矩	曉去合陽宕三	許訪
13162	10 正		535	暀*	羽	況	影	去	撮	三七僙			云去合陽宕三	于放	云合 3	王矩	曉去合陽宕三	許訪
13163	10 正		536	王	羽	況	影	去	撮	三七僙	平去兩讀義分		云去合陽宕三	于放	云合 3	王矩	曉去合陽宕三	許訪
13165	10 正		537	迋	羽	況	影	去	撮	三七僙			云去合陽宕三	于放	云合 3	王矩	曉去合陽宕三	許訪
13167	10 正	128	538	兄 g*	許	旺	曉	去	撮	三七僙	平去兩讀		曉去合陽宕三	許放	曉合 3	虛呂	云去合陽宕三	于放
13169	10 正		539	**況**	許	旺	曉	去	撮	三七僙			曉去合陽宕三	許訪	曉合 3	虛呂	云去合陽宕三	于放

第十部副編

韻字編號	部序	組數	字數	韻字及何氏反切			韻字何氏音				何萱注釋	備　注	韻字中古音		上字中古音		下字中古音	
				韻字	上字	下字	聲	調	呼	韻部			聲調呼韻攝等	反切	聲呼等	反切	聲調呼韻攝等	反切
13170	10副	1	1	掆	改	倉	見	陰平	開	三五岡			見平開唐宕一	古郎	見開1	古亥	清平開唐宕一	七岡
13171	10副		2	棡*	改	倉	見	陰平	開	三五岡			見平開唐宕一	居郎	見開1	古亥	清平開唐宕一	七岡
13172	10副		3	茴*	改	倉	見	陰平	開	三五岡			見平開唐宕一	居郎	見開1	古亥	清平開唐宕一	七岡
13173	10副		4	堈	改	倉	見	陰平	開	三五岡			見平開唐宕一	古郎	見開1	古亥	清平開唐宕一	七岡
13174	10副		5	鋼	改	倉	見	陰平	開	三五岡			見平開唐宕一	古郎	見開1	古亥	清平開唐宕一	七岡
13176	10副		6	瓬*	改	倉	見	陰平	開	三五岡			見平開唐宕一	居郎	見開1	古亥	清平開唐宕一	七岡
13177	10副		7	茺	改	倉	見	陰平	開	三五岡			見平開唐宕一	古郎	見開1	古亥	清平開唐宕一	七岡
13179	10副		8	犺	改	倉	見	陰平	開	三五岡			見平開唐宕一	古郎	見開1	古亥	清平開唐宕一	七岡
13180	10副		9	亢**	改	倉	見	陰平	開	三五岡			見平開唐宕一	古唐	見開1	古亥	清平開唐宕一	七岡
13181	10副		10	浭	改	倉	見	陰平	開	三五岡			見平開庚梗二	古行	見開1	古亥	清平開唐宕一	七岡
13182	10副		11	逕	改	倉	見	陰平	開	三五岡			見平開庚梗二	古行	見開1	古亥	清平開唐宕一	七岡
13183	10副		12	鶊	改	倉	見	陰平	開	三五岡			見平開庚梗二	古行	見開1	古亥	清平開唐宕一	七岡
13184	10副		13	猄*	改	倉	見	陰平	開	三五岡			見平開庚梗二	居行	見開1	古亥	清平開唐宕一	七岡
13185	10副		14	荑*	改	倉	見	陰平	開	三五岡			見平開庚梗二	居行	見開1	古亥	清平開唐宕一	七岡
13186	10副	2	15	躿	口	岡	起	陰平	開	三五岡			溪平開唐宕一	苦岡	溪開1	苦后	見平開唐宕一	古郎
13187	10副		16	睫	口	岡	起	陰平	開	三五岡			溪平開唐宕一	苦岡	溪開1	苦后	見平開唐宕一	古郎
13188	10副		17	陳	口	岡	起	陰平	開	三五岡			溪平開唐宕一	苦岡	溪開1	苦后	見平開唐宕一	古郎
13189	10副		18	鄌*	口	岡	起	陰平	開	三五岡			溪平開唐宕一	丘岡	溪開1	苦后	見平開唐宕一	古郎
13190	10副		19	蠊	口	岡	起	陰平	開	三五岡			溪平開唐宕一	苦岡	溪開1	苦后	見平開唐宕一	古郎
13191	10副		20	嵻*	口	岡	起	陰平	開	三五岡			溪平開唐宕一	丘岡	溪開1	苦后	見平開唐宕一	古郎
13192	10副		21	磏*	口	岡	起	陰平	開	三五岡			溪平開唐宕一	丘岡	溪開1	苦后	見平開唐宕一	古郎
13193	10副		22	硫	口	岡	起	陰平	開	三五岡			溪平開庚梗二	客庚	溪開1	苦后	見平開唐宕一	古郎
13196	10副		23	妔*	口	岡	起	陰平	開	三五岡			溪平開庚梗二	丘庚	溪開1	苦后	見平開唐宕一	古郎
13197	10副		24	劥	口	岡	起	陰平	開	三五岡			溪平開庚梗二	客庚	溪開1	苦后	見平開唐宕一	古郎
13198	10副	3	25	咉	案	岡	影	陰平	開	三五岡			影平開唐宕一	烏郎	影開1	烏旰	見平開唐宕一	古郎

韻字編號	部序	組數	字數	韻字及何氏反切			韻字何氏音				何萱注釋	備注	韻字中古音		上字中古音		下字中古音	
				韻字	上字	下字	聲	調	呼	韻部			聲調呼韻攝等	反切	聲呼等	反切	聲調呼韻攝等	反切
13199	10 副		26	映	案	岡	影	陰平	開	三五岡		正文有，韻目無	影平開唐宕一	烏郎	影開 1	烏旰	見平開唐宕一	古郎
13200	10 副		27	暎*	案	岡	影	陰平	開	三五岡		此處沒有釋義疑為衍字	影平開庚梗三	於驚	影開 1	烏旰	見平開唐宕一	古郎
13201	10 副		28	胦	案	岡	影	陰平	開	三五岡			影平開陽宕三	於良	影開 1	烏旰	見平開唐宕一	古郎
13202	10 副		29	佒	案	岡	影	陰平	開	三五岡			影平開唐宕一	烏郎	影開 1	烏旰	見平開唐宕一	古郎
13203	10 副		30	炴	案	岡	影	陰平	開	三五岡			影平開唐宕一	烏郎	影開 1	烏旰	見平開唐宕一	古郎
13204	10 副		31	鴦*	案	岡	影	陰平	開	三五岡			影平開陽宕三	於良	影開 1	烏旰	見平開唐宕一	古郎
13206	10 副		32	鴦*	案	岡	影	陰平	開	三五岡			影平開唐宕一	於郎	影開 1	烏旰	見平開唐宕一	古郎
13207	10 副		33	鉠	案	岡	影	陰平	開	三五岡			影平開陽宕三	於良	影開 1	烏旰	見平開唐宕一	古郎
13209	10 副	4	34	欿	海	岡	曉	陰平	開	三五岡			曉平開唐宕一	呼郎	曉開 1	呼改	見平開唐宕一	古郎
13210	10 副		35	悙	海	岡	曉	陰平	開	三五岡			曉平開庚梗二	許庚	曉開 1	呼改	見平開唐宕一	古郎
13211	10 副		36	脝	海	岡	曉	陰平	開	三五岡			曉平開庚梗二	許庚	曉開 1	呼改	見平開唐宕一	古郎
13212	10 副		37	哼*	海	岡	曉	陰平	開	三五岡			曉平開庚梗二	虛庚	曉開 1	呼改	見平開唐宕一	古郎
13213	10 副		38	鴴**	海	岡	曉	陰平	開	三五岡	平去兩讀注在彼	玉篇：戶庚戶孟二切	匣平開庚梗二	戶庚	曉開 1	呼改	見平開唐宕一	古郎
13214	10 副	5	39	璫	帶	倉	短	陰平	開	三五岡			端平開唐宕一	都郎	端開 1	當蓋	清平開唐宕一	七岡
13215	10 副		40	鐺	帶	倉	短	陰平	開	三五岡			端平開唐宕一	都郎	端開 1	當蓋	清平開唐宕一	七岡
13216	10 副		41	襠	帶	倉	短	陰平	開	三五岡			端平開唐宕一	都郎	端開 1	當蓋	清平開唐宕一	七岡
13217	10 副		42	儅	帶	倉	短	陰平	開	三五岡			端平開唐宕一	都郎	端開 1	當蓋	清平開唐宕一	七岡
13218	10 副		43	瓽*	帶	倉	短	陰平	開	三五岡			端平開唐宕一	都郎	端開 1	當蓋	清平開唐宕一	七岡
13219	10 副		44	蟷	帶	倉	短	陰平	開	三五岡			端平開唐宕一	都郎	端開 1	當蓋	清平開唐宕一	七岡
13220	10 副		45	檔	帶	倉	短	陰平	開	三五岡			端平開唐宕一	都郎	端開 1	當蓋	清平開唐宕一	七岡
13221	10 副		46	澢*	帶	倉	短	陰平	開	三五岡			端平開唐宕一	都郎	端開 1	當蓋	清平開唐宕一	七岡
13222	10 副		47	簹**	帶	倉	短	陰平	開	三五岡		玉篇：音當	端平開唐宕一	都郎	端開 1	當蓋	清平開唐宕一	七岡
13223	10 副		48	簹	帶	倉	短	陰平	開	三五岡			端平開唐宕一	都郎	端開 1	當蓋	清平開唐宕一	七岡
13224	10 副		49	氭	帶	倉	短	陰平	開	三五岡			端平開唐宕一	都郎	端開 1	當蓋	清平開唐宕一	七岡
13225	10 副	6	50	搪	坦	岡	透	陰平	開	三五岡			定平開唐宕一	徒郎	透開 1	他但	見平開唐宕一	古郎

韻字編號	部序	組數	字數	韻字及何氏反切			韻字何氏音				何萱注釋	備　注	韻字中古音		上字中古音		下字中古音	
				韻字	上字	下字	聲	調	呼	韻部			聲調呼韻攝等	反切	聲呼等	反切	聲調呼韻攝等	反切
13226	10 副		51	膛*	坦	岡	透	陰平	開	三五岡			透平開唐宕一	他郎	透開 1	他但	見平開唐宕一	古郎
13227	10 副		52	趨	坦	岡	透	陰平	開	三五岡		正文和表都是趨，疑為趨	透平開唐宕一	吐郎	透開 1	他但	見平開唐宕一	古郎
13228	10 副		53	蝪	坦	岡	透	陰平	開	三五岡		正文和表都是蝪，疑為蝪	透平開唐宕一	吐郎	透開 1	他但	見平開唐宕一	古郎
13229	10 副	7	54	飄	酌	倉	照	陰平	開	三五岡		表中此位無字	知平開庚梗二	竹盲	章開 3	之若	清平開唐宕一	七岡
13230	10 副	8	55	牂*	宰	倉	井	陰平	開	三五岡			精平開唐宕一	玆郎	精開 1	作亥	清平開唐宕一	七岡
13231	10 副		56	臧	宰	倉	井	陰平	開	三五岡			精平開唐宕一	則郎	精開 1	作亥	清平開唐宕一	七岡
13232	10 副		57	庄**	宰	倉	井	陰平	開	三五岡			精平開唐宕一	作郎	精開 1	作亥	清平開唐宕一	七岡
13233	10 副		58	牂	宰	倉	井	陰平	開	三五岡			精平開唐宕一	則郎	精開 1	作亥	清平開唐宕一	七岡
13235	10 副	9	59	傖	粲	岡	淨	陰平	開	三五岡			崇平開庚梗二	助庚	清開 1	蒼案	見平開唐宕一	古郎
13236	10 副		60	嗆*	粲	岡	淨	陰平	開	三五岡			崇平開庚梗二	鋤庚	清開 1	蒼案	見平開唐宕一	古郎
13238	10 副		61	嵢**	粲	岡	淨	陰平	開	三五岡			清平開唐宕一	千郎	清開 1	蒼案	見平開唐宕一	古郎
13239	10 副		62	鶬*	粲	岡	淨	陰平	開	三五岡			清平開唐宕一	千剛	清開 1	蒼案	見平開唐宕一	古郎
13240	10 副		63	獊*	粲	岡	淨	陰平	開	三五岡			清平開唐宕一	千剛	清開 1	蒼案	見平開唐宕一	古郎
13241	10 副		64	瞠	粲	岡	淨	陰平	開	三五岡			徹平開庚梗二	丑庚	清開 1	蒼案	見平開唐宕一	古郎
13242	10 副	10	65	縔	散	岡	信	陰平	開	三五岡			心平開唐宕一	息郎	心開 1	蘇旱	見平開唐宕一	古郎
13243	10 副		66	鰠**	散	岡	信	陰平	開	三五岡		玉篇：音桑	心平開唐宕一	息郎	心開 1	蘇旱	見平開唐宕一	古郎
13244	10 副		67	驂*	散	岡	透	陽平	開	三五岡			心平開唐宕一	蘇郎	心開 1	蘇旱	見平開唐宕一	古郎
13246	10 副	11	68	浜	保	倉	謗	陰平	開	三五岡			幫平開耕梗二	布耕	幫開 1	博抱	清平開唐宕一	七岡
13247	10 副		69	垪	保	倉	謗	陰平	開	三五岡			幫平開耕梗二	布耕	幫開 1	博抱	清平開唐宕一	七岡
13248	10 副		70	搒 g*	保	倉	謗	陰平	開	三五岡		實三見	幫平開庚梗二	晡橫	幫開 1	博抱	清平開唐宕一	七岡
13250	10 副		71	嵭**	保	倉	謗	陰平	開	三五岡			幫平開庚梗二	布庚	幫開 1	博抱	清平開唐宕一	七岡
13251	10 副		72	綁*	保	倉	謗	陰平	開	三五岡			幫平開庚梗二	晡橫	幫開 1	博抱	清平開唐宕一	七岡
13252	10 副		73	獒*	保	倉	謗	陰平	開	三五岡			幫平開庚梗二	晡橫	幫開 1	博抱	清平開唐宕一	七岡
13253	10 副		74	殩*	保	倉	謗	陰平	開	三五岡			幫平開庚梗二	晡橫	幫開 1	博抱	清平開唐宕一	七岡
13254	10 副		75	醭	保	倉	謗	陰平	開	三五岡			幫平開唐宕一	博旁	幫開 1	博抱	清平開唐宕一	七岡

韻字編號	部序	組數	字數	韻字及何氏反切			韻字何氏音				何萱注釋	備注	韻字中古音		上字中古音		下字中古音	
				韻字	上字	下字	聲	調	呼	韻部			聲調呼韻攝等	反切	聲呼等	反切	聲調呼韻攝等	反切
13255	10副		76	縍	保	倉	謗	陰平	開	三五岡			幫平開唐宕一	博旁	幫開1	博抱	清平開唐宕一	七岡
13256	10副	12	77	髈	倍	岡	並	陰平	開	三五岡			幫上開唐宕一	北朗	並開1	薄亥	見平開唐宕一	古郎
13257	10副		78	滂*	倍	岡	並	陰平	開	三五岡			滂平開唐宕一	鋪郎	並開1	薄亥	見平開唐宕一	古郎
13258	10副		79	椁*	倍	岡	並	陰平	開	三五岡			滂平開庚梗二	披庚	並開1	薄亥	見平開唐宕一	古郎
13259	10副		80	鎊	倍	岡	並	陰平	開	三五岡			滂平開唐宕一	普郎	並開1	薄亥	見平開唐宕一	古郎
13260	10副		81	韸*	倍	岡	並	陰平	開	三五岡			並平開庚梗二	蒲庚	並開1	薄亥	見平開唐宕一	古郎
13261	10副		82	磅	倍	岡	並	陰平	開	三五岡			滂平開唐宕一	普郎	並開1	薄亥	見平開唐宕一	古郎
13262	10副	13	83	翃	海	郎	曉	陽平	開	三五岡			匣平開唐宕一	胡郎	曉開1	呼改	來平開唐宕一	魯當
13263	10副		84	邟	海	郎	曉	陽平	開	三五岡			匣平開唐宕一	胡郎	曉開1	呼改	來平開唐宕一	魯當
13267	10副		85	骯	海	郎	曉	陽平	開	三五岡			匣平開庚梗二	戶庚	曉開1	呼改	來平開唐宕一	魯當
13268	10副		86	忼*	海	郎	曉	陽平	開	三五岡			匣平開唐宕一	寒剛	曉開1	呼改	來平開唐宕一	魯當
13269	10副		87	鴴**	海	郎	曉	陽平	開	三五岡		玉篇：戶庚戶孟二切	匣平開庚梗二	戶庚	曉開1	呼改	來平開唐宕一	魯當
13270	10副		88	衖	海	郎	曉	陽平	開	三五岡			崇平開庚梗二	助庚	曉開1	呼改	來平開唐宕一	魯當
13272	10副		89	笐	海	郎	曉	陽平	開	三五岡			匣平開唐宕一	胡郎	曉開1	呼改	來平開唐宕一	魯當
13273	10副		90	蚢	海	郎	曉	陽平	開	三五岡			匣平開唐宕一	胡郎	曉開1	呼改	來平開唐宕一	魯當
13275	10副		91	蘅	海	郎	曉	陽平	開	三五岡			匣平開庚梗二	戶庚	曉開1	呼改	來平開唐宕一	魯當
13276	10副	14	92	僜	坦	郎	透	陽平	開	三五岡			定平開唐宕一	徒郎	透開1	他但	來平開唐宕一	魯當
13277	10副		93	禟*	坦	郎	透	陽平	開	三五岡			定平開唐宕一	徒郎	透開1	他但	來平開唐宕一	魯當
13278	10副		94	膅*	坦	郎	透	陽平	開	三五岡		正文作膅	定平開唐宕一	徒郎	透開1	他但	來平開唐宕一	魯當
13279	10副		95	䣘*	坦	郎	透	陽平	開	三五岡			定平開唐宕一	徒郎	透開1	他但	來平開唐宕一	魯當
13280	10副		96	螗 g*	坦	郎	透	陽平	開	三五岡			定平開唐宕一	徒郎	透開1	他但	來平開唐宕一	魯當
13282	10副		97	䧜**	坦	郎	透	陽平	開	三五岡			定平開唐宕一	徒郎	透開1	他但	來平開唐宕一	魯當
13283	10副		98	闛	坦	郎	透	陽平	開	三五岡			定平開唐宕一	徒郎	透開1	他但	來平開唐宕一	魯當
13284	10副		99	瑭	坦	郎	透	陽平	開	三五岡			定平開唐宕一	徒郎	透開1	他但	來平開唐宕一	魯當
13285	10副		100	鄌*	坦	郎	透	陽平	開	三五岡			定平開唐宕一	徒郎	透開1	他但	來平開唐宕一	魯當
13286	10副		101	醣*	坦	郎	透	陽平	開	三五岡			定平開唐宕一	徒郎	透開1	他但	來平開唐宕一	魯當

韻字編號	部序	組數	字數	韻字及何氏反切			韻字何氏音				何萱注釋	備注	韻字中古音		上字中古音		下字中古音	
				韻字	上字	下字	聲	調	呼	韻部			聲調呼韻攝等	反切	聲呼等	反切	聲調呼韻攝等	反切
13287	10 副		102	溏*	坦	郎	透	陽平	開	三五岡			定平開唐宕一	徒郎	透開 1	他但	來平開唐宕一	魯當
13288	10 副		103	溏	坦	郎	透	陽平	開	三五岡			定平開唐宕一	徒郎	透開 1	他但	來平開唐宕一	魯當
13289	10 副		104	煻	坦	郎	透	陽平	開	三五岡			定平開唐宕一	徒郎	透開 1	他但	來平開唐宕一	魯當
13290	10 副		105	糖	坦	郎	透	陽平	開	三五岡			定平開唐宕一	徒郎	透開 1	他但	來平開唐宕一	魯當
13291	10 副		106	毻	坦	郎	透	陽平	開	三五岡			定平開唐宕一	徒郎	透開 1	他但	來平開唐宕一	魯當
13292	10 副		107	轄	坦	郎	透	陽平	開	三五岡			定平開唐宕一	徒郎	透開 1	他但	來平開唐宕一	魯當
13293	10 副		108	榶	坦	郎	透	陽平	開	三五岡			定平開唐宕一	徒郎	透開 1	他但	來平開唐宕一	魯當
13294	10 副		109	篖	坦	郎	透	陽平	開	三五岡			定平開唐宕一	徒郎	透開 1	他但	來平開唐宕一	魯當
13295	10 副		110	磄	坦	郎	透	陽平	開	三五岡			定平開唐宕一	徒郎	透開 1	他但	來平開唐宕一	魯當
13296	10 副		111	螗	坦	郎	透	陽平	開	三五岡			定平開唐宕一	徒郎	透開 1	他但	來平開唐宕一	魯當
13297	10 副		112	䧜*	坦	郎	透	陽平	開	三五岡			定平開唐宕一	徒郎	透開 1	他但	來平開唐宕一	魯當
13298	10 副		113	鶶	坦	郎	透	陽平	開	三五岡			定平開唐宕一	徒郎	透開 1	他但	來平開唐宕一	魯當
13299	10 副		114	鶶	坦	郎	透	陽平	開	三五岡			定平開唐宕一	徒郎	透開 1	他但	來平開唐宕一	魯當
13300	10 副		115	鶶	坦	郎	透	陽平	開	三五岡			定平開唐宕一	徒郎	透開 1	他但	來平開唐宕一	魯當
13301	10 副		116	螗	坦	郎	透	陽平	開	三五岡			定平開唐宕一	徒郎	透開 1	他但	來平開唐宕一	魯當
13302	10 副		117	螳	坦	郎	透	陽平	開	三五岡			定平開唐宕一	徒郎	透開 1	他但	來平開唐宕一	魯當
13303	10 副		118	隚	坦	郎	透	陽平	開	三五岡			定平開唐宕一	徒郎	透開 1	他但	來平開唐宕一	魯當
13304	10 副		119	漟*	坦	郎	透	陽平	開	三五岡			定平開唐宕一	徒郎	透開 1	他但	來平開唐宕一	魯當
13305	10 副		120	篂	坦	郎	透	陽平	開	三五岡			定平開唐宕一	徒郎	透開 1	他但	來平開唐宕一	魯當
13306	10 副		121	鷎**	坦	郎	透	陽平	開	三五岡			定平開唐宕一	徒郎	透開 1	他但	來平開唐宕一	魯當
13307	10 副		122	樘	坦	郎	透	陽平	開	三五岡			定平開唐宕一	徒郎	透開 1	他但	來平開唐宕一	魯當
13308	10 副		123	糃*	坦	郎	透	陽平	開	三五岡			定平開唐宕一	徒郎	透開 1	他但	來平開唐宕一	魯當
13309	10 副	15	124	欜*	柰	唐	乃	陽平	開	三五岡			泥平開唐宕一	奴當	泥開 1	奴帶	定平開唐宕一	徒郎
13310	10 副	16	125	躴	老	唐	賚	陽平	開	三五岡			來平開唐宕一	魯當	來開 1	盧晧	定平開唐宕一	徒郎
13311	10 副		126	勆*	老	唐	賚	陽平	開	三五岡			來平開唐宕一	盧當	來開 1	盧晧	定平開唐宕一	徒郎
13312	10 副		127	㾿*	老	唐	賚	陽平	開	三五岡			來平開唐宕一	盧當	來開 1	盧晧	定平開唐宕一	徒郎
13313	10 副		128	艆	老	唐	賚	陽平	開	三五岡			來平開唐宕一	魯當	來開 1	盧晧	定平開唐宕一	徒郎

韻字編號	部序	組數	字數	韻字及何氏反切			韻字何氏音				何萱注釋	備注	韻字中古音		上字中古音		下字中古音	
				韻字	上字	下字	聲	調	呼	韻部			聲調呼韻攝等	反切	聲呼等	反切	聲調呼韻攝等	反切
13314	10副		129	踉	老	唐	賚	陽平	開	三五岡			來平開唐宕一	魯當	來開1	盧晧	定平開唐宕一	徒郎
13317	10副		130	欴	老	唐	賚	陽平	開	三五岡			來平開唐宕一	魯當	來開1	盧晧	定平開唐宕一	徒郎
13318	10副		131	娘**	老	唐	賚	陽平	開	三五岡			來平開唐宕一	魯當	來開1	盧晧	定平開唐宕一	徒郎
13319	10副		132	艆	老	唐	賚	陽平	開	三五岡			來平開唐宕一	魯當	來開1	盧晧	定平開唐宕一	徒郎
13320	10副		133	�	老	唐	賚	陽平	開	三五岡			來平開唐宕一	魯當	來開1	盧晧	定平開唐宕一	徒郎
13321	10副		134	崀	老	唐	賚	陽平	開	三五岡			來平開唐宕一	魯當	來開1	盧晧	定平開唐宕一	徒郎
13322	10副		135	朖*	老	唐	賚	陽平	開	三五岡			來平開唐宕一	盧當	來開1	盧晧	定平開唐宕一	徒郎
13323	10副		136	硠	老	唐	賚	陽平	開	三五岡			來平開唐宕一	魯當	來開1	盧晧	定平開唐宕一	徒郎
13324	10副		137	駺	老	唐	賚	陽平	開	三五岡			來平開唐宕一	魯當	來開1	盧晧	定平開唐宕一	徒郎
13325	10副		138	鵖	老	唐	賚	陽平	開	三五岡			來平開唐宕一	魯當	來開1	盧晧	定平開唐宕一	徒郎
13327	10副		139	廊	老	唐	賚	陽平	開	三五岡			來平開唐宕一	魯當	來開1	盧晧	定平開唐宕一	徒郎
13329	10副		140	榔	老	唐	賚	陽平	開	三五岡			來平開唐宕一	魯當	來開1	盧晧	定平開唐宕一	徒郎
13331	10副		141	蓈	老	唐	賚	陽平	開	三五岡			來平開唐宕一	魯當	來開1	盧晧	定平開唐宕一	徒郎
13332	10副	17	142	振	茝	郎	助	陽平	開	三五岡			澄平開庚梗二	直庚	昌開1	昌紿	來平開唐宕一	魯當
13333	10副		143	敞*	茝	郎	助	陽平	開	三五岡		此處沒有釋義，但有一單行小字"文"，待考	澄平開耕梗二	除耕	昌開1	昌紿	來平開唐宕一	魯當
13334	10副	18	144	臧*	采	郎	淨	陽平	開	三五岡			從平開唐宕一	慈郎	清開1	倉宰	來平開唐宕一	魯當
13335	10副		145	藏*	采	郎	淨	陽平	開	三五岡		藏	從平開唐宕一	慈郎	清開1	倉宰	來平開唐宕一	魯當
13336	10副		146	鑶*	采	郎	淨	陽平	開	三五岡			從平開唐宕一	慈郎	清開1	倉宰	來平開唐宕一	魯當
13337	10副	19	147	岇*	我	郎	我	陽平	開	三五岡			疑平開唐宕一	魚剛	疑開1	五可	來平開唐宕一	魯當
13338	10副		148	枊	我	郎	我	陽平	開	三五岡			疑平開唐宕一	五剛	疑開1	五可	來平開唐宕一	魯當
13339	10副	20	149	蹗	倍	郎	並	陽平	開	三五岡			並平開唐宕一	步光	並開1	薄亥	來平開唐宕一	魯當
13340	10副		150	跁**	倍	郎	並	陽平	開	三五岡			並平開唐宕一	蒲郎	並開1	薄亥	來平開唐宕一	魯當
13341	10副		151	徬	倍	郎	並	陽平	開	三五岡			並平開庚梗二	薄庚	並開1	薄亥	來平開唐宕一	魯當
13342	10副		152	簩	倍	郎	並	陽平	開	三五岡			並平開庚梗二	薄庚	並開1	薄亥	來平開唐宕一	魯當
13343	10副		153	輆	倍	郎	並	陽平	開	三五岡			並平開庚梗二	薄庚	並開1	薄亥	來平開唐宕一	魯當
13344	10副		154	陊*	倍	郎	並	陽平	開	三五岡			並平開庚梗二	蒲庚	並開1	薄亥	來平開唐宕一	魯當

韻字編號	部序	組數	字數	韻字及何氏反切			韻字何氏音				何萱注釋	備　注	韻字中古音		上字中古音		下字中古音	
				韻字	上字	下字	聲	調	呼	韻部			聲調呼韻攝等	反切	聲呼等	反切	聲調呼韻攝等	反切
13346	10副		155	篣	倍	郎	並	陽平	開	三五岡			並平開庚梗二	薄庚	並開1	薄亥	來平開唐宕一	魯當
13347	10副		156	蒡	倍	郎	並	陽平	開	三五岡			並平開庚梗二	薄庚	並開1	薄亥	來平開唐宕一	魯當
13348	10副		157	磅*	倍	郎	並	陽平	開	三五岡			並平開唐宕一	蒲光	並開1	薄亥	來平開唐宕一	魯當
13349	10副		158	澎	倍	郎	並	陽平	開	三五岡			並平開庚梗二	薄庚	並開1	薄亥	來平開唐宕一	魯當
13351	10副		159	憉	倍	郎	並	陽平	開	三五岡			並平開庚梗二	薄庚	並開1	薄亥	來平開唐宕一	魯當
13352	10副		160	膨	倍	郎	並	陽平	開	三五岡			並平開庚梗二	薄庚	並開1	薄亥	來平開唐宕一	魯當
13355	10副		161	鬔	倍	郎	並	陽平	開	三五岡			並平開庚梗二	薄庚	並開1	薄亥	來平開唐宕一	魯當
13356	10副	21	162	盲	莫	郎	命	陽平	開	三五岡			明平開唐宕一	莫郎	明開1	慕各	來平開唐宕一	魯當
13357	10副		163	汒	莫	郎	命	陽平	開	三五岡			明平開唐宕一	莫郎	明開1	慕各	來平開唐宕一	魯當
13359	10副		164	硭	莫	郎	命	陽平	開	三五岡			明平開唐宕一	莫郎	明開1	慕各	來平開唐宕一	魯當
13361	10副		165	寍	莫	郎	命	陽平	開	三五岡		寍	明平開唐宕一	莫郎	明開1	慕各	來平開唐宕一	魯當
13362	10副		166	鏰	莫	郎	命	陽平	開	三五岡			明平開庚梗二	武庚	明開1	慕各	來平開唐宕一	魯當
13363	10副		167	甍	莫	郎	命	陽平	開	三五岡			明平開庚梗二	武庚	明開1	慕各	來平開唐宕一	魯當
13364	10副		168	鵬	莫	郎	命	陽平	開	三五岡			明平開庚梗三	武兵	明開1	慕各	來平開唐宕一	魯當
13365	10副		169	明*	莫	郎	命	陽平	開	三五岡		正文增	明平開庚梗三	眉兵	明開1	慕各	來平開唐宕一	魯當
13369	10副		170	橗*	莫	郎	命	陽平	開	三五岡			明平開耕梗二	謨耕	明開1	慕各	來平開唐宕一	魯當
13370	10副		171	甿	莫	郎	命	陽平	開	三五岡			明平開耕梗二	莫耕	明開1	慕各	來平開唐宕一	魯當
13373	10副		172	䴿*	莫	郎	命	陽平	開	三五岡			明上開庚梗三	眉永	明開1	慕各	來平開唐宕一	魯當
13374	10副	22	173	胱	古	霜	見	陰平	合	三六光		正編下字作汪	見平合唐宕一	古黃	見合1	公戶	生平開陽宕三	色莊
13375	10副		174	垙	古	霜	見	陰平	合	三六光			見平合唐宕一	古黃	見合1	公戶	生平開陽宕三	色莊
13376	10副		175	珖	古	霜	見	陰平	合	三六光			見平合唐宕一	姑黃	見合1	公戶	生平開陽宕三	色莊
13377	10副		176	咣**	古	霜	見	陰平	合	三六光			見平合庚梗二	古橫	見合1	公戶	生平開陽宕三	色莊
13378	10副		177	罜*	古	霜	見	陰平	合	三六光			見平合庚梗二	姑橫	見合1	公戶	生平開陽宕三	色莊
13379	10副		178	茪	古	霜	見	陰平	合	三六光			見平合唐宕一	古黃	見合1	公戶	生平開陽宕三	色莊
13380	10副		179	侊	古	霜	見	陰平	合	三六光			見平合唐宕一	古黃	見合1	公戶	生平開陽宕三	色莊
13381	10副		180	趪	古	霜	見	陰平	合	三六光			匣平合唐宕一	胡光	見合1	公戶	生平開陽宕三	色莊
13382	10副		181	輄	古	霜	見	陰平	合	三六光			見平合唐宕一	古黃	見合1	公戶	生平開陽宕三	色莊

韻字編號	部序	組數	字數	韻字及何氏反切			韻字何氏音				何萱注釋	備注	韻字中古音		上字中古音		下字中古音	
				韻字	上字	下字	聲	調	呼	韻部			聲調呼韻攝等	反切	聲呼等	反切	聲調呼韻攝等	反切
13383	10 副		182	驥	古	霜	見	陰平	合	三六光			見平合唐宕一	古黃	見合 1	公戶	生平開陽宕三	色莊
13384	10 副	23	183	骯	苦	光	起	陰平	合	三六光		韻目歸入古霜切，表中作起母字頭	溪平合唐宕一	苦光	溪合 1	康杜	生平合唐宕一	古黃
13386	10 副		184	軿**	苦	光	起	陰平	合	三六光			溪平合唐宕一	口光	溪合 1	康杜	見平合唐宕一	古黃
13387	10 副		185	硄*	苦	光	起	陰平	合	三六光			溪平合唐宕一	枯光	溪合 1	康杜	見平合唐宕一	古黃
13388	10 副		186	甈	苦	光	起	陰平	合	三六光			溪平開唐宕一	苦岡	溪合 1	康杜	見平合唐宕一	古黃
13389	10 副	24	187	眐*	甕	光	影	陰平	合	三六光		正文作甕	影平合唐宕一	烏光	影合 1	烏貢	見平合唐宕一	古黃
13390	10 副		188	涹*	甕	光	影	陰平	合	三六光		正文作甕	影平合唐宕一	烏光	影合 1	烏貢	見平合唐宕一	古黃
13391	10 副		189	鸑	甕	光	影	陰平	合	三六光		正文作甕	影平合唐宕一	烏光	影合 1	烏貢	見平合唐宕一	古黃
13392	10 副	25	190	曉*	戶	光	曉	陰平	合	三六光			曉上合唐宕一	虎晃	匣合 1	侯古	見平合唐宕一	古黃
13393	10 副		191	朚*	戶	光	曉	陰平	合	三六光			曉上合唐宕一	虎晃	匣合 1	侯古	見平合唐宕一	古黃
13394	10 副		192	巟	戶	光	曉	陰平	合	三六光			曉平合唐宕一	呼光	匣合 1	侯古	見平合唐宕一	古黃
13397	10 副		193	獇*	戶	光	曉	陰平	合	三六光			曉平合唐宕一	呼光	匣合 1	侯古	見平合唐宕一	古黃
13398	10 副		194	覤*	戶	光	曉	陰平	合	三六光			曉平合唐宕一	呼光	匣合 1	侯古	見平合唐宕一	古黃
13399	10 副		195	郒*	戶	光	曉	陰平	合	三六光			曉平合唐宕一	呼光	匣合 1	侯古	見平合唐宕一	古黃
13400	10 副		196	統*	戶	光	曉	陰平	合	三六光			來平開尤流三	力求	匣合 1	侯古	見平合唐宕一	古黃
13401	10 副		197	帍	戶	光	曉	陰平	合	三六光			曉平合唐宕一	呼光	匣合 1	侯古	見平合唐宕一	古黃
13402	10 副		198	揘	戶	光	曉	陰平	合	三六光			云平合庚梗三	永兵	匣合 1	侯古	見平合唐宕一	古黃
13403	10 副		199	嚝	戶	光	曉	陰平	合	三六光			曉平合庚梗二	虎橫	匣合 1	侯古	見平合唐宕一	古黃
13404	10 副	26	200	桩*	腫	光	照	陰平	合	三六光		正編下字作汪	莊平開陽宕三	側羊	章合 3	之隴	見平合唐宕一	古黃
13405	10 副		201	妝	腫	光	照	陰平	合	三六光		玉篇：音莊	莊平開陽宕三	側羊	章合 3	之隴	見平合唐宕一	古黃
13406	10 副	27	202	孀	社	光	審	陰平	合	三六光			生平開陽宕三	色莊	禪開 3	常者	見平合唐宕一	古黃
13407	10 副		203	驦	社	光	審	陰平	合	三六光			生平開陽宕三	色莊	禪開 3	常者	見平合唐宕一	古黃
13408	10 副		204	孀**	社	光	審	陰平	合	三六光			生平開陽宕三	色莊	禪開 3	常者	見平合唐宕一	古黃
13409	10 副	28	205	閍	奉	光	匪	陰平	合	三六光			幫平開庚梗二	甫盲	奉合 3	扶隴	見平合唐宕一	古黃
13410	10 副		206	竻*	奉	光	匪	陰平	合	三六光			非平開陽宕三	分房	奉合 3	扶隴	見平合唐宕一	古黃
13411	10 副		207	枋	奉	光	匪	陰平	合	三六光			非平合陽宕三	府良	奉合 3	扶隴	見平合唐宕一	古黃

韻字編號	部序	組數	字數	韻字及何氏反切			韻字何氏音				何萱注釋	備注	韻字中古音		上字中古音		下字中古音	
				韻字	上字	下字	聲	調	呼	韻部			聲調呼韻攝等	反切	聲呼等	反切	聲調呼韻攝等	反切
13412	10副		208	牥	奉	光	匪	陰平	合	三六光			非平合陽宕三	府良	奉合3	扶隴	見平合唐宕一	古黃
13413	10副		209	鼪*	奉	光	匪	陰平	合	三六光			非平開陽宕三	分房	奉合3	扶隴	見平合唐宕一	古黃
13414	10副		210	蚄	奉	光	匪	陰平	合	三六光			非平合陽宕三	府良	奉合3	扶隴	見平合唐宕一	古黃
13415	10副		211	滂	奉	光	匪	陰平	合	三六光			敷平合陽宕三	敷方	奉合3	扶隴	見平合唐宕一	古黃
13416	10副	29	212	遑	戶	防	曉	陽平	合	三六光			匣平合唐宕一	胡光	匣合1	侯古	奉平合陽宕三	符方
13417	10副		213	徨	戶	防	曉	陽平	合	三六光			匣平合唐宕一	胡光	匣合1	侯古	奉平合陽宕三	符方
13418	10副		214	䄓	戶	防	曉	陽平	合	三六光			匣平合庚梗二	戶盲	匣合1	侯古	奉平合陽宕三	符方
13419	10副		215	媓	戶	防	曉	陽平	合	三六光			匣平合唐宕一	胡光	匣合1	侯古	奉平合陽宕三	符方
13420	10副		216	餭	戶	防	曉	陽平	合	三六光			匣平合唐宕一	胡光	匣合1	侯古	奉平合陽宕三	符方
13421	10副		217	艎*	戶	防	曉	陽平	合	三六光		艎或作艎	匣平合唐宕一	胡光	匣合1	侯古	奉平合陽宕三	符方
13423	10副		218	堭	戶	防	曉	陽平	合	三六光			匣平合唐宕一	胡光	匣合1	侯古	奉平合陽宕三	符方
13424	10副		219	鄓	戶	防	曉	陽平	合	三六光			匣平合唐宕一	胡光	匣合1	侯古	奉平合陽宕三	符方
13425	10副		220	驞*	戶	防	曉	陽平	合	三六光	騜或作驞		匣平合唐宕一	胡光	匣合1	侯古	奉平合陽宕三	符方
13426	10副		221	鐄	戶	防	曉	陽平	合	三六光			匣平合庚梗二	戶盲	匣合1	侯古	奉平合陽宕三	符方
13427	10副		222	黌	戶	防	曉	陽平	合	三六光			匣平合庚梗二	戶盲	匣合1	侯古	奉平合陽宕三	符方
13428	10副		223	鐄	戶	防	曉	陽平	合	三六光			匣平合庚梗二	戶盲	匣合1	侯古	奉平合陽宕三	符方
13429	10副		224	横	戶	防	曉	陽平	合	三六光			匣平合庚梗二	戶盲	匣合1	侯古	奉平合陽宕三	符方
13430	10副		225	癀	戶	防	曉	陽平	合	三六光			匣平合唐宕一	胡光	匣合1	侯古	奉平合陽宕三	符方
13431	10副		226	膭*	戶	防	曉	陽平	合	三六光	膭或作臢		匣平合唐宕一	胡光	匣合1	侯古	奉平合陽宕三	符方
13433	10副		227	鄺	戶	防	曉	陽平	合	三六光			匣平合唐宕一	胡光	匣合1	侯古	奉平合陽宕三	符方
13434	10副		228	磺*	戶	防	曉	陽平	合	三六光			匣平合唐宕一	胡光	匣合1	侯古	奉平合陽宕三	符方
13436	10副		229	穔*	戶	防	曉	陽平	合	三六光			匣平合唐宕一	胡光	匣合1	侯古	奉平合陽宕三	符方
13437	10副		230	饋*	戶	防	曉	陽平	合	三六光			匣平合唐宕一	胡光	匣合1	侯古	奉平合陽宕三	符方
13438	10副		231	黌	戶	防	曉	陽平	合	三六光			匣平合庚梗二	戶盲	匣合1	侯古	奉平合陽宕三	符方
13439	10副		232	甎	戶	防	曉	陽平	合	三六光			匣平合庚梗二	戶盲	匣合1	侯古	奉平合陽宕三	符方
13440	10副		233	獚	戶	防	曉	陽平	合	三六光			匣平合唐宕一	胡光	匣合1	侯古	奉平合陽宕三	符方
13441	10副		234	犢*	戶	防	曉	陽平	合	三六光			匣平合唐宕一	胡光	匣合1	侯古	奉平合陽宕三	符方

韻字編號	部序	組數	字數	韻字及何氏反切			韻字何氏音				何萱注釋	備注	韻字中古音		上字中古音		下字中古音	
				韻字	上字	下字	聲	調	呼	韻部			聲調呼韻攝等	反切	聲呼等	反切	聲調呼韻攝等	反切
13442	10 副		235	鱑	戶	防	曉	陽平	合	三六光			匣平合唐宕一	胡光	匣合 1	侯古	奉平合陽宕三	符方
13443	10 副		236	鵣*	戶	防	曉	陽平	合	三六光			匣平合唐宕一	胡光	匣合 1	侯古	奉平合陽宕三	符方
13444	10 副		237	瞉*	戶	防	曉	陽平	合	三六光		正文增	匣平合唐宕一	胡光	匣合 1	侯古	奉平合陽宕三	符方
13445	10 副	30	238	霜*	蠢	防	助	陽平	合	三六光			崇平開陽宕三	仕莊	昌合 3	尺尹	奉平合陽宕三	符方
13446	10 副		239	糚*	蠢	防	助	陽平	合	三六光			莊平開陽宕三	側羊	昌合 3	尺尹	奉平合陽宕三	符方
13448	10 副	31	240	魌**	奉	牀	匪	陽平	合	三六光			奉平開陽宕三	扶方	奉合 3	扶隴	崇平開陽宕三	士莊
13449	10 副	32	241	岦*	味	防	未	陽平	合	三六光			微平開陽宕三	武方	微合 3	無沸	奉平合陽宕三	符方
13450	10 副	33	242	蠠	几	香	見	陰平	齊	三七姜			見平開陽宕三	居良	見開重 3	居履	曉平開陽宕三	許良
13451	10 副		243	葁*	几	香	見	陰平	齊	三七姜			見平開陽宕三	居良	見開重 3	居履	曉平開陽宕三	許良
13452	10 副		244	�**	几	香	見	陰平	齊	三七姜			見平開陽宕三	九鄉	見開重 3	居履	曉平開陽宕三	許良
13453	10 副		245	礓	几	香	見	陰平	齊	三七姜			見平開陽宕三	居良	見開重 3	居履	曉平開陽宕三	許良
13454	10 副		246	䯄*	几	香	見	陰平	齊	三七姜			見平開庚梗三	居卿	見開重 3	居履	曉平開陽宕三	許良
13455	10 副		247	鶁	几	香	見	陰平	齊	三七姜			見平開庚梗三	舉卿	見開重 3	居履	曉平開陽宕三	許良
13456	10 副	34	248	渋*	舊	香	起	陰平	齊	三七姜			溪平開陽宕三	墟羊	群開 3	巨救	曉平開陽宕三	許良
13457	10 副		249	蜣	舊	香	起	陰平	齊	三七姜			溪平開陽宕三	去羊	群開 3	巨救	曉平開陽宕三	許良
13458	10 副		250	䟫**	舊	香	起	陰平	齊	三七姜			溪平開陽宕三	去良	群開 3	巨救	曉平開陽宕三	許良
13459	10 副		251	䮃**	舊	香	起	陰平	齊	三七姜			溪平開陽宕三	去良	群開 3	巨救	曉平開陽宕三	許良
13460	10 副	35	252	蛢	隱	香	影	陰平	齊	三七姜			影平開庚梗三	於驚	影開 3	於謹	曉平開陽宕三	許良
13462	10 副		253	映 g*	隱	香	影	陰平	齊	三七姜		玉篇於郎切。韻目有	影上開陽宕三	依兩	影開 3	於謹	曉平開陽宕三	許良
13464	10 副		254	霙	隱	香	影	陰平	齊	三七姜			影平開陽宕三	於良	影開 3	於謹	曉平開陽宕三	許良
13465	10 副		255	䭊g*	隱	香	影	陰平	齊	三七姜			影平開庚梗三	於驚	影開 3	於謹	曉平開陽宕三	許良
13466	10 副		256	瞙*	隱	香	影	陰平	齊	三七姜	深目也，玉篇	玉篇於京切	影平開庚梗三	於驚	影開 3	於謹	曉平開陽宕三	許良
13467	10 副		257	闄**	隱	香	影	陰平	齊	三七姜			影平開庚梗三	於迎	影開 3	於謹	曉平開陽宕三	許良
13468	10 副		258	渶	隱	香	影	陰平	齊	三七姜			影平開庚梗三	於驚	影開 3	於謹	曉平開陽宕三	許良
13469	10 副		259	郑*	隱	香	影	陰平	齊	三七姜			影平開庚梗三	於驚	影開 3	於謹	曉平開陽宕三	許良
13470	10 副		260	碤*	隱	香	影	陰平	齊	三七姜			影平開庚梗三	於驚	影開 3	於謹	曉平開陽宕三	許良

韻字編號	部序	組數	字數	韻字及何氏反切			韻字何氏音				何萱注釋	備　注	韻字中古音		上字中古音		下字中古音	
				韻字	上字	下字	聲	調	呼	韻部			聲調呼韻攝等	反切	聲呼等	反切	聲調呼韻攝等	反切
13471	10副		261	朠**	隱	香	影	陰平	齊	三七姜			影平開庚梗三	於京	影開3	於謹	曉平開陽宕三	許良
13472	10副		262	糭**	隱	香	影	陰平	齊	三七姜			影平開庚梗三	於迎	影開3	於謹	曉平開陽宕三	許良
13473	10副		263	蘔	隱	香	影	陰平	齊	三七姜			影平開庚梗三	於驚	影開3	於謹	曉平開陽宕三	許良
13474	10副		264	媖	隱	香	影	陰平	齊	三七姜			影平開庚梗三	於驚	影開3	於謹	曉平開陽宕三	許良
13475	10副		265	鶧	隱	香	影	陰平	齊	三七姜			影平開庚梗三	於驚	影開3	於謹	曉平開陽宕三	許良
13476	10副	36	266	膷	險	姜	曉	陰平	齊	三七姜			曉平開陽宕三	許良	曉開重3	虛檢	見平開陽宕三	居良
13477	10副	37	267	慞	軫	香	照	陰平	齊	三七姜			章平開陽宕三	諸良	章開3	章忍	曉平開陽宕三	許良
13478	10副		268	暲	軫	香	照	陰平	齊	三七姜			章平開陽宕三	諸良	章開3	章忍	曉平開陽宕三	許良
13479	10副		269	嫜*	軫	香	照	陰平	齊	三七姜			章平開陽宕三	諸良	章開3	章忍	曉平開陽宕三	許良
13480	10副		270	傽*	軫	香	照	陰平	齊	三七姜			章平開陽宕三	諸良	章開3	章忍	曉平開陽宕三	許良
13482	10副		271	遧*	軫	香	照	陰平	齊	三七姜			章平開陽宕三	諸良	章開3	章忍	曉平開陽宕三	許良
13483	10副		272	鞞	軫	香	照	陰平	齊	三七姜			章平開陽宕三	諸良	章開3	章忍	曉平開陽宕三	許良
13484	10副		273	樟	軫	香	照	陰平	齊	三七姜			章平開陽宕三	諸良	章開3	章忍	曉平開陽宕三	許良
13485	10副		274	鷾	軫	香	照	陰平	齊	三七姜			章平開陽宕三	諸良	章開3	章忍	曉平開陽宕三	許良
13486	10副		275	粻	軫	香	照	陰平	齊	三七姜			知平開陽宕三	陟良	章開3	章忍	曉平開陽宕三	許良
13487	10副		276	餦	軫	香	照	陰平	齊	三七姜			知平開陽宕三	陟良	章開3	章忍	曉平開陽宕三	許良
13488	10副		277	賬g*	軫	香	照	陰平	齊	三七姜			知平開陽宕三	中良	章開3	章忍	曉平開陽宕三	許良
13489	10副		278	誏*	軫	香	照	陰平	齊	三七姜			知平開陽宕三	中良	章開3	章忍	曉平開陽宕三	許良
13491	10副		279	蟟**	軫	香	照	陰平	齊	三七姜		玉篇：音張	知平開陽宕三	陟良	章開3	章忍	曉平開陽宕三	許良
13493	10副		280	蔏 g*	軫	香	照	陰平	齊	三七姜	兩讀注在彼		章平開陽宕三	諸良	章開3	章忍	曉平開陽宕三	許良
13494	10副		281	掚*	軫	香	照	陰平	齊	三七姜			知平開耕梗二	中莖	章開3	章忍	曉平開陽宕三	許良
13495	10副	38	282	琩	齒	香	助	陰平	齊	三七姜			昌平開陽宕三	尺良	昌開3	昌里	曉平開陽宕三	許良
13496	10副		283	裮	齒	香	助	陰平	齊	三七姜			昌平開陽宕三	尺良	昌開3	昌里	曉平開陽宕三	許良
13497	10副		284	娼*	齒	香	助	陰平	齊	三七姜			昌平開陽宕三	蚩良	昌開3	昌里	曉平開陽宕三	許良
13498	10副		285	鯧**	齒	香	助	陰平	齊	三七姜		玉篇：音昌	昌平開陽宕三	尺良	昌開3	昌里	曉平開陽宕三	許良
13499	10副		286	淐*	齒	香	助	陰平	齊	三七姜			昌平開陽宕三	蚩良	昌開3	昌里	曉平開陽宕三	許良
13500	10副		287	猖	齒	香	助	陰平	齊	三七姜			昌平開陽宕三	尺良	昌開3	昌里	曉平開陽宕三	許良

韻字編號	部序	組數	字數	韻字及何氏反切			韻字何氏音				何萱注釋	備　注	韻字中古音		上字中古音		下字中古音	
				韻字	上字	下字	聲	調	呼	韻部			聲調呼韻攝等	反切	聲呼等	反切	聲調呼韻攝等	反切
13501	10副		288	鶬*	齒	香	助	陰平	齊	三七姜			昌平開陽宕三	蚩良	昌開3	昌里	曉平開陽宕三	許良
13502	10副		289	鯧	齒	香	助	陰平	齊	三七姜			昌平開陽宕三	尺良	昌開3	昌里	曉平開陽宕三	許良
13503	10副		290	蜎*	齒	香	助	陰平	齊	三七姜			昌平開陽宕三	蚩良	昌開3	昌里	曉平開陽宕三	許良
13504	10副		291	菖	齒	香	助	陰平	齊	三七姜			昌平開陽宕三	尺良	昌開3	昌里	曉平開陽宕三	許良
13505	10副		292	蹇	齒	香	助	陰平	齊	三七姜			徹平開陽宕三	褚羊	昌開3	昌里	曉平開陽宕三	許良
13506	10副		293	敞*	齒	香	助	陰平	齊	三七姜	推也，玉篇	玉篇丈耕切	澄平開耕梗二	除耕	昌開3	昌里	曉平開陽宕三	許良
13507	10副		294	闛*	齒	香	助	陰平	齊	三七姜			見平合唐宕一	姑黃	昌開3	昌里	曉平開陽宕三	許良
13508	10副		295	蕩**	齒	香	助	陰平	齊	三七姜			徹平開陽宕三	丑羊	昌開3	昌里	曉平開陽宕三	許良
13509	10副	39	296	蔏	始	香	審	陰平	齊	三七姜	重見		書平開陽宕三	式羊	書開3	詩止	曉平開陽宕三	許良
13511	10副		297	鷊	始	香	審	陰平	齊	三七姜			書平開陽宕三	式羊	書開3	詩止	曉平開陽宕三	許良
13512	10副		298	湯*	始	香	審	陰平	齊	三七姜			書平開陽宕三	尸羊	書開3	詩止	曉平開陽宕三	許良
13513	10副		299	蝺	始	香	審	陰平	齊	三七姜			書平開陽宕三	式羊	書開3	詩止	曉平開陽宕三	許良
13514	10副	40	300	鰿	紫	香	井	陰平	齊	三七姜			精平開陽宕三	即良	精開3	將此	曉平開陽宕三	許良
13515	10副		301	螿	紫	香	井	陰平	齊	三七姜			精平開陽宕三	即良	精開3	將此	曉平開陽宕三	許良
13516	10副	41	302	謒*	此	香	淨	陰平	齊	三七姜			清平開陽宕三	千羊	清開3	雌氏	曉平開陽宕三	許良
13517	10副		303	篬*	此	香	淨	陰平	齊	三七姜			清平開陽宕三	千羊	清開3	雌氏	曉平開陽宕三	許良
13519	10副		304	嗆*	此	香	淨	陰平	齊	三七姜			清平開陽宕三	千羊	清開3	雌氏	曉平開陽宕三	許良
13521	10副		305	闛	此	香	淨	陰平	齊	三七姜			清平開陽宕三	七羊	清開3	雌氏	曉平開陽宕三	許良
13522	10副		306	鏘*	此	香	淨	陰平	齊	三七姜			清平開陽宕三	千羊	清開3	雌氏	曉平開陽宕三	許良
13523	10副		307	牄	此	香	淨	陰平	齊	三七姜			清平開陽宕三	七羊	清開3	雌氏	曉平開陽宕三	許良
13524	10副	42	308	緗	小	姜	信	陰平	齊	三七姜			心平開陽宕三	息良	心開3	私兆	見平開陽宕三	居良
13525	10副		309	葙	小	姜	信	陰平	齊	三七姜			心平開陽宕三	息良	心開3	私兆	見平開陽宕三	居良
13526	10副		310	痭**	小	姜	信	陰平	齊	三七姜		玉篇：思將切又息獎切	心平開陽宕三	思將	心開3	私兆	見平開陽宕三	居良
13528	10副		311	儴	小	姜	信	陰平	齊	三七姜			日平開陽宕三	汝陽	心開3	私兆	見平開陽宕三	居良
13529	10副		312	纕	小	姜	信	陰平	齊	三七姜			心平開陽宕三	息良	心開3	私兆	見平開陽宕三	居良
13530	10副		313	欀	小	姜	信	陰平	齊	三七姜			心平開陽宕三	息良	心開3	私兆	見平開陽宕三	居良

韻字編號	部序	組數	字數	韻字及何氏反切			韻字何氏音				何萱注釋	備注	韻字中古音		上字中古音		下字中古音	
				韻字	上字	下字	聲	調	呼	韻部			聲調呼韻攝等	反切	聲呼等	反切	聲調呼韻攝等	反切
13531	10副		314	瓖	小	姜	信	陰平	齊	三七姜			心平開陽宕三	息良	心開3	私兆	見平開陽宕三	居良
13532	10副	43	315	擅*	舊	良	起	陽平	齊	三七姜			群平開陽宕三	渠良	群開3	巨救	來平開陽宕三	呂張
13533	10副		316	棾	舊	良	起	陽平	齊	三七姜			群平開庚梗三	渠京	群開3	巨救	來平開陽宕三	呂張
13534	10副		317	蔃*	舊	良	起	陽平	齊	三七姜			群平開陽宕三	渠良	群開3	巨救	來平開陽宕三	呂張
13536	10副	44	318	諹	隱	良	影	陽平	齊	三七姜			以平開陽宕三	與章	影開3	於謹	來平開陽宕三	呂張
13538	10副		319	輰	隱	良	影	陽平	齊	三七姜			以平開陽宕三	與章	影開3	於謹	來平開陽宕三	呂張
13539	10副		320	敭*	隱	良	影	陽平	齊	三七姜			以平開陽宕三	余章	影開3	於謹	來平開陽宕三	呂張
13540	10副		321	鰑	隱	良	影	陽平	齊	三七姜			以平開陽宕三	與章	影開3	於謹	來平開陽宕三	呂張
13541	10副		322	鐊*	隱	良	影	陽平	齊	三七姜		疑為衍字，删	以平開陽宕三	余章	影開3	於謹	來平開陽宕三	呂張
13542	10副		323	鰑	隱	良	影	陽平	齊	三七姜			以平開陽宕三	與章	影開3	於謹	來平開陽宕三	呂張
13543	10副		324	騴*	隱	良	影	陽平	齊	三七姜			以平開陽宕三	余章	影開3	於謹	來平開陽宕三	呂張
13544	10副		325	鸉	隱	良	影	陽平	齊	三七姜			以平開陽宕三	與章	影開3	於謹	來平開陽宕三	呂張
13545	10副		326	楊	隱	良	影	陽平	齊	三七姜			以平開陽宕三	與章	影開3	於謹	來平開陽宕三	呂張
13546	10副		327	篖*	隱	良	影	陽平	齊	三七姜			以平開陽宕三	余章	影開3	於謹	來平開陽宕三	呂張
13548	10副		328	眻	隱	良	影	陽平	齊	三七姜			以平開陽宕三	與章	影開3	於謹	來平開陽宕三	呂張
13550	10副		329	徉	隱	良	影	陽平	齊	三七姜			以平開陽宕三	與章	影開3	於謹	來平開陽宕三	呂張
13551	10副		330	觧	隱	良	影	陽平	齊	三七姜			以平開陽宕三	與章	影開3	於謹	來平開陽宕三	呂張
13552	10副		331	劷*	隱	良	影	陽平	齊	三七姜			以平開陽宕三	余章	影開3	於謹	來平開陽宕三	呂張
13553	10副		332	洋**	隱	良	影	陽平	齊	三七姜			以平開陽宕三	與章	影開3	於謹	來平開陽宕三	呂張
13554	10副		333	徉*	隱	良	影	陽平	齊	三七姜			以平開陽宕三	余章	影開3	於謹	來平開陽宕三	呂張
13555	10副		334	羪*	隱	良	影	陽平	齊	三七姜			以平開陽宕三	余章	影開3	於謹	來平開陽宕三	呂張
13556	10副		335	烊	隱	良	影	陽平	齊	三七姜			以平開陽宕三	與章	影開3	於謹	來平開陽宕三	呂張
13557	10副		336	垟*	隱	良	影	陽平	齊	三七姜			以平開陽宕三	余章	影開3	於謹	來平開陽宕三	呂張
13558	10副		337	笁*	隱	良	影	陽平	齊	三七姜			以平開陽宕三	余章	影開3	於謹	來平開陽宕三	呂張
13559	10副		338	薛**	隱	良	影	陽平	齊	三七姜			溪平開陽宕三	口羊	影開3	於謹	來平開陽宕三	呂張
13560	10副		339	鴹	隱	良	影	陽平	齊	三七姜			以平開陽宕三	與章	影開3	於謹	來平開陽宕三	呂張
13561	10副		340	芉	隱	良	影	陽平	齊	三七姜			以平開陽宕三	與章	影開3	於謹	來平開陽宕三	呂張

韻字編號	部序	組數	字數	韻字及何氏反切			韻字何氏音				何萱注釋	備注	韻字中古音		上字中古音		下字中古音	
				韻字	上字	下字	聲	調	呼	韻部			聲調呼韻攝等	反切	聲呼等	反切	聲調呼韻攝等	反切
13562	10副	45	341	娘	褭	良	乃	陽平	齊	三七姜			娘平開陽宕三	女良	泥開4	奴鳥	來平開陽宕三	呂張
13563	10副		342	瓤	褭	良	乃	陽平	齊	三七姜	兩見注在後		娘平開陽宕三	女良	泥開4	奴鳥	來平開陽宕三	呂張
13565	10副	46	343	綡	利	陽	賚	陽平	齊	三七姜			來平開陽宕三	呂張	來開3	力至	以平開陽宕三	與章
13566	10副		344	悢 g*	利	陽	賚	陽平	齊	三七姜			來平開陽宕三	呂張	來開3	力至	以平開陽宕三	與章
13567	10副		345	踉	利	陽	賚	陽平	齊	三七姜			來平開陽宕三	呂張	來開3	力至	以平開陽宕三	與章
13568	10副	47	346	踼	齒	良	助	陽平	齊	三七姜			澄平開陽宕三	直良	昌開3	昌里	來平開陽宕三	呂張
13569	10副		347	瓺	齒	良	助	陽平	齊	三七姜			澄平開陽宕三	直良	昌開3	昌里	來平開陽宕三	呂張
13571	10副		348	蜋	齒	良	助	陽平	齊	三七姜			澄平開陽宕三	直良	昌開3	昌里	來平開陽宕三	呂張
13572	10副		349	蕩*	齒	良	助	陽平	齊	三七姜			澄平開陽宕三	仲良	昌開3	昌里	來平開陽宕三	呂張
13573	10副	48	350	瀼	忍	良	耳	陽平	齊	三七姜			日平開陽宕三	汝陽	日開3	而軫	來平開陽宕三	呂張
13574	10副		351	鬤	忍	良	耳	陽平	齊	三七姜			日平開陽宕三	汝陽	日開3	而軫	來平開陽宕三	呂張
13576	10副		352	躟	忍	良	耳	陽平	齊	三七姜			日平開陽宕三	汝陽	日開3	而軫	來平開陽宕三	呂張
13578	10副		353	勷	忍	良	耳	陽平	齊	三七姜			日平開陽宕三	汝陽	日開3	而軫	來平開陽宕三	呂張
13579	10副		354	瓤	忍	良	耳	陽平	齊	三七姜	重見	正文沒標	日平開陽宕三	汝陽	日開3	而軫	來平開陽宕三	呂張
13581	10副		355	獽	忍	良	耳	陽平	齊	三七姜			日平開陽宕三	汝陽	日開3	而軫	來平開陽宕三	呂張
13582	10副	49	356	徜	始	良	審	陽平	齊	三七姜			禪平開陽宕三	市羊	書開3	詩止	來平開陽宕三	呂張
13583	10副		357	萵*	始	良	審	陽平	齊	三七姜			禪平開陽宕三	辰羊	書開3	詩止	來平開陽宕三	呂張
13584	10副		358	鋿	始	良	審	陽平	齊	三七姜			禪平開陽宕三	市羊	書開3	詩止	來平開陽宕三	呂張
13585	10副		359	瑺*	始	良	審	陽平	齊	三七姜			禪平開陽宕三	辰羊	書開3	詩止	來平開陽宕三	呂張
13586	10副		360	嘗*	始	良	審	陽平	齊	三七姜			禪平開陽宕三	辰羊	書開3	詩止	來平開陽宕三	呂張
13587	10副		361	鶮	始	良	審	陽平	齊	三七姜			禪平開陽宕三	市羊	書開3	詩止	來平開陽宕三	呂張
13589	10副	50	362	嬙	此	陽	淨	陽平	齊	三七姜			從平開陽宕三	在良	清開3	雌氏	以平開陽宕三	與章
13590	10副		363	檣	此	陽	淨	陽平	齊	三七姜			從平開陽宕三	在良	清開3	雌氏	以平開陽宕三	與章
13591	10副	51	364	跘	小	陽	信	陽平	齊	三七姜			邪平開陽宕三	似羊	心開3	私兆	以平開陽宕三	與章
13592	10副		365	殍	小	陽	信	陽平	齊	三七姜			邪平開陽宕三	似羊	心開3	私兆	以平開陽宕三	與章
13593	10副	52	366	趪*	舉	匡	見	陰平	撮	三八匡			溪平合陽宕三	曲王	見合3	居許	溪平合陽宕三	去王
13595	10副	53	367	眶	郡	兄	起	陰平	撮	三八匡			溪平合陽宕三	去王	群合3	渠運	曉平合庚梗三	許榮

韻字編號	部序	組數	字數	韻字及何氏反切			韻字何氏音				何萱注釋	備　注	韻字中古音		上字中古音		下字中古音	
				韻字	上字	下字	聲	調	呼	韻部			聲調呼韻攝等	反切	聲呼等	反切	聲調呼韻攝等	反切
13596	10 副		368	眶*	郡	兄	起	陰平	撮	三八匡			溪平合陽宕三	曲王	群合 3	渠運	曉平合庚梗三	許榮
13598	10 副		369	髱	郡	兄	起	陰平	撮	三八匡			溪平合陽宕三	去王	群合 3	渠運	曉平合庚梗三	許榮
13599	10 副		370	劻	郡	兄	起	陰平	撮	三八匡			溪平合陽宕三	去王	群合 3	渠運	曉平合庚梗三	許榮
13600	10 副		371	蹓*	郡	兄	起	陰平	撮	三八匡			溪平合陽宕三	曲王	群合 3	渠運	曉平合庚梗三	許榮
13601	10 副		372	筐	郡	兄	起	陰平	撮	三八匡			溪平合陽宕三	去王	群合 3	渠運	曉平合庚梗三	許榮
13602	10 副		373	框	郡	兄	起	陰平	撮	三八匡			溪平合陽宕三	去王	群合 3	渠運	曉平合庚梗三	許榮
13603	10 副		374	闓*	郡	兄	起	陰平	撮	三八匡			溪平合陽宕三	曲王	群合 3	渠運	曉平合庚梗三	許榮
13604	10 副		375	駏	郡	兄	起	陰平	撮	三八匡			溪平合陽宕三	去王	群合 3	渠運	曉平合庚梗三	許榮
13605	10 副		376	蛍	郡	兄	起	陰平	撮	三八匡			溪平合陽宕三	去王	群合 3	渠運	曉平合庚梗三	許榮
13606	10 副	54	377	洭*	郡	王	起	陽平	撮	三八匡			群平合陽宕三	渠王	群合 3	渠運	云平合陽宕三	雨方
13607	10 副		378	鵟	郡	王	起	陽平	撮	三八匡			群平合陽宕三	巨王	群合 3	渠運	云平合陽宕三	雨方
13608	10 副		379	鮏*	郡	王	起	陽平	撮	三八匡			群平合陽宕三	渠王	群合 3	渠運	云平合陽宕三	雨方
13609	10 副	55	380	徍	羽	狂	影	陽平	撮	三八匡			云平合陽宕三	雨方	云合 3	王矩	群平合陽宕三	巨王
13610	10 副		381	魱	羽	狂	影	陽平	撮	三八匡			云平合陽宕三	雨方	云合 3	王矩	群平合陽宕三	巨王
13611	10 副		382	蚟	羽	狂	影	陽平	撮	三八匡			云平合陽宕三	雨方	云合 3	王矩	群平合陽宕三	巨王
13612	10 副	56	383	跥	改	朗	見	上	開	三二兟			見上開唐宕一	各朗	見開 1	古亥	來上開唐宕一	盧黨
13614	10 副		384	莔**	改	朗	見	上	開	三二兟			見去開侯流一	雇后	見開 1	古亥	來上開唐宕一	盧黨
13615	10 副		385	挭	改	朗	見	上	開	三二兟			見上開庚梗二	古杏	見開 1	古亥	來上開唐宕一	盧黨
13616	10 副		386	㛐*	改	朗	見	上	開	三二兟			見上開庚梗二	古杏	見開 1	古亥	來上開唐宕一	盧黨
13617	10 副		387	蝢	改	朗	見	上	開	三二兟			見上開庚梗二	古杏	見開 1	古亥	來上開唐宕一	盧黨
13618	10 副	57	388	骯	口	朗	起	上	開	三二兟			溪上開唐宕一	苦朗	溪開 1	苦后	來上開唐宕一	盧黨
13620	10 副		389	軳	口	朗	起	上	開	三二兟			溪上開唐宕一	苦朗	溪開 1	苦后	來上開唐宕一	盧黨
13622	10 副		390	嗴*	口	朗	起	上	開	三二兟			溪上開唐宕一	口朗	溪開 1	苦后	來上開唐宕一	盧黨
13623	10 副	58	391	軮	案	朗	影	上	開	三二兟			影上開唐宕一	烏朗	影開 1	烏旰	來上開唐宕一	盧黨
13624	10 副		392	駚	案	朗	影	上	開	三二兟			影上開唐宕一	烏朗	影開 1	烏旰	來上開唐宕一	盧黨
13626	10 副		393	岟	案	朗	影	上	開	三二兟			影上開陽宕三	於兩	影開 1	烏旰	來上開唐宕一	盧黨
13627	10 副		394	炴 g*	案	朗	影	上	開	三二兟			影上開唐宕一	倚朗	影開 1	烏旰	來上開唐宕一	盧黨

韻字編號	部序	組數	字數	韻字及何氏反切			韻字何氏音				何萱注釋	備　注	韻字中古音		上字中古音		下字中古音	
				韻字	上字	下字	聲	調	呼	韻部			聲調呼韻攝等	反切	聲呼等	反切	聲調呼韻攝等	反切
13628	10 副		395	笎	案	朗	影	上	開	三二䲨			影上開唐宕一	烏朗	影開 1	烏旰	來上開唐宕一	盧黨
13629	10 副		396	奣	案	朗	影	上	開	三二䲨			影上合庚梗二	烏猛	影開 1	烏旰	來上開唐宕一	盧黨
13630	10 副		397	泂	案	朗	影	上	開	三二䲨			影上合庚梗二	烏猛	影開 1	烏旰	來上開唐宕一	盧黨
13631	10 副	59	398	澋	海	朗	曉	上	開	三二䲨			匣上合庚梗二	乎礬	曉開 1	呼改	來上開唐宕一	盧黨
13632	10 副		399	搮*	海	朗	曉	上	開	三二䲨			匣上合庚梗二	胡猛	曉開 1	呼改	來上開唐宕一	盧黨
13633	10 副		400	旰	海	朗	曉	上	開	三二䲨			曉上開唐宕一	呼朗	曉開 1	呼改	來上開唐宕一	盧黨
13634	10 副	60	401	讜	帶	朗	短	上	開	三二䲨			端上開唐宕一	多朗	端開 1	當蓋	來上開唐宕一	盧黨
13635	10 副		402	欓	帶	朗	短	上	開	三二䲨			端上開唐宕一	多朗	端開 1	當蓋	來上開唐宕一	盧黨
13636	10 副		403	欓*	帶	朗	短	上	開	三二䲨			端上開唐宕一	底朗	端開 1	當蓋	來上開唐宕一	盧黨
13638	10 副		404	党	帶	朗	短	上	開	三二䲨			端上開唐宕一	多朗	端開 1	當蓋	來上開唐宕一	盧黨
13639	10 副	61	405	儻	坦	朗	透	上	開	三二䲨			透上開唐宕一	他朗	透開 1	他但	來上開唐宕一	盧黨
13641	10 副		406	憆	坦	朗	透	上	開	三二䲨			透上開唐宕一	他朗	透開 1	他但	來上開唐宕一	盧黨
13642	10 副		407	钂	坦	朗	透	上	開	三二䲨			透上開唐宕一	他朗	透開 1	他但	來上開唐宕一	盧黨
13643	10 副		408	曭	坦	朗	透	上	開	三二䲨			透上開唐宕一	他朗	透開 1	他但	來上開唐宕一	盧黨
13644	10 副		409	矘	坦	朗	透	上	開	三二䲨			透上開唐宕一	他朗	透開 1	他但	來上開唐宕一	盧黨
13645	10 副		410	爣	坦	朗	透	上	開	三二䲨			透上開唐宕一	他朗	透開 1	他但	來上開唐宕一	盧黨
13647	10 副		411	灢*	坦	朗	透	上	開	三二䲨			透上開唐宕一	坦朗	透開 1	他但	來上開唐宕一	盧黨
13648	10 副		412	黨*	坦	朗	透	上	開	三二䲨			定上開唐宕一	待朗	透開 1	他但	來上開唐宕一	盧黨
13649	10 副		413	圵**	坦	朗	透	上	開	三二䲨			定上開唐宕一	徒朗	透開 1	他但	來上開唐宕一	盧黨
13650	10 副		414	倘*	坦	朗	透	上	開	三二䲨			透平開唐宕一	他郎	透開 1	他但	來上開唐宕一	盧黨
13654	10 副		415	惝*	坦	朗	透	上	開	三二䲨			透上開唐宕一	坦朗	透開 1	他但	來上開唐宕一	盧黨
13655	10 副		416	傷	坦	朗	透	上	開	三二䲨			透上開唐宕一	他朗	透開 1	他但	來上開唐宕一	盧黨
13656	10 副		417	逷	坦	朗	透	上	開	三二䲨			定去開唐宕一	徒浪	透開 1	他但	來上開唐宕一	盧黨
13657	10 副		418	暘	坦	朗	透	上	開	三二䲨			定上開唐宕一	徒朗	透開 1	他但	來上開唐宕一	盧黨
13658	10 副		419	碭	坦	朗	透	上	開	三二䲨			定上開唐宕一	徒朗	透開 1	他但	來上開唐宕一	盧黨
13660	10 副		420	潒*	坦	朗	透	上	開	三二䲨			定上開唐宕一	待朗	透開 1	他但	來上開唐宕一	盧黨
13661	10 副		421	盪*	坦	朗	透	上	開	三二䲨			定上開唐宕一	待朗	透開 1	他但	來上開唐宕一	盧黨

韻字編號	部序	組數	字數	韻字及何氏反切			韻字何氏音				何萱注釋	備　注	韻字中古音		上字中古音		下字中古音	
				韻字	上字	下字	聲	調	呼	韻部			聲調呼韻攝等	反切	聲呼等	反切	聲調呼韻攝等	反切
13662	10副		422	螗	坦	朗	透	上	開	三二統			定上開唐宕一	徒朗	透開1	他但	來上開唐宕一	盧黨
13664	10副	62	423	瀼	柰	黨	乃	上	開	三二統			泥上開唐宕一	奴朗	泥開1	奴帶	端上開唐宕一	多朗
13666	10副		424	灢**	柰	黨	乃	上	開	三二統			泥上開唐宕一	奴朗	泥開1	奴帶	端上開唐宕一	多朗
13668	10副		425	曩*	柰	黨	乃	上	開	三二統			泥上開唐宕一	乃朗	泥開1	奴帶	端上開唐宕一	多朗
13669	10副	63	426	俍	老	黨	賚	上	開	三二統			來上開唐宕一	盧黨	來開1	盧晧	端上開唐宕一	多朗
13670	10副		427	誏	老	黨	賚	上	開	三二統			來上開唐宕一	盧黨	來開1	盧晧	端上開唐宕一	多朗
13672	10副		428	朖**	老	黨	賚	上	開	三二統			來上開歌果一	力可	來開1	盧晧	端上開唐宕一	多朗
13673	10副		429	烺*	老	黨	賚	上	開	三二統			來上開唐宕一	里黨	來開1	盧晧	端上開唐宕一	多朗
13674	10副		430	斨	老	黨	賚	上	開	三二統			來上開歌果一	來可	來開1	盧晧	端上開唐宕一	多朗
13675	10副	64	431	髒	贊	朗	井	上	開	三二統			精上開唐宕一	子朗	精開1	則旰	來上開唐宕一	盧黨
13676	10副		432	驡	贊	朗	井	上	開	三二統			精上開唐宕一	子朗	精開1	則旰	來上開唐宕一	盧黨
13677	10副	65	433	鋆*	采	朗	淨	上	開	三二統			從上開唐宕一	在朗	清開1	倉宰	來上開唐宕一	盧黨
13678	10副	66	434	**軻g***	我	朗	我	上	開	三二統			疑上開唐宕一	語朗	疑開1	五可	來上開唐宕一	盧黨
13679	10副		435	骯*	我	朗	我	上	開	三二統			疑上開唐宕一	語朗	疑開1	五可	來上開唐宕一	盧黨
13680	10副	67	436	嗓*	散	朗	信	上	開	三二統			心上開唐宕一	寫朗	心開1	蘇旱	來上開唐宕一	盧黨
13681	10副		437	搡*	散	朗	信	上	開	三二統			心上開唐宕一	寫朗	心開1	蘇旱	來上開唐宕一	盧黨
13683	10副		438	褬*	散	朗	信	上	開	三二統			心上開唐宕一	寫朗	心開1	蘇旱	來上開唐宕一	盧黨
13684	10副		439	鎟*	散	朗	信	上	開	三二統			心上開唐宕一	寫朗	心開1	蘇旱	來上開唐宕一	盧黨
13685	10副		440	磉	散	朗	信	上	開	三二統			心上開唐宕一	蘇朗	心開1	蘇旱	來上開唐宕一	盧黨
13686	10副		441	蔱	散	朗	信	上	開	三二統		玉篇：音祇	群平開支止重四	巨支	心開1	蘇旱	來上開唐宕一	盧黨
13687	10副		442	顙	散	朗	信	上	開	三二統			心上開唐宕一	蘇朗	心開1	蘇旱	來上開唐宕一	盧黨
13688	10副		443	鰇*	散	朗	信	上	開	三二統			心上開唐宕一	寫朗	心開1	蘇旱	來上開唐宕一	盧黨
13690	10副		444	騡*	散	朗	信	上	開	三二統			心上開唐宕一	寫朗	心開1	蘇旱	來上開唐宕一	盧黨
13691	10副		445	瘙*	散	朗	信	上	開	三二統			心上開唐宕一	寫朗	心開1	蘇旱	來上開唐宕一	盧黨
13692	10副	68	446	鈵*	保	朗	謗	上	開	三二統			幫上開庚梗三	補永	幫開1	博抱	來上開唐宕一	盧黨
13694	10副		447	抦*	保	朗	謗	上	開	三二統			幫上開庚梗三	補永	幫開1	博抱	來上開唐宕一	盧黨
13695	10副		448	眪*	保	朗	謗	上	開	三二統			幫上開庚梗三	補永	幫開1	博抱	來上開唐宕一	盧黨

韻字編號	部序	組數	字數	韻字及何氏反切			韻字何氏音				何萱注釋	備注	韻字中古音		上字中古音		下字中古音	
				韻字	上字	下字	聲	調	呼	韻部			聲調呼韻攝等	反切	聲呼等	反切	聲調呼韻攝等	反切
13697	10副		449	芮*	保	朗	謗	上	開	三二䰄			幫上開庚梗三	補永	幫開1	博抱	來上開唐宕一	盧黨
13699	10副		450	蛃*	保	朗	謗	上	開	三二䰄			幫上開庚梗三	補永	幫開1	博抱	來上開唐宕一	盧黨
13701	10副		451	倂	保	朗	謗	上	開	三二䰄			幫上開庚梗二	布梗	幫開1	博抱	來上開唐宕一	盧黨
13702	10副	69	452	覫*	倍	朗	並	上	開	三二䰄			滂上開唐宕一	普朗	並開1	薄亥	來上開唐宕一	盧黨
13703	10副		453	䴛	倍	朗	並	上	開	三二䰄			滂上開唐宕一	匹朗	並開1	薄亥	來上開唐宕一	盧黨
13705	10副	70	454	瞌	莫	朗	命	上	開	三二䰄			明去開庚梗二	莫更	明開1	慕各	來上開唐宕一	盧黨
13706	10副		455	艋	莫	朗	命	上	開	三二䰄			明上開庚梗二	莫杏	明開1	慕各	來上開唐宕一	盧黨
13707	10副		456	蜢	莫	朗	命	上	開	三二䰄			明上開庚梗二	莫杏	明開1	慕各	來上開唐宕一	盧黨
13708	10副		457	鯭	莫	朗	命	上	開	三二䰄			明上開庚梗二	莫杏	明開1	慕各	來上開唐宕一	盧黨
13709	10副		458	茫	莫	朗	命	上	開	三二䰄			明上開唐宕一	模朗	明開1	慕各	來上開唐宕一	盧黨
13711	10副	71	459	劘g*	古	晃	見	上	合	三三廣			見上合唐宕一	古晃	見合1	公戶	匣上合唐宕一	胡廣
13713	10副		460	颹*	古	晃	見	上	合	三三廣			見上合唐宕一	古晃	見合1	公戶	匣上合唐宕一	胡廣
13714	10副		461	鄺	古	晃	見	上	合	三三廣			見上合唐宕一	古晃	見合1	公戶	匣上合唐宕一	胡廣
13716	10副		462	鸘*	古	晃	見	上	合	三三廣			見上合唐宕一	古晃	見合1	公戶	匣上合唐宕一	胡廣
13717	10副		463	艥**	古	晃	見	上	合	三三廣		玉篇：音獷	見上合陽宕三	居往	見合1	公戶	匣上合唐宕一	胡廣
13718	10副	72	464	儣*	苦	廣	起	上	合	三三廣			溪上合唐宕一	苦晃	溪合1	康杜	見上合唐宕一	古晃
13719	10副	73	465	巟	戶	廣	曉	上	合	三三廣			曉上合唐宕一	呼晃	匣合1	侯古	見上合唐宕一	古晃
13720	10副		466	慌	戶	廣	曉	上	合	三三廣			曉上合唐宕一	呼晃	匣合1	侯古	見上合唐宕一	古晃
13721	10副		467	朚	戶	廣	曉	上	合	三三廣			曉上合唐宕一	呼晃	匣合1	侯古	見上合唐宕一	古晃
13722	10副		468	雖*	戶	廣	曉	上	合	三三廣			心平合脂止三	宣隹	匣合1	侯古	見上合唐宕一	古晃
13723	10副		469	愰*	戶	廣	曉	上	合	三三廣			匣上合唐宕一	戶廣	匣合1	侯古	見上合唐宕一	古晃
13725	10副		470	晄	戶	廣	曉	上	合	三三廣			曉上合唐宕一	呼晃	匣合1	侯古	見上合唐宕一	古晃
13726	10副		471	滉	戶	廣	曉	上	合	三三廣			匣上合唐宕一	胡廣	匣合1	侯古	見上合唐宕一	古晃
13727	10副		472	鎤*	戶	廣	曉	上	合	三三廣			匣上合唐宕一	戶廣	匣合1	侯古	見上合唐宕一	古晃
13729	10副		473	葟*	戶	廣	曉	上	合	三三廣			匣上合唐宕一	戶廣	匣合1	侯古	見上合唐宕一	古晃
13731	10副		474	銧	戶	廣	曉	上	合	三三廣			匣上合唐宕一	胡廣	匣合1	侯古	見上合唐宕一	古晃
13732	10副	74	475	憷**	腫	晃	照	上	合	三三廣		表中此位無字	章上開陽宕三	之爽	章合3	之隴	匣上合唐宕一	胡廣

韻字編號	部序	組數	字數	韻字及何氏反切			韻字何氏音				何萱注釋	備注	韻字中古音		上字中古音		下字中古音	
				韻字	上字	下字	聲	調	呼	韻部			聲調呼韻攝等	反切	聲呼等	反切	聲調呼韻攝等	反切
13733	10副	75	476	慡*	社	廣	審	上	合	三三廣			生上開陽宕三	所兩	禪開3	常者	見上合唐宕一	古晃
13734	10副		477	塽	社	廣	審	上	合	三三廣			生上開陽宕三	疎兩	禪開3	常者	見上合唐宕一	古晃
13735	10副		478	緃	社	廣	審	上	合	三三廣			生上開陽宕三	疎兩	禪開3	常者	見上合唐宕一	古晃
13737	10副		479	稶*	社	廣	審	上	合	三三廣			生上開陽宕三	所兩	禪開3	常者	見上合唐宕一	古晃
13738	10副		480	簶*	社	廣	審	上	合	三三廣			生上開陽宕三	所兩	禪開3	常者	見上合唐宕一	古晃
13739	10副		481	蔜*	社	廣	審	上	合	三三廣			生上開陽宕三	所兩	禪開3	常者	見上合唐宕一	古晃
13740	10副		482	繱*	社	廣	審	上	合	三三廣			生上開陽宕三	所兩	禪開3	常者	見上合唐宕一	古晃
13741	10副	76	483	昉	奉	廣	匪	上	合	三三廣			非上合陽宕三	分网	奉合3	扶隴	見上合唐宕一	古晃
13742	10副		484	迈**	奉	廣	匪	上	合	三三廣			奉上合陽宕三	防罔	奉合3	扶隴	見上合唐宕一	古晃
13743	10副	77	485	惘	味	廣	未	上	合	三三廣			微上合陽宕三	文兩	微合3	無沸	見上合唐宕一	古晃
13744	10副		486	誷	味	廣	未	上	合	三三廣			微上合陽宕三	文兩	微合3	無沸	見上合唐宕一	古晃
13745	10副		487	罔	味	廣	未	上	合	三三廣			微上合陽宕三	文兩	微合3	無沸	見上合唐宕一	古晃
13746	10副		488	輞	味	廣	未	上	合	三三廣			微上合陽宕三	文兩	微合3	無沸	見上合唐宕一	古晃
13747	10副		489	潤*	味	廣	未	上	合	三三廣			微上開陽宕三	文紡	微合3	無沸	見上合唐宕一	古晃
13749	10副		490	菵	味	廣	未	上	合	三三廣			微上合陽宕三	文兩	微合3	無沸	見上合唐宕一	古晃
13750	10副	78	491	膙	几	兩	見	上	齊	三四繈			見上開陽宕三	居兩	見開重3	居履	來上開陽宕三	良獎
13751	10副	79	492	罾*	舊	兩	起	上	齊	三四繈			群上開陽宕三	巨兩	群開3	巨救	來上開陽宕三	良獎
13752	10副		493	䴇*	舊	兩	起	上	齊	三四繈			群上開陽宕三	巨兩	群開3	巨救	來上開陽宕三	良獎
13753	10副		494	蠶*	舊	兩	起	上	齊	三四繈			群上開陽宕三	巨兩	群開3	巨救	來上開陽宕三	良獎
13755	10副		495	蔃*	舊	兩	起	上	齊	三四繈			群上開陽宕三	巨兩	群開3	巨救	來上開陽宕三	良獎
13756	10副		496	䕬*	舊	兩	起	上	齊	三四繈			群上開陽宕三	巨兩	群開3	巨救	來上開陽宕三	良獎
13757	10副		497	磽*	舊	兩	起	上	齊	三四繈			溪上開陽宕三	丘仰	群開3	巨救	來上開陽宕三	良獎
13758	10副	80	498	勨*	隱	兩	影	上	齊	三四繈			以上開陽宕三	以兩	影開3	於謹	來上開陽宕三	良獎
13759	10副		499	攁*	隱	兩	影	上	齊	三四繈			以上開陽宕三	以兩	影開3	於謹	來上開陽宕三	良獎
13760	10副		500	懩*	隱	兩	影	上	齊	三四繈			以上開陽宕三	以兩	影開3	於謹	來上開陽宕三	良獎
13761	10副		501	膷*	隱	兩	影	上	齊	三四繈			以上開陽宕三	以兩	影開3	於謹	來上開陽宕三	良獎
13762	10副		502	羘	隱	兩	影	上	齊	三四繈		玉篇：音養	以上開陽宕三	餘兩	影開3	於謹	來上開陽宕三	良獎

韻字編號	部序	組數	字數	韻字及何氏反切			韻字何氏音				何萓注釋	備　注	韻字中古音		上字中古音		下字中古音	
				韻字	上字	下字	聲	調	呼	韻部			聲調呼韻攝等	反切	聲呼等	反切	聲調呼韻攝等	反切
13764	10副		503	眏	隱	网	影	上	齊	三四繈			影上開陽宕三	於兩	影開3	於謹	來上開陽宕三	良獎
13765	10副		504	炴	隱	网	影	上	齊	三四繈			影上開陽宕三	於兩	影開3	於謹	來上開陽宕三	良獎
13766	10副		505	鮑*	隱	网	影	上	齊	三四繈			影上開陽宕三	依兩	影開3	於謹	來上開陽宕三	良獎
13767	10副		506	覫*	隱	网	影	上	齊	三四繈			影上開庚梗三	於境	影開3	於謹	來上開陽宕三	良獎
13768	10副		507	颹	隱	网	影	上	齊	三四繈			影上開庚梗三	於丙	影開3	於謹	來上開陽宕三	良獎
13769	10副		508	痍*	隱	网	影	上	齊	三四繈			影平開庚梗三	於驚	影開3	於謹	來上開陽宕三	良獎
13771	10副		509	剫	隱	网	影	上	齊	三四繈			影上開庚梗三	於丙	影開3	於謹	來上開陽宕三	良獎
13772	10副		510	兓	隱	网	影	上	齊	三四繈			影上開庚梗三	於丙	影開3	於謹	來上開陽宕三	良獎
13773	10副		511	饃	隱	网	影	上	齊	三四繈			影上開庚梗三	於丙	影開3	於謹	來上開陽宕三	良獎
13774	10副		512	璟	隱	网	影	上	齊	三四繈			影上開庚梗三	於丙	影開3	於謹	來上開陽宕三	良獎
13776	10副		513	影	隱	网	影	上	齊	三四繈			影上開庚梗三	於丙	影開3	於謹	來上開陽宕三	良獎
13777	10副	81	514	勈	利	響	賚	上	齊	三四繈			來上開陽宕三	良獎	來開3	力至	曉上開陽宕三	許兩
13778	10副		515	擟*	利	響	賚	上	齊	三四繈			來上開陽宕三	里養	來開3	力至	曉上開陽宕三	許兩
13780	10副		516	倆*	利	響	賚	上	齊	三四繈			來上開陽宕三	里養	來開3	力至	曉上開陽宕三	許兩
13781	10副		517	裲*	利	響	賚	上	齊	三四繈			來上開陽宕三	里養	來開3	力至	曉上開陽宕三	許兩
13782	10副		518	柄	利	響	賚	上	齊	三四繈			來上開陽宕三	良獎	來開3	力至	曉上開陽宕三	許兩
13783	10副		519	蒳*	利	響	賚	上	齊	三四繈			來上開陽宕三	里養	來開3	力至	曉上開陽宕三	許兩
13786	10副	82	520	鞝**	軫	网	照	上	齊	三四繈		玉篇：音掌	章上開陽宕三	諸兩	章開3	章忍	來上開陽宕三	良獎
13787	10副		521	箺*	軫	网	照	上	齊	三四繈			章上開陽宕三	止兩	章開3	章忍	來上開陽宕三	良獎
13788	10副		522	蔁*	軫	网	照	上	齊	三四繈			章上開陽宕三	止兩	章開3	章忍	來上開陽宕三	良獎
13789	10副		523	涱*	軫	网	照	上	齊	三四繈			知上開陽宕三	展兩	章開3	章忍	來上開陽宕三	良獎
13791	10副	83	524	昶	齒	网	助	上	齊	三四繈			徹上開陽宕三	丑兩	昌開3	昌里	來上開陽宕三	良獎
13792	10副		525	痮	齒	网	助	上	齊	三四繈			澄上開陽宕三	直兩	昌開3	昌里	來上開陽宕三	良獎
13793	10副		526	扙*	齒	网	助	上	齊	三四繈			章上開陽宕三	雉兩	昌開3	昌里	來上開陽宕三	良獎
13794	10副		527	踼*	齒	网	助	上	齊	三四繈			昌上開陽宕三	齒兩	昌開3	昌里	來上開陽宕三	良獎
13795	10副		528	鶬*	齒	网	助	上	齊	三四繈			昌上開陽宕三	齒兩	昌開3	昌里	來上開陽宕三	良獎
13796	10副		529	氅	齒	网	助	上	齊	三四繈			昌上開陽宕三	昌兩	昌開3	昌里	來上開陽宕三	良獎

韻字編號	部序	組數	字數	韻字及何氏反切			韻字何氏音				何萱注釋	備注	韻字中古音		上字中古音		下字中古音	
				韻字	上字	下字	聲	調	呼	韻部			聲調呼韻攝等	反切	聲呼等	反切	聲調呼韻攝等	反切
13797	10副		530	廠	齒	兩	助	上	齊	三四緉			昌上開陽宕三	昌兩	昌開3	昌里	來上開陽宕三	良獎
13799	10副		531	㢢	齒	兩	助	上	齊	三四緉			昌上開陽宕三	昌兩	昌開3	昌里	來上開陽宕三	良獎
13800	10副		532	倈	齒	兩	助	上	齊	三四緉			初上開陽宕三	初丈	昌開3	昌里	來上開陽宕三	良獎
13801	10副		533	顙	齒	兩	助	上	齊	三四緉			初上開陽宕三	初丈	昌開3	昌里	來上開陽宕三	良獎
13803	10副		534	剙	齒	兩	助	上	齊	三四緉			初上開陽宕三	初兩	昌開3	昌里	來上開陽宕三	良獎
13804	10副		535	鋹	齒	兩	助	上	齊	三四緉			徹上開陽宕三	丑兩	昌開3	昌里	來上開陽宕三	良獎
13805	10副	84	536	瀼*	忍	兩	耳	上	齊	三四緉			日上開陽宕三	汝兩	日開3	而軫	來上開陽宕三	良獎
13806	10副		537	爙*	忍	兩	耳	上	齊	三四緉			日上開陽宕三	汝兩	日開3	而軫	來上開陽宕三	良獎
13807	10副		538	礵	忍	兩	耳	上	齊	三四緉			日上開陽宕三	如兩	日開3	而軫	來上開陽宕三	良獎
13808	10副	85	539	扃**	始	兩	審	上	齊	三四緉			書上開陽宕三	書掌	書開3	詩止	來上開陽宕三	良獎
13809	10副	86	540	纕*	此	兩	淨	上	齊	三四緉		韻目本在助母下，移此	清上開陽宕三	此兩	清開3	雌氏	來上開陽宕三	良獎
13810	10副		541	壄*	此	兩	淨	上	齊	三四緉		韻目本在助母下，移此	清上開陽宕三	此兩	清開3	雌氏	來上開陽宕三	良獎
13811	10副	87	542	茽*	彥	兩	我	上	齊	三四緉			疑上開陽宕三	語兩	疑開重3	魚變	來上開陽宕三	良獎
13812	10副	88	543	邌	小	兩	信	上	齊	三四緉			邪上開陽宕三	徐兩	心開3	私兆	來上開陽宕三	良獎
13813	10副		544	鐌*	小	兩	信	上	齊	三四緉			邪上開陽宕三	似兩	心開3	私兆	來上開陽宕三	良獎
13814	10副		545	嵺	小	兩	信	上	齊	三四緉			邪上開陽宕三	徐兩	心開3	私兆	來上開陽宕三	良獎
13815	10副		546	蒃	小	兩	信	上	齊	三四緉			邪上開陽宕三	徐兩	心開3	私兆	來上開陽宕三	良獎
13816	10副		547	鵨*	小	兩	信	上	齊	三四緉			邪上開陽宕三	似兩	心開3	私兆	來上開陽宕三	良獎
13817	10副		548	蟓	小	兩	信	上	齊	三四緉			邪上開陽宕三	徐兩	心開3	私兆	來上開陽宕三	良獎
13819	10副		549	鱌	小	兩	信	上	齊	三四緉			邪上開陽宕三	徐兩	心開3	私兆	來上開陽宕三	良獎
13820	10副		550	蠢	小	兩	信	上	齊	三四緉			心上開陽宕三	息兩	心開3	私兆	來上開陽宕三	良獎
13821	10副	89	551	僙	舉	怳	見	上	撮	三五礦			見上合陽宕三	俱往	見合3	居許	曉上合陽宕三	許昉
13822	10副		552	幜**	舉	怳	見	上	撮	三五礦			見上合庚梗三	居永	見合3	居許	曉上合陽宕三	許昉
13823	10副		553	暻	舉	怳	見	上	撮	三五礦			見上合庚梗三	俱永	見合3	居許	曉上合陽宕三	許昉
13824	10副	90	554	絅**	郡	永	起	上	撮	三五礦		表中此位無字	溪上合青梗四	口迥	群合3	渠運	云上合庚梗三	于憬

韻字編號	部序	組數	字數	韻字及何氏反切			韻字何氏音				何萱注釋	備注	韻字中古音		上字中古音		下字中古音	
				韻字	上字	下字	聲	調	呼	韻部			聲調呼韻攝等	反切	聲呼等	反切	聲調呼韻攝等	反切
13825	10副	91	555	歀	羽	怳	影	上	撮	三五槼			影上合陽宕三	紆往	云合3	王矩	曉上合陽宕三	許昉
13826	10副		556	汪*	羽	怳	影	上	撮	三五槼			云上合陽宕三	羽兩	云合3	王矩	曉上合陽宕三	許昉
13828	10副		557	汪	羽	怳	影	上	撮	三五槼			影上合唐宕一	烏晃	云合3	王矩	曉上合陽宕三	許昉
13829	10副		558	柭	羽	怳	影	上	撮	三五槼			云上合庚梗三	于憬	云合3	王矩	曉上合陽宕三	許昉
13830	10副	92	559	軦*	許	永	曉	上	撮	三五槼			曉上合陽宕三	詡往	曉合3	虛呂	云上合庚梗三	于憬
13832	10副	93	560	巹**	仲	永	助	上	撮	三五槼	火久也，玉篇五音集韻	表中此位無字	徹上合脂止三	丑水	澄合3	直衆	云上合庚梗三	于憬
13833	10副	94	561	昉*	甫	怳	匪	上	撮	三五槼		表中此位無字	敷上開陽宕三	撫兩	非合3	方矩	曉上合陽宕三	許昉
13834	10副	95	562	茰*	改	宕	見	去	開	三四叜			見上開庚梗二	古杏	見開1	古亥	定去開唐宕一	徒浪
13836	10副	96	563	閌	口	宕	起	去	開	三四叜			溪去開唐宕一	苦浪	溪開1	苦后	定去開唐宕一	徒浪
13837	10副		564	鈧*	口	宕	起	去	開	三四叜			溪去開唐宕一	口浪	溪開1	苦后	定去開唐宕一	徒浪
13838	10副		565	匟	口	宕	起	去	開	三四叜			溪去開唐宕一	苦浪	溪開1	苦后	定去開唐宕一	徒浪
13839	10副		566	蟓*	口	宕	起	去	開	三四叜			書平開陽宕三	尸羊	溪開1	苦后	定去開唐宕一	徒浪
13840	10副		567	囥*	口	宕	起	去	開	三四叜			溪去開唐宕一	口浪	溪開1	苦后	定去開唐宕一	徒浪
13841	10副	97	568	嗑*	案	宕	影	去	開	三四叜			影去開唐宕一	於浪	影開1	烏旰	定去開唐宕一	徒浪
13843	10副		569	槛	案	宕	影	去	開	三四叜			影去開唐宕一	於浪	影開1	烏旰	定去開唐宕一	徒浪
13844	10副	98	570	絎	海	宕	曉	去	開	三四叜			匣去開庚梗二	下更	曉開1	呼改	定去開唐宕一	徒浪
13845	10副		571	鴴**	海	宕	曉	去	開	三四叜	平去兩讀	玉篇：戶庚戶孟二切。實際上是平聲兩讀又去聲。兩個平聲區別在哪，可見何氏讀音里是平分陰陽的。值得考察	匣去開庚梗二	戶孟	曉開1	呼改	定去開唐宕一	徒浪
13846	10副		572	鶁**	海	宕	曉	去	開	三四叜			匣去開耕梗二	胡硬	曉開1	呼改	定去開唐宕一	徒浪
13847	10副	99	573	儅	帶	宕	短	去	開	三四叜			端去開唐宕一	丁浪	端開1	當蓋	定去開唐宕一	徒浪
13848	10副		574	讜	帶	宕	短	去	開	三四叜			端去開唐宕一	丁浪	端開1	當蓋	定去開唐宕一	徒浪
13849	10副		575	擋	帶	宕	短	去	開	三四叜			端去開唐宕一	丁浪	端開1	當蓋	定去開唐宕一	徒浪

韻字編號	部序	組數	字數	韻字及何氏反切			韻字何氏音				何萱注釋	備注	韻字中古音		上字中古音		下字中古音	
				韻字	上字	下字	聲	調	呼	韻部			聲調呼韻攝等	反切	聲呼等	反切	聲調呼韻攝等	反切
13850	10 副		576	檔 g*	帶	宕	短	去	開	三四疉			透去開唐宕一	他浪	端開 1	當蓋	定去開唐宕一	徒浪
13852	10 副		577	艡*	帶	宕	短	去	開	三四疉			端平開唐宕一	都郎	端開 1	當蓋	定去開唐宕一	徒浪
13853	10 副		578	簹 g*	帶	宕	短	去	開	三四疉			透去開唐宕一	他浪	端開 1	當蓋	定去開唐宕一	徒浪
13854	10 副		579	闣	帶	宕	短	去	開	三四疉			端去開唐宕一	丁浪	端開 1	當蓋	定去開唐宕一	徒浪
13855	10 副	100	580	趤*	坦	抗	透	去	開	三四疉			定去開唐宕一	大浪	透開 1	他但	溪去開唐宕一	苦浪
13856	10 副		581	圙*	坦	抗	透	去	開	三四疉			定去開唐宕一	徒浪	透開 1	他但	溪去開唐宕一	苦浪
13857	10 副		582	閬*	坦	抗	透	去	開	三四疉			定去開唐宕一	大浪	透開 1	他但	溪去開唐宕一	苦浪
13860	10 副		583	蕩	坦	抗	透	去	開	三四疉			定去開唐宕一	徒浪	透開 1	他但	溪去開唐宕一	苦浪
13861	10 副		584	鐊	坦	抗	透	去	開	三四疉			定去開唐宕一	徒浪	透開 1	他但	溪去開唐宕一	苦浪
13862	10 副		585	揚	坦	抗	透	去	開	三四疉			透去開唐宕一	他浪	透開 1	他但	溪去開唐宕一	苦浪
13863	10 副	101	586	儾	柰	宕	耳	去	開	三四疉			泥去開唐宕一	奴浪	泥開 1	奴帶	定去開唐宕一	徒浪
13864	10 副		587	齉*	柰	宕	耳	去	開	三四疉			泥去開唐宕一	乃浪	泥開 1	奴帶	定去開唐宕一	徒浪
13865	10 副		588	讓*	柰	宕	耳	去	開	三四疉			泥去開唐宕一	乃浪	泥開 1	奴帶	定去開唐宕一	徒浪
13866	10 副		589	壤	柰	宕	耳	去	開	三四疉			泥去開唐宕一	奴浪	泥開 1	奴帶	定去開唐宕一	徒浪
13867	10 副		590	曩*	柰	宕	耳	去	開	三四疉			泥去開唐宕一	乃浪	泥開 1	奴帶	定去開唐宕一	徒浪
13868	10 副		591	囊*	柰	宕	耳	去	開	三四疉			泥去開唐宕一	乃浪	泥開 1	奴帶	定去開唐宕一	徒浪
13869	10 副	102	592	踉*	老	宕	賚	去	開	三四疉			來去開唐宕一	郎宕	來開 1	盧晧	定去開唐宕一	徒浪
13870	10 副		593	眼g*	老	宕	賚	去	開	三四疉		正文作眼	來去開唐宕一	郎宕	來開 1	盧晧	定去開唐宕一	徒浪
13871	10 副		594	罠*	老	宕	賚	去	開	三四疉			來去開唐宕一	郎宕	來開 1	盧晧	定去開唐宕一	徒浪
13872	10 副		595	攟*	老	宕	賚	去	開	三四疉			來去開唐宕一	郎宕	來開 1	盧晧	定去開唐宕一	徒浪
13873	10 副		596	浪**	老	宕	賚	去	開	三四疉			來去開唐宕一	力盎	來開 1	盧晧	定去開唐宕一	徒浪
13874	10 副		597	埌	老	宕	賚	去	開	三四疉			來去開唐宕一	來宕	來開 1	盧晧	定去開唐宕一	徒浪
13875	10 副		598	蘭	老	宕	賚	去	開	三四疉			來去開唐宕一	來宕	來開 1	盧晧	定去開唐宕一	徒浪
13876	10 副	103	599	趟	爪	宕	照	去	開	三四疉			知去開庚梗二	猪孟	莊開 2	側絞	定去開唐宕一	徒浪
13877	10 副	104	600	瞠	茝	宕	助	去	開	三四疉			澄去開庚梗二	除更	昌開 1	昌紿	定去開唐宕一	徒浪
13878	10 副		601	瞥*	茝	宕	助	去	開	三四疉			澄去開庚梗二	除更	昌開 1	昌紿	定去開唐宕一	徒浪

韻字編號	部序	組數	字數	韻字及何氏反切			韻字何氏音				何萱注釋	備　注	韻字中古音		上字中古音		下字中古音	
				韻字	上字	下字	聲	調	呼	韻部			聲調呼韻攝等	反切	聲呼等	反切	聲調呼韻攝等	反切
13879	10副		602	張	茝	宕	助	去	開	三四叜			澄去開庚梗二	除更	昌開1	昌紿	定去開唐宕一	徒浪
13880	10副	105	603	臟*	采	宕	淨	去	開	三四叜			從去開唐宕一	才浪	清開1	倉宰	定去開唐宕一	徒浪
13881	10副		604	髒	采	宕	淨	去	開	三四叜			從去開唐宕一	徂浪	清開1	倉宰	定去開唐宕一	徒浪
13882	10副		605	賶**	采	宕	淨	去	開	三四叜			清去開唐宕一	七浪	清開1	倉宰	定去開唐宕一	徒浪
13883	10副		606	稖*	采	宕	淨	去	開	三四叜			清去開唐宕一	七浪	清開1	倉宰	定去開唐宕一	徒浪
13884	10副	106	607	岇	我	宕	我	去	開	三四叜			疑去開唐宕一	五浪	疑開1	五可	定去開唐宕一	徒浪
13885	10副		608	卬	我	宕	我	去	開	三四叜			疑去開陽宕三	魚向	疑開1	五可	定去開唐宕一	徒浪
13886	10副		609	軜	我	宕	我	去	開	三四叜			疑去開陽宕三	魚向	疑開1	五可	定去開唐宕一	徒浪
13887	10副		610	仰*	我	宕	我	去	開	三四叜			疑去開唐宕一	魚浪	疑開1	五可	定去開唐宕一	徒浪
13889	10副		611	鞕	我	宕	我	去	開	三四叜			疑去開耕梗二	五爭	疑開1	五可	定去開唐宕一	徒浪
13891	10副	107	612	搡*	散	宕	信	去	開	三四叜			心去開唐宕一	四浪	心開1	蘇旱	定去開唐宕一	徒浪
13892	10副		613	嗓*	散	宕	信	去	開	三四叜			心去開唐宕一	四浪	心開1	蘇旱	定去開唐宕一	徒浪
13894	10副	108	614	嵭*	抱	宕	並	去	開	三四叜			並去開唐宕一	蒲浪	並開1	薄浩	定去開唐宕一	徒浪
13895	10副		615	塝*	抱	宕	並	去	開	三四叜			並去開唐宕一	蒲浪	並開1	薄浩	定去開唐宕一	徒浪
13897	10副		616	髈*	抱	宕	並	去	開	三四叜			並去開唐宕一	蒲浪	並開1	薄浩	定去開唐宕一	徒浪
13898	10副	109	617	莣*	莫	宕	命	去	開	三四叜			明去開唐宕一	莫浪	明開1	慕各	定去開唐宕一	徒浪
13901	10副	110	618	曠	古	曠	見	去	合	三五桄			溪去合唐宕一	苦謗	見合1	公戶	溪去合唐宕一	苦謗
13902	10副		619	臒*	古	曠	見	去	合	三五桄		肿貌	見去合唐宕一	古旷	見合1	公戶	溪去合唐宕一	苦謗
13903	10副		620	穬*	古	曠	見	去	合	三五桄			見去合唐宕一	古旷	見合1	公戶	溪去合唐宕一	苦謗
13904	10副		621	躘*	古	曠	見	去	合	三五桄			溪去合唐宕一	苦謗	見合1	公戶	溪去合唐宕一	苦謗
13905	10副		622	壙*	古	曠	見	去	合	三五桄			溪去合唐宕一	苦謗	見合1	公戶	溪去合唐宕一	苦謗
13906	10副	111	623	**醭**	甕	曠	影	去	合	三五桄			影去合唐宕一	烏浪	影合1	烏貢	溪去合唐宕一	苦謗
13907	10副	112	624	嚝*	戶	曠	曉	去	合	三五桄			匣去合唐宕一	胡曠	匣合1	侯古	溪去合唐宕一	苦謗
13908	10副		625	纊*	戶	曠	曉	去	合	三五桄			匣去合唐宕一	胡曠	匣合1	侯古	溪去合唐宕一	苦謗
13909	10副	113	626	瘇*	腫	曠	照	去	合	三五桄			莊去開陽宕三	側亮	章合3	之隴	溪去合唐宕一	苦謗
13910	10副		627	瑪**	腫	曠	照	去	合	三五桄			莊去開陽宕三	仄亮	章合3	之隴	溪去合唐宕一	苦謗

韻字編號	部序	組數	字數	韻字及何氏反切			韻字何氏音				何萱注釋	備注	韻字中古音		上字中古音		下字中古音	
				韻字	上字	下字	聲	調	呼	韻部			聲調呼韻攝等	反切	聲呼等	反切	聲調呼韻攝等	反切
13911	10副		628	洸	腫	曠	照	去	合	三五桄			莊去開陽宕三	側亮	章合3	之隴	溪去合唐宕一	苦謗
13912	10副	114	629	淵*	蠢	曠	助	去	合	三五桄		正編上字作篡，疑誤	崇去開陽宕三	助亮	昌合3	尺尹	溪去合唐宕一	苦謗
13913	10副		630	嫎*	蠢	曠	助	去	合	三五桄		正編上字作篡，疑誤	並平開唐宕一	蒲光	昌合3	尺尹	溪去合唐宕一	苦謗
13914	10副	115	631	誮*	味	曠	未	去	合	三五桄			微去開陽宕三	無放	微合3	無沸	溪去合唐宕一	苦謗
13915	10副		632	𠯗**	味	曠	未	去	合	三五桄			微去開陽宕三	武放	微合3	無沸	溪去合唐宕一	苦謗
13916	10副	116	633	蔶*	几	向	見	去	齊	三六竟			見去開庚梗三	居慶	見開重3	居履	曉去開陽宕三	許亮
13917	10副		634	獍	几	向	見	去	齊	三六竟			見去開庚梗三	居慶	見開重3	居履	曉去開陽宕三	許亮
13918	10副	117	635	眖	舊	向	起	去	齊	三六竟			溪去開陽宕三	丘亮	群開3	巨救	曉去開陽宕三	許亮
13919	10副		636	攈	舊	向	起	去	齊	三六竟			溪去開陽宕三	丘亮	群開3	巨救	曉去開陽宕三	許亮
13920	10副		637	弶	舊	向	起	去	齊	三六竟			群去開陽宕三	其亮	群開3	巨救	曉去開陽宕三	許亮
13922	10副		638	蜣*	舊	向	起	去	齊	三六竟			群去開陽宕三	其亮	群開3	巨救	曉去開陽宕三	許亮
13923	10副	118	639	羕*	隱	向	影	去	齊	三六竟			以去開陽宕三	弋亮	影開3	於謹	曉去開陽宕三	許亮
13924	10副		640	謙*	隱	向	影	去	齊	三六竟			以去開陽宕三	弋亮	影開3	於謹	曉去開陽宕三	許亮
13925	10副		641	㨾*	隱	向	影	去	齊	三六竟			以去開陽宕三	弋亮	影開3	於謹	曉去開陽宕三	許亮
13926	10副		642	㶾*	隱	向	影	去	齊	三六竟			以去開陽宕三	弋亮	影開3	於謹	曉去開陽宕三	許亮
13927	10副		643	餘	隱	向	影	去	齊	三六竟			以去開陽宕三	余亮	影開3	於謹	曉去開陽宕三	許亮
13928	10副		644	㺊	隱	向	影	去	齊	三六竟			以去開陽宕三	余亮	影開3	於謹	曉去開陽宕三	許亮
13929	10副		645	映	隱	向	影	去	齊	三六竟			影去開庚梗三	於敬	影開3	於謹	曉去開陽宕三	許亮
13931	10副	119	646	響	險	漾	曉	去	齊	三六竟			曉去開陽宕三	許亮	曉開重3	虛檢	以去開陽宕三	餘亮
13932	10副		647	蒈	險	漾	曉	去	齊	三六竟			曉去開陽宕三	許亮	曉開重3	虛檢	以去開陽宕三	餘亮
13933	10副	120	648	穰	念	向	乃	去	齊	三六竟			娘去開陽宕三	女亮	泥開4	奴店	曉去開陽宕三	許亮
13934	10副	121	649	悢	利	向	賚	去	齊	三六竟			來去開陽宕三	力讓	來開3	力至	曉去開陽宕三	許亮
13935	10副		650	喨*	利	向	賚	去	齊	三六竟			來去開陽宕三	力讓	來開3	力至	曉去開陽宕三	許亮
13937	10副		651	掠	利	向	賚	去	齊	三六竟			來去開陽宕三	力讓	來開3	力至	曉去開陽宕三	許亮
13939	10副	122	652	漲	軫	向	照	去	齊	三六竟			知去開陽宕三	知亮	章開3	章忍	曉去開陽宕三	許亮

韻字編號	部序	組數	字數	韻字及何氏反切			韻字何氏音				何萱注釋	備注	韻字中古音		上字中古音		下字中古音	
				韻字	上字	下字	聲	調	呼	韻部			聲調呼韻攝等	反切	聲呼等	反切	聲調呼韻攝等	反切
13941	10副		653	堟*	軫	向	照	去	齊	三六竟			知去開陽宕三	知亮	章開3	章忍	曉去開陽宕三	許亮
13942	10副		654	脹	軫	向	照	去	齊	三六竟			知去開陽宕三	知亮	章開3	章忍	曉去開陽宕三	許亮
13943	10副		655	嶂	軫	向	照	去	齊	三六竟			章去開陽宕三	之亮	章開3	章忍	曉去開陽宕三	許亮
13944	10副		656	瘴	軫	向	照	去	齊	三六竟			章去開陽宕三	之亮	章開3	章忍	曉去開陽宕三	許亮
13945	10副	123	657	悵	齒	向	助	去	齊	三六竟			徹去開陽宕三	丑亮	昌開3	昌里	曉去開陽宕三	許亮
13946	10副		658	淌*	齒	向	助	去	齊	三六竟			昌去開陽宕三	尺亮	昌開3	昌里	曉去開陽宕三	許亮
13947	10副	124	659	懹	忍	漾	耳	去	齊	三六竟			日去開陽宕三	人漾	日開3	而軫	以去開陽宕三	餘亮
13948	10副		660	穰	忍	漾	耳	去	齊	三六竟			日去開陽宕三	人漾	日開3	而軫	以去開陽宕三	餘亮
13950	10副	125	661	恦*	始	向	審	去	齊	三六竟			書去開陽宕三	式亮	書開3	詩止	曉去開陽宕三	許亮
13951	10副		662	姠*	始	向	審	去	齊	三六竟			書去開陽宕三	式亮	書開3	詩止	曉去開陽宕三	許亮
13953	10副		663	鬺	始	向	審	去	齊	三六竟	或作疅，不黏之皃，廣韻	何氏按諧聲讀如易了，存古，不做時音分析。此處取易廣韻音	以平開陽宕三	與章	書開3	詩止	曉去開陽宕三	許亮
13954	10副	126	664	鴟	此	向	淨	去	齊	三六竟			從去開陽宕三	疾亮	清開3	雌氏	曉去開陽宕三	許亮
13956	10副		665	搶*	此	向	淨	去	齊	三六竟			清去開陽宕三	七亮	清開3	雌氏	曉去開陽宕三	許亮
13957	10副		666	蹌*	此	向	淨	去	齊	三六竟			清去開陽宕三	七亮	清開3	雌氏	曉去開陽宕三	許亮
13958	10副	127	667	晲*	舉	況	見	去	撮	三七傹			見去合陽宕三	古況	見合3	居許	曉去合陽宕三	許訪
13960	10副	128	668	眶*	郡	況	起	去	撮	三七傹			溪去合陽宕三	區旺	群合3	渠運	曉去合陽宕三	許訪
13961	10副		669	誆	郡	況	起	去	撮	三七傹			群去合陽宕三	渠放	群合3	渠運	曉去合陽宕三	許訪
13962	10副	129	670	惟*	羽	況	影	去	撮	三七傹			云去合陽宕三	于放	云合3	王矩	曉去合陽宕三	許訪
13963	10副		671	眭*	羽	況	影	去	撮	三七傹			云去合陽宕三	于放	云合3	王矩	曉去合陽宕三	許訪
13964	10副		672	禜**	羽	況	影	去	撮	三七傹			云去開庚梗三	于命	云合3	王矩	曉去合陽宕三	許訪
13965	10副	130	673	晄*	許	旺	曉	去	撮	三七傹			曉去合陽宕三	許放	曉合3	虛呂	云去合陽宕三	于放
13966	10副		674	朚*	許	旺	曉	去	撮	三七傹			曉去合陽宕三	許放	曉合3	虛呂	云去合陽宕三	于放
13967	10副		675	昷**	許	旺	曉	去	撮	三七傹			曉去合庚梗三	許詠	曉合3	虛呂	云去合陽宕三	于放
13968	10副		676	帎*	許	旺	曉	去	撮	三七傹			曉去合陽宕三	許放	曉合3	虛呂	云去合陽宕三	于放

第十一部正編

韻字編號	部序	組數	字數	韻字及何氏反切			韻字何氏音				何萱注釋	備注	韻字中古音		上字中古音		下字中古音	
				韻字	上字	下字	聲	調	呼	韻部			聲調呼韻攝等	反切	聲呼等	反切	聲調呼韻攝等	反切
13969	11 正	1	1	耕	改	笙	見	陰平	開	三九耕			見平開耕梗二	古莖	見開 1	古亥	生平開庚梗二	所庚
13970	11 正	2	2	硜	侃	耕	起	陰平	開	三九耕			溪平開耕梗二	口莖	溪開 1	空旱	見平開耕梗二	古莖
13973	11 正		3	牼	侃	耕	起	陰平	開	三九耕			溪平開耕梗二	口莖	溪開 1	空旱	見平開耕梗二	古莖
13974	11 正		4	硻	侃	耕	起	陰平	開	三九耕	平去兩讀異義	與磬異讀	溪平開耕梗二	口莖	溪開 1	空旱	見平開耕梗二	古莖
13976	11 正		5	聲	侃	耕	起	陰平	開	三九耕			溪平開耕梗二	口莖	溪開 1	空旱	見平開耕梗二	古莖
13977	11 正	3	6	賏	案	耕	影	陰平	開	三九耕			影平開清梗三	於盈	影開 1	烏旰	見平開耕梗二	古莖
13979	11 正		7	罌	案	耕	影	陰平	開	三九耕			影平開耕梗二	烏莖	影開 1	烏旰	見平開耕梗二	古莖
13980	11 正		8	罂	案	耕	影	陰平	開	三九耕			影平開耕梗二	烏莖	影開 1	烏旰	見平開耕梗二	古莖
13981	11 正		9	嚶	案	耕	影	陰平	開	三九耕			影平開耕梗二	烏莖	影開 1	烏旰	見平開耕梗二	古莖
13982	11 正		10	鸚	案	耕	影	陰平	開	三九耕			影平開耕梗二	烏莖	影開 1	烏旰	見平開耕梗二	古莖
13983	11 正		11	鶯	案	耕	影	陰平	開	三九耕			影平開耕梗二	烏莖	影開 1	烏旰	見平開耕梗二	古莖
13984	11 正		12	罃	案	耕	影	陰平	開	三九耕			影平開耕梗二	烏莖	影開 1	烏旰	見平開耕梗二	古莖
13985	11 正		13	褮	案	耕	影	陰平	開	三九耕			影平開耕梗二	烏莖	影開 1	烏旰	見平開耕梗二	古莖
13988	11 正	4	14	爭	酌	笙	照	陰平	開	三九耕			莊平開耕梗二	側莖	章開 3	之若	生平開庚梗二	所庚
13989	11 正		15	錚	酌	笙	照	陰平	開	三九耕			初平開耕梗二	楚耕	章開 3	之若	生平開庚梗二	所庚
13990	11 正		16	綪	酌	笙	照	陰平	開	三九耕			莊平開耕梗二	側莖	章開 3	之若	生平開庚梗二	所庚
13991	11 正		17	箏	酌	笙	照	陰平	開	三九耕			莊平開耕梗二	側莖	章開 3	之若	生平開庚梗二	所庚
13992	11 正		18	崢	酌	笙	照	陰平	開	三九耕			崇平開耕梗二	士耕	章開 3	之若	生平開庚梗二	所庚
13993	11 正		19	丁	酌	笙	照	陰平	開	三九耕	兩讀義分		知平開耕梗二	中莖	章開 3	之若	生平開庚梗二	所庚
13995	11 正		20	玎	酌	笙	照	陰平	開	三九耕	兩讀注在彼		知平開耕梗二	中莖	章開 3	之若	生平開庚梗二	所庚
13998	11 正	5	21	琤	茝	耕	助	陰平	開	三九耕			初平開耕梗二	楚耕	昌開 1	昌紿	見平開耕梗二	古莖
13999	11 正	6	22	生	稍	耕	審	陰平	開	三九耕			生平開庚梗二	所庚	生開 2	所教	見平開耕梗二	古莖
14001	11 正		23	甥	稍	耕	審	陰平	開	三九耕			生平開庚梗二	所庚	生開 2	所教	見平開耕梗二	古莖
14002	11 正		24	笙	稍	耕	審	陰平	開	三九耕			生平開庚梗二	所庚	生開 2	所教	見平開耕梗二	古莖
14003	11 正		25	牲	稍	耕	審	陰平	開	三九耕			生平開庚梗二	所庚	生開 2	所教	見平開耕梗二	古莖

韻字編號	部序	組數	字數	韻字及何氏反切			韻字何氏音				何萱注釋	備注	韻字中古音		上字中古音		下字中古音	
				韻字	上字	下字	聲	調	呼	韻部			聲調呼韻攝等	反切	聲呼等	反切	聲調呼韻攝等	反切
14004	11 正	7	26	猜	粲	耕	淨	陰平	開	三九耕			清平開咍蟹一	倉才	清開 1	蒼案	見平開耕梗二	古莖
14005	11 正	8	27	抨	保	耕	謗	陰平	開	三九耕			滂平開耕梗二	普耕	幫開 1	博抱	見平開耕梗二	古莖
14006	11 正		28	絣	保	耕	謗	陰平	開	三九耕			幫平開耕梗二	北萌	幫開 1	博抱	見平開耕梗二	古莖
14007	11 正	9	29	姘	抱	耕	並	陰平	開	三九耕	平上兩讀義分	段注當除講的時候讀上聲	滂平開耕梗二	普耕	並開 1	薄浩	見平開耕梗二	古莖
14009	11 正		30	怦	抱	耕	並	陰平	開	三九耕			滂平開耕梗二	普耕	並開 1	薄浩	見平開耕梗二	古莖
14010	11 正	10	31	莖	海	娙	曉	陽平	開	三九耕			匣平開耕梗二	戶耕	曉開 1	呼改	疑平開耕梗二	五莖
14012	11 正	11	32	鬡*	曩	莖	乃	陽平	開	三九耕			娘平開耕梗二	尼耕	泥開 1	奴朗	匣平開耕梗二	戶耕
14013	11 正	12	33	峥	茝	莖	助	陽平	開	三九耕			崇平開耕梗二	士耕	昌開 1	昌紿	匣平開耕梗二	戶耕
14014	11 正		34	埩	茝	莖	助	陽平	開	三九耕	平上兩讀		崇平開耕梗二	士耕	昌開 1	昌紿	匣平開耕梗二	戶耕
14017	11 正		35	淨	茝	莖	助	陽平	開	三九耕			初平開耕梗二	楚耕	昌開 1	昌紿	匣平開耕梗二	戶耕
14019	11 正		36	朾	茝	莖	助	陽平	開	三九耕			澄平開耕梗二	宅耕	昌開 1	昌紿	匣平開耕梗二	戶耕
14020	11 正	13	37	娙	眼	莖	我	陽平	開	三九耕			疑平開耕梗二	五莖	疑開 2	五限	匣平開耕梗二	戶耕
14022	11 正	14	38	荆	几	青	見	陰平	齊	四十荊			見平開庚梗三	舉卿	見開重 3	居履	清平開青梗四	倉經
14023	11 正		39	鶩	几	青	見	陰平	齊	四十荊			見平開庚梗三	舉卿	見開重 3	居履	清平開青梗四	倉經
14024	11 正		40	巠	几	青	見	陰平	齊	四十荊			見平開青梗四	古靈	見開重 3	居履	清平開青梗四	倉經
14025	11 正		41	涇	几	青	見	陰平	齊	四十荊			見平開青梗四	古靈	見開重 3	居履	清平開青梗四	倉經
14026	11 正		42	經	几	青	見	陰平	齊	四十荊			見平開青梗四	古靈	見開重 3	居履	清平開青梗四	倉經
14027	11 正		43	桱 g*	几	青	見	陰平	齊	四十荊	平去兩讀義分		見平開青梗四	堅靈	見開重 3	居履	清平開青梗四	倉經
14030	11 正		44	剄 g*	几	青	見	陰平	齊	四十荊	平上兩讀		見平開青梗四	堅靈	見開重 3	居履	清平開青梗四	倉經
14031	11 正	15	45	輕	舊	荆	起	陰平	齊	四十荊			溪平開清梗三	去盈	群開 3	巨救	見平開庚梗三	舉卿
14033	11 正	16	46	嬰	漾	青	影	陰平	齊	四十荊			影平開清梗三	於盈	以開 3	餘亮	清平開青梗四	倉經
14034	11 正		47	纓	漾	青	影	陰平	齊	四十荊			影平開清梗三	於盈	以開 3	餘亮	清平開青梗四	倉經
14035	11 正	17	48	馨	向	荆	曉	陰平	齊	四十荊			曉平開青梗四	呼刑	曉開 3	許亮	見平開庚梗三	舉卿
14036	11 正		49	鄍	向	荆	曉	陰平	齊	四十荊			曉平開青梗四	呼刑	曉開 3	許亮	見平開庚梗三	舉卿
14037	11 正	18	50	丁	邸	青	短	陰平	齊	四十荊	兩讀義分		端平開青梗四	當經	端開 4	都禮	清平開青梗四	倉經
14040	11 正		51	玎	邸	青	短	陰平	齊	四十荊	兩讀		端平開青梗四	當經	端開 4	都禮	清平開青梗四	倉經

韻字編號	部序	組數	字數	韻字及何氏反切			韻字何氏音				何萱注釋	備注	韻字中古音		上字中古音		下字中古音	
				韻字	上字	下字	聲	調	呼	韻部			聲調呼韻攝等	反切	聲呼等	反切	聲調呼韻攝等	反切
14041	11 正		52	**釘**	邸	青	短	陰平	齊	四十莿			端平開青梗四	當經	端開 4	都禮	清平開青梗四	倉經
14043	11 正		53	靪	邸	青	短	陰平	齊	四十莿			端平開青梗四	當經	端開 4	都禮	清平開青梗四	倉經
14045	11 正		54	玎	邸	青	短	陰平	齊	四十莿			端平開青梗四	當經	端開 4	都禮	清平開青梗四	倉經
14046	11 正	19	55	綎	眺	荆	透	陰平	齊	四十莿			透平開青梗四	他丁	透開 4	他弔	見平開庚梗三	舉卿
14048	11 正		56	鼆	眺	荆	透	陰平	齊	四十莿			透平開青梗四	他丁	透開 4	他弔	見平開庚梗三	舉卿
14049	11 正		57	桯	眺	荆	透	陰平	齊	四十莿		正文作程	透平開青梗四	他丁	透開 4	他弔	見平開庚梗三	舉卿
14051	11 正		58	**汀**	眺	荆	透	陰平	齊	四十莿			透平開青梗四	他丁	透開 4	他弔	見平開庚梗三	舉卿
14052	11 正		59	町	眺	荆	透	陰平	齊	四十莿	平上兩讀注在彼		透平開青梗四	他丁	透開 4	他弔	見平開庚梗三	舉卿
14056	11 正		60	艼	眺	荆	透	陰平	齊	四十莿			透平開青梗四	他丁	透開 4	他弔	見平開庚梗三	舉卿
14058	11 正	20	61	**貞**	掌	青	照	陰平	齊	四十莿			知平開清梗三	陟盈	章開 3	諸兩	清平開青梗四	倉經
14060	11 正		62	禎	掌	青	照	陰平	齊	四十莿			知平開清梗三	陟盈	章開 3	諸兩	清平開青梗四	倉經
14061	11 正		63	楨	掌	青	照	陰平	齊	四十莿			知平開清梗三	陟盈	章開 3	諸兩	清平開青梗四	倉經
14063	11 正		64	湞	掌	青	照	陰平	齊	四十莿			知平開清梗三	陟盈	章開 3	諸兩	清平開青梗四	倉經
14064	11 正		65	隕	掌	青	照	陰平	齊	四十莿			知平開清梗三	陟盈	章開 3	諸兩	清平開青梗四	倉經
14065	11 正		66	正	掌	青	照	陰平	齊	四十莿	平去兩讀注在彼		章平開清梗三	諸盈	章開 3	諸兩	清平開青梗四	倉經
14067	11 正		67	延**	掌	青	照	陰平	齊	四十莿			章平開清梗三	諸盈	章開 3	諸兩	清平開青梗四	倉經
14068	11 正		68	延	掌	青	照	陰平	齊	四十莿			章平開清梗三	諸盈	章開 3	諸兩	清平開青梗四	倉經
14069	11 正		69	鉦	掌	青	照	陰平	齊	四十莿			章平開清梗三	諸盈	章開 3	諸兩	清平開青梗四	倉經
14070	11 正		70	征	掌	青	照	陰平	齊	四十莿			章平開清梗三	諸盈	章開 3	諸兩	清平開青梗四	倉經
14072	11 正	21	71	竀	寵	荆	助	陰平	齊	四十莿			徹平開清梗三	丑貞	徹合 3	丑隴	見平開庚梗三	舉卿
14073	11 正		72	赬	寵	荆	助	陰平	齊	四十莿			徹平開清梗三	丑貞	徹合 3	丑隴	見平開庚梗三	舉卿
14074	11 正		73	洂 g*	寵	荆	助	陰平	齊	四十莿			徹平開清梗三	癡貞	徹合 3	丑隴	見平開庚梗三	舉卿
14075	11 正		74	**檉**	寵	荆	助	陰平	齊	四十莿			徹平開清梗三	丑貞	徹合 3	丑隴	見平開庚梗三	舉卿
14076	11 正	22	75	**聲**	始	青	審	陰平	齊	四十莿			書平開清梗三	書盈	書開 3	詩止	清平開青梗四	倉經
14077	11 正	23	76	**晶**	紫	青	井	陰平	齊	四十莿			精平開清梗三	子盈	精開 3	將此	清平開青梗四	倉經
14078	11 正		77	旌	紫	青	井	陰平	齊	四十莿			精平開清梗三	子盈	精開 3	將此	清平開青梗四	倉經
14079	11 正		78	精	紫	青	井	陰平	齊	四十莿			精平開清梗三	子盈	精開 3	將此	清平開青梗四	倉經

韻字編號	部序	組數	字數	韻字及何氏反切			韻字何氏音				何萱注釋	備注	韻字中古音		上字中古音		下字中古音	
				韻字	上字	下字	聲	調	呼	韻部			聲調呼韻攝等	反切	聲呼等	反切	聲調呼韻攝等	反切
14080	11 正		79	婧	紫	青	井	陰平	齊	四十荊	平去兩讀注在彼		精平開清梗三	子盈	精開 3	將此	清平開青梗四	倉經
14083	11 正		80	鯖*	紫	青	井	陰平	齊	四十荊			精平開清梗三	咨盈	精開 3	將此	清平開青梗四	倉經
14084	11 正		81	蜻	紫	青	井	陰平	齊	四十荊			精平開清梗三	子盈	精開 3	將此	清平開青梗四	倉經
14085	11 正		82	菁	紫	青	井	陰平	齊	四十荊			精平開清梗三	子盈	精開 3	將此	清平開青梗四	倉經
14086	11 正	24	83	**青**	淺	荊	淨	陰平	齊	四十荊			清平開青梗四	倉經	清開 3	七演	見平開庚梗三	舉卿
14087	11 正		84	清	淺	荊	淨	陰平	齊	四十荊			清平開清梗三	七情	清開 3	七演	見平開庚梗三	舉卿
14088	11 正	25	85	曐	想	青	信	陰平	齊	四十荊			心平開青梗四	桑經	心開 3	息兩	清平開青梗四	倉經
14089	11 正		86	**星**	想	青	信	陰平	齊	四十荊			心平開青梗四	桑經	心開 3	息兩	清平開青梗四	倉經
14090	11 正		87	猩	想	青	信	陰平	齊	四十荊			心平開青梗四	桑經	心開 3	息兩	清平開青梗四	倉經
14091	11 正		88	鮏	想	青	信	陰平	齊	四十荊			心平開青梗四	桑經	心開 3	息兩	清平開青梗四	倉經
14092	11 正		89	胜	想	青	信	陰平	齊	四十荊			心平開青梗四	桑經	心開 3	息兩	清平開青梗四	倉經
14093	11 正	26	90	**幷**	貶	荊	謗	陰平	齊	四十荊	幷或作幷并		幫平開清梗三	府盈	幫開重 3	方斂	見平開庚梗三	舉卿
14094	11 正		91	栟	貶	荊	謗	陰平	齊	四十荊			幫平開清梗三	府盈	幫開重 3	方斂	見平開庚梗三	舉卿
14097	11 正	27	92	**甹***	避	青	並	陰平	齊	四十荊			並平開青梗四	傍丁	並開重 4	毗義	清平開青梗四	倉經
14098	11 正		93	俜*	避	青	並	陰平	齊	四十荊			並平開青梗四	傍丁	並開重 4	毗義	清平開青梗四	倉經
14100	11 正		94	甹	避	青	並	陰平	齊	四十荊			滂平開青梗四	普丁	並開重 4	毗義	清平開青梗四	倉經
14101	11 正		95	艵	避	青	並	陰平	齊	四十荊			滂平開青梗四	普丁	並開重 4	毗義	清平開青梗四	倉經
14102	11 正	28	96	**檠g***	舊	亭	起	陽平	齊	四十荊			群平開庚梗三	渠京	群開 3	巨救	定平開青梗四	特丁
14103	11 正		97	鯨	舊	亭	起	陽平	齊	四十荊			群平開清梗三	巨成	群開 3	巨救	定平開青梗四	特丁
14105	11 正	29	98	**盈**	漾	亭	影	陽平	齊	四十荊			以平開清梗三	以成	以開 3	餘亮	定平開青梗四	特丁
14106	11 正		99	楹	漾	亭	影	陽平	齊	四十荊			以平開清梗三	以成	以開 3	餘亮	定平開青梗四	特丁
14107	11 正		100	嬴	漾	亭	影	陽平	齊	四十荊			以平開清梗三	以成	以開 3	餘亮	定平開青梗四	特丁
14108	11 正		101	羸	漾	亭	影	陽平	齊	四十荊			以平開清梗三	以成	以開 3	餘亮	定平開青梗四	特丁
14109	11 正		102	籯	漾	亭	影	陽平	齊	四十荊	籯俗有籯		以平開清梗三	以成	以開 3	餘亮	定平開青梗四	特丁
14110	11 正	30	103	形	向	情	曉	陽平	齊	四十荊	十一部十二部兩見		匣平開青梗四	戶經	曉開 3	許亮	從平開清梗三	疾盈
14111	11 正		104	鈃	向	情	曉	陽平	齊	四十荊	十一部十二部兩見		匣平開青梗四	戶經	曉開 3	許亮	從平開清梗三	疾盈

韻字編號	部序	組數	字數	韻字及何氏反切			韻字何氏音				何萱注釋	備注	韻字中古音		上字中古音		下字中古音	
				韻字	上字	下字	聲	調	呼	韻部			聲調呼韻攝等	反切	聲呼等	反切	聲調呼韻攝等	反切
14116	11 正		105	邢	向	情	曉	陽平	齊	四十荊	十一部十二部兩見		匣平開青梗四	戶經	曉開 3	許亮	從平開清梗三	疾盈
14117	11 正		106	刑	向	情	曉	陽平	齊	四十荊	十一部十二部兩見	玉篇作戶丁切	匣平開青梗四	戶經	曉開 3	許亮	從平開清梗三	疾盈
14118	11 正		107	荆	向	情	曉	陽平	齊	四十荊			匣平開青梗四	戶經	曉開 3	許亮	從平開清梗三	疾盈
14119	11 正		108	型	向	情	曉	陽平	齊	四十荊	型隸作型		匣平開青梗四	戶經	曉開 3	許亮	從平開清梗三	疾盈
14120	11 正		109	鉶	向	情	曉	陽平	齊	四十荊	鉶隸作鉶		匣平開青梗四	戶經	曉開 3	許亮	從平開清梗三	疾盈
14121	11 正		110	鋞	向	情	曉	陽平	齊	四十荊			匣平開青梗四	戶經	曉開 3	許亮	從平開清梗三	疾盈
14122	11 正		111	峌	向	情	曉	陽平	齊	四十荊			溪平開耕梗二	口莖	曉開 3	許亮	從平開清梗三	疾盈
14123	11 正		112	陘	向	情	曉	陽平	齊	四十荊			匣平開青梗四	戶經	曉開 3	許亮	從平開清梗三	疾盈
14124	11 正		113	蛵	向	情	曉	陽平	齊	四十荊			曉平開青梗四	呼刑	曉開 3	許亮	從平開清梗三	疾盈
14125	11 正	31	114	亭	眺	情	透	陽平	齊	四十荊			定平開青梗四	特丁	透開 4	他弔	從平開清梗三	疾盈
14126	11 正		115	甹*	眺	情	透	陽平	齊	四十荊			定平開青梗四	唐丁	透開 4	他弔	從平開清梗三	疾盈
14127	11 正		116	廷	眺	情	透	陽平	齊	四十荊	平去兩讀		定平開青梗四	特丁	透開 4	他弔	從平開清梗三	疾盈
14129	11 正		117	庭	眺	情	透	陽平	齊	四十荊			定平開青梗四	特丁	透開 4	他弔	從平開清梗三	疾盈
14130	11 正		118	霆	眺	情	透	陽平	齊	四十荊	平上兩讀注在彼		定平開青梗四	特丁	透開 4	他弔	從平開清梗三	疾盈
14132	11 正		119	筳	眺	情	透	陽平	齊	四十荊			定平開青梗四	特丁	透開 4	他弔	從平開清梗三	疾盈
14133	11 正		120	莛	眺	情	透	陽平	齊	四十荊			定平開青梗四	特丁	透開 4	他弔	從平開清梗三	疾盈
14135	11 正	32	121	寍	念	亭	乃	陽平	齊	四十荊			泥平開青梗四	奴丁	泥開 4	奴店	定平開青梗四	特丁
14136	11 正		122	寧	念	亭	乃	陽平	齊	四十荊			泥平開青梗四	奴丁	泥開 4	奴店	定平開青梗四	特丁
14137	11 正		123	濘 g*	念	亭	乃	陽平	齊	四十荊	平去兩讀義分		泥平開青梗四	囊丁	泥開 4	奴店	定平開青梗四	特丁
14141	11 正		124	鸋	念	亭	乃	陽平	齊	四十荊			泥平開青梗四	奴丁	泥開 4	奴店	定平開青梗四	特丁
14143	11 正		125	甯 g*	念	亭	乃	陽平	齊	四十荊	平去兩讀注在彼		泥平開青梗四	囊丁	泥開 4	奴店	定平開青梗四	特丁
14145	11 正	33	126	霝	亮	情	賚	陽平	齊	四十荊			來平開青梗四	郎丁	來開 3	力讓	從平開清梗三	疾盈
14146	11 正		127	靈*	亮	情	賚	陽平	齊	四十荊			來平開青梗四	郎丁	來開 3	力讓	從平開清梗三	疾盈
14147	11 正		128	靁頁	亮	情	賚	陽平	齊	四十荊		正文增	來平開青梗四	郎丁	來開 3	力讓	從平開清梗三	疾盈
14148	11 正		129	酃	亮	情	賚	陽平	齊	四十荊			來平開青梗四	郎丁	來開 3	力讓	從平開清梗三	疾盈

韻字編號	部序	組數	字數	韻字及何氏反切			韻字何氏音				何萱注釋	備　注	韻字中古音		上字中古音		下字中古音	
				韻字	上字	下字	聲	調	呼	韻部			聲調呼韻攝等	反切	聲呼等	反切	聲調呼韻攝等	反切
14149	11 正		130	霻	亮	情	賚	陽平	齊	四十荊			來平開青梗四	郎丁	來開 3	力讓	從平開清梗三	疾盈
14150	11 正		131	靇	亮	情	賚	陽平	齊	四十荊			來平開青梗四	郎丁	來開 3	力讓	從平開清梗三	疾盈
14151	11 正		132	𢋍	亮	情	賚	陽平	齊	四十荊			來平開青梗四	郎丁	來開 3	力讓	從平開清梗三	疾盈
14152	11 正		133	𧓍	亮	情	賚	陽平	齊	四十荊			來平開青梗四	郎丁	來開 3	力讓	從平開清梗三	疾盈
14153	11 正		134	𨯿	亮	情	賚	陽平	齊	四十荊			來平開青梗四	郎丁	來開 3	力讓	從平開清梗三	疾盈
14154	11 正		135	櫺	亮	情	賚	陽平	齊	四十荊			來平開青梗四	郎丁	來開 3	力讓	從平開清梗三	疾盈
14155	11 正		136	蘦	亮	情	賚	陽平	齊	四十荊			來平開青梗四	郎丁	來開 3	力讓	從平開清梗三	疾盈
14156	11 正	34	137	**呈**	寵	亭	照	陽平	齊	四十荊			澄平開清梗三	直貞	徹合 3	丑隴	定平開青梗四	特丁
14157	11 正		138	程	寵	亭	照	陽平	齊	四十荊			澄平開清梗三	直貞	徹合 3	丑隴	定平開青梗四	特丁
14158	11 正		139	酲	寵	亭	照	陽平	齊	四十荊			澄平開清梗三	直貞	徹合 3	丑隴	定平開青梗四	特丁
14159	11 正	35	140	**成**	始	亭	助	陽平	齊	四十荊			禪平開清梗三	是征	書開 3	詩止	定平開青梗四	特丁
14160	11 正		141	誠	始	亭	助	陽平	齊	四十荊			禪平開清梗三	是征	書開 3	詩止	定平開青梗四	特丁
14161	11 正		142	盛	始	亭	助	陽平	齊	四十荊	平去兩讀義分		禪平開清梗三	是征	書開 3	詩止	定平開青梗四	特丁
14163	11 正		143	宬	始	亭	助	陽平	齊	四十荊			禪平開清梗三	是征	書開 3	詩止	定平開青梗四	特丁
14164	11 正		144	城	始	亭	助	陽平	齊	四十荊			禪平開清梗三	是征	書開 3	詩止	定平開青梗四	特丁
14165	11 正		145	郕	始	亭	助	陽平	齊	四十荊			禪平開清梗三	是征	書開 3	詩止	定平開青梗四	特丁
14166	11 正	36	146	**情**	淺	亭	淨	陽平	齊	四十荊			從平開清梗三	疾盈	清開 3	七演	定平開青梗四	特丁
14167	11 正		147	夝	淺	亭	淨	陽平	齊	四十荊			從平開清梗三	疾盈	清開 3	七演	定平開青梗四	特丁
14168	11 正	37	148	**平**	避	亭	並	陽平	齊	四十荊			並平開庚梗三	符兵	並開重 4	毗義	定平開青梗四	特丁
14169	11 正		149	泙	避	亭	並	陽平	齊	四十荊			並平開庚梗三	符兵	並開重 4	毗義	定平開青梗四	特丁
14170	11 正		150	䶄	避	亭	並	陽平	齊	四十荊			並平開青梗四	薄經	並開重 4	毗義	定平開青梗四	特丁
14171	11 正		151	枰	避	亭	並	陽平	齊	四十荊			並平開庚梗三	符兵	並開重 4	毗義	定平開青梗四	特丁
14172	11 正		152	苹	避	亭	並	陽平	齊	四十荊			並平開庚梗三	符兵	並開重 4	毗義	定平開青梗四	特丁
14173	11 正		153	萍	避	亭	並	陽平	齊	四十荊			並平開青梗四	薄經	並開重 4	毗義	定平開青梗四	特丁
14174	11 正		154	蓱	避	亭	並	陽平	齊	四十荊			並平開青梗四	薄經	並開重 4	毗義	定平開青梗四	特丁
14175	11 正		155	荓	避	亭	並	陽平	齊	四十荊			並平開青梗四	薄經	並開重 4	毗義	定平開青梗四	特丁
14176	11 正		156	骿	避	亭	並	陽平	齊	四十荊			並平開先山四	部田	並開重 4	毗義	定平開青梗四	特丁

韻字編號	部序	組數	字數	韻字及何氏反切			韻字何氏音				何萱注釋	備注	韻字中古音		上字中古音		下字中古音	
				韻字	上字	下字	聲	調	呼	韻部			聲調呼韻攝等	反切	聲呼等	反切	聲調呼韻攝等	反切
14178	11 正		157	屏	避	亭	並	陽平	齊	四十荊	平上兩讀注在彼		並平開青梗四	薄經	並開重 4	毗義	定平開青梗四	特丁
14180	11 正		158	郱	避	亭	並	陽平	齊	四十荊			並平開青梗四	薄經	並開重 4	毗義	定平開青梗四	特丁
14181	11 正		159	軿	避	亭	並	陽平	齊	四十荊			並平開青梗四	薄經	並開重 4	毗義	定平開青梗四	特丁
14182	11 正		160	駢	避	亭	並	陽平	齊	四十荊			並平開先山四	部田	並開重 4	毗義	定平開青梗四	特丁
14183	11 正		161	蛢	避	亭	並	陽平	齊	四十荊			並平開青梗四	薄經	並開重 4	毗義	定平開青梗四	特丁
14184	11 正		162	䴵*	避	亭	並	陽平	齊	四十荊	䴵或作䴵䴵		並平開青梗四	旁經	並開重 4	毗義	定平開青梗四	特丁
14185	11 正		163	瓶*	避	亭	並	陽平	齊	四十荊	缾或作瓶俗有餅		並平開青梗四	旁經	並開重 4	毗義	定平開青梗四	特丁
14186	11 正	38	164	名	面	亭	命	陽平	齊	四十荊			明平開清梗三	武并	明開重 4	彌箭	定平開青梗四	特丁
14187	11 正		165	冥	面	亭	命	陽平	齊	四十荊			明平開青梗四	莫經	明開重 4	彌箭	定平開青梗四	特丁
14189	11 正		166	瞑	面	亭	命	陽平	齊	四十荊			明平開青梗四	莫經	明開重 4	彌箭	定平開青梗四	特丁
14191	11 正		167	覭	面	亭	命	陽平	齊	四十荊			明平開青梗四	莫經	明開重 4	彌箭	定平開青梗四	特丁
14192	11 正		168	嫇	面	亭	命	陽平	齊	四十荊			明平開青梗四	莫經	明開重 4	彌箭	定平開青梗四	特丁
14194	11 正		169	溟	面	亭	命	陽平	齊	四十荊			明平開青梗四	莫經	明開重 4	彌箭	定平開青梗四	特丁
14195	11 正		170	鄍	面	亭	命	陽平	齊	四十荊			明平開青梗四	莫經	明開重 4	彌箭	定平開青梗四	特丁
14196	11 正		171	螟	面	亭	命	陽平	齊	四十荊			明平開青梗四	莫經	明開重 4	彌箭	定平開青梗四	特丁
14197	11 正		172	蓂	面	亭	命	陽平	齊	四十荊	十一部平聲十六部入聲兩讀注在彼		明平開青梗四	莫經	明開重 4	彌箭	定平開青梗四	特丁
14199	11 正		173	鳴	面	亭	命	陽平	齊	四十荊			明平開庚梗三	武兵	明開重 4	彌箭	定平開青梗四	特丁
14200	11 正	39	174	冂 g*	眷	縈	見	陰平	撮	四一冂	同古文，坰或		見平合青梗四	涓熒	見合重 3	居倦	影平合清梗三	於營
14201	11 正		175	駉	眷	縈	見	陰平	撮	四一冂			見平合青梗四	古螢	見合重 3	居倦	影平合清梗三	於營
14202	11 正		176	絅	眷	縈	見	陰平	撮	四一冂			見平合青梗四	古螢	見合重 3	居倦	影平合清梗三	於營
14204	11 正		177	扃	眷	縈	見	陰平	撮	四一冂			見平合青梗四	古螢	見合重 3	居倦	影平合清梗三	於營
14205	11 正		178	鼏 g*	眷	縈	見	陰平	撮	四一冂			見平合先山四	圭玄	見合重 3	居倦	影平合清梗三	於營
14206	11 正	40	179	頃	去	扃	起	陰平	撮	四一冂	平上兩讀義分		溪平合清梗三	去營	溪合 3	丘倨	見平合青梗四	古螢

韻字編號	部序	組數	字數	韻字及何氏反切			韻字何氏音				何萱注釋	備　注	韻字中古音		上字中古音		下字中古音	
				韻字	上字	下字	聲	調	呼	韻部			聲調呼韻攝等	反切	聲呼等	反切	聲調呼韻攝等	反切
14207	11 正		180	**傾**	去	扃	起	陰平	撮	四一冂			溪平合清梗三	去營	溪合 3	丘倨	見平合青梗四	古螢
14208	11 正		181	頙*	去	扃	起	陰平	撮	四一冂		窺營切說文仄也或從阜文六	溪平合清梗三	窺營	溪合 3	丘倨	見平合青梗四	古螢
14210	11 正	41	182	瑩	羽	扃	影	陰平	撮	四一冂	平去兩讀	韻目歸入去扃切，據副編加羽扃切	云平合庚梗三	永兵	云合 3	王矩	見平合青梗四	古螢
14212	11 正		183	**縈**	羽	扃	影	陰平	撮	四一冂		韻目歸入去扃切，表中作影母字頭，據副編加羽扃切	影平合清梗三	於營	云合 3	王矩	見平合青梗四	古螢
14214	11 正		184	褮	羽	扃	影	陰平	撮	四一冂		韻目歸入去扃切，據副編加羽扃切	影平合清梗三	於營	云合 3	王矩	見平合青梗四	古螢
14216	11 正	42	185	藑	去	扃	溪	陰平	撮	四一冂		韻目歸入去扃切，應歸某母存疑	群平合清梗三	渠營	溪合 3	丘倨	見平合青梗四	古螢
14217	11 正	43	186	**埄***	選	扃	信	陰平	撮	四一冂		表中歸入我母，應為信母	心平開清梗三	思營	心合 3	蘇管	見平合青梗四	古螢
14218	11 正		187	觲*	選	扃	信	陰平	撮	四一冂		表中歸入我母，應為信母	心平開清梗三	思營	心合 3	蘇管	見平合青梗四	古螢
14219	11 正	44	188	**煢**	去	熒	起	陽平	撮	四一冂	煢俗有焭	韻目歸入選扃切，表中作起母字頭，據副編加去熒切	群平合清梗三	渠營	溪合 3	丘倨	匣平合青梗四	戶扃
14220	11 正		189	瓊	去	熒	起	陽平	撮	四一冂		韻目歸入選扃切，據副編加去熒切	群平合清梗三	渠營	溪合 3	丘倨	匣平合青梗四	戶扃
14223	11 正	45	190	營	羽	熒	影	陽平	撮	四一冂			以平合清梗三	余傾	云合 3	王矩	匣平合青梗四	戶扃
14224	11 正		191	**榮**	羽	熒	影	陽平	撮	四一冂			云平合庚梗三	永兵	云合 3	王矩	匣平合青梗四	戶扃
14225	11 正		192	營	羽	熒	影	陽平	撮	四一冂			以平合清梗三	余傾	云合 3	王矩	匣平合青梗四	戶扃
14226	11 正		193	塋	羽	熒	影	陽平	撮	四一冂			以平合清梗三	余傾	云合 3	王矩	匣平合青梗四	戶扃

韻字編號	部序	組數	字數	韻字及何氏反切			韻字何氏音				何萱注釋	備　注	韻字中古音		上字中古音		下字中古音	
				韻字	上字	下字	聲	調	呼	韻部			聲調呼韻攝等	反切	聲呼等	反切	聲調呼韻攝等	反切
14227	11 正	46	194	**熒**	許	營	曉	陽平	撮	四一冂			匣平合青梗四	戶扃	曉合 3	虛呂	以平合清梗三	余傾
14229	11 正		195	䁝	許	營	曉	陽平	撮	四一冂			匣平合青梗四	戶扃	曉合 3	虛呂	以平合清梗三	余傾
14230	11 正		196	𤇾瓜	許	營	曉	陽平	撮	四一冂			匣平開青梗四	戶經	曉合 3	虛呂	以平合清梗三	余傾
14231	11 正		197	榮	許	營	曉	陽平	撮	四一冂			匣平合青梗四	戶扃	曉合 3	虛呂	以平合清梗三	余傾
14233	11 正		198	嶸	許	營	曉	陽平	撮	四一冂			匣平合耕梗二	戶萌	曉合 3	虛呂	以平合清梗三	余傾
14234	11 正	47	199	**耿**	改	㚔	見	上	開	三六耿			見上開耕梗二	古幸	見開 1	古亥	匣上開耕梗二	胡耿
14235	11 正	48	200	**㚔**	海	耿	曉	上	開	三六耿		韻目歸入改㚔切，表中作曉母字頭，據副編加海耿切	匣上開耕梗二	胡耿	曉開 1	呼改	見上開耕梗二	古幸
14237	11 正	49	201	**𡒊**	抱	耿	並	上	開	三六耿			並上開耕梗二	蒲幸	並開 1	薄浩	見上開耕梗二	古幸
14238	11 正	50	202	**儆**	几	挺	見	上	齊	三七儆			見上開庚梗三	居影	見開重 3	居履	定上開青梗四	徒鼎
14240	11 正		203	警	几	挺	見	上	齊	三七儆			見上開庚梗三	居影	見開重 3	居履	定上開青梗四	徒鼎
14242	11 正		204	憼	几	挺	見	上	齊	三七儆			見上開庚梗三	居影	見開重 3	居履	定上開青梗四	徒鼎
14243	11 正		205	璥	几	挺	見	上	齊	三七儆			見上開庚梗三	居影	見開重 3	居履	定上開青梗四	徒鼎
14245	11 正		206	頸	几	挺	見	上	齊	三七儆			見上開清梗三	居郢	見開重 3	居履	定上開青梗四	徒鼎
14246	11 正		207	剄	几	挺	見	上	齊	三七儆	平上兩讀注在彼		見上開青梗四	古挺	見開重 3	居履	定上開青梗四	徒鼎
14248	11 正	51	208	痙	舊	警	起	上	齊	三七儆		韻目上字作蒨，誤	群上開清梗三	巨郢	群開 3	巨救	見上開庚梗三	居影
14249	11 正		209	**謦**	舊	警	起	上	齊	三七儆		韻目上字作蒨，誤	溪上開青梗四	去挺	群開 3	巨救	見上開庚梗三	居影
14250	11 正		210	綮*	舊	警	起	上	齊	三七儆		韻目上字作蒨，誤	溪上開青梗四	棄挺	群開 3	巨救	見上開庚梗三	居影
14251	11 正	52	211	廮	漾	警	影	上	齊	三七儆			影上開清梗三	於郢	以開 3	餘亮	見上開庚梗三	居影
14252	11 正		212	癭	漾	警	影	上	齊	三七儆			影上開清梗三	於郢	以開 3	餘亮	見上開庚梗三	居影
14254	11 正		213	䣐	漾	警	影	上	齊	三七儆			影上開清梗三	於郢	以開 3	餘亮	見上開庚梗三	居影
14255	11 正		214	**郢**	漾	警	影	上	齊	三七儆			以上開清梗三	以整	以開 3	餘亮	見上開庚梗三	居影
14256	11 正		215	梬	漾	警	影	上	齊	三七儆			以上開清梗三	以整	以開 3	餘亮	見上開庚梗三	居影

韻字編號	部序	組數	字數	韻字及何氏反切			韻字何氏音				何萱注釋	備注	韻字中古音		上字中古音		下字中古音	
				韻字	上字	下字	聲	調	呼	韻部			聲調呼韻攝等	反切	聲呼等	反切	聲調呼韻攝等	反切
14257	11 正	53	216	悜	向	挺	曉	上	齊	三七儆			匣上開青梗四	胡頂	曉開 3	許亮	定上開青梗四	徒鼎
14258	11 正		217	婞	向	挺	曉	上	齊	三七儆			匣上開青梗四	胡頂	曉開 3	許亮	定上開青梗四	徒鼎
14259	11 正		218	緈	向	挺	曉	上	齊	三七儆			匣上開青梗四	胡頂	曉開 3	許亮	定上開青梗四	徒鼎
14260	11 正	54	219	鼎	邸	挺	短	上	齊	三七儆			端上開青梗四	都挺	端開 4	都禮	定上開青梗四	徒鼎
14261	11 正		220	頂	邸	挺	短	上	齊	三七儆			端上開青梗四	都挺	端開 4	都禮	定上開青梗四	徒鼎
14262	11 正	55	221	壬	眺	警	透	上	齊	三七儆			透上開青梗四	他鼎	透開 4	他弔	見上開庚梗三	居影
14264	11 正		222	娗	眺	警	透	上	齊	三七儆			定上開青梗四	徒鼎	透開 4	他弔	見上開庚梗三	居影
14265	11 正		223	頲	眺	警	透	上	齊	三七儆			透上開青梗四	他鼎	透開 4	他弔	見上開庚梗三	居影
14266	11 正		224	侹	眺	警	透	上	齊	三七儆			透上開青梗四	他鼎	透開 4	他弔	見上開庚梗三	居影
14268	11 正		225	挺	眺	警	透	上	齊	三七儆			定上開青梗四	徒鼎	透開 4	他弔	見上開庚梗三	居影
14269	11 正		226	梃	眺	警	透	上	齊	三七儆			定上開青梗四	徒鼎	透開 4	他弔	見上開庚梗三	居影
14270	11 正		227	鋌	眺	警	透	上	齊	三七儆			定上開青梗四	徒鼎	透開 4	他弔	見上開庚梗三	居影
14271	11 正		228	珽	眺	警	透	上	齊	三七儆			定上開青梗四	徒鼎	透開 4	他弔	見上開庚梗三	居影
14273	11 正		229	霆	眺	警	透	上	齊	三七儆	平上兩讀		定上開青梗四	徒鼎	透開 4	他弔	見上開庚梗三	居影
14275	11 正		230	蜓	眺	警	透	上	齊	三七儆			定上開青梗四	徒鼎	透開 4	他弔	見上開庚梗三	居影
14278	11 正		231	訂	眺	警	透	上	齊	三七儆			透上開青梗四	他鼎	透開 4	他弔	見上開庚梗三	居影
14283	11 正		232	町	眺	警	透	上	齊	三七儆	平上兩讀		透上開青梗四	他鼎	透開 4	他弔	見上開庚梗三	居影
14284	11 正	56	233	整	掌	挺	照	上	齊	三七儆			章上開清梗三	之郢	章開 3	諸兩	定上開青梗四	徒鼎
14285	11 正	57	234	裎	寵	挺	助	上	齊	三七儆			徹上開清梗三	丑郢	徹合 3	丑隴	定上開青梗四	徒鼎
14286	11 正		235	徎	寵	挺	助	上	齊	三七儆			澄上開清梗三	丈井	徹合 3	丑隴	定上開青梗四	徒鼎
14288	11 正		236	逞	寵	挺	助	上	齊	三七儆			徹上開清梗三	丑郢	徹合 3	丑隴	定上開青梗四	徒鼎
14289	11 正		237	騁	寵	挺	助	上	齊	三七儆			徹上開清梗三	丑郢	徹合 3	丑隴	定上開青梗四	徒鼎
14290	11 正		238	蚩	寵	挺	助	上	齊	三七儆			徹上開仙山三	丑善	徹合 3	丑隴	定上開青梗四	徒鼎
14292	11 正		239	鞓	寵	挺	助	上	齊	三七儆			徹上開清梗三	丑郢	徹合 3	丑隴	定上開青梗四	徒鼎
14293	11 正	58	240	省	始	挺	審	上	齊	三七儆			生上開庚梗二	所景	書開 3	詩止	定上開青梗四	徒鼎
14295	11 正		241	媘	始	挺	審	上	齊	三七儆			生上開庚梗二	所景	書開 3	詩止	定上開青梗四	徒鼎
14296	11 正		242	楕	始	挺	審	上	齊	三七儆			心上開清梗三	息井	書開 3	詩止	定上開青梗四	徒鼎

韻字編號	部序	組數	字數	韻字及何氏反切			韻字何氏音				何萱注釋	備注	韻字中古音		上字中古音		下字中古音	
				韻字	上字	下字	聲	調	呼	韻部			聲調呼韻攝等	反切	聲呼等	反切	聲調呼韻攝等	反切
14297	11 正		243	**眚**	始	挺	審	上	齊	三七儆			生上開庚梗二	所景	書開 3	詩止	定上開青梗四	徒鼎
14298	11 正	59	244	丼	紫	挺	井	上	齊	三七儆			精上開清梗三	子郢	精開 3	將此	定上開青梗四	徒鼎
14299	11 正		245	**井**	紫	挺	井	上	齊	三七儆			精上開清梗三	子郢	精開 3	將此	定上開青梗四	徒鼎
14300	11 正		246	郱	紫	挺	井	上	齊	三七儆	郱隸作郱		精上開清梗三	子郢	精開 3	將此	定上開青梗四	徒鼎
14301	11 正	60	247	**請**	淺	挺	淨	上	齊	三七儆	上去兩讀		清上開清梗三	七靜	清開 3	七演	定上開青梗四	徒鼎
14302	11 正		248	彭	淺	挺	淨	上	齊	三七儆			從上開清梗三	疾郢	清開 3	七演	定上開青梗四	徒鼎
14303	11 正		249	靖	淺	挺	淨	上	齊	三七儆			從上開清梗三	疾郢	清開 3	七演	定上開青梗四	徒鼎
14304	11 正		250	靜	淺	挺	淨	上	齊	三七儆			從上開清梗三	疾郢	清開 3	七演	定上開青梗四	徒鼎
14305	11 正		251	竫	淺	挺	淨	上	齊	三七儆			從上開清梗三	疾郢	清開 3	七演	定上開青梗四	徒鼎
14308	11 正		252	埩 g*	淺	挺	淨	上	齊	三七儆	平上兩讀注在彼		從上開清梗三	疾郢	清開 3	七演	定上開青梗四	徒鼎
14309	11 正	61	253	**渻**	想	警	信	上	齊	三七儆			心上開清梗三	息井	心開 3	息兩	見上開庚梗三	居影
14310	11 正	62	254	**秉***	貶	挺	謗	上	齊	三七儆			幫上開庚梗三	補永	幫開重 3	方斂	定上開青梗四	徒鼎
14312	11 正		255	餅	貶	挺	謗	上	齊	三七儆			幫上開清梗三	必郢	幫開重 3	方斂	定上開青梗四	徒鼎
14314	11 正		256	姘	貶	挺	謗	上	齊	三七儆	平上兩讀義分	此處為假借摒字，取摒廣韻音。不作時音分析	幫去開清梗三	畀政	幫開重 3	方斂	定上開青梗四	徒鼎
14315	11 正		257	屏	貶	挺	謗	上	齊	三七儆	平上兩讀注在彼		幫上開清梗三	必郢	幫開重 3	方斂	定上開青梗四	徒鼎
14316	11 正		258	庰	貶	挺	謗	上	齊	三七儆			並去開清梗三	防正	幫開重 3	方斂	定上開青梗四	徒鼎
14317	11 正	63	259	**熲**	眷	竝	見	上	撮	三八熲			見上合青梗四	古迥	見合重 3	居倦	並上開青梗四	蒲迥
14319	11 正		260	炯	眷	竝	見	上	撮	三八熲			見上合青梗四	古迥	見合重 3	居倦	並上開青梗四	蒲迥
14320	11 正	64	261	高*	去	竝	起	上	撮	三八熲			溪上開青梗四	棄挺	溪合 3	丘倨	並上開青梗四	蒲迥
14322	11 正		262	頃	去	竝	起	上	撮	三八熲	平上兩讀義分		溪上合清梗三	去潁	溪合 3	丘倨	並上開青梗四	蒲迥
14325	11 正		263	檾	去	竝	起	上	撮	三八熲			溪上合青梗四	口迥	溪合 3	丘倨	並上開青梗四	蒲迥
14326	11 正		264	**褧**	去	竝	起	上	撮	三八熲			溪上合青梗四	口迥	溪合 3	丘倨	並上開青梗四	蒲迥
14327	11 正	65	265	**穎**	羽	竝	影	上	撮	三八熲			以上合清梗三	餘頃	云合 3	王矩	並上開青梗四	蒲迥
14328	11 正		266	潁	羽	竝	影	上	撮	三八熲			以上合清梗三	餘頃	云合 3	王矩	並上開青梗四	蒲迥
14330	11 正		267	籥*	羽	竝	影	上	撮	三八熲	籥籥，說文深池也		影上合青梗四	烏迥	云合 3	王矩	並上開青梗四	蒲迥

韻字編號	部序	組數	字數	韻字及何氏反切			韻字何氏音				何萱注釋	備注	韻字中古音		上字中古音		下字中古音	
				韻字	上字	下字	聲	調	呼	韻部			聲調呼韻攝等	反切	聲呼等	反切	聲調呼韻攝等	反切
14331	11 正	66	268	迥	許	竝	曉	上	撮	三八熲			匣上合青梗四	戶頂	曉合 3	虛呂	並上開青梗四	蒲迥
14332	11 正		269	**泂**	許	竝	曉	上	撮	三八熲			匣上合青梗四	戶頂	曉合 3	虛呂	並上開青梗四	蒲迥
14333	11 正	67	270	竝	縹	穎	並	上	撮	三八熲			並上開青梗四	蒲迥	滂開重 4	敷沼	以上合清梗三	餘傾
14334	11 正	68	271	**諍**	酌	鋥	照	去	開	三八諍			莊去開耕梗二	側迸	章開 3	之若	澄去開庚梗二	除更
14335	11 正	69	272	**敬**	几	定	見	去	齊	三九敬			見去開庚梗三	居慶	見開重 3	居履	定去開青梗四	徒徑
14336	11 正		273	勁	几	定	見	去	齊	三九敬			見去開清梗三	居正	見開重 3	居履	定去開青梗四	徒徑
14337	11 正		274	徑	几	定	見	去	齊	三九敬			見去開青梗四	古定	見開重 3	居履	定去開青梗四	徒徑
14338	11 正		275	桱	几	定	見	去	齊	三九敬	平去兩讀義分		見去開青梗四	古定	見開重 3	居履	定去開青梗四	徒徑
14340	11 正	70	276	**磬***	舊	敬	起	去	齊	三九敬	磬古文硜，硜平去兩讀異義	與硜異讀	溪去開青梗四	苦定	群開 3	巨救	見去開庚梗三	居慶
14341	11 正		277	罄	舊	敬	起	去	齊	三九敬			溪去開青梗四	苦定	群開 3	巨救	見去開庚梗三	居慶
14342	11 正		278	窒	舊	敬	起	去	齊	三九敬			溪去開青梗四	苦定	群開 3	巨救	見去開庚梗三	居慶
14344	11 正		279	鑋	舊	敬	起	去	齊	三九敬			溪去開青梗四	苦定	群開 3	巨救	見去開庚梗三	居慶
14346	11 正	71	280	**脛**	向	敬	曉	去	齊	三九敬			匣去開青梗四	胡定	曉開 3	許亮	見去開庚梗三	居慶
14347	11 正	72	281	**錠**	邸	敬	短	去	齊	三九敬			端去開青梗四	丁定	端開 4	都禮	見去開庚梗三	居慶
14348	11 正	73	282	**定**	眺	敬	透	去	齊	三九敬			定去開青梗四	徒徑	透開 4	他弔	見去開庚梗三	居慶
14351	11 正		283	奠	眺	敬	透	去	齊	三九敬			端去開青梗四	丁定	透開 4	他弔	見去開庚梗三	居慶
14352	11 正		284	曢	眺	敬	透	去	齊	三九敬			端上開青梗四	都挺	透開 4	他弔	見去開庚梗三	居慶
14355	11 正		285	聽	眺	敬	透	去	齊	三九敬			透去開青梗四	他定	透開 4	他弔	見去開庚梗三	居慶
14357	11 正		286	廷	眺	敬	透	去	齊	三九敬	平去兩讀注在彼		定去開青梗四	徒徑	透開 4	他弔	見去開庚梗三	居慶
14358	11 正	74	287	**甯**	念	敬	乃	去	齊	三九敬	平去兩讀		泥去開青梗四	乃定	泥開 4	奴店	見去開庚梗三	居慶
14363	11 正		288	濘	念	敬	乃	去	齊	三九敬	濘，平去兩讀義分。濘清也，泥也。……萱按前義平聲後義去聲		泥去開青梗四	乃定	泥開 4	奴店	見去開庚梗三	居慶
14365	11 正	75	289	正	掌	定	照	去	齊	三九敬	平去兩讀注在彼		章去開清梗三	之盛	章開 3	諸兩	定去開青梗四	徒徑
14366	11 正		290	**政**	掌	定	照	去	齊	三九敬			章去開清梗三	之盛	章開 3	諸兩	定去開青梗四	徒徑
14367	11 正		291	証	掌	定	照	去	齊	三九敬			章去開清梗三	之盛	章開 3	諸兩	定去開青梗四	徒徑

韻字編號	部序	組數	字數	韻字及何氏反切			韻字何氏音				何萱注釋	備注	韻字中古音		上字中古音		下字中古音	
				韻字	上字	下字	聲	調	呼	韻部			聲調呼韻攝等	反切	聲呼等	反切	聲調呼韻攝等	反切
14368	11 正	76	292	靚	寵	敬	助	去	齊	三九敬			從去開清梗三	疾政	徹合 3	丑隴	見去開庚梗三	居慶
14369	11 正		293	**鄭**	寵	敬	助	去	齊	三九敬			澄去開清梗三	直正	徹合 3	丑隴	見去開庚梗三	居慶
14370	11 正	77	294	**聖**	始	敬	審	去	齊	三九敬			書去開清梗三	式正	書開 3	詩止	見去開庚梗三	居慶
14371	11 正		295	盛	始	敬	審	去	齊	三九敬	平去兩讀義分		禪去開清梗三	承正	書開 3	詩止	見去開庚梗三	居慶
14373	11 正	78	296	穽	淺	敬	淨	去	齊	三九敬			從去開清梗三	疾政	清開 3	七演	見去開庚梗三	居慶
14374	11 正		297	瀞	淺	敬	淨	去	齊	三九敬			從去開清梗三	疾政	清開 3	七演	見去開庚梗三	居慶
14375	11 正		298	靚	淺	敬	淨	去	齊	三九敬			初去開庚梗二	楚敬	清開 3	七演	見去開庚梗三	居慶
14376	11 正		299	**清**	淺	敬	淨	去	齊	三九敬			清去開清梗三	七政	清開 3	七演	見去開庚梗三	居慶
14377	11 正		300	綪	淺	敬	淨	去	齊	三九敬			清去開先山四	倉甸	清開 3	七演	見去開庚梗三	居慶
14380	11 正		301	請	淺	敬	淨	去	齊	三九敬	上去兩讀注在彼		從去開清梗三	疾政	清開 3	七演	見去開庚梗三	居慶
14382	11 正		302	倩	淺	敬	淨	去	齊	三九敬			清去開清梗三	七政	清開 3	七演	見去開庚梗三	居慶
14385	11 正		303	婧	淺	敬	淨	去	齊	三九敬	平去兩讀		從去開清梗三	疾政	清開 3	七演	見去開庚梗三	居慶
14386	11 正		304	姘	淺	敬	淨	去	齊	三九敬			從上開清梗三	疾郢	清開 3	七演	見去開庚梗三	居慶
14387	11 正		305	阱	淺	敬	淨	去	齊	三九敬			從上開清梗三	疾郢	清開 3	七演	見去開庚梗三	居慶
14388	11 正		306	觏**	淺	敬	淨	去	齊	三九敬			從去開清梗三	才正	清開 3	七演	見去開庚梗三	居慶
14389	11 正	79	307	**姓**	想	定	信	去	齊	三九敬			心去開清梗三	息正	心開 3	息兩	定去開青梗四	徒徑
14390	11 正		308	性	想	定	信	去	齊	三九敬			心去開清梗三	息正	心開 3	息兩	定去開青梗四	徒徑
14392	11 正		309	腥	想	定	信	去	齊	三九敬			心去開青梗四	蘇佞	心開 3	息兩	定去開青梗四	徒徑
14394	11 正		310	蜡*	想	定	信	去	齊	三九敬			生去開清梗三	息正	心開 3	息兩	定去開青梗四	徒徑
14396	11 正	80	311	**併**	貶	敬	謗	去	齊	三九敬			幫去開清梗三	畀政	幫開重 3	方斂	見去開庚梗三	居慶
14397	11 正	81	312	**聘**	避	敬	並	去	齊	三九敬			滂去開清梗三	匹正	並開重 4	毗義	見去開庚梗三	居慶
14398	11 正		313	娉	避	敬	並	去	齊	三九敬			滂去開清梗三	匹正	並開重 4	毗義	見去開庚梗三	居慶
14399	11 正		314	偋	避	敬	並	去	齊	三九敬			並去開清梗三	防正	並開重 4	毗義	見去開庚梗三	居慶
14401	11 正		315	坪	避	敬	並	去	齊	三九敬	垩或書作坪		並平開庚梗三	符兵	並開重 4	毗義	見去開庚梗三	居慶
14403	11 正	82	316	**禜**	羽	詗	影	去	撮	四十禜			云去合庚梗三	爲命	云合 3	王矩	曉去合清梗三	休正
14404	11 正		317	醟	羽	詗	影	去	撮	四十禜			云去合庚梗三	爲命	云合 3	王矩	曉去合清梗三	休正
14407	11 正		318	鎣	羽	詗	影	去	撮	四十禜			影去合青梗四	烏定	云合 3	王矩	曉去合清梗三	休正
14409	11 正		319	瑩	羽	詗	影	去	撮	四十禜	平去兩讀注在彼		影去合青梗四	烏定	云合 3	王矩	曉去合清梗三	休正
14411	11 正	83	320	**詗**	許	禜	曉	去	撮	四十禜			曉去合清梗三	休正	曉合 3	虛呂	云去合庚梗三	為命

第十一部副編

韻字編號	部序	組數	字數	韻字及何氏反切			韻字何氏音				何萱注釋	備注	韻字中古音		上字中古音		下字中古音	
				韻字	上字	下字	聲	調	呼	韻部			聲調呼韻攝等	反切	聲呼等	反切	聲調呼韻攝等	反切
14413	11副	1	1	畊**	改	笙	見	陰平	開	三九耕			見平開耕梗二	古莖	見開1	古亥	生平開庚梗二	所庚
14414	11副	2	2	誙	侃	耕	起	陰平	開	三九耕			溪平開耕梗二	口莖	溪開1	空旱	見平開耕梗二	古莖
14415	11副		3	揯*	侃	耕	起	陰平	開	三九耕			溪平開耕梗二	丘耕	溪開1	空旱	見平開耕梗二	古莖
14416	11副		4	硎	侃	耕	起	陰平	開	三九耕	咳也，玉篇	玉篇口莖切	溪平開耕梗二	口莖	溪開1	空旱	見平開耕梗二	古莖
14417	11副		5	轁*	侃	耕	起	陰平	開	三九耕			溪平開耕梗二	丘耕	溪開1	空旱	見平開耕梗二	古莖
14418	11副	3	6	罃	案	耕	影	陰平	開	三九耕		韻目作案	影平開耕梗二	烏莖	影開1	烏旰	見平開耕梗二	古莖
14419	11副	4	7	糈*	酌	耕	照	陰平	開	三九耕		正編下字作笙	莊平開耕梗二	甾莖	章開3	之若	見平開耕梗二	古莖
14420	11副		8	崢*	酌	耕	照	陰平	開	三九耕		正編下字作笙	莊平開耕梗二	甾莖	章開3	之若	見平開耕梗二	古莖
14421	11副		9	鄭*	酌	耕	照	陰平	開	三九耕		正編下字作笙	莊平開耕梗二	甾莖	章開3	之若	見平開耕梗二	古莖
14422	11副		10	脝*	酌	耕	照	陰平	開	三九耕		正編下字作笙	莊平開耕梗二	甾莖	章開3	之若	見平開耕梗二	古莖
14424	11副		11	猙	酌	耕	照	陰平	開	三九耕		正編下字作笙	莊平開耕梗二	側莖	章開3	之若	見平開耕梗二	古莖
14426	11副		12	琤*	酌	耕	照	陰平	開	三九耕		正編下字作笙	莊平開耕梗二	甾莖	章開3	之若	見平開耕梗二	古莖
14427	11副		13	鯖	酌	耕	照	陰平	開	三九耕		正編下字作笙	莊平開耕梗二	側莖	章開3	之若	見平開耕梗二	古莖
14429	11副	5	14	鬇	茝	耕	助	陰平	開	三九耕			崇平開耕梗二	士耕	昌開1	昌紿	見平開耕梗二	古莖
14430	11副		15	掙*	茝	耕	助	陰平	開	三九耕			初平開耕梗二	初耕	昌開1	昌紿	見平開耕梗二	古莖
14431	11副		16	橙	茝	耕	助	陰平	開	三九耕			初平開耕梗二	楚耕	昌開1	昌紿	見平開耕梗二	古莖
14432	11副		17	琤*	茝	耕	助	陰平	開	三九耕			崇平開耕梗二	鋤耕	昌開1	昌紿	見平開耕梗二	古莖
14433	11副	6	18	玶	稍	耕	審	陰平	開	三九耕			生平開庚梗二	所庚	生開2	所教	見平開耕梗二	古莖
14434	11副		19	鉎	稍	耕	審	陰平	開	三九耕			生平開庚梗二	所庚	生開2	所教	見平開耕梗二	古莖
14436	11副		20	麈	稍	耕	審	陰平	開	三九耕			生平開庚梗二	所庚	生開2	所教	見平開耕梗二	古莖
14437	11副		21	鼪	稍	耕	審	陰平	開	三九耕			生平開庚梗二	所庚	生開2	所教	見平開耕梗二	古莖
14439	11副	7	22	絣	保	耕	謗	陰平	開	三九耕			幫平開耕梗二	北萌	幫開1	博抱	見平開耕梗二	古莖
14440	11副		23	軯*	保	耕	謗	陰平	開	三九耕			幫平開耕梗二	悲萌	幫開1	博抱	見平開耕梗二	古莖
14443	11副	8	24	伻	抱	耕	並	陰平	開	三九耕			滂平開耕梗二	普耕	並開1	薄浩	見平開耕梗二	古莖
14444	11副		25	怦	抱	耕	並	陰平	開	三九耕			滂平開耕梗二	普耕	並開1	薄浩	見平開耕梗二	古莖

韻字編號	部序	組數	字數	韻字及何氏反切			韻字何氏音				何萱注釋	備　注	韻字中古音		上字中古音		下字中古音	
				韻字	上字	下字	聲	調	呼	韻部			聲調呼韻攝等	反切	聲呼等	反切	聲調呼韻攝等	反切
14445	11 副		26	砰	抱	耕	並	陰平	開	三九耕			滂平開耕梗二	普耕	並開 1	薄浩	見平開耕梗二	古莖
14446	11 副		27	閛	抱	耕	並	陰平	開	三九耕			滂平開耕梗二	普耕	並開 1	薄浩	見平開耕梗二	古莖
14447	11 副		28	𢿱*	抱	耕	並	陰平	開	三九耕			滂平開庚梗二	披庚	並開 1	薄浩	見平開耕梗二	古莖
14448	11 副		29	搒	抱	耕	並	陰平	開	三九耕			幫平開庚梗二	甫盲	並開 1	薄浩	見平開耕梗二	古莖
14449	11 副		30	恲	抱	耕	並	陰平	開	三九耕			滂平開庚梗二	撫庚	並開 1	薄浩	見平開耕梗二	古莖
14450	11 副	9	31	諲	海	娙	曉	陽平	開	三九耕			匣平開耕梗二	戶耕	曉開 1	呼改	疑平開耕梗二	五莖
14451	11 副	10	32	鬡	曩	莖	乃	陽平	開	三九耕			娘平開耕梗二	女耕	泥開 1	奴朗	匣平開耕梗二	戶耕
14452	11 副		33	儜	曩	莖	乃	陽平	開	三九耕			娘平開耕梗二	女耕	泥開 1	奴朗	匣平開耕梗二	戶耕
14453	11 副		34	譂	曩	莖	乃	陽平	開	三九耕			娘平開耕梗二	女耕	泥開 1	奴朗	匣平開耕梗二	戶耕
14454	11 副		35	鬡	曩	莖	乃	陽平	開	三九耕			娘平開耕梗二	女耕	泥開 1	奴朗	匣平開耕梗二	戶耕
14455	11 副		36	檸	曩	莖	乃	陽平	開	三九耕			娘平開庚梗二	乃庚	泥開 1	奴朗	匣平開耕梗二	戶耕
14456	11 副		37	獰	曩	莖	乃	陽平	開	三九耕			娘平開庚梗二	乃庚	泥開 1	奴朗	匣平開耕梗二	戶耕
14458	11 副	11	38	窄	茝	莖	助	陽平	開	三九耕			澄平開耕梗二	宅耕	昌開 1	昌紿	匣平開耕梗二	戶耕
14459	11 副		39	騁*	茝	莖	助	陽平	開	三九耕			澄平開庚梗二	除庚	昌開 1	昌紿	匣平開耕梗二	戶耕
14460	11 副		40	瞕	茝	莖	助	陽平	開	三九耕			澄平開耕梗二	宅耕	昌開 1	昌紿	匣平開耕梗二	戶耕
14462	11 副	12	41	侹	眼	莖	淨	陽平	開	三九耕			疑平開耕梗二	五莖	疑開 2	五限	匣平開耕梗二	戶耕
14463	11 副	13	42	鶄	几	青	見	陰平	齊	四十荊			見平開青梗四	古靈	見開重 3	居履	清平開青梗四	倉經
14465	11 副		43	鶁	几	青	見	陰平	齊	四十荊			見平開庚梗三	舉卿	見開重 3	居履	清平開青梗四	倉經
14467	11 副	14	44	攖	漾	青	影	陰平	齊	四十荊			影平開清梗三	於盈	以開 3	餘亮	清平開青梗四	倉經
14468	11 副		45	𤩊**	漾	青	影	陰平	齊	四十荊		玉篇：音纓	影平開清梗三	於盈	以開 3	餘亮	清平開青梗四	倉經
14469	11 副		46	瓔	漾	青	影	陰平	齊	四十荊			影平開清梗三	於盈	以開 3	餘亮	清平開青梗四	倉經
14470	11 副		47	蘡	漾	青	影	陰平	齊	四十荊			影平開清梗三	於盈	以開 3	餘亮	清平開青梗四	倉經
14471	11 副		48	㨈*	漾	青	影	陰平	齊	四十荊			影平開清梗三	伊盈	以開 3	餘亮	清平開青梗四	倉經
14473	11 副		49	啨*	漾	青	影	陰平	齊	四十荊			影平開青梗四	於丁	以開 3	餘亮	清平開青梗四	倉經
14474	11 副	15	50	仃	邸	青	短	陰平	齊	四十荊			端平開青梗四	當經	端開 4	都禮	清平開青梗四	倉經
14475	11 副		51	叮	邸	青	短	陰平	齊	四十荊		正文增	端平開青梗四	當經	端開 4	都禮	清平開青梗四	倉經
14476	11 副		52	疔*	邸	青	短	陰平	齊	四十荊			端平開青梗四	當經	端開 4	都禮	清平開青梗四	倉經

韻字編號	部序	組數	字數	韻字及何氏反切			韻字何氏音				何萱注釋	備注	韻字中古音		上字中古音		下字中古音	
				韻字	上字	下字	聲	調	呼	韻部			聲調呼韻攝等	反切	聲呼等	反切	聲調呼韻攝等	反切
14477	11副		53	灯	邸	青	短	陰平	齊	四十荊			端平開登曾一	都縢	端開4	都禮	清平開青梗四	倉經
14480	11副		54	虰	邸	青	短	陰平	齊	四十荊			端平開青梗四	當經	端開4	都禮	清平開青梗四	倉經
14481	11副	16	55	廳	眺	荊	透	陰平	齊	四十荊			透平開青梗四	他丁	透開4	他弔	見平開庚梗三	舉卿
14482	11副		56	庁	眺	荊	透	陰平	齊	四十荊			透平開青梗四	他丁	透開4	他弔	見平開庚梗三	舉卿
14483	11副		57	軒**	眺	荊	透	陰平	齊	四十荊			透平開青梗四	剔鈴	透開4	他弔	見平開庚梗三	舉卿
14484	11副		58	罒	眺	荊	透	陰平	齊	四十荊			透平開青梗四	他丁	透開4	他弔	見平開庚梗三	舉卿
14486	11副		59	汀	眺	荊	透	陰平	齊	四十荊		玉篇：他丁切又盧打切	透平開青梗四	他丁	透開4	他弔	見平開庚梗三	舉卿
14487	11副	17	60	眐	掌	青	照	陰平	齊	四十荊			章平開清梗三	諸盈	章開3	諸兩	清平開青梗四	倉經
14488	11副		61	耻*	掌	青	照	陰平	齊	四十荊			章平開清梗三	諸盈	章開3	諸兩	清平開青梗四	倉經
14489	11副		62	祉	掌	青	照	陰平	齊	四十荊			章平開清梗三	諸盈	章開3	諸兩	清平開青梗四	倉經
14490	11副		63	征	掌	青	照	陰平	齊	四十荊			章平開清梗三	諸盈	章開3	諸兩	清平開青梗四	倉經
14492	11副		64	鴊	掌	青	照	陰平	齊	四十荊			章平開清梗三	諸盈	章開3	諸兩	清平開青梗四	倉經
14493	11副		65	鯖	掌	青	照	陰平	齊	四十荊			章平開清梗三	諸盈	章開3	諸兩	清平開青梗四	倉經
14494	11副		66	郑	掌	青	照	陰平	齊	四十荊			知平開清梗三	陟盈	章開3	諸兩	清平開青梗四	倉經
14496	11副	18	67	陑*	寵	荊	助	陰平	齊	四十荊			徹平開清梗三	癡貞	徹合3	丑隴	見平開庚梗三	舉卿
14497	11副		68	秤*	寵	荊	助	陰平	齊	四十荊			昌平開蒸曾三	蚩承	徹合3	丑隴	見平開庚梗三	舉卿
14498	11副		69	蟶	寵	荊	助	陰平	齊	四十荊			徹平開清梗三	丑貞	徹合3	丑隴	見平開庚梗三	舉卿
14499	11副	19	70	睛	紫	青	井	陰平	齊	四十荊			精平開清梗三	子盈	精開3	將此	清平開青梗四	倉經
14500	11副		71	晴	紫	青	井	陰平	齊	四十荊			精平開清梗三	子盈	精開3	將此	清平開青梗四	倉經
14501	11副		72	腈*	紫	青	井	陰平	齊	四十荊			精平開清梗三	咨盈	精開3	將此	清平開青梗四	倉經
14502	11副		73	頖	紫	青	井	陰平	齊	四十荊			精平開清梗三	子盈	精開3	將此	清平開青梗四	倉經
14503	11副		74	箐	紫	青	井	陰平	齊	四十荊			精平開清梗三	子盈	精開3	將此	清平開青梗四	倉經
14504	11副		75	蔳*	紫	青	井	陰平	齊	四十荊			精平開清梗三	咨盈	精開3	將此	清平開青梗四	倉經
14505	11副		76	鯖	紫	青	井	陰平	齊	四十荊			精平開清梗三	子盈	精開3	將此	清平開青梗四	倉經
14506	11副		77	滰	紫	青	井	陰平	齊	四十荊			精平開清梗三	子盈	精開3	將此	清平開青梗四	倉經
14507	11副		78	氏	紫	青	井	陰平	齊	四十荊	十一部平十六部上兩見義別		精平開清梗三	子盈	精開3	將此	清平開青梗四	倉經

韻字編號	部序	組數	字數	韻字及何氏反切			韻字何氏音				何萱注釋	備　注	韻字中古音		上字中古音		下字中古音	
				韻字	上字	下字	聲	調	呼	韻部			聲調呼韻攝等	反切	聲呼等	反切	聲調呼韻攝等	反切
14509	11 副	20	79	箐*	淺	荆	淨	陰平	齊	四十荊			清平開清梗三	親盈	清開 3	七演	見平開庚梗三	舉卿
14510	11 副		80	埥**	淺	荆	淨	陰平	齊	四十荊			清平開清梗三	七盈	清開 3	七演	見平開庚梗三	舉卿
14511	11 副		81	圊	淺	荆	淨	陰平	齊	四十荊			清平開清梗三	七情	清開 3	七演	見平開庚梗三	舉卿
14512	11 副	21	82	惺	想	青	信	陰平	齊	四十荊			心平開青梗四	桑經	心開 3	息兩	清平開青梗四	倉經
14514	11 副		83	瞿*	想	青	信	陰平	齊	四十荊		正文作瞿，目睛照也。從釋義上看應為耳旁	心平開青梗四	桑經	心開 3	息兩	清平開青梗四	倉經
14516	11 副		84	艍*	想	青	信	陰平	齊	四十荊			心平開青梗四	桑經	心開 3	息兩	清平開青梗四	倉經
14517	11 副		85	箵	想	青	信	陰平	齊	四十荊			心平開青梗四	桑經	心開 3	息兩	清平開青梗四	倉經
14518	11 副		86	篂	想	青	信	陰平	齊	四十荊			心平開青梗四	桑經	心開 3	息兩	清平開青梗四	倉經
14519	11 副	22	87	箳	貶	荆	謗	陰平	齊	四十荊			幫平開清梗三	府盈	幫開重 3	方斂	見平開庚梗三	舉卿
14522	11 副	23	88	竮	避	青	並	陰平	齊	四十荊			並平開青梗四	薄經	並開重 4	毗義	清平開青梗四	倉經
14523	11 副		89	𥶭*	避	青	並	陰平	齊	四十荊			並平開青梗四	傍丁	並開重 4	毗義	清平開青梗四	倉經
14524	11 副		90	謍*	避	青	並	陰平	齊	四十荊			並平開青梗四	傍丁	並開重 4	毗義	清平開青梗四	倉經
14525	11 副		91	艵*	避	青	並	陰平	齊	四十荊			並平開青梗四	傍丁	並開重 4	毗義	清平開青梗四	倉經
14526	11 副	24	92	擎	舊	亭	起	陽平	齊	四十荊			群平開庚梗三	渠京	群開 3	巨救	定平開青梗四	特丁
14527	11 副		93	頣	舊	亭	起	陽平	齊	四十荊			群平開庚梗三	渠京	群開 3	巨救	定平開青梗四	特丁
14529	11 副		94	葝	舊	亭	起	陽平	齊	四十荊			群平開庚梗三	渠京	群開 3	巨救	定平開青梗四	特丁
14531	11 副	25	95	盈	漾	亭	影	陽平	齊	四十荊			以平開清梗三	以成	以開 3	餘亮	定平開青梗四	特丁
14532	11 副		96	郢	漾	亭	影	陽平	齊	四十荊			以平開清梗三	以成	以開 3	餘亮	定平開青梗四	特丁
14533	11 副		97	盈	漾	亭	影	陽平	齊	四十荊			以平開清梗三	以成	以開 3	餘亮	定平開青梗四	特丁
14534	11 副		98	嬴	漾	亭	影	陽平	齊	四十荊			以平開清梗三	以成	以開 3	餘亮	定平開青梗四	特丁
14535	11 副		99	礝*	漾	亭	影	陽平	齊	四十荊			以平開清梗三	怡成	以開 3	餘亮	定平開青梗四	特丁
14536	11 副		100	瀛	漾	亭	影	陽平	齊	四十荊			以平開清梗三	以成	以開 3	餘亮	定平開青梗四	特丁
14537	11 副		101	藏	漾	亭	影	陽平	齊	四十荊			以平開清梗三	以成	以開 3	餘亮	定平開青梗四	特丁
14538	11 副	26	102	侀	向	情	曉	陽平	齊	四十荊			匣平開青梗四	戶經	曉開 3	許亮	從平開清梗三	疾盈
14539	11 副		103	硎	向	情	曉	陽平	齊	四十荊			匣平開青梗四	戶經	曉開 3	許亮	從平開清梗三	疾盈

韻字編號	部序	組數	字數	韻字及何氏反切			韻字何氏音				何萱注釋	備注	韻字中古音		上字中古音		下字中古音	
				韻字	上字	下字	聲	調	呼	韻部			聲調呼韻攝等	反切	聲呼等	反切	聲調呼韻攝等	反切
14540	11 副		104	㟀*	向	情	曉	陽平	齊	四十荊			匣平開青梗四	乎經	曉開 3	許亮	從平開清梗三	疾盈
14541	11 副		105	蛢**	向	情	曉	陽平	齊	四十荊		玉篇：音刑	匣平開青梗四	戶經	曉開 3	許亮	從平開清梗三	疾盈
14543	11 副		106	䶔*	向	情	曉	陽平	齊	四十荊			匣平開青梗四	乎經	曉開 3	許亮	從平開清梗三	疾盈
14544	11 副		107	郉	向	情	曉	陽平	齊	四十荊			匣平開青梗四	戶經	曉開 3	許亮	從平開清梗三	疾盈
14545	11 副	27	108	婷*	眺	情	透	陽平	齊	四十荊			定平開青梗四	唐丁	透開 4	他弔	從平開清梗三	疾盈
14546	11 副		109	停	眺	情	透	陽平	齊	四十荊			定平開青梗四	特丁	透開 4	他弔	從平開清梗三	疾盈
14547	11 副		110	渟	眺	情	透	陽平	齊	四十荊			定平開青梗四	特丁	透開 4	他弔	從平開清梗三	疾盈
14548	11 副		111	聤	眺	情	透	陽平	齊	四十荊			定平開青梗四	特丁	透開 4	他弔	從平開清梗三	疾盈
14549	11 副		112	艼**	眺	情	透	陽平	齊	四十荊			定平開青梗四	徒苓	透開 4	他弔	從平開清梗三	疾盈
14550	11 副		113	楟	眺	情	透	陽平	齊	四十荊			定平開青梗四	特丁	透開 4	他弔	從平開清梗三	疾盈
14551	11 副		114	葶	眺	情	透	陽平	齊	四十荊			定平開青梗四	特丁	透開 4	他弔	從平開清梗三	疾盈
14552	11 副		115	鯙	眺	情	透	陽平	齊	四十荊			定平開青梗四	特丁	透開 4	他弔	從平開清梗三	疾盈
14553	11 副		116	閮*	眺	情	透	陽平	齊	四十荊			定平開青梗四	唐丁	透開 4	他弔	從平開清梗三	疾盈
14555	11 副		117	筳*	眺	情	透	陽平	齊	四十荊			定平開青梗四	唐丁	透開 4	他弔	從平開清梗三	疾盈
14556	11 副		118	㹶**	眺	情	透	陽平	齊	四十荊		玉篇：五秦切又音廷	定平開青梗四	特丁	透開 4	他弔	從平開清梗三	疾盈
14557	11 副		119	涏	眺	情	透	陽平	齊	四十荊			定平開青梗四	特丁	透開 4	他弔	從平開清梗三	疾盈
14558	11 副		120	鼮	眺	情	透	陽平	齊	四十荊			定平開青梗四	特丁	透開 4	他弔	從平開清梗三	疾盈
14559	11 副		121	蝏	眺	情	透	陽平	齊	四十荊			定平開青梗四	特丁	透開 4	他弔	從平開清梗三	疾盈
14560	11 副		122	瓦	眺	情	透	陽平	齊	四十荊			定平開青梗四	特丁	透開 4	他弔	從平開清梗三	疾盈
14561	11 副		123	邒*	眺	情	透	陽平	齊	四十荊			定平開青梗四	唐丁	透開 4	他弔	從平開清梗三	疾盈
14562	11 副	28	124	寍*	念	亭	乃	陽平	齊	四十荊			泥平開青梗四	囊丁	泥開 4	奴店	定平開青梗四	特丁
14563	11 副		125	嚀	念	亭	乃	陽平	齊	四十荊			泥平開青梗四	奴丁	泥開 4	奴店	定平開青梗四	特丁
14565	11 副	29	126	霝	亮	情	賚	陽平	齊	四十荊			來平開青梗四	郎丁	來開 3	力讓	從平開清梗三	疾盈
14566	11 副		127	醽	亮	情	賚	陽平	齊	四十荊			來平開青梗四	郎丁	來開 3	力讓	從平開清梗三	疾盈
14567	11 副		128	霝殳*	亮	情	賚	陽平	齊	四十荊			來平開青梗四	郎丁	來開 3	力讓	從平開清梗三	疾盈
14568	11 副		129	䰱*	亮	情	賚	陽平	齊	四十荊			來平開青梗四	郎丁	來開 3	力讓	從平開清梗三	疾盈

韻字編號	部序	組數	字數	韻字及何氏反切			韻字何氏音				何萱注釋	備　注	韻字中古音		上字中古音		下字中古音	
				韻字	上字	下字	聲	調	呼	韻部			聲調呼韻攝等	反切	聲呼等	反切	聲調呼韻攝等	反切
14569	11 副		130	轤*	亮	情	賚	陽平	齊	四十莿			來平開青梗四	郎丁	來開 3	力讓	從平開清梗三	疾盈
14570	11 副		131	爧	亮	情	賚	陽平	齊	四十莿			來平開青梗四	郎丁	來開 3	力讓	從平開清梗三	疾盈
14571	11 副		132	櫺	亮	情	賚	陽平	齊	四十莿			來平開青梗四	郎丁	來開 3	力讓	從平開清梗三	疾盈
14572	11 副		133	籯	亮	情	賚	陽平	齊	四十莿			來平開青梗四	郎丁	來開 3	力讓	從平開清梗三	疾盈
14573	11 副		134	獵	亮	情	賚	陽平	齊	四十莿			來平開青梗四	郎丁	來開 3	力讓	從平開清梗三	疾盈
14574	11 副		135	蠕	亮	情	賚	陽平	齊	四十莿			來平開青梗四	郎丁	來開 3	力讓	從平開清梗三	疾盈
14575	11 副		136	蹡	亮	情	賚	陽平	齊	四十莿			來平開青梗四	郎丁	來開 3	力讓	從平開清梗三	疾盈
14576	11 副		137	灵	亮	情	賚	陽平	齊	四十莿			來平開青梗四	郎丁	來開 3	力讓	從平開清梗三	疾盈
14578	11 副	30	138	挰	寵	亭	照	陽平	齊	四十莿			澄平開庚梗二	直庚	徹合 3	丑隴	定平開青梗四	特丁
14579	11 副		139	逞*	寵	亭	照	陽平	齊	四十莿			澄平開清梗三	馳貞	徹合 3	丑隴	定平開青梗四	特丁
14580	11 副		140	脭*	寵	亭	照	陽平	齊	四十莿			澄平開清梗三	馳貞	徹合 3	丑隴	定平開青梗四	特丁
14581	11 副		141	娗*	寵	亭	照	陽平	齊	四十莿			澄平開清梗三	馳貞	徹合 3	丑隴	定平開青梗四	特丁
14582	11 副		142	筳	寵	亭	照	陽平	齊	四十莿			澄平開清梗三	直貞	徹合 3	丑隴	定平開青梗四	特丁
14584	11 副	31	143	頳	始	亭	助	陽平	齊	四十莿			禪平開清梗三	是征	書開 3	詩止	定平開青梗四	特丁
14585	11 副		144	城	始	亭	助	陽平	齊	四十莿			禪平開清梗三	是征	書開 3	詩止	定平開青梗四	特丁
14586	11 副		145	陙*	始	亭	助	陽平	齊	四十莿			禪平開清梗三	時征	書開 3	詩止	定平開青梗四	特丁
14587	11 副		146	峸*	始	亭	助	陽平	齊	四十莿			禪平開清梗三	時征	書開 3	詩止	定平開青梗四	特丁
14589	11 副		147	筬	始	亭	助	陽平	齊	四十莿			禪平開清梗三	是征	書開 3	詩止	定平開青梗四	特丁
14590	11 副		148	莀*	始	亭	助	陽平	齊	四十莿			禪平開清梗三	時征	書開 3	詩止	定平開青梗四	特丁
14591	11 副		149	鵢**	始	亭	助	陽平	齊	四十莿		玉篇音成	禪平開清梗三	是征	書開 3	詩止	定平開青梗四	特丁
14592	11 副	32	150	精	淺	亭	淨	陽平	齊	四十莿			清去開先山四	倉甸	清開 3	七演	定平開青梗四	特丁
14593	11 副	33	151	評	避	亭	並	陽平	齊	四十莿			並平開庚梗三	符兵	並開重 4	毗義	定平開青梗四	特丁
14594	11 副		152	玶*	避	亭	並	陽平	齊	四十莿			並平開庚梗三	蒲兵	並開重 4	毗義	定平開青梗四	特丁
14597	11 副		153	胓	避	亭	並	陽平	齊	四十莿			並平開庚梗三	符兵	並開重 4	毗義	定平開青梗四	特丁
14598	11 副		154	騂*	避	亭	並	陽平	齊	四十莿			滂平開耕梗二	披耕	並開重 4	毗義	定平開青梗四	特丁
14599	11 副		155	蚲	避	亭	並	陽平	齊	四十莿			並平開庚梗三	符兵	並開重 4	毗義	定平開青梗四	特丁
14600	11 副		156	胼	避	亭	並	陽平	齊	四十莿			並平開先山四	部田	並開重 4	毗義	定平開青梗四	特丁

韻字編號	部序	組數	字數	韻字及何氏反切			韻字何氏音				何萱注釋	備注	韻字中古音		上字中古音		下字中古音	
				韻字	上字	下字	聲	調	呼	韻部			聲調呼韻攝等	反切	聲呼等	反切	聲調呼韻攝等	反切
14601	11 副		157	頩*	避	亭	並	陽平	齊	四十荊			並平開青梗四	傍丁	並開重 4	毗義	定平開青梗四	特丁
14602	11 副		158	瓶	避	亭	並	陽平	齊	四十荊			並平開先山四	部田	並開重 4	毗義	定平開青梗四	特丁
14604	11 副		159	笄	避	亭	並	陽平	齊	四十荊			並平開青梗四	薄經	並開重 4	毗義	定平開青梗四	特丁
14605	11 副		160	鮩	避	亭	並	陽平	齊	四十荊			並平開青梗四	步靈	並開重 4	毗義	定平開青梗四	特丁
14606	11 副		161	鵧	避	亭	並	陽平	齊	四十荊			並平開脂止重四	房脂	並開重 4	毗義	定平開青梗四	特丁
14607	11 副	34	162	饇**	面	亭	命	陽平	齊	四十荊			明平開青梗四	莫丁	明開重 4	彌箭	定平開青梗四	特丁
14608	11 副		163	緢*	面	亭	命	陽平	齊	四十荊			明平開青梗四	忙經	明開重 4	彌箭	定平開青梗四	特丁
14609	11 副		164	粣*	面	亭	命	陽平	齊	四十荊			明平開清梗三	彌并	明開重 4	彌箭	定平開青梗四	特丁
14610	11 副		165	洺	面	亭	命	陽平	齊	四十荊			明平開清梗三	武并	明開重 4	彌箭	定平開青梗四	特丁
14611	11 副		166	覭**	面	亭	命	陽平	齊	四十荊			明平開青梗四	莫靈	明開重 4	彌箭	定平開青梗四	特丁
14612	11 副		167	顨	面	亭	命	陽平	齊	四十荊			明平開青梗四	莫經	明開重 4	彌箭	定平開青梗四	特丁
14613	11 副		168	瞑	面	亭	命	陽平	齊	四十荊			明平開先山四	莫賢	明開重 4	彌箭	定平開青梗四	特丁
14614	11 副		169	幎 g*	面	亭	命	陽平	齊	四十荊			明平開青梗四	忙經	明開重 4	彌箭	定平開青梗四	特丁
14615	11 副		170	禖*	面	亭	命	陽平	齊	四十荊			明平開青梗四	忙經	明開重 4	彌箭	定平開青梗四	特丁
14616	11 副		171	榠	面	亭	命	陽平	齊	四十荊			明平開青梗四	莫經	明開重 4	彌箭	定平開青梗四	特丁
14617	11 副		172	熐*	面	亭	命	陽平	齊	四十荊			明平開青梗四	忙經	明開重 4	彌箭	定平開青梗四	特丁
14619	11 副		173	猽	面	亭	命	陽平	齊	四十荊			明平開青梗四	莫經	明開重 4	彌箭	定平開青梗四	特丁
14620	11 副		174	䒌	面	亭	命	陽平	齊	四十荊			明平開青梗四	莫經	明開重 4	彌箭	定平開青梗四	特丁
14621	11 副	35	175	駉	眷	縈	見	陰平	撮	四一冂			見平合青梗四	古螢	見合重 3	居倦	影平合清梗三	於營
14622	11 副		176	檺	眷	縈	見	陰平	撮	四一冂			見平合青梗四	古螢	見合重 3	居倦	影平合清梗三	於營
14623	11 副	36	177	硘*	去	扃	起	陰平	撮	四一冂			溪平合青梗四	欽熒	溪合 3	丘倨	見平合青梗四	古螢
14624	11 副		178	罄*	去	扃	起	陰平	撮	四一冂			溪平開青梗四	苦丁	溪合 3	丘倨	見平合青梗四	古螢
14627	11 副	37	179	謍	羽	扃	影	陰平	撮	四一冂			影平合清梗三	於營	云合 3	王矩	見平合青梗四	古螢
14628	11 副		180	礯*	羽	扃	影	陰平	撮	四一冂			影平合清梗三	娟營	云合 3	王矩	見平合青梗四	古螢
14629	11 副	38	181	蛵**	許	扃	曉	陰平	撮	四一冂			曉平開青梗四	呼靈	曉合 3	虛呂	見平合青梗四	古螢
14630	11 副	39	182	觲	選	扃	信	陰平	撮	四一冂	騂俗有騂觲		心平開清梗三	息营	心合 3	蘇管	見平合青梗四	古螢
14631	11 副	40	183	撓	去	熒	起	陽平	撮	四一冂			群平合清梗三	渠营	溪合 3	丘倨	匣平合青梗四	戶扃

韻字編號	部序	組數	字數	韻字及何氏反切			韻字何氏音				何萱注釋	備　注	韻字中古音		上字中古音		下字中古音	
				韻字	上字	下字	聲	調	呼	韻部			聲調呼韻攝等	反切	聲呼等	反切	聲調呼韻攝等	反切
14632	11 副	41	184	甇	羽	熒	影	陽平	撮	四一冂			滂平開青梗四	普丁	云合 3	王矩	匣平合青梗四	戶扃
14633	11 副		185	嵥**	羽	熒	影	陽平	撮	四一冂			云平合庚梗三	于兄	云合 3	王矩	匣平合青梗四	戶扃
14634	11 副		186	瘖*	羽	熒	影	陽平	撮	四一冂			以平合清梗三	維傾	云合 3	王矩	匣平合青梗四	戶扃
14635	11 副		187	濙*	羽	熒	影	陽平	撮	四一冂			以平合清梗三	維傾	云合 3	王矩	匣平合青梗四	戶扃
14636	11 副	42	188	鎣*	許	營	曉	陽平	撮	四一冂			匣平合庚梗二	胡盲	曉合 3	虛呂	以平合清梗三	余傾
14637	11 副		189	蠑	許	營	曉	陽平	撮	四一冂		正文增	云平合庚梗三	永兵	曉合 3	虛呂	以平合清梗三	余傾
14638	11 副	43	190	瞖	改	脮	見	上	開	三六耿			見上開耕梗二	古幸	見開 1	古亥	匣上開耕梗二	胡耿
14639	11 副		191	莖	改	脮	見	上	開	三六耿			見上開耕梗二	古幸	見開 1	古亥	匣上開耕梗二	胡耿
14642	11 副	44	192	揁*	侃	耿	起	上	開	三六耿			溪上開庚梗二	苦杏	溪開 1	空旱	見上開耕梗二	古幸
14644	11 副	45	193	䁝*	案	耿	影	上	開	三六耿			影上開庚梗二	於杏	影開 1	烏旰	見上開耕梗二	古幸
14645	11 副	46	194	䡫	海	耿	曉	上	開	三六耿			匣上開耕梗二	胡耿	曉開 1	呼改	見上開耕梗二	古幸
14646	11 副	47	195	檸	曩	耿	乃	上	開	三六耿			娘上開庚梗二	拏梗	泥開 1	奴朗	見上開耕梗二	古幸
14647	11 副	48	196	掟	酌	耿	照	上	開	三六耿			定去開青梗四	徒徑	章開 3	之若	見上開耕梗二	古幸
14649	11 副		197	盯	酌	耿	照	上	開	三六耿			知上開庚梗二	張梗	章開 3	之若	見上開耕梗二	古幸
14650	11 副		198	紅*	酌	耿	照	上	開	三六耿			知上開庚梗二	張䞍	章開 3	之若	見上開耕梗二	古幸
14651	11 副		199	虰*	酌	耿	照	上	開	三六耿			知上開庚梗二	張䞍	章開 3	之若	見上開耕梗二	古幸
14652	11 副	49	200	絣	保	耿	謗	上	開	三六耿			幫上開庚梗二	布梗	幫開 1	博抱	見上開耕梗二	古幸
14654	11 副	50	201	皏	抱	耿	並	上	開	三六耿			滂上開耕梗二	普幸	並開 1	薄浩	見上開耕梗二	古幸
14655	11 副		202	鮩 g*	抱	耿	並	上	開	三六耿			並上開耕梗二	蒲幸	並開 1	薄浩	見上開耕梗二	古幸
14658	11 副	51	203	烴	几	挺	見	上	齊	三七儆			見上開青梗四	古挺	見開重 3	居履	定上開青梗四	徒鼎
14659	11 副	52	204	巠	舊	警	起	上	齊	三七儆			群上開清梗三	巨郢	群開 3	巨救	見上開庚梗三	居影
14660	11 副		205	䫆	舊	警	起	上	齊	三七儆	頗不平也，玉篇	玉篇作丘檢切	溪上開鹽咸重三	丘檢	群開 3	巨救	見上開庚梗三	居影
14661	11 副	53	206	瀴	漾	警	影	上	齊	三七儆			影上開清梗三	於郢	以開 3	餘亮	見上開庚梗三	居影
14662	11 副		207	巊	漾	警	影	上	齊	三七儆			影上開青梗四	烟涬	以開 3	餘亮	見上開庚梗三	居影
14664	11 副		208	濴	漾	警	影	上	齊	三七儆			影上開青梗四	烟涬	以開 3	餘亮	見上開庚梗三	居影
14665	11 副		209	鰹	漾	警	影	上	齊	三七儆			影上開青梗四	烟涬	以開 3	餘亮	見上開庚梗三	居影
14666	11 副	54	210	睟*	向	挺	曉	上	齊	三七儆			匣上開青梗四	下頂	曉開 3	許亮	定上開青梗四	徒鼎

韻字編號	部序	組數	字數	韻字及何氏反切			韻字何氏音				何萱注釋	備注	韻字中古音		上字中古音		下字中古音	
				韻字	上字	下字	聲	調	呼	韻部			聲調呼韻攝等	反切	聲呼等	反切	聲調呼韻攝等	反切
14667	11 副		211	涬*	向	挺	曉	上	齊	三七儆			匣上開青梗四	下項	曉開 3	許亮	定上開青梗四	徒鼎
14668	11 副		212	涬*	向	挺	曉	上	齊	三七儆			匣上開青梗四	下項	曉開 3	許亮	定上開青梗四	徒鼎
14669	11 副	55	213	薡	邸	挺	短	上	齊	三七儆			端上開青梗四	都挺	端開 4	都禮	定上開青梗四	徒鼎
14671	11 副		214	濎	邸	挺	短	上	齊	三七儆			端上開青梗四	都挺	端開 4	都禮	定上開青梗四	徒鼎
14672	11 副		215	頂*	邸	挺	短	上	齊	三七儆			端上開青梗四	都挺	端開 4	都禮	定上開青梗四	徒鼎
14673	11 副		216	嵿*	邸	挺	短	上	齊	三七儆			端上開青梗四	都挺	端開 4	都禮	定上開青梗四	徒鼎
14674	11 副		217	奵	邸	挺	短	上	齊	三七儆			端上開青梗四	都挺	端開 4	都禮	定上開青梗四	徒鼎
14675	11 副		218	耵	邸	挺	短	上	齊	三七儆			端上開青梗四	都挺	端開 4	都禮	定上開青梗四	徒鼎
14677	11 副		219	打	邸	挺	短	上	齊	三七儆			端上開青梗四	都挺	端開 4	都禮	定上開青梗四	徒鼎
14678	11 副		220	酊	邸	挺	短	上	齊	三七儆			端上開青梗四	都挺	端開 4	都禮	定上開青梗四	徒鼎
14679	11 副	56	221	逕*	眺	警	透	上	齊	三七儆		切上字原作晀	定上開青梗四	待鼎	透開 4	他弔	見上開庚梗三	居影
14681	11 副		222	誔	眺	警	透	上	齊	三七儆		切上字原作晀	定上開青梗四	徒鼎	透開 4	他弔	見上開庚梗三	居影
14682	11 副		223	眐*	眺	警	透	上	齊	三七儆		切上字原作晀	定上開青梗四	待鼎	透開 4	他弔	見上開庚梗三	居影
14683	11 副		224	烶*	眺	警	透	上	齊	三七儆		切上字原作晀	定上開青梗四	待鼎	透開 4	他弔	見上開庚梗三	居影
14684	11 副		225	涏	眺	警	透	上	齊	三七儆		切上字原作晀	定上開青梗四	徒鼎	透開 4	他弔	見上開庚梗三	居影
14686	11 副		226	艇	眺	警	透	上	齊	三七儆		切上字原作晀	定上開青梗四	徒鼎	透開 4	他弔	見上開庚梗三	居影
14687	11 副		227	脡	眺	警	透	上	齊	三七儆		切上字原作晀	透上開青梗四	他鼎	透開 4	他弔	見上開庚梗三	居影
14688	11 副		228	鋌*	眺	警	透	上	齊	三七儆		切上字原作晀	透上開青梗四	他頂	透開 4	他弔	見上開庚梗三	居影
14689	11 副		229	龲*	眺	警	透	上	齊	三七儆		切上字原作晀	透上開青梗四	他頂	透開 4	他弔	見上開庚梗三	居影
14690	11 副		230	梃*	眺	警	透	上	齊	三七儆		切上字原作晀	定上開青梗四	待鼎	透開 4	他弔	見上開庚梗三	居影
14691	11 副		231	閮*	眺	警	透	上	齊	三七儆		切上字原作晀	透上開青梗四	他頂	透開 4	他弔	見上開庚梗三	居影
14692	11 副		232	町	眺	警	透	上	齊	三七儆		切上字原作晀	透上開青梗四	他鼎	透開 4	他弔	見上開庚梗三	居影
14693	11 副		233	竮*	眺	警	透	上	齊	三七儆		切上字原作晀	透上開青梗四	他頂	透開 4	他弔	見上開庚梗三	居影
14694	11 副		234	旱*	眺	警	透	上	齊	三七儆		切上字原作晀	透上開青梗四	他頂	透開 4	他弔	見上開庚梗三	居影
14695	11 副		235	崞*	眺	警	透	上	齊	三七儆		切上字原作晀	定平開青梗四	唐丁	透開 4	他弔	見上開庚梗三	居影
14696	11 副	57	236	顝	念	挺	乃	上	齊	三七儆			泥上開青梗四	乃挺	泥開 4	奴店	定上開青梗四	徒鼎
14698	11 副		237	聹	念	挺	乃	上	齊	三七儆			泥上開青梗四	乃挺	泥開 4	奴店	定上開青梗四	徒鼎

韻字編號	部序	組數	字數	韻字及何氏反切			韻字何氏音				何萱注釋	備　注	韻字中古音		上字中古音		下字中古音	
				韻字	上字	下字	聲	調	呼	韻部			聲調呼韻攝等	反切	聲呼等	反切	聲調呼韻攝等	反切
14699	11 副		238	矃**	念	挺	乃	上	齊	三七儆			泥上開青梗四	乃頂	泥開 4	奴店	定上開青梗四	徒鼎
14700	11 副		239	鑏	念	挺	乃	上	齊	三七儆		鑏鑏	娘平開耕梗二	女耕	泥開 4	奴店	定上開青梗四	徒鼎
14701	11 副		240	螚	念	挺	乃	上	齊	三七儆			泥上開青梗四	乃挺	泥開 4	奴店	定上開青梗四	徒鼎
14702	11 副		241	籋*	念	挺	乃	上	齊	三七儆			泥上開青梗四	乃挺	泥開 4	奴店	定上開青梗四	徒鼎
14703	11 副		242	薴	念	挺	乃	上	齊	三七儆			泥上開青梗四	乃挺	泥開 4	奴店	定上開青梗四	徒鼎
14704	11 副		243	檸*	念	挺	乃	上	齊	三七儆			泥上開青梗四	乃挺	泥開 4	奴店	定上開青梗四	徒鼎
14705	11 副	58	244	睈	寵	挺	助	上	齊	三七儆			徹上開清梗三	丑郢	徹合 3	丑隴	定上開青梗四	徒鼎
14706	11 副		245	悜	寵	挺	助	上	齊	三七儆			徹上開清梗三	丑郢	徹合 3	丑隴	定上開青梗四	徒鼎
14707	11 副		246	侱*	寵	挺	助	上	齊	三七儆			徹上開清梗三	丑郢	徹合 3	丑隴	定上開青梗四	徒鼎
14708	11 副		247	浧	寵	挺	助	上	齊	三七儆			以上開清梗三	以整	徹合 3	丑隴	定上開青梗四	徒鼎
14709	11 副		248	逞	寵	挺	助	上	齊	三七儆			澄上開清梗三	丈井	徹合 3	丑隴	定上開青梗四	徒鼎
14710	11 副		249	遳*	寵	挺	助	上	齊	三七儆			徹上開仙山三	丑展	徹合 3	丑隴	定上開青梗四	徒鼎
14711	11 副		250	鋋	寵	挺	助	上	齊	三七儆			徹上開仙山三	丑善	徹合 3	丑隴	定上開青梗四	徒鼎
14712	11 副		251	饘*	寵	挺	助	上	齊	三七儆			徹上開仙山三	丑展	徹合 3	丑隴	定上開青梗四	徒鼎
14713	11 副		252	儃*	寵	挺	助	上	齊	三七儆			徹上開仙山三	丑展	徹合 3	丑隴	定上開青梗四	徒鼎
14714	11 副		253	搌*	寵	挺	助	上	齊	三七儆			徹上開仙山三	丑展	徹合 3	丑隴	定上開青梗四	徒鼎
14715	11 副		254	㹶*	寵	挺	助	上	齊	三七儆		正文增	徹上開仙山三	丑展	徹合 3	丑隴	定上開青梗四	徒鼎
14716	11 副	59	255	瘖	始	挺	審	上	齊	三七儆			生上開庚梗二	所景	書開 3	詩止	定上開青梗四	徒鼎
14717	11 副		256	覩	始	挺	審	上	齊	三七儆			生上開庚梗二	所景	書開 3	詩止	定上開青梗四	徒鼎
14718	11 副		257	甑	始	挺	審	上	齊	三七儆			生上開庚梗二	所景	書開 3	詩止	定上開青梗四	徒鼎
14719	11 副		258	郤	始	挺	審	上	齊	三七儆			生上開庚梗二	所景	書開 3	詩止	定上開青梗四	徒鼎
14720	11 副		259	闍	始	挺	審	上	齊	三七儆			生上開庚梗二	所景	書開 3	詩止	定上開青梗四	徒鼎
14721	11 副	60	260	穽	紫	挺	井	上	齊	三七儆		正文作穽	從上開清梗三	疾郢	精開 3	將此	定上開青梗四	徒鼎
14723	11 副	61	261	汫	淺	挺	淨	上	齊	三七儆			從上開青梗四	徂醒	清開 3	七演	定上開青梗四	徒鼎
14724	11 副		262	睜	淺	挺	淨	上	齊	三七儆			從上開清梗三	疾郢	清開 3	七演	定上開青梗四	徒鼎
14725	11 副	62	263	脛	仰	警	我	上	齊	三七儆			疑上開青梗四	五剄	疑開 3	魚兩	見上開庚梗三	居影
14726	11 副		264	䞀**	仰	警	我	上	齊	三七儆			疑上開青梗四	五鼎	疑開 3	魚兩	見上開庚梗三	居影

韻字編號	部序	組數	字數	韻字及何氏反切			韻字何氏音				何萱注釋	備注	韻字中古音		上字中古音		下字中古音	
				韻字	上字	下字	聲	調	呼	韻部			聲調呼韻攝等	反切	聲呼等	反切	聲調呼韻攝等	反切
14727	11 副		265	娗*	仰	警	我	上	齊	三七儆			疑上開清梗三	研領	疑開 3	魚兩	見上開庚梗三	居影
14728	11 副	63	266	睲	想	警	信	上	齊	三七儆			心上開清梗三	息井	心開 3	息兩	見上開庚梗三	居影
14730	11 副		267	醒	想	警	信	上	齊	三七儆			心上開青梗四	蘇挺	心開 3	息兩	見上開庚梗三	居影
14732	11 副		268	惺	想	警	信	上	齊	三七儆			心上開清梗三	息井	心開 3	息兩	見上開庚梗三	居影
14733	11 副		269	箵	想	警	信	上	齊	三七儆			心上開青梗四	蘇挺	心開 3	息兩	見上開庚梗三	居影
14734	11 副	64	270	摒**	貶	挺	謗	上	齊	三七儆			幫上合庚梗三	筆永	幫開重 3	方斂	定上開青梗四	徒鼎
14736	11 副		271	齭*	貶	挺	謗	上	齊	三七儆		齭齒	幫上開清梗三	必郢	幫開重 3	方斂	定上開青梗四	徒鼎
14737	11 副		272	鞞**	貶	挺	謗	上	齊	三七儆			幫上開青梗四	布頂	幫開重 3	方斂	定上開青梗四	徒鼎
14738	11 副		273	鉼	貶	挺	謗	上	齊	三七儆			幫上開清梗三	必郢	幫開重 3	方斂	定上開青梗四	徒鼎
14739	11 副	65	274	姳	面	挺	命	上	齊	三七儆			明上開青梗四	莫迥	明開重 4	彌箭	定上開青梗四	徒鼎
14740	11 副		275	眳*	面	挺	命	上	齊	三七儆			明上開青梗四	母迥	明開重 4	彌箭	定上開青梗四	徒鼎
14742	11 副		276	眳	面	挺	命	上	齊	三七儆			明上開青梗四	莫迥	明開重 4	彌箭	定上開青梗四	徒鼎
14743	11 副		277	**酩**	面	挺	命	上	齊	三七儆			明上開青梗四	莫迥	明開重 4	彌箭	定上開青梗四	徒鼎
14744	11 副		278	茗	面	挺	命	上	齊	三七儆			明上開青梗四	莫迥	明開重 4	彌箭	定上開青梗四	徒鼎
14745	11 副		279	慏	面	挺	命	上	齊	三七儆			明上開清梗三	亡井	明開重 4	彌箭	定上開青梗四	徒鼎
14746	11 副		280	揙	面	挺	命	上	齊	三七儆			明上開先山四	彌殄	明開重 4	彌箭	定上開青梗四	徒鼎
14748	11 副		281	溟*	面	挺	命	上	齊	三七儆			明上開青梗四	母迥	明開重 4	彌箭	定上開青梗四	徒鼎
14749	11 副		282	暝*	面	挺	命	上	齊	三七儆			明上開青梗四	母迥	明開重 4	彌箭	定上開青梗四	徒鼎
14750	11 副	66	283	餇	眷	並	見	上	撮	三八潁			見上合青梗四	古迥	見合重 3	居倦	並上開青梗四	蒲迥
14751	11 副		284	蝙	眷	並	見	上	撮	三八潁			見上合青梗四	古迥	見合重 3	居倦	並上開青梗四	蒲迥
14753	11 副		285	熉*	眷	並	見	上	撮	三八潁			見上合青梗四	畎迥	見合重 3	居倦	並上開青梗四	蒲迥
14754	11 副		286	熉	眷	並	見	上	撮	三八潁			見上合庚梗三	俱永	見合重 3	居倦	並上開青梗四	蒲迥
14756	11 副	67	287	迵	許	並	曉	上	撮	三八潁			匣上合青梗四	戶頂	曉合 3	虛呂	並上開青梗四	蒲迥
14757	11 副		288	梱*	許	並	曉	上	撮	三八潁			匣上開青梗四	戶茗	曉合 3	虛呂	並上開青梗四	蒲迥
14758	11 副	68	289	**褸**	案	諍	影	去	開	三八諍			影去開耕梗二	鷖迸	影開 1	烏旰	莊去開耕梗二	側迸
14759	11 副		290	嫈*	案	諍	影	去	開	三八諍			影去開耕梗二	於迸	影開 1	烏旰	莊去開耕梗二	側迸
14763	11 副	69	291	**誶***	海	諍	曉	去	開	三八諍			曉去開庚梗二	亨孟	曉開 1	呼改	莊去開耕梗二	側迸

韻字編號	部序	組數	字數	韻字及何氏反切			韻字何氏音				何萱注釋	備注	韻字中古音		上字中古音		下字中古音	
				韻字	上字	下字	聲	調	呼	韻部			聲調呼韻攝等	反切	聲呼等	反切	聲調呼韻攝等	反切
14765	11 副		292	啈*	海	諍	曉	去	開	三八諍			曉去開庚梗二	亨孟	曉開 1	呼改	莊去開耕梗二	側迸
14766	11 副		293	䅘*	海	諍	曉	去	開	三八諍			匣上開豪效一	下老	曉開 1	呼改	莊去開耕梗二	側迸
14767	11 副	70	294	彋**	酌	鋥	照	去	開	三八諍			知去開耕梗二	陟迸	章開 3	之若	澄去開庚梗二	除更
14768	11 副	71	295	鋥	茝	諍	助	去	開	三八諍			澄去開庚梗二	除更	昌開 1	昌紿	莊去開耕梗二	側迸
14769	11 副	72	296	䨪*	保	諍	謗	去	開	三八諍			幫去開耕梗二	北諍	幫開 1	博抱	莊去開耕梗二	側迸
14770	11 副		297	迸	保	諍	謗	去	開	三八諍			幫去開耕梗二	北諍	幫開 1	博抱	莊去開耕梗二	側迸
14771	11 副		298	趟	保	諍	謗	去	開	三八諍			幫去開庚梗二	北孟	幫開 1	博抱	莊去開耕梗二	側迸
14772	11 副		299	誁*	保	諍	謗	去	開	三八諍			幫去開耕梗二	北諍	幫開 1	博抱	莊去開耕梗二	側迸
14773	11 副		300	𢉖*	保	諍	謗	去	開	三八諍			幫去開耕梗二	北諍	幫開 1	博抱	莊去開耕梗二	側迸
14774	11 副	73	301	瓶*	抱	諍	並	去	開	三八諍			並去開庚梗二	蒲孟	並開 1	薄浩	莊去開耕梗二	側迸
14776	11 副		302	屏*	抱	諍	並	去	開	三八諍			滂去開耕梗二	叵迸	並開 1	薄浩	莊去開耕梗二	側迸
14777	11 副		303	䨻	抱	諍	並	去	開	三八諍			並去開耕梗二	蒲迸	並開 1	薄浩	莊去開耕梗二	側迸
14778	11 副	74	304	哐	几	定	見	去	齊	三九敬			見去開青梗四	古定	見開重 3	居履	定去開青梗四	徒徑
14779	11 副		305	䞀	几	定	見	去	齊	三九敬			見去開青梗四	古定	見開重 3	居履	定去開青梗四	徒徑
14780	11 副		306	勁*	几	定	見	去	齊	三九敬			見去開清梗三	堅正	見開重 3	居履	定去開青梗四	徒徑
14781	11 副	75	307	暾	舊	敬	起	去	齊	三九敬		暾字原書是目字旁，正文日字旁，從釋義上看也應為日	群去開庚梗三	渠敬	群開 3	巨救	見去開庚梗三	居慶
14782	11 副	76	308	醒	向	敬	曉	去	齊	三九敬			曉去開清梗三	許令	曉開 3	許亮	見去開庚梗三	居慶
14783	11 副	77	309	飣	邸	敬	短	去	齊	三九敬			端去開青梗四	丁定	端開 4	都禮	見去開庚梗三	居慶
14784	11 副		310	矴	邸	敬	短	去	齊	三九敬			端去開青梗四	丁定	端開 4	都禮	見去開庚梗三	居慶
14785	11 副		311	箏*	邸	敬	短	去	齊	三九敬			端去開青梗四	丁定	端開 4	都禮	見去開庚梗三	居慶
14786	11 副	78	312	忊*	眺	敬	透	去	齊	三九敬			透去開青梗四	他定	透開 4	他弔	見去開庚梗三	居慶
14788	11 副		313	粈*	眺	敬	透	去	齊	三九敬			端去開青梗四	丁定	透開 4	他弔	見去開庚梗三	居慶
14790	11 副		314	豼*	眺	敬	透	去	齊	三九敬			透去開青梗四	他定	透開 4	他弔	見去開庚梗三	居慶
14791	11 副		315	睼*	眺	敬	透	去	齊	三九敬			定去開青梗四	徒徑	透開 4	他弔	見去開庚梗三	居慶
14792	11 副		316	淀	眺	敬	透	去	齊	三九敬			定去開先山四	堂練	透開 4	他弔	見去開庚梗三	居慶
14794	11 副	79	317	聹	念	敬	乃	去	齊	三九敬			泥平開青梗四	奴丁	泥開 4	奴店	見去開庚梗三	居慶
14795	11 副	80	318	眐 g*	掌	定	照	去	齊	三九敬			章去開清梗三	之盛	章開 3	諸兩	定去開青梗四	徒徑

韻字編號	部序	組數	字數	韻字及何氏反切			韻字何氏音				何萱注釋	備　注	韻字中古音		上字中古音		下字中古音	
				韻字	上字	下字	聲	調	呼	韻部			聲調呼韻攝等	反切	聲呼等	反切	聲調呼韻攝等	反切
14796	11 副		319	篋*	掌	定	照	去	齊	三九敬			章去開清梗三	之盛	章開 3	諸兩	定去開青梗四	徒徑
14797	11 副	81	320	賻*	寵	敬	助	去	齊	三九敬			徹去開清梗三	丑正	徹合 3	丑隴	見去開庚梗三	居慶
14798	11 副		321	覴	寵	敬	助	去	齊	三九敬			徹去開清梗三	丑鄭	徹合 3	丑隴	見去開庚梗三	居慶
14799	11 副		322	颠	寵	敬	助	去	齊	三九敬			澄去開清梗三	直正	徹合 3	丑隴	見去開庚梗三	居慶
14800	11 副	82	323	晟	始	敬	審	去	齊	三九敬			禪去開清梗三	承正	書開 3	詩止	見去開庚梗三	居慶
14801	11 副		324	娍*	始	敬	審	去	齊	三九敬			禪去開清梗三	時正	書開 3	詩止	見去開庚梗三	居慶
14802	11 副		325	腻*	始	敬	審	去	齊	三九敬			禪去開清梗三	時正	書開 3	詩止	見去開庚梗三	居慶
14803	11 副		326	墭	始	敬	審	去	齊	三九敬			禪去開清梗三	承正	書開 3	詩止	見去開庚梗三	居慶
14804	11 副		327	眚	始	敬	審	去	齊	三九敬			生去開庚梗三	所敬	書開 3	詩止	見去開庚梗三	居慶
14805	11 副	83	328	睛	淺	敬	淨	去	齊	三九敬			從去開清梗三	疾政	清開 3	七演	見去開庚梗三	居慶
14806	11 副		329	掅	淺	敬	淨	去	齊	三九敬			清去開青梗四	千定	清開 3	七演	見去開庚梗三	居慶
14807	11 副		330	靘	淺	敬	淨	去	齊	三九敬			清去開青梗四	千定	清開 3	七演	見去開庚梗三	居慶
14808	11 副		331	褙	淺	敬	淨	去	齊	三九敬			清去開先山四	倉甸	清開 3	七演	見去開庚梗三	居慶
14809	11 副		332	輤	淺	敬	淨	去	齊	三九敬			清去開先山四	倉甸	清開 3	七演	見去開庚梗三	居慶
14810	11 副		333	鯖	淺	敬	淨	去	齊	三九敬			清去開先山四	倉甸	清開 3	七演	見去開庚梗三	居慶
14811	11 副		334	碃*	淺	敬	淨	去	齊	三九敬			清去開青梗四	千定	清開 3	七演	見去開庚梗三	居慶
14812	11 副		335	篟	淺	敬	淨	去	齊	三九敬			清去開先山四	倉甸	清開 3	七演	見去開庚梗三	居慶
14813	11 副	84	336	聘*	避	敬	並	去	齊	三九敬			滂去開清梗三	匹正	並開重 4	毗義	見去開庚梗三	居慶
14814	11 副	85	337	詺	面	敬	命	去	齊	三九敬			明去開清梗三	彌正	明開重 4	彌箭	見去開庚梗三	居慶
14815	11 副		338	覭	面	敬	命	去	齊	三九敬			明去開青梗四	莫定	明開重 4	彌箭	見去開庚梗三	居慶
14816	11 副		339	醽*	面	敬	命	去	齊	三九敬		玉篇亡狄切。此處應是讀的諧聲偏旁，冥韻史放在了平聲，此處取冥集韻音	明去開青梗四	莫定	明開重 4	彌箭	見去開庚梗三	居慶
14817	11 副		340	糢	面	敬	命	去	齊	三九敬			明去開先山四	莫甸	明開重 4	彌箭	見去開庚梗三	居慶
14818	11 副		341	篢	面	敬	命	去	齊	三九敬	�篢傘帶也，玉篇	玉篇莫辟切	明入開錫梗四	莫狄	明開重 4	彌箭	見去開庚梗三	居慶
14319	11 副	86	342	瑩	羽	詗	影	去	撮	四十縈	瑩或作瑩		影去合青梗四	烏定	云合 3	王矩	曉去合清梗三	休正

第十二部正編

韻字編號	部序	組數	字數	韻字及何氏反切			韻字何氏音				何萱注釋	備　注	韻字中古音		上字中古音		下字中古音	
				韻字	上字	下字	聲	調	呼	韻部			聲調呼韻攝等	反切	聲呼等	反切	聲調呼韻攝等	反切
14822	12 正	1	1	臤	侃	呑	起	陰平	開	四二臤			溪平開耕梗二	口莖	溪開 1	空旱	透平開痕臻一	吐根
14823	12 正		2	砎	侃	呑	起	陰平	開	四二臤			溪平開耕梗二	口莖	溪開 1	空旱	透平開痕臻一	吐根
14824	12 正		3	鏗	侃	呑	起	陰平	開	四二臤			溪平開耕梗二	口莖	溪開 1	空旱	透平開痕臻一	吐根
14825	12 正		4	摼	侃	呑	起	陰平	開	四二臤			溪平開耕梗二	口莖	溪開 1	空旱	透平開痕臻一	吐根
14826	12 正		5	轃	侃	呑	起	陰平	開	四二臤			溪平開耕梗二	口莖	溪開 1	空旱	透平開痕臻一	吐根
14827	12 正	2	6	呑	代	鏗	透	陰平	開	四二臤			透平開痕臻一	吐根	定開 1	徒耐	溪平開耕梗二	口莖
14828	12 正	3	7	眞	酌	鏗	照	陰平	開	四二臤			章平開真臻三	職鄰	章開 3	之若	溪平開耕梗二	口莖
14829	12 正		8	禛	酌	鏗	照	陰平	開	四二臤			章平開真臻三	職鄰	章開 3	之若	溪平開耕梗二	口莖
14830	12 正		9	茞	酌	鏗	照	陰平	開	四二臤			禪平開真臻三	植鄰	章開 3	之若	溪平開耕梗二	口莖
14832	12 正	4	10	謓	茝	鏗	助	陰平	開	四二臤			昌平開真臻三	昌真	昌開 1	昌紿	溪平開耕梗二	口莖
14833	12 正		11	瞋	茝	鏗	助	陰平	開	四二臤			昌平開真臻三	昌真	昌開 1	昌紿	溪平開耕梗二	口莖
14834	12 正		12	膹	茝	鏗	助	陰平	開	四二臤			昌平開真臻三	昌真	昌開 1	昌紿	溪平開耕梗二	口莖
14835	12 正		13	胵	茝	鏗	助	陰平	開	四二臤			昌平開脂止三	處脂	昌開 1	昌紿	溪平開耕梗二	口莖
14836	12 正	5	14	申	稍	鏗	審	陰平	開	四二臤			書平開真臻三	失人	生開 2	所教	溪平開耕梗二	口莖
14837	12 正		15	伸	稍	鏗	審	陰平	開	四二臤			書平開真臻三	失人	生開 2	所教	溪平開耕梗二	口莖
14838	12 正		16	㞬	稍	鏗	審	陰平	開	四二臤	俗本皆作引	玉篇古文申字，取申廣韻音	書平開真臻三	失人	生開 2	所教	溪平開耕梗二	口莖
14839	12 正		17	呻	稍	鏗	審	陰平	開	四二臤			書平開真臻三	失人	生開 2	所教	溪平開耕梗二	口莖
14840	12 正		18	紳	稍	鏗	審	陰平	開	四二臤			書平開真臻三	失人	生開 2	所教	溪平開耕梗二	口莖
14841	12 正		19	身	稍	鏗	審	陰平	開	四二臤			書平開真臻三	失人	生開 2	所教	溪平開耕梗二	口莖
14842	12 正		20	侚	稍	鏗	審	陰平	開	四二臤			書平開真臻三	失人	生開 2	所教	溪平開耕梗二	口莖
14843	12 正	6	21	陳	茝	仁	助	陽平	開	四二臤			澄平開真臻三	直珍	昌開 1	昌紿	日平開真臻三	如鄰
14845	12 正		22	敶	茝	仁	助	陽平	開	四二臤	平去兩讀		澄平開真臻三	直珍	昌開 1	昌紿	日平開真臻三	如鄰
14847	12 正		23	神	茝	仁	助	陽平	開	四二臤			船平開真臻三	食鄰	昌開 1	昌紿	日平開真臻三	如鄰
14848	12 正		24	魋	茝	仁	助	陽平	開	四二臤			書平開真臻三	失人	昌開 1	昌紿	日平開真臻三	如鄰

韻字編號	部序	組數	字數	韻字及何氏反切			韻字何氏音				何萱注釋	備　注	韻字中古音		上字中古音		下字中古音	
				韻字	上字	下字	聲	調	呼	韻部			聲調呼韻攝等	反切	聲呼等	反切	聲調呼韻攝等	反切
14849	12 正		25	畕	茞	仁	助	陽平	開	四二臤	十部十二部兩見	據何注，此處為假借音，取瞰廣韻音	澄平開真臻三	直珍	昌開 1	昌紿	日平開真臻三	如鄰
14850	12 正		26	茎	茞	仁	助	陽平	開	四二臤			澄平開脂止三	直尼	昌開 1	昌紿	日平開真臻三	如鄰
14852	12 正		27	䨺*	茞	仁	助	陽平	開	四二臤			澄平開真臻三	地鄰	昌開 1	昌紿	日平開真臻三	如鄰
14853	12 正	7	28	人	弱	臣	耳	陽平	開	四二臤			日平開真臻三	如鄰	日開 3	而灼	禪平開真臻三	植鄰
14854	12 正		29	**仁**	弱	臣	耳	陽平	開	四二臤			日平開真臻三	如鄰	日開 3	而灼	禪平開真臻三	植鄰
14855	12 正	8	30	**臣**	稍	仁	審	陽平	開	四二臤			禪平開真臻三	植鄰	生開 2	所教	日平開真臻三	如鄰
14856	12 正		31	郖	稍	仁	審	陽平	開	四二臤			禪平開真臻三	植鄰	生開 2	所教	日平開真臻三	如鄰
14859	12 正		32	填	稍	仁	審	陽平	開	四二臤	本韻兩見注在彼		知平開真臻三	陟鄰	生開 2	所教	日平開真臻三	如鄰
14862	12 正	9	33	**轟**	戶	潏	曉	陰平	合	四三轟			曉平合耕梗二	呼宏	匣合 1	侯古	影平合諄臻重三	於倫
14865	12 正		34	訇	戶	潏	曉	陽平	合	四三轟	本韻三見	表字頭作揈，韻目未收，副編有揈	曉平合耕梗二	呼宏	匣合 1	侯古	影平合諄臻重三	於倫
14867	12 正	10	35	**堅**	几	千	見	陰平	齊	四四堅			見平開先山四	古賢	見開重 3	居履	清平開先山四	蒼先
14868	12 正		36	幵	几	千	見	陰平	齊	四四堅			見平開先山四	古賢	見開重 3	居履	清平開先山四	蒼先
14870	12 正		37	[illegible]	几	千	見	陰平	齊	四四堅			見平開先山四	古賢	見開重 3	居履	清平開先山四	蒼先
14873	12 正		38	麉	几	千	見	陰平	齊	四四堅			見平開先山四	古賢	見開重 3	居履	清平開先山四	蒼先
14874	12 正		39	豜	几	千	見	陰平	齊	四四堅			見平開先山四	古賢	見開重 3	居履	清平開先山四	蒼先
14877	12 正		40	枅 g*	几	千	見	陰平	齊	四四堅			見平開先山四	經天	見開重 3	居履	清平開先山四	蒼先
14880	12 正		41	筓	几	千	見	陰平	齊	四四堅			見平開齊蟹四	古奚	見開重 3	居履	清平開先山四	蒼先
14881	12 正		42	鳽	几	千	見	陰平	齊	四四堅		鳽鳽	見平開先山四	古賢	見開重 3	居履	清平開先山四	蒼先
14885	12 正	11	43	雃	舊	堅	起	陰平	齊	四四堅		雃雃	溪平開先山四	苦堅	群開 3	巨救	見平開先山四	古賢
14887	12 正		44	郉	舊	堅	起	陰平	齊	四四堅	十一部十二部兩見注在彼		溪平開先山四	苦堅	群開 3	巨救	見平開先山四	古賢
14889	12 正		45	汧	舊	堅	起	陰平	齊	四四堅		汧汧	溪平開先山四	苦堅	群開 3	巨救	見平開先山四	古賢
14891	12 正		46	婜*	舊	堅	起	陰平	齊	四四堅			溪平開山山二	丘閑	群開 3	巨救	見平開先山四	古賢
14893	12 正		47	掔	舊	堅	起	陰平	齊	四四堅			溪平開先山四	苦堅	群開 3	巨救	見平開先山四	古賢

韻字編號	部序	組數	字數	韻字及何氏反切			韻字何氏音				何萱注釋	備　注	韻字中古音		上字中古音		下字中古音	
				韻字	上字	下字	聲	調	呼	韻部			聲調呼韻攝等	反切	聲呼等	反切	聲調呼韻攝等	反切
14894	12 正		48	**牽**	舊	堅	起	陰平	齊	四四堅			溪平開先山四	苦堅	群開 3	巨救	見平開先山四	古賢
14896	12 正	12	49	咽	漾	堅	影	陰平	齊	四四堅			影平開先山四	烏前	以開 3	餘亮	見平開先山四	古賢
14898	12 正		50	**煙**	漾	堅	影	陰平	齊	四四堅			影平開先山四	烏前	以開 3	餘亮	見平開先山四	古賢
14901	12 正	13	51	**訮**	向	堅	曉	陰平	齊	四四堅			曉平開先山四	呼煙	曉開 3	許亮	見平開先山四	古賢
14902	12 正		52	卤	向	堅	曉	陰平	齊	四四堅	棲或；卤古文；卥籀。隸作西，俗有棲迟。十二部十三部兩見注在彼	據字頭下的段注，十二部為古音，十三部為西假借字。古音讀如詵讀如僊，今音先稽切。此處取詵廣韻音，不作時音分析	生平開臻臻三	所臻	曉開 3	許亮	見平開先山四	古賢
14903	12 正	14	53	**顛**	邸	千	短	陰平	齊	四四堅			端平開先山四	都年	端開 4	都禮	清平開先山四	蒼先
14904	12 正		54	蹎	邸	千	短	陰平	齊	四四堅			端平開先山四	都年	端開 4	都禮	清平開先山四	蒼先
14905	12 正		55	趙	邸	千	短	陰平	齊	四四堅			端平開先山四	都年	端開 4	都禮	清平開先山四	蒼先
14906	12 正		56	瘨	邸	千	短	陰平	齊	四四堅			端平開先山四	都年	端開 4	都禮	清平開先山四	蒼先
14907	12 正		57	槇	邸	千	短	陰平	齊	四四堅			端平開先山四	都年	端開 4	都禮	清平開先山四	蒼先
14908	12 正		58	滇	邸	千	短	陰平	齊	四四堅			端平開先山四	都年	端開 4	都禮	清平開先山四	蒼先
14909	12 正	15	59	**天**	體	堅	透	陰平	齊	四四堅			透平開先山四	他前	透開 4	他禮	見平開先山四	古賢
14910	12 正	16	60	歬	紫	千	井	陰平	齊	四四堅			精平開先山四	則前	精開 3	將此	清平開先山四	蒼先
14911	12 正		61	**煎**	紫	千	井	陰平	齊	四四堅			精平開仙山三	子仙	精開 3	將此	清平開先山四	蒼先
14913	12 正		62	湔	紫	千	井	陰平	齊	四四堅			精平開先山四	則前	精開 3	將此	清平開先山四	蒼先
14916	12 正		63	逮	紫	千	井	陰平	齊	四四堅			精平開先山四	則前	精開 3	將此	清平開先山四	蒼先
14917	12 正		64	湕	紫	千	井	陰平	齊	四四堅	[illegible]隸作湕		精平開仙山三	子仙	精開 3	將此	清平開先山四	蒼先
14918	12 正	17	65	**千**	此	堅	淨	陰平	齊	四四堅			清平開先山四	蒼先	清開 3	雌氏	見平開先山四	古賢
14919	12 正		66	珩	此	堅	淨	陰平	齊	四四堅			清平開先山四	蒼先	清開 3	雌氏	見平開先山四	古賢
14920	12 正		67	汘	此	堅	淨	陰平	齊	四四堅			清平開先山四	蒼先	清開 3	雌氏	見平開先山四	古賢

韻字編號	部序	組數	字數	韻字及何氏反切			韻字何氏音				何萱注釋	備注	韻字中古音		上字中古音		下字中古音	
				韻字	上字	下字	聲	調	呼	韻部			聲調呼韻攝等	反切	聲呼等	反切	聲調呼韻攝等	反切
14922	12 正	18	68	**編**	丙	堅	謗	陰平	齊	四四堅			幫平開仙山重四	卑連	幫開 3	兵永	見平開先山四	古賢
14924	12 正		69	猵	丙	堅	謗	陰平	齊	四四堅			幫平開先山四	布玄	幫開 3	兵永	見平開先山四	古賢
14926	12 正		70	蝙	丙	堅	謗	陰平	齊	四四堅			幫平開先山四	布玄	幫開 3	兵永	見平開先山四	古賢
14928	12 正		71	鯿	丙	堅	謗	陰平	齊	四四堅			幫平開仙山重四	卑連	幫開 3	兵永	見平開先山四	古賢
14929	12 正		72	鞭	丙	堅	謗	陰平	齊	四四堅			幫平開仙山重四	卑連	幫開 3	兵永	見平開先山四	古賢
14930	12 正	19	73	偏	避	堅	並	陰平	齊	四四堅			滂平開仙山重四	芳連	並開重 4	毗義	見平開先山四	古賢
14931	12 正		74	媥	避	堅	並	陰平	齊	四四堅			滂平開仙山重四	芳連	並開重 4	毗義	見平開先山四	古賢
14932	12 正		75	碥	避	堅	並	陰平	齊	四四堅			滂平開仙山重四	芳連	並開重 4	毗義	見平開先山四	古賢
14933	12 正		76	**篇**	避	堅	並	陰平	齊	四四堅			滂平開仙山重四	芳連	並開重 4	毗義	見平開先山四	古賢
14934	12 正		77	牑	避	堅	並	陰平	齊	四四堅			幫平開先山四	布玄	並開重 4	毗義	見平開先山四	古賢
14935	12 正		78	甂	避	堅	並	陰平	齊	四四堅			幫平開先山四	布玄	並開重 4	毗義	見平開先山四	古賢
14936	12 正		79	翩	避	堅	並	陰平	齊	四四堅			滂平開仙山重四	芳連	並開重 4	毗義	見平開先山四	古賢
14937	12 正		80	頨	避	堅	並	陰平	齊	四四堅			曉平合仙山重四	許緣	並開重 4	毗義	見平開先山四	古賢
14939	12 正	20	81	**賢**	向	年	曉	陽平	齊	四四堅			匣平開先山四	胡田	曉開 3	許亮	泥平開先山四	奴顛
14940	12 正		82	伭	向	年	曉	陽平	齊	四四堅			匣平開先山四	胡田	曉開 3	許亮	泥平開先山四	奴顛
14941	12 正		83	胘	向	年	曉	陽平	齊	四四堅			匣平開先山四	胡田	曉開 3	許亮	泥平開先山四	奴顛
14943	12 正		84	弦	向	年	曉	陽平	齊	四四堅			匣平開先山四	胡田	曉開 3	許亮	泥平開先山四	奴顛
14944	12 正		85	慈	向	年	曉	陽平	齊	四四堅			匣平開先山四	胡田	曉開 3	許亮	泥平開先山四	奴顛
14945	12 正		86	慈	向	年	曉	陽平	齊	四四堅			匣平開先山四	胡田	曉開 3	許亮	泥平開先山四	奴顛
14946	12 正		87	娹	向	年	曉	陽平	齊	四四堅			匣平開先山四	胡田	曉開 3	許亮	泥平開先山四	奴顛
14947	12 正		88	崄	向	年	曉	陽平	齊	四四堅			見平開先山四	古賢	曉開 3	許亮	泥平開先山四	奴顛
14948	12 正		89	荻	向	年	曉	陽平	齊	四四堅			匣平開先山四	胡田	曉開 3	許亮	泥平開先山四	奴顛
14949	12 正	21	90	**田**	體	年	透	陽平	齊	四四堅			定平開先山四	徒年	透開 4	他禮	泥平開先山四	奴顛
14950	12 正		91	畋	體	年	透	陽平	齊	四四堅			定平開先山四	徒年	透開 4	他禮	泥平開先山四	奴顛
14952	12 正		92	闐	體	年	透	陽平	齊	四四堅			定平開先山四	徒年	透開 4	他禮	泥平開先山四	奴顛

韻字編號	部序	組數	字數	韻字及何氏反切			韻字何氏音				何萱注釋	備　注	韻字中古音		上字中古音		下字中古音	
				韻字	上字	下字	聲	調	呼	韻部			聲調呼韻攝等	反切	聲呼等	反切	聲調呼韻攝等	反切
14953	12 正		93	窴	體	年	透	陽平	齊	四四堅			定平開先山四	徒年	透開 4	他禮	泥平開先山四	奴顛
14955	12 正		94	填	體	年	透	陽平	齊	四四堅	本韻兩讀		定平開先山四	徒年	透開 4	他禮	泥平開先山四	奴顛
14958	12 正		95	嗔	體	年	透	陽平	齊	四四堅			定平開先山四	徒年	透開 4	他禮	泥平開先山四	奴顛
14959	12 正	22	96	季*	紐	賢	乃	陽平	齊	四四堅			泥平開先山四	寧顛	娘開 3	女久	匣平開先山四	胡田
14961	12 正		97	郠*	紐	賢	乃	陽平	齊	四四堅			泥平開先山四	寧顛	娘開 3	女久	匣平開先山四	胡田
14962	12 正	23	98	憐	亮	賢	賚	陽平	齊	四四堅	萱按古假矜為憐字，本從令聲，俗作矜者，字之譌也。方言一云矜，哀也。齊魯之間曰矜，秦晉之音或曰矜		來平開先山四	落賢	來開 3	力讓	匣平開先山四	胡田
14963	12 正	24	99	芇	此	賢	淨	陽平	齊	四四堅			從平開先山四	昨先	清開 3	雌氏	匣平開先山四	胡田
14964	12 正		100	媊	此	賢	淨	陽平	齊	四四堅			精平開支止三	即移	清開 3	雌氏	匣平開先山四	胡田
14965	12 正		101	蒲	此	賢	淨	陽平	齊	四四堅			精上開仙山三	即淺	清開 3	雌氏	匣平開先山四	胡田
14966	12 正	25	102	妍	仰	年	我	陽平	齊	四四堅			疑平開先山四	五堅	疑開 3	魚兩	泥平開先山四	奴顛
14967	12 正		103	研	仰	年	我	陽平	齊	四四堅			疑平開先山四	五堅	疑開 3	魚兩	泥平開先山四	奴顛
14969	12 正		104	掔	仰	年	我	陽平	齊	四四堅			疑平開先山四	五堅	疑開 3	魚兩	泥平開先山四	奴顛
14970	12 正	26	105	便	避	賢	並	陽平	齊	四四堅	平去兩讀		並平開仙山重四	房連	並開重 4	毗義	匣平開先山四	胡田
14972	12 正		106	緶	避	賢	並	陽平	齊	四四堅			並平開仙山重四	房連	並開重 4	毗義	匣平開先山四	胡田
14974	12 正		107	箯	避	賢	並	陽平	齊	四四堅	篎隸作箯		並平開仙山重四	房連	並開重 4	毗義	匣平開先山四	胡田
14976	12 正		108	諞	避	賢	並	陽平	齊	四四堅			並平開仙山重四	房連	並開重 4	毗義	匣平開先山四	胡田
14979	12 正		109	蹁	避	賢	並	陽平	齊	四四堅			並平開先山四	部田	並開重 4	毗義	匣平開先山四	胡田
14981	12 正		110	楄	避	賢	並	陽平	齊	四四堅			並平開先山四	部田	並開重 4	毗義	匣平開先山四	胡田
14982	12 正	27	111	宀	美	賢	命	陽平	齊	四四堅			明平開仙山重四	武延	明開重 3	無鄙	匣平開先山四	胡田
14983	12 正		112	矏	美	賢	命	陽平	齊	四四堅	矏隸作矏		明平開仙山重四	武延	明開重 3	無鄙	匣平開先山四	胡田
14984	12 正		113	寡	美	賢	命	陽平	齊	四四堅			明平開先山四	莫賢	明開重 3	無鄙	匣平開先山四	胡田

韻字編號	部序	組數	字數	韻字及何氏反切			韻字何氏音				何萱注釋	備注	韻字中古音		上字中古音		下字中古音	
				韻字	上字	下字	聲	調	呼	韻部			聲調呼韻攝等	反切	聲呼等	反切	聲調呼韻攝等	反切
14985	12 正		114	鬐	美	賢	命	陽平	齊	四四堅			明平開先山四	莫賢	明開重 3	無鄙	匣平開先山四	胡田
14986	12 正		115	瞑	美	賢	命	陽平	齊	四四堅			明平開先山四	莫賢	明開重 3	無鄙	匣平開先山四	胡田
14988	12 正		116	櫋	美	賢	命	陽平	齊	四四堅			幫平開先山四	布玄	明開重 3	無鄙	匣平開先山四	胡田
14990	12 正		117	篡*	美	賢	命	陽平	齊	四四堅			明平開支止重四	民卑	明開重 3	無鄙	匣平開先山四	胡田
14991	12 正		118	蚵	美	賢	命	陽平	齊	四四堅			明平開仙山重四	武延	明開重 3	無鄙	匣平開先山四	胡田
14993	12 正		119	芇	美	賢	命	陽平	齊	四四堅			明平開仙山重四	武延	明開重 3	無鄙	匣平開先山四	胡田
14995	12 正	28	120	因	漾	辛	影	陰平	齊二	四五因			影平開真臻重四	於真	以開 3	餘亮	心平開真臻三	息鄰
14996	12 正		121	捆	漾	辛	影	陰平	齊二	四五因			影平開真臻重四	於真	以開 3	餘亮	心平開真臻三	息鄰
14997	12 正		122	姻	漾	辛	影	陰平	齊二	四五因			影平開真臻重四	於真	以開 3	餘亮	心平開真臻三	息鄰
14998	12 正		123	茵	漾	辛	影	陰平	齊二	四五因			影平開真臻重四	於真	以開 3	餘亮	心平開真臻三	息鄰
14999	12 正		124	駰	漾	辛	影	陰平	齊二	四五因			影平開真臻重四	於真	以開 3	餘亮	心平開真臻三	息鄰
15001	12 正		125	洇	漾	辛	影	陰平	齊二	四五因			影平開真臻重四	於真	以開 3	餘亮	心平開真臻三	息鄰
15002	12 正	29	126	臻	掌	因	照	陰平	齊二	四五因			莊平開真臻三	側詵	章開 3	諸兩	影平開真臻重四	於真
15004	12 正		127	轃	掌	因	照	陰平	齊二	四五因			莊平開真臻三	側詵	章開 3	諸兩	影平開真臻重四	於真
15005	12 正		128	溱	掌	因	照	陰平	齊二	四五因			莊平開真臻三	側詵	章開 3	諸兩	影平開真臻重四	於真
15006	12 正		129	蓁	掌	因	照	陰平	齊二	四五因			莊平開真臻三	側詵	章開 3	諸兩	影平開真臻重四	於真
15007	12 正		130	榛	掌	因	照	陰平	齊二	四五因			莊平開真臻三	側詵	章開 3	諸兩	影平開真臻重四	於真
15008	12 正		131	亲	掌	因	照	陰平	齊二	四五因			莊平開真臻三	側詵	章開 3	諸兩	影平開真臻重四	於真
15009	12 正	30	132	扟	始	因	審	陰平	齊二	四五因			生平開臻臻三	所臻	書開 3	詩止	影平開真臻重四	於真
15010	12 正		133	痒	始	因	審	陰平	齊二	四五因			生平開臻臻三	所臻	書開 3	詩止	影平開真臻重四	於真
15013	12 正		134	甡	始	因	審	陰平	齊二	四五因			生平開臻臻三	所臻	書開 3	詩止	影平開真臻重四	於真
15014	12 正		135	屾	始	因	審	陰平	齊二	四五因			生平開臻臻三	所臻	書開 3	詩止	影平開真臻重四	於真
15015	12 正		136	燊	始	因	審	陰平	齊二	四五因			生平開臻臻三	所臻	書開 3	詩止	影平開真臻重四	於真
15016	12 正	31	137	書	紫	因	井	陰平	齊二	四五因			精平開真臻三	將鄰	精開 3	將此	影平開真臻重四	於真
15017	12 正		138	鮏*	紫	因	井	陰平	齊二	四五因			精平開真臻三	資辛	精開 3	將此	影平開真臻重四	於真

韻字編號	部序	組數	字數	韻字及何氏反切			韻字何氏音				何萱注釋	備　注	韻字中古音		上字中古音		下字中古音	
				韻字	上字	下字	聲	調	呼	韻部			聲調呼韻攝等	反切	聲呼等	反切	聲調呼韻攝等	反切
15018	12 正		139	津	紫	因	井	陰平	齊二	四五因		地位按濜	精平開真臻三	將鄰	精開 3	將此	影平開真臻重四	於真
15019	12 正		140	璡	紫	因	井	陰平	齊二	四五因			精平開真臻三	將鄰	精開 3	將此	影平開真臻重四	於真
15021	12 正	32	141	**親**	此	因	淨	陰平	齊二	四五因			清平開真臻三	七人	清開 3	雌氏	影平開真臻重四	於真
15022	12 正		142	寴	此	因	淨	陰平	齊二	四五因	平去兩讀		清平開真臻三	七人	清開 3	雌氏	影平開真臻重四	於真
15024	12 正	33	143	**辛**	小	因	信	陰平	齊二	四五因			心平開真臻三	息鄰	心開 3	私兆	影平開真臻重四	於真
15025	12 正		144	新	小	因	信	陰平	齊二	四五因			心平開真臻三	息鄰	心開 3	私兆	影平開真臻重四	於真
15026	12 正		145	薪	小	因	信	陰平	齊二	四五因			心平開真臻三	息鄰	心開 3	私兆	影平開真臻重四	於真
15027	12 正	34	146	**賓**	丙	因	謗	陰平	齊二	四五因			幫平開真臻重四	必鄰	幫開 3	兵永	影平開真臻重四	於真
15028	12 正		147	汃	丙	因	謗	陰平	齊二	四五因			幫平開真臻重三	府巾	幫開 3	兵永	影平開真臻重四	於真
15030	12 正		148	瀕*	丙	因	謗	陰平	齊二	四五因			幫平開真臻重四	卑民	幫開 3	兵永	影平開真臻重四	於真
15031	12 正	35	149	覴	避	因	並	陰平	齊二	四五因			幫平開真臻重四	必鄰	並開重 4	毗義	影平開真臻重四	於真
15034	12 正		150	**闠**	避	因	並	陰平	齊二	四五因			滂平開真臻重四	匹賓	並開重 4	毗義	影平開真臻重四	於真
15036	12 正	36	151	**矜**	舊	民	起	陽平	齊二	四五因	本韻兩見。俗有穫矜獐……字從令聲，令古音在真部，故古假矜為憐……讀如鄰，古音也。……由是，巨巾一反僅見方言注，過秦論，李注，廣韻十七真，而他義則皆入蒸韻，今音之大變於古也。……萱按……凡矜當從令作矜，有識者不必譎俗	何氏所說的譎俗，指的是矜俗作矜。可見讀真為古音，讀蒸為今音，也就是何氏時音。與憐下注相參互。矜字形廣集玉均不見。矜玉篇作渠巾切，又居陵切。取矜集韻音	群平開真臻重三	渠巾	群開 3	巨救	明平開真臻重四	彌鄰

韻字編號	部序	組數	字數	韻字及何氏反切			韻字何氏音				何萱注釋	備注	韻字中古音		上字中古音		下字中古音	
				韻字	上字	下字	聲	調	呼	韻部			聲調呼韻攝等	反切	聲呼等	反切	聲調呼韻攝等	反切
15038	12 正	37	152	**寅**	漾	鄰	影	陽平	齊二	四五因		韻目歸入舊民切，表中作影母字頭，據副編加漾鄰切	以平開真臻三	翼真	以開 3	餘亮	來平開真臻三	力珍
15039	12 正		153	夤	漾	鄰	影	陽平	齊二	四五因		韻目歸入舊民切，據副編加漾鄰切	以平開真臻三	翼真	以開 3	餘亮	來平開真臻三	力珍
15041	12 正		154	夤	漾	鄰	影	陽平	齊二	四五因		韻目歸入舊民切，據副編加漾鄰切	以平開真臻三	翼真	以開 3	餘亮	來平開真臻三	力珍
15043	12 正		155	螾	漾	鄰	影	陽平	齊二	四五因		韻目歸入舊民切，據副編加漾鄰切	以平開真臻三	翼真	以開 3	餘亮	來平開真臻三	力珍
15044	12 正	38	156	形	向	鄰	曉	陽平	齊二	四五因	十一部十二部兩讀注在彼	表中此位無字	匣平開青梗四	戶經	曉開 3	許亮	來平開真臻三	力珍
15045	12 正		157	刑	向	鄰	曉	陽平	齊二	四五因	十一部十二部兩讀注在彼		匣平開青梗四	戶經	曉開 3	許亮	來平開真臻三	力珍
15047	12 正		158	鈃 g*	向	鄰	曉	陽平	齊二	四五因	十一部十二部兩讀注在彼		見平開先山四	經天	曉開 3	許亮	來平開真臻三	力珍
15050	12 正	39	159	**鄰**	亮	民	賚	陽平	齊二	四五因			來平開真臻三	力珍	來開 3	力讓	明平開真臻重四	彌鄰
15051	12 正		160	粼	亮	民	賚	陽平	齊二	四五因			來平開真臻三	力珍	來開 3	力讓	明平開真臻重四	彌鄰
15053	12 正		161	瞵	亮	民	賚	陽平	齊二	四五因			來平開真臻三	力珍	來開 3	力讓	明平開真臻重四	彌鄰
15055	12 正		162	麟	亮	民	賚	陽平	齊二	四五因			來平開真臻三	力珍	來開 3	力讓	明平開真臻重四	彌鄰
15056	12 正		163	獜	亮	民	賚	陽平	齊二	四五因			來平開真臻三	力珍	來開 3	力讓	明平開真臻重四	彌鄰
15057	12 正		164	鱗	亮	民	賚	陽平	齊二	四五因			來平開真臻三	力珍	來開 3	力讓	明平開真臻重四	彌鄰
15058	12 正		165	鱗	亮	民	賚	陽平	齊二	四五因			來平開真臻三	力珍	來開 3	力讓	明平開真臻重四	彌鄰
15059	12 正		166	聆	亮	民	賚	陽平	齊二	四五因			來平開青梗四	郎丁	來開 3	力讓	明平開真臻重四	彌鄰

韻字編號	部序	組數	字數	韻字及何氏反切			韻字何氏音				何萱注釋	備　注	韻字中古音		上字中古音		下字中古音	
				韻字	上字	下字	聲	調	呼	韻部			聲調呼韻攝等	反切	聲呼等	反切	聲調呼韻攝等	反切
15060	12 正		167	泠	亮	民	賚	陽平	齊二	四五因			來平開青梗四	郎丁	來開 3	力讓	明平開真臻重四	彌鄰
15061	12 正		168	伶	亮	民	賚	陽平	齊二	四五因			來平開青梗四	郎丁	來開 3	力讓	明平開真臻重四	彌鄰
15062	12 正		169	囹	亮	民	賚	陽平	齊二	四五因			來平開青梗四	郎丁	來開 3	力讓	明平開真臻重四	彌鄰
15064	12 正		170	零	亮	民	賚	陽平	齊二	四五因			來平開青梗四	郎丁	來開 3	力讓	明平開真臻重四	彌鄰
15066	12 正		171	矜	亮	民	賚	陽平	齊二	四五因	本韻兩見注在前	據何注，此處也是古音，取鄰廣韻音。矜玉篇作渠巾切，又居陵切	來平開真臻三	力珍	來開 3	力讓	明平開真臻重四	彌鄰
15067	12 正		172	鈴	亮	民	賚	陽平	齊二	四五因			來平開青梗四	郎丁	來開 3	力讓	明平開真臻重四	彌鄰
15068	12 正		173	玲	亮	民	賚	陽平	齊二	四五因			來平開青梗四	郎丁	來開 3	力讓	明平開真臻重四	彌鄰
15069	12 正		174	瓴	亮	民	賚	陽平	齊二	四五因			來平開青梗四	郎丁	來開 3	力讓	明平開真臻重四	彌鄰
15070	12 正		175	軨	亮	民	賚	陽平	齊二	四五因			來平開青梗四	郎丁	來開 3	力讓	明平開真臻重四	彌鄰
15071	12 正		176	柃	亮	民	賚	陽平	齊二	四五因			來平開青梗四	郎丁	來開 3	力讓	明平開真臻重四	彌鄰
15072	12 正		177	笭	亮	民	賚	陽平	齊二	四五因			來平開青梗四	郎丁	來開 3	力讓	明平開真臻重四	彌鄰
15074	12 正		178	苓	亮	民	賚	陽平	齊二	四五因			來平開青梗四	郎丁	來開 3	力讓	明平開真臻重四	彌鄰
15076	12 正		179	鈴	亮	民	賚	陽平	齊二	四五因			來平開青梗四	郎丁	來開 3	力讓	明平開真臻重四	彌鄰
15077	12 正		180	蛉	亮	民	賚	陽平	齊二	四五因			來平開青梗四	郎丁	來開 3	力讓	明平開真臻重四	彌鄰
15078	12 正		181	令	亮	民	賚	陽平	齊二	四五因	平去兩讀義分		來平開清梗三	呂貞	來開 3	力讓	明平開真臻重四	彌鄰
15080	12 正	40	182	**秦**	此	鄰	淨	陽平	齊二	四五因			從平開真臻三	匠鄰	清開 3	雌氏	來平開真臻三	力珍
15081	12 正	41	183	**嚚**	仰	鄰	我	陽平	齊二	四五因			疑平開真臻重三	語巾	疑開 3	魚兩	來平開真臻三	力珍
15082	12 正		184	訇 g*	仰	鄰	我	陽平	齊二	四五因	本韻凡三見		見去合諄臻三	九峻	疑開 3	魚兩	來平開真臻三	力珍
15085	12 正		185	礥	仰	鄰	我	陽平	齊二	四五因			疑平開真臻重三	語巾	疑開 3	魚兩	來平開真臻三	力珍
15086	12 正	42	186	**嬪**	避	鄰	並	陽平	齊二	四五因			並平開真臻重四	符真	並開重 4	毗義	來平開真臻三	力珍
15087	12 正		187	矉	避	鄰	並	陽平	齊二	四五因			幫平開真臻重四	必鄰	並開重 4	毗義	來平開真臻三	力珍
15090	12 正		188	覿	避	鄰	並	陽平	齊二	四五因			並平開真臻重四	符真	並開重 4	毗義	來平開真臻三	力珍
15091	12 正		189	蘋	避	鄰	並	陽平	齊二	四五因			並平開真臻重四	符真	並開重 4	毗義	來平開真臻三	力珍

韻字編號	部序	組數	字數	韻字及何氏反切			韻字何氏音				何萱注釋	備注	韻字中古音		上字中古音		下字中古音	
				韻字	上字	下字	聲	調	呼	韻部			聲調呼韻攝等	反切	聲呼等	反切	聲調呼韻攝等	反切
15092	12 正		190	玭	避	鄰	並	陽平	齊二	四五因			並平開真臻重四	符真	並開重 4	毗義	來平開真臻三	力珍
15094	12 正		191	嚬	避	鄰	並	陽平	齊二	四五因			並平開真臻重四	符真	並開重 4	毗義	來平開真臻三	力珍
15095	12 正		192	櫇	避	鄰	並	陽平	齊二	四五因			並平開真臻重四	符真	並開重 4	毗義	來平開真臻三	力珍
15096	12 正	43	193	**民**	美	鄰	命	陽平	齊二	四五因			明平開真臻重四	彌鄰	明開重 3	無鄙	來平開真臻三	力珍
15097	12 正		194	怋	美	鄰	命	陽平	齊二	四五因			明平開真臻重四	彌鄰	明開重 3	無鄙	來平開真臻三	力珍
15099	12 正		195	瞑*	美	鄰	命	陽平	齊二	四五因			明平開先山四	民堅	明開重 3	無鄙	來平開真臻三	力珍
15101	12 正		196	罠	美	鄰	命	陽平	齊二	四五因			明平開真臻重三	武巾	明開重 3	無鄙	來平開真臻三	力珍
15102	12 正		197	珉	美	鄰	命	陽平	齊二	四五因			明平開真臻重三	武巾	明開重 3	無鄙	來平開真臻三	力珍
15105	12 正		198	玟 g*	美	鄰	命	陽平	齊二	四五因	凡三見十二部十五部今音也十三部古音也		明平開真臻重三	眉貧	明開重 3	無鄙	來平開真臻三	力珍
15106	12 正	44	199	**均**	舉	洵	見	陰平	撮	四六均			見平合諄臻重四	居勻	見合 3	居許	心平合諄臻三	相倫
15107	12 正		200	鈞	舉	洵	見	陰平	撮	四六均			見平合諄臻重四	居勻	見合 3	居許	心平合諄臻三	相倫
15108	12 正		201	袀	舉	洵	見	陰平	撮	四六均			見平合諄臻重四	居勻	見合 3	居許	心平合諄臻三	相倫
15109	12 正		202	姰 g*	舉	洵	見	陰平	撮	四六均			見平合諄臻重四	規倫	見合 3	居許	心平合諄臻三	相倫
15111	12 正	45	203	恂	敘	均	信	陰平	撮	四六均			心平合諄臻三	相倫	邪合 3	徐呂	見平合諄臻重四	居勻
15113	12 正		204	**洵**	敘	均	信	陰平	撮	四六均			邪平合諄臻三	詳遵	邪合 3	徐呂	見平合諄臻重四	居勻
15114	12 正		205	郇	敘	均	信	陰平	撮	四六均			心平合諄臻三	相倫	邪合 3	徐呂	見平合諄臻重四	居勻
15115	12 正		206	珣	敘	均	信	陰平	撮	四六均	十二部十四部兩讀義分。宣在十四部，珣宣一聲之轉	段注讀若宣	心平合諄臻三	相倫	邪合 3	徐呂	見平合諄臻重四	居勻
15118	12 正		207	畇*	敘	均	信	陰平	撮	四六均			邪平合諄臻三	松倫	邪合 3	徐呂	見平合諄臻重四	居勻
15119	12 正		208	槆*	敘	均	信	陰平	撮	四六均			心平合諄臻三	須倫	邪合 3	徐呂	見平合諄臻重四	居勻
15121	12 正	46	209	**趜**	去	勻	起	陽平	撮	四六均			群平合清梗三	渠營	溪合 3	丘倨	以平合諄臻三	羊倫
15122	12 正	47	210	**勻**	羽	旬	影	陽平	撮	四六均			以平合諄臻三	羊倫	云合 3	王矩	邪平合諄臻三	詳遵
15123	12 正	48	211	**惸**	恕	勻	審	陽平	撮	四六均			群平合清梗三	渠營	書合 3	商署	以平合諄臻三	羊倫

韻字編號	部序	組數	字數	韻字及何氏反切			韻字何氏音				何萱注釋	備　注	韻字中古音		上字中古音		下字中古音	
				韻字	上字	下字	聲	調	呼	韻部			聲調呼韻攝等	反切	聲呼等	反切	聲調呼韻攝等	反切
15124	12 正	49	212	**旬**	敘	勻	信	陽平	撮	四六均			邪平合諄臻三	詳遵	邪合 3	徐呂	以平合諄臻三	羊倫
15126	12 正		213	栒	敘	勻	信	陽平	撮	四六均			邪平合諄臻三	詳遵	邪合 3	徐呂	以平合諄臻三	羊倫
15127	12 正	50	214	**淵**	羽	邊	影	陰平	撮	四七淵			影平合先山四	烏玄	云合 3	王矩	幫平開先山四	布玄
15128	12 正		215	⿺辶𣶒	羽	邊	影	陰平	撮	四七淵			影平合先山四	烏玄	云合 3	王矩	幫平開先山四	布玄
15130	12 正		216	鼘	羽	邊	影	陰平	撮	四七淵			影平合先山四	烏玄	云合 3	王矩	幫平開先山四	布玄
15131	12 正		217	鼝	羽	邊	影	陰平	撮	四七淵			影平合先山四	烏玄	云合 3	王矩	幫平開先山四	布玄
15132	12 正	51	218	**邊**	丙	淵	謗	陰平	撮	四七淵		韻目上字作內，誤，據副編改	幫平開先山四	布玄	幫開 3	兵永	影平合先山四	烏玄
15133	12 正		219	⿺走臱	丙	淵	謗	陰平	撮	四七淵		韻目上字作內，誤，據副編改	幫平開先山四	布玄	幫開 3	兵永	影平合先山四	烏玄
15134	12 正		220	籩	丙	淵	謗	陰平	撮	四七淵		韻目上字作內，誤，據副編改	幫平開先山四	布玄	幫開 3	兵永	影平合先山四	烏玄
15135	12 正	52	221	糸*	許	狗	曉	陽平	撮	四七淵		糸玄	匣平合先山四	胡涓	曉合 3	虛呂	崇平開先山四	崇玄
15136	12 正		222	**玆**	許	狗	曉	陽平	撮	四七淵			匣平合先山四	胡涓	曉合 3	虛呂	崇平開先山四	崇玄
15137	12 正		223	訇	許	狗	曉	陽平	撮	四七淵	本韻凡三見義各別		匣平合先山四	胡涓	曉合 3	虛呂	崇平開先山四	崇玄
15140	12 正	53	224	**稹**	爪	腎	照	上	開	三九稹			章上開真臻三	章忍	莊開 2	側絞	禪上開真臻三	時忍
15141	12 正	54	225	**紖**	茝	稹	助	上	開	三九稹			澄上開真臻三	直引	昌開 1	昌紿	章上開真臻三	章忍
15142	12 正	55	226	頣	稍	稹	審	上	開	三九稹		韻目作頤，誤	書上開真臻三	式忍	生開 2	所教	章上開真臻三	章忍
15143	12 正		227	**腎**	稍	稹	審	上	開	三九稹			禪上開真臻三	時忍	生開 2	所教	章上開真臻三	章忍
15144	12 正		228	矤	稍	稹	審	上	開	三九稹			書上開真臻三	式忍	生開 2	所教	章上開真臻三	章忍
15145	12 正	56	229	**畾**	苦	本	起	上	合	四十畾			溪上合諄臻三	苦本	溪合 1	康杜	幫上合魂臻一	布忖
15147	12 正	57	230	**繭**	几	演	見	上	齊	四一繭			見上開先山四	古典	見開重 3	居履	以上開仙山三	以淺
15148	12 正		231	襺	几	演	見	上	齊	四一繭			見上開先山四	古典	見開重 3	居履	以上開仙山三	以淺
15149	12 正		232	蠒	几	演	見	上	齊	四一繭			見上開先山四	古典	見開重 3	居履	以上開仙山三	以淺
15150	12 正		233	藆	几	演	見	上	齊	四一繭			匣上開先山四	胡典	見開重 3	居履	以上開仙山三	以淺
15153	12 正	58	234	**豎**	舊	演	起	上	齊	四一繭			溪上開仙山重四	去演	群開 3	巨救	以上開仙山三	以淺

韻字編號	部序	組數	字數	韻字及何氏反切			韻字何氏音				何萱注釋	備　注	韻字中古音		上字中古音		下字中古音	
				韻字	上字	下字	聲	調	呼	韻部			聲調呼韻攝等	反切	聲呼等	反切	聲調呼韻攝等	反切
15155	12正	59	235	**演**	漾	翦	影	上	齊	四一繭			以上開仙山三	以淺	以開3	餘亮	精上開仙山三	即淺
15156	12正	60	236	**瞖**	向	翦	曉	上	齊	四一繭		正文作腎，正文誤。釋義不合	匣上開山山二	胡簡	曉開3	許亮	精上開仙山三	即淺
15157	12正	61	237	**忝**	體	演	透	上	齊	四一繭			透上開添咸四	他玷	透開4	他禮	以上開仙山三	以淺
15159	12正	62	238	剃*	紫	演	井	上	齊	四一繭			從平開先山四	才先	精開3	將此	以上開仙山三	以淺
15160	12正		239	**翦**	紫	演	井	上	齊	四一繭			精上開仙山三	即淺	精開3	將此	以上開仙山三	以淺
15162	12正		240	鬋	紫	演	井	上	齊	四一繭			精上開仙山三	即淺	精開3	將此	以上開仙山三	以淺
15164	12正		241	揃	紫	演	井	上	齊	四一繭			精上開仙山三	即淺	精開3	將此	以上開仙山三	以淺
15165	12正	63	242	辡	避	演	並	上	齊	四一繭			並上開仙山重三	符蹇	並開重4	毗義	以上開仙山三	以淺
15167	12正		243	**辯**	避	演	並	上	齊	四一繭			並上開仙山重三	符蹇	並開重4	毗義	以上開仙山三	以淺
15168	12正		244	辦	避	演	並	上	齊	四一繭			並去開山山二	蒲莧	並開重4	毗義	以上開仙山三	以淺
15169	12正	64	245	**緊**	几	引	見	上	齊二	四二緊			見上開真臻重四	居忍	見開重3	居履	以上開真臻三	余忍
15171	12正	65	246	**趣g***	舊	引	起	上	齊二	四二緊			溪上開真臻三	丘忍	群開3	巨救	以上開真臻三	余忍
15174	12正	66	247	**引**	漾	領	影	上	齊二	四二緊			以上開真臻三	余忍	以開3	餘亮	來上開清梗三	良郢
15175	12正		248	靷	漾	領	影	上	齊二	四二緊			以去開真臻三	羊晉	以開3	餘亮	來上開清梗三	良郢
15176	12正		249	廴*	漾	領	影	上	齊二	四二緊			以上開真臻三	以忍	以開3	餘亮	來上開清梗三	良郢
15178	12正		250	螴*	漾	領	影	上	齊二	四二緊			澄去開真臻三	直刃	以開3	餘亮	來上開清梗三	良郢
15180	12正		251	㣧g*	漾	領	影	上	齊二	四二緊			以上開真臻三	以忍	以開3	餘亮	來上開清梗三	良郢
15183	12正		252	戭	漾	領	影	上	齊二	四二緊			以上開仙山三	以淺	以開3	餘亮	來上開清梗三	良郢
15184	12正		253	螾	漾	領	影	上	齊二	四二緊			以平開真臻三	翼真	以開3	餘亮	來上開清梗三	良郢
15185	12正	67	254	**領**	亮	引	賚	上	齊二	四二緊			來上開清梗三	良郢	來開3	力讓	以上開真臻三	余忍
15186	12正		255	冷	亮	引	賚	上	齊二	四二緊			來上開庚梗二	魯打	來開3	力讓	以上開真臻三	余忍
15188	12正	68	256	**戩**	紫	引	井	上	齊二	四二緊			精上開仙山三	即淺	精開3	將此	以上開真臻三	余忍
15189	12正	69	257	**盡**	此	引	淨	上	齊二	四二緊			從上開真臻三	慈忍	清開3	雌氏	以上開真臻三	余忍
15190	12正	70	258	**髕**	避	引	並	上	齊二	四二緊			並上開真臻重四	毗忍	並開重4	毗義	以上開真臻三	余忍
15191	12正	71	259	敃	美	引	命	上	齊二	四二緊			明上開真臻重三	眉殞	明開重3	無鄙	以上開真臻三	余忍
15192	12正		260	**愍**	美	引	命	上	齊二	四二緊			明上開真臻重三	眉殞	明開重3	無鄙	以上開真臻三	余忍

韻字編號	部序	組數	字數	韻字及何氏反切			韻字何氏音				何萱注釋	備注	韻字中古音		上字中古音		下字中古音	
				韻字	上字	下字	聲	調	呼	韻部			聲調呼韻攝等	反切	聲呼等	反切	聲調呼韻攝等	反切
15194	12 正		261	笢	美	引	命	上	齊二	四二緊			明上開真臻重四	武盡	明開重 3	無鄙	以上開真臻三	余忍
15195	12 正	72	262	苭	羽	筍	影	上	撮	四三苭			云平合諄臻三	爲贇	云合 3	王矩	心上合諄臻三	思尹
15196	12 正	73	263	𠣙**	敘	苭	信	上	撮	四三苭			心上合諄臻三	先尹	邪合 3	徐呂	云平合諄臻三	爲贇
15197	12 正		264	筍	敘	苭	信	上	撮	四三苭			心上合諄臻三	思尹	邪合 3	徐呂	云平合諄臻三	爲贇
15198	12 正	74	265	鉉	許	沔	曉	上	撮二	四四鉉			匣上合先山四	胡畎	曉合 3	虛呂	明上開仙山重四	彌兖
15199	12 正		266	泫	許	沔	曉	上	撮二	四四鉉			匣上合先山四	胡畎	曉合 3	虛呂	明上開仙山重四	彌兖
15200	12 正	75	267	扁	丙	沔	謗	上	撮二	四四鉉			幫上開先山四	方典	幫開 3	兵永	明上開仙山重四	彌兖
15202	12 正		268	褊	丙	沔	謗	上	撮二	四四鉉			幫上開仙山重四	方緬	幫開 3	兵永	明上開仙山重四	彌兖
15203	12 正		269	萹 g*	丙	沔	謗	上	撮二	四四鉉			滂上開仙山重四	匹善	幫開 3	兵永	明上開仙山重四	彌兖
15204	12 正		270	辯	丙	沔	謗	上	撮二	四四鉉			幫上開仙山重四	方緬	幫開 3	兵永	明上開仙山重四	彌兖
15205	12 正	76	271	辮	品	沔	並	上	撮二	四四鉉			並上開先山四	薄泫	滂開重 3	丕飲	明上開仙山重四	彌兖
15206	12 正		272	揙	品	沔	並	上	撮二	四四鉉			幫平開仙山重四	卑連	滂開重 3	丕飲	明上開仙山重四	彌兖
15207	12 正	77	273	丏	美	鉉	命	上	撮二	四四鉉			明上開先山四	彌殄	明開重 3	無鄙	匣上合先山四	胡畎
15208	12 正		274	沔	美	鉉	命	上	撮二	四四鉉			明上開仙山重四	彌兖	明開重 3	無鄙	匣上合先山四	胡畎
15209	12 正		275	㑵g*	美	鉉	命	上	撮二	四四鉉	十二部十六部兩讀	據何注和該字讀音，增入到美鉉切小韻中，待考	明上開仙山重四	彌兖	明開重 3	無鄙	匣上合先山四	胡畎
15210	12 正	78	276	鎮	酌	慎	照	去	開	四一鎮			知去開真臻三	陟刃	章開 3	之若	禪去開真臻三	時刃
15211	12 正		277	抳	酌	慎	照	去	開	四一鎮			章去開真臻三	章刃	章開 3	之若	禪去開真臻三	時刃
15212	12 正	79	278	疢	茝	慎	助	去	開	四一鎮			徹去開真臻三	丑刃	昌開 1	昌紿	禪去開真臻三	時刃
15214	12 正		279	陳	茝	慎	助	去	開	四一鎮	平去兩讀		澄去開真臻三	直刃	昌開 1	昌紿	禪去開真臻三	時刃
15215	12 正		280	敶	茝	慎	助	去	開	四一鎮	敶，萱按當作敶		澄去開真臻三	直刃	昌開 1	昌紿	禪去開真臻三	時刃
15216	12 正	80	281	慎	稍	鎮	審	去	開	四一鎮			禪去開真臻三	時刃	生開 2	所教	知去開真臻三	陟刃
15217	12 正	81	282	瞚	朔	殉	審	去	合	四二瞚			書去合諄臻三	舒閏	生開 2	所角	邪去合諄臻三	辭閏
15219	12 正		283	眣	朔	殉	審	去	合	四二瞚	去入兩讀	入聲有兩讀，共三讀	知入開鎋山二	陟轄	生開 2	所角	邪去合諄臻三	辭閏
15221	12 正	82	284	鋻	几	甸	見	去	齊	四三鋻			見去開先山四	古電	見開重 3	居履	定去開先山四	堂練

韻字編號	部序	組數	字數	韻字及何氏反切			韻字何氏音				何萱注釋	備　注	韻字中古音		上字中古音		下字中古音	
				韻字	上字	下字	聲	調	呼	韻部			聲調呼韻攝等	反切	聲呼等	反切	聲調呼韻攝等	反切
15222	12 正	83	285	**佃**	體	箭	透	去	齊	四三鑒			定去開先山四	堂練	透開 4	他禮	精去開仙山三	子賤
15224	12 正		286	佃	體	箭	透	去	齊	四三鑒			定去開先山四	堂練	透開 4	他禮	精去開仙山三	子賤
15227	12 正		287	瑱	體	箭	透	去	齊	四三鑒			透去開先山四	他甸	透開 4	他禮	精去開仙山三	子賤
15228	12 正		288	電	體	箭	透	去	齊	四三鑒			定去開先山四	堂練	透開 4	他禮	精去開仙山三	子賤
15229	12 正	84	289	蔳	紫	甸	井	去	齊	四三鑒	蒨隸作蔳		精去開仙山三	子賤	精開 3	將此	定去開先山四	堂練
15230	12 正		290	**箭**	紫	甸	井	去	齊	四三鑒			精去開仙山三	子賤	精開 3	將此	定去開先山四	堂練
15231	12 正		291	楢	紫	甸	井	去	齊	四三鑒			精去開仙山三	子賤	精開 3	將此	定去開先山四	堂練
15234	12 正	85	292	豜	仰	箭	我	去	齊	四三鑒			疑去開先山四	吾甸	疑開 3	魚兩	精去開仙山三	子賤
15236	12 正		293	**趼**	仰	箭	我	去	齊	四三鑒			疑去開先山四	吾甸	疑開 3	魚兩	精去開仙山三	子賤
15237	12 正	86	294	**徧**	丙	甸	謗	去	齊	四三鑒			幫去開先山四	方見	幫開 3	兵永	定去開先山四	堂練
15239	12 正	87	295	**便**	避	甸	並	去	齊	四三鑒	平去兩讀注在彼。萱按兼兩讀而義不必分者此類是也		並去開仙山重四	婢面	並開重 4	毗義	定去開先山四	堂練
15240	12 正	88	296	守	美	甸	命	去	齊	四三鑒			明去開先山四	莫甸	明開重 3	無鄙	定去開先山四	堂練
15242	12 正		297	**眄**	美	甸	命	去	齊	四三鑒			明去開先山四	莫甸	明開重 3	無鄙	定去開先山四	堂練
15243	12 正		298	麪	美	甸	命	去	齊	四三鑒			明去開先山四	莫甸	明開重 3	無鄙	定去開先山四	堂練
15244	12 正	89	299	**菣**	舊	信	起	去	齊二	四四菣			溪去開真臻重四	去刃	群開 3	巨救	心去開真臻三	息晉
15246	12 正	90	300	**印**	漾	進	影	去	齊二	四四菣			影去開真臻重四	於刃	以開 3	餘亮	精去開真臻三	即刃
15247	12 正		301	鈏	漾	進	影	去	齊二	四四菣			以去開真臻三	羊晉	以開 3	餘亮	精去開真臻三	即刃
15249	12 正		302	朄	漾	進	影	去	齊二	四四菣			以去開真臻三	羊晉	以開 3	餘亮	精去開真臻三	即刃
15250	12 正		303	胤	漾	進	影	去	齊二	四四菣			以去開真臻三	羊晉	以開 3	餘亮	精去開真臻三	即刃
15251	12 正		304	酳*	漾	進	影	去	齊二	四四菣			以去開真臻三	羊進	以開 3	餘亮	精去開真臻三	即刃
15252	12 正		305	濥	漾	進	影	去	齊二	四四菣			以去開真臻三	羊晉	以開 3	餘亮	精去開真臻三	即刃
15253	12 正	91	306	**佞**	紐	進	乃	去	齊二	四四菣			泥去開青梗四	乃定	娘開 3	女久	精去開真臻三	即刃
15254	12 正	92	307	**吝**	亮	進	賚	去	齊二	四四菣		應為重出	來去開真臻三	良刃	來開 3	力讓	精去開真臻三	即刃
15255	12 正		308	令	亮	進	賚	去	齊二	四四菣	平去兩讀義分		來去開清梗三	力政	來開 3	力讓	精去開真臻三	即刃

韻字編號	部序	組數	字數	韻字及何氏反切			韻字何氏音				何萱注釋	備注	韻字中古音		上字中古音		下字中古音	
				韻字	上字	下字	聲	調	呼	韻部			聲調呼韻攝等	反切	聲呼等	反切	聲調呼韻攝等	反切
15260	12 正		309	㷠	亮	進	賚	去	齊二	四四攱			來平開真臻三	力珍	來開 3	力讓	精去開真臻三	即刃
15262	12 正		310	⿰貝粦*	亮	進	賚	去	齊二	四四攱			來去開真臻三	良刃	來開 3	力讓	精去開真臻三	即刃
15263	12 正		311	遴	亮	進	賚	去	齊二	四四攱			來去開真臻三	良刃	來開 3	力讓	精去開真臻三	即刃
15264	12 正		312	蹸*	亮	進	賚	去	齊二	四四攱			來去開真臻三	良刃	來開 3	力讓	精去開真臻三	即刃
15268	12 正		313	瞵	亮	進	賚	去	齊二	四四攱			來去開真臻三	良刃	來開 3	力讓	精去開真臻三	即刃
15269	12 正		314	藺	亮	進	賚	去	齊二	四四攱			來去開真臻三	良刃	來開 3	力讓	精去開真臻三	即刃
15270	12 正		315	閵	亮	進	賚	去	齊二	四四攱			來去開真臻三	良刃	來開 3	力讓	精去開真臻三	即刃
15271	12 正		316	[illegible]	亮	進	賚	去	齊二	四四攱			來去開真臻三	良刃	來開 3	力讓	精去開真臻三	即刃
15273	12 正	93	317	**寴**	寵	進	助	去	齊二	四四攱	平去兩讀注在彼		清去開真臻三	七遴	徹合 3	丑隴	精去開真臻三	即刃
15274	12 正		318	櫬	寵	進	助	去	齊二	四四攱			初去開臻臻三	初覲	徹合 3	丑隴	精去開真臻三	即刃
15275	12 正	94	319	**進**	紫	信	井	去	齊二	四四攱			精去開真臻三	即刃	精開 3	將此	心去開真臻三	息晉
15276	12 正		320	晉	紫	信	井	去	齊二	四四攱			精去開真臻三	即刃	精開 3	將此	心去開真臻三	息晉
15277	12 正		321	縉	紫	信	井	去	齊二	四四攱			精去開真臻三	即刃	精開 3	將此	心去開真臻三	息晉
15278	12 正		322	鄑	紫	信	井	去	齊二	四四攱			精平開支止三	即移	精開 3	將此	心去開真臻三	息晉
15281	12 正	95	323	**瀙**	此	進	淨	去	齊二	四四攱			清去開真臻三	七遴	清開 3	雌氏	精去開真臻三	即刃
15282	12 正	96	324	猌	仰	信	我	去	齊二	四四攱			疑去開真臻重三	魚覲	疑開 3	魚兩	心去開真臻三	息晉
15283	12 正		325	**憖**	仰	信	我	去	齊二	四四攱			疑去開真臻重三	魚覲	疑開 3	魚兩	心去開真臻三	息晉
15284	12 正	97	326	**信**	小	進	信	去	齊二	四四攱			心去開真臻三	息晉	心開 3	私兆	精去開真臻三	即刃
15285	12 正		327	囟	小	進	信	去	齊二	四四攱			心去開真臻三	息晉	心開 3	私兆	精去開真臻三	即刃
15289	12 正		328	⿱大囟	小	進	信	去	齊二	四四攱	十二部去聲十五部平聲兩讀		心去開真臻三	息晉	心開 3	私兆	精去開真臻三	即刃
15291	12 正		329	卂	小	進	信	去	齊二	四四攱			心去開真臻三	息晉	心開 3	私兆	精去開真臻三	即刃
15292	12 正		330	迅	小	進	信	去	齊二	四四攱			心去開真臻三	息晉	心開 3	私兆	精去開真臻三	即刃
15294	12 正		331	訊	小	進	信	去	齊二	四四攱			心去開真臻三	息晉	心開 3	私兆	精去開真臻三	即刃
15296	12 正		332	汛	小	進	信	去	齊二	四四攱			心去開真臻三	息晉	心開 3	私兆	精去開真臻三	即刃
15298	12 正		333	妻	小	進	信	去	齊二	四四攱			邪去開真臻三	徐刃	心開 3	私兆	精去開真臻三	即刃

韻字編號	部序	組數	字數	韻字及何氏反切			韻字何氏音				何萱注釋	備注	韻字中古音		上字中古音		下字中古音	
				韻字	上字	下字	聲	調	呼	韻部			聲調呼韻攝等	反切	聲呼等	反切	聲調呼韻攝等	反切
15299	12 正		334	賮	小	進	信	去	齊二	四四萏			邪去開真臻三	徐刃	心開 3	私兆	精去開真臻三	即刃
15301	12 正		335	璶	小	進	信	去	齊二	四四萏			邪去開真臻三	徐刃	心開 3	私兆	精去開真臻三	即刃
15302	12 正		336	藎	小	進	信	去	齊二	四四萏			邪去開真臻三	徐刃	心開 3	私兆	精去開真臻三	即刃
15304	12 正	98	337	**儐**	丙	信	謗	去	齊二	四四萏			幫去開真臻重四	必刃	幫開 3	兵永	心去開真臻三	息晉
15305	12 正		338	殯	丙	信	謗	去	齊二	四四萏			幫去開真臻重四	必刃	幫開 3	兵永	心去開真臻三	息晉
15306	12 正		339	鬢	丙	信	謗	去	齊二	四四萏			幫去開真臻重四	必刃	幫開 3	兵永	心去開真臻三	息晉
15307	12 正	99	340	**朩**	避	進	並	去	齊二	四四萏	何注：分枲莖皮也。……此字與讀若輩之朩別	朩?廣集韻釋義相同的字形為朩，此取朩廣韻音	滂去開真臻重四	匹刃	並開重 4	毗義	精去開真臻三	即刃
15308	12 正	100	341	**命**	美	進	命	去	齊二	四四萏			明去開庚梗三	眉病	明開重 3	無鄙	精去開真臻三	即刃
15309	12 正	101	342	**徇**	敘	呁	信	去	撮	四五徇			邪去合諄臻三	辭閏	邪合 3	徐呂	見去合諄臻重四	九峻
15310	12 正		343	侚	敘	呁	信	去	撮	四五徇			邪去合諄臻三	辭閏	邪合 3	徐呂	見去合諄臻重四	九峻
15316	12 正	102	344	炫	許	瓣	曉	去	撮二	四六炫			匣去合先山四	黃練	曉合 3	虛呂	並去開山山二	蒲莧
15318	12 正		345	眩	許	瓣	曉	去	撮二	四六炫			匣去合先山四	黃練	曉合 3	虛呂	並去開山山二	蒲莧
15320	12 正		346	旬	許	瓣	曉	去	撮二	四六炫			匣去合先山四	黃練	曉合 3	虛呂	並去開山山二	蒲莧
15321	12 正		347	**絢**	許	瓣	曉	去	撮二	四六炫		表中字頭作約	曉去合先山四	許縣	曉合 3	虛呂	並去開山山二	蒲莧
15322	12 正	103	348	辧	縹	眩	並	去	撮二	四六炫			滂去開山山二	匹莧	滂開重 4	敷沼	匣去合先山四	黃練
15323	12 正		349	**瓣**	縹	眩	並	去	撮二	四六炫			並去開山山二	蒲莧	滂開重 4	敷沼	匣去合先山四	黃練
15325	12 正	104	350	**質**	酌	瑟	照	入	開	四四質			章入開質臻三	之日	章開 3	之若	生入開櫛臻三	所櫛
15326	12 正		351	�	酌	瑟	照	入	開	四四質			章入開質臻三	之日	章開 3	之若	生入開櫛臻三	所櫛
15327	12 正		352	躓	酌	瑟	照	入	開	四四質			知去開脂止三	陟利	章開 3	之若	生入開櫛臻三	所櫛
15328	12 正		353	疐	酌	瑟	照	入	開	四四質			知去開脂止三	陟利	章開 3	之若	生入開櫛臻三	所櫛
15329	12 正		354	櫛	酌	瑟	照	入	開	四四質			莊入開櫛臻三	阻瑟	章開 3	之若	生入開櫛臻三	所櫛
15330	12 正		355	至	酌	瑟	照	入	開	四四質			章去開脂止三	脂利	章開 3	之若	生入開櫛臻三	所櫛
15331	12 正		356	窒	酌	瑟	照	入	開	四四質			知入開質臻三	陟栗	章開 3	之若	生入開櫛臻三	所櫛
15333	12 正		357	庢	酌	瑟	照	入	開	四四質			知入開質臻三	陟栗	章開 3	之若	生入開櫛臻三	所櫛

韻字編號	部序	組數	字數	韻字及何氏反切			韻字何氏音				何萱注釋	備注	韻字中古音		上字中古音		下字中古音	
				韻字	上字	下字	聲	調	呼	韻部			聲調呼韻攝等	反切	聲呼等	反切	聲調呼韻攝等	反切
15334	12 正		358	鑿	酌	瑟	照	入	開	四四質		何氏注將鑿作櫍是天寶間衛包改的，許書中沒有櫍字。這里鑿取的音同櫍廣韻音	章入開質臻三	之日	章開 3	之若	生入開櫛臻三	所櫛
15336	12 正		359	鑕	酌	瑟	照	入	開	四四質			知入開質臻三	陟栗	章開 3	之若	生入開櫛臻三	所櫛
15338	12 正		360	挃	酌	瑟	照	入	開	四四質			知入開質臻三	陟栗	章開 3	之若	生入開櫛臻三	所櫛
15339	12 正		361	銍	酌	瑟	照	入	開	四四質			知入開質臻三	陟栗	章開 3	之若	生入開櫛臻三	所櫛
15340	12 正		362	桎	酌	瑟	照	入	開	四四質			章入開質臻三	之日	章開 3	之若	生入開櫛臻三	所櫛
15341	12 正		363	郅	酌	瑟	照	入	開	四四質			章入開質臻三	之日	章開 3	之若	生入開櫛臻三	所櫛
15343	12 正		364	蛭	酌	瑟	照	入	開	四四質			章入開質臻三	之日	章開 3	之若	生入開櫛臻三	所櫛
15345	12 正	105	365	**秩**	茝	瑟	助	入	開	四四質		原作茝應為茝	澄入開質臻三	直一	昌開 1	昌紿	生入開櫛臻三	所櫛
15346	12 正		366	紩	茝	瑟	助	入	開	四四質		原作茝應為茝	澄入開質臻三	直一	昌開 1	昌紿	生入開櫛臻三	所櫛
15347	12 正		367	帙	茝	瑟	助	入	開	四四質		原作茝應為茝	澄入開質臻三	直一	昌開 1	昌紿	生入開櫛臻三	所櫛
15348	12 正		368	戴	茝	瑟	助	入	開	四四質		原作茝應為茝	澄入開質臻三	直一	昌開 1	昌紿	生入開櫛臻三	所櫛
15350	12 正		369	實	茝	瑟	助	入	開	四四質		原作茝應為茝	船入開質臻三	神質	昌開 1	昌紿	生入開櫛臻三	所櫛
15351	12 正	106	370	**日**	若	瑟	耳	入	開	四四質		副編上字作弱	日入開質臻三	人質	日開 3	而灼	生入開櫛臻三	所櫛
15352	12 正		371	衵	若	瑟	耳	入	開	四四質		副編上字作弱	日入開質臻三	人質	日開 3	而灼	生入開櫛臻三	所櫛
15354	12 正		372	馹	若	瑟	耳	入	開	四四質		副編上字作弱	日入開質臻三	人質	日開 3	而灼	生入開櫛臻三	所櫛
15356	12 正		373	衵	若	瑟	耳	入	開	四四質		副編上字作弱	日入開質臻三	人質	日開 3	而灼	生入開櫛臻三	所櫛
15357	12 正		374	遷	若	瑟	耳	入	開	四四質		副編上字作弱	知入開質臻三	陟栗	日開 3	而灼	生入開櫛臻三	所櫛
15358	12 正	107	375	**瑟**	稍	質	審	入	開	四四質			生入開櫛臻三	所櫛	生開 2	所教	章入開質臻三	之日
15359	12 正		376	璱	稍	質	審	入	開	四四質			生入開櫛臻三	所櫛	生開 2	所教	章入開質臻三	之日
15360	12 正		377	室	稍	質	審	入	開	四四質			書入開質臻三	式質	生開 2	所教	章入開質臻三	之日
15361	12 正		378	失	稍	質	審	入	開	四四質			書入開質臻三	式質	生開 2	所教	章入開質臻三	之日
15362	12 正		379	蝨	稍	質	審	入	開	四四質			生入開櫛臻三	所櫛	生開 2	所教	章入開質臻三	之日
15363	12 正	108	380	**結**	几	鐵	見	入	齊	四五結			見入開屑山四	古屑	見開重 3	居履	透入開屑山四	他結

韻字編號	部序	組數	字數	韻字及何氏反切			韻字何氏音				何萱注釋	備注	韻字中古音		上字中古音		下字中古音	
				韻字	上字	下字	聲	調	呼	韻部			聲調呼韻攝等	反切	聲呼等	反切	聲調呼韻攝等	反切
15364	12 正		381	臭	几	鐵	見	入	齊	四五結			見入開屑山四	古屑	見開重 3	居履	透入開屑山四	他結
15366	12 正		382	拮	几	鐵	見	入	齊	四五結			見入開屑山四	古屑	見開重 3	居履	透入開屑山四	他結
15367	12 正		383	桔	几	鐵	見	入	齊	四五結			見入開屑山四	古屑	見開重 3	居履	透入開屑山四	他結
15368	12 正	109	384	噎	漾	結	影	入	齊	四五結			影入開屑山四	烏結	以開 3	餘亮	見入開屑山四	古屑
15369	12 正	110	385	頡	向	結	曉	入	齊	四五結		韻目歸入漾結切，表中作曉母字頭，據副編加向結切	匣入開屑山四	胡結	曉開 3	許亮	見入開屑山四	古屑
15370	12 正		386	襭	向	結	曉	入	齊	四五結		韻目歸入漾結切，據副編加向結切	匣入開屑山四	胡結	曉開 3	許亮	見入開屑山四	古屑
15371	12 正	111	387	耊	體	結	透	入	齊	四五結			定入開屑山四	徒結	透開 4	他禮	見入開屑山四	古屑
15373	12 正		388	姪	體	結	透	入	齊	四五結			定入開屑山四	徒結	透開 4	他禮	見入開屑山四	古屑
15374	12 正		389	絰	體	結	透	入	齊	四五結			定入開屑山四	徒結	透開 4	他禮	見入開屑山四	古屑
15376	12 正		390	詄	體	結	透	入	齊	四五結			定入開屑山四	徒結	透開 4	他禮	見入開屑山四	古屑
15377	12 正		391	胅	體	結	透	入	齊	四五結			定入開屑山四	徒結	透開 4	他禮	見入開屑山四	古屑
15378	12 正		392	瓞	體	結	透	入	齊	四五結			知入開質臻三	陟栗	透開 4	他禮	見入開屑山四	古屑
15379	12 正		393	跌	體	結	透	入	齊	四五結			定入開屑山四	徒結	透開 4	他禮	見入開屑山四	古屑
15380	12 正		394	迭	體	結	透	入	齊	四五結			定入開屑山四	徒結	透開 4	他禮	見入開屑山四	古屑
15381	12 正		395	垤	體	結	透	入	齊	四五結			定入開屑山四	徒結	透開 4	他禮	見入開屑山四	古屑
15383	12 正		396	駃	體	結	透	入	齊	四五結			定入開屑山四	徒結	透開 4	他禮	見入開屑山四	古屑
15384	12 正		397	跌	體	結	透	入	齊	四五結			定入開屑山四	徒結	透開 4	他禮	見入開屑山四	古屑
15385	12 正		398	颫	體	結	透	入	齊	四五結			定入開屑山四	徒結	透開 4	他禮	見入開屑山四	古屑
15386	12 正		399	苵	體	結	透	入	齊	四五結			定入開屑山四	徒結	透開 4	他禮	見入開屑山四	古屑
15387	12 正		400	戜	體	結	透	入	齊	四五結			定入開屑山四	徒結	透開 4	他禮	見入開屑山四	古屑
15388	12 正		401	鐵	體	結	透	入	齊	四五結			透入開屑山四	他結	透開 4	他禮	見入開屑山四	古屑
15389	12 正		402	驖	體	結	透	入	齊	四五結			透入開屑山四	他結	透開 4	他禮	見入開屑山四	古屑
15391	12 正		403	䇈	體	結	透	入	齊	四五結		玉篇他計切	透去開齊蟹四	他計	透開 4	他禮	見入開屑山四	古屑

韻字編號	部序	組數	字數	韻字及何氏反切			韻字何氏音				何萱注釋	備　注	韻字中古音		上字中古音		下字中古音	
				韻字	上字	下字	聲	調	呼	韻部			聲調呼韻攝等	反切	聲呼等	反切	聲調呼韻攝等	反切
15392	12 正	112	404	**涅**	裹	結	乃	入	齊	四五結			泥入開屑山四	奴結	泥開 4	奴鳥	見入開屑山四	古屑
15394	12 正	113	405	**咥**	茝	結	助	入	齊	四五結		原作茞應為茝	徹入開質臻三	丑栗	昌開 1	昌紿	見入開屑山四	古屑
15396	12 正	114	406	卪*	紫	鐵	井	入	齊	四五結			精入開屑山四	子結	精開 3	將此	透入開屑山四	他結
15397	12 正		407	**節**	紫	鐵	井	入	齊	四五結			精入開屑山四	子結	精開 3	將此	透入開屑山四	他結
15398	12 正		408	岊	紫	鐵	井	入	齊	四五結	或作岊		精入開屑山四	子結	精開 3	將此	透入開屑山四	他結
15400	12 正	115	409	齺	此	結	淨	入	齊	四五結			清入開屑山四	七結	清開 3	雌氏	見入開屑山四	古屑
15402	12 正		410	㓷	此	結	淨	入	齊	四五結			初入開質臻三	初栗	清開 3	雌氏	見入開屑山四	古屑
15403	12 正		411	**切**	此	結	淨	入	齊	四五結			清入開屑山四	七結	清開 3	雌氏	見入開屑山四	古屑
15404	12 正	116	412	**屑**	小	結	信	入	齊	四五結			心入開屑山四	先結	心開 3	私兆	見入開屑山四	古屑
15405	12 正		413	榍	小	結	信	入	齊	四五結			心入開屑山四	先結	心開 3	私兆	見入開屑山四	古屑
15407	12 正		414	偞	小	結	信	入	齊	四五結			心入開屑山四	先結	心開 3	私兆	見入開屑山四	古屑
15409	12 正		415	糏	小	結	信	入	齊	四五結			心入開薛山三	私列	心開 3	私兆	見入開屑山四	古屑
15411	12 正	117	416	**覕**	丙	結	謗	入	齊	四五結			明入開屑山四	莫結	幫開 3	兵永	見入開屑山四	古屑
15412	12 正	118	417	**蹩**	避	結	並	入	齊	四五結			並入開屑山四	蒲結	並開重 4	毗義	見入開屑山四	古屑
15413	12 正	119	418	**秸**	几	札	見	入	齊二	四六秸			見入開黠山二	吉黠	見開重 3	居履	莊入開黠山二	側八
15415	12 正		419	硈	几	札	見	入	齊二	四六秸			溪入開黠山二	恪八	見開重 3	居履	莊入開黠山二	側八
15416	12 正	120	420	**劼**	舊	札	起	入	齊二	四六秸			溪入開黠山二	恪八	群開 3	巨救	莊入開黠山二	側八
15417	12 正	121	421	**軋**	漾	八	影	入	齊二	四六秸			影入開黠山二	烏黠	以開 3	餘亮	幫入開黠山二	博拔
15419	12 正	122	422	齫	向	八	曉	入	齊二	四六秸			曉入開鎋山二	許鎋	曉開 3	許亮	幫入開黠山二	博拔
15420	12 正		423	**黠**	向	八	曉	入	齊二	四六秸			匣入開黠山二	胡八	曉開 3	許亮	幫入開黠山二	博拔
15421	12 正	123	424	**札**	掌	八	照	入	齊二	四六秸			莊入開黠山二	側八	章開 3	諸兩	幫入開黠山二	博拔
15422	12 正	124	425	**八**	丙	札	謗	入	齊二	四六秸			幫入開黠山二	博拔	幫開 3	兵永	莊入開黠山二	側八
15423	12 正		426	馴	丙	札	謗	入	齊二	四六秸			幫入開黠山二	博拔	幫開 3	兵永	莊入開黠山二	側八
15424	12 正	125	427	**吉**	几	逸	見	入	齊三	四七吉			見入開質臻重四	居質	見開重 3	居履	以入開質臻三	夷質
15425	12 正	126	428	佶	舊	逸	起	入	齊三	四七吉			群入開質臻重四	巨乙	群開 3	巨救	以入開質臻三	夷質
15426	12 正		429	**詰**	舊	逸	起	入	齊三	四七吉			溪入開質臻重四	去吉	群開 3	巨救	以入開質臻三	夷質
15427	12 正		430	姞	舊	逸	起	入	齊三	四七吉			群入開質臻重四	巨乙	群開 3	巨救	以入開質臻三	夷質

韻字編號	部序	組數	字數	韻字及何氏反切			韻字何氏音				何萱注釋	備注	韻字中古音		上字中古音		下字中古音	
				韻字	上字	下字	聲	調	呼	韻部			聲調呼韻攝等	反切	聲呼等	反切	聲調呼韻攝等	反切
15429	12 正		431	趌	舊	逸	起	入	齊三	四七吉			溪入開質臻重四	去吉	群開 3	巨救	以入開質臻三	夷質
15431	12 正		432	鮚	舊	逸	起	入	齊三	四七吉			群入開質臻重四	巨乙	群開 3	巨救	以入開質臻三	夷質
15432	12 正		433	蛣	舊	逸	起	入	齊三	四七吉			溪入開質臻重四	去吉	群開 3	巨救	以入開質臻三	夷質
15433	12 正	127	434	一	漾	吉	影	入	齊三	四七吉			影入開質臻重四	於悉	以開 3	餘亮	見入開質臻重四	居質
15434	12 正		435	乙	漾	吉	影	入	齊三	四七吉			影入開質臻重三	於筆	以開 3	餘亮	見入開質臻重四	居質
15435	12 正		436	壹	漾	吉	影	入	齊三	四七吉			影入開質臻重四	於悉	以開 3	餘亮	見入開質臻重四	居質
15436	12 正		437	懿	漾	吉	影	入	齊三	四七吉	懿或作懿		影去開脂止重三	乙冀	以開 3	餘亮	見入開質臻重四	居質
15437	12 正		438	撎	漾	吉	影	入	齊三	四七吉			影去開脂止重三	乙冀	以開 3	餘亮	見入開質臻重四	居質
15438	12 正		439	饐	漾	吉	影	入	齊三	四七吉			影去開脂止重三	乙冀	以開 3	餘亮	見入開質臻重四	居質
15439	12 正		440	曀	漾	吉	影	入	齊三	四七吉			影去開齊蟹四	於計	以開 3	餘亮	見入開質臻重四	居質
15441	12 正		441	壇	漾	吉	影	入	齊三	四七吉			影去開齊蟹四	於計	以開 3	餘亮	見入開質臻重四	居質
15442	12 正		442	殪	漾	吉	影	入	齊三	四七吉			影去開齊蟹四	於計	以開 3	餘亮	見入開質臻重四	居質
15443	12 正		443	鷧*	漾	吉	影	入	齊三	四七吉			影去開脂止重三	乙冀	以開 3	餘亮	見入開質臻重四	居質
15444	12 正		444	抑	漾	吉	影	入	齊三	四七吉	归俗抑		影入開職曾三	於力	以開 3	餘亮	見入開質臻重四	居質
15445	12 正		445	逸	漾	吉	影	入	齊三	四七吉			以入開質臻三	夷質	以開 3	餘亮	見入開質臻重四	居質
15446	12 正		446	佚	漾	吉	影	入	齊三	四七吉			以入開質臻三	夷質	以開 3	餘亮	見入開質臻重四	居質
15447	12 正		447	泆	漾	吉	影	入	齊三	四七吉			以入開質臻三	夷質	以開 3	餘亮	見入開質臻重四	居質
15449	12 正		448	軼	漾	吉	影	入	齊三	四七吉			以入開質臻三	夷質	以開 3	餘亮	見入開質臻重四	居質
15451	12 正		449	駃	漾	吉	影	入	齊三	四七吉			以入開質臻三	夷質	以開 3	餘亮	見入開質臻重四	居質
15453	12 正		450	欭	漾	吉	影	入	齊三	四七吉			影去開脂止重三	乙冀	以開 3	餘亮	見入開質臻重四	居質
15454	12 正	128	451	欯	向	吉	曉	入	齊三	四七吉			曉入開質臻重四	許吉	曉開 3	許亮	見入開質臻重四	居質
15455	12 正		452	肸*	向	吉	曉	入	齊三	四七吉			曉入開迄臻三	許訖	曉開 3	許亮	見入開質臻重四	居質
15456	12 正		453	**肸**	向	吉	曉	入	齊三	四七吉			曉入開質臻重三	羲乙	曉開 3	許亮	見入開質臻重四	居質
15458	12 正		454	豷	向	吉	曉	入	齊三	四七吉			曉去合脂止重三	許位	曉開 3	許亮	見入開質臻重四	居質
15459	12 正	129	455	**嚔**	邸	吉	短	入	齊三	四七吉			端去開齊蟹四	都計	端開 4	都禮	見入開質臻重四	居質
15460	12 正	130	456	**暱**	紐	吉	乃	入	齊三	四七吉			娘入開質臻三	尼質	娘開 3	女久	見入開質臻重四	居質
15461	12 正		457	匿 g*	紐	吉	乃	入	齊三	四七吉			娘入開質臻三	尼質	娘開 3	女久	見入開質臻重四	居質

韻字編號	部序	組數	字數	韻字及何氏反切			韻字何氏音				何萱注釋	備　注	韻字中古音		上字中古音		下字中古音	
				韻字	上字	下字	聲	調	呼	韻部			聲調呼韻攝等	反切	聲呼等	反切	聲調呼韻攝等	反切
15462	12 正	131	458	㮚	亮	吉	賚	入	齊三	四七吉			來入開質臻三	力質	來開 3	力讓	見入開質臻重四	居質
15463	12 正		459	**栗**	亮	吉	賚	入	齊三	四七吉			來入開質臻三	力質	來開 3	力讓	見入開質臻重四	居質
15464	12 正		460	瑮	亮	吉	賚	入	齊三	四七吉			來入開質臻三	力質	來開 3	力讓	見入開質臻重四	居質
15465	12 正		461	溧	亮	吉	賚	入	齊三	四七吉			來入開質臻三	力質	來開 3	力讓	見入開質臻重四	居質
15466	12 正		462	凓	亮	吉	賚	入	齊三	四七吉			來入開質臻三	力質	來開 3	力讓	見入開質臻重四	居質
15467	12 正	132	463	**抶**	寵	吉	助	入	齊三	四七吉			徹入開質臻三	丑栗	徹合 3	丑隴	見入開質臻重四	居質
15468	12 正		464	魅	寵	吉	助	入	齊三	四七吉			徹去開之止三	丑吏	徹合 3	丑隴	見入開質臻重四	居質
15469	12 正		465	眣	寵	吉	助	入	齊三	四七吉	去入兩讀注在彼	入聲有兩讀，共三讀	徹入開質臻三	丑栗	徹合 3	丑隴	見入開質臻重四	居質
15472	12 正		466	叱	寵	吉	助	入	齊三	四七吉			昌入開質臻三	昌栗	徹合 3	丑隴	見入開質臻重四	居質
15474	12 正	133	467	**卽**	紫	逸	井	入	齊三	四七吉			精入開職曾三	子力	精開 3	將此	以入開質臻三	夷質
15475	12 正		468	揤	紫	逸	井	入	齊三	四七吉			從入開質臻三	秦悉	精開 3	將此	以入開質臻三	夷質
15478	12 正	134	469	桼	此	吉	淨	入	齊三	四七吉			清入開質臻三	親吉	清開 3	雌氏	見入開質臻重四	居質
15479	12 正		470	**漆**	此	吉	淨	入	齊三	四七吉			清入開質臻三	親吉	清開 3	雌氏	見入開質臻重四	居質
15480	12 正		471	郪	此	吉	淨	入	齊三	四七吉			清入開質臻三	親吉	清開 3	雌氏	見入開質臻重四	居質
15481	12 正		472	鶔	此	吉	淨	入	齊三	四七吉			清入開質臻三	親吉	清開 3	雌氏	見入開質臻重四	居質
15482	12 正		473	榛	此	吉	淨	入	齊三	四七吉			清入開質臻三	親吉	清開 3	雌氏	見入開質臻重四	居質
15483	12 正		474	七	此	吉	淨	入	齊三	四七吉			清入開質臻三	親吉	清開 3	雌氏	見入開質臻重四	居質
15484	12 正		475	疾	此	吉	淨	入	齊三	四七吉	疾古文廿。廿又見七部入聲二十並也		從入開質臻三	秦悉	清開 3	雌氏	見入開質臻重四	居質
15485	12 正		476	㑵	此	吉	淨	入	齊三	四七吉			從入開質臻三	秦悉	清開 3	雌氏	見入開質臻重四	居質
15487	12 正		477	堲	此	吉	淨	入	齊三	四七吉			從入開職曾三	秦力	清開 3	雌氏	見入開質臻重四	居質
15488	12 正	135	478	**悉**	小	吉	信	入	齊三	四七吉			心入開質臻三	息七	心開 3	私兆	見入開質臻重四	居質
15489	12 正		479	㶍	小	吉	信	入	齊三	四七吉			心入開質臻三	息七	心開 3	私兆	見入開質臻重四	居質
15490	12 正	136	480	**必**	丙	吉	謗	入	齊三	四七吉			幫入開質臻重四	卑吉	幫開 3	兵永	見入開質臻重四	居質
15491	12 正		481	毖	丙	吉	謗	入	齊三	四七吉			幫去開脂止重三	兵媚	幫開 3	兵永	見入開質臻重四	居質

韻字編號	部序	組數	字數	韻字及何氏反切			韻字何氏音				何萱注釋	備　注	韻字中古音		上字中古音		下字中古音	
				韻字	上字	下字	聲	調	呼	韻部			聲調呼韻攝等	反切	聲呼等	反切	聲調呼韻攝等	反切
15492	12 正		482	閟	丙	吉	謗	入	齊三	四七吉			幫去開脂止重三	兵媚	幫開 3	兵永	見入開質臻重四	居質
15493	12 正		483	祕	丙	吉	謗	入	齊三	四七吉			幫去開脂止重三	兵媚	幫開 3	兵永	見入開質臻重四	居質
15494	12 正		484	眍	丙	吉	謗	入	齊三	四七吉			幫去開脂止重三	兵媚	幫開 3	兵永	見入開質臻重四	居質
15495	12 正		485	泌	丙	吉	謗	入	齊三	四七吉		反切疑有誤	並入開質臻重四	毗必	幫開 3	兵永	見入開質臻重四	居質
15496	12 正		486	邲	丙	吉	謗	入	齊三	四七吉		反切疑有誤	並入開質臻重四	毗必	幫開 3	兵永	見入開質臻重四	居質
15498	12 正		487	柲	丙	吉	謗	入	齊三	四七吉			幫入開質臻重三	鄙密	幫開 3	兵永	見入開質臻重四	居質
15499	12 正		488	柲	丙	吉	謗	入	齊三	四七吉		反切疑有誤	並入開質臻重四	毗必	幫開 3	兵永	見入開質臻重四	居質
15501	12 正		489	珌	丙	吉	謗	入	齊三	四七吉			幫入開質臻重四	卑吉	幫開 3	兵永	見入開質臻重四	居質
15502	12 正		490	畢*	丙	吉	謗	入	齊三	四七吉			幫入開質臻重四	壁吉	幫開 3	兵永	見入開質臻重四	居質
15503	12 正		491	𣀆	丙	吉	謗	入	齊三	四七吉			幫入開質臻重四	卑吉	幫開 3	兵永	見入開質臻重四	居質
15504	12 正		492	趩	丙	吉	謗	入	齊三	四七吉			幫入開質臻重四	卑吉	幫開 3	兵永	見入開質臻重四	居質
15505	12 正		493	縪	丙	吉	謗	入	齊三	四七吉			幫入開質臻重四	卑吉	幫開 3	兵永	見入開質臻重四	居質
15506	12 正		494	韠	丙	吉	謗	入	齊三	四七吉			幫入開質臻重四	卑吉	幫開 3	兵永	見入開質臻重四	居質
15507	12 正		495	彃	丙	吉	謗	入	齊三	四七吉			幫入開質臻重四	卑吉	幫開 3	兵永	見入開質臻重四	居質
15508	12 正		496	𣝁	丙	吉	謗	入	齊三	四七吉			幫入開質臻重四	卑吉	幫開 3	兵永	見入開質臻重四	居質
15509	12 正		497	熚	丙	吉	謗	入	齊三	四七吉			幫入開質臻重四	卑吉	幫開 3	兵永	見入開質臻重四	居質
15510	12 正		498	滭	丙	吉	謗	入	齊三	四七吉			幫入開質臻重四	卑吉	幫開 3	兵永	見入開質臻重四	居質
15511	12 正		499	篳	丙	吉	謗	入	齊三	四七吉			幫入開質臻重四	卑吉	幫開 3	兵永	見入開質臻重四	居質
15512	12 正	137	500	**匹**	避	逸	並	入	齊三	四七吉			滂入開質臻重四	譬吉	並開重 4	毗義	以入開質臻三	夷質
15513	12 正		501	佖	避	逸	並	入	齊三	四七吉			並入開質臻重四	毗必	並開重 4	毗義	以入開質臻三	夷質
15515	12 正		502	鞑	避	逸	並	入	齊三	四七吉			並入開質臻重四	毗必	並開重 4	毗義	以入開質臻三	夷質
15516	12 正		503	𠨘	避	逸	並	入	齊三	四七吉			幫去開脂止重三	兵媚	並開重 4	毗義	以入開質臻三	夷質
15517	12 正		504	鮅	避	逸	並	入	齊三	四七吉			並入開質臻重四	毗必	並開重 4	毗義	以入開質臻三	夷質
15519	12 正		505	駜	避	逸	並	入	齊三	四七吉			並入開質臻重四	毗必	並開重 4	毗義	以入開質臻三	夷質
15521	12 正		506	飶	避	逸	並	入	齊三	四七吉			並入開質臻重四	毗必	並開重 4	毗義	以入開質臻三	夷質
15523	12 正		507	苾	避	逸	並	入	齊三	四七吉			並入開質臻重四	毗必	並開重 4	毗義	以入開質臻三	夷質
15525	12 正		508	㿰	避	逸	並	入	齊三	四七吉			並去開脂止重四	毗至	並開重 4	毗義	以入開質臻三	夷質
15526	12 正		509	𨡪	避	逸	並	入	齊三	四七吉			並去開齊蟹四	蒲計	並開重 4	毗義	以入開質臻三	夷質

韻字編號	部序	組數	字數	韻字及何氏反切			韻字何氏音				何萱注釋	備注	韻字中古音		上字中古音		下字中古音	
				韻字	上字	下字	聲	調	呼	韻部			聲調呼韻攝等	反切	聲呼等	反切	聲調呼韻攝等	反切
15527	12 正	138	510	𥁑	美	吉	命	入	齊三	四七吉		表中字頭作蜜	明入開質臻重四	彌畢	明開重 3	無鄙	見入開質臻重四	居質
15528	12 正		511	醓	美	吉	命	入	齊三	四七吉			明入開質臻重四	彌畢	明開重 3	無鄙	見入開質臻重四	居質
15529	12 正		512	謐	美	吉	命	入	齊三	四七吉			明入開質臻重四	彌畢	明開重 3	無鄙	見入開質臻重四	居質
15530	12 正		513	宓	美	吉	命	入	齊三	四七吉			明入開質臻重四	彌畢	明開重 3	無鄙	見入開質臻重四	居質
15531	12 正		514	密	美	吉	命	入	齊三	四七吉			明入開質臻重三	美筆	明開重 3	無鄙	見入開質臻重四	居質
15532	12 正		515	蔤	美	吉	命	入	齊三	四七吉			明入開質臻重三	美筆	明開重 3	無鄙	見入開質臻重四	居質
15533	12 正		516	冂	美	吉	命	入	齊三	四七吉		偏旁作冖	明入開錫梗四	莫狄	明開重 3	無鄙	見入開質臻重四	居質
15534	12 正		517	鼏	美	吉	命	入	齊三	四七吉			明入開錫梗四	莫狄	明開重 3	無鄙	見入開質臻重四	居質
15535	12 正		518	𪔂	美	吉	命	入	齊三	四七吉			明入開質臻重四	彌畢	明開重 3	無鄙	見入開質臻重四	居質
15536	12 正	139	519	**虙**	缶	吉	匪	入	齊三	四七吉			奉入合屋通三	房六	非開 3	方久	見入開質臻重四	居質
15537	12 正		520	𧇍	缶	吉	匪	入	齊三	四七吉		解釋基本相同。此處可能是衍字。大詞典讀音同此	並去開脂止重三	平祕	非開 3	方久	見入開質臻重四	居質
15538	12 正		521	𪓿**	缶	吉	匪	入	齊三	四七吉	𪓿俗有𧇍	正文作：俗有𧇍	滂去開脂止重三	匹備	非開 3	方久	見入開質臻重四	居質
15540	12 正		522	𨂿	缶	吉	匪	入	齊三	四七吉			奉入合屋通三	房六	非開 3	方久	見入開質臻重四	居質
15541	12 正	140	523	**鴪**	羽	恤	影	入	撮	四八鴪			以入合術臻三	餘律	云合 3	王矩	心入合術臻三	辛聿
15543	12 正	141	524	侐	許	鴪	曉	入	撮	四八鴪			曉入合職曾三	況逼	曉合 3	虛呂	以入合術臻三	餘律
15544	12 正		525	**洫**	許	鴪	曉	入	撮	四八鴪			曉入合職曾三	況逼	曉合 3	虛呂	以入合術臻三	餘律
15545	12 正	142	526	恤	敘	恤	信	入	撮	四八鴪			心入合術臻三	辛聿	邪合 3	徐呂	心入合術臻三	辛聿
15546	12 正		527	**卹**	敘	恤	信	入	撮	四八鴪			心入合術臻三	辛聿	邪合 3	徐呂	心入合術臻三	辛聿
15547	12 正	143	528	**血**	許	旻	曉	入	撮二	四九血		原作妥	曉入合屑山四	呼決	曉合 3	虛呂	來入合薛山三	龍輟
15548	12 正		529	䒸	許	旻	曉	入	撮二	四九血		原作妥	曉入合屑山四	呼決	曉合 3	虛呂	來入合薛山三	龍輟
15549	12 正		530	穴	許	旻	曉	入	撮二	四九血		原作妥	匣入合屑山四	胡決	曉合 3	虛呂	來入合薛山三	龍輟
15550	12 正		531	泬	許	旻	曉	入	撮二	四九血		正文增。原作妥	曉入合屑山四	呼決	曉合 3	虛呂	來入合薛山三	龍輟
15551	12 正		532	䋞	許	旻	曉	入	撮二	四九血		原作妥	匣入合屑山四	胡決	曉合 3	虛呂	來入合薛山三	龍輟
15552	12 正		533	麮	許	旻	曉	入	撮二	四九血		原作妥	匣入合黠山二	戶八	曉合 3	虛呂	來入合薛山三	龍輟
15553	12 正	144	534	**旻***	呂	穴	賚	入	撮二	四九血		原字頭作妥	來入合薛山三	龍輟	來合 3	力舉	匣入合屑山四	胡決

第十二部副編

韻字編號	部序	組數	字數	韻字及何氏反切			韻字何氏音				何萱注釋	備　注	韻字中古音		上字中古音		下字中古音	
				韻字	上字	下字	聲	調	呼	韻部			聲調呼韻攝等	反切	聲呼等	反切	聲調呼韻攝等	反切
15554	12 副	1	1	硍	侃	吞	起	陰平	開	四二臤		疑為衍字	溪平開耕梗二	口莖	溪開 1	空旱	透平開痕臻一	吐根
15555	12 副	2	2	陑*	代	鏗	透	陰平	開	四二臤			透平開痕臻一	他根	定開 1	徒耐	溪平開耕梗二	口莖
15556	12 副	3	3	真	酌	鏗	照	陰平	開	四二臤			章平開真臻三	職鄰	章開 3	之若	溪平開耕梗二	口莖
15557	12 副		4	籈*	酌	鏗	照	陰平	開	四二臤			章平開真臻三	之人	章開 3	之若	溪平開耕梗二	口莖
15558	12 副	4	5	獭*	茝	鏗	助	陰平	開	四二臤			徹平開真臻三	癡鄰	昌開 1	昌紿	溪平開耕梗二	口莖
15559	12 副	5	6	訷	稍	鏗	審	陰平	開	四二臤			書平開真臻三	失人	生開 2	所教	溪平開耕梗二	口莖
15560	12 副		7	忡*	稍	鏗	審	陰平	開	四二臤			書平開真臻三	外人	生開 2	所教	溪平開耕梗二	口莖
15561	12 副		8	妽*	稍	鏗	審	陰平	開	四二臤			書平開真臻三	外人	生開 2	所教	溪平開耕梗二	口莖
15562	12 副		9	鞞	稍	鏗	審	陰平	開	四二臤			書平開真臻三	失人	生開 2	所教	溪平開耕梗二	口莖
15563	12 副		10	珅*	稍	鏗	審	陰平	開	四二臤			書平開真臻三	外人	生開 2	所教	溪平開耕梗二	口莖
15564	12 副		11	柛*	稍	鏗	審	陰平	開	四二臤			書平開真臻三	外人	生開 2	所教	溪平開耕梗二	口莖
15565	12 副		12	狆*	稍	鏗	審	陰平	開	四二臤			徹平開真臻三	癡鄰	生開 2	所教	溪平開耕梗二	口莖
15566	12 副		13	裑*	稍	鏗	審	陰平	開	四二臤			書平開真臻三	外人	生開 2	所教	溪平開耕梗二	口莖
15568	12 副	6	14	辣	茝	仁	助	陽平	開	四二臤			澄平開真臻三	直珍	昌開 1	昌紿	日平開真臻三	如鄰
15572	12 副		15	蟨*	茝	仁	助	陽平	開	四二臤			澄平開真臻三	地鄰	昌開 1	昌紿	日平開真臻三	如鄰
15574	12 副		16	蔯*	茝	仁	助	陽平	開	四二臤			澄平開真臻三	地鄰	昌開 1	昌紿	日平開真臻三	如鄰
15575	12 副	7	17	朲	弱	臣	耳	陽平	開	四二臤		原作茝，據正編改	日平開真臻三	如鄰	日開 3	而灼	禪平開真臻三	植鄰
15576	12 副		18	曳**	弱	臣	耳	陽平	開	四二臤		原作茝，據正編改	書平開真臻三	舒仁	日開 3	而灼	禪平開真臻三	植鄰
15577	12 副	8	19	奫	罋	轟	影	陰平	合	四三轟			影平合諄臻重三	於倫	影合 1	烏貢	曉平開耕梗二	呼宏
15578	12 副		20	棩*	罋	轟	影	陰平	合	四三轟			影平合先山四	縈玄	影合 1	烏貢	曉平開耕梗二	呼宏
15579	12 副	9	21	揈	戶	奫	曉	陰平	合	四三轟		韻目作奫之陽平。據正編改	曉平合耕梗二	呼宏	匣合 1	侯古	影平合諄臻重三	於倫
15580	12 副		22	惴	戶	奫	曉	陰平	合	四三轟			曉平合耕梗二	呼宏	匣合 1	侯古	影平合諄臻重三	於倫

韻字編號	部序	組數	字數	韻字及何氏反切			韻字何氏音				何萱注釋	備　注	韻字中古音		上字中古音		下字中古音	
				韻字	上字	下字	聲	調	呼	韻部			聲調呼韻攝等	反切	聲呼等	反切	聲調呼韻攝等	反切
15581	12 副		23	渹	戶	奫	曉	陰平	合	四三轟			曉平合耕梗二	呼宏	匣合 1	侯古	影平合諄臻重三	於倫
15582	12 副		24	颵*	戶	奫	曉	陰平	合	四三轟			曉平合耕梗二	呼宏	匣合 1	侯古	影平合諄臻重三	於倫
15583	12 副		25	硘*	戶	奫	曉	陰平	合	四三轟			曉平合耕梗二	呼宏	匣合 1	侯古	影平合諄臻重三	於倫
15584	12 副	10	26	鰹	几	千	見	陰平	齊	四四堅			見平開先山四	古賢	見開重 3	居履	清平開先山四	蒼先
15585	12 副		27	蛢	几	千	見	陰平	齊	四四堅			見平開齊蟹四	古奚	見開重 3	居履	清平開先山四	蒼先
15586	12 副	11	28	蚈	舊	堅	起	陰平	齊	四四堅			溪平開先山四	苦堅	群開 3	巨救	見平開先山四	古賢
15587	12 副		29	岍	舊	堅	起	陰平	齊	四四堅			溪平開先山四	苦堅	群開 3	巨救	見平開先山四	古賢
15588	12 副		30	鬜	舊	堅	起	陰平	齊	四四堅			溪平開山山二	苦閑	群開 3	巨救	見平開先山四	古賢
15589	12 副		31	縴	舊	堅	起	陰平	齊	四四堅			溪平開先山四	苦堅	群開 3	巨救	見平開先山四	古賢
15590	12 副		32	豣*	舊	堅	起	陰平	齊	四四堅			溪平開先山四	輕煙	群開 3	巨救	見平開先山四	古賢
15591	12 副	12	33	胭	漾	堅	影	陰平	齊	四四堅			影平開先山四	烏前	以開 3	餘亮	見平開先山四	古賢
15592	12 副	13	34	祆	向	堅	曉	陰平	齊	四四堅			曉平開先山四	呼煙	曉開 3	許亮	見平開先山四	古賢
15593	12 副	14	35	顛	邸	千	短	陰平	齊	四四堅		正文作向堅切，誤。據正編改邸千切	端平開先山四	都年	端開 4	都禮	清平開先山四	蒼先
15594	12 副		36	蕻*	邸	千	短	陰平	齊	四四堅		正文作向堅切，誤。據正編改邸千切	端平開先山四	多年	端開 4	都禮	清平開先山四	蒼先
15595	12 副		37	驠	邸	千	短	陰平	齊	四四堅		正文作向堅切，誤。據正編改邸千切	端平開先山四	都年	端開 4	都禮	清平開先山四	蒼先
15596	12 副		38	厧	邸	千	短	陰平	齊	四四堅		正文作向堅切，誤。據正編改邸千切	端平開先山四	都年	端開 4	都禮	清平開先山四	蒼先
15597	12 副	15	39	訞*	體	堅	透	陰平	齊	四四堅			透平開先山四	他年	透開 4	他禮	見平開先山四	古賢
15598	12 副	16	40	嗹**	紫	千	井	陰平	齊	四四堅			精平開仙山三	子延	精開 3	將此	清平開先山四	蒼先
15599	12 副		41	偂**	紫	千	井	陰平	齊	四四堅			精平開先山四	則前	精開 3	將此	清平開先山四	蒼先
15600	12 副	17	42	盰*	此	堅	淨	陰平	齊	四四堅			清平開先山四	倉先	清開 3	雌氏	見平開先山四	古賢
15601	12 副		43	忏 g*	此	堅	淨	陰平	齊	四四堅			清平開先山四	倉先	清開 3	雌氏	見平開先山四	古賢

韻字編號	部序	組數	字數	韻字及何氏反切			韻字何氏音				何萱注釋	備注	韻字中古音		上字中古音		下字中古音	
				韻字	上字	下字	聲	調	呼	韻部			聲調呼韻攝等	反切	聲呼等	反切	聲調呼韻攝等	反切
15602	12 副		44	迁	此	堅	淨	陰平	齊	四四堅		正文增	清平開先山四	蒼先	清開 3	雌氏	見平開先山四	古賢
15603	12 副		45	仟	此	堅	淨	陰平	齊	四四堅			清平開先山四	蒼先	清開 3	雌氏	見平開先山四	古賢
15604	12 副		46	阡	此	堅	淨	陰平	齊	四四堅			清平開先山四	蒼先	清開 3	雌氏	見平開先山四	古賢
15605	12 副		47	⿰王千	此	堅	淨	陰平	齊	四四堅			清平開先山四	蒼先	清開 3	雌氏	見平開先山四	古賢
15606	12 副		48	杄	此	堅	淨	陰平	齊	四四堅			清平開先山四	蒼先	清開 3	雌氏	見平開先山四	古賢
15607	12 副		49	芊	此	堅	淨	陰平	齊	四四堅			清平開先山四	蒼先	清開 3	雌氏	見平開先山四	古賢
15608	12 副	18	50	鍽**	丙	堅	謗	陰平	齊	四四堅	平上兩見注在彼	玉篇：補鞏卑連二切	幫平開仙山三	卑連	幫開 3	兵永	見平開先山四	古賢
15609	12 副	19	51	媥	避	堅	並	陰平	齊	四四堅			幫平開山山二	方閑	並開重 4	毗義	見平開先山四	古賢
15611	12 副		52	扁	避	堅	並	陰平	齊	四四堅		玉篇：音偏	滂平開仙山重四	芳連	並開重 4	毗義	見平開先山四	古賢
15614	12 副		53	鶣*	避	堅	並	陰平	齊	四四堅			定平開齊蟹四	田黎	並開重 4	毗義	見平開先山四	古賢
15616	12 副	20	54	礥	向	年	曉	陽平	齊	四四堅			匣平開先山四	胡田	曉開 3	許亮	泥平開先山四	奴顛
15617	12 副		55	舷	向	年	曉	陽平	齊	四四堅			匣平開先山四	胡田	曉開 3	許亮	泥平開先山四	奴顛
15619	12 副		56	⿰玄刂	向	年	曉	陽平	齊	四四堅			匣平開先山四	胡田	曉開 3	許亮	泥平開先山四	奴顛
15620	12 副		57	蚿	向	年	曉	陽平	齊	四四堅			匣平開先山四	胡田	曉開 3	許亮	泥平開先山四	奴顛
15621	12 副		58	羿	向	年	曉	陽平	齊	四四堅			匣平合先山四	胡涓	曉開 3	許亮	泥平開先山四	奴顛
15622	12 副	21	59	鈿	體	年	透	陽平	齊	四四堅	平去兩讀		定平開先山四	徒年	透開 4	他禮	泥平開先山四	奴顛
15624	12 副		60	沺	體	年	透	陽平	齊	四四堅			定平開先山四	徒年	透開 4	他禮	泥平開先山四	奴顛
15625	12 副		61	阗*	體	年	透	陽平	齊	四四堅			定平開先山四	亭年	透開 4	他禮	泥平開先山四	奴顛
15626	12 副		62	踊	體	年	透	陽平	齊	四四堅			定平開先山四	徒年	透開 4	他禮	泥平開先山四	奴顛
15627	12 副		63	屇**	體	年	透	陽平	齊	四四堅		廣集都看作屇的異體字，誤。玉篇徒連切，～穴也	定平開仙山三	徒連	透開 4	他禮	泥平開先山四	奴顛
15628	12 副		64	搷	體	年	透	陽平	齊	四四堅			定平開先山四	徒年	透開 4	他禮	泥平開先山四	奴顛
15630	12 副		65	磌	體	年	透	陽平	齊	四四堅			定平開先山四	徒年	透開 4	他禮	泥平開先山四	奴顛
15631	12 副		66	鷏	體	年	透	陽平	齊	四四堅			定平開先山四	徒年	透開 4	他禮	泥平開先山四	奴顛
15632	12 副		67	轉	體	年	透	陽平	齊	四四堅			定平開先山四	徒年	透開 4	他禮	泥平開先山四	奴顛

韻字編號	部序	組數	字數	韻字及何氏反切			韻字何氏音				何萱注釋	備注	韻字中古音		上字中古音		下字中古音	
				韻字	上字	下字	聲	調	呼	韻部			聲調呼韻攝等	反切	聲呼等	反切	聲調呼韻攝等	反切
15633	12副	22	68	⿰麥粦	亮	賢	賚	陽平	齊	四四堅			來平開先山四	落賢	來開3	力讓	匣平開先山四	胡田
15634	12副	23	69	騚	此	賢	淨	陽平	齊	四四堅			從平開先山四	昨先	清開3	雌氏	匣平開先山四	胡田
15635	12副	24	70	⿱开瓦	仰	年	我	陽平	齊	四四堅			疑平開先山四	五堅	疑開3	魚兩	泥平開先山四	奴顛
15636	12副		71	⿱开米*	仰	年	我	陽平	齊	四四堅			疑平開先山四	倪堅	疑開3	魚兩	泥平開先山四	奴顛
15637	12副	25	72	⿰女便	避	賢	並	陽平	齊	四四堅			並平開仙山重四	房連	並開重4	毗義	匣平開先山四	胡田
15638	12副		73	楩	避	賢	並	陽平	齊	四四堅			並平開仙山重四	房連	並開重4	毗義	匣平開先山四	胡田
15640	12副		74	⿰虫便	避	賢	並	陽平	齊	四四堅			並平開仙山重四	房連	並開重4	毗義	匣平開先山四	胡田
15641	12副		75	⿰犭便*	避	賢	並	陽平	齊	四四堅			並平開仙山重四	毗連	並開重4	毗義	匣平開先山四	胡田
15642	12副		76	⿰扁瓜	避	賢	並	陽平	齊	四四堅			並平開先山四	部田	並開重4	毗義	匣平開先山四	胡田
15643	12副	26	77	⿰忄臱	美	賢	命	陽平	齊	四四堅			明平開仙山重四	武延	明開重3	無鄙	匣平開先山四	胡田
15644	12副	27	78	⿰馬扁*	缶	年	匪	陽平	齊	四四堅		表中此位無字	幫平開先山四	卑眠	非開3	方久	泥平開先山四	奴顛
15646	12副	28	79	裀	漾	辛	影	陰平	齊二	四五因			影平開真臻重四	於真	以開3	餘亮	心平開真臻三	息鄰
15647	12副		80	⿰礻因*	漾	辛	影	陰平	齊二	四五因			影平開真臻重四	伊真	以開3	餘亮	心平開真臻三	息鄰
15648	12副		81	⿰禾因*	漾	辛	影	陰平	齊二	四五因			影平開真臻重四	伊真	以開3	餘亮	心平開真臻三	息鄰
15649	12副		82	栶*	漾	辛	影	陰平	齊二	四五因			影平開真臻重四	伊真	以開3	餘亮	心平開真臻三	息鄰
15650	12副		83	筃*	漾	辛	影	陰平	齊二	四五因			影平開真臻重四	伊真	以開3	餘亮	心平開真臻三	息鄰
15651	12副		84	絪	漾	辛	影	陰平	齊二	四五因			影平開真臻重四	於真	以開3	餘亮	心平開真臻三	息鄰
15652	12副		85	氤	漾	辛	影	陰平	齊二	四五因			影平開真臻重四	於真	以開3	餘亮	心平開真臻三	息鄰
15653	12副		86	⿰牛因	漾	辛	影	陰平	齊二	四五因			影平開山山二	烏閑	以開3	餘亮	心平開真臻三	息鄰
15654	12副	29	87	搸	掌	因	照	陰平	齊二	四五因			莊平開真臻三	側詵	章開3	諸兩	影平開真臻重四	於真
15655	12副		88	⿰歹秦*	掌	因	照	陰平	齊二	四五因			莊平開臻臻三	緇詵	章開3	諸兩	影平開真臻重四	於真
15656	12副	30	89	毨	始	因	審	陰平	齊二	四五因			心平開仙山三	相然	書開3	詩止	影平開真臻重四	於真
15657	12副		90	⿰扌辛	始	因	審	陰平	齊二	四五因		正文增	生平開臻臻三	所臻	書開3	詩止	影平開真臻重四	於真
15658	12副		91	⿰身辛	始	因	審	陰平	齊二	四五因			生平開臻臻三	所臻	書開3	詩止	影平開真臻重四	於真
15659	12副		92	莘	始	因	審	陰平	齊二	四五因			生平開臻臻三	所臻	書開3	詩止	影平開真臻重四	於真
15660	12副		93	⿰魚辛	始	因	審	陰平	齊二	四五因			生平開臻臻三	所臻	書開3	詩止	影平開真臻重四	於真

韻字編號	部序	組數	字數	韻字及何氏反切			韻字何氏音				何萱注釋	備注	韻字中古音		上字中古音		下字中古音	
				韻字	上字	下字	聲	調	呼	韻部			聲調呼韻攝等	反切	聲呼等	反切	聲調呼韻攝等	反切
15661	12 副		94	榫	始	因	審	陰平	齊二	四五因			生平開臻臻三	所臻	書開 3	詩止	影平開真臻重四	於真
15662	12 副		95	榟*	始	因	審	陰平	齊二	四五因			生平開臻臻三	疏臻	書開 3	詩止	影平開真臻重四	於真
15663	12 副		96	姺	始	因	審	陰平	齊二	四五因			生平開臻臻三	所臻	書開 3	詩止	影平開真臻重四	於真
15664	12 副		97	粈	始	因	審	陰平	齊二	四五因			生平開臻臻三	所臻	書開 3	詩止	影平開真臻重四	於真
15665	12 副		98	阠	始	因	審	陰平	齊二	四五因			生平開臻臻三	所臻	書開 3	詩止	影平開真臻重四	於真
15668	12 副	31	99	琗*	紫	因	井	陰平	齊二	四五因			精平開真臻三	資辛	精開 3	將此	影平開真臻重四	於真
15669	12 副	32	100	騂**	小	因	信	陰平	齊二	四五因			心平合清梗三	息營	心開 3	私兆	影平開真臻重四	於真
15670	12 副	33	101	顮	丙	因	謗	陰平	齊二	四五因			幫平開真臻重四	必鄰	幫開 3	兵永	影平開真臻重四	於真
15671	12 副		102	鑌	丙	因	謗	陰平	齊二	四五因			幫平開真臻重四	必鄰	幫開 3	兵永	影平開真臻重四	於真
15672	12 副		103	鶣*	丙	因	謗	陰平	齊二	四五因			並平開真臻重四	紕民	幫開 3	兵永	影平開真臻重四	於真
15673	12 副		104	蠙**	丙	因	謗	陰平	齊二	四五因		玉篇：音賓	幫平開真臻重四	必鄰	幫開 3	兵永	影平開真臻重四	於真
15674	12 副		105	檳	丙	因	謗	陰平	齊二	四五因			幫平開真臻重四	必鄰	幫開 3	兵永	影平開真臻重四	於真
15675	12 副		106	瑸	丙	因	謗	陰平	齊二	四五因			幫平開真臻重三	府巾	幫開 3	兵永	影平開真臻重四	於真
15676	12 副	34	107	儐	避	因	並	陰平	齊二	四五因			滂平開真臻重四	匹賓	並開重 4	毗義	影平開真臻重四	於真
15677	12 副		108	繽	避	因	並	陰平	齊二	四五因			滂平開真臻重四	匹賓	並開重 4	毗義	影平開真臻重四	於真
15678	12 副		109	嚬*	避	因	並	陰平	齊二	四五因			並平開真臻重四	紕民	並開重 4	毗義	影平開真臻重四	於真
15679	12 副		110	翸	避	因	並	陰平	齊二	四五因			滂平開真臻重四	匹賓	並開重 4	毗義	影平開真臻重四	於真
15680	12 副		111	馪*	避	因	並	陰平	齊二	四五因			並平開真臻重四	紕民	並開重 4	毗義	影平開真臻重四	於真
15681	12 副	35	112	寅	漾	鄰	影	陽平	齊二	四五因			以平開真臻三	翼真	以開 3	餘亮	來平開真臻三	力珍
15682	12 副		113	鏔 g*	漾	鄰	影	陽平	齊二	四五因			以平開真臻三	夷真	以開 3	餘亮	來平開真臻三	力珍
15684	12 副	36	114	繗	亮	民	賚	陽平	齊二	四五因			來平開真臻三	力珍	來開 3	力讓	明平開真臻重四	彌鄰
15685	12 副		115	鏻	亮	民	賚	陽平	齊二	四五因			來平開真臻三	力珍	來開 3	力讓	明平開真臻重四	彌鄰
15688	12 副		116	粼*	亮	民	賚	陽平	齊二	四五因			來平開真臻三	離珍	來開 3	力讓	明平開真臻重四	彌鄰
15689	12 副		117	轔	亮	民	賚	陽平	齊二	四五因			來平開真臻三	力珍	來開 3	力讓	明平開真臻重四	彌鄰
15691	12 副		118	璘	亮	民	賚	陽平	齊二	四五因			來平開真臻三	力珍	來開 3	力讓	明平開真臻重四	彌鄰
15693	12 副		119	潾	亮	民	賚	陽平	齊二	四五因			來平開真臻三	力珍	來開 3	力讓	明平開真臻重四	彌鄰

韻字編號	部序	組數	字數	韻字及何氏反切			韻字何氏音				何萱注釋	備　注	韻字中古音		上字中古音		下字中古音	
				韻字	上字	下字	聲	調	呼	韻部			聲調呼韻攝等	反切	聲呼等	反切	聲調呼韻攝等	反切
15694	12副		120	嶙	亮	民	賚	陽平	齊二	四五因			來平開真臻三	力珍	來開3	力讓	明平開真臻重四	彌鄰
15696	12副		121	翷	亮	民	賚	陽平	齊二	四五因			來平開真臻三	力珍	來開3	力讓	明平開真臻重四	彌鄰
15697	12副		122	驎	亮	民	賚	陽平	齊二	四五因			來平開真臻三	力珍	來開3	力讓	明平開真臻重四	彌鄰
15698	12副		123	獜	亮	民	賚	陽平	齊二	四五因			來平開真臻三	力珍	來開3	力讓	明平開真臻重四	彌鄰
15699	12副		124	⿱髟令*	亮	民	賚	陽平	齊二	四五因			來平開青梗四	郎丁	來開3	力讓	明平開真臻重四	彌鄰
15700	12副		125	呤	亮	民	賚	陽平	齊二	四五因			來平開青梗四	郎丁	來開3	力讓	明平開真臻重四	彌鄰
15701	12副		126	齡	亮	民	賚	陽平	齊二	四五因			來平開青梗四	郎丁	來開3	力讓	明平開真臻重四	彌鄰
15702	12副		127	飴	亮	民	賚	陽平	齊二	四五因			來平開青梗四	郎丁	來開3	力讓	明平開真臻重四	彌鄰
15703	12副		128	詅	亮	民	賚	陽平	齊二	四五因			來平開青梗四	郎丁	來開3	力讓	明平開真臻重四	彌鄰
15705	12副		129	拎	亮	民	賚	陽平	齊二	四五因			來平開青梗四	郎丁	來開3	力讓	明平開真臻重四	彌鄰
15707	12副		130	跉	亮	民	賚	陽平	齊二	四五因			來平開青梗四	郎丁	來開3	力讓	明平開真臻重四	彌鄰
15708	12副		131	⿰骨令	亮	民	賚	陽平	齊二	四五因			來平開青梗四	郎丁	來開3	力讓	明平開真臻重四	彌鄰
15709	12副		132	姈	亮	民	賚	陽平	齊二	四五因			來平開青梗四	郎丁	來開3	力讓	明平開真臻重四	彌鄰
15710	12副		133	刢	亮	民	賚	陽平	齊二	四五因			來平開青梗四	郎丁	來開3	力讓	明平開真臻重四	彌鄰
15711	12副		134	秢	亮	民	賚	陽平	齊二	四五因			來平開青梗四	郎丁	來開3	力讓	明平開真臻重四	彌鄰
15712	12副		135	⿺令丁	亮	民	賚	陽平	齊二	四五因			來平開青梗四	郎丁	來開3	力讓	明平開真臻重四	彌鄰
15713	12副		136	舲	亮	民	賚	陽平	齊二	四五因			來平開青梗四	郎丁	來開3	力讓	明平開真臻重四	彌鄰
15714	12副		137	閝	亮	民	賚	陽平	齊二	四五因			來平開青梗四	郎丁	來開3	力讓	明平開真臻重四	彌鄰
15715	12副		138	衑**	亮	民	賚	陽平	齊二	四五因			來平開青梗四	魯丁	來開3	力讓	明平開真臻重四	彌鄰
15716	12副		139	⿸广令*	亮	民	賚	陽平	齊二	四五因			來平開青梗四	郎丁	來開3	力讓	明平開真臻重四	彌鄰
15717	12副		140	紷	亮	民	賚	陽平	齊二	四五因			來平開青梗四	郎丁	來開3	力讓	明平開真臻重四	彌鄰
15718	12副		141	⿺令毛	亮	民	賚	陽平	齊二	四五因			來平開青梗四	郎丁	來開3	力讓	明平開真臻重四	彌鄰
15719	12副		142	岭	亮	民	賚	陽平	齊二	四五因			來平開青梗四	郎丁	來開3	力讓	明平開真臻重四	彌鄰
15720	12副		143	砱	亮	民	賚	陽平	齊二	四五因			來平開青梗四	郎丁	來開3	力讓	明平開真臻重四	彌鄰
15721	12副		144	玲*	亮	民	賚	陽平	齊二	四五因			來平開青梗四	郎丁	來開3	力讓	明平開真臻重四	彌鄰
15722	12副		145	⿰阝令	亮	民	賚	陽平	齊二	四五因			來平開青梗四	郎丁	來開3	力讓	明平開真臻重四	彌鄰

韻字編號	部序	組數	字數	韻字及何氏反切			韻字何氏音				何萱注釋	備注	韻字中古音		上字中古音		下字中古音	
				韻字	上字	下字	聲	調	呼	韻部			聲調呼韻攝等	反切	聲呼等	反切	聲調呼韻攝等	反切
15723	12 副		146	齡	亮	民	賚	陽平	齊二	四五因			來平開青梗四	郎丁	來開 3	力讓	明平開真臻重四	彌鄰
15724	12 副		147	昤	亮	民	賚	陽平	齊二	四五因			來平開青梗四	郎丁	來開 3	力讓	明平開真臻重四	彌鄰
15725	12 副		148	腀*	亮	民	賚	陽平	齊二	四五因			來平開青梗四	郎丁	來開 3	力讓	明平開真臻重四	彌鄰
15726	12 副		149	颴*	亮	民	賚	陽平	齊二	四五因			來平開青梗四	郎丁	來開 3	力讓	明平開真臻重四	彌鄰
15727	12 副		150	磬*	亮	民	賚	陽平	齊二	四五因			來平開清梗三	離身	來開 3	力讓	明平開真臻重四	彌鄰
15728	12 副		151	鯪*	亮	民	賚	陽平	齊二	四五因			來平開青梗四	郎丁	來開 3	力讓	明平開真臻重四	彌鄰
15729	12 副		152	駖	亮	民	賚	陽平	齊二	四五因			來平開青梗四	郎丁	來開 3	力讓	明平開真臻重四	彌鄰
15730	12 副		153	軨	亮	民	賚	陽平	齊二	四五因			來平開青梗四	郎丁	來開 3	力讓	明平開真臻重四	彌鄰
15731	12 副		154	虩	亮	民	賚	陽平	齊二	四五因			來平開青梗四	郎丁	來開 3	力讓	明平開真臻重四	彌鄰
15732	12 副		155	狑	亮	民	賚	陽平	齊二	四五因			來平開青梗四	郎丁	來開 3	力讓	明平開真臻重四	彌鄰
15733	12 副		156	鴒	亮	民	賚	陽平	齊二	四五因			來平開青梗四	郎丁	來開 3	力讓	明平開真臻重四	彌鄰
15734	12 副		157	鴒	亮	民	賚	陽平	齊二	四五因			來平開青梗四	郎丁	來開 3	力讓	明平開真臻重四	彌鄰
15735	12 副		158	翎	亮	民	賚	陽平	齊二	四五因			來平開青梗四	郎丁	來開 3	力讓	明平開真臻重四	彌鄰
15736	12 副		159	零	亮	民	賚	陽平	齊二	四五因			來上開青梗四	力鼎	來開 3	力讓	明平開真臻重四	彌鄰
15737	12 副		160	瓴	亮	民	賚	陽平	齊二	四五因			來平開青梗四	郎丁	來開 3	力讓	明平開真臻重四	彌鄰
15738	12 副		161	笭	亮	民	賚	陽平	齊二	四五因			來平開青梗四	郎丁	來開 3	力讓	明平開真臻重四	彌鄰
15739	12 副		162	苓	亮	民	賚	陽平	齊二	四五因			來平開青梗四	郎丁	來開 3	力讓	明平開真臻重四	彌鄰
15740	12 副		163	鴒	亮	民	賚	陽平	齊二	四五因			來平開青梗四	郎丁	來開 3	力讓	明平開真臻重四	彌鄰
15741	12 副		164	澪	亮	民	賚	陽平	齊二	四五因			來平開青梗四	郎丁	來開 3	力讓	明平開真臻重四	彌鄰
15742	12 副		165	餧	亮	民	賚	陽平	齊二	四五因			來平開青梗四	郎丁	來開 3	力讓	明平開真臻重四	彌鄰
15743	12 副	37	166	**蓁g***	寵	鄰	助	陽平	齊二	四五因		廣集玉詞均無。查大字典，同蓁（榛）。此處取蓁集韻音。廣韻作章母	莊平開真臻三	緇詵	徹合 3	丑隴	來平開真臻三	力珍
15745	12 副	38	167	殷	始	鄰	審	陽平	齊二	四五因		表中此位無字	禪平開真臻三	植鄰	書開 3	詩止	來平開真臻三	力珍
15747	12 副	39	168	鏼	此	鄰	淨	陽平	齊二	四五因			從平開真臻三	匠鄰	清開 3	雌氏	來平開真臻三	力珍

韻字編號	部序	組數	字數	韻字及何氏反切			韻字何氏音				何萱注釋	備　注	韻字中古音		上字中古音		下字中古音	
				韻字	上字	下字	聲	調	呼	韻部			聲調呼韻攝等	反切	聲呼等	反切	聲調呼韻攝等	反切
15748	12 副		169	螓	此	鄰	淨	陽平	齊二	四五因			從平開真臻三	匠鄰	清開 3	雌氏	來平開真臻三	力珍
15749	12 副	40	170	⿰女頻	避	鄰	並	陽平	齊二	四五因			並平開真臻重四	符真	並開重 4	毗義	來平開真臻三	力珍
15750	12 副		171	⿰糸頻	避	鄰	並	陽平	齊二	四五因			並平開真臻重四	符真	並開重 4	毗義	來平開真臻三	力珍
15751	12 副	41	172	頣	美	鄰	命	陽平	齊二	四五因			明平開真臻重三	武巾	明開重 3	無鄙	來平開真臻三	力珍
15753	12 副		173	⿰足民g*	美	鄰	命	陽平	齊二	四五因	平上兩讀義分		明平開真臻重三	眉貧	明開重 3	無鄙	來平開真臻三	力珍
15754	12 副		174	鈱	美	鄰	命	陽平	齊二	四五因			明平開真臻重三	武巾	明開重 3	無鄙	來平開真臻三	力珍
15756	12 副		175	⿰弓民*	美	鄰	命	陽平	齊二	四五因			明平開真臻重四	彌鄰	明開重 3	無鄙	來平開真臻三	力珍
15757	12 副		176	⿰車民**	美	鄰	命	陽平	齊二	四五因			明平開真臻重三	莫斌	明開重 3	無鄙	來平開真臻三	力珍
15758	12 副		177	暋	美	鄰	命	陽平	齊二	四五因		玉篇莫彬切	明平開真臻重三	武巾	明開重 3	無鄙	來平開真臻三	力珍
15760	12 副		178	⿱艹昏*	美	鄰	命	陽平	齊二	四五因			明平開真臻重三	眉貧	明開重 3	無鄙	來平開真臻三	力珍
15761	12 副		179	⿱民虫**	美	鄰	命	陽平	齊二	四五因			明平開真臻重四	彌氏	明開重 3	無鄙	來平開真臻三	力珍
15763	12 副	42	180	⿰氵勻	舉	洵	見	陰平	撮	四六均			見平合諄臻重四	居勻	見合 3	居許	心平合諄臻三	相倫
15764	12 副	43	181	詢	敘	均	信	陰平	撮	四六均			心平合諄臻三	相倫	邪合 3	徐呂	見平合諄臻重四	居勻
15765	12 副		182	⿰勻欠	敘	均	信	陰平	撮	四六均			心平合諄臻三	相倫	邪合 3	徐呂	見平合諄臻重四	居勻
15766	12 副		183	峋	敘	均	信	陰平	撮	四六均			心平合諄臻三	相倫	邪合 3	徐呂	見平合諄臻重四	居勻
15768	12 副		184	栒*	敘	均	信	陰平	撮	四六均	平上兩讀義異		心平合諄臻三	須倫	邪合 3	徐呂	見平合諄臻重四	居勻
15769	12 副	44	185	⿱⺮鈞	羽	旬	影	陽平	撮	四六均			云平合諄臻三	爲贇	云合 3	王矩	邪平合諄臻三	詳遵
15772	12 副		186	⿰目勻	羽	旬	影	陽平	撮	四六均			以平合諄臻三	羊倫	云合 3	王矩	邪平合諄臻三	詳遵
15774	12 副		187	昀*	羽	旬	影	陽平	撮	四六均			以平合諄臻三	俞倫	云合 3	王矩	邪平合諄臻三	詳遵
15775	12 副		188	⿰豸勻*	羽	旬	影	陽平	撮	四六均			以平合諄臻三	俞倫	云合 3	王矩	邪平合諄臻三	詳遵
15776	12 副	45	189	⿰言勻	許	勻	曉	陽平	撮	四六均	欺也，廣雅釋詁二	玉篇作居俊切。廣韻另一讀為云平開真，下珍切	見去合諄臻重四	九峻	曉合 3	虛呂	以平合諄臻三	羊倫
15778	12 副		190	⿰犭勻*	許	勻	曉	陽平	撮	四六均			曉平合耕梗二	呼宏	曉合 3	虛呂	以平合諄臻三	羊倫
15779	12 副	46	191	荺*	恕	勻	審	陽平	撮	四六均		原為處勻切，但表中助母無字，審母有字，據正編改為恕勻切	禪平合諄臻三	殊倫	書合 3	商署	以平合諄臻三	羊倫

韻字編號	部序	組數	字數	韻字及何氏反切			韻字何氏音				何萱注釋	備注	韻字中古音		上字中古音		下字中古音	
				韻字	上字	下字	聲	調	呼	韻部			聲調呼韻攝等	反切	聲呼等	反切	聲調呼韻攝等	反切
15780	12 副	47	192	洵*	敘	勻	信	陽平	撮	四六均		原為處勻切，但表中助母無字，信母有字，據正編改為敘勻切	邪平合諄臻三	松倫	邪合 3	徐呂	以平合諄臻三	羊倫
15783	12 副		193	毥*	敘	勻	信	陽平	撮	四六均		原為處勻切，但表中助母無字，信母有字，據正編改為敘勻切	邪去合諄臻三	徐閏	邪合 3	徐呂	以平合諄臻三	羊倫
15784	12 副		194	駨	敘	勻	信	陽平	撮	四六均		原為處勻切，但表中助母無字，信母有字，據正編改為敘勻切	邪平合諄臻三	詳遵	邪合 3	徐呂	以平合諄臻三	羊倫
15785	12 副		195	蚼	敘	勻	信	陽平	撮	四六均		原為處勻切，但表中助母無字，信母有字，據正編改為敘勻切	邪平合諄臻三	詳遵	邪合 3	徐呂	以平合諄臻三	羊倫
15786	12 副	48	196	昀*	謬	勻	命	陽平	撮	四六均			明平開真臻重三	眉貧	明開 3	靡幼	以平合諄臻三	羊倫
15787	12 副	49	197	彄*	羽	邊	影	陰平	撮	四七淵			影平合先山四	縈玄	云合 3	王矩	幫平開先山四	布玄
15788	12 副	50	198	僊*	丙	淵	謗	陰平	撮	四七淵			幫平開先山四	卑眠	幫開 3	兵永	影平合先山四	烏玄
15790	12 副		199	躚	丙	淵	謗	陰平	撮	四七淵			幫平開先山四	布玄	幫開 3	兵永	影平合先山四	烏玄
15791	12 副		200	邊	丙	淵	謗	陰平	撮	四七淵			幫平開先山四	布玄	幫開 3	兵永	影平合先山四	烏玄
15792	12 副	51	201	玹	許	狗	曉	陽平	撮	四七淵			匣平合先山四	胡涓	曉合 3	虛呂	崇平開先山四	崇玄
15794	12 副		202	昀	許	狗	曉	陽平	撮	四七淵			匣平合先山四	胡涓	曉合 3	虛呂	崇平開先山四	崇玄
15795	12 副	52	203	狗	處	玆	助	陽平	撮	四七淵		韻目下字作玄	崇平合先山四	崇玄	昌合 3	昌與	匣平合先山四	胡涓
15796	12 副	53	204	鬝*	縹	玆	並	陽平	撮	四七淵		表中此位無字	定平開齊蟹四	田黎	滂開重 4	敷沼	匣平合先山四	胡涓
15797	12 副		205	囨**	縹	玆	並	陽平	撮	四七淵		表中此位無字	滂平合先山四	匹玄	滂開重 4	敷沼	匣平合先山四	胡涓
15800	12 副	54	206	縝	酌	腎	照	上	開	三九積			章上開真臻三	章忍	章開 3	之若	禪上開真臻三	時忍
15801	12 副		207	弫*	酌	腎	照	上	開	三九積			章上開真臻三	止忍	章開 3	之若	禪上開真臻三	時忍

韻字編號	部序	組數	字數	韻字及何氏反切			韻字何氏音				何萱注釋	備注	韻字中古音		上字中古音		下字中古音	
				韻字	上字	下字	聲	調	呼	韻部			聲調呼韻攝等	反切	聲呼等	反切	聲調呼韻攝等	反切
15802	12副		208	眕*	酌	腎	照	上	開	三九稹			章去開真臻三	之刃	章開3	之若	禪上開真臻三	時忍
15803	12副	55	209	�	茝	稹	助	上	開	三九稹			澄上開真臻三	直引	昌開1	昌紿	章上開真臻三	章忍
15804	12副	56	210	攋	几	演	見	上	齊	四一繭			見上開先山四	古典	見開重3	居履	以上開仙山三	以淺
15805	12副		211	㯶*	几	演	見	上	齊	四一繭			見上開先山四	吉典	見開重3	居履	以上開仙山三	以淺
15806	12副		212	藆*	几	演	見	上	齊	四一繭			見上開先山四	吉典	見開重3	居履	以上開仙山三	以淺
15807	12副	57	213	竪	舊	演	起	上	齊	四一繭			溪上開先山四	牽繭	群開3	巨救	以上開仙山三	以淺
15808	12副		214	㧪*	舊	演	起	上	齊	四一繭			溪上開先山四	牽典	群開3	巨救	以上開仙山三	以淺
15810	12副		215	豎*	舊	演	起	上	齊	四一繭			溪上開先山四	牽典	群開3	巨救	以上開仙山三	以淺
15811	12副		216	竪	舊	演	起	上	齊	四一繭			溪上開先山四	牽繭	群開3	巨救	以上開仙山三	以淺
15812	12副	58	217	嗔	漾	翦	影	上	齊	四一繭			以上開仙山三	以淺	以開3	餘亮	精上開仙山三	即淺
15813	12副		218	縯	漾	翦	影	上	齊	四一繭			以上開仙山三	以淺	以開3	餘亮	精上開仙山三	即淺
15814	12副	59	219	臔	向	翦	曉	上	齊	四一繭			匣上開先山四	胡典	曉開3	許亮	精上開仙山三	即淺
15816	12副		220	藖	向	翦	曉	上	齊	四一繭			匣去開山山二	侯襉	曉開3	許亮	精上開仙山三	即淺
15817	12副	60	221	蚕	體	演	透	上	齊	四一繭			透上開先山四	他典	透開4	他禮	以上開仙山三	以淺
15818	12副		222	悿 g*	體	演	透	上	齊	四一繭			透上開先山四	他典	透開4	他禮	以上開仙山三	以淺
15819	12副		223	䑙**	體	演	透	上	齊	四一繭			透上開添咸四	他點	透開4	他禮	以上開仙山三	以淺
15821	12副		224	忝 g*	體	演	透	上	齊	四一繭			透去開添咸四	他念	透開4	他禮	以上開仙山三	以淺
15822	12副	61	225	**膦**	亮	演	賚	上	齊	四一繭			來上開仙山三	力展	來開3	力讓	以上開仙山三	以淺
15823	12副	62	226	箋	紫	演	井	上	齊	四一繭			精上開仙山三	即淺	精開3	將此	以上開仙山三	以淺
15824	12副		227	簮	紫	演	井	上	齊	四一繭			精上開仙山三	即淺	精開3	將此	以上開仙山三	以淺
15825	12副	63	228	翢**	仰	翦	我	上	齊	四一繭		表中此位無字	疑上開先山四	魚典	疑開3	魚兩	精上開仙山三	即淺
15826	12副	64	229	糄	丙	演	謗	上	齊	四一繭			幫上開先山四	方典	幫開3	兵永	以上開仙山三	以淺
15827	12副		230	碥	丙	演	謗	上	齊	四一繭			幫上開先山四	方典	幫開3	兵永	以上開仙山三	以淺
15828	12副		231	鍽**	丙	演	謗	上	齊	四一繭	平上兩見	玉篇：補輦卑連二切	幫上開仙山三	補輦	幫開3	兵永	以上開仙山三	以淺
15829	12副		232	**匾**	丙	演	謗	上	齊	四一繭			幫上開先山四	方典	幫開3	兵永	以上開仙山三	以淺
15830	12副		233	穆	丙	演	謗	上	齊	四一繭			幫上開先山四	方典	幫開3	兵永	以上開仙山三	以淺
15831	12副	65	234	辯*	避	演	並	上	齊	四一繭			並上開仙山重三	平免	並開重4	毗義	以上開仙山三	以淺

韻字編號	部序	組數	字數	韻字及何氏反切			韻字何氏音				何萱注釋	備注	韻字中古音		上字中古音		下字中古音	
				韻字	上字	下字	聲	調	呼	韻部			聲調呼韻攝等	反切	聲呼等	反切	聲調呼韻攝等	反切
15833	12副	66	235	湃*	缶	演	匪	上	齊	四一繭		表中此位無字	幫上開仙山重三	邦免	非開3	方久	以上開仙山三	以淺
15834	12副	67	236	豎	舊	引	起	上	齊二	四二緊			溪上開真臻重三	弃忍	群開3	巨救	以上開真臻三	余忍
15836	12副		237	櫫*	舊	引	起	上	齊二	四二緊			見上開真臻三	頸忍	群開3	巨救	以上開真臻三	余忍
15837	12副	68	238	笉*	漾	領	影	上	齊二	四二緊			以上開真臻三	以忍	以開3	餘亮	來上開清梗三	良郢
15838	12副	69	239	撛	亮	引	賚	上	齊二	四二緊			來上開真臻三	良忍	來開3	力讓	以上開真臻三	余忍
15839	12副		240	撛	亮	引	賚	上	齊二	四二緊			來去開真臻三	良刃	來開3	力讓	以上開真臻三	余忍
15840	12副		241	橉	亮	引	賚	上	齊二	四二緊			來上開真臻三	良忍	來開3	力讓	以上開真臻三	余忍
15841	12副		242	嶺	亮	引	賚	上	齊二	四二緊			來上開清梗三	良郢	來開3	力讓	以上開真臻三	余忍
15842	12副		243	領	亮	引	賚	上	齊二	四二緊			來上開清梗三	良郢	來開3	力讓	以上開真臻三	余忍
15843	12副	70	244	**鯵**	掌	引	照	上	齊二	四二緊			莊上開欣臻三	仄謹	章開3	諸兩	以上開真臻三	余忍
15844	12副		245	姫*	掌	引	照	上	齊二	四二緊			章上開真臻三	止忍	章開3	諸兩	以上開真臻三	余忍
15845	12副	71	246	笫*	始	引	審	上	齊二	四二緊		表中此位無字	書上開真臻三	矢忍	書開3	詩止	以上開真臻三	余忍
15846	12副	72	247	槒	紫	引	井	上	齊二	四二緊			精上開真臻三	即忍	精開3	將此	以上開真臻三	余忍
15847	12副	73	248	嚍*	此	引	淨	上	齊二	四二緊			精去開真臻三	即刃	清開3	雌氏	以上開真臻三	余忍
15848	12副		249	籩*	此	引	淨	上	齊二	四二緊			清上開真臻三	此忍	清開3	雌氏	以上開真臻三	余忍
15849	12副		250	濜	此	引	淨	上	齊二	四二緊		疑，待考	崇上開真臻三	鉏紖	清開3	雌氏	以上開真臻三	余忍
15851	12副	74	251	**齾**	仰	引	我	上	齊二	四二緊		表作我母的字頭，韻目歸入此引切	疑上開真臻重三	宜引	疑開3	魚兩	以上開真臻三	余忍
15853	12副	75	252	泯	美	引	命	上	齊二	四二緊			明上開真臻重四	武盡	明開重3	無鄙	以上開真臻三	余忍
15854	12副		253	刡	美	引	命	上	齊二	四二緊			明上開真臻重四	武盡	明開重3	無鄙	以上開真臻三	余忍
15855	12副		254	暋	美	引	命	上	齊二	四二緊			明上開真臻重四	武盡	明開重3	無鄙	以上開真臻三	余忍
15856	12副		255	跟	美	引	命	上	齊二	四二緊	平上兩讀義異		明上開真臻重四	武盡	明開重3	無鄙	以上開真臻三	余忍
15858	12副	76	256	**笱**	翠	筍	淨	上	撮	四三筠		玉篇作七忍切	清上開真臻三	士忍	清合3	七醉	心上合諄臻三	思尹
15861	12副		257	栒*	翠	筍	淨	上	撮	四三筠	平上兩讀異義		心上合諄臻三	聳尹	清合3	七醉	心上合諄臻三	思尹
15863	12副	77	258	**詃**	舉	鉉	見	上	撮二	四四鉉			見上合先山四	姑泫	見合3	居許	匣上合先山四	胡畎
15864	12副		259	呟*	舉	鉉	見	上	撮二	四四鉉			見上合先山四	古泫	見合3	居許	匣上合先山四	胡畎
15865	12副	78	260	鞙	許	泂	曉	上	撮二	四四鉉			匣上合先山四	胡畎	曉合3	虛呂	明上開仙山重四	彌兖
15866	12副		261	怰*	許	泂	曉	上	撮二	四四鉉			匣平開先山四	胡千	曉合3	虛呂	明上開仙山重四	彌兖

韻字編號	部序	組數	字數	韻字及何氏反切			韻字何氏音				何萱注釋	備　注	韻字中古音		上字中古音		下字中古音	
				韻字	上字	下字	聲	調	呼	韻部			聲調呼韻攝等	反切	聲呼等	反切	聲調呼韻攝等	反切
15867	12 副		262	鯿*	品	沔	曉	上	撮二	四四鉉		此處上字原為許沔切，據正編改為丙沔切，謗母。或許為品沔切，竝母。待定	並上開仙山重四	婢善	滂開重 3	丕飲	明上開仙山重四	彌兖
15869	12 副		263	[illegible]	品	沔	曉	上	撮二	四四鉉		此處上字原為許沔切，據正編改為丙沔切，謗母。或許為品沔切，竝母。待定	並上開先山四	薄泫	滂開重 3	丕飲	明上開仙山重四	彌兖
15870	12 副		264	䯏	品	沔	曉	上	撮二	四四鉉		此處上字原為許沔切，據正編改為丙沔切，謗母。或許為品沔切，竝母。待定	並上開先山四	薄泫	滂開重 3	丕飲	明上開仙山重四	彌兖
15872	12 副		265	牑*	品	沔	並	上	撮二	四四鉉		此處上字原為許沔切，據正編改為品沔切，竝母	並上開先山四	婢典	滂開重 3	丕飲	明上開仙山重四	彌兖
15873	12 副		266	艑	品	沔	曉	上	撮二	四四鉉		此處上字原為許沔切，據正編改為丙沔切，謗母。或許為品沔切，竝母。待定	並上開先山四	薄泫	滂開重 3	丕飲	明上開仙山重四	彌兖
15874	12 副		267	[illegible]	品	沔	曉	上	撮二	四四鉉		此處上字原為許沔切，據正編改為丙沔切，謗母。或許為品沔切，竝母。待考	並上開先山四	薄泫	滂開重 3	丕飲	明上開仙山重四	彌兖
15875	12 副	79	268	愐*	謬	鉉	命	上	撮二	四四鉉		正編上字作美	明上開仙山重四	彌兖	明開 3	靡幼	匣上合先山四	胡畎
15876	12 副		269	澠	謬	鉉	命	上	撮二	四四鉉		正編上字作美	明去開先山四	莫甸	明開 3	靡幼	匣上合先山四	胡畎

韻字編號	部序	組數	字數	韻字及何氏反切			韻字何氏音				何萱注釋	備注	韻字中古音		上字中古音		下字中古音	
				韻字	上字	下字	聲	調	呼	韻部			聲調呼韻攝等	反切	聲呼等	反切	聲調呼韻攝等	反切
15877	12 副	80	270	鞞*	甫	沔	匪	上	撮二	四四鉉		表中此位無字	並上開仙山重四	婢善	非合 3	方矩	明上開仙山重四	彌兖
15878	12 副	81	271	抻	稍	鎮	審	去	開	四一鎮			書去開真臻三	試刃	生開 2	所教	知去開真臻三	陟刃
15880	12 副		272	眒	稍	鎮	審	去	開	四一鎮			書去開真臻三	試刃	生開 2	所教	知去開真臻三	陟刃
15881	12 副	82	273	殉	送	瞚	信	去	合	四二瞚			邪去合諄臻三	辭閏	心合 1	蘇弄	書去合諄臻三	舒閏
15883	12 副	83	274	擪*	舊	甸	起	去	齊	四三蜸			溪去開先山四	輕甸	群開 3	巨救	定去開先山四	堂練
15884	12 副		275	𢷹	舊	甸	起	去	齊	四三蜸			溪去開先山四	苦甸	群開 3	巨救	定去開先山四	堂練
15885	12 副	84	276	饘*	向	甸	曉	去	齊	四三蜸			匣去開山山二	侯襉	曉開 3	許亮	定去開先山四	堂練
15887	12 副		277	遾	向	甸	曉	去	齊	四三蜸	遾俗有遾		匣去開先山四	胡甸	曉開 3	許亮	定去開先山四	堂練
15889	12 副	85	278	鈿	體	箭	透	去	齊	四三蜸	平去兩讀注在彼		定去開先山四	堂練	透開 4	他禮	精去開仙山三	子賤
15890	12 副		279	庙**	體	箭	透	去	齊	四三蜸		玉篇：音佃	定去開先山四	堂練	透開 4	他禮	精去開仙山三	子賤
15892	12 副		280	眣*	體	箭	透	去	齊	四三蜸			透去開先山四	他甸	透開 4	他禮	精去開仙山三	子賤
15894	12 副	86	281	姩*	紐	甸	乃	去	齊	四三蜸			泥去開先山四	乃見	娘開 3	女久	定去開先山四	堂練
15895	12 副	87	282	軐	小	甸	信	去	齊	四三蜸			心去開先山四	蘇佃	心開 3	私兆	定去開先山四	堂練
15896	12 副		283	籔	小	甸	信	去	齊	四三蜸			心去開先山四	蘇佃	心開 3	私兆	定去開先山四	堂練
15897	12 副	88	284	鷐	避	甸	並	去	齊	四三蜸			滂去開仙山重四	匹戰	並開重 4	毗義	定去開先山四	堂練
15898	12 副		285	辮	避	甸	並	去	齊	四三蜸			滂去開先山四	普麵	並開重 4	毗義	定去開先山四	堂練
15899	12 副	89	286	醑	漾	進	影	去	齊二	四四菣			影去開真臻重四	於刃	以開 3	餘亮	精去開真臻三	即刃
15900	12 副		287	軸	漾	進	影	去	齊二	四四菣			以去開真臻三	羊晉	以開 3	餘亮	精去開真臻三	即刃
15901	12 副		288	洕	漾	進	影	去	齊二	四四菣			以去開真臻三	羊晉	以開 3	餘亮	精去開真臻三	即刃
15902	12 副		289	鮣	漾	進	影	去	齊二	四四菣			影去開真臻重四	於刃	以開 3	餘亮	精去開真臻三	即刃
15903	12 副	90	290	磷	亮	進	賚	去	齊二	四四菣			來去開真臻三	良刃	來開 3	力讓	精去開真臻三	即刃
15904	12 副		291	覵**	亮	進	賚	去	齊二	四四菣			來去開真臻三	力刃	來開 3	力讓	精去開真臻三	即刃
15905	12 副		292	甐	亮	進	賚	去	齊二	四四菣			來去開真臻三	良刃	來開 3	力讓	精去開真臻三	即刃
15906	12 副		293	蠎*	亮	進	賚	去	齊二	四四菣			來去開真臻三	良刃	來開 3	力讓	精去開真臻三	即刃
15907	12 副		294	粼*	亮	進	賚	去	齊二	四四菣			來去開真臻三	良刃	來開 3	力讓	精去開真臻三	即刃
15908	12 副		295	簩	亮	進	賚	去	齊二	四四菣			來去開真臻三	良刃	來開 3	力讓	精去開真臻三	即刃
15909	12 副		296	籣	亮	進	賚	去	齊二	四四菣			來去開真臻三	良刃	來開 3	力讓	精去開真臻三	即刃

韻字編號	部序	組數	字數	韻字及何氏反切			韻字何氏音				何萱注釋	備　注	韻字中古音		上字中古音		下字中古音	
				韻字	上字	下字	聲	調	呼	韻部			聲調呼韻攝等	反切	聲呼等	反切	聲調呼韻攝等	反切
15910	12 副	91	297	敐	掌	信	照	去	齊二	四四菣		表中此位無字	章去開真臻三	之刃	章開 3	諸兩	心去開真臻三	息晉
15911	12 副		298	綾**	掌	信	照	去	齊二	四四菣		表中此位無字	莊去開欣臻三	阻近	章開 3	諸兩	心去開真臻三	息晉
15912	12 副	92	299	襯	寵	進	助	去	齊二	四四菣		原作寴	初去開臻臻三	初覲	徹合 3	丑隴	精去開臻臻三	即刃
15913	12 副		300	贓	寵	進	助	去	齊二	四四菣		原作寴	初去開臻臻三	初覲	徹合 3	丑隴	精去開臻臻三	即刃
15914	12 副		301	譤*	寵	進	助	去	齊二	四四菣		原作寴	初去開真臻三	初覲	徹合 3	丑隴	精去開真臻三	即刃
15915	12 副		302	礮*	寵	進	助	去	齊二	四四菣		原作寴	初去開真臻三	初覲	徹合 3	丑隴	精去開真臻三	即刃
15916	12 副	93	303	搢	紫	信	井	去	齊二	四四菣			精去開真臻三	即刃	精開 3	將此	心去開真臻三	息晉
15917	12 副		304	溍*	紫	信	井	去	齊二	四四菣			精去開真臻三	即刃	精開 3	將此	心去開真臻三	息晉
15918	12 副		305	嶜*	紫	信	井	去	齊二	四四菣			精去開真臻三	即刃	精開 3	將此	心去開真臻三	息晉
15919	12 副		306	蜼	紫	信	井	去	齊二	四四菣			精去開真臻三	即刃	精開 3	將此	心去開真臻三	息晉
15920	12 副	94	307	犽	小	進	信	去	齊二	四四菣			心去開真臻三	息晉	心開 3	私兆	精去開真臻三	即刃
15921	12 副		308	玐*	小	進	信	去	齊二	四四菣			心去開真臻三	思晉	心開 3	私兆	精去開真臻三	即刃
15924	12 副		309	杋*	小	進	信	去	齊二	四四菣			心去開真臻三	思晉	心開 3	私兆	精去開真臻三	即刃
15925	12 副	95	310	**昀**	舉	徇	見	去	撮	四五徇			見去合諄臻重四	九峻	見合 3	居許	邪去合諄臻三	辭閏
15926	12 副	96	311	**枃**	羽	呴	影	去	撮	四五徇		下字呴，在韻史中列為入聲，它在集韻中還有心平合諄三，須倫切一讀	精去開真臻三	即刃	云合 3	王矩	生入合術臻三	所律
15927	12 副	97	312	**䘿**	羽	瓣	影	去	撮二	四六炫			影去合先山四	烏縣	云合 3	王矩	並去開山山二	蒲莧
15928	12 副	98	313	袨	許	瓣	曉	去	撮二	四六炫			匣去合先山四	黃練	曉合 3	虛呂	並去開山山二	蒲莧
15929	12 副		314	頝	許	瓣	曉	去	撮二	四六炫			匣去合先山四	黃練	曉合 3	虛呂	並去開山山二	蒲莧
15930	12 副		315	怰**	許	瓣	曉	去	撮二	四六炫			匣去合仙山重四	戶絹	曉合 3	虛呂	並去開山山二	蒲莧
15931	12 副		316	昡*	許	瓣	曉	去	撮二	四六炫			匣去合仙山重四	熒絹	曉合 3	虛呂	並去開山山二	蒲莧
15932	12 副		317	罥*	許	瓣	曉	去	撮二	四六炫			匣去合仙山重四	熒絹	曉合 3	虛呂	並去開山山二	蒲莧
15934	12 副		318	迿	許	瓣	曉	去	撮二	四六炫			匣去合先山四	黃練	曉合 3	虛呂	並去開山山二	蒲莧
15936	12 副		319	姰	許	瓣	曉	去	撮二	四六炫			匣去合先山四	黃練	曉合 3	虛呂	並去開山山二	蒲莧
15937	12 副		320	拘	許	瓣	曉	去	撮二	四六炫			曉去合先山四	許縣	曉合 3	虛呂	並去開山山二	蒲莧

韻字編號	部序	組數	字數	韻字及何氏反切			韻字何氏音				何萱注釋	備　注	韻字中古音		上字中古音		下字中古音	
				韻字	上字	下字	聲	調	呼	韻部			聲調呼韻攝等	反切	聲呼等	反切	聲調呼韻攝等	反切
15939	12副	99	321	懫	酌	瑟	照	入	開	四四質		表中影母字下有一姝字，韻目無此字	章入開質臻三	之日	章開3	之若	生入開櫛臻三	所櫛
15941	12副		322	礩	酌	瑟	照	入	開	四四質			章入開質臻三	之日	章開3	之若	生入開櫛臻三	所櫛
15942	12副		323	劕	酌	瑟	照	入	開	四四質			章入開質臻三	之日	章開3	之若	生入開櫛臻三	所櫛
15943	12副		324	臢	酌	瑟	照	入	開	四四質			章入開質臻三	之日	章開3	之若	生入開櫛臻三	所櫛
15944	12副		325	鑕	酌	瑟	照	入	開	四四質			章入開質臻三	之日	章開3	之若	生入開櫛臻三	所櫛
15945	12副		326	櫍	酌	瑟	照	入	開	四四質			章入開質臻三	之日	章開3	之若	生入開櫛臻三	所櫛
15946	12副		327	懥	酌	瑟	照	入	開	四四質			章去開脂止三	脂利	章開3	之若	生入開櫛臻三	所櫛
15948	12副		328	櫛*	酌	瑟	照	入	開	四四質			莊入開櫛臻三	側瑟	章開3	之若	生入開櫛臻三	所櫛
15949	12副		329	瀄	酌	瑟	照	入	開	四四質			莊入開櫛臻三	阻瑟	章開3	之若	生入開櫛臻三	所櫛
15950	12副		330	侄	酌	瑟	照	入	開	四四質			章入開質臻三	之日	章開3	之若	生入開櫛臻三	所櫛
15951	12副		331	銍	酌	瑟	照	入	開	四四質			知入開質臻三	陟栗	章開3	之若	生入開櫛臻三	所櫛
15952	12副		332	庢	酌	瑟	照	入	開	四四質			知入開質臻三	陟栗	章開3	之若	生入開櫛臻三	所櫛
15953	12副		333	秷	酌	瑟	照	入	開	四四質			知入開質臻三	陟栗	章開3	之若	生入開櫛臻三	所櫛
15954	12副		334	銍*	酌	瑟	照	入	開	四四質			知入開質臻三	陟栗	章開3	之若	生入開櫛臻三	所櫛
15956	12副		335	眰*	酌	瑟	照	入	開	四四質			章入開質臻三	職日	章開3	之若	生入開櫛臻三	所櫛
15958	12副	100	336	豒	茝	瑟	助	入	開	四四質			澄入開質臻三	直一	昌開1	昌紿	生入開櫛臻三	所櫛
15959	12副		337	鉄	茝	瑟	助	入	開	四四質			澄入開質臻三	直一	昌開1	昌紿	生入開櫛臻三	所櫛
15960	12副	101	338	馹**	弱	瑟	耳	入	開	四四質		玉篇：音日	日入開質臻三	人質	日開3	而灼	生入開櫛臻三	所櫛
15961	12副		339	衵*	弱	瑟	耳	入	開	四四質			日入開質臻三	人質	日開3	而灼	生入開櫛臻三	所櫛
15962	12副		340	苜*	弱	瑟	耳	入	開	四四質			日入開質臻三	人質	日開3	而灼	生入開櫛臻三	所櫛
15963	12副	102	341	縿	稍	質	審	入	開	四四質			生入開櫛臻三	所櫛	生開2	所教	章入開質臻三	之日
15964	12副		342	飋	稍	質	審	入	開	四四質			生入開櫛臻三	所櫛	生開2	所教	章入開質臻三	之日
15965	12副		343	鞊	稍	質	審	入	開	四四質			書入開質臻三	式質	生開2	所教	章入開質臻三	之日
15966	12副	103	344	頡*	几	鐵	見	入	齊	四五結			見入開屑山四	吉屑	見開重3	居履	透入開屑山四	他結
15967	12副		345	蛣	几	鐵	見	入	齊	四五結			見入開屑山四	古屑	見開重3	居履	透入開屑山四	他結

韻字編號	部序	組數	字數	韻字及何氏反切			韻字何氏音				何萱注釋	備　注	韻字中古音		上字中古音		下字中古音	
				韻字	上字	下字	聲	調	呼	韻部			聲調呼韻攝等	反切	聲呼等	反切	聲調呼韻攝等	反切
15970	12 副		346	猎	几	鐵	見	入	齊	四五結			見入開屑山四	古屑	見開重 3	居履	透入開屑山四	他結
15971	12 副	104	347	檍	漾	結	影	入	齊	四五結			影入開屑山四	烏結	以開 3	餘亮	見入開屑山四	古屑
15972	12 副		348	㺃	漾	結	影	入	齊	四五結			影入開屑山四	烏結	以開 3	餘亮	見入開屑山四	古屑
15973	12 副	105	349	翓	向	結	曉	入	齊	四五結			匣入開屑山四	胡結	曉開 3	許亮	見入開屑山四	古屑
15974	12 副		350	纈	向	結	曉	入	齊	四五結			匣入開屑山四	胡結	曉開 3	許亮	見入開屑山四	古屑
15975	12 副		351	獺*	向	結	曉	入	齊	四五結			匣入開屑山四	奚結	曉開 3	許亮	見入開屑山四	古屑
15977	12 副	106	352	**闉**	邸	結	短	入	齊	四五結			端入開屑山四	丁結	端開 4	都禮	見入開屑山四	古屑
15978	12 副		353	囯	邸	結	短	入	齊	四五結			端入開屑山四	丁結	端開 4	都禮	見入開屑山四	古屑
15980	12 副		354	嗟	邸	結	短	入	齊	四五結			端入開屑山四	丁結	端開 4	都禮	見入開屑山四	古屑
15981	12 副		355	瞪	邸	結	短	入	齊	四五結			端入開屑山四	丁結	端開 4	都禮	見入開屑山四	古屑
15982	12 副	107	356	恎	體	結	透	入	齊	四五結			定入開屑山四	徒結	透開 4	他禮	見入開屑山四	古屑
15983	12 副		357	峌*	體	結	透	入	齊	四五結			澄入開屑山四	徒結	透開 4	他禮	見入開屑山四	古屑
15984	12 副		358	螲	體	結	透	入	齊	四五結			知入開質臻三	陟栗	透開 4	他禮	見入開屑山四	古屑
15985	12 副		359	蛈	體	結	透	入	齊	四五結			透入開屑山四	他結	透開 4	他禮	見入開屑山四	古屑
15986	12 副		360	趃	體	結	透	入	齊	四五結			定入開屑山四	徒結	透開 4	他禮	見入開屑山四	古屑
15989	12 副		361	眣	體	結	透	入	齊	四五結		入聲有兩讀，共三讀	定入開屑山四	徒結	透開 4	他禮	見入開屑山四	古屑
15990	12 副		362	昳	體	結	透	入	齊	四五結			定入開屑山四	徒結	透開 4	他禮	見入開屑山四	古屑
15991	12 副		363	硋	體	結	透	入	齊	四五結			定入開屑山四	徒結	透開 4	他禮	見入開屑山四	古屑
15992	12 副		364	閴	體	結	透	入	齊	四五結			定入開屑山四	徒結	透開 4	他禮	見入開屑山四	古屑
15993	12 副		365	攧	體	結	透	入	齊	四五結			透入開屑山四	他結	透開 4	他禮	見入開屑山四	古屑
15994	12 副		366	僣	體	結	透	入	齊	四五結	或作僣		定入開屑山四	徒結	透開 4	他禮	見入開屑山四	古屑
15995	12 副		367	覔**	體	結	透	入	齊	四五結	見也，玉篇	玉篇大結切。此處取玉篇音	定入開屑山四	大結	透開 4	他禮	見入開屑山四	古屑
15996	12 副	108	368	垦	褭	結	乃	入	齊	四五結		正文入體結切，誤。據正編加褭結切	泥入開屑山四	奴結	泥開 4	奴鳥	見入開屑山四	古屑

韻字編號	部序	組數	字數	韻字及何氏反切			韻字何氏音				何萱注釋	備　注	韻字中古音		上字中古音		下字中古音	
				韻字	上字	下字	聲	調	呼	韻部			聲調呼韻攝等	反切	聲呼等	反切	聲調呼韻攝等	反切
15997	12 副		369	諻*	裹	結	乃	入	齊	四五結		正文入體結切，誤。據正編加裹結切	泥入開屑山四	乃結	泥開 4	奴鳥	見入開屑山四	古屑
15998	12 副		370	揑	裹	結	乃	入	齊	四五結		正文入體結切，誤。據正編加裹結切	泥入開屑山四	奴結	泥開 4	奴鳥	見入開屑山四	古屑
15999	12 副		371	䏶*	裹	結	乃	入	齊	四五結		正文入體結切，誤。據正編加裹結切	泥入開屑山四	乃結	泥開 4	奴鳥	見入開屑山四	古屑
16000	12 副		372	痆	裹	結	乃	入	齊	四五結		正文入體結切，誤。據正編加裹結切	泥入開屑山四	奴結	泥開 4	奴鳥	見入開屑山四	古屑
16002	12 副		373	硙	裹	結	乃	入	齊	四五結		正文入體結切，誤。據正編加裹結切	泥入開屑山四	奴結	泥開 4	奴鳥	見入開屑山四	古屑
16003	12 副		374	篞	裹	結	乃	入	齊	四五結		正文入體結切，誤。據正編加裹結切	泥入開屑山四	奴結	泥開 4	奴鳥	見入開屑山四	古屑
16004	12 副		375	涅*	裹	結	乃	入	齊	四五結		正文入體結切，誤。據正編加裹結切	泥入開屑山四	乃結	泥開 4	奴鳥	見入開屑山四	古屑
16005	12 副	109	376	爑	紫	鐵	井	入	齊	四五結		正文入體結切，誤。據正編加紫鐵切	精入開屑山四	子結	精開 3	將此	透入開屑山四	他結
16006	12 副		377	䲙	紫	鐵	井	入	齊	四五結		正文入體結切，誤。據正編加紫鐵切	精入開屑山四	子結	精開 3	將此	透入開屑山四	他結
16007	12 副	110	378	紉	此	結	淨	入	齊	四五結			清入合沒臻一	倉沒	清開 3	雌氏	見入開屑山四	古屑

韻字編號	部序	組數	字數	韻字及何氏反切			韻字何氏音				何萱注釋	備　注	韻字中古音		上字中古音		下字中古音	
				韻字	上字	下字	聲	調	呼	韻部			聲調呼韻攝等	反切	聲呼等	反切	聲調呼韻攝等	反切
16008	12副		379	拶	此	結	淨	入	齊	四五結			清入合沒臻一	倉沒	清開3	雌氏	見入開屑山四	古屑
16009	12副		380	沏	此	結	淨	入	齊	四五結			清入開屑山四	七結	清開3	雌氏	見入開屑山四	古屑
16010	12副		381	跙	此	結	淨	入	齊	四五結			清入開屑山四	七結	清開3	雌氏	見入開屑山四	古屑
16011	12副		382	籭	此	結	淨	入	齊	四五結			從入開屑山四	昨結	清開3	雌氏	見入開屑山四	古屑
16012	12副	111	383	媦*	小	結	信	入	齊	四五結			心入開屑山四	先結	心開3	私兆	見入開屑山四	古屑
16013	12副		384	膈	小	結	信	入	齊	四五結			心入開屑山四	先結	心開3	私兆	見入開屑山四	古屑
16014	12副		385	撊	小	結	信	入	齊	四五結			心入開屑山四	先結	心開3	私兆	見入開屑山四	古屑
16015	12副		386	糏	小	結	信	入	齊	四五結			心入開屑山四	先結	心開3	私兆	見入開屑山四	古屑
16016	12副		387	蔤	小	結	信	入	齊	四五結			心入開屑山四	先結	心開3	私兆	見入開屑山四	古屑
16017	12副		388	溛	小	結	信	入	齊	四五結			心入開屑山四	先結	心開3	私兆	見入開屑山四	古屑
16019	12副	112	389	扒	丙	結	謗	入	齊	四五結			幫入開薛山重三	方別	幫開3	兵永	見入開屑山四	古屑
16020	12副		390	挒*	丙	結	謗	入	齊	四五結			幫入開屑山四	必結	幫開3	兵永	見入開屑山四	古屑
16022	12副	113	391	咇	避	結	並	入	齊	四五結			並入開屑山四	蒲結	並開重4	毗義	見入開屑山四	古屑
16023	12副		392	馝	避	結	並	入	齊	四五結			並入開質臻重四	毗必	並開重4	毗義	見入開屑山四	古屑
16025	12副		393	颮	避	結	並	入	齊	四五結			滂入開屑山四	普蔑	並開重4	毗義	見入開屑山四	古屑
16026	12副	114	394	**紼**	美	結	命	入	齊	四五結			明入開屑山四	莫結	明開重3	無鄙	見入開屑山四	古屑
16027	12副		395	粫	美	結	命	入	齊	四五結			明入開屑山四	莫結	明開重3	無鄙	見入開屑山四	古屑
16029	12副		396	瞌	美	結	命	入	齊	四五結			明入開屑山四	莫結	明開重3	無鄙	見入開屑山四	古屑
16030	12副	115	397	鴶	几	札	見	入	齊二	四六袺			見入開黠山二	古黠	見開重3	居履	莊入開黠山二	側八
16031	12副	116	398	鼓	舊	札	起	入	齊二	四六袺			溪入開黠山二	恪八	群開3	巨救	莊入開黠山二	側八
16032	12副		399	剨	舊	札	起	入	齊二	四六袺			溪入開黠山二	恪八	群開3	巨救	莊入開黠山二	側八
16033	12副		400	鋯	舊	札	起	入	齊二	四六袺			溪入開黠山二	恪八	群開3	巨救	莊入開黠山二	側八
16034	12副		401	咭	舊	札	起	入	齊二	四六袺			溪入開黠山二	恪八	群開3	巨救	莊入開黠山二	側八
16035	12副		402	諙	舊	札	起	入	齊二	四六袺			溪入開黠山二	恪八	群開3	巨救	莊入開黠山二	側八
16036	12副		403	藒	舊	札	起	入	齊二	四六袺			溪入開黠山二	恪八	群開3	巨救	莊入開黠山二	側八
16037	12副	117	404	圠	漾	八	影	入	齊二	四六袺			影入開黠山二	烏黠	以開3	餘亮	幫入開黠山二	博拔
16038	12副		405	玐*	漾	八	影	入	齊二	四六袺			影入開黠山二	乙黠	以開3	餘亮	幫入開黠山二	博拔

韻字編號	部序	組數	字數	韻字及何氏反切			韻字何氏音				何萱注釋	備　注	韻字中古音		上字中古音		下字中古音	
				韻字	上字	下字	聲	調	呼	韻部			聲調呼韻攝等	反切	聲呼等	反切	聲調呼韻攝等	反切
16039	12 副		406	朳	漾	八	影	入	齊二	四六秸			影入開鎋山二	乙鎋	以開 3	餘亮	幫入開黠山二	博拔
16040	12 副		407	叭*	漾	八	影	入	齊二	四六秸			影入開黠山二	乙黠	以開 3	餘亮	幫入開黠山二	博拔
16042	12 副		408	虬*	漾	八	影	入	齊二	四六秸			影入開黠山二	乙黠	以開 3	餘亮	幫入開黠山二	博拔
16043	12 副		409	魞	漾	八	影	入	齊二	四六秸			影入開黠山二	烏黠	以開 3	餘亮	幫入開黠山二	博拔
16044	12 副	118	410	紥	掌	八	照	入	齊二	四六秸			莊入開黠山二	側八	章開 3	諸兩	幫入開黠山二	博拔
16045	12 副		411	�	掌	八	照	入	齊二	四六秸			莊入開黠山二	側八	章開 3	諸兩	幫入開黠山二	博拔
16046	12 副		412	蚻	掌	八	照	入	齊二	四六秸			莊入開黠山二	側八	章開 3	諸兩	幫入開黠山二	博拔
16047	12 副		413	汃	掌	八	照	入	齊二	四六秸			崇入開鎋山二	查鎋	章開 3	諸兩	幫入開黠山二	博拔
16048	12 副	119	414	**聐**	仰	八	我	入	齊二	四六秸			疑入開鎋山二	五鎋	疑開 3	魚兩	幫入開黠山二	博拔
16049	12 副	120	415	玐	丙	札	謗	入	齊二	四六秸			幫入開黠山二	博拔	幫開 3	兵永	莊入開黠山二	側八
16050	12 副		416	釟	丙	札	謗	入	齊二	四六秸			幫入開黠山二	博拔	幫開 3	兵永	莊入開黠山二	側八
16051	12 副		417	杒	丙	札	謗	入	齊二	四六秸			幫入開黠山二	博拔	幫開 3	兵永	莊入開黠山二	側八
16052	12 副		418	叭*	丙	札	謗	入	齊二	四六秸			滂入開黠山二	普八	幫開 3	兵永	莊入開黠山二	側八
16053	12 副		419	豝	丙	札	謗	入	齊二	四六秸			滂入開黠山二	普八	幫開 3	兵永	莊入開黠山二	側八
16054	12 副		420	矾	丙	札	謗	入	齊二	四六秸			滂入開黠山二	普八	幫開 3	兵永	莊入開黠山二	側八
16055	12 副	121	421	詰	几	逸	見	入	齊三	四七吉			見入開質臻重四	居質	見開重 3	居履	以入開質臻三	夷質
16056	12 副		422	鞊*	几	逸	見	入	齊三	四七吉			見入開質臻重四	激質	見開重 3	居履	以入開質臻三	夷質
16057	12 副		423	郆	几	逸	見	入	齊三	四七吉			見入開質臻重四	居質	見開重 3	居履	以入開質臻三	夷質
16058	12 副		424	洁	几	逸	見	入	齊三	四七吉			見入開質臻重四	居質	見開重 3	居履	以入開質臻三	夷質
16059	12 副	122	425	狤	舊	逸	起	入	齊三	四七吉		原為几逸切，誤。據正編改為舊逸切	溪去開脂止重四	詰利	群開 3	巨救	以入開質臻三	夷質
16060	12 副		426	趌	舊	逸	起	入	齊三	四七吉		原為几逸切，誤。據正編改為舊逸切	溪入開質臻重四	去吉	群開 3	巨救	以入開質臻三	夷質
16061	12 副	123	427	譩	漾	吉	影	入	齊三	四七吉		原為几逸切，誤。據正編改為漾吉切	影去開齊蟹四	於計	以開 3	餘亮	見入開質臻重四	居質

韻字編號	部序	組數	字數	韻字及何氏反切			韻字何氏音				何萱注釋	備注	韻字中古音		上字中古音		下字中古音	
				韻字	上字	下字	聲	調	呼	韻部			聲調呼韻攝等	反切	聲呼等	反切	聲調呼韻攝等	反切
16064	12副		428	乮	漾	吉	影	入	齊三	四七吉		原為几逸切，誤。據正編改為漾吉切	影入開質臻重三	於筆	以開3	餘亮	見入開質臻重四	居質
16065	12副		429	嬉*	漾	吉	影	入	齊三	四七吉		原為几逸切，誤。據正編改為漾吉切	影入開質臻重四	益悉	以開3	餘亮	見入開質臻重四	居質
16066	12副		430	佾	漾	吉	影	入	齊三	四七吉		原為几逸切，誤。據正編改為漾吉切	以入開質臻三	夷質	以開3	餘亮	見入開質臻重四	居質
16067	12副		431	㘈*	漾	吉	影	入	齊三	四七吉		原為几逸切，誤。據正編改為漾吉切	影入開職曾三	乙力	以開3	餘亮	見入開質臻重四	居質
16068	12副		432	帠*	漾	吉	影	入	齊三	四七吉	帠或作帠	原為几逸切，誤。據正編改為漾吉切	影入開職曾三	乙力	以開3	餘亮	見入開質臻重四	居質
16069	12副	124	433	怬	向	吉	曉	入	齊三	四七吉			曉入開質臻重四	許吉	曉開3	許亮	見入開質臻重四	居質
16070	12副		434	咭	向	吉	曉	入	齊三	四七吉			曉入開質臻重四	許吉	曉開3	許亮	見入開質臻重四	居質
16071	12副		435	盻**	向	吉	曉	入	齊三	四七吉			曉入開質臻重三	許乙	曉開3	許亮	見入開質臻重四	居質
16072	12副	125	436	僀	邸	吉	短	入	齊三	四七吉			端去開齊蟹四	丁計	端開4	都禮	見入開質臻重四	居質
16073	12副		437	蹛*	邸	吉	短	入	齊三	四七吉			端去開齊蟹四	丁計	端開4	都禮	見入開質臻重四	居質
16074	12副	126	438	慄	亮	吉	賚	入	齊三	四七吉			來入開質臻三	力質	來開3	力讓	見入開質臻重四	居質
16075	12副		439	嘌	亮	吉	賚	入	齊三	四七吉			來入開質臻三	力質	來開3	力讓	見入開質臻重四	居質
16076	12副		440	剽	亮	吉	賚	入	齊三	四七吉			來入開質臻三	力質	來開3	力讓	見入開質臻重四	居質
16077	12副		441	縹	亮	吉	賚	入	齊三	四七吉			來入開質臻三	力質	來開3	力讓	見入開質臻重四	居質
16078	12副		442	塛	亮	吉	賚	入	齊三	四七吉			來入開質臻三	力質	來開3	力讓	見入開質臻重四	居質
16079	12副		443	嵥	亮	吉	賚	入	齊三	四七吉			來入開質臻三	力質	來開3	力讓	見入開質臻重四	居質
16080	12副		444	轢	亮	吉	賚	入	齊三	四七吉			來入開質臻三	力質	來開3	力讓	見入開質臻重四	居質

韻字編號	部序	組數	字數	韻字及何氏反切			韻字何氏音				何萱注釋	備注	韻字中古音		上字中古音		下字中古音	
				韻字	上字	下字	聲	調	呼	韻部			聲調呼韻攝等	反切	聲呼等	反切	聲調呼韻攝等	反切
16081	12 副		445	廲	亮	吉	賚	入	齊三	四七吉			來入開質臻三	力質	來開 3	力讓	見入開質臻重四	居質
16082	12 副		446	鷅	亮	吉	賚	入	齊三	四七吉			來入開質臻三	力質	來開 3	力讓	見入開質臻重四	居質
16083	12 副		447	搮	亮	吉	賚	入	齊三	四七吉			來入開質臻三	力質	來開 3	力讓	見入開質臻重四	居質
16084	12 副		448	䅻*	亮	吉	賚	入	齊三	四七吉			來入開質臻三	力質	來開 3	力讓	見入開質臻重四	居質
16085	12 副		449	蒚	亮	吉	賚	入	齊三	四七吉			來入開質臻三	力質	來開 3	力讓	見入開質臻重四	居質
16086	12 副		450	篥	亮	吉	賚	入	齊三	四七吉			來入開質臻三	力質	來開 3	力讓	見入開質臻重四	居質
16088	12 副	127	451	聜g*	掌	逸	照	入	齊三	四七吉		表中此位無字；玉篇知栗切又丁米切	知入開質臻三	陟栗	章開 3	諸兩	以入開質臻三	夷質
16089	12 副	128	452	呹*	寵	吉	助	入	齊三	四七吉			徹入開質臻三	勑栗	徹合 3	丑隴	見入開質臻重四	居質
16092	12 副		453	跮	寵	吉	助	入	齊三	四七吉			徹入開質臻三	丑栗	徹合 3	丑隴	見入開質臻重四	居質
16093	12 副		454	痓	寵	吉	助	入	齊三	四七吉			昌去開脂止三	充自	徹合 3	丑隴	見入開質臻重四	居質
16094	12 副		455	妼*	寵	吉	助	入	齊三	四七吉			幫上開脂止重四	補履	徹合 3	丑隴	見入開質臻重四	居質
16095	12 副		456	㲾	寵	吉	助	入	齊三	四七吉		看不清，或許為䲡	清去開脂止三	七四	徹合 3	丑隴	見入開質臻重四	居質
16096	12 副		457	氻	寵	吉	助	入	齊三	四七吉			精入開質臻三	資悉	徹合 3	丑隴	見入開質臻重四	居質
16097	12 副	129	458	脚	紫	逸	井	入	齊三	四七吉		原為寵吉切，誤。據正編加紫逸切	精入開職曾三	子力	精開 3	將此	以入開質臻三	夷質
16098	12 副		459	䁘	紫	逸	井	入	齊三	四七吉		原為寵吉切，誤。據正編加紫逸切	精入開職曾三	子力	精開 3	將此	以入開質臻三	夷質
16099	12 副		460	嘶	紫	逸	井	入	齊三	四七吉	喞或作嘶	原為寵吉切，誤。據正編加紫逸切	莊入開櫛臻三	阻瑟	精開 3	將此	以入開質臻三	夷質
16101	12 副		461	鷑	紫	逸	井	入	齊三	四七吉		原為寵吉切，誤。據正編加紫逸切	精入開職曾三	子力	精開 3	將此	以入開質臻三	夷質
16102	12 副		462	鯽	紫	逸	井	入	齊三	四七吉		原為寵吉切，誤。據正編加紫逸切	精入開職曾三	子力	精開 3	將此	以入開質臻三	夷質
16103	12 副		463	蝍 g*	紫	逸	井	入	齊三	四七吉		原為寵吉切，誤。據正編加紫逸切	精入開質臻三	子悉	精開 3	將此	以入開質臻三	夷質

韻字編號	部序	組數	字數	韻字及何氏反切			韻字何氏音				何萱注釋	備注	韻字中古音		上字中古音		下字中古音	
				韻字	上字	下字	聲	調	呼	韻部			聲調呼韻攝等	反切	聲呼等	反切	聲調呼韻攝等	反切
16106	12副	130	464	譑	此	吉	淨	入	齊三	四七吉			初入開質臻三	初栗	清開3	雌氏	見入開質臻重四	居質
16107	12副		465	鰇*	此	吉	淨	入	齊三	四七吉			清入開質臻三	戚悉	清開3	雌氏	見入開質臻重四	居質
16108	12副		466	蓁	此	吉	淨	入	齊三	四七吉			清入開質臻三	親吉	清開3	雌氏	見入開質臻重四	居質
16109	12副		467	嗾	此	吉	淨	入	齊三	四七吉			從入開質臻三	秦悉	清開3	雌氏	見入開質臻重四	居質
16110	12副		468	趚*	此	吉	淨	入	齊三	四七吉			從入開質臻三	昨悉	清開3	雌氏	見入開質臻重四	居質
16111	12副		469	槉	此	吉	淨	入	齊三	四七吉			從入開質臻三	秦悉	清開3	雌氏	見入開質臻重四	居質
16112	12副		470	蒺	此	吉	淨	入	齊三	四七吉			從入開質臻三	秦悉	清開3	雌氏	見入開質臻重四	居質
16113	12副		471	鏃*	此	吉	淨	入	齊三	四七吉			從入開質臻三	昨悉	清開3	雌氏	見入開質臻重四	居質
16114	12副		472	蝾*	此	吉	淨	入	齊三	四七吉			從入開質臻三	昨悉	清開3	雌氏	見入開質臻重四	居質
16115	12副	131	473	耴	仰	吉	我	入	齊三	四七吉			疑入開質臻重三	魚乙	疑開3	魚兩	見入開質臻重四	居質
16116	12副		474	舤	仰	吉	我	入	齊三	四七吉			疑入開質臻重三	魚乙	疑開3	魚兩	見入開質臻重四	居質
16117	12副	132	475	徖*	小	吉	信	入	齊三	四七吉			心入開質臻三	息七	心開3	私兆	見入開質臻重四	居質
16118	12副		476	窸	小	吉	信	入	齊三	四七吉			心入開質臻三	息七	心開3	私兆	見入開質臻重四	居質
16119	12副		477	蟋	小	吉	信	入	齊三	四七吉			心入開質臻三	息七	心開3	私兆	見入開質臻重四	居質
16121	12副		478	㰕*	小	吉	信	入	齊三	四七吉			心入開質臻三	息七	心開3	私兆	見入開質臻重四	居質
16122	12副		479	蒁	小	吉	信	入	齊三	四七吉	藤或作蒁		心入開質臻三	息七	心開3	私兆	見入開質臻重四	居質
16123	12副	133	480	熚	丙	吉	謗	入	齊三	四七吉			幫入開質臻重四	卑吉	幫開3	兵永	見入開質臻重四	居質
16124	12副		481	鵯	丙	吉	謗	入	齊三	四七吉			幫入開質臻重四	卑吉	幫開3	兵永	見入開質臻重四	居質
16125	12副		482	滭	丙	吉	謗	入	齊三	四七吉			幫入開質臻重四	卑吉	幫開3	兵永	見入開質臻重四	居質
16126	12副		483	鏎	丙	吉	謗	入	齊三	四七吉			幫入開質臻重四	卑吉	幫開3	兵永	見入開質臻重四	居質
16127	12副	134	484	姴*	避	逸	並	入	齊三	四七吉			滂入開質臻重四	僻吉	並開重4	毗義	以入開質臻三	夷質
16128	12副		485	肶	避	逸	並	入	齊三	四七吉			滂入開質臻重四	譬吉	並開重4	毗義	以入開質臻三	夷質
16129	12副		486	吡	避	逸	並	入	齊三	四七吉			滂入開質臻重四	譬吉	並開重4	毗義	以入開質臻三	夷質
16130	12副		487	妼	避	逸	並	入	齊三	四七吉			並入開質臻重四	毗必	並開重4	毗義	以入開質臻三	夷質
16131	12副		488	欰	避	逸	並	入	齊三	四七吉			並入開質臻重四	毗必	並開重4	毗義	以入開質臻三	夷質

韻字編號	部序	組數	字數	韻字及何氏反切			韻字何氏音				何萱注釋	備注	韻字中古音		上字中古音		下字中古音	
				韻字	上字	下字	聲	調	呼	韻部			聲調呼韻攝等	反切	聲呼等	反切	聲調呼韻攝等	反切
16132	12副		489	鮅	避	逸	並	入	齊三	四七吉			並入開質臻重四	毗必	並開重4	毗義	以入開質臻三	夷質
16133	12副	135	490	瞎	美	吉	命	入	齊三	四七吉			明入開質臻重三	美筆	明開重3	無鄙	見入開質臻重四	居質
16134	12副		491	潳	美	吉	命	入	齊三	四七吉			明入開質臻重三	美筆	明開重3	無鄙	見入開質臻重四	居質
16135	12副		492	鶓	美	吉	命	入	齊三	四七吉			明入開質臻重三	美筆	明開重3	無鄙	見入開質臻重四	居質
16136	12副		493	簭*	美	吉	命	入	齊三	四七吉			明入開質臻重三	莫筆	明開重3	無鄙	見入開質臻重四	居質
16138	12副		494	榓	美	吉	命	入	齊三	四七吉			明入開質臻重四	彌畢	明開重3	無鄙	見入開質臻重四	居質
16139	12副		495	搵*	美	吉	命	入	齊三	四七吉			明入開質臻重四	覓畢	明開重3	無鄙	見入開質臻重四	居質
16140	12副		496	滏*	美	吉	命	入	齊三	四七吉			明入開質臻重四	覓畢	明開重3	無鄙	見入開質臻重四	居質
16141	12副	136	497	灒*	缶	吉	匪	入	齊三	四七吉			並去開脂止重三	平祕	非開3	方久	見入開質臻重四	居質
16142	12副	137	498	欥	舉	恤	見	入	撮	四八鴪			見入合術臻重四	居聿	見合3	居許	心入合術臻三	辛聿
16143	12副	138	499	啕	恕	恤	審	入	撮	四八鴪			生入合術臻三	所律	書合3	商署	心入合術臻三	辛聿
16144	12副	139	500	詘*	敘	鴪	信	入	撮	四八鴪			心入合術臻三	雪律	邪合3	徐呂	以入合術臻三	餘律
16145	12副		501	欰	敘	鴪	信	入	撮	四八鴪			心入合術臻三	辛聿	邪合3	徐呂	以入合術臻三	餘律
16146	12副		502	賉	敘	鴪	信	入	撮	四八鴪			心入合術臻三	辛聿	邪合3	徐呂	以入合術臻三	餘律
16147	12副		503	殈	敘	鴪	信	入	撮	四八鴪			曉入合錫梗四	呼臭	邪合3	徐呂	以入合術臻三	餘律
16148	12副		504	罻**	敘	鴪	信	入	撮	四八鴪			心入開質臻重四	雖一	邪合3	徐呂	以入合術臻三	餘律
16149	12副	140	505	衈	許	叟	曉	入	撮二	四九血		原作叟	曉入合屑山四	呼決	曉合3	虛呂	來入合薛山三	龍輟
16151	12副		506	眖*	許	叟	曉	入	撮二	四九血		原作叟	曉入合屑山四	呼決	曉合3	虛呂	來入合薛山三	龍輟
16152	12副		507	訦	許	叟	曉	入	撮二	四九血		原作叟	曉入合屑山四	呼決	曉合3	虛呂	來入合薛山三	龍輟
16153	12副		508	坹	許	叟	曉	入	撮二	四九血		原作叟	曉入合屑山四	呼決	曉合3	虛呂	來入合薛山三	龍輟
16155	12副		509	抭g*	許	叟	曉	入	撮二	四九血		原作叟	匣入合屑山四	胡決	曉合3	虛呂	來入合薛山三	龍輟
16158	12副		510	袕	許	叟	曉	入	撮二	四九血		原作叟	匣入合屑山四	胡決	曉合3	虛呂	來入合薛山三	龍輟
16159	12副		511	倄	許	叟	曉	入	撮二	四九血		原作叟	曉入合黠山二	呼八	曉合3	虛呂	來入合薛山三	龍輟
16160	12副	141	512	傛	謬	穴	命	入	撮二	四九血			明入開黠山二	莫八	明開3	靡幼	匣入合屑山四	胡決

第十三部正編

韻字編號	部序	組數	字數	韻字及何氏反切			韻字何氏音				何萱注釋	備注	韻字中古音		上字中古音		下字中古音	
				韻字	上字	下字	聲	調	呼	韻部			聲調呼韻攝等	反切	聲呼等	反切	聲調呼韻攝等	反切
16161	13 正	1	1	跟	改	恩	見	陰平	開	四八跟			見平開痕臻一	古痕	見開 1	古亥	影平開痕臻一	烏痕
16162	13 正		2	**根**	改	恩	見	陰平	開	四八跟			見平開痕臻一	古痕	見開 1	古亥	影平開痕臻一	烏痕
16163	13 正	2	3	**恩**	挨	根	影	陰平	開	四八跟			影平開痕臻一	烏痕	影開 1	於改	見平開痕臻一	古痕
16164	13 正		4	衮	挨	根	影	陰平	開	四八跟			影平開痕臻一	烏痕	影開 1	於改	見平開痕臻一	古痕
16165	13 正	3	5	**娠**	稍	根	審	陰平	開	四八跟	平去兩讀		書平開真臻三	失人	生開 2	所教	見平開痕臻一	古痕
16167	13 正	4	6	**痕**	海	泿	曉	陽平	開	四八跟			匣平開痕臻一	戶恩	曉開 1	呼改	疑平開痕臻一	五根
16168	13 正		7	鞎	海	泿	曉	陽平	開	四八跟			匣平開痕臻一	戶恩	曉開 1	呼改	疑平開痕臻一	五根
16171	13 正		8	硍 g*	海	泿	曉	陽平	開	四八跟	平上兩讀		見平開山山二	居閑	曉開 1	呼改	疑平開痕臻一	五根
16172	13 正	5	9	罤	古	昏	見	陰平	合	四九罤			見平合魂臻一	古渾	見合 1	公戶	曉平合魂臻一	呼昆
16173	13 正		10	蘳*	古	昏	見	陰平	合	四九罤			見平合魂臻一	公渾	見合 1	公戶	曉平合魂臻一	呼昆
16174	13 正		11	鰥	古	昏	見	陰平	合	四九罤			見平合山山二	古頑	見合 1	公戶	曉平合魂臻一	呼昆
16175	13 正		12	**昆**	古	昏	見	陰平	合	四九罤			見平合魂臻一	古渾	見合 1	公戶	曉平合魂臻一	呼昆
16176	13 正		13	琨	古	昏	見	陰平	合	四九罤			見平合魂臻一	古渾	見合 1	公戶	曉平合魂臻一	呼昆
16177	13 正		14	幝	古	昏	見	陰平	合	四九罤			見平合魂臻一	古渾	見合 1	公戶	曉平合魂臻一	呼昆
16178	13 正		15	鶤	古	昏	見	陰平	合	四九罤			見平合魂臻一	古渾	見合 1	公戶	曉平合魂臻一	呼昆
16180	13 正		16	蚰	古	昏	見	陰平	合	四九罤			見平合魂臻一	古渾	見合 1	公戶	曉平合魂臻一	呼昆
16184	13 正		17	輥 g*	古	昏	見	陰平	合	四九罤	平上兩讀		疑平合文臻三	虞云	見合 1	公戶	曉平合魂臻一	呼昆
16185	13 正		18	綸	古	昏	見	陰平	合	四九罤	兩見義分		見平合山山二	古頑	見合 1	公戶	曉平合魂臻一	呼昆
16187	13 正	6	19	**坤**	苦	昏	起	陰平	合	四九罤			溪平合魂臻一	苦昆	溪合 1	康杜	曉平合魂臻一	呼昆
16188	13 正		20	顒	苦	昏	起	陰平	合	四九罤	顒或作顒		溪平合魂臻一	苦昆	溪合 1	康杜	曉平合魂臻一	呼昆
16190	13 正		21	髡	苦	昏	起	陰平	合	四九罤			溪平合魂臻一	苦昆	溪合 1	康杜	曉平合魂臻一	呼昆
16191	13 正	7	22	昷	饔	昏	影	陰平	合	四九罤			影平合魂臻一	烏渾	影合 1	烏貢	曉平合魂臻一	呼昆
16192	13 正		23	**溫**	饔	昏	影	陰平	合	四九罤			影平合魂臻一	烏渾	影合 1	烏貢	曉平合魂臻一	呼昆
16193	13 正		24	轀	饔	昏	影	陰平	合	四九罤			影平合魂臻一	烏渾	影合 1	烏貢	曉平合魂臻一	呼昆
16194	13 正		25	殟	饔	昏	影	陰平	合	四九罤			影平合魂臻一	烏渾	影合 1	烏貢	曉平合魂臻一	呼昆

韻字編號	部序	組數	字數	韻字及何氏反切			韻字何氏音				何萱注釋	備注	韻字中古音		上字中古音		下字中古音	
				韻字	上字	下字	聲	調	呼	韻部			聲調呼韻攝等	反切	聲呼等	反切	聲調呼韻攝等	反切
16196	13 正	8	26	**昏**	戶	坤	曉	陰平	合	四九羃			曉平合魂臻一	呼昆	匣合 1	侯古	溪平合魂臻一	苦昆
16197	13 正		27	婚	戶	坤	曉	陰平	合	四九羃			曉平合魂臻一	呼昆	匣合 1	侯古	溪平合魂臻一	苦昆
16198	13 正		28	惛	戶	坤	曉	陰平	合	四九羃			曉平合魂臻一	呼昆	匣合 1	侯古	溪平合魂臻一	苦昆
16199	13 正		29	殙	戶	坤	曉	陰平	合	四九羃			曉平合魂臻一	呼昆	匣合 1	侯古	溪平合魂臻一	苦昆
16200	13 正		30	閽	戶	坤	曉	陰平	合	四九羃			曉平合魂臻一	呼昆	匣合 1	侯古	溪平合魂臻一	苦昆
16202	13 正	9	31	敦	董	昏	短	陰平	合	四九羃			端平合魂臻一	都昆	端合 1	多動	曉平合魂臻一	呼昆
16205	13 正		32	**惇**	董	昏	短	陰平	合	四九羃			端平合魂臻一	都昆	端合 1	多動	曉平合魂臻一	呼昆
16206	13 正		33	弴	董	昏	短	陰平	合	四九羃			端平合魂臻一	都昆	端合 1	多動	曉平合魂臻一	呼昆
16208	13 正		34	啍	董	昏	短	陰平	合	四九羃			定平合魂臻一	徒渾	端合 1	多動	曉平合魂臻一	呼昆
16209	13 正		35	焞	董	昏	短	陰平	合	四九羃			禪平合諄臻三	常倫	端合 1	多動	曉平合魂臻一	呼昆
16210	13 正	10	36	**涒**	杜	坤	透	陰平	合	四九羃		韻目歸入董昏切，表中作透母字頭，據副編加杜坤切	透平合魂臻一	他昆	定合 1	徒古	曉平合魂臻一	呼昆
16211	13 正	11	37	**諄**	壯	坤	照	陰平	合	四九羃			章平合諄臻三	章倫	莊開 3	側亮	溪平合魂臻一	苦昆
16213	13 正		38	淳	壯	坤	照	陰平	合	四九羃			禪平合諄臻三	常倫	莊開 3	側亮	溪平合魂臻一	苦昆
16214	13 正		39	屯	壯	坤	照	陰平	合	四九羃	兩見		知平合諄臻三	陟綸	莊開 3	側亮	溪平合魂臻一	苦昆
16216	13 正		40	窀	壯	坤	照	陰平	合	四九羃			知平合諄臻三	陟綸	莊開 3	側亮	溪平合魂臻一	苦昆
16217	13 正		41	棆	壯	坤	照	陰平	合	四九羃			來平合諄臻三	力迍	莊開 3	側亮	溪平合魂臻一	苦昆
16219	13 正		42	帽	壯	坤	照	陰平	合	四九羃			知平合諄臻三	陟綸	莊開 3	側亮	溪平合魂臻一	苦昆
16220	13 正	12	43	萅	狀	坤	助	陰平	合	四九羃			昌平合諄臻三	昌脣	崇開 3	鋤亮	溪平合魂臻一	苦昆
16221	13 正		44	**春**	狀	坤	助	陰平	合	四九羃			昌平合諄臻三	昌脣	崇開 3	鋤亮	溪平合魂臻一	苦昆
16222	13 正		45	杶	狀	坤	助	陰平	合	四九羃			徹平合諄臻三	丑倫	崇開 3	鋤亮	溪平合魂臻一	苦昆
16223	13 正		46	川	狀	坤	助	陰平	合	四九羃			昌平合仙山三	昌緣	崇開 3	鋤亮	溪平合魂臻一	苦昆
16224	13 正		47	輴	狀	坤	助	陰平	合	四九羃			徹平合諄臻三	丑倫	崇開 3	鋤亮	溪平合魂臻一	苦昆
16225	13 正	13	48	**鐏***	祖	坤	井	陰平	合	四九羃		韻目歸入狀坤切，表中作井母字頭，據副編加祖坤切	精平合魂臻一	租昆	精合 1	則古	溪平合魂臻一	苦昆

韻字編號	部序	組數	字數	韻字及何氏反切			韻字何氏音				何萱注釋	備注	韻字中古音		上字中古音		下字中古音	
				韻字	上字	下字	聲	調	呼	韻部			聲調呼韻攝等	反切	聲呼等	反切	聲調呼韻攝等	反切
16226	13 正		49	遵	祖	坤	井	陰平	合	四九翚		韻目歸入狀坤切，據副編加祖坤切	精平合諄臻三	將倫	精合 1	則古	溪平合魂臻一	苦昆
16227	13 正		50	縛	祖	坤	井	陰平	合	四九翚		韻目歸入狀坤切，據副編加祖坤切	精平合魂臻一	祖昆	精合 1	則古	溪平合魂臻一	苦昆
16228	13 正		51	濺	祖	坤	井	陰平	合	四九翚		韻目歸入狀坤切，據副編加祖坤切	精平開先山四	則前	精合 1	則古	溪平合魂臻一	苦昆
16229	13 正	14	52	**孫**	送	坤	信	陰平	合	四九翚			心平合魂臻一	思渾	心合 1	蘇弄	溪平合魂臻一	苦昆
16230	13 正		53	飧	送	坤	信	陰平	合	四九翚	飱或書作飧飱		心平合魂臻一	思渾	心合 1	蘇弄	溪平合魂臻一	苦昆
16231	13 正	15	54	**奔***	布	坤	謗	陰平	合	四九翚			幫平合魂臻一	逋昆	幫合 1	博故	溪平合魂臻一	苦昆
16233	13 正	16	55	歕	佩	坤	並	陰平	合	四九翚			滂平合魂臻一	普魂	並合 1	蒲昧	溪平合魂臻一	苦昆
16234	13 正		56	**噴**	佩	坤	並	陰平	合	四九翚			滂平合魂臻一	普魂	並合 1	蒲昧	溪平合魂臻一	苦昆
16235	13 正	17	57	**渾**	戶	醇	曉	陽平	合	四九翚		韻目歸入佩坤切，表中作曉母字頭，據副編加戶醇切	匣平合魂臻一	戶昆	匣合 1	侯古	禪平合諄臻三	常倫
16237	13 正		58	楎	戶	醇	曉	陽平	合	四九翚		韻目歸入佩坤切，據副編加戶醇切	匣平合魂臻一	戶昆	匣合 1	侯古	禪平合諄臻三	常倫
16238	13 正		59	�	戶	醇	曉	陽平	合	四九翚		韻目歸入佩坤切，據副編加戶醇切	匣平合魂臻一	戶昆	匣合 1	侯古	禪平合諄臻三	常倫
16239	13 正		60	韋	戶	醇	曉	陽平	合	四九翚		韻目歸入佩坤切，據副編加戶醇切	匣平合刪山二	戶關	匣合 1	侯古	禪平合諄臻三	常倫
16241	13 正		61	韗	戶	醇	曉	陽平	合	四九翚		韻目歸入佩坤切，據副編加戶醇切	匣平合魂臻一	戶昆	匣合 1	侯古	禪平合諄臻三	常倫
16242	13 正		62	歠	戶	醇	曉	陽平	合	四九翚		韻目歸入佩坤切，據副編加戶醇切	見平合魂臻一	古渾	匣合 1	侯古	禪平合諄臻三	常倫
16243	13 正		63	棞	戶	醇	曉	陽平	合	四九翚		韻目歸入佩坤切，據副編加戶醇切	匣平合魂臻一	戶昆	匣合 1	侯古	禪平合諄臻三	常倫
16245	13 正		64	鼋	戶	醇	曉	陽平	合	四九翚		韻目歸入佩坤切，據副編加戶醇切	匣平合魂臻一	戶昆	匣合 1	侯古	禪平合諄臻三	常倫
16246	13 正		65	屍	戶	醇	透	陽平	合	四九翚			定平合魂臻一	徒渾	匣合 1	侯古	禪平合諄臻三	常倫

韻字編號	部序	組數	字數	韻字及何氏反切			韻字何氏音				何萱注釋	備注	韻字中古音		上字中古音		下字中古音	
				韻字	上字	下字	聲	調	呼	韻部			聲調呼韻攝等	反切	聲呼等	反切	聲調呼韻攝等	反切
16248	13 正	18	66	籪	杜	蒬	透	陽平	合	四九鼆			定平合魂臻一	徒渾	定合 1	徒古	匣平合魂臻一	戶昆
16250	13 正		67	屯	杜	蒬	透	陽平	合	四九鼆			定平合魂臻一	徒渾	定合 1	徒古	匣平合魂臻一	戶昆
16251	13 正		68	邨	杜	蒬	透	陽平	合	四九鼆			定平合魂臻一	徒渾	定合 1	徒古	匣平合魂臻一	戶昆
16252	13 正		69	軘	杜	蒬	透	陽平	合	四九鼆			定平合魂臻一	徒渾	定合 1	徒古	匣平合魂臻一	戶昆
16253	13 正		70	**豚**	杜	蒬	透	陽平	合	四九鼆			定平合魂臻一	徒渾	定合 1	徒古	匣平合魂臻一	戶昆
16254	13 正		71	黗*	杜	蒬	透	陽平	合	四九鼆			定平合桓山一	徒官	定合 1	徒古	匣平合魂臻一	戶昆
16255	13 正	19	72	**㥏**	恕	蒬	乃	陽平	合	四九鼆	作㥏獶者譌	玉篇作奴回奴昆二音，箸也，塗也。字頭字形廣集玉均無。詞字也無。字作㥏，據段注，從㥂聲。乃昆切。㥂，古文婚字。此處取乃昆切	泥平合魂臻一	乃昆	書合 3	商署	匣平合魂臻一	戶昆
16256	13 正	20	73	**侖**	路	醇	賚	陽平	合	四九鼆			來平合諄臻三	力迍	來合 1	洛故	禪平合諄臻三	常倫
16257	13 正		74	論	路	醇	賚	陽平	合	四九鼆			來平合諄臻三	力迍	來合 1	洛故	禪平合諄臻三	常倫
16261	13 正		75	綸	路	醇	賚	陽平	合	四九鼆	兩見義分		來平合諄臻三	力迍	來合 1	洛故	禪平合諄臻三	常倫
16262	13 正		76	倫	路	醇	賚	陽平	合	四九鼆			來平合諄臻三	力迍	來合 1	洛故	禪平合諄臻三	常倫
16263	13 正		77	惀	路	醇	賚	陽平	合	四九鼆			來平合諄臻三	力迍	來合 1	洛故	禪平合諄臻三	常倫
16265	13 正		78	掄	路	醇	賚	陽平	合	四九鼆			來平合諄臻三	力迍	來合 1	洛故	禪平合諄臻三	常倫
16267	13 正		79	輪	路	醇	賚	陽平	合	四九鼆			來平合諄臻三	力迍	來合 1	洛故	禪平合諄臻三	常倫
16268	13 正		80	淪	路	醇	賚	陽平	合	四九鼆			來平合諄臻三	力迍	來合 1	洛故	禪平合諄臻三	常倫
16269	13 正		81	陯	路	醇	賚	陽平	合	四九鼆			來平合諄臻三	力迍	來合 1	洛故	禪平合諄臻三	常倫
16270	13 正		82	蜦	路	醇	賚	陽平	合	四九鼆	十五部去聲十三部平聲兩見注在彼		來平合諄臻三	力迍	來合 1	洛故	禪平合諄臻三	常倫
16272	13 正	21	83	辜	爽	蒬	審	陽平	合	四九鼆			禪平合諄臻三	常倫	生開 3	疎兩	匣平合魂臻一	戶昆

韻字編號	部序	組數	字數	韻字及何氏反切			韻字何氏音				何萱注釋	備　注	韻字中古音		上字中古音		下字中古音	
				韻字	上字	下字	聲	調	呼	韻部			聲調呼韻攝等	反切	聲呼等	反切	聲調呼韻攝等	反切
16273	13 正		84	雜*	爽	豱	審	陽平	合	四九羣			禪平合諄臻三	殊倫	生開 3	疎兩	匣平合魂臻一	戶昆
16274	13 正		85	**醇**	爽	豱	審	陽平	合	四九羣			禪平合諄臻三	常倫	生開 3	疎兩	匣平合魂臻一	戶昆
16275	13 正		86	純	爽	豱	審	陽平	合	四九羣			禪平合諄臻三	常倫	生開 3	疎兩	匣平合魂臻一	戶昆
16277	13 正		87	奄	爽	豱	審	陽平	合	四九羣			禪平合諄臻三	常倫	生開 3	疎兩	匣平合魂臻一	戶昆
16278	13 正		88	漘	爽	豱	審	陽平	合	四九羣			船平合諄臻三	食倫	生開 3	疎兩	匣平合魂臻一	戶昆
16279	13 正	22	89	**存**	措	豱	淨	陽平	合	四九羣			從平合魂臻一	徂尊	清合 1	倉故	匣平合魂臻一	戶昆
16280	13 正		90	蹲	措	豱	淨	陽平	合	四九羣			從平合魂臻一	徂尊	清合 1	倉故	匣平合魂臻一	戶昆
16282	13 正	23	91	**僤**	臥	醇	我	陽平	合	四九羣			疑平合魂臻一	牛昆	疑合 1	吾貨	禪平合諄臻三	常倫
16283	13 正		92	誾	臥	醇	我	陽平	合	四九羣			疑平開真臻重三	語巾	疑合 1	吾貨	禪平合諄臻三	常倫
16284	13 正	24	93	**盆**	佩	豱	並	陽平	合	四九羣			並平合魂臻一	蒲奔	並合 1	蒲昧	匣平合魂臻一	戶昆
16285	13 正	25	94	**門**	慢	醇	命	陽平	合	四九羣	門隸作門		明平合魂臻一	莫奔	明開 2	謨晏	禪平合諄臻三	常倫
16286	13 正		95	捫	慢	醇	命	陽平	合	四九羣			明平合魂臻一	莫奔	明開 2	謨晏	禪平合諄臻三	常倫
16287	13 正		96	顧	慢	醇	命	陽平	合	四九羣			明平合魂臻一	莫奔	明開 2	謨晏	禪平合諄臻三	常倫
16288	13 正		97	鞔	慢	醇	命	陽平	合	四九羣			明平合桓山一	母官	明開 2	謨晏	禪平合諄臻三	常倫
16289	13 正		98	虋	慢	醇	命	陽平	合	四九羣			明平合魂臻一	莫奔	明開 2	謨晏	禪平合諄臻三	常倫
16290	13 正		99	亹	慢	醇	命	陽平	合	四九羣		原書無，據何注和該字廣韻音加入到慢醇小韻中	明平合魂臻一	莫奔	明開 2	謨晏	禪平合諄臻三	常倫
16291	13 正	26	100	巾	几	欣	見	陰平	齊	五十巾			見平開真臻重三	居銀	見開重 3	居履	曉平開欣臻三	許斤
16292	13 正		101	筋	几	欣	見	陰平	齊	五十巾			見平開欣臻三	舉欣	見開重 3	居履	曉平開欣臻三	許斤
16293	13 正		102	**斤**	几	欣	見	陰平	齊	五十巾			見平開欣臻三	舉欣	見開重 3	居履	曉平開欣臻三	許斤
16294	13 正		103	䵶 g*	几	欣	見	陰平	齊	五十巾			見平合諄臻重三	居銀	見開重 3	居履	曉平開欣臻三	許斤
16295	13 正	27	104	**殷**	漾	欣	影	陰平	齊	五十巾			影平開欣臻三	於斤	以開 3	餘亮	曉平開欣臻三	許斤
16296	13 正		105	慇	漾	欣	影	陰平	齊	五十巾	平上兩讀注在彼		影平開欣臻三	於斤	以開 3	餘亮	曉平開欣臻三	許斤
16299	13 正		106	垔	漾	欣	影	陰平	齊	五十巾			影平開真臻重四	於真	以開 3	餘亮	曉平開欣臻三	許斤
16300	13 正		107	湮	漾	欣	影	陰平	齊	五十巾			影平開真臻重四	於真	以開 3	餘亮	曉平開欣臻三	許斤
16302	13 正		108	闉	漾	欣	影	陰平	齊	五十巾			影平開真臻重四	於真	以開 3	餘亮	曉平開欣臻三	許斤

韻字編號	部序	組數	字數	韻字及何氏反切			韻字何氏音				何萱注釋	備注	韻字中古音		上字中古音		下字中古音	
				韻字	上字	下字	聲	調	呼	韻部			聲調呼韻攝等	反切	聲呼等	反切	聲調呼韻攝等	反切
16303	13 正		109	禋	漾	欣	影	陰平	齊	五十巾			影平開真臻重四	於真	以開 3	餘亮	曉平開欣臻三	許斤
16305	13 正		110	稛	漾	欣	影	陰平	齊	五十巾			影平開真臻重四	於真	以開 3	餘亮	曉平開欣臻三	許斤
16307	13 正	28	111	忻	向	巾	曉	陰平	齊	五十巾			曉平開欣臻三	許斤	曉開 3	許亮	見平開真臻重三	居銀
16308	13 正		112	訢	向	巾	曉	陰平	齊	五十巾			曉平開欣臻三	許斤	曉開 3	許亮	見平開真臻重三	居銀
16309	13 正		113	**欣**	向	巾	曉	陰平	齊	五十巾			曉平開欣臻三	許斤	曉開 3	許亮	見平開真臻重三	居銀
16310	13 正		114	掀	向	巾	曉	陰平	齊	五十巾			曉平開元山三	虛言	曉開 3	許亮	見平開真臻重三	居銀
16311	13 正		115	昕	向	巾	曉	陰平	齊	五十巾			曉平開欣臻三	許斤	曉開 3	許亮	見平開真臻重三	居銀
16312	13 正	29	116	**珍**	掌	欣	照	陰平	齊	五十巾			知平開真臻三	陟鄰	章開 3	諸兩	曉平開欣臻三	許斤
16313	13 正		117	趁	掌	欣	照	陰平	齊	五十巾			澄平開真臻三	直珍	章開 3	諸兩	曉平開欣臻三	許斤
16316	13 正		118	駗	掌	欣	照	陰平	齊	五十巾			章上開真臻三	章忍	章開 3	諸兩	曉平開欣臻三	許斤
16318	13 正		119	唇	掌	欣	照	陰平	齊	五十巾			章平開真臻三	職鄰	章開 3	諸兩	曉平開欣臻三	許斤
16319	13 正		120	踬	掌	欣	照	陰平	齊	五十巾			章去開真臻三	章刃	章開 3	諸兩	曉平開欣臻三	許斤
16320	13 正		121	甄	掌	欣	照	陰平	齊	五十巾			章平開真臻三	職鄰	章開 3	諸兩	曉平開欣臻三	許斤
16322	13 正		122	蘣	掌	欣	照	陰平	齊	五十巾			章平開真臻三	職鄰	章開 3	諸兩	曉平開欣臻三	許斤
16324	13 正	30	123	先	始	巾	審	陰平	齊	五十巾	平去兩讀義分。依後世之音先與西但雙聲耳，古音二字同讀也	這個注釋可說明，何氏并不是只標注古音的，也有后世之音，即時音	心平開先山四	蘇前	書開 3	詩止	見平開真臻重三	居銀
16326	13 正		124	甡	始	巾	審	陰平	齊	五十巾			生平開臻臻三	所臻	書開 3	詩止	見平開真臻重三	居銀
16327	13 正		125	侁	始	巾	審	陰平	齊	五十巾			生平開臻臻三	所臻	書開 3	詩止	見平開真臻重三	居銀
16328	13 正		126	**詵**	始	巾	審	陰平	齊	五十巾			生平開臻臻三	所臻	書開 3	詩止	見平開真臻重三	居銀
16329	13 正		127	姺	始	巾	審	陰平	齊	五十巾			生平開臻臻三	所臻	書開 3	詩止	見平開真臻重三	居銀
16331	13 正		128	駪	始	巾	審	陰平	齊	五十巾			生平開臻臻三	所臻	書開 3	詩止	見平開真臻重三	居銀
16332	13 正		129	囟	始	巾	審	陰平	齊	五十巾	十二部十三部兩見	此處取先稽切，今音	心平開齊蟹四	先稽	書開 3	詩止	見平開真臻重三	居銀
16333	13 正	31	130	班	丙	欣	謗	陰平	齊	五十巾			幫平開刪山二	布還	幫開 3	兵永	曉平開欣臻三	許斤
16334	13 正		131	辬	丙	欣	謗	陰平	齊	五十巾			幫平開刪山二	布還	幫開 3	兵永	曉平開欣臻三	許斤

韻字編號	部序	組數	字數	韻字及何氏反切			韻字何氏音				何萱注釋	備　注	韻字中古音		上字中古音		下字中古音	
				韻字	上字	下字	聲	調	呼	韻部			聲調呼韻攝等	反切	聲呼等	反切	聲調呼韻攝等	反切
16336	13 正		132	彪	丙	欣	謗	陰平	齊	五十巾			幫平開真臻重三	府巾	幫開 3	兵永	曉平開欣臻三	許斤
16337	13 正		133	份	丙	欣	謗	陰平	齊	五十巾			幫平開真臻重三	府巾	幫開 3	兵永	曉平開欣臻三	許斤
16338	13 正		134	**彬**	丙	欣	謗	陰平	齊	五十巾			幫平開真臻重三	府巾	幫開 3	兵永	曉平開欣臻三	許斤
16339	13 正		135	斌	丙	欣	謗	陰平	齊	五十巾			幫平開真臻重三	府巾	幫開 3	兵永	曉平開欣臻三	許斤
16340	13 正		136	邠	丙	欣	謗	陰平	齊	五十巾			幫平開真臻重三	府巾	幫開 3	兵永	曉平開欣臻三	許斤
16341	13 正		137	豳	丙	欣	謗	陰平	齊	五十巾			幫平開真臻重三	府巾	幫開 3	兵永	曉平開欣臻三	許斤
16343	13 正		138	豩*	丙	欣	謗	陰平	齊	五十巾			幫平開真臻重三	悲巾	幫開 3	兵永	曉平開欣臻三	許斤
16344	13 正	32	139	**勤**	舊	銀	起	陽平	齊	五十巾			群平開欣臻三	巨斤	群開 3	巨救	疑平開真臻重三	語巾
16345	13 正		140	瘽	舊	銀	起	陽平	齊	五十巾			群平開欣臻三	巨斤	群開 3	巨救	疑平開真臻重三	語巾
16348	13 正		141	廑	舊	銀	起	陽平	齊	五十巾			群去開真臻重三	渠遴	群開 3	巨救	疑平開真臻重三	語巾
16349	13 正		142	頎	舊	銀	起	陽平	齊	五十巾	平去兩讀注在彼		群平開微止三	渠希	群開 3	巨救	疑平開真臻重三	語巾
16350	13 正		143	祈	舊	銀	起	陽平	齊	五十巾			群平開微止三	渠希	群開 3	巨救	疑平開真臻重三	語巾
16351	13 正		144	旂	舊	銀	起	陽平	齊	五十巾			群平開微止三	渠希	群開 3	巨救	疑平開真臻重三	語巾
16352	13 正		145	蚚	舊	銀	起	陽平	齊	五十巾			群平開微止三	渠希	群開 3	巨救	疑平開真臻重三	語巾
16355	13 正		146	近	舊	銀	起	陽平	齊	五十巾			見上開欣臻三	居隱	群開 3	巨救	疑平開真臻重三	語巾
16357	13 正		147	蘄	舊	銀	起	陽平	齊	五十巾			群平開欣臻三	巨斤	群開 3	巨救	疑平開真臻重三	語巾
16358	13 正	33	148	**紉**	紐	勤	乃	陽平	齊	五十巾			娘平開真臻三	女鄰	娘開 3	女久	群平開欣臻三	巨斤
16359	13 正	34	149	晨	寵	勤	助	陽平	齊	五十巾		韻目歸入紐勤切，表中作助母字頭，據副編加寵勤切	禪平開真臻三	植鄰	徹合 3	丑隴	群平開欣臻三	巨斤
16360	13 正		150	脣	寵	勤	助	陽平	齊	五十巾		韻目歸入紐勤切，據副編加寵勤切	船平合諄臻三	食倫	徹合 3	丑隴	群平開欣臻三	巨斤
16361	13 正		151	陙	寵	勤	助	陽平	齊	五十巾		韻目歸入紐勤切，據副編加寵勤切	禪平合諄臻三	常倫	徹合 3	丑隴	群平開欣臻三	巨斤

韻字編號	部序	組數	字數	韻字及何氏反切			韻字何氏音				何萱注釋	備注	韻字中古音		上字中古音		下字中古音	
				韻字	上字	下字	聲	調	呼	韻部			聲調呼韻攝等	反切	聲呼等	反切	聲調呼韻攝等	反切
16362	13 正	35	152	**卤**	攘	勤	耳	陽平	齊	五十巾	隸作廼。字凡三見此前義也本音也後義在一部六部讀乃讀仍	何氏所謂的前義為“驚聲”，后義為“往”。據何氏一部注，此處讀若瞤。取瞤廣韻音	日平合諄臻三	如勻	日開 3	人漾	群平開欣臻三	巨斤
16363	13 正	36	153	**辰**	始	勤	審	陽平	齊	五十巾			禪平開真臻三	植鄰	書開 3	詩止	群平開欣臻三	巨斤
16364	13 正		154	晨	始	勤	審	陽平	齊	五十巾			禪平開真臻三	植鄰	書開 3	詩止	群平開欣臻三	巨斤
16366	13 正		155	宸	始	勤	審	陽平	齊	五十巾			禪平開真臻三	植鄰	書開 3	詩止	群平開欣臻三	巨斤
16367	13 正		156	麎	始	勤	審	陽平	齊	五十巾			禪平開真臻三	植鄰	書開 3	詩止	群平開欣臻三	巨斤
16368	13 正		157	鷐	始	勤	審	陽平	齊	五十巾			禪平開真臻三	植鄰	書開 3	詩止	群平開欣臻三	巨斤
16369	13 正	37	158	**銀**	仰	勤	我	陽平	齊	五十巾			疑平開真臻重三	語巾	疑開 3	魚兩	群平開欣臻三	巨斤
16370	13 正		159	珢	仰	勤	我	陽平	齊	五十巾			疑平開真臻重三	語巾	疑開 3	魚兩	群平開欣臻三	巨斤
16372	13 正		160	垠	仰	勤	我	陽平	齊	五十巾			疑平開欣臻三	語斤	疑開 3	魚兩	群平開欣臻三	巨斤
16374	13 正		161	斦	仰	勤	我	陽平	齊	五十巾			疑平開欣臻三	語斤	疑開 3	魚兩	群平開欣臻三	巨斤
16375	13 正		162	沂	仰	勤	我	陽平	齊	五十巾			疑平開微止三	魚衣	疑開 3	魚兩	群平開欣臻三	巨斤
16376	13 正		163	齗	仰	勤	我	陽平	齊	五十巾			疑平開欣臻三	語斤	疑開 3	魚兩	群平開欣臻三	巨斤
16378	13 正		164	虒	仰	勤	我	陽平	齊	五十巾			疑平開欣臻三	語斤	疑開 3	魚兩	群平開欣臻三	巨斤
16379	13 正		165	狺	仰	勤	我	陽平	齊	五十巾			疑平開真臻重三	語巾	疑開 3	魚兩	群平開欣臻三	巨斤
16381	13 正		166	菦	仰	勤	我	陽平	齊	五十巾			疑平開欣臻三	語斤	疑開 3	魚兩	群平開欣臻三	巨斤
16382	13 正		167	犾	仰	勤	我	陽平	齊	五十巾			疑平開欣臻三	語斤	疑開 3	魚兩	群平開欣臻三	巨斤
16384	13 正		168	鄞	仰	勤	我	陽平	齊	五十巾			疑平開欣臻三	語斤	疑開 3	魚兩	群平開欣臻三	巨斤
16385	13 正	38	169	**貧**	避	勤	並	陽平	齊	五十巾			並平開真臻重三	符巾	並開重 4	毗義	群平開欣臻三	巨斤
16386	13 正	39	170	旻	美	勤	命	陽平	齊	五十巾		韻目作旻	明平開真臻重三	武巾	明開重 3	無鄙	群平開欣臻三	巨斤
16387	13 正		171	忞	美	勤	命	陽平	齊	五十巾			明平開真臻重三	武巾	明開重 3	無鄙	群平開欣臻三	巨斤
16388	13 正		172	**閩**	美	勤	命	陽平	齊	五十巾			明平開真臻重三	武巾	明開重 3	無鄙	群平開欣臻三	巨斤
16389	13 正		173	搢*	美	勤	命	陽平	齊	五十巾			明上開真臻三	美隕	明開重 3	無鄙	群平開欣臻三	巨斤

韻字編號	部序	組數	字數	韻字及何氏反切			韻字何氏音				何萱注釋	備注	韻字中古音		上字中古音		下字中古音	
				韻字	上字	下字	聲	調	呼	韻部			聲調呼韻攝等	反切	聲呼等	反切	聲調呼韻攝等	反切
16390	13 正		174	鍲*	美	勤	命	陽平	齊	五十巾			明平開真臻重三	眉貧	明開重 3	無鄙	群平開欣臻三	巨斤
16391	13 正		175	緡*	美	勤	命	陽平	齊	五十巾			明平開真臻重三	眉貧	明開重 3	無鄙	群平開欣臻三	巨斤
16393	13 正		176	鴖*	美	勤	命	陽平	齊	五十巾	鴖俗有鶓鴖	反切疑有誤	微平合文臻三	無分	明開重 3	無鄙	群平開欣臻三	巨斤
16394	13 正		177	岷	美	勤	命	陽平	齊	五十巾	暋或作崏俗有岷		明平開真臻重三	武巾	明開重 3	無鄙	群平開欣臻三	巨斤
16395	13 正	40	178	**君**	舉	勲	見	陰平	撮	五一君			見平合文臻三	舉云	見合 3	居許	曉平合文臻三	許云
16396	13 正		179	軍	舉	勲	見	陰平	撮	五一君			見平合文臻三	舉云	見合 3	居許	曉平合文臻三	許云
16397	13 正		180	麇	舉	勲	見	陰平	撮	五一君			見平合諄臻重三	居筠	見合 3	居許	曉平合文臻三	許云
16398	13 正	41	181	**囷**	去	勳	起	陰平	撮	五一君		韻目歸入舉勳切，表中作起母字頭，據副編加去勳切	溪平合諄臻重三	去倫	溪合 3	丘倨	曉平合文臻三	許云
16400	13 正	42	182	壼	羽	君	影	陰平	撮	五一君			影平合文臻三	於云	云合 3	王矩	見平合文臻三	舉云
16401	13 正		183	熅	羽	君	影	陰平	撮	五一君			影平合文臻三	於云	云合 3	王矩	見平合文臻三	舉云
16402	13 正		184	緼	羽	君	影	陰平	撮	五一君	平上去三讀		影平合文臻三	於云	云合 3	王矩	見平合文臻三	舉云
16405	13 正	43	185	熏	許	君	曉	陰平	撮	五一君	熏隸作熏		曉平合文臻三	許云	曉合 3	虛呂	見平合文臻三	舉云
16407	13 正		186	勳	許	君	曉	陰平	撮	五一君			曉平合文臻三	許云	曉合 3	虛呂	見平合文臻三	舉云
16408	13 正		187	**勛**	許	君	曉	陰平	撮	五一君			曉平合文臻三	許云	曉合 3	虛呂	見平合文臻三	舉云
16409	13 正		188	纁	許	君	曉	陰平	撮	五一君			曉平合文臻三	許云	曉合 3	虛呂	見平合文臻三	舉云
16410	13 正		189	醺	許	君	曉	陰平	撮	五一君			曉平合文臻三	許云	曉合 3	虛呂	見平合文臻三	舉云
16411	13 正		190	壎	許	君	曉	陰平	撮	五一君			曉平合元山三	況袁	曉合 3	虛呂	見平合文臻三	舉云
16412	13 正		191	薰	許	君	曉	陰平	撮	五一君			曉平合文臻三	許云	曉合 3	虛呂	見平合文臻三	舉云
16414	13 正		192	葷	許	君	曉	陰平	撮	五一君			曉平合文臻三	許云	曉合 3	虛呂	見平合文臻三	舉云
16415	13 正		193	翬	許	君	曉	陰平	撮	五一君	或書作les十三部十五部兩見	三篇許韋切。或都是讀成軍了。此處取軍廣韻音	見平合文臻三	舉云	曉合 3	虛呂	見平合文臻三	舉云
16416	13 正		194	揮 g*	許	君	曉	陰平	撮	五一君	十三部十五部兩見		匣平合魂臻一	胡昆	曉合 3	虛呂	見平合文臻三	舉云

韻字編號	部序	組數	字數	韻字及何氏反切			韻字何氏音				何萱注釋	備注	韻字中古音		上字中古音		下字中古音	
				韻字	上字	下字	聲	調	呼	韻部			聲調呼韻攝等	反切	聲呼等	反切	聲調呼韻攝等	反切
16419	13 正		195	煇	許	君	曉	陰平	撮	五一君	十三部十五部兩見		匣平合魂臻一	戶昆	曉合 3	虛呂	見平合文臻三	舉云
16422	13 正	44	196	鐫	醉	勳	井	陰平	撮	五一君			精平合仙山三	子泉	精合 3	將遂	曉平合文臻三	許云
16423	13 正	45	197	分	甫	君	匪	陰平	撮	五一君	平去兩讀義分		非平合文臻三	府文	非合 3	方矩	見平合文臻三	舉云
16425	13 正		198	衯	甫	君	匪	陰平	撮	五一君			敷平合文臻三	撫文	非合 3	方矩	見平合文臻三	舉云
16426	13 正		199	帉	甫	君	匪	陰平	撮	五一君			敷平合文臻三	撫文	非合 3	方矩	見平合文臻三	舉云
16427	13 正		200	紛	甫	君	匪	陰平	撮	五一君			敷平合文臻三	撫文	非合 3	方矩	見平合文臻三	舉云
16430	13 正		201	鳻*	甫	君	匪	陰平	撮	五一君			非平合文臻三	方文	非合 3	方矩	見平合文臻三	舉云
16431	13 正		202	岔*	甫	君	匪	陰平	撮	五一君			敷平合文臻三	敷文	非合 3	方矩	見平合文臻三	舉云
16432	13 正		203	梤	甫	君	匪	陰平	撮	五一君			奉平合文臻三	符分	非合 3	方矩	見平合文臻三	舉云
16433	13 正		204	饙	甫	君	匪	陰平	撮	五一君	餴或饙		非平合文臻三	府文	非合 3	方矩	見平合文臻三	舉云
16434	13 正		205	闅	甫	君	匪	陰平	撮	五一君			敷平合文臻三	撫文	非合 3	方矩	見平合文臻三	舉云
16435	13 正	46	206	羣	去	雲	起	陽平	撮	五一君			群平合文臻三	渠云	溪合 3	丘倨	云平合文臻三	王分
16436	13 正		207	數*	去	雲	起	陽平	撮	五一君		集韻原作謨交切，誤。聲母疑有誤	明平合文臻三	謨文	溪合 3	丘倨	云平合文臻三	王分
16437	13 正		208	宭	去	雲	起	陽平	撮	五一君			群平合文臻三	渠云	溪合 3	丘倨	云平合文臻三	王分
16439	13 正		209	帬	去	雲	起	陽平	撮	五一君			群平合文臻三	渠云	溪合 3	丘倨	云平合文臻三	王分
16440	13 正	47	210	雲	羽	羣	影	陽平	撮	五一君			云平合文臻三	王分	云合 3	王矩	群平合文臻三	渠云
16441	13 正		211	囩	羽	羣	影	陽平	撮	五一君			云平合諄臻三	爲贇	云合 3	王矩	群平合文臻三	渠云
16442	13 正		212	芸	羽	羣	影	陽平	撮	五一君			云平合文臻三	王分	云合 3	王矩	群平合文臻三	渠云
16443	13 正		213	沄	羽	羣	影	陽平	撮	五一君			云平合文臻三	王分	云合 3	王矩	群平合文臻三	渠云
16445	13 正		214	員	羽	羣	影	陽平	撮	五一君			云平合文臻三	王分	云合 3	王矩	群平合文臻三	渠云
16446	13 正		215	眃	羽	羣	影	陽平	撮	五一君			云平合文臻三	王分	云合 3	王矩	群平合文臻三	渠云
16448	13 正		216	妘	羽	羣	影	陽平	撮	五一君			云平合文臻三	王分	云合 3	王矩	群平合文臻三	渠云
16449	13 正		217	秐	羽	羣	影	陽平	撮	五一君			云平合文臻三	王分	云合 3	王矩	群平合文臻三	渠云
16450	13 正		218	圓	羽	羣	影	陽平	撮	五一君	平去兩讀		云平合仙山三	王權	云合 3	王矩	群平合文臻三	渠云

韻字編號	部序	組數	字數	韻字及何氏反切			韻字何氏音				何萱注釋	備　注	韻字中古音		上字中古音		下字中古音	
				韻字	上字	下字	聲	調	呼	韻部			聲調呼韻攝等	反切	聲呼等	反切	聲調呼韻攝等	反切
16452	13 正		219	愪	羽	羣	影	陽平	撮	五一君			云平合文臻三	王分	云合 3	王矩	群平合文臻三	渠云
16453	13 正		220	縜	羽	羣	影	陽平	撮	五一君			云平合諄臻三	爲贇	云合 3	王矩	群平合文臻三	渠云
16454	13 正		221	鄖	羽	羣	影	陽平	撮	五一君			云平合文臻三	王分	云合 3	王矩	群平合文臻三	渠云
16455	13 正		222	溳	羽	羣	影	陽平	撮	五一君			云平合文臻三	王分	云合 3	王矩	群平合文臻三	渠云
16456	13 正	48	223	**瞤**	汝	羣	耳	陽平	撮	五一君			日平合諄臻三	如勻	日合 3	人渚	群平合文臻三	渠云
16457	13 正		224	犉	汝	羣	耳	陽平	撮	五一君			日平合諄臻三	如勻	日合 3	人渚	群平合文臻三	渠云
16458	13 正	49	225	趨	敘	雲	信	陽平	撮	五一君			邪平合諄臻三	詳遵	邪合 3	徐呂	云平合文臻三	王分
16460	13 正		226	紃	敘	雲	信	陽平	撮	五一君			邪平合諄臻三	詳遵	邪合 3	徐呂	云平合文臻三	王分
16461	13 正		227	馴	敘	雲	信	陽平	撮	五一君			邪平合諄臻三	詳遵	邪合 3	徐呂	云平合文臻三	王分
16462	13 正		228	巡	敘	雲	信	陽平	撮	五一君			邪平合諄臻三	詳遵	邪合 3	徐呂	云平合文臻三	王分
16463	13 正		229	遁 g*	敘	雲	信	陽平	撮	五一君	平去兩讀		清平合諄臻三	七倫	邪合 3	徐呂	云平合文臻三	王分
16466	13 正		230	**循**	敘	雲	信	陽平	撮	五一君			邪平合諄臻三	詳遵	邪合 3	徐呂	云平合文臻三	王分
16467	13 正	50	231	賁	甫	雲	非	陽平	撮	五一君	十五部平去二讀及此凡三見		奉平合文臻三	符分	非合 3	方矩	云平合文臻三	王分
16471	13 正		232	蕡	甫	雲	非	陽平	撮	五一君			奉平合文臻三	符分	非合 3	方矩	云平合文臻三	王分
16472	13 正		233	轒	甫	雲	非	陽平	撮	五一君			奉平合文臻三	符分	非合 3	方矩	云平合文臻三	王分
16476	13 正		234	幩*	甫	雲	非	陽平	撮	五一君			奉平合文臻三	符分	非合 3	方矩	云平合文臻三	王分
16478	13 正		235	墳	甫	雲	非	陽平	撮	五一君			奉平合文臻三	符分	非合 3	方矩	云平合文臻三	王分
16479	13 正		236	濆	甫	雲	非	陽平	撮	五一君			奉平合文臻三	符分	非合 3	方矩	云平合文臻三	王分
16481	13 正		237	蕡	甫	雲	非	陽平	撮	五一君			奉平合文臻三	符分	非合 3	方矩	云平合文臻三	王分
16482	13 正		238	顢*	甫	雲	非	陽平	撮	五一君	十三部聲十五部去聲兩見	與䶠異讀	奉去合微止三	父沸	非合 3	方矩	云平合文臻三	王分
16483	13 正		239	豶	甫	雲	非	陽平	撮	五一君			奉平合文臻三	符分	非合 3	方矩	云平合文臻三	王分
16484	13 正		240	頒	甫	雲	非	陽平	撮	五一君			奉平合文臻三	符分	非合 3	方矩	云平合文臻三	王分
16486	13 正		241	氛	甫	雲	非	陽平	撮	五一君			奉平合文臻三	符分	非合 3	方矩	云平合文臻三	王分
16490	13 正		242	坋 g*	甫	雲	非	陽平	撮	五一君	平上兩讀義分		奉平合文臻三	符分	非合 3	方矩	云平合文臻三	王分
16491	13 正		243	**汾**	甫	雲	非	陽平	撮	五一君			奉平合文臻三	符分	非合 3	方矩	云平合文臻三	王分
16492	13 正		244	羒	甫	雲	非	陽平	撮	五一君			奉平合文臻三	符分	非合 3	方矩	云平合文臻三	王分

韻字編號	部序	組數	字數	韻字及何氏反切			韻字何氏音				何萱注釋	備注	韻字中古音		上字中古音		下字中古音	
				韻字	上字	下字	聲	調	呼	韻部			聲調呼韻攝等	反切	聲呼等	反切	聲調呼韻攝等	反切
16493	13 正		245	鼢	甫	雲	匪	陽平	撮	五一君			奉平合文臻三	符分	非合 3	方矩	云平合文臻三	王分
16496	13 正		246	枌	甫	雲	匪	陽平	撮	五一君			奉平合文臻三	符分	非合 3	方矩	云平合文臻三	王分
16497	13 正		247	棼	甫	雲	匪	陽平	撮	五一君			奉平合文臻三	符分	非合 3	方矩	云平合文臻三	王分
16498	13 正		248	焚	甫	雲	匪	陽平	撮	五一君			奉平合文臻三	符分	非合 3	方矩	云平合文臻三	王分
16499	13 正		249	龚	甫	雲	匪	陽平	撮	五一君			幫平開刪山二	布還	非合 3	方矩	云平合文臻三	王分
16500	13 正		250	穳g*	甫	雲	匪	陽平	撮	五一君	十三部平聲十五部去聲兩見		非去合文臻三	方問	非合 3	方矩	云平合文臻三	王分
16501	13 正	51	251	聞	武	雲	未	陽平	撮	五一君	平去兩讀義分		微平合文臻三	無分	微合 3	文甫	云平合文臻三	王分
16503	13 正		252	闅**	武	雲	未	陽平	撮	五一君			微去合文臻三	亡云	微合 3	文甫	云平合文臻三	王分
16504	13 正		253	文	武	雲	未	陽平	撮	五一君			微平合文臻三	無分	微合 3	文甫	云平合文臻三	王分
16505	13 正		254	彣	武	雲	未	陽平	撮	五一君			微平合文臻三	無分	微合 3	文甫	云平合文臻三	王分
16506	13 正		255	鳼	武	雲	未	陽平	撮	五一君		字頭原為媽，有誤。或許作鳼。地位按駁	微平合文臻三	無分	微合 3	文甫	云平合文臻三	王分
16508	13 正		256	玟 g*	武	雲	未	陽平	撮	五一君	字凡三見此部古音也十二部十五部皆今音		微平合文臻三	無分	微合 3	文甫	云平合文臻三	王分
16510	13 正		257	蟁	武	雲	未	陽平	撮	五一君			微平合文臻三	無分	微合 3	文甫	云平合文臻三	王分
16511	13 正	52	258	詪	改	很	見	上	開	四五詪			見上開痕臻一	古很	見開 1	古亥	匣上開痕臻一	胡墾
16513	13 正	53	259	齦	口	很	起	上	開	四五詪			溪上開痕臻一	康很	溪開 1	苦后	匣上開痕臻一	胡墾
16515	13 正		260	豤	口	很	起	上	開	四五詪			溪上開痕臻一	康很	溪開 1	苦后	匣上開痕臻一	胡墾
16517	13 正		261	豈攴	口	很	起	上	開	四五詪			疑平開咍蟹一	五來	溪開 1	苦后	匣上開痕臻一	胡墾
16518	13 正	54	262	很	海	齦	曉	上	開	四五詪			匣上開痕臻一	胡墾	曉開 1	呼改	溪上開痕臻一	康很
16519	13 正		263	硍	海	齦	曉	上	開	四五詪	平上兩讀注在彼		匣上開山山二	胡簡	曉開 1	呼改	溪上開痕臻一	康很
16523	13 正	55	264	眼	傲	齦	我	上	開	四五詪			疑上開山山二	五限	疑開 1	五到	溪上開痕臻一	康很
16524	13 正		265	狠*	傲	齦	我	上	開	四五詪			溪上開痕臻一	口很	疑開 1	五到	溪上開痕臻一	康很
16529	13 正	56	266	掍	古	本	見	上	合	四六掍			匣上合魂臻一	胡本	見合 1	公戶	幫上合魂臻一	布忖
16530	13 正		267	輥	古	本	見	上	合	四六掍			見上合魂臻一	古本	見合 1	公戶	幫上合魂臻一	布忖
16531	13 正		268	緄	古	本	見	上	合	四六掍			見上合魂臻一	古本	見合 1	公戶	幫上合魂臻一	布忖

韻字編號	部序	組數	字數	韻字及何氏反切			韻字何氏音				何萱注釋	備　注	韻字中古音		上字中古音		下字中古音	
				韻字	上字	下字	聲	調	呼	韻部			聲調呼韻攝等	反切	聲呼等	反切	聲調呼韻攝等	反切
16532	13 正		269	混	古	本	見	上	合	四六掍			匣上合魂臻一	胡本	見合 1	公戶	幫上合魂臻一	布忖
16533	13 正		270	鯀	古	本	見	上	合	四六掍			見上合魂臻一	古本	見合 1	公戶	幫上合魂臻一	布忖
16535	13 正		271	睔 g*	古	本	見	上	合	四六掍			見上合魂臻一	古本	見合 1	公戶	幫上合魂臻一	布忖
16536	13 正	57	272	**悃**	苦	本	起	上	合	四六掍	悃俗有悃		溪上合魂臻一	苦本	溪合 1	康杜	幫上合魂臻一	布忖
16537	13 正		273	梱*	苦	本	起	上	合	四六掍	梱俗有梱		溪上合魂臻一	苦本	溪合 1	康杜	幫上合魂臻一	布忖
16538	13 正		274	稛	苦	本	起	上	合	四六掍			溪上合魂臻一	苦本	溪合 1	康杜	幫上合魂臻一	布忖
16539	13 正		275	梱 g*	苦	本	起	上	合	四六掍			溪上合魂臻一	苦本	溪合 1	康杜	幫上合魂臻一	布忖
16543	13 正	58	276	**媼 g***	甕	本	影	上	合	四六掍	二部十三部兩見注在彼	缺二部，增挨蝪切	影上合文臻三	委隕	影合 1	烏貢	幫上合魂臻一	布忖
16547	13 正	59	277	**焜**	戶	本	曉	上	合	四六掍			匣上合魂臻一	胡本	匣合 1	侯古	幫上合魂臻一	布忖
16548	13 正		278	橐	戶	本	曉	上	合	四六掍			見上合魂臻一	古本	匣合 1	侯古	幫上合魂臻一	布忖
16549	13 正		279	鯀	戶	本	曉	上	合	四六掍			匣上合魂臻一	胡本	匣合 1	侯古	幫上合魂臻一	布忖
16551	13 正	60	280	庉	杜	緄	透	上	合	四六掍			定上合魂臻一	徒損	定合 1	徒古	見上合魂臻一	古本
16552	13 正		281	**笹**	杜	緄	透	上	合	四六掍			定上合魂臻一	徒損	定合 1	徒古	見上合魂臻一	古本
16554	13 正		282	黗	杜	緄	透	上	合	四六掍			透上合魂臻一	他袞	定合 1	徒古	見上合魂臻一	古本
16555	13 正	61	283	偆	狀	緄	助	上	合	四六掍			昌上合諄臻三	尺尹	崇開 3	鋤亮	見上合魂臻一	古本
16557	13 正		284	惷	狀	緄	助	上	合	四六掍		玉篇惷丑江尸容二切，釋為愚，與此處義不同	昌上合諄臻三	尺尹	崇開 3	鋤亮	見上合魂臻一	古本
16558	13 正		285	**蠢**	狀	緄	助	上	合	四六掍			昌上合諄臻三	尺尹	崇開 3	鋤亮	見上合魂臻一	古本
16559	13 正	62	286	**剸**	祖	緄	井	上	合	四六掍			精上合魂臻一	茲損	精合 1	則古	見上合魂臻一	古本
16560	13 正		287	噂	祖	緄	井	上	合	四六掍			精上合魂臻一	茲損	精合 1	則古	見上合魂臻一	古本
16561	13 正	63	288	僔	措	緄	淨	上	合	四六掍			精上合魂臻一	茲損	清合 1	倉故	見上合魂臻一	古本
16562	13 正		289	壿	措	緄	淨	上	合	四六掍			清平合諄臻三	七倫	清合 1	倉故	見上合魂臻一	古本
16563	13 正		290	鱒	措	緄	淨	上	合	四六掍			從上合魂臻一	才本	清合 1	倉故	見上合魂臻一	古本
16564	13 正		291	蕁	措	緄	淨	上	合	四六掍			精上合魂臻一	茲損	清合 1	倉故	見上合魂臻一	古本
16565	13 正		292	**刌**	措	緄	淨	上	合	四六掍			清上合魂臻一	倉本	清合 1	倉故	見上合魂臻一	古本

韻字編號	部序	組數	字數	韻字及何氏反切			韻字何氏音				何萱注釋	備注	韻字中古音		上字中古音		下字中古音	
				韻字	上字	下字	聲	調	呼	韻部			聲調呼韻攝等	反切	聲呼等	反切	聲調呼韻攝等	反切
16566	13 正	64	293	**損**	送	緄	信	上	合	四六掍			心上合魂臻一	蘇本	心合 1	蘇弄	見上合魂臻一	古本
16567	13 正		294	腞	送	緄	信	上	合	四六掍			心上合魂臻一	蘇本	心合 1	蘇弄	見上合魂臻一	古本
16568	13 正	65	295	**本**	布	緄	謗	上	合	四六掍			幫上合魂臻一	布忖	幫合 1	博故	見上合魂臻一	古本
16569	13 正		296	笨	布	緄	謗	上	合	四六掍			幫上合魂臻一	布忖	幫合 1	博故	見上合魂臻一	古本
16571	13 正	66	297	免	慢	緄	命	上	合	四六掍	上去兩讀異義		明上開仙山重三	亡辨	明開 2	謨晏	見上合魂臻一	古本
16575	13 正		298	挽	慢	緄	命	上	合	四六掍			明上開仙山重三	亡辨	明開 2	謨晏	見上合魂臻一	古本
16576	13 正		299	**勉**	慢	緄	命	上	合	四六掍			明上開仙山重三	亡辨	明開 2	謨晏	見上合魂臻一	古本
16577	13 正		300	冕	慢	緄	命	上	合	四六掍			明上開仙山重三	亡辨	明開 2	謨晏	見上合魂臻一	古本
16578	13 正		301	頫	慢	緄	命	上	合	四六掍			非上合虞遇三	方矩	明開 2	謨晏	見上合魂臻一	古本
16580	13 正		302	浼	慢	緄	命	上	合	四六掍			明上合灰蟹一	武罪	明開 2	謨晏	見上合魂臻一	古本
16581	13 正		303	鮸	慢	緄	命	上	合	四六掍			明上開仙山重三	亡辨	明開 2	謨晏	見上合魂臻一	古本
16582	13 正	67	304	**晚**	味	緄	未	上	合	四六掍			微上合元山三	無遠	微合 3	無沸	見上合魂臻一	古本
16583	13 正		305	晚*	味	緄	未	上	合	四六掍		反切疑有誤	明上開山山二	武簡	微合 3	無沸	見上合魂臻一	古本
16584	13 正		306	輓	味	緄	未	上	合	四六掍			微上合元山三	無遠	微合 3	無沸	見上合魂臻一	古本
16588	13 正	68	307	堇	几	隱	見	上	齊	四七堇			見上開欣臻三	居隱	見開重 3	居履	影上開欣臻三	於謹
16589	13 正		308	菫 g*	几	隱	見	上	齊	四七堇			見上開欣臻三	几隱	見開重 3	居履	影上開欣臻三	於謹
16593	13 正		309	瑾	几	隱	見	上	齊	四七堇			群去開真臻重三	渠遴	見開重 3	居履	影上開欣臻三	於謹
16594	13 正		310	**謹**	几	隱	見	上	齊	四七堇			見上開欣臻三	居隱	見開重 3	居履	影上開欣臻三	於謹
16597	13 正		311	卺*	几	隱	見	上	齊	四七堇			見上開欣臻三	几隱	見開重 3	居履	影上開欣臻三	於謹
16598	13 正	69	312	赾	舊	謹	起	上	齊	四七堇			溪上開欣臻三	丘謹	群開 3	巨救	見上開欣臻三	居隱
16599	13 正		313	**螼**	舊	謹	起	上	齊	四七堇			溪上開真臻重三	弃忍	群開 3	巨救	見上開欣臻三	居隱
16601	13 正	70	314	ㄴ	漾	謹	影	上	齊	四七堇			影上開欣臻三	於謹	以開 3	餘亮	見上開欣臻三	居隱
16602	13 正		315	顚	漾	謹	影	上	齊	四七堇			云上合文臻三	云粉	以開 3	餘亮	見上開欣臻三	居隱
16603	13 正		316	㥯	漾	謹	影	上	齊	四七堇			影去開欣臻三	於靳	以開 3	餘亮	見上開欣臻三	居隱
16604	13 正		317	㥯	漾	謹	影	上	齊	四七堇			影上開欣臻三	於謹	以開 3	餘亮	見上開欣臻三	居隱
16606	13 正		318	**隱**	漾	謹	影	上	齊	四七堇			影上開欣臻三	於謹	以開 3	餘亮	見上開欣臻三	居隱
16608	13 正		319	隱	漾	謹	影	上	齊	四七堇	隱或作隱		影上開欣臻三	於謹	以開 3	餘亮	見上開欣臻三	居隱

韻字編號	部序	組數	字數	韻字及何氏反切			韻字何氏音				何萱注釋	備　注	韻字中古音		上字中古音		下字中古音	
				韻字	上字	下字	聲	調	呼	韻部			聲調呼韻攝等	反切	聲呼等	反切	聲調呼韻攝等	反切
16610	13 正		320	濦*	漾	謹	影	上	齊	四七堇			影上開欣臻三	倚謹	以開 3	餘亮	見上開欣臻三	居隱
16612	13 正		321	慇 g*	漾	謹	影	上	齊	四七堇	平上兩讀		影上開欣臻三	倚謹	以開 3	餘亮	見上開欣臻三	居隱
16615	13 正	71	322	**典**	邸	謹	短	上	齊	四七堇			端上開先山四	多殄	端開 4	都禮	見上開欣臻三	居隱
16616	13 正		323	敟*	邸	謹	短	上	齊	四七堇			端上開先山四	多殄	端開 4	都禮	見上開欣臻三	居隱
16617	13 正		324	琠	邸	謹	短	上	齊	四七堇			透上開先山四	他典	端開 4	都禮	見上開欣臻三	居隱
16618	13 正	72	325	殄	體	謹	透	上	齊	四七堇			定上開先山四	徒典	透開 4	他禮	見上開欣臻三	居隱
16619	13 正		326	**腆**	體	謹	透	上	齊	四七堇			透上開先山四	他典	透開 4	他禮	見上開欣臻三	居隱
16620	13 正		327	倎	體	謹	透	上	齊	四七堇			透上開先山四	他典	透開 4	他禮	見上開欣臻三	居隱
16621	13 正	73	328	㐱	掌	謹	照	上	齊	四七堇			章上開真臻三	章忍	章開 3	諸兩	見上開欣臻三	居隱
16622	13 正		329	㐱	掌	謹	照	上	齊	四七堇			章上開真臻三	章忍	章開 3	諸兩	見上開欣臻三	居隱
16623	13 正		330	眕	掌	謹	照	上	齊	四七堇			章上開真臻三	章忍	章開 3	諸兩	見上開欣臻三	居隱
16624	13 正		331	胗	掌	謹	照	上	齊	四七堇			章上開真臻三	章忍	章開 3	諸兩	見上開欣臻三	居隱
16626	13 正		332	駗	掌	謹	照	上	齊	四七堇			章上開真臻三	章忍	章開 3	諸兩	見上開欣臻三	居隱
16627	13 正		333	袗	掌	謹	照	上	齊	四七堇			章上開真臻三	章忍	章開 3	諸兩	見上開欣臻三	居隱
16629	13 正		334	紾	掌	謹	照	上	齊	四七堇			章上開真臻三	章忍	章開 3	諸兩	見上開欣臻三	居隱
16630	13 正		335	**軫**	掌	謹	照	上	齊	四七堇			章上開真臻三	章忍	章開 3	諸兩	見上開欣臻三	居隱
16631	13 正		336	畛	掌	謹	照	上	齊	四七堇			章上開真臻三	章忍	章開 3	諸兩	見上開欣臻三	居隱
16633	13 正		337	賑	掌	謹	照	上	齊	四七堇			章上開真臻三	章忍	章開 3	諸兩	見上開欣臻三	居隱
16634	13 正		338	屒	掌	謹	照	上	齊	四七堇			知上開真臻三	珍忍	章開 3	諸兩	見上開欣臻三	居隱
16635	13 正	74	339	**沴**	寵	謹	助	上	齊	四七堇			來去開齊蟹四	郎計	徹合 3	丑隴	見上開欣臻三	居隱
16636	13 正	75	340	**忍**	攘	景	耳	上	齊	四七堇			日上開真臻三	而軫	日開 3	人漾	見上開庚梗三	居影
16637	13 正		341	荵	攘	景	耳	上	齊	四七堇			日上開真臻三	而軫	日開 3	人漾	見上開庚梗三	居影
16638	13 正	76	342	䪼	始	謹	審	上	齊	四七堇			禪上開真臻三	時忍	書開 3	詩止	見上開欣臻三	居隱
16639	13 正		343	**裖**	始	謹	審	上	齊	四七堇			禪上開真臻三	時忍	書開 3	詩止	見上開欣臻三	居隱
16640	13 正		344	蜃	始	謹	審	上	齊	四七堇			禪上開真臻三	時忍	書開 3	詩止	見上開欣臻三	居隱
16641	13 正	77	345	**听**	仰	謹	我	上	齊	四七堇			疑上開欣臻三	牛謹	疑開 3	魚兩	見上開欣臻三	居隱

韻字編號	部序	組數	字數	韻字及何氏反切			韻字何氏音				何萱注釋	備注	韻字中古音		上字中古音		下字中古音	
				韻字	上字	下字	聲	調	呼	韻部			聲調呼韻攝等	反切	聲呼等	反切	聲調呼韻攝等	反切
16642	13 正	78	346	跣	想	謹	信	上	齊	四七堇		表中此位無字	心上開先山四	蘇典	心開 3	息兩	見上開欣臻三	居隱
16643	13 正		347	毨	想	謹	信	上	齊	四七堇		表中此位無字	心上開先山四	蘇典	心開 3	息兩	見上開欣臻三	居隱
16644	13 正		348	銑	想	謹	信	上	齊	四七堇		表中此位無字	心上開先山四	蘇典	心開 3	息兩	見上開欣臻三	居隱
16646	13 正		349	洗	想	謹	信	上	齊	四七堇		表中此位無字	心上開先山四	蘇典	心開 3	息兩	見上開欣臻三	居隱
16647	13 正		350	洒	想	謹	信	上	齊	四七堇		表中此位無字	心上開齊蟹四	先禮	心開 3	息兩	見上開欣臻三	居隱
16649	13 正		351	燹	想	謹	信	上	齊	四七堇		表中此位無字	心上開先山四	蘇典	心開 3	息兩	見上開欣臻三	居隱
16652	13 正	79	352	敃*	美	謹	命	上	齊	四七堇			明上開真臻三	美隕	明開重 3	無鄙	見上開欣臻三	居隱
16653	13 正		353	**閔**	美	謹	命	上	齊	四七堇			明上開真臻重三	眉殞	明開重 3	無鄙	見上開欣臻三	居隱
16655	13 正		354	潣	美	謹	命	上	齊	四七堇			明上開真臻重三	眉殞	明開重 3	無鄙	見上開欣臻三	居隱
16656	13 正		355	轗	美	謹	命	上	齊	四七堇			明上開真臻重三	眉殞	明開重 3	無鄙	見上開欣臻三	居隱
16657	13 正	80	356	窘 g*	去	允	起	上	撮	四八菌		説文迫也。廣韻入真韻，集韻入諄韻。按集韻	群上合諄臻三	巨隕	溪合 3	丘倨	以上合諄臻三	余準
16660	13 正		357	頵	去	允	起	上	撮	四八菌			影平合諄臻重三	於倫	溪合 3	丘倨	以上合諄臻三	余準
16662	13 正		358	箬 g*	去	允	起	上	撮	四八菌	十三部上聲十五部平聲兩見注在彼		群上合諄臻三	巨隕	溪合 3	丘倨	以上合諄臻三	余準
16666	13 正		359	**菌**	去	允	起	上	撮	四八菌			群上合元山三	求晚	溪合 3	丘倨	以上合諄臻三	余準
16667	13 正		360	箘	去	允	起	上	撮	四八菌			溪平合諄臻重三	去倫	溪合 3	丘倨	以上合諄臻三	余準
16669	13 正		361	趣	去	允	起	上	撮	四八菌			溪上合文臻三	丘粉	溪合 3	丘倨	以上合諄臻三	余準
16670	13 正	81	362	**允**	羽	窘	影	上	撮	四八菌		下字韻母：真（集諄）	以上合諄臻三	余準	云合 3	王矩	群上合諄臻三	巨隕
16671	13 正		363	毤	羽	窘	影	上	撮	四八菌		下字韻母：真（集諄）	以上合諄臻三	余準	云合 3	王矩	群上合諄臻三	巨隕
16672	13 正		364	阭*	羽	窘	影	上	撮	四八菌		下字韻母：真（集諄）	以上合諄臻三	庾準	云合 3	王矩	群上合諄臻三	巨隕
16676	13 正		365	尹	羽	窘	影	上	撮	四八菌		下字韻母：真（集諄）	以上合諄臻三	余準	云合 3	王矩	群上合諄臻三	巨隕

韻字編號	部序	組數	字數	韻字及何氏反切			韻字何氏音				何萱注釋	備　注	韻字中古音		上字中古音		下字中古音	
				韻字	上字	下字	聲	調	呼	韻部			聲調呼韻攝等	反切	聲呼等	反切	聲調呼韻攝等	反切
16677	13 正		366	殞	羽	窘	影	上	撮	四八菌		下字韻母：真（集諄）	以上合諄臻三	余準	云合 3	王矩	群上合諄臻三	巨隕
16678	13 正		367	芛 g*	羽	窘	影	上	撮	四八菌		下字韻母：真（集諄）	心上合諄臻三	聳尹	云合 3	王矩	群上合諄臻三	巨隕
16680	13 正		368	藴	羽	窘	影	上	撮	四八菌		下字韻母：真（集諄）	影上合文臻三	於粉	云合 3	王矩	群上合諄臻三	巨隕
16684	13 正		369	緼	羽	窘	影	上	撮	四八菌	平上去三讀注在平聲	下字韻母：真（集諄）	影上合文臻三	於粉	云合 3	王矩	群上合諄臻三	巨隕
16686	13 正		370	霣	羽	窘	影	上	撮	四八菌		下字韻母：真（集諄）	云上開真臻三	于敏	云合 3	王矩	群上合諄臻三	巨隕
16689	13 正		371	隕	羽	窘	影	上	撮	四八菌		下字韻母：真（集諄）	云上開真臻三	于敏	云合 3	王矩	群上合諄臻三	巨隕
16693	13 正		372	碽	羽	窘	影	上	撮	四八菌		下字韻母：真（集諄）	云上開真臻三	于敏	云合 3	王矩	群上合諄臻三	巨隕
16695	13 正		373	抎	羽	窘	影	上	撮	四八菌		下字韻母集韻作諄	云上合文臻三	云粉	云合 3	王矩	群上合諄臻三	巨隕
16696	13 正		374	惲	羽	窘	影	上	撮	四八菌		下字韻母集韻作諄	影上合文臻三	於粉	云合 3	王矩	群上合諄臻三	巨隕
16697	13 正	82	375	埻	翥	允	照	上	撮	四八菌	壔隸作埻		章上合諄臻三	之尹	章合 3	章恕	以上合諄臻三	余準
16698	13 正		376	**準**	翥	允	照	上	撮	四八菌	十三部十五部兩見		章上合諄臻三	之尹	章合 3	章恕	以上合諄臻三	余準
16700	13 正		377	肫	翥	允	照	上	撮	四八菌			章平合諄臻三	章倫	章合 3	章恕	以上合諄臻三	余準
16702	13 正	83	378	揗	處	允	助	上	撮	四八菌			船上合諄臻三	食尹	昌合 3	昌與	以上合諄臻三	余準
16704	13 正		379	楯	處	允	助	上	撮	四八菌			船上合諄臻三	食尹	昌合 3	昌與	以上合諄臻三	余準
16705	13 正		380	舛	處	允	助	上	撮	四八菌			昌上合仙山三	昌兖	昌合 3	昌與	以上合諄臻三	余準
16706	13 正		381	**踳**	處	允	助	上	撮	四八菌			昌上合諄臻三	尺尹	昌合 3	昌與	以上合諄臻三	余準
16707	13 正	84	382	**毴**	汝	允	耳	上	撮	四八菌	或作毴十三部十五部兩見注在彼		日上合諄臻三	而尹	日合 3	人渚	以上合諄臻三	余準

韻字編號	部序	組數	字數	韻字及何氏反切			韻字何氏音				何萱注釋	備注	韻字中古音		上字中古音		下字中古音	
				韻字	上字	下字	聲	調	呼	韻部			聲調呼韻攝等	反切	聲呼等	反切	聲調呼韻攝等	反切
16710	13 正	85	383	**臇**	醉	允	井	上	撮	四八菌			精上合仙山三	子兗	精合 3	將遂	以上合諄臻三	余準
16711	13 正		384	鐫	醉	允	井	上	撮	四八菌			精上合仙山三	子兗	精合 3	將遂	以上合諄臻三	余準
16712	13 正	86	385	**雋**	翠	允	淨	上	撮	四八菌			從上合仙山三	徂兗	清合 3	七醉	以上合諄臻三	余準
16714	13 正		386	吮	翠	允	淨	上	撮	四八菌			從上合仙山三	徂兗	清合 3	七醉	以上合諄臻三	余準
16715	13 正	87	387	㚋	馭	允	我	上	撮	四八菌			疑上合文臻三	魚粉	疑合 3	牛倨	以上合諄臻三	余準
16716	13 正		388	喗	馭	允	我	上	撮	四八菌			疑上合文臻三	魚粉	疑合 3	牛倨	以上合諄臻三	余準
16717	13 正		389	**齳**	馭	允	我	上	撮	四八菌			疑上合文臻三	魚粉	疑合 3	牛倨	以上合諄臻三	余準
16719	13 正		390	輑 g*	馭	允	我	上	撮	四八菌	平上兩讀注在彼		疑上合諄臻三	牛尹	疑合 3	牛倨	以上合諄臻三	余準
16723	13 正	88	391	雓	敘	允	信	上	撮	四八菌	十三部上聲十五部平聲兩見注在彼	表中信母字頭作隼，韻目中未收	心上合諄臻三	思尹	邪合 3	徐呂	以上合諄臻三	余準
16724	13 正	89	392	幩	甫	允	匪	上	撮	四八菌			奉上合文臻三	房吻	非合 3	方矩	以上合諄臻三	余準
16726	13 正		393	膹	甫	允	匪	上	撮	四八菌			奉上合文臻三	房吻	非合 3	方矩	以上合諄臻三	余準
16728	13 正		394	憤	甫	允	匪	上	撮	四八菌			奉上合文臻三	房吻	非合 3	方矩	以上合諄臻三	余準
16729	13 正		395	忿	甫	允	匪	上	撮	四八菌			敷上合文臻三	敷粉	非合 3	方矩	以上合諄臻三	余準
16731	13 正		396	扮	甫	允	匪	上	撮	四八菌			非上合文臻三	方吻	非合 3	方矩	以上合諄臻三	余準
16733	13 正		397	黺	甫	允	匪	上	撮	四八菌			非上合文臻三	方吻	非合 3	方矩	以上合諄臻三	余準
16734	13 正		398	**粉**	甫	允	匪	上	撮	四八菌			非上合文臻三	方吻	非合 3	方矩	以上合諄臻三	余準
16735	13 正	90	399	**吻**	武	允	未	上	撮	四八菌			微上合文臻三	武粉	微合 3	文甫	以上合諄臻三	余準
16736	13 正	91	400	**艮**	改	恨	見	去	開	四七邑	邑	邑字廣韻音義不合。可能是原書的字形有誤，不取	見去開痕臻一	古恨	見開 1	古亥	匣去開痕臻一	胡艮
16737	13 正		401	頣	改	恨	見	去	開	四七邑			見上開痕臻一	古很	見開 1	古亥	匣去開痕臻一	胡艮
16738	13 正	92	402	**恨**	海	艮	曉	去	開	四七邑			匣去開痕臻一	胡艮	曉開 1	呼改	匣去開痕臻一	胡艮
16740	13 正	93	403	**睴**	古	寸	見	去	合	四八睴			見去合魂臻一	古困	見合 1	公戶	清去合魂臻一	倉困
16741	13 正	94	404	**困**	苦	寸	起	去	合	四八睴			溪去合魂臻一	苦悶	溪合 1	康杜	清去合魂臻一	倉困
16742	13 正	95	405	**饂**	甕	寸	影	去	合	四八睴			影去合魂臻一	烏困	影合 1	烏貢	清去合魂臻一	倉困

韻字編號	部序	組數	字數	韻字及何氏反切			韻字何氏音				何萱注釋	備注	韻字中古音		上字中古音		下字中古音	
				韻字	上字	下字	聲	調	呼	韻部			聲調呼韻攝等	反切	聲呼等	反切	聲調呼韻攝等	反切
16745	13 正		406	搵	甕	寸	影	去	合	四八暉			影去合魂臻一	烏困	影合 1	烏貢	清去合魂臻一	倉困
16747	13 正		407	嗢	甕	寸	影	去	合	四八暉	十三部去聲十五部入聲兩見注在彼	玉篇乙骨切。此處可能讀諧聲偏旁了。取昷廣韻音	影平合魂臻一	烏渾	影合 1	烏貢	清去合魂臻一	倉困
16748	13 正	96	408	圂	戶	寸	曉	去	合	四八暉			匣去合魂臻一	胡困	匣合 1	侯古	清去合魂臻一	倉困
16749	13 正		409	**溷**	戶	寸	曉	去	合	四八暉			匣去合魂臻一	胡困	匣合 1	侯古	清去合魂臻一	倉困
16750	13 正		410	慁	戶	寸	曉	去	合	四八暉			匣去合魂臻一	胡困	匣合 1	侯古	清去合魂臻一	倉困
16751	13 正		411	掴	戶	寸	曉	去	合	四八暉	十三部去聲十五部入聲兩見	集有匣去音	匣平合魂臻一	戶昆	匣合 1	侯古	清去合魂臻一	倉困
16753	13 正	97	412	**頓**	董	寸	短	去	合	四八暉			端去合魂臻一	都困	端合 1	多動	清去合魂臻一	倉困
16754	13 正		413	鐓	董	寸	短	去	合	四八暉			定去合灰蟹一	徒對	端合 1	多動	清去合魂臻一	倉困
16756	13 正	98	414	鈍	杜	困	透	去	合	四八暉			定去合魂臻一	徒困	定合 1	徒古	溪去合魂臻一	苦悶
16758	13 正		415	**遯**	杜	困	透	去	合	四八暉			定去合魂臻一	徒困	定合 1	徒古	溪去合魂臻一	苦悶
16760	13 正		416	遁	杜	困	透	去	合	四八暉	平去兩讀注在彼		定去合魂臻一	徒困	定合 1	徒古	溪去合魂臻一	苦悶
16762	13 正		417	憝	杜	困	透	去	合	四八暉			定去合灰蟹一	徒對	定合 1	徒古	溪去合魂臻一	苦悶
16764	13 正	99	418	**諄**	壯	寸	照	去	合	四八暉			章去合諄臻三	之閏	莊開 3	側亮	清去合魂臻一	倉困
16765	13 正	100	419	**盾**	狀	困	助	去	合	四八暉			船上合諄臻三	食尹	崇開 3	鋤亮	溪去合魂臻一	苦悶
16767	13 正	101	420	**閏***	汭	寸	耳	去	合	四八暉		釋義不合	日去合諄臻三	儒順	日合 3	而銳	清去合魂臻一	倉困
16768	13 正		421	潤	汭	寸	耳	去	合	四八暉			日去合諄臻三	如順	日合 3	而銳	清去合魂臻一	倉困
16769	13 正	102	422	**順**	爽	寸	審	去	合	四八暉			船去合諄臻三	食閏	生開 3	踈兩	清去合魂臻一	倉困
16770	13 正		423	鬊	爽	寸	審	去	合	四八暉			書去合諄臻三	舒閏	生開 3	踈兩	清去合魂臻一	倉困
16771	13 正		424	蕣	爽	寸	審	去	合	四八暉			書去合諄臻三	舒閏	生開 3	踈兩	清去合魂臻一	倉困
16772	13 正		425	蕣	爽	寸	審	去	合	四八暉			書去合諄臻三	舒閏	生開 3	踈兩	清去合魂臻一	倉困
16773	13 正	103	426	**寸**	措	困	淨	去	合	四八暉			清去合魂臻一	倉困	清合 1	倉故	溪去合魂臻一	苦悶
16774	13 正		427	鑛	措	困	淨	去	合	四八暉	兩見注在彼		清去合魂臻一	倉困	清合 1	倉故	溪去合魂臻一	苦悶
16776	13 正		428	鐏	措	困	淨	去	合	四八暉			從去合魂臻一	徂悶	清合 1	倉故	溪去合魂臻一	苦悶

韻字編號	部序	組數	字數	韻字及何氏反切			韻字何氏音				何萱注釋	備注	韻字中古音		上字中古音		下字中古音	
				韻字	上字	下字	聲	調	呼	韻部			聲調呼韻攝等	反切	聲呼等	反切	聲調呼韻攝等	反切
16777	13 正	104	429	饋	臥	寸	我	去	合	四八暉			疑去開痕臻一	五恨	疑合 1	吾貨	清去合魂臻一	倉困
16778	13 正	105	430	愻	送	困	信	去	合	四八暉			心去合魂臻一	蘇困	心合 1	蘇弄	溪去合魂臻一	苦悶
16779	13 正		431	遜	送	困	信	去	合	四八暉			心去合魂臻一	蘇困	心合 1	蘇弄	溪去合魂臻一	苦悶
16781	13 正	106	432	坋	佩	寸	並	去	合	四八暉	平去兩讀義分		奉去合文臻三	扶問	並合 1	蒲昧	清去合魂臻一	倉困
16783	13 正	107	433	悶	慢	寸	命	去	合	四八暉			明去合魂臻一	莫困	明開 2	謨晏	清去合魂臻一	倉困
16785	13 正	108	434	撞	几	近	見	去	齊	四九撞			見去開欣臻三	居焮	見開重 3	居履	群去開欣臻三	巨靳
16786	13 正		435	靳	几	近	見	去	齊	四九撞			見去開欣臻三	居焮	見開重 3	居履	群去開欣臻三	巨靳
16787	13 正	109	436	近	舊	靳	起	去	齊	四九撞			群去開欣臻三	巨靳	群開 3	巨救	見去開欣臻三	居焮
16788	13 正		437	覲	舊	靳	起	去	齊	四九撞			群去開真臻重三	渠遴	群開 3	巨救	見去開欣臻三	居焮
16789	13 正		438	僅	舊	靳	起	去	齊	四九撞			群去開真臻重三	渠遴	群開 3	巨救	見去開欣臻三	居焮
16790	13 正		439	饉	舊	靳	起	去	齊	四九撞			群去開真臻重三	渠遴	群開 3	巨救	見去開欣臻三	居焮
16791	13 正		440	墐	舊	靳	起	去	齊	四九撞			群去開真臻重三	渠遴	群開 3	巨救	見去開欣臻三	居焮
16792	13 正		441	殣	舊	靳	起	去	齊	四九撞			群去開真臻重三	渠遴	群開 3	巨救	見去開欣臻三	居焮
16793	13 正	110	442	檼	漾	近	影	去	齊	四九撞			影去開欣臻三	於靳	以開 3	餘亮	群去開欣臻三	巨靳
16795	13 正		443	㾕	漾	近	影	去	齊	四九撞		釋義不合	影去開真臻重四	於刃	以開 3	餘亮	群去開欣臻三	巨靳
16796	13 正	111	444	釁	向	近	曉	去	齊	四九撞			曉去開真臻重三	許覲	曉開 3	許亮	群去開欣臻三	巨靳
16798	13 正		445	脪	向	近	曉	去	齊	四九撞			曉去開欣臻三	香靳	曉開 3	許亮	群去開欣臻三	巨靳
16799	13 正		446	限	向	近	曉	去	齊	四九撞			匣上開山山二	胡簡	曉開 3	許亮	群去開欣臻三	巨靳
16800	13 正	112	447	殿	體	近	透	去	齊	四九撞		韻目歸入向近切，表中作透母字頭，韻目誤，按表。加入體近切，不知對否	端去開先山四	都甸	透開 4	他禮	群去開欣臻三	巨靳
16802	13 正		448	澱	體	近	透	去	齊	四九撞		韻目歸入向近切，韻目誤，按表。加入體近切，不知對否	定去開先山四	堂練	透開 4	他禮	群去開欣臻三	巨靳

韻字編號	部序	組數	字數	韻字及何氏反切			韻字何氏音				何萱注釋	備　注	韻字中古音		上字中古音		下字中古音	
				韻字	上字	下字	聲	調	呼	韻部			聲調呼韻攝等	反切	聲呼等	反切	聲調呼韻攝等	反切
16803	13 正		449	⿰飠彡	體	近	透	去	齊	四九攟		韻目歸入向近切，韻目誤，按表。加入體近切，不知對否	透入開屑山四	他結	透開 4	他禮	群去開欣臻三	巨靳
16804	13 正	113	450	⿰氵刃	紐	近	乃	去	齊	四九攟			泥去開先山四	奴甸	娘開 3	女久	群去開欣臻三	巨靳
16805	13 正	114	451	吝	亮	近	賚	去	齊	四九攟		重出	來去開真臻三	良刃	來開 3	力讓	群去開欣臻三	巨靳
16807	13 正		452	振	掌	近	照	去	齊	四九攟			章去開真臻三	章刃	章開 3	諸兩	群去開欣臻三	巨靳
16808	13 正		453	震	掌	近	照	去	齊	四九攟			章去開真臻三	章刃	章開 3	諸兩	群去開欣臻三	巨靳
16810	13 正		454	娠	掌	近	照	去	齊	四九攟	平去兩讀注在彼		章去開真臻三	章刃	章開 3	諸兩	群去開欣臻三	巨靳
16811	13 正		455	診	掌	近	照	去	齊	四九攟			章上開真臻三	章忍	章開 3	諸兩	群去開欣臻三	巨靳
16813	13 正	115	456	刃	攘	近	耳	去	齊	四九攟			日去開真臻三	而振	日開 3	人漾	群去開欣臻三	巨靳
16814	13 正		457	訒	攘	近	耳	去	齊	四九攟			日去開真臻三	而振	日開 3	人漾	群去開欣臻三	巨靳
16815	13 正		458	牣	攘	近	耳	去	齊	四九攟			日去開真臻三	而振	日開 3	人漾	群去開欣臻三	巨靳
16816	13 正		459	仞	攘	近	耳	去	齊	四九攟			日去開真臻三	而振	日開 3	人漾	群去開欣臻三	巨靳
16817	13 正		460	杒	攘	近	耳	去	齊	四九攟			日去開真臻三	而振	日開 3	人漾	群去開欣臻三	巨靳
16818	13 正		461	⿰巾刃	攘	近	耳	去	齊	四九攟			日入開質臻三	人質	日開 3	人漾	群去開欣臻三	巨靳
16819	13 正		462	軔	攘	近	耳	去	齊	四九攟			日去開真臻三	而振	日開 3	人漾	群去開欣臻三	巨靳
16821	13 正	116	463	先	始	近	審	去	齊	四九攟	平去兩讀義分。先之讀去聲，後人強分也，其實引伸之義可無煩改讀。以上諸條即皆讀平聲庸何傷	王文及韻目作攘近切，疑誤。改為始近切	心去開先山四	蘇佃	書開 3	詩止	群去開欣臻三	巨靳
16822	13 正	117	464	薦	紫	近	井	去	齊	四九攟			精去開先山四	作甸	精開 3	將此	群去開欣臻三	巨靳
16823	13 正	118	465	荐	此	近	淨	去	齊	四九攟			從去開先山四	在甸	清開 3	雌氏	群去開欣臻三	巨靳
16824	13 正		466	栫	此	近	淨	去	齊	四九攟			從去開先山四	在甸	清開 3	雌氏	群去開欣臻三	巨靳

韻字編號	部序	組數	字數	韻字及何氏反切			韻字何氏音				何萱注釋	備注	韻字中古音		上字中古音		下字中古音	
				韻字	上字	下字	聲	調	呼	韻部			聲調呼韻攝等	反切	聲呼等	反切	聲調呼韻攝等	反切
16826	13 正		467	濵	此	近	淨	去	齊	四九墐			從去開先山四	在甸	清開 3	雌氏	群去開欣臻三	巨靳
16828	13 正		468	鑭	此	近	淨	去	齊	四九墐	兩見		清去開先山四	倉甸	清開 3	雌氏	群去開欣臻三	巨靳
16829	13 正		469	茜	此	近	淨	去	齊	四九墐			清去開先山四	倉甸	清開 3	雌氏	群去開欣臻三	巨靳
16830	13 正	119	470	垽	仰	近	我	去	齊	四九墐			疑去開欣臻三	吾靳	疑開 3	魚兩	群去開欣臻三	巨靳
16831	13 正	120	471	丨	想	近	信	去	齊	四九墐	十三部十五部兩見。萱注：引而上行讀若囟，引而下行讀若退	據何注，此處取囟廣韻音。缺十五部。見增	心去開真臻三	息晉	心開 3	息兩	群去開欣臻三	巨靳
16837	13 正	121	472	**頎 g***	丙	近	謗	去	齊	四九墐	平去兩讀注在彼		見去開欣臻三	居焮	幫開 3	兵永	群去開欣臻三	巨靳
16838	13 正	122	473	**盼**	品	近	並	去	齊	四九墐		韻目歸入丙近切，表中作並母字頭	滂去開山山二	匹莧	滂開重 3	丕飲	群去開欣臻三	巨靳
16839	13 正	123	474	**攈**	舉	運	見	去	撮	五十攈			見去合文臻三	居運	見合 3	居許	云去合文臻三	王問
16840	13 正		475	鄄	舉	運	見	去	撮	五十攈			見去合仙山重四	吉掾	見合 3	居許	云去合文臻三	王問
16841	13 正	124	476	**郡**	去	訓	起	去	撮	五十攈			群去合文臻三	渠運	溪合 3	丘倨	曉去合文臻三	許運
16842	13 正	125	477	**運**	羽	訓	影	去	撮	五十攈			云去合文臻三	王問	云合 3	王矩	曉去合文臻三	許運
16843	13 正		478	暈	羽	訓	影	去	撮	五十攈			云去合文臻三	王問	云合 3	王矩	曉去合文臻三	許運
16844	13 正		479	緷	羽	訓	影	去	撮	五十攈			云去合文臻三	王問	云合 3	王矩	曉去合文臻三	許運
16845	13 正		480	韗	羽	訓	影	去	撮	五十攈			云去合文臻三	王問	云合 3	王矩	曉去合文臻三	許運
16846	13 正		481	餫	羽	訓	影	去	撮	五十攈			云去合文臻三	王問	云合 3	王矩	曉去合文臻三	許運
16847	13 正		482	鄆	羽	訓	影	去	撮	五十攈			云去合文臻三	王問	云合 3	王矩	曉去合文臻三	許運
16848	13 正		483	䡝	羽	訓	影	去	撮	五十攈			云去合文臻三	王問	云合 3	王矩	曉去合文臻三	許運
16850	13 正		484	瘨	羽	訓	影	去	撮	五十攈			云去合文臻三	王問	云合 3	王矩	曉去合文臻三	許運
16852	13 正		485	圓 g*	羽	訓	影	去	撮	五十攈	平去兩讀注在彼		云去合文臻三	王問	云合 3	王矩	曉去合文臻三	許運
16853	13 正		486	慍	羽	訓	影	去	撮	五十攈			影去合文臻三	於問	云合 3	王矩	曉去合文臻三	許運
16855	13 正		487	醞	羽	訓	影	去	撮	五十攈			影去合文臻三	於問	云合 3	王矩	曉去合文臻三	許運

韻字編號	部序	組數	字數	韻字及何氏反切			韻字何氏音				何萱注釋	備　注	韻字中古音		上字中古音		下字中古音	
				韻字	上字	下字	聲	調	呼	韻部			聲調呼韻攝等	反切	聲呼等	反切	聲調呼韻攝等	反切
16859	13 正		488	緼	羽	訓	影	去	撮	五十攈	平上去三讀注具在平聲		影去合文臻三	於問	云合 3	王矩	曉去合文臻三	許運
16860	13 正	126	489	**訓**	許	運	曉	去	撮	五十攈			曉去合文臻三	許運	曉合 3	虛呂	云去合文臻三	王問
16861	13 正		490	鐼	許	運	曉	去	撮	五十攈			曉去合文臻三	許運	曉合 3	虛呂	云去合文臻三	王問
16864	13 正	127	491	**檇**	醉	運	井	去	撮	五十攈	十三部十五部兩讀注具彼	據另一見中何氏的按語，此處取雋音，不作時音分析	從上合仙山三	徂兖	精合 3	將遂	云去合文臻三	王問
16865	13 正	128	492	**睿***	敘	運	信	去	撮	五十攈			心去合諄臻三	須閏	邪合 3	徐呂	云去合文臻三	王問
16866	13 正	129	493	**僨**	縹	運	並	去	撮	五十攈			非去合文臻三	方問	滂開重 4	敷沼	云去合文臻三	王問
16867	13 正	130	494	**奮**	甫	運	匪	去	撮	五十攈			非去合文臻三	方問	非合 3	方矩	云去合文臻三	王問
16869	13 正		495	分	甫	運	匪	去	撮	五十攈	平去兩讀義分		奉去合文臻三	扶問	非合 3	方矩	云去合文臻三	王問
16870	13 正		496	鼢	甫	運	匪	去	撮	五十攈			奉上合文臻三	房吻	非合 3	方矩	云去合文臻三	王問
16871	13 正		497	糞	甫	運	匪	去	撮	五十攈			非去合文臻三	方問	非合 3	方矩	云去合文臻三	王問
16873	13 正		498	瀵	甫	運	匪	去	撮	五十攈			非去合文臻三	方問	非合 3	方矩	云去合文臻三	王問
16875	13 正		499	嬔*	甫	運	匪	去	撮	五十攈			敷平合元山三	孚袁	非合 3	方矩	云去合文臻三	王問
16876	13 正		500	娩	甫	運	匪	去	撮	五十攈			敷去合元山三	芳萬	非合 3	方矩	云去合文臻三	王問
16878	13 正	131	501	**問**	武	運	未	去	撮	五十攈			微去合文臻三	亡運	微合 3	文甫	云去合文臻三	王問
16879	13 正		502	聞	武	運	未	去	撮	五十攈	平去兩讀義分		微去合文臻三	亡運	微合 3	文甫	云去合文臻三	王問
16881	13 正		503	紊	武	運	未	去	撮	五十攈			微去合文臻三	亡運	微合 3	文甫	云去合文臻三	王問
16882	13 正		504	汶	武	運	未	去	撮	五十攈			微去合文臻三	亡運	微合 3	文甫	云去合文臻三	王問
16885	13 正		505	免 g*	武	運	未	去	撮	五十攈	上去兩讀此則假借而無正字者		微去合文臻三	文運	微合 3	文甫	云去合文臻三	王問
16887	13 正		506	絻	武	運	未	去	撮	五十攈			微去合文臻三	亡運	微合 3	文甫	云去合文臻三	王問

第十三部副編

韻字編號	部序	組數	字數	韻字及何氏反切			韻字何氏音				何萱注釋	備注	韻字中古音		上字中古音		下字中古音	
				韻字	上字	下字	聲	調	呼	韻部			聲調呼韻攝等	反切	聲呼等	反切	聲調呼韻攝等	反切
16888	13 副	1	1	䚷*	改	恩	見	陰平	開	四八跟			見平開痕臻一	古痕	見開 1	古亥	影平開痕臻一	烏痕
16889	13 副	2	2	齦**	口	根	起	陰平	開	四八跟	束也，玉篇	玉篇口恩切	溪平開痕臻一	口恩	溪開 1	苦后	見平開痕臻一	古痕
16890	13 副	3	3	嫕*	挨	根	影	陰平	開	四八跟			影平開痕臻一	烏痕	影開 1	於改	見平開痕臻一	古痕
16891	13 副		4	蒽*	挨	根	影	陰平	開	四八跟			影平開痕臻一	烏痕	影開 1	於改	見平開痕臻一	古痕
16892	13 副	4	5	榪	海	根	曉	陰平	開	四八跟	十三部十四部兩見	表中此位無字	匣平開痕臻一	戶恩	曉開 1	呼改	見平開痕臻一	古痕
16893	13 副		6	拫	海	泿	曉	陽平	開	四八跟			匣平開痕臻一	戶恩	曉開 1	呼改	疑平開痕臻一	五根
16895	13 副	5	7	泿	傲	痕	我	陽平	開	四八跟			疑平開痕臻一	五根	疑開 1	五到	匣平開痕臻一	戶恩
16896	13 副	6	8	惃	古	昏	見	陰平	合	四九䍣			見平合魂臻一	古渾	見合 1	公戶	曉平合魂臻一	呼昆
16898	13 副		9	腒*	古	昏	見	陰平	合	四九䍣			見平合魂臻一	公渾	見合 1	公戶	曉平合魂臻一	呼昆
16899	13 副		10	崑	古	昏	見	陰平	合	四九䍣			見平合魂臻一	古渾	見合 1	公戶	曉平合魂臻一	呼昆
16900	13 副		11	錕	古	昏	見	陰平	合	四九䍣			見平合魂臻一	古渾	見合 1	公戶	曉平合魂臻一	呼昆
16902	13 副		12	騉	古	昏	見	陰平	合	四九䍣			見平合魂臻一	古渾	見合 1	公戶	曉平合魂臻一	呼昆
16903	13 副		13	麇	古	昏	見	陰平	合	四九䍣			見平合魂臻一	古渾	見合 1	公戶	曉平合魂臻一	呼昆
16904	13 副		14	猑	古	昏	見	陰平	合	四九䍣			見平合魂臻一	古渾	見合 1	公戶	曉平合魂臻一	呼昆
16905	13 副		15	鯤	古	昏	見	陰平	合	四九䍣			見平合魂臻一	古渾	見合 1	公戶	曉平合魂臻一	呼昆
16906	13 副		16	錁	古	昏	見	陰平	合	四九䍣			見平合山山二	古頑	見合 1	公戶	曉平合魂臻一	呼昆
16907	13 副	7	17	鄙	饔	昏	影	陰平	合	四九䍣			影平合魂臻一	烏渾	影合 1	烏貢	曉平合魂臻一	呼昆
16908	13 副		18	甌	饔	昏	影	陰平	合	四九䍣	或書作甌		影平合魂臻一	烏渾	影合 1	烏貢	曉平合魂臻一	呼昆
16909	13 副		19	齷	饔	昏	影	陰平	合	四九䍣			影平合魂臻一	烏渾	影合 1	烏貢	曉平合魂臻一	呼昆
16910	13 副		20	驅	饔	昏	影	陰平	合	四九䍣			影平合魂臻一	烏渾	影合 1	烏貢	曉平合魂臻一	呼昆
16911	13 副		21	猛	饔	昏	影	陰平	合	四九䍣			影平合魂臻一	烏渾	影合 1	烏貢	曉平合魂臻一	呼昆
16912	13 副	8	22	歆	戶	坤	曉	陰平	合	四九䍣			曉平合魂臻一	呼昆	匣合 1	侯古	溪平合魂臻一	苦昆
16913	13 副		23	唔*	戶	坤	曉	陰平	合	四九䍣			曉平合魂臻一	呼昆	匣合 1	侯古	溪平合魂臻一	苦昆
16914	13 副		24	睧*	戶	坤	曉	陰平	合	四九䍣			曉平合魂臻一	呼昆	匣合 1	侯古	溪平合魂臻一	苦昆

韻字編號	部序	組數	字數	韻字及何氏反切			韻字何氏音				何萱注釋	備注	韻字中古音		上字中古音		下字中古音	
				韻字	上字	下字	聲	調	呼	韻部			聲調呼韻攝等	反切	聲呼等	反切	聲調呼韻攝等	反切
16916	13 副		25	涽*	戶	坤	曉	陰平	合	四九羉			曉平合魂臻一	呼昆	匣合 1	侯古	溪平合魂臻一	苦昆
16918	13 副		26	焻	戶	坤	曉	陰平	合	四九羉	火也，玉篇	刪。解釋完全相同。正文增。這里可能是讀諧聲偏旁了。取昏廣韻音	曉平合魂臻一	呼昆	匣合 1	侯古	溪平合魂臻一	苦昆
16920	13 副		27	棔	戶	坤	曉	陰平	合	四九羉			曉平合魂臻一	呼昆	匣合 1	侯古	溪平合魂臻一	苦昆
16921	13 副		28	灇**	戶	坤	曉	陰平	合	四九羉			匣平合東通一	戶工	匣合 1	侯古	溪平合魂臻一	苦昆
16922	13 副	9	29	瓻	董	坤	短	陰平	合	四九羉		正編作董昏切	端平合魂臻一	都昆	端合 1	多動	溪平合魂臻一	苦昆
16923	13 副		30	墩	董	坤	短	陰平	合	四九羉		正編作董昏切	端平合魂臻一	都昆	端合 1	多動	溪平合魂臻一	苦昆
16924	13 副		31	憞*	董	坤	短	陰平	合	四九羉		正編作董昏切	端平合魂臻一	都昆	端合 1	多動	溪平合魂臻一	苦昆
16925	13 副		32	驐	董	坤	短	陰平	合	四九羉		正編作董昏切	端平合魂臻一	都昆	端合 1	多動	溪平合魂臻一	苦昆
16926	13 副		33	蘋*	董	坤	短	陰平	合	四九羉		正編作董昏切	端平合魂臻一	都昆	端合 1	多動	溪平合魂臻一	苦昆
16927	13 副	10	34	暾	杜	坤	透	陰平	合	四九羉			透平合魂臻一	他昆	定合 1	徒古	溪平合魂臻一	苦昆
16928	13 副		35	黗*	杜	坤	透	陰平	合	四九羉			透平合魂臻一	他昆	定合 1	徒古	溪平合魂臻一	苦昆
16929	13 副		36	霕*	杜	坤	透	陰平	合	四九羉			定平合魂臻一	徒渾	定合 1	徒古	溪平合魂臻一	苦昆
16930	13 副		37	蟞	杜	坤	透	陰平	合	四九羉			透平合魂臻一	他昆	定合 1	徒古	溪平合魂臻一	苦昆
16931	13 副		38	蘋	杜	坤	透	陰平	合	四九羉			透平合魂臻一	他昆	定合 1	徒古	溪平合魂臻一	苦昆
16933	13 副	11	39	訰	壯	坤	照	陰平	合	四九羉			章平合諄臻三	章倫	莊開 3	側亮	溪平合魂臻一	苦昆
16935	13 副		40	迍	壯	坤	照	陰平	合	四九羉			知平合諄臻三	陟倫	莊開 3	側亮	溪平合魂臻一	苦昆
16936	13 副		41	媋*	壯	坤	照	陰平	合	四九羉			昌平合諄臻三	樞倫	莊開 3	側亮	溪平合魂臻一	苦昆
16938	13 副	12	42	瑃	狀	坤	助	陰平	合	四九羉			徹平合諄臻三	丑倫	崇開 3	鋤亮	溪平合魂臻一	苦昆
16939	13 副		43	唇*	狀	坤	助	陰平	合	四九羉		表中作春	昌上合諄臻三	尺尹	崇開 3	鋤亮	溪平合魂臻一	苦昆
16940	13 副		44	椿	狀	坤	助	陰平	合	四九羉			徹平合諄臻三	丑倫	崇開 3	鋤亮	溪平合魂臻一	苦昆
16941	13 副		45	鶞	狀	坤	助	陰平	合	四九羉			徹平合諄臻三	丑倫	崇開 3	鋤亮	溪平合魂臻一	苦昆
16942	13 副	13	46	鵔	祖	坤	井	陰平	合	四九羉			精平合諄臻三	將倫	精合 1	則古	溪平合魂臻一	苦昆
16945	13 副		47	嶟	祖	坤	井	陰平	合	四九羉			精平合魂臻一	祖昆	精合 1	則古	溪平合魂臻一	苦昆

韻字編號	部序	組數	字數	韻字及何氏反切			韻字何氏音				何萱注釋	備注	韻字中古音		上字中古音		下字中古音	
				韻字	上字	下字	聲	調	呼	韻部			聲調呼韻攝等	反切	聲呼等	反切	聲調呼韻攝等	反切
16946	13副	14	48	澊*	措	坤	淨	陰平	合	四九䍐			清平合魂臻一	麤尊	清合1	倉故	溪平合魂臻一	苦昆
16948	13副		49	遵	措	坤	淨	陰平	合	四九䍐			清平合諄臻三	七倫	清合1	倉故	溪平合魂臻一	苦昆
16949	13副		50	[illegible]	措	坤	淨	陰平	合	四九䍐			清平合仙山三	此緣	清合1	倉故	溪平合魂臻一	苦昆
16950	13副		51	邨*	措	坤	淨	陰平	合	四九䍐			清平合魂臻一	麤尊	清合1	倉故	溪平合魂臻一	苦昆
16951	13副	15	52	搎	送	坤	信	陰平	合	四九䍐			心平合魂臻一	思渾	心合1	蘇弄	溪平合魂臻一	苦昆
16952	13副		53	猻	送	坤	信	陰平	合	四九䍐			心平合魂臻一	思渾	心合1	蘇弄	溪平合魂臻一	苦昆
16953	13副		54	蟀*	送	坤	信	陰平	合	四九䍐			心平合魂臻一	蘇昆	心合1	蘇弄	溪平合魂臻一	苦昆
16954	13副		55	[illegible]	送	坤	信	陰平	合	四九䍐			心平合魂臻一	思渾	心合1	蘇弄	溪平合魂臻一	苦昆
16955	13副		56	蕵	送	坤	信	陰平	合	四九䍐			心平合魂臻一	思渾	心合1	蘇弄	溪平合魂臻一	苦昆
16956	13副		57	杊*	送	坤	信	陰平	合	四九䍐			邪平合諄臻三	松倫	心合1	蘇弄	溪平合魂臻一	苦昆
16958	13副	16	58	[illegible]	布	坤	謗	陰平	合	四九䍐			幫平合魂臻一	博昆	幫合1	博故	溪平合魂臻一	苦昆
16959	13副		59	[illegible]*	布	坤	謗	陰平	合	四九䍐			幫平合魂臻一	逋昆	幫合1	博故	溪平合魂臻一	苦昆
16960	13副		60	[illegible]*	布	坤	謗	陰平	合	四九䍐			幫平合魂臻一	逋昆	幫合1	博故	溪平合魂臻一	苦昆
16962	13副		61	泍*	布	坤	謗	陰平	合	四九䍐			幫平合魂臻一	逋昆	幫合1	博故	溪平合魂臻一	苦昆
16964	13副	17	62	[illegible]	戶	醇	曉	陽平	合	四九䍐			匣平合魂臻一	戶昆	匣合1	侯古	禪平合諄臻三	常倫
16965	13副		63	琿	戶	醇	曉	陽平	合	四九䍐			匣平合魂臻一	戶昆	匣合1	侯古	禪平合諄臻三	常倫
16966	13副		64	[illegible]	戶	醇	曉	陽平	合	四九䍐			匣平合魂臻一	戶昆	匣合1	侯古	禪平合諄臻三	常倫
16968	13副		65	[illegible]	戶	醇	曉	陽平	合	四九䍐			匣平合魂臻一	戶昆	匣合1	侯古	禪平合諄臻三	常倫
16969	13副		66	忶	戶	醇	曉	陽平	合	四九䍐			匣平合魂臻一	戶昆	匣合1	侯古	禪平合諄臻三	常倫
16971	13副		67	[illegible]	戶	醇	曉	陽平	合	四九䍐			匣平合魂臻一	戶昆	匣合1	侯古	禪平合諄臻三	常倫
16972	13副		68	餛	戶	醇	曉	陽平	合	四九䍐			匣平合魂臻一	戶昆	匣合1	侯古	禪平合諄臻三	常倫
16973	13副		69	[illegible]*	戶	醇	曉	陽平	合	四九䍐			匣平合魂臻一	胡昆	匣合1	侯古	禪平合諄臻三	常倫
16974	13副	18	70	飩	杜	寬	透	陽平	合	四九䍐			定平合魂臻一	徒渾	定合1	徒古	匣平合魂臻一	戶昆
16975	13副		71	炖*	杜	寬	透	陽平	合	四九䍐			定上合魂臻一	杜本	定合1	徒古	匣平合魂臻一	戶昆
16976	13副		72	芚	杜	寬	透	陽平	合	四九䍐			定平合魂臻一	徒渾	定合1	徒古	匣平合魂臻一	戶昆
16977	13副		73	[illegible]	杜	寬	透	陽平	合	四九䍐			定平合魂臻一	徒渾	定合1	徒古	匣平合魂臻一	戶昆
16978	13副		74	[illegible]*	杜	寬	透	陽平	合	四九䍐			定平合魂臻一	徒渾	定合1	徒古	匣平合魂臻一	戶昆

韻字編號	部序	組數	字數	韻字及何氏反切			韻字何氏音				何萱注釋	備　注	韻字中古音		上字中古音		下字中古音	
				韻字	上字	下字	聲	調	呼	韻部			聲調呼韻攝等	反切	聲呼等	反切	聲調呼韻攝等	反切
16979	13 副		75	魨**	杜	蒬	透	陽平	合	四九羣		玉篇：音豚	定平合魂臻一	徒渾	定合 1	徒古	匣平合魂臻一	戶昆
16980	13 副		76	豚*	杜	蒬	透	陽平	合	四九羣			定平合魂臻一	徒渾	定合 1	徒古	匣平合魂臻一	戶昆
16981	13 副		77	燉	杜	蒬	透	陽平	合	四九羣			定平合魂臻一	徒渾	定合 1	徒古	匣平合魂臻一	戶昆
16982	13 副	19	78	踚	路	醇	賚	陽平	合	四九羣			來平合諄臻三	力迍	來合 1	洛故	禪平合諄臻三	常倫
16983	13 副		79	腀*	路	醇	賚	陽平	合	四九羣			來平合諄臻三	龍春	來合 1	洛故	禪平合諄臻三	常倫
16984	13 副		80	錀	路	醇	賚	陽平	合	四九羣			來平合諄臻三	力迍	來合 1	洛故	禪平合諄臻三	常倫
16985	13 副		81	錀	路	醇	賚	陽平	合	四九羣			敷平合文臻三	撫文	來合 1	洛故	禪平合諄臻三	常倫
16986	13 副		82	碖 g*	路	醇	賚	陽平	合	四九羣			來平合諄臻三	龍春	來合 1	洛故	禪平合諄臻三	常倫
16988	13 副		83	崙	路	醇	賚	陽平	合	四九羣			來平合魂臻一	盧昆	來合 1	洛故	禪平合諄臻三	常倫
16989	13 副		84	箹	路	醇	賚	陽平	合	四九羣			來平合諄臻三	力迍	來合 1	洛故	禪平合諄臻三	常倫
16990	13 副		85	菕	路	醇	賚	陽平	合	四九羣			來平合魂臻一	盧昆	來合 1	洛故	禪平合諄臻三	常倫
16991	13 副		86	錀*	路	醇	賚	陽平	合	四九羣			來平合諄臻三	龍春	來合 1	洛故	禪平合諄臻三	常倫
16992	13 副		87	鯩	路	醇	賚	陽平	合	四九羣			來平合諄臻三	力迍	來合 1	洛故	禪平合諄臻三	常倫
16993	13 副	20	88	蒓	爽	蒬	審	陽平	合	四九羣			禪平合諄臻三	常倫	生開 3	疎兩	匣平合魂臻一	戶昆
16994	13 副		89	蓴	爽	蒬	審	陽平	合	四九羣			船平合諄臻三	食倫	生開 3	疎兩	匣平合魂臻一	戶昆
16995	13 副		90	楯*	爽	蒬	審	陽平	合	四九羣			船平合諄臻三	船倫	生開 3	疎兩	匣平合魂臻一	戶昆
16996	13 副		91	錞*	爽	蒬	審	陽平	合	四九羣			禪平合諄臻三	殊倫	生開 3	疎兩	匣平合魂臻一	戶昆
16997	13 副	21	92	郈	措	蒬	淨	陽平	合	四九羣			從平合魂臻一	徂尊	清合 1	倉故	匣平合魂臻一	戶昆
16998	13 副	22	93	痺	臥	醇	我	陽平	合	四九羣			疑平合魂臻一	牛昆	疑合 1	吾貨	禪平合諄臻三	常倫
17000	13 副		94	婫*	臥	醇	我	陽平	合	四九羣			疑平合魂臻一	吾昆	疑合 1	吾貨	禪平合諄臻三	常倫
17002	13 副	23	95	噴*	佩	蒬	並	陽平	合	四九羣			並平合魂臻一	步奔	並合 1	蒲昧	匣平合魂臻一	戶昆
17003	13 副		96	鵍	佩	蒬	並	陽平	合	四九羣			並平合魂臻一	蒲奔	並合 1	蒲昧	匣平合魂臻一	戶昆
17004	13 副		97	葐	佩	蒬	並	陽平	合	四九羣			並平合魂臻一	蒲奔	並合 1	蒲昧	匣平合魂臻一	戶昆
17006	13 副	24	98	神*	几	欣	見	陰平	齊	五十巾			見平開真臻重三	居銀	見開重 3	居履	曉平開欣臻三	許斤
17007	13 副		99	弫*	几	欣	見	陰平	齊	五十巾			見平開真臻重三	居銀	見開重 3	居履	曉平開欣臻三	許斤
17008	13 副		100	觓*	几	欣	見	陰平	齊	五十巾			見平開真臻重三	居銀	見開重 3	居履	曉平開欣臻三	許斤
17009	13 副		101	覲g*	几	欣	見	陰平	齊	五十巾			見平開仙山重四	稽延	見開重 3	居履	曉平開欣臻三	許斤
17010	13 副	25	102	炊**	舊	巾	起	陰平	齊	五十巾		表中此位無字。玉篇：去斤切又口孕切	溪平開欣臻三	去斤	群開 3	巨救	見平開真臻重三	居銀

韻字編號	部序	組數	字數	韻字及何氏反切			韻字何氏音				何萱注釋	備注	韻字中古音		上字中古音		下字中古音	
				韻字	上字	下字	聲	調	呼	韻部			聲調呼韻攝等	反切	聲呼等	反切	聲調呼韻攝等	反切
17011	13 副	26	103	諲	漾	欣	影	陰平	齊	五十巾			影平開真臻重四	於真	以開 3	餘亮	曉平開欣臻三	許斤
17012	13 副		104	歅	漾	欣	影	陰平	齊	五十巾			影平開真臻重四	於真	以開 3	餘亮	曉平開欣臻三	許斤
17013	13 副		105	黰	漾	欣	影	陰平	齊	五十巾			影平開山山二	烏閑	以開 3	餘亮	曉平開欣臻三	許斤
17014	13 副		106	騪**	漾	欣	影	陰平	齊	五十巾	十三部十四部兩見注在彼	玉篇：音燕	影平開先山四	烏前	以開 3	餘亮	曉平開欣臻三	許斤
17015	13 副	27	107	炘	向	巾	曉	陰平	齊	五十巾			曉平開欣臻三	許斤	曉開 3	許亮	見平開真臻重三	居銀
17016	13 副		108	邤	向	巾	曉	陰平	齊	五十巾			曉平開欣臻三	許斤	曉開 3	許亮	見平開真臻重三	居銀
17017	13 副	28	109	帪	掌	欣	照	陰平	齊	五十巾			章平開真臻三	職鄰	章開 3	諸兩	曉平開欣臻三	許斤
17018	13 副		110	栕	掌	欣	照	陰平	齊	五十巾			章平開真臻三	職鄰	章開 3	諸兩	曉平開欣臻三	許斤
17019	13 副		111	籈	掌	欣	照	陰平	齊	五十巾			章平開真臻三	職鄰	章開 3	諸兩	曉平開欣臻三	許斤
17021	13 副		112	磌*	掌	欣	照	陰平	齊	五十巾			章平開真臻三	之人	章開 3	諸兩	曉平開欣臻三	許斤
17023	13 副		113	昣*	掌	欣	照	陰平	齊	五十巾			章平開真臻三	之人	章開 3	諸兩	曉平開欣臻三	許斤
17024	13 副	29	114	欯**	寵	巾	助	陰平	齊	五十巾	欣也惏也，玉篇	表中此位無字，韻目作寵巾切，正文作掌欣切，此處疑為衍字	徹平開覃咸一	恥南	徹合 3	丑隴	見平開真臻重三	居銀
17025	13 副	30	115	硃	始	巾	審	陰平	齊	五十巾			心平開先山四	蘇前	書開 3	詩止	見平開真臻重三	居銀
17027	13 副		116	硒**	始	巾	審	陰平	齊	五十巾	行也，玉篇		心平開齊蟹四	息兮	書開 3	詩止	見平開真臻重三	居銀
17028	13 副	31	117	纗**	紫	巾	井	陰平	齊	五十巾		表中此位無字。玉篇作子千切	精平開先山四	子千	精開 3	將此	見平開真臻重三	居銀
17029	13 副		118	殑	紫	巾	井	陰平	齊	五十巾			生平開蒸曾三	山矜	精開 3	將此	見平開真臻重三	居銀
17031	13 副		119	𤝱*	紫	巾	井	陰平	齊	五十巾			心平開先山四	蕭前	精開 3	將此	見平開真臻重三	居銀
17032	13 副		120	粞	紫	巾	井	陰平	齊	五十巾			心平開齊蟹四	先稽	精開 3	將此	見平開真臻重三	居銀
17034	13 副		121	谻**	紫	巾	井	陰平	齊	五十巾		字形或為觙。原書不清。玉篇：其虐紀逆二切	群入開藥宕三	其虐	精開 3	將此	見平開真臻重三	居銀
17035	13 副	32	122	砏	丙	欣	謗	陰平	齊	五十巾		釋義不合	幫平開真臻重三	府巾	幫開 3	兵永	曉平開欣臻三	許斤
17038	13 副		123	霦	丙	欣	謗	陰平	齊	五十巾			幫平開真臻重三	府巾	幫開 3	兵永	曉平開欣臻三	許斤

韻字編號	部序	組數	字數	韻字及何氏反切			韻字何氏音				何萱注釋	備　注	韻字中古音		上字中古音		下字中古音	
				韻字	上字	下字	聲	調	呼	韻部			聲調呼韻攝等	反切	聲呼等	反切	聲調呼韻攝等	反切
17039	13 副	33	124	慬	舊	銀	起	陽平	齊	五十巾			群平開欣臻三	巨斤	群開 3	巨救	疑平開真臻重三	語巾
17040	13 副		125	劤*	舊	銀	起	陽平	齊	五十巾	土壁，玉篇	玉篇作渠銀切	群平開真臻重三	渠巾	群開 3	巨救	疑平開真臻重三	語巾
17041	13 副		126	肵 g*	舊	銀	起	陽平	齊	五十巾			群平開微止三	渠希	群開 3	巨救	疑平開真臻重三	語巾
17043	13 副		127	岓	舊	銀	起	陽平	齊	五十巾			群平開微止三	渠希	群開 3	巨救	疑平開真臻重三	語巾
17044	13 副		128	鬿*	舊	銀	起	陽平	齊	五十巾			群平開微止三	渠希	群開 3	巨救	疑平開真臻重三	語巾
17045	13 副		129	獑	舊	銀	起	陽平	齊	五十巾			群平開微止三	渠希	群開 3	巨救	疑平開真臻重三	語巾
17047	13 副	34	130	縝*	寵	勤	助	陽平	齊	五十巾			禪平開真臻三	丞真	徹合 3	丑隴	群平開欣臻三	巨斤
17048	13 副		131	鶉**	寵	勤	助	陽平	齊	五十巾			昌平合諄臻三	齒旬	徹合 3	丑隴	群平開欣臻三	巨斤
17049	13 副	35	132	屒	始	勤	審	陽平	齊	五十巾			禪平開真臻三	植鄰	書開 3	詩止	群平開欣臻三	巨斤
17050	13 副		133	敐 g*	始	勤	審	陽平	齊	五十巾		玉篇石鄰切。廣韻只有章上開真三，章忍切一讀	禪平開真臻三	丞真	書開 3	詩止	群平開欣臻三	巨斤
17051	13 副	36	134	沂*	仰	勤	我	陽平	齊	五十巾			疑平開欣臻三	魚斤	疑開 3	魚兩	群平開欣臻三	巨斤
17054	13 副		135	齗	仰	勤	我	陽平	齊	五十巾			疑平開欣臻三	語斤	疑開 3	魚兩	群平開欣臻三	巨斤
17055	13 副		136	檭	仰	勤	我	陽平	齊	五十巾			疑平開真臻重三	語巾	疑開 3	魚兩	群平開欣臻三	巨斤
17056	13 副		137	蝘	仰	勤	我	陽平	齊	五十巾			匣平開山山二	戶閒	疑開 3	魚兩	群平開欣臻三	巨斤
17058	13 副		138	讔	仰	勤	我	陽平	齊	五十巾			疑平開欣臻三	語斤	疑開 3	魚兩	群平開欣臻三	巨斤
17059	13 副	37	139	硒	想	勤	信	陽平	齊	五十巾		表中此位無字	心平開咍蟹一	蘇來	心開 3	息兩	群平開欣臻三	巨斤
17060	13 副		140	兟	想	勤	信	陽平	齊	五十巾		韻目有，正文無。玉篇：音銑。此處可能是衍字，可能是何氏出于諧聲的關系，讀成了先。取先廣韻音	心平開先山四	蘇前	心開 3	息兩	群平開欣臻三	巨斤
17061	13 副	38	141	旼	美	勤	命	陽平	齊	五十巾			明平開真臻重三	武巾	明開重 3	無鄙	群平開欣臻三	巨斤
17062	13 副		142	眗	美	勤	命	陽平	齊	五十巾			明平開真臻重三	武巾	明開重 3	無鄙	群平開欣臻三	巨斤
17063	13 副		143	雺**	美	勤	命	陽平	齊	五十巾			明平開真臻重四	彌民	明開重 3	無鄙	群平開欣臻三	巨斤

韻字編號	部序	組數	字數	韻字及何氏反切			韻字何氏音				何萱注釋	備注	韻字中古音		上字中古音		下字中古音	
				韻字	上字	下字	聲	調	呼	韻部			聲調呼韻攝等	反切	聲呼等	反切	聲調呼韻攝等	反切
17064	13 副		144	蔨	美	勤	命	陽平	齊	五十巾		韻目中該字下還有一蒠字。正文無	明平開耕梗二	莫耕	明開重 3	無鄙	群平開欣臻三	巨斤
17066	13 副	39	145	鞁	舉	勲	見	陰平	撮	五一君			見平合文臻三	舉云	見合 3	居許	曉平合文臻三	許云
17068	13 副		146	羣g*	舉	勲	見	陰平	撮	五一君			見平合文臻三	拘云	見合 3	居許	曉平合文臻三	許云
17069	13 副		147	覠*	舉	勲	見	陰平	撮	五一君			見平合諄臻重三	俱倫	見合 3	居許	曉平合文臻三	許云
17070	13 副		148	桾	舉	勲	見	陰平	撮	五一君			見平合文臻三	舉云	見合 3	居許	曉平合文臻三	許云
17071	13 副		149	箬	舉	勲	見	陰平	撮	五一君			見平合文臻三	舉云	見合 3	居許	曉平合文臻三	許云
17072	13 副		150	鮶	舉	勲	見	陰平	撮	五一君			見平合文臻三	舉云	見合 3	居許	曉平合文臻三	許云
17073	13 副	40	151	峮	去	勲	起	陰平	撮	五一君	峷或書作峮		溪平合諄臻三	去倫	溪合 3	丘倨	曉平合文臻三	許云
17074	13 副		152	峷*	去	勲	起	陰平	撮	五一君		集韻原作謨交切，誤	明平合文臻三	謨文	溪合 3	丘倨	曉平合文臻三	許云
17075	13 副		153	蜠	去	勲	起	陰平	撮	五一君			溪平合諄臻三	去倫	溪合 3	丘倨	曉平合文臻三	許云
17077	13 副		154	硱*	去	勲	起	陰平	撮	五一君			溪平合諄臻重三	區倫	溪合 3	丘倨	曉平合文臻三	許云
17078	13 副	41	155	氳	羽	君	影	陰平	撮	五一君			影平合文臻三	於云	云合 3	王矩	見平合文臻三	舉云
17079	13 副		156	馧	羽	君	影	陰平	撮	五一君			影平合文臻三	於云	云合 3	王矩	見平合文臻三	舉云
17082	13 副		157	蝹	羽	君	影	陰平	撮	五一君			影平合文臻三	於云	云合 3	王矩	見平合文臻三	舉云
17083	13 副		158	贇	羽	君	影	陰平	撮	五一君			影平合諄臻三	於倫	云合 3	王矩	見平合文臻三	舉云
17084	13 副	42	159	曛	許	君	曉	陰平	撮	五一君			曉平合文臻三	許云	曉合 3	虛呂	見平合文臻三	舉云
17085	13 副		160	矄*	許	君	曉	陰平	撮	五一君			曉平合文臻三	許云	曉合 3	虛呂	見平合文臻三	舉云
17086	13 副		161	臐	許	君	曉	陰平	撮	五一君			曉平合文臻三	許云	曉合 3	虛呂	見平合文臻三	舉云
17088	13 副		162	蠕**	許	君	曉	陰平	撮	五一君			曉平合文臻三	許云	曉合 3	虛呂	見平合文臻三	舉云
17089	13 副		163	獯	許	君	曉	陰平	撮	五一君			曉平合文臻三	許云	曉合 3	虛呂	見平合文臻三	舉云
17090	13 副		164	輝	許	君	曉	陰平	撮	五一君	十三部十五部兩見	玉篇音暉。原作十四部十五部兩見，但全書只在 13 部出現一次，據輝字的讀音，有時何氏會讀諧聲偏旁，疑應為十三十五部兩見此處取軍廣韻音，十五部為筆者增	見平合文臻三	舉云	曉合 3	虛呂	見平合文臻三	舉云

韻字編號	部序	組數	字數	韻字及何氏反切			韻字何氏音				何萱注釋	備注	韻字中古音		上字中古音		下字中古音	
				韻字	上字	下字	聲	調	呼	韻部			聲調呼韻攝等	反切	聲呼等	反切	聲調呼韻攝等	反切
17091	13 副	43	165	𣭛	甫	君	匪	陰平	撮	五一君			敷平合文臻三	撫文	非合 3	方矩	見平合文臻三	舉云
17092	13 副		166	𣯸	甫	君	匪	陰平	撮	五一君			非平合文臻三	府文	非合 3	方矩	見平合文臻三	舉云
17094	13 副	44	167	𤸎	去	雲	起	陽平	撮	五一君			群平合文臻三	渠云	溪合 3	丘倨	云平合文臻三	王分
17095	13 副	45	168	耺	羽	羣	影	陽平	撮	五一君			云平合文臻三	王分	云合 3	王矩	群平合文臻三	渠云
17097	13 副		169	眃*	羽	羣	影	陽平	撮	五一君			云平合文臻三	玉分	云合 3	王矩	群平合文臻三	渠云
17098	13 副		170	橒	羽	羣	影	陽平	撮	五一君			云平合文臻三	王分	云合 3	王矩	群平合文臻三	渠云
17099	13 副		171	蕓	羽	羣	影	陽平	撮	五一君			云平合文臻三	王分	云合 3	王矩	群平合文臻三	渠云
17100	13 副		172	篔	羽	羣	影	陽平	撮	五一君			云平合文臻三	王分	云合 3	王矩	群平合文臻三	渠云
17102	13 副		173	熉*	羽	羣	影	陽平	撮	五一君			云平合文臻三	玉分	云合 3	王矩	群平合文臻三	渠云
17103	13 副		174	鴭**	羽	羣	影	陽平	撮	五一君		玉篇：音員	云平合仙山三	王權	云合 3	王矩	群平合文臻三	渠云
17104	13 副	46	175	𦃇	敘	雲	信	陽平	撮	五一君			邪平合諄臻三	詳遵	邪合 3	徐呂	云平合文臻三	王分
17105	13 副		176	𧚪	敘	雲	信	陽平	撮	五一君		玉篇：音旬	邪平合諄臻三	詳遵	邪合 3	徐呂	云平合文臻三	王分
17107	13 副		177	𤘻	敘	雲	信	陽平	撮	五一君			邪平合諄臻三	詳遵	邪合 3	徐呂	云平合文臻三	王分
17108	13 副	47	178	訜*	褊	雲	謗	陽平	撮	五一君		表中此位無字。上字原為褊	敷平合文臻三	敷文	幫開重 4	方緬	云平合文臻三	王分
17109	13 副	48	179	橨	甫	雲	匪	陽平	撮	五一君			奉平合文臻三	符分	非合 3	方矩	云平合文臻三	王分
17110	13 副		180	𪔂**	甫	雲	匪	陽平	撮	五一君			奉平合文臻三	扶分	非合 3	方矩	云平合文臻三	王分
17111	13 副		181	穦	甫	雲	匪	陽平	撮	五一君			奉平合文臻三	符分	非合 3	方矩	云平合文臻三	王分
17112	13 副		182	獖	甫	雲	匪	陽平	撮	五一君			奉平合文臻三	符分	非合 3	方矩	云平合文臻三	王分
17113	13 副		183	蟦 g*	甫	雲	匪	陽平	撮	五一君			奉平合文臻三	符分	非合 3	方矩	云平合文臻三	王分
17116	13 副		184	盼 g*	甫	雲	匪	陽平	撮	五一君		玉篇普莧切	滂平開刪山二	披班	非合 3	方矩	云平合文臻三	王分
17117	13 副		185	𧮫	甫	雲	匪	陽平	撮	五一君			奉平合文臻三	符分	非合 3	方矩	云平合文臻三	王分
17118	13 副		186	妢	甫	雲	匪	陽平	撮	五一君			奉平合文臻三	符分	非合 3	方矩	云平合文臻三	王分
17119	13 副	49	187	雯	武	雲	未	陽平	撮	五一君			微平合文臻三	無分	微合 3	文甫	云平合文臻三	王分
17120	13 副		188	䰚	武	雲	未	陽平	撮	五一君			微平合文臻三	無分	微合 3	文甫	云平合文臻三	王分
17121	13 副		189	鼤	武	雲	未	陽平	撮	五一君			微平合文臻三	無分	微合 3	文甫	云平合文臻三	王分
17122	13 副		190	鳼	武	雲	未	陽平	撮	五一君			微平合文臻三	無分	微合 3	文甫	云平合文臻三	王分

韻字編號	部序	組數	字數	韻字及何氏反切			韻字何氏音				何萱注釋	備　注	韻字中古音		上字中古音		下字中古音	
				韻字	上字	下字	聲	調	呼	韻部			聲調呼韻攝等	反切	聲呼等	反切	聲調呼韻攝等	反切
17123	13 副		191	鳶*	武	雲	未	陽平	撮	五一君			微平合文臻三	無分	微合 3	文甫	云平合文臻三	王分
17124	13 副		192	芠*	武	雲	未	陽平	撮	五一君			微平合文臻三	無分	微合 3	文甫	云平合文臻三	王分
17125	13 副		193	颬**	武	雲	未	陽平	撮	五一君			邪平開侵深三	寺林	微合 3	文甫	云平合文臻三	王分
17126	13 副	50	194	懇	口	很	起	上	開	四五詪			溪上開痕臻一	康很	溪開 1	苦后	匣上開痕臻一	胡墾
17127	13 副		195	墾	口	很	起	上	開	四五詪			溪上開痕臻一	康很	溪開 1	苦后	匣上開痕臻一	胡墾
17128	13 副		196	豤**	口	很	起	上	開	四五詪			溪上開痕臻一	口很	溪開 1	苦后	匣上開痕臻一	胡墾
17129	13 副		197	豤*	口	很	起	上	開	四五詪			溪上開痕臻一	口很	溪開 1	苦后	匣上開痕臻一	胡墾
17130	13 副		198	豤*	口	很	起	上	開	四五詪			溪上開山山二	起限	溪開 1	苦后	匣上開痕臻一	胡墾
17131	13 副	51	199	穩*	挨	很	影	上	開	四五詪			影上開痕臻一	安很	影開 1	於改	匣上開痕臻一	胡墾
17132	13 副	52	200	蒗	海	齦	曉	上	開	四五詪			匣上開痕臻一	胡墾	曉開 1	呼改	溪上開痕臻一	康很
17133	13 副	53	201	峎*	傲	很	我	上	開	四五詪			疑上開痕臻一	魚懇	疑開 1	五到	匣上開痕臻一	胡墾
17134	13 副	54	202	硍	古	本	見	上	合	四六掍			見上合魂臻一	古本	見合 1	公戶	幫上合魂臻一	布忖
17135	13 副		203	粇*	古	本	見	上	合	四六掍			見平合魚遇三	斤於	見合 1	公戶	幫上合魂臻一	布忖
17136	13 副	55	204	齫	苦	本	起	上	合	四六掍			疑上合文臻三	魚粉	溪合 1	康杜	幫上合魂臻一	布忖
17137	13 副		205	裍*	苦	本	起	上	合	四六掍	緄或作袖	正文增。原為袖，誤，應為裍	溪上合魂臻一	苦本	溪合 1	康杜	幫上合魂臻一	布忖
17138	13 副		206	硱	苦	本	起	上	合	四六掍			溪上合魂臻一	苦本	溪合 1	康杜	幫上合魂臻一	布忖
17139	13 副	56	207	噁	甕	本	影	上	合	四六掍			影上合魂臻一	烏本	影合 1	烏貢	幫上合魂臻一	布忖
17140	13 副	57	208	倱	戶	本	曉	上	合	四六掍			匣上合魂臻一	胡本	匣合 1	侯古	幫上合魂臻一	布忖
17141	13 副		209	諢*	戶	本	曉	上	合	四六掍			匣上合魂臻一	戶袞	匣合 1	侯古	幫上合魂臻一	布忖
17142	13 副		210	稛*	戶	本	曉	上	合	四六掍			匣上合魂臻一	戶袞	匣合 1	侯古	幫上合魂臻一	布忖
17143	13 副		211	顐*	戶	本	曉	上	合	四六掍			曉上合魂臻一	虎本	匣合 1	侯古	幫上合魂臻一	布忖
17144	13 副		212	踴**	戶	本	曉	上	合	四六掍			匣去合魂臻一	胡困	匣合 1	侯古	幫上合魂臻一	布忖
17145	13 副		213	醰	戶	本	曉	上	合	四六掍			匣上合魂臻一	胡本	匣合 1	侯古	幫上合魂臻一	布忖
17146	13 副		214	鯶	戶	本	曉	上	合	四六掍			匣上合魂臻一	胡本	匣合 1	侯古	幫上合魂臻一	布忖
17147	13 副	58	215	吨	杜	緄	透	上	合	四六掍			透上合魂臻一	他袞	定合 1	徒古	見上合魂臻一	古本
17148	13 副		216	焞	杜	緄	透	上	合	四六掍			透上合魂臻一	他袞	定合 1	徒古	見上合魂臻一	古本

韻字編號	部序	組數	字數	韻字及何氏反切			韻字何氏音				何萱注釋	備　注	韻字中古音		上字中古音		下字中古音	
				韻字	上字	下字	聲	調	呼	韻部			聲調呼韻攝等	反切	聲呼等	反切	聲調呼韻攝等	反切
17149	13 副		217	沌	杜	緄	透	上	合	四六掍			定上合魂臻一	徒損	定合 1	徒古	見上合魂臻一	古本
17151	13 副		218	坉	杜	緄	透	上	合	四六掍			定上合魂臻一	徒損	定合 1	徒古	見上合魂臻一	古本
17152	13 副		219	伅*	杜	緄	透	上	合	四六掍			定上合魂臻一	杜本	定合 1	徒古	見上合魂臻一	古本
17153	13 副		220	潡*	杜	緄	透	上	合	四六掍			定上合魂臻一	杜本	定合 1	徒古	見上合魂臻一	古本
17154	13 副	59	221	睔 g*	路	緄	賚	上	合	四六掍			來上合魂臻一	魯本	來合 1	洛故	見上合魂臻一	古本
17155	13 副		222	輪	路	緄	賚	上	合	四六掍			來上合諄臻三	力準	來合 1	洛故	見上合魂臻一	古本
17156	13 副		223	碖	路	緄	賚	上	合	四六掍			來上合魂臻一	盧本	來合 1	洛故	見上合魂臻一	古本
17157	13 副		224	惒	路	緄	賚	上	合	四六掍			來上合魂臻一	盧本	來合 1	洛故	見上合魂臻一	古本
17158	13 副	60	225	膥	狀	緄	助	上	合	四六掍			昌上合諄臻三	尺尹	崇開 3	鋤亮	見上合魂臻一	古本
17159	13 副		226	睶*	狀	緄	助	上	合	四六掍			昌上合諄臻三	尺尹	崇開 3	鋤亮	見上合魂臻一	古本
17160	13 副		227	玔*	狀	緄	助	上	合	四六掍			昌去合仙山三	樞絹	崇開 3	鋤亮	見上合魂臻一	古本
17161	13 副	61	228	鐗**	汭	本	耳	上	合	四六掍		表中此位無字	日去合仙山三	人絹	日合 3	而鋭	幫上合魂臻一	布忖
17162	13 副	62	229	賰	爽	緄	審	上	合	四六掍			書上合諄臻三	式允	生開 3	疎兩	見上合魂臻一	古本
17163	13 副	63	230	哻*	措	本	淨	上	合	四六掍		正編下字作緄	從上合魂臻一	粗本	清合 1	倉故	幫上合魂臻一	布忖
17164	13 副	64	231	苯	布	緄	謗	上	合	四六掍			幫上合魂臻一	布忖	幫合 1	博故	見上合魂臻一	古本
17165	13 副		232	体	布	緄	謗	上	合	四六掍			幫上合魂臻一	布忖	幫合 1	博故	見上合魂臻一	古本
17166	13 副	65	233	穦*	佩	緄	並	上	合	四六掍			並上合魂臻一	部本	並合 1	蒲昧	見上合魂臻一	古本
17167	13 副		234	翸**	佩	緄	並	上	合	四六掍			滂上合魂臻一	匹本	並合 1	蒲昧	見上合魂臻一	古本
17168	13 副		235	栩	佩	緄	並	上	合	四六掍			滂上合魂臻一	普本	並合 1	蒲昧	見上合魂臻一	古本
17169	13 副		236	㸬*	佩	緄	並	上	合	四六掍			並上合魂臻一	部本	並合 1	蒲昧	見上合魂臻一	古本
17170	13 副		237	呠*	佩	緄	並	上	合	四六掍			滂上合魂臻一	普本	並合 1	蒲昧	見上合魂臻一	古本
17171	13 副		238	馞	佩	緄	並	上	合	四六掍			並去合模遇一	薄故	並合 1	蒲昧	見上合魂臻一	古本
17172	13 副		239	揨	佩	緄	並	上	合	四六掍			並上合魂臻一	蒲本	並合 1	蒲昧	見上合魂臻一	古本
17174	13 副	66	240	娩	味	本	未	上	合	四六掍		正編及正文下字作緄	微上合元山三	無遠	微合 3	無沸	幫上合魂臻一	布忖
17177	13 副		241	脕	味	本	未	上	合	四六掍			微上合元山三	無遠	微合 3	無沸	幫上合魂臻一	布忖
17180	13 副		242	饒*	味	本	未	上	合	四六掍			微上合元山三	武遠	微合 3	無沸	幫上合魂臻一	布忖

韻字編號	部序	組數	字數	韻字及何氏反切			韻字何氏音				何萱注釋	備注	韻字中古音		上字中古音		下字中古音	
				韻字	上字	下字	聲	調	呼	韻部			聲調呼韻攝等	反切	聲呼等	反切	聲調呼韻攝等	反切
17181	13 副		243	悗	味	本	未	上	合	四六捆			明平合桓山一	母官	微合 3	無沸	幫上合魂臻一	布忖
17182	13 副		244	潣*	味	本	未	上	合	四六捆			明上合魂臻一	母本	微合 3	無沸	幫上合魂臻一	布忖
17183	13 副	67	245	槿	几	隱	見	上	齊	四七堇		正文無反切	見上開欣臻三	居隱	見開重 3	居履	影上開欣臻三	於謹
17185	13 副		246	縒*	几	隱	見	上	齊	四七堇			見上開欣臻三	几隱	見開重 3	居履	影上開欣臻三	於謹
17186	13 副		247	嫤*	几	隱	見	上	齊	四七堇			見上開欣臻三	几隱	見開重 3	居履	影上開欣臻三	於謹
17187	13 副		248	犍	几	隱	見	上	齊	四七堇			見上開欣臻三	居隱	見開重 3	居履	影上開欣臻三	於謹
17188	13 副		249	靳	几	隱	見	上	齊	四七堇			見上開欣臻三	居隱	見開重 3	居履	影上開欣臻三	於謹
17189	13 副		250	硏*	几	隱	見	上	齊	四七堇			見上開先山四	吉典	見開重 3	居履	影上開欣臻三	於謹
17190	13 副	68	251	嘩**	舊	謹	起	上	齊	四七堇			溪去開真臻三	丘引	群開 3	巨救	見上開欣臻三	居隱
17191	13 副	69	252	癋	漾	謹	影	上	齊	四七堇		正文缺反切。韻目入漾謹切	影上開欣臻三	於謹	以開 3	餘亮	見上開欣臻三	居隱
17192	13 副		253	擾*	漾	謹	影	上	齊	四七堇	劑也，玉篇	正文缺反切。玉篇只有去聲	影去開欣臻三	於靳	以開 3	餘亮	見上開欣臻三	居隱
17193	13 副		254	繶	漾	謹	影	上	齊	四七堇		正文缺反切。韻目入漾謹切	影上開欣臻三	於謹	以開 3	餘亮	見上開欣臻三	居隱
17194	13 副		255	轀	漾	謹	影	上	齊	四七堇		正文缺反切。韻目入漾謹切	影上開欣臻三	於謹	以開 3	餘亮	見上開欣臻三	居隱
17195	13 副		256	嶾	漾	謹	影	上	齊	四七堇		正文缺反切。韻目入漾謹切	影上開欣臻三	於謹	以開 3	餘亮	見上開欣臻三	居隱
17196	13 副		257	蘟*	漾	謹	影	上	齊	四七堇		正文缺反切。韻目入漾謹切	影上開欣臻三	倚謹	以開 3	餘亮	見上開欣臻三	居隱
17197	13 副		258	磤	漾	謹	影	上	齊	四七堇		正文缺反切。韻目入漾謹切	影上開欣臻三	於謹	以開 3	餘亮	見上開欣臻三	居隱
17198	13 副	70	259	寘**	邸	謹	短	上	齊	四七堇			端去開先山四	丁見	端開 4	都禮	見上開欣臻三	居隱
17199	13 副	71	260	典	體	謹	透	上	齊	四七堇			透上開先山四	他典	透開 4	他禮	見上開欣臻三	居隱
17200	13 副		261	腆	體	謹	透	上	齊	四七堇			透上開先山四	他典	透開 4	他禮	見上開欣臻三	居隱
17203	13 副		262	捵*	體	謹	透	上	齊	四七堇			透上開先山四	他典	透開 4	他禮	見上開欣臻三	居隱
17204	13 副		263	跈	體	謹	透	上	齊	四七堇			透上開先山四	他典	透開 4	他禮	見上開欣臻三	居隱

韻字編號	部序	組數	字數	韻字及何氏反切			韻字何氏音				何萱注釋	備　注	韻字中古音		上字中古音		下字中古音	
				韻字	上字	下字	聲	調	呼	韻部			聲調呼韻攝等	反切	聲呼等	反切	聲調呼韻攝等	反切
17205	13 副		264	蝡**	體	謹	透	上	齊	四七堇			透上開先山四	他典	透開 4	他禮	見上開欣臻三	居隱
17206	13 副		265	痶	體	謹	透	上	齊	四七堇			透上開先山四	他典	透開 4	他禮	見上開欣臻三	居隱
17207	13 副		266	淟	體	謹	透	上	齊	四七堇			透上開先山四	他典	透開 4	他禮	見上開欣臻三	居隱
17209	13 副	72	267	跈	紐	謹	乃	上	齊	四七堇			泥上開先山四	乃殄	娘開 3	女久	見上開欣臻三	居隱
17210	13 副		268	䵒	紐	謹	乃	上	齊	四七堇	䵒或作䵒		泥入開錫梗四	奴歷	娘開 3	女久	見上開欣臻三	居隱
17211	13 副		269	䩉**	紐	謹	乃	上	齊	四七堇			泥上開先山四	奴典	娘開 3	女久	見上開欣臻三	居隱
17212	13 副	73	270	紾*	掌	謹	照	上	齊	四七堇			章上開真臻三	止忍	章開 3	諸兩	見上開欣臻三	居隱
17213	13 副		271	聄*	掌	謹	照	上	齊	四七堇			章上開真臻三	止忍	章開 3	諸兩	見上開欣臻三	居隱
17214	13 副	74	272	涊	攘	謹	耳	上	齊	四七堇		王編作攘景切	日上開真臻三	而軫	日開 3	人漾	見上開欣臻三	居隱
17216	13 副		273	涊**	攘	謹	耳	上	齊	四七堇		王文增。玉篇奴典切	泥上開先山四	奴典	日開 3	人漾	見上開欣臻三	居隱
17217	13 副		274	腮	攘	謹	耳	上	齊	四七堇			日去合諄臻三	如順	日開 3	人漾	見上開欣臻三	居隱
17218	13 副		275	肕	攘	謹	耳	上	齊	四七堇			日去開真臻三	而振	日開 3	人漾	見上開欣臻三	居隱
17219	13 副	75	276	鋠	始	謹	審	上	齊	四七堇			禪上開真臻三	時忍	書開 3	詩止	見上開欣臻三	居隱
17220	13 副		277	銑	始	謹	審	上	齊	四七堇			心上開先山四	蘇典	書開 3	詩止	見上開欣臻三	居隱
17221	13 副		278	觥**	始	謹	審	上	齊	四七堇	角也，玉篇	玉篇：音銑	心上開先山四	蘇典	書開 3	詩止	見上開欣臻三	居隱
17222	13 副		279	栚	始	謹	審	上	齊	四七堇			心上開先山四	蘇典	書開 3	詩止	見上開欣臻三	居隱
17223	13 副		280	筅	始	謹	審	上	齊	四七堇			心上開先山四	蘇典	書開 3	詩止	見上開欣臻三	居隱
17224	13 副		281	箲	始	謹	審	上	齊	四七堇			心上開先山四	蘇典	書開 3	詩止	見上開欣臻三	居隱
17225	13 副	76	282	濜	此	隱	淨	上	齊	四七堇		表中此位無字；韻目中似作濜	邪去開真臻三	徐刃	清開 3	雌氏	影上開欣臻三	於謹
17226	13 副	77	283	磤	仰	謹	我	上	齊	四七堇			疑上開真臻重三	宜引	疑開 3	魚兩	見上開欣臻三	居隱
17229	13 副	78	284	砯*	避	隱	並	上	齊	四七堇		表中此位無字	滂上開真臻三	匹忍	並開重 4	毗義	影上開欣臻三	於謹
17230	13 副	79	285	篔	美	謹	命	上	齊	四七堇			明上開真臻重三	眉殞	明開重 3	無鄙	見上開欣臻三	居隱
17231	13 副		286	瘽*	美	謹	命	上	齊	四七堇			明上開真臻三	美隕	明開重 3	無鄙	見上開欣臻三	居隱
17232	13 副		287	燘	美	謹	命	上	齊	四七堇		王文增	明上合灰蟹一	武罪	明開重 3	無鄙	見上開欣臻三	居隱
17233	13 副		288	莔*	美	謹	命	上	齊	四七堇			明上開先山四	弥殄	明開重 3	無鄙	見上開欣臻三	居隱

韻字編號	部序	組數	字數	韻字及何氏反切			韻字何氏音				何萱注釋	備注	韻字中古音		上字中古音		下字中古音	
				韻字	上字	下字	聲	調	呼	韻部			聲調呼韻攝等	反切	聲呼等	反切	聲調呼韻攝等	反切
17235	13副	80	289	厙*	舉	允	見	上	撮	四八箘		表中此位無字	見上合文臻三	舉蘊	見合3	居許	以上合諄臻三	余準
17236	13副	81	290	啊*	去	允	起	上	撮	四八箘			群上合諄臻三	巨隕	溪合3	丘倨	以上合諄臻三	余準
17237	13副		291	朒*	去	允	起	上	撮	四八箘			群上合諄臻三	巨隕	溪合3	丘倨	以上合諄臻三	余準
17238	13副		292	珚*	去	允	起	上	撮	四八箘			群上合諄臻三	巨隕	溪合3	丘倨	以上合諄臻三	余準
17241	13副		293	蜠 g*	去	允	起	上	撮	四八箘		正文增	群上合諄臻三	巨隕	溪合3	丘倨	以上合諄臻三	余準
17242	13副		294	麴*	去	允	起	上	撮	四八箘			群上合諄臻三	巨隕	溪合3	丘倨	以上合諄臻三	余準
17244	13副		295	稛	去	允	起	上	撮	四八箘			來上合諄臻三	力準	溪合3	丘倨	以上合諄臻三	余準
17245	13副		296	霫*	去	允	起	上	撮	四八箘			疑上合諄臻三	牛尹	溪合3	丘倨	以上合諄臻三	余準
17246	13副		297	擠*	去	允	起	上	撮	四八箘			疑上合諄臻三	牛尹	溪合3	丘倨	以上合諄臻三	余準
17248	13副		298	麇	去	允	起	上	撮	四八箘			溪上合諄臻重三	丘尹	溪合3	丘倨	以上合諄臻三	余準
17249	13副	82	299	玧	羽	窘	影	上	撮	四八箘		下字韻母集韻作諄	以上合諄臻三	余準	云合3	王矩	群上合諄臻三	巨隕
17250	13副		300	抭	羽	窘	影	上	撮	四八箘		下字韻母集韻作諄	以上合仙山三	以轉	云合3	王矩	群上合諄臻三	巨隕
17251	13副		301	狁	羽	窘	影	上	撮	四八箘		下字韻母集韻作諄	以上合諄臻三	余準	云合3	王矩	群上合諄臻三	巨隕
17252	13副		302	駍	羽	窘	影	上	撮	四八箘		下字韻母集韻作諄	以上合諄臻三	余準	云合3	王矩	群上合諄臻三	巨隕
17254	13副		303	蚘	羽	窘	影	上	撮	四八箘		下字韻母集韻作諄	以上合諄臻三	余準	云合3	王矩	群上合諄臻三	巨隕
17255	13副		304	靮	羽	窘	影	上	撮	四八箘		下字韻母集韻作諄	匣上合先山四	胡畎	云合3	王矩	群上合諄臻三	巨隕
17256	13副		305	茍**	羽	窘	影	上	撮	四八箘		下字韻母集韻作諄	以上開真臻三	移軫	云合3	王矩	群上合諄臻三	巨隕
17257	13副		306	蝟	羽	窘	影	上	撮	四八箘		下字韻母集韻作諄	影上合文臻三	於粉	云合3	王矩	群上合諄臻三	巨隕
17259	13副		307	顛	羽	窘	影	上	撮	四八箘		下字韻母集韻作諄	云上合文臻三	云粉	云合3	王矩	群上合諄臻三	巨隕
17260	13副		308	褞	羽	窘	影	上	撮	四八箘		下字韻母集韻作諄	影上合文臻三	於粉	云合3	王矩	群上合諄臻三	巨隕
17262	13副		309	韞	羽	窘	影	上	撮	四八箘		下字韻母集韻作諄	影上合文臻三	於粉	云合3	王矩	群上合諄臻三	巨隕
17263	13副	83	310	堎*	呂	允	賚	上	撮	四八箘		表中此位無字	來上合諄臻三	縷尹	來合3	力舉	以上合諄臻三	余準
17264	13副	84	311	荈	處	允	助	上	撮	四八箘			昌上合仙山三	昌兖	昌合3	昌與	以上合諄臻三	余準
17265	13副		312	惷	處	允	助	上	撮	四八箘			昌上合諄臻三	尺尹	昌合3	昌與	以上合諄臻三	余準
17266	13副		313	闟**	處	允	助	上	撮	四八箘			徹上合諄臻三	敕尹	昌合3	昌與	以上合諄臻三	余準
17267	13副		314	萶*	處	允	助	上	撮	四八箘			昌上合諄臻三	尺尹	昌合3	昌與	以上合諄臻三	余準
17268	13副		315	箺**	處	允	助	上	撮	四八箘			昌上合諄臻三	尺尹	昌合3	昌與	以上合諄臻三	余準

韻字編號	部序	組數	字數	韻字及何氏反切			韻字何氏音				何萱注釋	備　注	韻字中古音		上字中古音		下字中古音	
				韻字	上字	下字	聲	調	呼	韻部			聲調呼韻攝等	反切	聲呼等	反切	聲調呼韻攝等	反切
17269	13 副		316	蔱	處	允	助	上	撮	四八菌			昌上合諄臻三	尺尹	昌合 3	昌與	以上合諄臻三	余準
17270	13 副		317	晵**	處	允	助	上	撮	四八菌			昌上合諄臻三	昌尹	昌合 3	昌與	以上合諄臻三	余準
17271	13 副	85	318	瘍	翠	允	淨	上	撮	四八菌			從上合仙山三	徂兖	清合 3	七醉	以上合諄臻三	余準
17272	13 副		319	蔿	翠	允	淨	上	撮	四八菌			從上合仙山三	徂兖	清合 3	七醉	以上合諄臻三	余準
17273	13 副	86	320	鎨*	敘	允	信	上	撮	四八菌			心上合諄臻三	聳尹	邪合 3	徐呂	以上合諄臻三	余準
17274	13 副		321	榫*	敘	允	淨	上	撮	四八菌			心上合諄臻三	聳尹	邪合 3	徐呂	以上合諄臻三	余準
17275	13 副	87	322	癀	甫	允	匪	上	撮	四八菌			奉上合文臻三	房吻	非合 3	方矩	以上合諄臻三	余準
17276	13 副		323	膹**	甫	允	匪	上	撮	四八菌			奉上合文臻三	扶忿	非合 3	方矩	以上合諄臻三	余準
17277	13 副		324	獖	甫	允	匪	上	撮	四八菌			並上合魂臻一	蒲本	非合 3	方矩	以上合諄臻三	余準
17278	13 副		325	鱝	甫	允	匪	上	撮	四八菌			奉上合文臻三	房吻	非合 3	方矩	以上合諄臻三	余準
17280	13 副		326	蟦	甫	允	匪	上	撮	四八菌		疑此處為衍字。集韻還有幫平魂一讀，待考	奉去合微止三	父尾	非合 3	方矩	以上合諄臻三	余準
17282	13 副		327	弅	甫	允	匪	上	撮	四八菌			奉上合文臻三	房吻	非合 3	方矩	以上合諄臻三	余準
17283	13 副		328	捴*	甫	允	匪	上	撮	四八菌			非上合文臻三	府吻	非合 3	方矩	以上合諄臻三	余準
17284	13 副		329	憤	甫	允	匪	上	撮	四八菌			奉上合文臻三	房吻	非合 3	方矩	以上合諄臻三	余準
17285	13 副	88	330	抆	武	允	未	上	撮	四八菌			微上合文臻三	武粉	微合 3	文甫	以上合諄臻三	余準
17287	13 副		331	刎	武	允	未	上	撮	四八菌			微上合文臻三	武粉	微合 3	文甫	以上合諄臻三	余準
17288	13 副		332	笏**	武	允	未	上	撮	四八菌			微上合文臻三	武粉	微合 3	文甫	以上合諄臻三	余準
17289	13 副		333	莇	武	允	未	上	撮	四八菌			微上合文臻三	武粉	微合 3	文甫	以上合諄臻三	余準
17290	13 副	89	334	莨	改	恨	見	去	開	四七㔾			見去開痕臻一	古恨	見開 1	古亥	匣去開痕臻一	胡艮
17291	13 副	90	335	**皚***	傲	艮	我	去	開	四七㔾			疑去開痕臻一	五恨	疑開 1	五到	匣去開痕臻一	胡艮
17292	13 副	91	336	謴	古	寸	見	去	合	四八睴			見去合魂臻一	古困	見合 1	公戶	清去合魂臻一	倉困
17293	13 副		337	溷	古	寸	見	去	合	四八睴			見去合魂臻一	古困	見合 1	公戶	清去合魂臻一	倉困
17294	13 副	92	338	涃	苦	寸	起	去	合	四八睴			溪去合魂臻一	苦悶	溪合 1	康杜	清去合魂臻一	倉困
17295	13 副		339	庨*	苦	寸	起	去	合	四八睴			溪去合魂臻一	苦悶	溪合 1	康杜	清去合魂臻一	倉困
17297	13 副	93	340	惛*	戶	寸	曉	去	合	四八睴			曉去合魂臻一	呼困	匣合 1	侯古	清去合魂臻一	倉困

韻字編號	部序	組數	字數	韻字及何氏反切			韻字何氏音				何萱注釋	備　注	韻字中古音		上字中古音		下字中古音	
				韻字	上字	下字	聲	調	呼	韻部			聲調呼韻攝等	反切	聲呼等	反切	聲調呼韻攝等	反切
17298	13 副		341	焝*	戶	寸	曉	去	合	四八暉	火也，玉篇	玉篇火困切	曉去合魂臻一	呼困	匣合 1	侯古	清去合魂臻一	倉困
17299	13 副		342	踂**	戶	寸	曉	去	合	四八暉			匣去合魂臻一	胡困	匣合 1	侯古	清去合魂臻一	倉困
17300	13 副	94	343	扽	董	寸	短	去	合	四八暉			端去合魂臻一	都困	端合 1	多動	清去合魂臻一	倉困
17301	13 副	95	344	僢*	杜	困	透	去	合	四八暉			定上合魂臻一	杜本	定合 1	徒古	溪去合魂臻一	苦悶
17302	13 副		345	莚*	杜	困	透	去	合	四八暉			定去合魂臻一	徒困	定合 1	徒古	溪去合魂臻一	苦悶
17303	13 副		346	焥	杜	困	透	去	合	四八暉		韻目作㑚	泥去合灰蟹一	奴對	定合 1	徒古	溪去合魂臻一	苦悶
17304	13 副	96	347	淪	路	寸	賚	去	合	四八暉			來去合魂臻一	盧困	來合 1	洛故	清去合魂臻一	倉困
17305	13 副	97	348	繛*	壯	寸	照	去	合	四八暉		韻目和正文作路寸切，誤。據正編改為壯寸切	章上合諄臻三	主尹	莊開 3	側亮	清去合魂臻一	倉困
17306	13 副		349	稕	壯	寸	照	去	合	四八暉		韻目作狀寸切，正文作路寸切，均誤。據正編改為壯寸切	章去合諄臻三	之閏	莊開 3	側亮	清去合魂臻一	倉困
17308	13 副	98	350	釧	狀	困	助	去	合	四八暉			昌去合仙山三	尺絹	崇開 3	鋤亮	溪去合魂臻一	苦悶
17309	13 副		351	汌**	狀	困	助	去	合	四八暉			昌去合仙山三	尺戀	崇開 3	鋤亮	溪去合魂臻一	苦悶
17310	13 副	99	352	橓*	爽	寸	審	去	合	四八暉			書去合諄臻三	輸閏	生開 3	踈兩	清去合魂臻一	倉困
17311	13 副	100	353	鬊	祖	寸	井	去	合	四八暉			精去合魂臻一	子寸	精合 1	則古	清去合魂臻一	倉困
17312	13 副		354	噂*	祖	寸	井	去	合	四八暉			精去合魂臻一	祖寸	精合 1	則古	清去合魂臻一	倉困
17313	13 副		355	鱒	祖	寸	井	去	合	四八暉			從去合魂臻一	徂悶	精合 1	則古	清去合魂臻一	倉困
17314	13 副		356	燇*	祖	寸	井	去	合	四八暉			精去合魂臻一	祖寸	精合 1	則古	清去合魂臻一	倉困
17315	13 副	101	357	諢	臥	寸	我	去	合	四八暉			疑去合魂臻一	五困	疑合 1	吾貨	清去合魂臻一	倉困
17316	13 副		358	歖	臥	寸	我	去	合	四八暉		玉篇：五困切又奇逆	疑去合魂臻一	五困	疑合 1	吾貨	清去合魂臻一	倉困
17317	13 副		359	顐	臥	寸	我	去	合	四八暉			疑去合魂臻一	五困	疑合 1	吾貨	清去合魂臻一	倉困
17320	13 副	102	360	湓	佩	寸	並	去	合	四八暉			滂去合魂臻一	普悶	並合 1	蒲昧	清去合魂臻一	倉困

韻字編號	部序	組數	字數	韻字及何氏反切			韻字何氏音				何萱注釋	備　注	韻字中古音		上字中古音		下字中古音	
				韻字	上字	下字	聲	調	呼	韻部			聲調呼韻攝等	反切	聲呼等	反切	聲調呼韻攝等	反切
17322	13 副	103	361	𩑶	味	寸	未	去	合	四八睴		韻目上字為昧，誤	微去合元山三	無販	微合 3	無沸	清去合魂臻一	倉困
17323	13 副		362	𩞀	味	寸	未	去	合	四八睴		韻目上字為昧，誤	微去合元山三	無販	微合 3	無沸	清去合魂臻一	倉困
17324	13 副	104	363	抻	几	近	見	去	齊	四九殣			見去開欣臻三	居焮	見開重 3	居履	群去開欣臻三	巨靳
17325	13 副		364	劤	几	近	見	去	齊	四九殣			見去開欣臻三	居焮	見開重 3	居履	群去開欣臻三	巨靳
17326	13 副	105	365	歏	舊	靳	起	去	齊	四九殣			群去開真臻重三	渠遴	群開 3	巨救	見去開欣臻三	居焮
17327	13 副		366	勤	舊	靳	起	去	齊	四九殣			群去開真臻重三	渠遴	群開 3	巨救	見去開欣臻三	居焮
17328	13 副		367	齗	舊	靳	起	去	齊	四九殣			溪上開欣臻三	丘謹	群開 3	巨救	見去開欣臻三	居焮
17329	13 副		368	齗	舊	靳	起	去	齊	四九殣			群去開真臻重三	渠遴	群開 3	巨救	見去開欣臻三	居焮
17330	13 副	106	369	㥯	漾	近	影	去	齊	四九殣			影去開欣臻三	於靳	以開 3	餘亮	群去開欣臻三	巨靳
17331	13 副		370	繶**	漾	近	影	去	齊	四九殣	衣也，玉篇	玉篇於近切。近在玉篇中就有上去兩讀，何氏放在去聲里，此處取去聲	影去開欣臻三	於近	以開 3	餘亮	群去開欣臻三	巨靳
17332	13 副		371	擫*	漾	近	影	去	齊	四九殣			影去開欣臻三	於靳	以開 3	餘亮	群去開欣臻三	巨靳
17333	13 副		372	獶*	漾	近	影	去	齊	四九殣			影去開欣臻三	於靳	以開 3	餘亮	群去開欣臻三	巨靳
17334	13 副	107	373	焮	向	近	曉	去	齊	四九殣			曉去開欣臻三	香靳	曉開 3	許亮	群去開欣臻三	巨靳
17335	13 副		374	脪	向	近	曉	去	齊	四九殣			曉去開欣臻三	香靳	曉開 3	許亮	群去開欣臻三	巨靳
17336	13 副		375	閬	向	近	曉	去	齊	四九殣	闠或作閬扆杲		匣上開山山二	胡簡	曉開 3	許亮	群去開欣臻三	巨靳
17337	13 副		376	掀*	向	近	曉	去	齊	四九殣			見去開欣臻三	居焮	曉開 3	許亮	群去開欣臻三	巨靳
17338	13 副	108	377	瀶*	亮	近	賚	去	齊	四九殣			來去開真臻三	良刃	來開 3	力讓	群去開欣臻三	巨靳
17339	13 副	109	378	眹	掌	近	照	去	齊	四九殣			日去開真臻三	而振	章開 3	諸兩	群去開欣臻三	巨靳
17341	13 副		379	侲	掌	近	照	去	齊	四九殣			章去開真臻三	章刃	章開 3	諸兩	群去開欣臻三	巨靳
17342	13 副		380	黰*	掌	近	照	去	齊	四九殣			章去開真臻三	之刃	章開 3	諸兩	群去開欣臻三	巨靳
17343	13 副		381	鷐	掌	近	照	去	齊	四九殣			章去開真臻三	章刃	章開 3	諸兩	群去開欣臻三	巨靳
17344	13 副	110	382	韌	攘	近	耳	去	齊	四九殣			日去開真臻三	而振	日開 3	人漾	群去開欣臻三	巨靳
17345	13 副		383	䏰**	攘	近	耳	去	齊	四九殣		玉篇而晉切	日去開真臻三	而晉	日開 3	人漾	群去開欣臻三	巨靳

韻字編號	部序	組數	字數	韻字及何氏反切			韻字何氏音				何萱注釋	備注	韻字中古音		上字中古音		下字中古音	
				韻字	上字	下字	聲	調	呼	韻部			聲調呼韻攝等	反切	聲呼等	反切	聲調呼韻攝等	反切
17346	13 副		384	韌**	攘	近	耳	去	齊	四九撁		玉篇：音刃	日去開真臻三	而振	日開 3	人漾	群去開欣臻三	巨靳
17347	13 副	111	385	敹	始	近	審	去	齊	四九撁			心去開先山四	蘇佃	書開 3	詩止	群去開欣臻三	巨靳
17348	13 副		386	閬	始	近	審	去	齊	四九撁			生去開真臻三	所進	書開 3	詩止	群去開欣臻三	巨靳
17349	13 副		387	庡	始	近	審	去	齊	四九撁			生去開欣臻三	所近	書開 3	詩止	群去開欣臻三	巨靳
17351	13 副	112	388	穱*	紫	近	井	去	齊	四九撁			精去開先山四	作甸	精開 3	將此	群去開欣臻三	巨靳
17352	13 副		389	纘**	紫	近	井	去	齊	四九撁		疑為衍字	精平開先山四	子千	精開 3	將此	群去開欣臻三	巨靳
17354	13 副	113	390	袸	此	近	淨	去	齊	四九撁		韻目上字作此，正文作紫	從去開先山四	在甸	清開 3	雌氏	群去開欣臻三	巨靳
17355	13 副		391	荐	此	近	淨	去	齊	四九撁		正文增	從去開先山四	在甸	清開 3	雌氏	群去開欣臻三	巨靳
17356	13 副		392	拵	此	近	淨	去	齊	四九撁			從平合魂臻一	徂尊	清開 3	雌氏	群去開欣臻三	巨靳
17357	13 副		393	栫**	此	近	淨	去	齊	四九撁			從去合魂臻一	徂悶	清開 3	雌氏	群去開欣臻三	巨靳
17358	13 副		394	闧	此	近	淨	去	齊	四九撁			從去開先山四	在甸	清開 3	雌氏	群去開欣臻三	巨靳
17359	13 副	114	395	噫**	想	近	信	去	齊	四九撁			滂去合文臻三	匹問	心開 3	息兩	群去開欣臻三	巨靳
17360	13 副	115	396	弳	舉	運	見	去	撮	五十攈			見去合先山四	古縣	見合 3	居許	云去合文臻三	王問
17361	13 副		397	獯	舉	運	見	去	撮	五十攈			見去合文臻三	居運	見合 3	居許	云去合文臻三	王問
17362	13 副	116	398	蔀*	去	訓	起	去	撮	五十攈			群去合文臻三	具運	溪合 3	丘倨	曉去合文臻三	許運
17363	13 副	117	399	韻	羽	訓	影	去	撮	五十攈			云去合文臻三	王問	云合 3	王矩	曉去合文臻三	許運
17364	13 副		400	鴋	羽	訓	影	去	撮	五十攈			云去合文臻三	王問	云合 3	王矩	曉去合文臻三	許運
17366	13 副		401	脾*	羽	訓	影	去	撮	五十攈			云去合文臻三	王問	云合 3	王矩	曉去合文臻三	許運
17367	13 副	118	402	爋	許	運	曉	去	撮	五十攈			曉去合文臻三	許運	曉合 3	虛呂	云去合文臻三	王問
17368	13 副	119	403	賰	敘	運	信	去	撮	五十攈			心去合諄臻三	私閏	邪合 3	徐呂	云去合文臻三	王問
17369	13 副		404	猷*	敘	運	信	去	撮	五十攈			定去開痕臻一	徒困	邪合 3	徐呂	云去合文臻三	王問
17370	13 副	120	405	殨	甫	運	匪	去	撮	五十攈			非去合文臻三	方問	非合 3	方矩	云去合文臻三	王問
17371	13 副		406	枌	甫	運	匪	去	撮	五十攈			奉去合文臻三	扶問	非合 3	方矩	云去合文臻三	王問
17372	13 副		407	茼	甫	運	匪	去	撮	五十攈		反切疑有誤	明去開山山二	亡莧	非合 3	方矩	云去合文臻三	王問
17374	13 副	121	408	璺	武	運	未	去	撮	五十攈			微去合文臻三	亡運	微合 3	文甫	云去合文臻三	王問
17375	13 副		409	莬	武	運	未	去	撮	五十攈			微去合文臻三	亡運	微合 3	文甫	云去合文臻三	王問